U0131094

非情書

朱西甯、劉慕沙

著

目錄

序
一切都從這裡開始／朱天衣   5

新竹女中四十三年度的畢業生   11

憶起四十三年二月九日第一次見面時   63

我的野心是要「荒野文學」如民國初年的「新青年」那樣   123

月亮歪了，要我們扶正；太陽不亮了，要我們添柴   165

第四次見面，四十四年四月十八日於鳳山陸軍官校   215

我的通訊地址必須換過了，因為我勢難再麻煩秋姐姐   263

我鬧情緒，是因為我意識著自己尚未有足夠的「力」   299
來實踐我所謂的抉擇。近來我常想到「出走」

直到你八月廿二日的生日之前，你決不能離家出走，   327
因為這以前你還是一個不被允許獨立自主的「法律的孩子」

艾蘼！看！這顆蹦跳鮮紅的心擲向你去了！接著啊！／你的保   377
羅七、卅一、十七
小艾蘼噙著淚水，伸出她的雙手，把你拋過來的，
深深地藏進她的心扉裡去了。／三日夜十時半

我的生日，廿整歲的生日，我不再是「小艾藦」了，我就變　　437
成同你一樣的大人了

先不要激動，我決定走了，而且定為十月一日禮拜六　　507

後記
致父親母親和他們的一代／朱天文　　525

附錄
朱西甯作品出版年表　　532

劉慕沙著譯作品出版年表　　537

序
一切都從這裡開始

朱天衣

　　一九五四年的台灣，距光復不到十年，離「二二八」也才八年，白色恐怖餘波盪漾，即便緝捕的對象不分省籍，但以外省人為主幹的執政者，尤其是軍隊，遂成了民間百姓怨怒對象。

　　我的大舅，當時不過是個高中生，就讀新竹中學，喜歡音樂、體育、閱讀，是個身心健全前途大好的孩子，只因看了幾本校內傳閱的《青年修養與意識鍛鍊》及《大眾哲學》等所謂的反動書刊，被判刑四年，送至綠島管訓。原對重回祖國心存歡喜的外公（初從南洋回來，還曾訂閱國語日報一字一字認真學習漢語），因著大舅、因著放眼所見軍紀不整諸多亂象，遂對外省人，尤其外省軍人深惡痛絕，故而說過「女兒若嫁外省兵，不如剁剁餵豬吃。」的話語。

　　一九四九年，還在杭州藝專就讀的父親，響應孫立人新軍徵召，棄筆從戎來到台灣，原以為兩三年便可還鄉投入反共抗俄的戰場，不想在基隆登島南下的車程中，便得知南京失守，大陸全面易幟，至此與親友音訊完全斷絕生死兩茫茫。離家前夕的日記，被淚水漒花的字跡，滿是離愁、滿是苦楚。父親最不捨的除了年邁雙親、至親手足，便是那年少戀人鳳子。

　　所以一九五三年，當父親來台不滿四年，在報上看到與鳳子同名同姓又年齡相仿的女孩榮獲網賽冠軍的報導時，便寫了封信至女孩就讀的新竹女中探詢可是故人否，因文采奕奕態度磊落，連學校把關的老師都放行了，至此，兩人便魚雁往返起來，而這女孩便是母親雙網搭檔劉玉蘭。

父親書信中談的多是文學，且不時寄些書籍雜誌給她。對文學並無興趣的女孩，只好抓那從小就愛讀善寫的搭檔我的母親代筆，每每父親寄來的文學雜誌書籍，也唯母親會讀，且愛不釋手。如此通信近一年，同樣出身保守客家庄的女孩劉玉蘭畢業在即，因著家庭壓力及志趣不投，遂斷了和父親的來往。

　　父親母親倆正式開始通信，是在一九五四年七月七日，也是母親高中畢業回家待職待嫁的時刻，父親的信件當然不可能登堂入室直接寄至家裡，只能轉託住在隔著鐵道另一邊的密友，也是母親爾後的大嫂、我們的大舅媽處，只要舅媽出現鐵道那頭，比出長方形的手式，母親便知道父親寄信來了。期間也曾發生郵差自作主張把信直送至外公家，幸得母親正巧在藥局幫忙攔截成功，否則後果是難以設想的，後又因種種原因，必須更換收件人名、收件地址，這書信往來真的是波折重重險象環生。

　　從第一封信到最後母親奔赴遠在鳳山的父親，歷時一年兩個月又二十天，留存的有一百餘封，合計近三十萬字。通信前，父母親見過兩次面，通信期間又見過兩次面，這四次會遇總是眾人一起，連私語機會都沒有，為什麼母親最終會毅然決定奔赴世俗眼中一無所有的父親，這，從他們的書信便可明白。

　　在那一年多的書信裡，父親亦師亦友亦父兄的與母親談文學談信仰，即便後來論及感情，他們念茲在茲的仍是文學與信仰。期間，也可看到他們努力填補兩地分隔的空間距離，父親除在每封信末註記月和日，也會將時與分寫上，為的是想知道同一時間的母親在做甚麼想甚麼。他們也曾約定某一天的某一刻，同在月下吟唱「霍夫曼船歌」，這不是一時的浪漫，事隔四十三年，父親離世前在病榻上和我談及此事，眼神恍然乍現的年輕光采，讓人動容神往。而母親在事後得悉慟說：「為什麼不告訴我，我可以再唱給他聽啊！」

世間情事無數，但那樣一個時空背景，成長環境如此南轅北轍的兩個年輕人，是如何因靈犀相通決定共負一軛結伴此生的，他們以文字記下這一切，也用其後的一生證明當時所思所想並不止於少年心志，更不是愛情囈語，而是紮紮實實的貫徹到爾後生命的每一刻。

父親啟筆動輒數千字，也因此書信累積到一個數量，母親無法藏匿，只好燒燬了一部分，這真真令人扼腕。當母親詢問父親如何處置這些書信時，父親說「致于我的書信，我倒不希望你燒了，留給我們年老的時候（我想得多遠！）再翻出來溫習我們年青時代的感情不是很好麼？哦，讓我們的子女也明白他們的父母是怎樣在困苦中奮鬥結合的，我想那對于他們是有著教育意義的。如果為著安全，不妨再寄交我來保存。如果業已燒燬，當然那也無所謂，也不是甚麼了不起的東西。」

人們總以為自己看到的是父母親的全貌、生命的所有，然父母意氣風發的年少、豐華正盛的青壯，孩子們多錯過且無意追尋，這會無憾嗎？因著父母親留下的最初的日記書信，為這文學朱家補上最後一塊拼圖，也如同他們在最終病榻上待我們仨陪伴、準備好才遠行一般，讓我們了無遺憾。

緣此，我們姊妹仨決定將這原屬於他們倆私密書信付梓，這些「不是甚麼了不起的東西」，是我們今生聚首的緣起，而文學朱家的一切就是這麼開始的。

①②劉慕沙父親劉肇芳，一九二七年考入台北醫學專門
　校（台北帝國大學醫學院、台大醫學院前身）。
③一九三一年畢業，擔任實習醫生與李彩鳳結婚。其後
　鄉於苗栗銅鑼開業。
④一九三五年劉慕沙出生（母親抱著），富士醫院家門前
⑤一九三八年銅鑼老街，劉家攝於富士醫院前。
⑥一九四三年劉肇芳，日本海軍徵召為軍醫赴南太平洋
⑦戰後劉肇芳自菲律賓宿霧返鄉於富士醫院家。
⑧一九四九年於銅鑼新街銅鑼火車站前興建重光醫院。

⑤

⑦

⑧ 重光醫院擴建工程

新竹女中四十三年度的畢業生

1

我不知該怎么稱呼你。

將你羅堛下地？我不甘心。那樣你在羅馬鬥獸場中被殺戮待，聖彼得被你高舉在十字架上，聖保羅也差一些就表示了。我不記仇恨，却不肯向你屈膝稽匿。

將你馬"濃眉"，我压根就不知者这是什么意思，什么事我都要根究底，囫圇吞咽，吾不馬也。

將你馬小狙，那太小布45喬里。

如果像你所说馬，給你馬小朋友种植一株勿忘草。將你小朋友谈不成问题了，可是我要准備两塊糖啊，小朋友说是儀唷惑吃糖啊，而且我还须提防小朋友别再喊我"妖怪嗷！"

乾脆喊你嘉弄同学吧！3是多少屋臉氏，人家才要笑死呢，"朱曲寧是我们女中四十三年度的毕業生！？"

你瞧，轉了这么一大圈了吧，还是找不到適当的，多歎作！

你信我讀的卷比春雨更茶天，但我從未想到你也是一個"文學的信徒"，在我行，你要曾说你喜愛古典文學，我马少馬你因我对于文學的關係才那么酬酢你呀應你護你。拜讀了你的同學们馬你学校纪念册上的祝望和期許，我才發現你竟是馬同學们所許的文學家，这樣

43. 7. 7

我不知道怎麼稱呼你。

稱尼羅陛下嗎？我不甘心，那樣的在羅馬鬥獸場中殘殺教徒、聖彼得被你高舉在十字架上，聖保羅也差一些就喪生了，我不記仇恨，卻不能向你屈膝稱臣。

稱你為「愛眉」（編按1），我壓根就不知悉這是什麼意思，什麼事我都尋根究底，混合籠統、吾不為也。

稱你為小姐，那太小布爾喬亞。

如果像你所說的「給你的小朋友種植一株勿忘草」，稱你小朋友該不成問題了，可是我要準備兩塊糖啊，小朋友總是嘴饞愛吃糖的，而且我還須提防小朋友別再喊我「妖怪噢！」

乾脆喊你惠美同學吧！可是多麼厚臉皮，人家才要笑死呢，「朱西甯是新竹女中四十三年度的畢業生！？」

你瞧，轉了這麼一大圈圈兒，還是找不到適當的，多歉仄！

你給我的印象比蓓蒂更樂天，但我從未想到你也是一個「文學的信徒」，在新竹（編按2），你雖曾說你喜愛古典文學，我只以為你因我對于文學的關係才那麼酬酢似的應付應付，拜讀了你的同學們為你寫在紀念冊上的祝望和期許，我才發現你竟是為同學們稱許的文學家，這樣一來，你曾經留給我的那些印象反而模糊了，當然不是我瞧

①劉慕沙（中排左四）的外號叫「尼羅」，因看完《暴君焚城錄》髮型相貌像劇中羅馬皇帝尼羅，故稱之。
②劉慕沙（左四）新竹女中初三。

不起你，而是太有些兒出我意外，一個蹦蹦跳跳純粹外向的孩子竟會懷具著深厚的文學天才，我真要同　上帝吵架了，為什麼配給你那麼多的天才？──運動、音樂、文學！

　　也許我是一個天才論者，我主張成功的要素重點是在天才。

　　試想愛迪生在火車上賣報時，他能懂得多麼點兒化學式？可是這個老頭子偏說「九分苦幹，一分天才！」分明是扯謊。我知道這個老傢伙的心思，因為天才是天生的，**驕傲不起來**，所以特別強調苦幹，好讓人分外的欽佩他。不過也許他的論調還含有一點教育意味，也許他生怕那些沒有天才的「後生」氣餒了，不肯再苦幹。然而總之他是在撒謊。我早就想，當我成名之後，（我現在只是出名，出名容易成名難）我便老老實實的說我的成就是由於天才。不過，也許我會因為需要大家更欽佩一些，也學愛迪生一樣的扯謊。

　　不過我至少要這麼說：天才是資本，苦幹是經營。有資本而不肯經營，必將坐吃山空。光經營而無資本，當然也是要命的交易。所以必須資本（天才）與經營（苦幹）二者兼備，才會成功。願你首先肯定了你的天才，然後勇往直前，苦幹到底，我拭目以待你的成功。

　　現在在自由中國文壇上比較有點兒成就的台籍作家只有兩位，一是林海音，但她多半生長在大陸，所以不足為奇，另一位是我的朋友廖清秀，他很難得，書大概只讀到高中、抗戰勝利的卅四年秋天才開始學習國文，現在却已著有一個長篇和幾個短篇，真是難得。四十年趙友培教授（師院）曾介紹過一個朋友給我，屏東人，叫做（隱其名），她參加過文協會的小說研究班，聽說成績很好，可是我見了她就不愉快，我就不喜歡那種女孩子，努力的修飾自己，像隻花蝴蝶兒，整天的到處飛。沒什麼事業心，只想借著文學出出風頭而已，便無可取之處了。

　　不知為什麼，我忽然對你期望很高，所以才舉出廖清秀和×（隱其名）給你做一個榜樣，深願你能走廖清秀的路子，學習他那種對于文學的莊重嚴肅的態度。

從事一種事業，「態度」是很重要的，尤其是對于文學。一切的事業都不怕平凡，唯有文學，不能平凡，因為文學不是換取生活的工具，文學不是換兩盒便當吃吃，混飽了肚子就算了的，文學乃是延長生命的永恒的靈魂之寄託。就以我這個最可憐的起碼作家來說，廿七歲在整個宇宙的生命中該是多麼短促的一剎那，可是即或現在我就死了，也不足畏了，我已留下了卅萬字的作品，至少在百年後，千年後，我的靈魂的聲音仍還會在千萬個讀者的心靈上震顫。那時候也許我的作品在被我的讀者攜帶著坐在開往月球或者火星的空中列車中閱讀呢！即使在目前，我已經有兩篇小說為重光出版社採譯為英文，遠在太平洋彼岸出版了。文學的生命是如何的永恒，又是如何的浩瀚！是如何的擴大了空間，又是如何的拉長了時間！面對著這樣的莊重尊嚴的事業，我們文藝工作者的態度怎能不莊重嚴肅？

你那麼些的知友祝望你在文壇上有所成就，你不能把那些祝望只當做紀念冊上的幾句時髦話。而同時，我也厚顏的祝望你會在文學上珍惜並善用你的天才，讓荒漠的祖國文苑裡，再綻開你這朵綺麗的奇葩，努力！未來的大作家！祝福你永恒的天才。願今後互策互勉，在輝煌的文壇的塔尖，我們握手！

民國四十三年

朱西甯上　七．七．陸軍節

※如果有準備撕掉或者摔掉的玉照，也請送朕
　一張
※我現在沒有照片，等加洗了再寄奉。要不要
　我說對不住？

・編按：

　1. 惠美的日語發音 Emi，有時會被寫成 Amy 或 Eme。

　2. 第一次見面民國四十三年二月九日。

「朱西甯贈給惠美小朋友」

15

我的大朋友：

謝謝您幫我種植了那棵勿忘
草，更感謝您給了我那麼大的鼓勵
——這是出乎我意料之外的，正如
我對文學的興趣，出乎您意料之外
那樣。

在您心目中的「尼羅」似乎
壞得不可收拾，是嗎？但我並不
認為如此，相反的，我要大大的
替他辯護（駁）一下呢！也許是
為了我那喜歡反駁的乖戾的性格
使我不甘隨同眾人去誹謗他；或
許是因我酷愛音樂，而我相信「同
情是一種無聲的音樂」？

朱西甯給劉慕沙畢業紀念冊上的第二頁留言。

凡看過《暴君焚城錄》的人，我想起碼會感到他（尼羅）為人極
端戲劇化、天真、單純而又深奧。我相信如果他不生長在那紙醉金迷
的羅馬皇宮的話，或許他已成為藝術家或是哲學家了。

生活在這複雜的人為的有機社會中我想任何人都有些狂的（因為
你不狂，別人便要認為你狂了）而一顆具有藝術家細膩神經的靈魂，
處在那種阿囂叫喚、花天酒地的靡亂生活中，怎能不狂呢！？

他的焚城，無非是由於他企圖在悲劇中找靈感；他願意被後世的
人認為他是一個傳奇性的人物（正如藍鬍子那樣），而這正是許多男
人所具有的通病哩！

他殘殺教徒，是由於兇性的發作，而這種兇性是因為被抑壓的情
緒——不被人了解，才智（藝術的）的無處可洩，對於阿諛獻媚的厭
惡以及自暴自棄——的爆炸所致，我認為瘋狂的羅馬皇宮和那些行屍
走肉般的諛臣殺害了一位天才，也毀滅了羅馬城！尼羅需要休息（因

他已疲憊於生活了），需要和平幽靜的環境，更需要了解他、引導他的知友……好了、好了，也許您已厭膩地認為這個「尼羅第二世」太喜歡詭辯，太愛自作聰明了？！哦，不要緊的，我正準備受咎呢。

最後希望您

今後再給您的小朋友不斷的指引和鼓勵！

1954.7.13

尼羅於羅馬皇宮

寂靜的校舍中，芳草如茵的草地上，

灰白色的網球場，默默地躺著，

既不見網子，更不見人影：

空虛的靜寂代替了已往的熱鬧，

噢，別向我說：「歡樂易逝，人生幾何？」

×　　　×　　　×　　　×

嬌陽餘暉中，妳默默地躺著，

竹風過處，如妳衷心的深歎；

「朋友啊！當你們的影子從我眼簾消逝的時候，我心便像秋風裡
的落葉一般地冷落了！」

×　　　×　　　×　　　×

像一所荒廢了的空屋，

妳空虛的呆著；

那怕你曾吞噬了多少球員的鞋底，

你卻不能對他說：

「別走，朋友！在這兒妳會感到滿足的！」

×　　　×　　　×　　　×

伙伴啊，寂寞嗎？但妳可知道，

「生是深深的寂寞？」

是的。

「生」究竟是股深深的寂寞啊！

　　　　　（于望球場空嘆的日子）

上面的那篇東西，既不是散文，更不屬詩，那麼告訴我是屬於什麼東西呢？

（空著的球場是夠寂寞的，可是呆坐的球員更寂寞……。）

然而最了解那種寂寞的還是連球拍也抓不好的人！（編按）

・編按：此句為朱西甯批註。

大朋友保羅：

　　昨天（十五日）來了婙蒂這位「滑鐵盧」的老伙伴（編按1），為我帶來了您的信和同學給我的樂譜。您可以想像到對於在這個可憐的小島──聖赫勒拿──獨賞孤月地渡過了十幾個千秋的敗軍之將，它們（信等）是何等的寶貴了。您的信使我由於喜悅和不安而感不知所措；我高興我有了知音和老師。同時也為了您的把我捧得那麼高而感不安了，因為我記起了我一位怪僻的朋友講的話：「Eme，妳別那麼大驚小怪，我相信在過去、現在，甚至將來，像他（她）那麼奇特的人多的是，但是他們又何嘗做出來什麼事？！」也許她是自命超人，但不管怎麼樣，她這句話於我心的確有「戚戚焉」。我很願意作您所謂的「傻子」，我相信即使我不企圖做傻子，我也會本能地做上傻子的（因一如我愛好音樂那樣，我也本能地愛好文學），但願我將能是您所謂的、所希望的「傻子」。在此再讓我謝謝您給我的鼓勵吧！

　　至於您說我比婙蒂強，這真使我慚愧極了，我並不比婙蒂強（也許遠比她懦弱哩），也許我外表樂觀、不拘於小事……，因此給人們的印象就帶有一種「強」的成份。可是我相信大多數女人的（尤其是台灣的婦女們）思想（某方面的）都像她們所戴的帽子的禮帶儘管在風中飄揚，也不離帽子本身那樣，儘管她們的思想是何等的開化和前進，終究也脫離不了「因襲」和「傳統」的。有時為了故意擺脫許多環境所加的勒索，我反叛了，可是被撞得

婙蒂劉玉蘭。

粉碎的不是對方，而是我這隻可憐的不自量力的螳螂！比如有一次（高三上學期），我生平第一次在別人的顏色上作了一次愚蠢的投資，結果被那個「阿斗」，不！活屍般的訓導大老爺記了個大過，使我面臨著生活破產的邊沿了。這次得到的教訓是——即使是在表面上，只要妳稍表服從，妳便可得到安全——我的大朋友！這是否也能用於處世之上呢？我不懂得您說我比婠蒂強是根據什麼而說，如果以我的主見，勉強要說比她強的話，恐怕僅有一點：那就是，當我受到委屈、打擊或其他不能忍受的外力而想自暴自棄時，我有一種莫名的想法會阻止我，不讓我輕生或妄為，那個想法便是「卸責是可恥的，對生命卸責更可恥，何況妳的生命不是妳自己而是屬於社會的……」或許這是一種自圓其說的講法，還是說「對於這個充滿缺陷美的社會（宇宙），Eme 比婠蒂有著更強的執著心」來得恰當而乾脆了。

　　我怕我會耽誤您太多時間，那麼讓我在下一次把我畢業半個月的隨想（也可說是我對於所謂「成年人」的認識）寫給您好不好？
祝　快樂！
　　敗軍之將（我同學新為我取的）

　　　　　　　　　　　　　　于　太平洋—孤島；聖赫勒拿島上
　　　　　　　　　　　　　　　　　　　　　　　　八月十六日

尼羅的第三封信（編按2）
　　在頑固的老父的囚禁下，面臨著的幾乎是一種將受宰割的命運，少女的無憂的生涯過去了，黃金時代過去了，以此意味著被逐於聖海倫娜島上的落魄英雄—老拿破崙，這便是一個哲學的深沉之尋味！

‧編按：
1.軟網雙打搭檔，高一代表新竹縣參加省運，首戰遇網壇女強人劉香谷，被打得秋風掃落葉。
2.朱西甯批註。

保羅大朋友：

您所寄的兩本書以及八月十九日的信都已收到了，謝謝您！我本該早些回音給您，好讓您鬆一口氣的，但因幾天來實在很忙（我已是爸爸藥局裡的小小見習生了）加上——我那個大作（？）尚未完成；因為我怕您一看到它，又要講它荒唐，認為艾靡又在撒潑了（其實它也可說是我滿肚子委曲、牢騷的產物呢）所以一拖、便拖到現在了，請原諒！

怎辦呢？現在我得寫我的〈畢業後半月記〉也就是所謂「我對成年人的認識」了，因為我曾答應，不！提議我將寫，而您竟也說急於要看……可是提起筆為什麼總記起劉枋〈我們的故事〉裡的「別因為有一個人犯罪，就說全世界的人都該判死刑」而想著我正在坐井觀天，以小衡大……算了吧，大朋友，就請您暫時委屈，想像著自己正在聽一個小孩子的牢騷好不？那麼我要開始 Play ball 了（因為是隨想，故我未能把它整理成一篇文章）——

一向我是非常敬愛我父親的，因為他為人剛直、慷慨而又不偏心。我總以他見識較大，觀點往往與我的一致而感驕傲；可是現在我又不得不懷疑他的所謂「為人」了。因為他竟也像那些俗物一般地說到了「面子」！他說「把人家的面子當泥土踩……」噢，我不懂得我做了什麼丟他面子的事？！——打球嗎？打球為什麼是錯事？畢了業的女孩子打網球，難道就是犯了天條嗎？看電影？……由此我又不得不對天下的父母對其兒女的愛，發生懷疑了？他（她）們常說為了愛，所以當兒女做錯了事，便要打、罵，或是為了愛，為了不要他們的兒女做錯事，才把他們禁錮於象牙塔中……可是在我的眼裡，他們的所謂「愛」已是由愛自己的骨肉（兒女）而轉變為，通過其子女而愛自己的私愛了！他（她）們的愛自己的體面，因此便不能讓他們的孩子做出損污父母體面的事，於是聰明的父母們，便在那偏狹的虛榮心上鍍上「愛」的金粉，好讓他們的孩子順服他（她）們。——他們是自私

的——

　　我是鴿籠裡的鳥兒，桌上的花瓶，不！不如說，是個人工裝飾起來的傀儡來得恰當些。在他們那批迂腐的頭腦裡，正如結婚是戀愛的墳墓那樣，一個女孩子的畢業，也就是她們志趣的棺材。他們開始干涉我的衣著和舉止，唯恐妳會不夠「小姐氣」；每天他們用那苛刻的眼光纏著我，嘴裡不斷地說著：「妳不該把頭髮剪得那麼短……」「不要穿那件長褲，簡直不像個女孩子」「不准去打球，那麼大的女孩子打球要惹人笑話的」「不要……」天！我倒願他們說句「不要呼吸！」。他們說一切都要合乎此地的風氣，是啊！不中人意的花瓶誰肯買？然而我卻要說他們是卑鄙而懦怯的！他們沒有頂天立地的志氣，他們缺少勇氣，因此他們必須以「群眾」作後盾，於是他們得迎合那些人為的、自作聰明的傢伙揉搓出來的有機組織，他們甘願委屈求全地兜圈子，卑恭屈膝地……他們有如糞中的蛆蟲，偶爾由於良知的促使，使他們覺悟到新的東西，以及自己所應做的，但終究他們又回到那糞中去了；因為在那裏他們才有安全。

　　他們狡猾，却不比他們所謂的「年青人」知道多少；他們自認是過來人，他們企圖將自己穿戴了幾十載的襤褸——經驗——死命地往後一代的腦子裡塞、塞、塞！那怕你也像他們曾經不願承受上一代的那樣的不容納它。當你帶著正當的理由反駁他時，他便像隻受了傷的野獸，他的威嚴受到侵凌，於是他惱羞成怒了；接著他便會利用他的權柄，故意在你身上製造憎惡……。對於那些熱中於某一樣東西（比如思想、宗教或戀愛）或是不甘同流合污，到處碰釘子的人，他們付之以嗤笑，他們說他幼稚、天真……甚至愚蠢。當然囉！他們唯恐自己付出的會比獲取的多，而且，誰願意去作無謂的反叛呢？！他們有著無數隻看「晴雨計」的眼睛和無數雙拍馬屁的纖纖玉手（出於他們的金口便是所謂的「處世之道」了），而唯有這樣他們才不致被擠出在生活陣線之外！

41. 6月

远处荷园面香

随

风

飘

动

1954年6月......

由右ㄔ二起，燕劉，琴，左一ㄏ珠，toong

合唱隊成員與活動。

他們不但無知（多半）而且健忘；在生的戰鬥中他們疲憊了；於是他們的思想蒙上了塵垢，由髒而廢而爛……而我要說的是——他們竟忘了在他們生活的範圍內，還有一部分並不像他們那種疲憊了的、污濁了的思想的存在！你瞧，那邊一群年輕活潑的青年男女們在歌唱著，盡情地歡笑著，他（她）們是那樣的天真、無邪，也許有的人看了從心裡泛起一絲會心的微笑，但惜哉，畢竟少得可憐！如果換上他們，則非但不順眼，而且要大驚小怪了。他們儘管把那些青年們當作幼稚，然而畢竟是忘記青年們所想的並不像他們所想的那麼黑、那麼髒了，於是為了可能發展的「危險」，他們必須干涉那批他們看起來認為是「不順眼的青年們」，他們說他（她）們行為不檢、放縱……甚至破壞風紀……儘管他們（成年人）所講的，對於那些一知半解的、正處在人生「大謎倉」前的孩子們，在心神上將有何種的反應和影響！成年人啊！聽我的忠告！你們——教養者的你們，還有向被教養者的孩子們學習的需要！！

不耐煩罷？我的大朋友！好在我知道「疲憊了的思想，它的歸宿是墳墓」要不然我現在一定是「精神療養院」中患者之一了。我不知道我為什麼那麼忌恨成年人；尤其是更年期的中年女人？（也許這是個心理學上的問題呢！）前幾天來了新竹的網球伙伴，她們都說：「喲！十幾天不看竟變成那麼溫順了！講話聲既變小，笑聲也不那麼豪放了呢，使得咱們這批粗魯的球將要感羞愧了！」不管她們是開玩笑，抑是講正經，反正她們的話，實在夠使艾靡寂寞的了！我真不堪想像我就會在他們的壓力下，漸漸地由溫順、懦弱而聽天由命，終於變成我們所忌恨的那種心懷狹小的女人！

您問到我的音樂，我不知道該怎麼講，我很喜愛——有時甚至超過對網球的愛好——音樂，我尤其喜歡聽（無論演奏、唱片或演唱）和唱（尤其合唱），但不大喜歡搬弄樂器（我總對自己手指的拙笨，有種近乎自卑的心理）儘管在學時，我曾被動地學上了低音的大喇叭

（Bass）和小號（trumpet），我喜歡歐洲古典樂和美國黑人歌曲、西班牙有關鬥牛的，以及南洋一帶的民謠（我還談不上欣賞，因為有許多許多我並聽不懂，不過喜歡是無疑的了），我會看樂譜，但看不快，在我們幾個合唱狂所湊起來的所謂小「合唱隊」中，我往往是現成的男高音，不過我喜歡唱女低音（即使有時也唱第一部）。您喜歡合唱嗎？我想無疑的；因為它像山澗的幽泉、松林的怒吼和海的咆哮。我最愛讓我自己跟同樣愛好音樂的人，坐在放映一部文藝片的影院中聽音樂——我們常為了片中教堂裡的突然高起的合唱激動得互相緊抓住對方起了雞疙瘩的手腕。也曾經為那終場最高峰的動人肺腑的樂聲陶醉得幾乎忘記離座，這時照例地總會消耗很多眼淚的。

　　隨著我的畢業，合唱狂時代是永遠的逝去了，可是幸得我父親擁有不少名片（唱片），不致使我像跟網球那樣地完全與音樂絕緣！但最令我苦惱的是，我再也不能引吭高歌、隨意練唱了，一則因父親的職業關係（他是個醫生）、一則媽的所謂「這個鄉下沒有高歌的風氣」，於是只好冒著挨罵的險哼一哼罷了。網球亦復如此，當我心血來潮時，我會拿起一根木柴，來個二、三十回的打空氣，唯恐苦心練成的技藝會付諸一江春水。哀哉，尼羅！　　　　　最後祈您不要與音樂和繪畫完全絕緣——因為那會使我們的生活寂寞的！

　　　　　　　　　　　　八月廿五日　　小朋友艾靡　于孤島上
　　　　　　　　　　　　　　　　　　　　　　　　　　　夜

※《海燕集》業已看完並寄還劉枋女士了，我是這麼寫的：
台北市……
　　劉枋女士收
　　　　　　　苗栗縣劉惠美敬還（？？）　　　（可以嗎？）
※明天就要判決（放榜）了，我預想我將被判無期徒刑，但我將不悲

哀，因為這是對過去無數歡樂日子的償債……請放心！聖赫勒拿的孤日也許寂寞，但為生活忙碌的人將不會有享受寂寞的哀福了！

※滿篇錯字和亂文，看在小朋友的份上，請原諒！（因為十二點已響過了）。

保羅大朋友：

我不懂得為什麼您講話總是那樣的謙恭而客氣？好在艾蘿的神經夠粗，不然的話，在每次我要給您的信裡，除去一大套客套話以外，再也沒有容納其他的餘地了，是嗎？你所講的，我除去一點點外，大都能懂得，同時很感激的領受了。您說：父母對子女失卻了信任，這不管是做子女的、做父母的，都是很「可悲、很可羞的事」，的確，由於這句話，我又記起了國文課裡「……信乎朋友有道，不順乎親，不信乎朋友矣！……」，這句話，我常為這句話感到不安；我有著許多朋友（知己的），她們都有著很好的環境以及跟她們相處得很融洽的媽媽（也有例外），我並不因為我有那樣的媽媽而羨慕她們，但是我始終因為上面那句話而感到寒心——我將由於不被父母信任而失去許多朋友——……反正懷疑和被懷疑是同樣的令人難受。（關於我跟媽媽之間的事，讓我以後再以散文的形式寫給您，好嗎？）

我真高興聽到關於您那篇「我反對」的故事；因為在這充滿「卑恭屈膝」的無恥漢的社會裡，我總算又發現了一個有著「骨頭」的「傻子」。我大聲的笑了您的被記大過，正如笑我的被訓導主任記大過那樣……可不是？——只要你稍表服從，你便可得到安全——哪！哈哈……。

然而我還是虛心的接受您給我的所謂「代表東方民族精神的利器」的「忍耐」為妙，加上內在的「強」，那麼就不怕橫在我們前面的強敵了，我曾一度想出奔（哦，不要驚愕！）但由於親友們好言勸阻，加上三天的熟慮，終於放棄了《拿破崙第二世》的「百日天下」了。那三天熟慮的結果是——無謂的掙扎將使我疲於生活，磨削我的靈魂和腐化我的思想，終致不自毀亦跟那些自己曾蔑視過的俗物們同流合污——讓我還是充實自己，等待時機吧。我有種預想，似乎就在不久的將來，幸運將臨我頭上，一切都將轉好……哦，大朋友！是否Eme竟也成了「宿命論者」呢？

大學沒有考上，對於 Eme 的打擊可說微不足道，這一半是經過「一年苦功，一年準備」的我二哥也名落孫山，一半是為了我們（同學們）都寄以很大希望的我的好友「和」也沒考上的緣故。您說我自私吧？我沒有因落取而煩惱，相反的，為了安慰她們（出奇的自尊也出奇的自卑的和以及從不煩惱，但現在却心灰意冷地墮入絕望裡的女高音「珠」）我費盡了心血（？）。大朋友！我真希望我有機會告訴您她們（我朋友）的事，我喜歡她們，她們以她們的純真、無邪淨化我的心靈，有的以她們的智慧和高度的思想推進我、造就我（如果我有了什麼的話），她們……我相信聽了她們的事，無疑的，您將喜歡上她們，同時將能更進一步的了解您的小朋友。我沒有像她們的媽媽對她們那樣的愛，我也沒有像那些小資產階級的小姐們那樣有著足夠她們的揮花的錢，但是我有一樣是值得向她們誇耀的，那便是——數不清的友誼！——

您對蓓蒂講的「三條路」以目前的情形看，我會循著當小姐→找事情→當人家的少奶奶……走去的，可是也許那一條都不走（這便是所謂奮鬥、強），只要我強一點，想到遠一點，看得大一點的話。我有一位也是傻子的朋友（編按），不！也許說姐姐來得恰當，她就是我心目中的「強者」。在已往的日子裡，如果沒有她以及她哥哥（以後再談）的鞭韃、鼓勵，我想我一定成為不同典型的一個嬌弱、虛榮、無知而又裝腔作勢的女孩子了。現在我跟她儘管分離，但她仍照樣地常到銅鑼來（住苗栗，她是很自由的），替我打「強」針。是的，有了她，還有——只要我不為「自我」的觀念所執著，我想我不會走上那三條路上去的！可是大朋友！您別怕，即使我走上了那三條路，我相信友誼（我所謂）將不致於那麼輕易地被葬送！

　　至於您想介紹劉枋給我的事，我衷心地感謝您賜給我與文壇大前輩結識的機會，但一個小小的無名小卒，對於像她那麼一位忙人，會不會是多餘的呢？

　　對於沒考上大學，我想蓓蒂並不會比我悵惘的多，我也不知道為什麼她不高興您同我談到她，主要的，請您多給她寫信吧！

　　我那篇牢騷，隨您意好了，反正總不會像古人官場不遇，滿肚子牢騷竟成為千古不朽的名文，但只要我這個受了委屈的孩子能洩一洩氣，而再奢望一點的話，能使天下父母有一個反省的機會，也就心滿意足了。

　　現在能否讓我再請教您一件事？（因為我相信對於世事您總會比我經驗得多的）——我有一位初中時候的朋友，在台北紡織廠做事，不久前結識了該廠領班周某，他是該部唯一的本省人，有妻子（為其妹妹的同事），家境不錯，父親是交通什麼什麼的總經理。他為人沉默、樸實，與他那向外的，整天東跑西跑，只知揮錢的妻子很不合，他母親亦很不滿意於這個媳婦。他太太曾講過將向他要求離婚。他們（周某和我同學），男的因她天真而在人地生疏的台北孤苦無依，我

朋友也因他是該部唯一的本省人，而互相都有著好感；最近男的常表示向她求婚的意思，他說：「我現在已失去了向妳求婚的資格……可是如果有一天我環境允許並有了自由（資格）時，他是暗示他太太將向他提出離婚要求的事。如我向妳求婚，妳是否會答應？是否能等待？」我朋友（就稱她莉莉吧）不知道該如何答他，因她連自己是否愛他都不知道。為了試驗自己，也為了避免他，她悄悄地請假回來了（就在這時她由苗栗來，把全盤的事告訴我，企圖求助於這個比她更無知的笨友）。

經過五天的休假重回北時，她給了我一封信，說她上北後，男的因為睹氣，也休假了幾天，在這幾天裡，她才知道他對於自己是如何的重要，自己是多麼的愛他了！大朋友！對於她，我該說些什麼呢？這是一件很可怕的事！我必須指明，由莉莉的述說裡我所得到的那個有婦的使君的印象是沉默（偶而也會講幾句尖酸話的）老實（也就是所謂「粗線條作風罷」）的，還具有著大家少爺氣的硬漢，他曾告訴她自己的脾氣不算好，但也不壞。她向我承認，她確被他那種稚氣、不卑恭屈膝，和不討好女人的作風所吸引。但她說她不敢相信，正如不相信任何人那樣（但，我的大朋友！我必須告訴您，她的不敢相信是由於環境使她養成了本能的禦外心理之故）。現在幫您這個沒有出息的、不能與朋友共患難的小朋友找出一個比較恰當的辦法好嗎？

昨天（9月1日）跟鄰家的幾個小鬼，以及燒飯的春姐阿嬌等，偷蹓到大河邊去撿河蚌，當他（她）們在大河川那邊的小溪流中，正撿得起勁的時候，我一個人蹓回到河邊來了。現在我是孤獨了，展開在我眼前的是一片荒蕪的石原，除了遙遙座落在荒原邊際的一道峻峭的紅色壁崖以及索索地抖在帶著強烈反射熱的風中的幾根蘆草外，只有那數不清的灰白石頭了。不受天惠的氣候使河床乾枯了，裂開了，像一隻死龜的背甲，使你無法想像到就在幾個月前，曾有一對多情的鴛鴦殉情河底的羅曼底克故事。日正當中，看著那一片白茫茫的、奇

形怪狀的石頭，我漸漸地墮入悠遠的「仲夏晝之夢」中——我孤獨地走在一個毫無人煙的不毛的曠野中。孤獨——現在我確是喜歡它的，因為在春天的清晨裡，我曾因愛那種神祕而美麗的田野、街道而自私的想著「如果我與這個恬靜的清晨永遠單獨地共存著，不讓任何事物來破壞，那多好！」走著、走著，我無意中發現我腳下的石頭，變成一堆堆白色的骷髏！它們麻痺了我的運動神經，使我失却了跑的力量；於是我聽到它們的耳語了；

「人與人相逢又相別，然後各走各的路……這就是人生嗎？」「噢，誰說我們不會再相逢？即使不會再看到，我也將永遠記得你的……」「噢，別說那種自己也負不了責任的話！我知道人類本來就是孤獨的——」「即使是最要好的也只不過是兩個孤獨的靈魂的相聚近而已……是嗎？」「是啊！所以我說『生』本來就是深深的寂寞——」「生」本來就是深深的寂寞？一股難抑的寂寞伴著無可奈何的鄉愁，突的湧上了我的心頭，我警告自己；妳必須離開這裡，到那有燈火、有人語、有笑聲的地方去！否則妳將會由於寂寞而發狂！……可笑嗎？大朋友！白日做夢的傻子！但為什麼別人做的夢都是好的，而我做的偏又是那麼悲慘的呢？　　　祝

快樂！

小朋友　Eme　上
九．二

（因在趕別的小說）

※《自由中國創作集》因尚未看，故未能寫出感想。（您將那本給了我，您沒有了，怎辦呢？）

※「螢火主義」是什麼意義？

・編按：文中圖片後右一為 Today，因口頭禪「今日事今日畢」故被叫做 Today。

大朋友保羅：

我必須告訴您，我做了一件事非常愚蠢而又殘忍的事！！其實我不應該把這事告訴他們（等一會告訴您）以外的任何朋友！因為聽到了艾蘿曾做過這事以後的朋友們，也許將會不再理我了。但我必須告訴我的朋友們，否則我也許會窒息、憂鬱或神經衰弱……。（那個「事」是什麼呢？）──我犧牲了我的朋友！！如果，（謝天謝地！）如果沒有他們的寬諒，艾蘿將永遠為了使自己的知音（我們青草湖合唱隊裡的男高音和男低音，以及其他二位男同學）感到「被掃出門檻」而受到良心的苛責！！事實是這樣──三號那天二點多鐘的時候來了婍蒂，她帶給我一個驚人（我）的消息；遠住北埔及竹東的男高音羅同學以及男低音呂同學，還有被公認為「未來科學家」的苗栗眼鏡徐（他們都是新竹省男中的同學）將到銅鑼。天！在 Eme 的心裡比誰都知道他們蒞銅的目的，定是找我來的，儘管他們說要去找他們住在銅鑼的男同學。當時在興奮中 Eme 的心裡立刻來了一個念頭──我必須佔先風地去截住他們，我必須在「家」（充滿迂腐思想的人的，也就是保羅所謂天然落伍者的）以外的地方跟他們相會，於是我跟婍

青草湖合唱團。

蒂託詞出去了，但偏是那麼地不湊巧；當我倆踏出門檻（玄關）的一刹那，當頭碰上他們了！！（天！我永遠不會忘記他們那由於重逢到他們心目中永遠掛著微笑、始終自樂樂人的女孩子而興奮的臉容以及男高音，那由於屋子周圍的幽美環境（？）將能給他的照相機幾個好鏡頭的念頭而快樂的樣子！！）在慌張失措、狼狽中，我吞吞吐吐地告訴他們，我們必須出去……他們莫名其妙地跟著這該死的主人出來了，但只走到幾公尺遠的地方，聖旨來了！要我回家；理由是避免受傷的腳（撿河蚌時被樹椿深深刺進去的，已好了）會由於過度的運動而化膿。可是，天曉得，聖旨的言外是什麼！？我回來了，以後就再也未能出去──我就那麼殘忍地犧牲了他們，尤其──我出賣了帶他們到我家來的阿德，我使他難堪……外面突如其來的傾盆大雨跟我心裡的旋風交織成一部可怕的「暴風雨狂想曲」。在心亂如麻中，我匆匆地草了幾句歉語，包了幾張古典樂的唱片，交給玉蘭（我想也許他們會跟他同車），託她交給他們。當天傍晚──望著暮色蒼茫中，以帶有夕陽餘暉的蛋白色西天作背景，黑黝黝地躺在那邊的山巒，我哭了，我恨我自己，我恨那卑鄙的、殘忍、自私的自己。我寂寞，因為我將永遠失去這份通過音樂而獲得的難得的友誼──我怕婊蒂碰不上他們，我重新分別寫了幾封信。以後的幾個日子，我沒敢看到樂譜、門檻，甚至他們走過的馬路，因為它們都是痛悔與傷心的泉源。他們走後的晚上我做了一場傷感而又可怕的夢──龐大的國民戲院，容納著各校的學生，是電影放映前的一段時光。靠在劇坊中央最後排的牆壁上，我正告訴著玉琴（好友之一）白天所發生的事。聽著左後角傳來的省中樂隊的交響樂聲，我意識著他們那充滿憎惡的目光（男高音、男低音同為樂隊員）。樂聲停止了，電影也跟著開始。忽然我感到黑暗中有人低聲向我說話：「喂！羅同學叫妳」那個聲音的主人邊講邊指著右後角。帶著一顆因犯似的心，我去了。劇場的右後角；出乎意料之外地有著幾個空位，他就坐在靠牆的位子上。「？」「……」

沒有聲響，只報以一個即使在黑暗裡，我也能感受到的充滿憎恨的眼光。「還在生氣嗎？——原諒我……其實你們是緊跟著玉蘭而到達的……」我言外暗示著「因此我未能準備招待」。「我知道」他終於開腔了。我又說「我還給了您一封信——一封道歉的信……」「寄到那裡？」冷冷地，引不起興趣似地。「你家；濟陽醫院」接著便是片刻，不！對於我是長達幾個世紀的沉默。「算了吧，我要走了，我表哥在外邊等我」像背誦什麼似的，語氣中絲毫沒有情感，更談不上惜別。他走了，我呆呆地望著銀幕，因為目前的情況，僅能允許我這麼做——我意識著，周圍男同學好奇的目光。「他走了」再一度我向自己說，於是一股難以抑制的傷感和寂寞又劇烈地湧上我的心頭了……。

大朋友！我沒有奢望到他們的完全寬諒，可是他們不但了解我、寬諒我，同時還安慰了我，鼓勵了這個可憐的 Eme，他們說「願妳以文學和音樂去調劑那也許是死板的生活」對於我說的「萬罪的Eme」，他們說「不是妳的罪，而應歸咎於這罪惡的社會」。我又哭了，不是悲傷，而是喜悅，我不知道什麼東西竟使向被認「硬骨漢」的 Eme，變成那麼的善感、而易於墮淚！？願上帝永遠保佑他們吧！（儘管我很少想到上帝的存在）現在讓我再告訴您一些他們的事好嗎？因為我喜歡他們，一如我喜歡女高音、女低音蒞莉、和、純真的玉琴，還有硬氣的姐姐（傻子姐姐）。男高音羅慶芝是過去竹中的樂隊指揮，典型的音樂狂。他的拿手是男高音、鋼琴和長管樂器（thlie）（儘管管樂器他全都會），他熱情、誠懇、細心而又負責，但有些害羞（不過我相信他是大方的），他具有音樂家的素質——情感與智慧。但正因為他熱情而細心，和跟琴不喜歡他，她們說他不像男孩子，而像女孩子那樣的多情。然而 Eme 能在他的性格中找出所謂的「男性」。今年他考上了師院音樂系，可是他自己夢也沒想到自己會走上音樂的，他的第一希望是理工科，理由是：僅憑自己的興趣，是否能領會那抽象的藝術——但我就永不相信音樂狂的他（為了趕要還

Eme 的唱片，他徹夜不眠的聽那把他迷住了的一曲——歌劇中的一節〈理想佳人〉。在校為了看音樂片《金樓情歌》曾二次逃學，從老遠的男中趕到比普通戲院價錢多一倍的國民戲院，不管即將來臨的升學考）會拋棄音樂，而走上與他興趣不合的理工，我知道這一定是他家裡人（他家也是醫院）要他如此的！但，謝謝天！他畢竟走上了他該走的路，我為中國樂壇高興，多了這麼一位有天才，肯奮鬥的傻子。其次是男低音呂錦明，他是竹中樂隊的鼓手，他的性格跟男高音很像似，但，以我看也許要比他更像女孩子更多情，儘管比男高音來得現實。他除了音樂外，還能寫一手很動人的（但我很少被動過）敘情文；他一向是女同學心目中的「多情作家」。他夠可憐了，死心塌地地追和（別人說的）但個性強的和恨透外觀是懦弱的他了。可是我跟女高音等並不如此，我們有時反而會嫌和的偏心（成見深）和琴的盲目附和。我太自私了，把自己的事一連串講了那麼多。您說想從我這兒多了解些婧蒂，但我會使您失望的，各人有各人的觀點，我怎能憑我那貧乏得可憐的洞察力去批判一個人呢？其實 Eme 相信，聰慧的您，定已從她的信，她的紀念冊了解得足夠了。然而我可以告訴您許多人是很願意和她做朋友的，我跟婧蒂的友誼已有好幾年了，儘管除了球趣及樂觀粗忽的性格外，很少有相同的地方。願您永遠不要疏忽她，我相信她現在也是處於四面楚歌聲中了。

您說 Eme 的生活太重，不

劉慕沙就讀新竹女中時的全家，大哥缺席。後排左起為二哥劉家英、大弟劉家武、劉惠美。前排左起小弟劉家正、妹妹劉淑美。

應⋯⋯。有人說有一種人把自我折磨和自尋煩惱當作娛樂，我怕我或許是這種人，一個無病呻吟的人。關於您的婚姻觀，除了一點點外，我完全贊同。史蒂芬遜說過「結婚和死，是兩個偉大的未知數」不知怎的，我對於結婚這回事，也有著一種本能的恐懼，還好，我總覺得它對於我似乎是一件太遠太遠的事。

您說為了靈與肉的爭鬥，您苦悶著，說老實話，我不懂得「靈肉之爭」是什麼一回事，也許我還沒有經驗過，然而我希望我將不會有這麼一回事（大概難免）。大朋友：願您的上帝賜給您勇氣和毅力，使您的靈能獲勝利。

昨天跟媽同去拜候竹南中學的校長，名義上是拜訪她的廿年前的同學（校長夫人），但天曉得，到弟弟剛考進的那個學校的校長家用意是什麼！我本想託詞肚子痛不奉陪拍馬屁，但想起朋友們的「忍耐」「笑」，「努力使自己融洽他（她）們」我畢竟去了。夫人不在，

「檻猿記」，筆名折蘆。「猿」是猿飛佐助，日本戰國時代豐臣秀吉西軍、真田十勇士之中的伊賀流忍者，劉惠美幼時偶像，大哥喚她「惠美佐助」Emisuke，她則以武士對兄長的稱呼大哥「兄者」Anijer，兄妹如此相呼直到大哥六十歲去世。

豪爽的校長老爺，倒給了我一幅好印象，但我幾乎為母親那跪在踏踏米上，近乎九十度的叩頭作嘔！畢業後第一次的乘車並沒有引起我任何感觸，彷彿是午睡時的一場短夢而已。

　　我將領受您的勸告——從山的懷抱中超脫出來多接近海……謝謝您給了我鼓勵，我將努力堅強起來。

　　對於您的「大火炬主義」和枋姐的「螢火主義」，我想我該是「燈火主義」了。　Oh！媽在叫，不寫了……

Eme
九月十日

※「九九」體育節，對於Pety跟Eme是個紀念性的日子，去年的這個時候，我們在台北接受著榮耀，而今呢？「籠鳥檻猿俱未死，人間相逢是何年？」

※當您的書寄達時，Eme正看完日人里見淳及佐藤春夫的短篇集，前者我不知道該怎麼講，後者我相信他定是受到美作家愛倫波的影響。

※我已在7號把給大姐姐劉枋的信寄去了，還很冒昧的寫了幾個字，我真希望她會喜歡我。

※以後不要再寄郵票，如果為了我的矜持，我會誤會您的，但我知道您的用意……。

大朋友：

寄出給您的信後，便接到枋姐的覆信，我高興極了！並不因為她的誠意使我感到「受寵若驚」而高興，而是，我深深地喜愛上她那乾脆，不造作而又坦白的作風。她已上三十歲了，跟我高中時的班主任像得出奇，她們倆是我僅有的不「恨」的中年人。

作家劉枋。

她要我告訴她我的一切，一切，我先把我家庭的景況告訴她了，啊，我相信她要比您更知道關於我的事了。她說如果我在初中念書，她便很欽佩我的文，如在高中念書的話，她就要為我的字體而悲哀了！哈！大朋友：這點也是我喜愛上她的原因之一呢！為了她，我將好好練字。

她說不另外給您信了，要我轉告您，她現在住在辦公室裡。

《羅馬假期》很不錯吧？我在台北看過了，我喜歡象牙塔中那位可愛又可憐的公主，最後她必須回到皇宮（她自己的身份）時的悵惘的一幕，觸景傷情夠使我傷感了。

關於省運，我不知道我是否能脫身，您知道我當然是很願意參加的，奈何成年人不要自己的女兒像個走江湖的那樣東奔西跑。不過，我將盡量想法，使能夠參加——因為我也許看得到，我所喜歡的那位大姐姐。　　不談了。　　祝

中秋快樂，多吃月餅！

九月十一日晨六時　艾靡上

艾薐：

在日月潭給你去的信片諒已收到，也許很無聊，不過我好像很想要我的朋友們聽見我居于那一片湖光山色的景緻中的愉快的聲音。下意識的，真沒意思！

日月潭雖使我有些失望——我把它想得像西子湖那樣的美——但盤亙于深谷峭壁的迂迴山道，倒使我挺感興趣。有些同伴爭著同番女們攝影，我卻沒那個興緻，因為他們已被淺薄的都市文明給糟蹋了，燙髮、唇膏，給搞得「沐猴而冠」的一份兒可憐相，我們太對不住樸實的山胞了！

禮拜六下午十二時廿六分經過銅鑼，心裡有一種異樣的感覺，並且還有明知不可能的可笑的妄想——或者又類似陪著母親去拜客那樣的正巧在車站上候車——我把那些能夠看見的稍微幽美的房舍全看做了你的家，可笑麼？也許壓根兒就沒瞧得見。不過凝視著那些房舍，我卻為你祝福：睡吧！願你有一個羅馬假期那樣的好夢，可憐的孩子，也唯有向夢境裡去尋你的自由天地了！但我並未瞧到那條骷髏般的白石鋪著河床的砂河，瞧著了也好分嚐你的寂寞。告訴我，那個時候你在做什麼？很可能的你是在睡午覺，在夢境裡高歌，合唱，吹奏黑管或擊打 Tennis……。

第二天是寫作協會年會，整整一天，真是疲勞轟炸！只有晚會中難得一見的辜雅琴的舞蹈，難得的是別具風格的綜合創造。雀承喜的舞蹈也不過如此！

昨天回來的，很疲倦，不過還是支持著把李雪嬌小姐寄下的《復活》其中你所簽注的意見一一讀完，我都同意你的見解，只是其中一句，你誤會了我的意思：一百個罪惡可造就一個更結實的有作為的男子，這原是對于目前社會的一個抨擊！因為目前這個社會是在溺愛著男人。其實稍微保守一點的社會都是這樣，像《飄》裡面的白瑞德和郝思嘉便是一個鮮明的諷刺的對照。而像我這樣的一個一向尊敬女性

的、任何下賤的女人都不能使我把她們看作玩物的男人，便被今日的社會視作一種娘們兒氣的懦夫的羞辱，這個理兒是沒辦法申訴的，這是一個不可理喻的昏昧的社會！

　　最新枋姐又給你信了沒有？她是一個懶蟲，多擔待點兒。可以跟她要一本《文壇小說選》，那裡面我的〈黑子〉，想你已讀過，她那篇〈北屋裡〉寫得很不錯，至少不像一般女作家那樣拚命強調自己是一個女性。你那篇畢業後隨感我已整理（？）完畢，寄給《中央日報》的〈婦女與家庭〉，筆名用「尼羅」，未敢用你的原名、怕讓你父母讀到。不過雖然我已把大作的楞角磨去了一些，可也未必會受採用，但看武月卿這個中年婦人是否護短。

　　因為行色倉促，這次台北沒去看枋姐。本來禮拜日晚上從中山堂看過晚會回到軍人服務社，躺在床上的時候，還打算第二日再多留一天，也好會會幾個朋友，並且去劉枋那裡就便讀一讀你給她的信件，因為你說她可能比我更多的知道你，而且想像中你同她之間比對我要少去一層習慣上的隔閡與顧忌。但第二日七時一刻醒來，心中一煩，覺得台北太可厭，臨時決定了「走」！便走了。

　　回鳳山後，接到蓓蒂的信，很難過，她說：「我不再是一個像人的人了，所以不想再寫信給你……」倒不是憂慮她不給我再來信，而是我不知為什麼，怕她就此墮落了，是怎樣的「不再像一個人」呢？我怕她會一時糊塗，把握不住自己，對不住自己。想到一個曾經給予我高貴的少女的愛的女孩子的墮落，我的痛苦你會想像得到的。也許我太于過敏了，不過你是她親近的閨友，你的智慧比她高，你會為她警誡的，告訴她，閒時不妨把我給她的那些忠誠的規勸多溫習一下，我不敢自誇我有什麼過人之見，但總不會錯的！

　　這許久沒讀你的信了，很想讀呢！還是那樣寂寞的生活嗎？忍耐罷！笑罷！只要經常的擦拭你的童心，不要讓它落上了灰塵，你便可以終古年青！

祝福！

保羅
九月廿八日教師節廿三時欠十二分

大朋友　保羅：

　　想跟您談的話多得無從講起。我害怕我已逐漸地被引到托爾斯泰所謂的「最高度的墮落——徹底的閒惰及物質的無虞所引起的精神的麻木現象」了。確實，近來我懶得思想：也許因為藥局裡的調劑忙累了我的思維，現在我驚懼著 Eme 逐漸地「甘於這種墮落而苟安的生活」了！大朋友！「靈」的呼聲告訴我這是可怕的！！

　　你所告知我的關於「靈肉之爭」的解釋，我已完全懂得了。使我慚愧的是我自己早已有過這種戰爭的經驗，却由於不自覺或許說「動物的我」唯我獨尊地佔著整個 Eme 的時候多的緣故，我不常為這種戰爭感到痛苦。

　　我愛人們（這也許是我被認為多情，而擁有許多朋友之故），當我看到貧窮的孩子，帶著便當疾步而過的忙碌的公務員，田野上、車站、馬路上疲憊的農夫、苦力、三輪車夫、至為情感的飢渴而苦悶的青年們，我就會感到難過，我想我必須為這些人們做些什麼，我是燈火主義的，儘管我將潦倒一生（我始終有這種預感），我希望我也能為這些可憐的人們（我所謂的）犧牲些什麼，甚至是我自己，用這個犧牲來彌補虛度的生活；像《雙城記》裡的那個可憐又幸福的男主角那樣。可是當一想到「怎樣為他們犧牲？」以及要從事於：犧牲的準備工作時，那可鄙的自私又使我躊躇甚至於逃避了。那時我怕那些人們，恨他們，我不願跟他們走在一起，儘管我明知要為他們做事，我必須接近，透徹的了解他們，深入他們，跟他們走在一條路線上合作（正如《復活》裡克累操夫那個死去的政治犯所說的）。講到這兒我想起了我那位傻子姐姐—— Today ——曾經對我講的話；她說我過於現實，眼光總只看到目前而不看將來，此外，當我被無名的煩惱所繞時，她總責我想自己的事想的太多，不為大眾著想……確實，我看不起那些整天衣式呀，髮型呀，誰跟誰的羅曼史呀的她們，但也並不想像她們那樣地在腦子裡描繪著自己個人的未來的理想；而那個理想

說也可憐，跟「精神的我」所描繪的竟是如此的參差！我究竟是您所謂的「後知後覺」的人，不！更糟，是介於後知後覺與不知不覺之間的可憐又可鄙的蝙蝠！過去的 Eme 總還算是懂得煩惱的後知後覺者，這我該歸功於我那二位可說（以我看來）先知先覺的 Today 姐姐和她的哥哥「蠶豆」了。

我敬愛他們，固然也是由於他們對我的關照和愛護，但最大的原因還是在他們的性格上，他們有著比我所看過的任何青年都要強烈的民族觀念。這大概是由於他們小時候因為是華僑（他們的祖父那代才從大陸過來）而遭遇到日人的仇視而起的。她可以為同伴的一句輕視自己民族的話而悲憤暗自流淚。她熱情（外表却正相反）、負責、乾脆、能幹而又富于同情心、正義感。他比他妹妹更情感但也表現得更冷靜（更會抑制），也比她更果敢、堅決而富忍耐性。他整個給人的印象是「強」和「值得信賴」。我可以告訴您，要是在幾百年前，您可以想像他或許是一個綠林好漢、江湖義俠，現代呢？以我看來他倆可說是典型的革命青年了。當我念著《復活》裡面描寫農夫的政治犯那巴托夫（他是我心目中的標準的革命者）的一段時，不知怎的，總連想到這位蠶豆哥哥，而 Today 姐姐呢？就有一點點近於那個獨斷自信的諾弗德夫羅夫。說老實話我常對 Today 那種自信的談話感到滿腔不悅的反駁。她的另一個缺點就是性急，缺少她哥哥那種忍耐和細心。

他同我大哥哥是很好的，他們的想法、觀念很近，而我哥哥是 Eme 六個兄弟中僅僅喜歡且看得起的二個（另一個是小弟弟）兄弟之一。現在蠶豆哥哥已讀完

大哥劉家東，民國四十一年九月在家中遭逮捕，四十二年五月送綠島監禁，四十三年十一月移至台北土城生教所，四十五年九月獲釋。

行政專科，就在十幾天前到鳳山去受訓去了，我大哥呢？在高中的最後一個學期，由於「紅字」的嫌疑（受累）於十八個月前帶著一副病軀也到遙遠的綠島受訓去了。（我父親的對我嚴，一部分也是因為此事致神經過敏而成）不管怎麼樣，我大哥的遭遇使 Eme 對那些只知道破壞而不懂得建設的自命前進的小伙子更加了一層的憎恨。

　　Today 姐姐對數理很感興趣，但為了做您所謂的「傻子」，她終於改變志向，走向文科了，她雖然跟我一樣地名落孫山，但她的雄心是要比她哥哥強的，她慕鴻鵠的高飛，企圖將來到英國深造（我竟把她只告知我的祕密公開了！！）

　　我們互相愛護著，可是總有時候感到相互間的距離是那麼大，我敬慕他們，但有時候怕他們，本能地疏遠他們，以往我把這個原因歸於我們性格的差別上──如同那個那巴托夫，他們不注意世界是如何創造的這個問題，正因為如何在世界上活得最好的問題擺在他們面前；而我比較傾於清談，我常為「人為什麼活著？人們要走向那裏？為什麼我存在著？……」等等抽象的問題傷腦筋。最近我才又發現了另一個原因──他們是（可說是）先知先覺的，很少受到「動物的我」的控制（很少想到個人的幸福與利益），而我却不然，往往淪為「肉」的奴隸，為了要像他們那樣不拘泥於個人，我感到吃力，於是那個懦怯的「動物的我」便促使我不要跟他們為伍了。

　　寫到這兒來了蓓蒂，她告訴我她在縣政府裡頭找到了工作，並問我能否參加省運，我想能夠參加的可能性幾乎等於零。目前的我真不愧是籠鳥檻猿了。我怕，我似乎逐漸的趨向宿命論，我常為好像期待著某事或某物來解脫的我，感到恐懼，或許我會像您所講的以「草草的婚姻，謀解脫！！」不！這是太可怕了！讓我們不要談這些吧！

　　到台北看到了枋姐姐沒有？上次給了她信以後我們再也沒有通信，您說我是否該給她信呢？即使她沒有回。

　　近來不知怎的，半夜裡醒來，忽然心血來潮，似乎有一種力量促

使我要寫，要作。但等到第二天早晨提筆想寫時，那些滾滾來的文思又不知道跑到什麼地方去了，哀哉 Eme！〈黃昏的憂鬱〉、〈沒有收穫的播種〉、〈第三代〉等都是我半夜裡擬好了的骨架，可惜（？）未能給它按上肉體。因為白天我實在是懶於思維了，「思想的殘廢」是否就指這個而言呢？果真是的話，那我不是很嗚呼地成了只知飽食暖衣的「活屍」了嗎？

近來我練會了〈馬爾他〉、〈尼娜〉、〈乘著歌翼的飛轉〉和歌劇《約斯蘭》中的催眠曲，您是否常唱歌，現在最使我感到空虛的就是不能合唱，算了吧，以後再談。　祝

充實！愉快！

9.30　Eme 上

47

大朋友：

昨天下午剛剛寄出給您的信，秋姐姐便拿給我您的信，真巧！可是為什麼我沒有收到您所說的從旅途中寄來的信片呢？幾天來一連串怪事把我的神經都緊張累了；首先，我叫家裡燒飯的阿嬌，寄給和的信，在第二天（女高音、女低音到我家來的那天）被送回到我家裡來（用日文寫的），收信的

秋姐姐邱秋蘭，與大哥劉家東。

人是媽，她看後馬上拿給 Captain（父親）。您可以想像到以後的風雲了（火藥氣味很濃是嗎？）我信裡大體上寫著關於她向我替男高音他們道歉的感謝，一些玩笑和二點近來生活上所獲得的心得（一、恨人比被憎恨遠來得痛苦，二、不能歌唱是夠寂寞的，但我想那些不懂得歌唱（大範圍的）的成年人也許更寂寞），當藥局裡的小伙子告訴我這件驚人的發露時，我像背上被澆了一盆冷水，但頃刻間我意外地變為冷靜而鎮定了，一如那些施刑的殉道者（可笑嗎？我靜等著 Captain 的判決，一面安慰著自己：「孩子，勇敢些，也許這封信的失風對妳會好些，因為看了妳所寫的那些心得，說不定他會想到他的女兒並不像他所想的那麼不懂事……」

確實當天他並沒有光火，直到幾天後的夜晚，他們去看電影未散場（大概不中看）回來發現我在聽唱片時，才開火了，他拿著那封我滿以為早已付諸一炬的信，很大聲的罵我（但，為什麼那麼大的聲音竟使我感到沒有往日兇，而像是故意裝的那麼大的呢？），他說這成什麼事體？如果那封信被人看到了，將會打什麼念頭？他生了這麼

一個女流氓似的女兒真夠他悔恨，他說 Eme 丟盡了他祖宗三代的面子……哦，大朋友！說老實話，我幾乎失笑！我似乎聽著一個被動的演員在硬著頭皮地背台詞，而我那位偉大的副將（媽）便是那個旁監的頑固絕頂的導演！女流氓，我倒願我能是流氓，這樣我就不必把別人的顏色當作晴雨計，苟且偷安地寄人籬下了。但哀哉！懦弱卑怯的 Eme 既沒有女流氓那種說幹就幹的脾氣，更沒有叱吒風雲的勁氣……。（這封信是由於沒貼上郵票被退回）

　　第二，昨天我到郵局寄信時，偶然地發現了我那封失蹤已久了的，本要託人交給那位怪僻朋友的信，竟高掛在「無法投遞的信欄」中！當然囉！既沒寫收信人的地址，更沒寫發信人的名字，無怪它沒去處了，更怪的是它的上面竟整然地貼著郵票！（我相信一定是那個不識字的阿嬌拿錯誤寄的；因那封信是跟給和的先後寫的），於是我只好在郵局人員的偷笑中紅著臉把這可憐迷路的孩子帶了回來。在難堪中我還暗自慶幸著它沒有被常到郵局寄款的副將所發覺。

　　我沒有想到您會乘上晚上的火車，我早已在夢鄉了，我這幾天常做夢（儘管半夜裡常常醒過來），網球夢、合唱夢、旅行夢……奇怪的是我做的夢好幾次都是同樣的地點——一個我從未到過，但似乎並不陌生的，有山、有溪流又有松林的頂富於詩意的地方。有人說以心理學可分析夢，哦，大朋友！我真希望我也能分析夢。我對心理作用很感興趣；我常分析我自己的性格（我的自我厭惡往往是這樣而起的），也高興分析別人的性格、話語及其他。有時候我想著：也許有一天 Eme 會患上精神分裂症……。記得初一時，由於我太差於數學，我那個尖酸的大哥就曾經講過這麼一句話：「數學本來是簡單的，但對於像妳那麼一個具著複雜腦子的，就不那麼簡單了」，他常諷刺我「別胡思亂想，整天在作那可憐的作家夢！」雖是這樣，我知道世界上除去母親，他最了解也最喜歡的就只有他的她（以後告訴您）和我了。至今遠離故鄉的現在，他的來信上仍包不了那刺人的語鋒，我想

這定由於長期的病（胸部）和精神上的不得志而致。我愛他，卻也恨他，他似乎很現實，但我知道他並不亞於我那麼富於情感，他給人們的印象是怪僻、孤傲而頑強，很少人能了解他，我常想如果不是他那傑出的運動技才（徑賽、棒、排球及游泳是他的拿手）及不劣的數學才能，那他一定是所有學生中最孤單的一個了。他頗喜音樂，也常習作，寫的文跟他的話一樣的尖、酸、辣。但願他身體復原，早日還鄉（講自己的事講得忘形了）。

　　蓓蒂所講的話，我想是由一時的感觸而起，您放心吧，時間和興趣會治好她的，我懂得她，我將安慰她，今天是她參加苗栗縣運的日子，讓她的毅力和恆心賜給她勝利吧！　　　再談

十.一　Eme 上

艾蘼小朋友：

　　接你卅日信，讀後使我的內心感到一些不安的愧疚，雖然大哥的事與我風馬牛不相及，却因我目前正幹著這種工作，總好像我脫不了這個干係似的。我深知你會因此鄙視我，甚至仇視我，這是避免不了的，但我曾說過，我從不能把對于一位好友發生了的思想隱藏起，我甘願承受你的譴責，甚至絕交，却不能不獻出我的坦誠！

　　依照我們這群善良的心願，我們是「為著避免傷害一個好人，寧願放過十個壞人」，可是現勢走到這一步，為著更廣大的大眾安全，却迫使這種防諜的工作不得不一反我們的心願，而造成「為著不放過一個壞人，寧可犧牲十個好人」。從個人的情感而言，這是一種罪惡，只是如果想寬一些，我們所恨惡的將不是這看似罪惡的工作者，而是為你所說的「只知破壞，不懂建設的自命前進的小伙子」之流。從我短短的工作經驗中，我常常在一件案件的真相大白之後，發現驚人的答案，那就是說，鋒芒畢露的嫌疑犯只不過是為人做鎗頭的櫥窗裡的樣品，實際却正是那些表現得極其忠貞的可愛的人物躲在背後做出人所想不到的罪惡，這樣乃使一個防諜工作者不能不為那些受累的櫥窗裡的樣品的冤枉深感愧怍。你是了解保羅的，保羅永遠的忍受不了一切的不平現象；那末自從奉命擔任了這個工作以來，心靈上所時時懷著的不安的痛苦，艾蘼總會想像得出。但為著「必須絕對的服務」以及「民族的忠心所產生的理性」，我只有忍耐這一份壓根兒不宜于我性格的工作，我從不願向誰吐訴這種不安的痛苦，因為最好的朋友亦將因此鄙夷我。愛國是一種道德情操，這是毫無疑問的，但愛國所表現于行動的，却未必合乎道德標準的，且往往違反道德的起碼要求，尤其作為一個時時準備末日審判到來的基督徒，即或在最最平凡的生活中都必須嚴律自己的一言一行，又怎堪那些突出的充滿著殺機的工作！我有一種茫然的心願，巴望著會有一個機會讓我去「補贖」心靈上的那個隱約恍惚的虧欠，也曾有過一個機會，却錯過了。（後面再

談）我不知對于你無辜的大哥的遭遇，我應怎樣的安慰你，並說出我的歉疚。我的小朋友，你也懂得法律並不是公平的，是非在人的心裡，而戰時的律例更是接近蠻不講理的強橫。不過當我們遍視亞洲尚只有這個乾淨的大島的時候，我們只有以最大的容忍態度來容忍我們所愛的親人的遭遇，並體諒時艱、體諒政府為廣大民眾的安全所不得不拿出來的措施，我深知這措施免不了因為工作人員的疏忽怠惰所產生的令人沉痛的錯失。還有，為你親愛的大哥釋懷吧！那裡固然是一個苦地方，但卻沒有出自折磨所加給的痛苦，政府的願望是要這些過失者重新做人，並沒有把它當做懲罰，他們決不會受歧視或者虐待，因此那裡決不是罪犯的監獄。我只有以最最誠懇的同情獻給你。也許你並不稀罕這種同情。

今年四月，上面曾有命令調我去受訓，受訓後的任務是到綠島去。我真該死透了，你知道我為什麼請求緩訓？我沒顏面說出這個原因，小朋友，如果不健忘，還該記得二月九日（編按）新竹車站上你揮別時喊著的「四月見！」而不幸那個四月竟展期至五月，而那次的訓練卻又正是從五月開始。可是五月的相見，我只不過是從蓓蒂那裡接受了大量矯情的固執和冷淡，我很少那樣的生活失敗過！而我那個茫然的心願也將難再了却。我相信你也會因此而鄙視這個可恥的保羅！

《復活》一定給你帶來不少的收獲，也更替我向你透闢的解釋了靈與肉的問題。從這裡我們很了然一個人的道德生活無非是在靈與肉、理性與情感、進步與墮落、物質與精神、動物的我與精神的我……等等型式不同內容一致的矛盾中找尋出路，而這出路對於你我勢必經過長期的苦悶摸索始能獲得，逃避不了的苦味是這樣的塞滿了我們的胃腔，讓我們相對著嘔吐吧，也許有助於我們提早得見曙訊，縮短咱們的苦悶的旅程。以前我確曾懷疑你一再強調的孤獨的期待之苦是否如你所云的無病呻吟（原諒我這種含有蔑視意味的不信任），但當我想到一個尚未成形的文學天才掙扎圖求生長的苦悶成為一種獷野的力

在心胸中衝撞奔突的騷亂時，那種孤獨的期待乃是必然而真切的了。我彷彿懷有極沉重的心事欲望向你傾訴，但這只是一種直覺的感應，我甚至耗費了很大的力在尋找、終無所獲。在遭受著青年期創造慾的精神巨流所衝擊的艾蕪啊！「這種期待正似山雨欲來的低氣壓：宇宙在緊張著、雷雨在醞釀、天空佈滿了重雲，沒有一絲兒風，凝集的空氣不動聲色的在發酵，人被窒息了，神經像樹葉般發抖……在這樣的期待中間，自有一種悲愴而又快意的感覺，雖然你受著壓迫，很痛楚，但在血管裡面可以感到燃燒著宇宙的火燄。」昏憒的靈魂在竈內沸騰，千個萬個生與死的種子在心中活動，結果將產生些什麼來？……你這似乎是枯槁了疲憊了，但實際上卻是由於期待創造的苦悶的心靈將會像一個頭胎孕婦般憂慮的默然凝視著自己，懷著不安的情緒，傾聽著臟腑移動，想道：「我將生下什麼來？」

我并不主張你消極的期待，由人類第六感覺所產生的宿命意識會把一個人坑害了的。固然當你如今蹣跚試步的走向文學之前，你必須要經過一個無法洩遣的期待階段，然而毋寧說是準備！接著這個準備之後緊隨著而來的將是勇敢的進攻，勇敢的承認自己的需要，不可以聽任「需要」在你的心中呻吟或者呼號，而誤認這是一種抑制、客觀的事態並不如你所想的那樣值得考慮。而「潦倒」並不是可怕的前途，潦倒一詞只不過是世俗對於那些不甘向世俗低頭的傲骨所給予的謾罵，曹雪芹若不潦倒，又哪裡會有空前甚至絕後的《紅樓夢》的巨著！

我不希望你寫〈黃昏的憂鬱〉。寫那個盡其在我、不求人知的〈沒有收穫的播種〉吧！寫那個未來派的在賢明的第二代手裡解放出來的〈第三代〉吧！緊記著，艾蕪，把握住如何到達我們先聖所詔的「物我同化」的境界；如悲多芬藝術論、如羅曼羅蘭的人生觀：「歡樂，如醉如狂的歡樂，現在與未來，一切的已成與將成，都受著陽光的燭照，這是創造的神聖的歡樂啊！唯有創造才是歡樂，唯有創的生靈才是生靈，其餘的盡是地下漂浮的影子，與人生無關……創造是消滅

死！」你對于現實所遭受的寂寞也許沒有分析到它的核心，我想這種寂寞很可能是由於創造慾望的無可發洩與滿足，造成一種為你未偵出核心原因的所感到的空虛。也正由于這種茫然的空虛，才使你發生不斷的生之疑問：「人為什麼要活著？為什麼我存在？」生命有正常出路的或生活充份的人們，將不致也無暇追問這些在人類的智慧所不能解決的問題。寫吧，即或作為一種試診（解決寂寞），你也該勇於嘗試。當然我決不希望你粗製濫造的就魯莽的寫起來，但謹慎並不等於裹足不前。我反對那些略通文字的運用對於文學毫無良心與熱心的小伙子，只為著一時的風頭或諂媚異性而冒充斯文的寫詩、寫散文，用大量抄襲的詞藻堆砌起來，便自詡為文學，這種妄舉只是白糟塌了文學的神聖，我之所以並不（過去）竭力鼓勵你率然的寫，正是要你加強的堅定文學信念與意志。可是從你這封信裡我始羞愧的發現你「作家的夢」在你少女的心內已經醞釀不止一日了，我疏忽了這一點，寬恕我吧，艾蘼！

那末以後我可以將我這可憐的創作經驗供獻給你了，你希望麼？記得二月九日在新竹女中附近的那家小館子裡我曾同你談過一點點在我寫作最苦的境況中所得的心得，同時幾乎成了我的癖好，那便是從不「提著筆在想」，而是寫作之前構成細密的腹稿，甚至逐詞逐字構成腹稿，如此則在真正提筆寫作時，將不受任何騷擾干涉。而你現在所處的情況正適宜走向這條路，當更深人靜的時候，那正是文思最旺盛的高潮，你必須沉著的分析、綜合、深深的想進去、淺淺的寫（想）出來，從確定題材、架成結構、剪裁之後，逐詞逐字的思構下去，然而復誦一遍，加強記憶，這樣你將于明天任何一個時間任何一個空間，抓起筆來把你思構完整的東西等于抄寫一樣的紀錄下來。當然不可能一夜之間把全篇思構完備，也決不可好高騖遠，能思構一句，就是一句，能思構一段，就是一段，這樣穩紮穩打的進行下去，在初習寫作上是極具神益的。不過很少人像我這樣，我總認為這是我的癖

好，不打算勉強你這麼做，只供做你的參考好了，試試看，如果順利，那就證明咱們具有同樣的寫作癖性。我常想，我將來可以把「朱西甯全集」定名為「枕上集」，因為我的作品十之八九都是出自枕畔的。因而有一天我結婚了（這似乎是不可免的），也許我將寫不出東西來，或者寫不出好的作品。而文學生活差不多是高于夫婦生活，對于我。可是誰又能夠抗拒得了肉體的誘惑！這又是矛盾。不過未經考驗的矛盾也許想像的氣味太重了，與事實容有不符。

至于你常盤問自己的那些生之疑問，我極想同你談，可是這太傷腦筋，用文字來談也太費周章，可惜過去我們相會時，讓那麼多的時間浪費了，竟錯過了深談的許多機會，我想這些問題面對面談來是更其有趣的，因為我們誰也不能給誰答覆，只是相互牽拉著、攙扶著，走向一個人生的大迷津而已，我不敢說我們會找到，但憑著我們的傻勁也許可以走向前去，越過前人探索前行中途停輟所留下的里程碑——譬如聖奧古斯汀那一類的軼事。我是常想思這些頑強神祕的問題的。也許我們這一輩子不能再見面的，這太令人悵惘了，不過我仍願以後以文字來談論這些。當然「為何生活」是比較重要的——不，是比較切近。現在，我是太少能與我談得來的朋友。

我實讓你說動心了，你那位蠶豆哥哥和姐姐果真如你所說的那樣，那就實在太可愛了，我很想結識，因為只是咫尺相隔啊！（過去曾結識蓓蒂的大哥，可是他太愛羞怯、動不動就窘，且老是對我逃避，我很不明白）我很少同你談民族問題，因為民族問題已很落伍——雖然目前還是個極端重要的問題——至少是偏狹的。國父的三民主義的民族主義，國父的意思也只是把它當做迎頭趕上的一個過渡，而他的最高理想卻是反民族主義的大同世界，因為人類是一個整體，本不容一切的愛國主義來在各自之間劃界分割、壁壘森嚴。當然目前我們的民族在偏狹的斯拉夫民族主義侵略下，生命危殆，我們必須盡心盡力為民族盡孝，但這終究還是過渡，要緊的還是和平合理的民權和

民生，唯有這兩者才是我們三民主義信徒奮鬥的最終目的。不過在情感上我不能不深愛我的深厚的中華民族，而恨惡輕狂淺薄的大和民族以及陰毒險詐的斯拉夫。至少這兩個民族一個使我家敗，一個使我人亡。對于你的蠶豆哥哥和 Today 姐姐的崇高的愛國情操，我致以最親切的敬意！（禮拜六十七點卅五分，去看《亂世忠魂》）（接一號來信）

　　我曾跟蓓蒂說過，我應該是一支熱水瓶，永遠沒有辦法使我的外型熱起來。大陸性的教養總是這樣的擅長抑制，說漂亮些，是含蓄、深沉，反之，恐難逃「雙重人格」之譏。我不敢說你那位傻子哥哥、姐姐是否還是從老祖父的手裡染上我這樣「表裡不一」的大陸氣味，恐怕多少還有一些牽連。先別生氣，我覺得台灣省的人是很淺薄的，當然我也可以用天真來代替淺薄，不過再用什麼悅耳的言詞來修飾，淺薄畢竟還是淺薄。但這只是一種概念，如果就我實際接觸的幾個友人而言，倒又并不如此。（我一點也沒有想到怕得罪你。）

　　你怕談婚姻麼？婚姻並不可怕（我們在情感上所同感的恐懼，自然是沒什麼正當理由的）可怕的卻是你所說的「草草的婚姻」，不僅不能從這裡謀求精神壓力的擺脫，相反的卻是在現有的壓力上再加上幾百噸的壓力，在一切的事體上都不容許「草草」，況乎婚姻？尤其你那種性格，如果沒有一個開明、進步、極端忍耐的丈夫，你的神經將無法把你這個人維持得更久，而最可怕的卻是神經崩潰了，人還依然活著。我決非在存心恐嚇你，你的智慧會使你懂得這個，必要的抗拒是不可以濫忍的，為著大部份未來的生命能更好一些的存在著，你必得懂得怎樣的勇敢的站起來，勇敢的衝出去！

　　雷馬克的《凱旋門》讀過沒有？我這裡有。《紅樓夢》是作為一個中國作家必需多讀幾遍的巨作，我這裡也有。還有很多要談的，十天的休假，工作堆積了一些急待處理，再談吧！（多談一些你的事，我聽不膩的，別那麼顧慮。）祝福

創作順利！創造歡樂！

　　　　　　　　　　你的大朋友　十月四日十六時四十分

・編按：民國四十三年二月九日朱西甯、劉慕沙第一次見面。

大朋友：

不！我一點也沒有對您所擔任的工作（儘管我不很詳細）發生惡感，更不會仇視您；因為人生本就充滿矛盾，況且我本身（性格上）就可說是矛盾的結晶，我永遠相信您。

您的話是對的，從大哥的來信，使我感到綠島之行或許對於他身心兩方都有益（我倒很嚮往它哩，可笑不？）正如其名，詩般邃美的環境以及那洶湧的海潮令他的健康大有進步，更可喜的是隊中有許多是多才多藝的，他曾來信說，那兒的文化水準頗高，比如樂隊和話劇都是頂頂不錯的。

謝謝您鼓勵我寫作，但我覺得還是慢些時候寫，因為我生活經驗（廣汎的、實際的）及文字的運用技術都少得可憐，怕寫出來的東西將是「坐井觀天」或太過主觀。因此還是讓我多充實一下自己吧。不過我可以把我的生活心得或隨想多寫給您，當作我的習作，可是您是否有看它的耐心和宏量呢？

寄給我《凱旋門》看吧，不知怎的，這書的題目使我發生一種重逢舊友的親切感；也許是因為它令我想起那位千古不朽却又潦倒（我所謂的）的英雄——拿波倫之故。

您說怕結婚後怕寫不出什麼來，這使我記起了羅扳史帝芬孫在為青年人而寫（日譯的）裡面所講的一句話；他說：「爐火旁的溫暖將令一個男人的雄心縮萎」大朋友！您怕嗎？結婚和死是一種偉大的未知數。我有一種預感——似乎我第一次的婚姻定歸失敗；我定不能安於第一次所建造的「家」——也許因為那個人是那麼的庸俗而我卻那麼的慕鴻鵠的高舉。您看過（作者的名字忘了，不知道是莫泊桑的老師或學生）看《鮑法里夫人》（日譯ボヴァリー夫人）沒有？

如果照我目前的預感，那麼書裡的女主角所經歷的便是 Eme 婚後的最好的寫照了。

故事是寫一個頗有才思（很富於幻想）而又天真的少女，嫁給一

個平庸、老實毫無進取（雄心）的鄉下醫生。這個以為能讓妻子吃好穿好就算給她幸福的醫生，永遠無法使那精神上的慾望頗強的妻子滿足，漸漸地，她陷入您所謂的「神經崩潰」了，她整天生活在幻想的國度裡：就在這時「誘惑」闖入她那空虛的心裡；她抓住了使她以為是很合乎胃口的年輕詩人，但懦弱的他及她對世俗的拘泥終令他們分離。

在她萬念俱灰的時候來了個能給人一種「強」的印象的中年男人——一個一看上了某個女人，腦子裡便同時想著「如何勾引她？」「而後怎樣擺脫她？」——的情場老手。她被屈服了，把身心都獻給他，但當她瞞著丈夫而作的投機事業失敗企圖求助於他而遭拒絕的時候，她知道她完了，于是服毒自殺。臨終前他丈夫曾問她「妳不是很幸福的嗎？」對於這個可憐的庸夫她只微笑著說：「我知道你是善良的，你是個好人——」。大朋友！如果她不是遇人不淑，如果她嫁的是個有雄心、有才幹、敢作敢為的「強者」，那麼她依然可以是個賢內助，一位好妻子了，你想是不是？這些由於所看的書的連想也是使我對婚姻感到害怕的原因之一。

下午（八日）接到蓓蒂來信，要我明天到新竹看肥料公司的運動會及打球去；我的答覆您是可以想像的——籠鳥檻猿俱未死，人間相逢是何年？——她末了一句話「我們有好幾個月不在一起打球了！無聊啊！」很使我傷感，尤其是後面那句感歎詞，夠使我悲傷了！它使我記起莫伯桑的關於普法戰爭以巴里被圍作背景的《二漁夫》，算了吧，太多感了。

您說蓓蒂在五月台南時很冷漠（編按），我想這不能怪她，我懂得她的苦衷，這完全是因為對於周圍那些少見多怪的「黨國元老」（老師及女管理）的顧忌所致。其實那時的 Eme 也夠壞的了，一半是不耐煩於她那種半就半推，不敢說做就做的不乾脆，一半是由於我自己的矜持（頭一次聽到我說吧？）我不要我自己的朋友以為 Eme 比她

跟她有好感的人更談得來，更不願讓您—— 一位剛相識的朋友且正熱中於（oh！原諒我，我找不出比較恰當的話，也許就是您曾說過的「迷戀」）我的朋友的人感到似乎我對他的關心，我有一種不知是好或壞的性質；對自己略感興趣的人故意表現得滿不在乎，毫無關心。我不知道我是否也是淺薄，但從您第一封信所說的「——我總以為因為妳聽到我愛文學，所以為了應酬妳也說妳愛好文學——」我想我一定也是淺薄之輩了（別人看起來）。

我常跟和到談「雙重人格」的事：以往（現在也是）我始終想著，被認為放縱派的我，會跟保守派的和合得來，一定是因為我們都具有一種「雙重性格」——二種極端對立的性質同時存在著的——之故。我更以為我所以會有那麼多的朋友——粗野的、嫻靜的、外向的、內向的、庸俗的、怪僻的⋯⋯與其說我富有適應性，還不如說我有著多方面的性格來得好。我大哥就曾經講過：「妳的性格就像妳的字跡那麼的善變！」的確，有時候我是很變化莫測的，我常感到我的談吐、動作、做的事都很高興、戲劇化（儘管我不懂得這是否是一種罪惡），我常同鏡子、小狗、小貓、小鳥，甚至天上的雲、院子裡的花講話，一如跟我的朋友們講話那樣（不要笑！我是講正經話），儘管臃腫的身軀使我不能在別人面前跳舞，可是我常常在夜色籠罩下，舖著軟芝草的院子裡自歌自舞（我最喜愛那代表最高藝術的巴蕾舞的活潑優美的動作），我不能讓家裡燒飯的，同我差不多年紀的二個姑娘以外的人們看到我，因為他們定要以為我瘋了。

我不知我是否能參加省運，如果能夠，那我將會有許多快樂的事等著我了；首先，也許我們能有機會再談，第二，也許我能拜見枋姐，第三，我能再盡情的合唱（您喜歡唱嗎？），第四，也許我能再逢到自以為一輩子再也不復能見的朋友們，第五，⋯⋯太多太多了！

前次我把您說的搞錯了，您看我多糊塗？！您說上午十二時×分，我卻以為是深夜的，後來才發現到那句「午睡」（多可笑！），

我相信您定看到我的房子了，它就坐落在離車站不到五十碼的鐵軌旁（東邊的），二層樓，有許多樹圍繞著的便是。那個時候，我想我要不在吃中飯，那麼定在做白日夢了。

跟枋姐，自第二封信以來，再也沒有通信過，我是否可給她信呢？當她並沒回信的時候？

好了，下次談吧，我似乎把從沒對她們講過的祕密（？）都洩出了。　祝

快樂！

十‧八　夜　　小朋友上

・編按：民國四十三年五月七日，劉慕沙、劉玉蘭於台南比賽網球，與朱西甯第二次見面。

（　　　　）

憶起四十三年二月九日第一次見面時

艾薤小朋友：

如果在我看來，你是一個淺薄的小智識份子，你想我會如此熱烈的（也許你并沒有感到我這種熱烈）需要同你建立起這一番友誼麼？我沒有同你談過我的愛與憎，我的友人都知道我平生最恨小市民型的淺薄——學時髦，盲目的跟著世俗走——以及人云亦云的庸俗，雖然我自己不見得就不淺薄或庸俗。

你給我第一次的印象是，有一個使節夫人的良好風度——適當的禮節和戲劇性的詞令。我記不得名子（大概是新竹或新新）的那個劇院門前，我們第一次晤面，我一下子就知道你是蓓蒂常是跟我說起的她的好友，也是更多人所久聞的網后，我從蓓蒂那裡知道你是一個思想很新能夠衝出老一代無理牽絆的胖胖的姑娘。雖然我確定了你是誰，可是我沒有向你作任何禮貌上的表示，這多半是因我少年時期遭受太多的「拒絕熱情」的打擊，對于這個社會我失去了信任，這使我不由己的拘謹了，在我的熱情之外隔上了一層絕緣體，使我成為一支內熱外冷表裡不一的保熱水瓶。但當時你卻先向我頷首施禮，我真

①民國四十三年二月九日新竹，劉慕沙（中間）與朱西甯第一次見面。
②同日，（左起）劉慕沙與同學梅英陪劉玉蘭，偕朱西甯去新新戲院看電影《紅海盜》。

有些措手不及呢！告訴你，當時你的風度是極其美的（不是美人兒的「美」）。還有第二次的措手不及呢，當你說「你帶了熱」！我不知怎樣對答。我的神經始終是長于精密而拙於機敏的。沒有想到初識之際，你給了我這兩次窘，我對你不能不另眼相看——但我並沒有正確的認識你，只是意識你可能是我在〈海燕〉中描寫的李景三人行描寫的軼蘋、〈貝家檔子店〉中的毛姐兒、〈碾房之夜〉的雷姑等的那種「滿不在乎」的典型女性。寬恕我吧，實在因為這個社會中不淺薄不庸俗的人太稀罕了，稀罕到令人絕望的程度，這樣乃使我不妄想在新識的友人中去發現什麼奇蹟，我侮辱了你，小朋友！但你決不會見罪的，你的心胸比我廣闊得多。總之在你給我的第二封信（夾在紀念冊裡的你那片手令，我把它作為第一封信）裡，我始才驚詫于你這個人，同時我說不出是喜悅還是羞愧，對于這較遲的了解。

　　對于婚姻，你從福樓拜（或譯作福祿貝爾）的《包華利夫人》那裡連想的給自己定下了直覺的預感，我沒有什麼意見，不過你要懂得你儘可預感，但不能把預感誤作注定的運命，奮鬥不一定可以推翻運命（我所謂的運命乃是或然機會）但奮鬥可以換來心安理得，被殺與自殺究竟不同。你比不得保羅，我原是很自負的，因為從大陸上的那個劉玉蘭那裡，我一直的在勝利、在自信，然而台灣的劉玉蘭卻使我栽了左一個跟斗、右一個跟斗，栽得再沒有半點兒自信了，就像《青樓情孽》中的侏儒畫家亨利那樣，深知自己已經無法再受任何女性作愛情上的歡迎了，而當另一個女孩子傾慕他的藝術，甚至示愛的時機，他都沒勇氣再承當，而他只是想「你不過只是像西班牙的女人愛在公共場合下帶著猴子一樣的帶著我，

南京，劉玉蘭（最後排左一）。

為的是用我的不堪的醜陋顯示你的美！」這種觖望才是注定的運命，而預感却是何等縹渺的東西！何況你有的是足夠的奮鬥的本錢——年輕、美麗、才華，和不屈不移的執著心，包法利夫人算得了什麼？她是無知的、任性的、貪婪而情慾的婦人，她始終沒有找到出路，只是由著隨性而墮落，以致陷入不可自拔的泥淖以服毒結果了自己，何等振聾發聵的警惕？在法國的中產階級婦女也一如今日的台灣婦女，極需要理性的抬頭，也正是理性奮鬥的第一代的長房，所以我曾曉喻蓓蒂：「你的奮鬥將不是你個人的獨享，而是為在你後面的妹輩姪輩領路帶頭！」所以如果你這一代仍是任聽上一代的安排調遣，那麼婦女問題的解決又不得不展延到下一代去，這責任應該是你們的！遇人不淑原不該再發生在你們的生命中了，因為你們已可以排斥去商品命運而有充分的選擇的權力，所以發生在你的生命中的要緊的一著乃是擇人不淑的問題，只要你爭得這擇人的權力，我永遠相信你在擇人方面你是別具慧眼的，所以問題在你身上的，又不是擇了，而是爭。你更明白老一代對于我們的希望是永無饜足的，為著討好他（她）們，付出我們畢生的幸福，只是換得他（她）們一時歡喜，一時的飽足，那只等于老鼠向貓兒討好一樣，他（她）們吃了你，再繼續的吃你的妹輩姪輩，吃個沒完。如果你堅持著被吃，我當然也就沒的可說了。

不過福樓拜（莫泊桑是他的外甥，在文學上師承他的自然主義寫實派）的作品和左拉一樣，暴露得太無情，他們筆下的人物總是被剝得赤條條的，從讀者那裡所得的不是偉大的同情，而是「紅顏薄命」一類的消閒階級的惋惜，這與托爾斯泰、雷馬克等的作品就大相庭徑了。雷馬克的《凱旋門》便和托爾斯太的《復活》是同類的東西，只是在結構上前者不如後者，不過前者採用的是一種電影手法，內心的刻畫也比較少。《凱旋門》讓一個朋友先看了，十五號以前可以把上部先寄給你，下部也許會在台北親手交給你（如果你去的話）或者給蓓蒂轉給你。我已決定廿三號去北投，同蓓蒂是一定可以見一面的。

前次你同我談的問題，我檢討了一下，我覺得我們兩個都是「概念的慈善家」，所有的一切不幸者，如你所說的：貧窮的孩子，帶著便當疾步而過的小公務員、田野上、車站上、馬路上疲憊的農夫、苦力、三輪車夫，以致情感的飢渴而苦悶的青年們，我們總是感到難過，心想必須為這些人們做些什麼。可是我們一經和他們相廝守，共生活，我們又忍受不了他們的粗野、醜陋、庸俗、囂張和愚蠢。你能想像出我的環境，從我的作品中你可以看到我對于那些盡國民最高的義務，享最低權力的戰士們所付出的沉重的頌讚和同情，可是我與他們合得來嗎？不為著民族存亡的大前提，我早該脫去這一身戎裝了，可是事實上我已逃避的從戰鬥的行列裡退了出來，一面我不忍心眼看著比我年長的甚至四五十歲的老戰士聽我的役使，他們的年齡幾乎可以做我的父親，可是他們必須規規矩矩的服從我、服侍我，有時候又必須被迫的罵他們、懲罰他們，你想，我的小朋友、保羅的這副心腸能夠容忍那種乞憐、惶恐的眼光嗎？但另一方面，他們的生活旨趣，他們那種墮落的愛好，更是清教徒式的保羅所憎厭的。這樣我不得不放棄帶兵，我確實不是帶兵的這塊料，這才我被迫充當一個「穿軍服的文人」，按照我的性格，是挺討厭這些案牘工作的，但有什麼辦法呢？我不能脫去這一身軍服，從軍時，親友們的歡送、鼓勵、熱烈的期望，我既是穿著軍服離家，也必須穿著軍服返鄉。好心的友人也曾勸我：「下來吧，辦辦褓誌，專心一致的發展你的文學事業。你的文學成就也足可使你的親友們原諒你了。」可是不，我是這樣的執著。像這次參加青年寫作協會年會，會場裡就只我這麼一個丘八，誰瞧上一眼，誰就知道我是「大兵作家」朱西甯，這不是挺不錯的麼？也許還帶點兒虛榮心呢！這話說遠了，我們談的是「概念的慈善家」，我們同情一個整體（共匪就該說是一個階級了）但憎惡這個整體中的每一個個體，這又成為一種惱人的矛盾了，如你所說，我和你都是矛盾的結晶，也就是小資產階級（小布爾喬亞）的消閒的情操，幾乎是很可恥的，

你不是也這麼感覺嗎？誠然，我們的情緒往往左右了我們的理性，誇張一些說，這也是挺危險的，而結果我們將是兩面人、牆頭草、蝙蝠——綜而言之，我們是雙重人格、腳踏在兩個船上、猶豫不決、《哈姆烈德》（莎士比亞的歌劇，電影大概是叫做《王子復仇記》）就是我們的前鑑。因而我們必須以「勇敢果決」互勉共助。小朋友，你可要常時提醒我啊，我也會如此策勵你的。

你說還要慢些寫作，我同意你莊嚴的慎重，但願你別把慎重當作蹉跎的理由，致于把生活心得或隨想多寫些給我，作為習作，我當然極其高興，艾蘿為什麼要顧慮我有否耐心和宏量？別作這些女兒態，我總是樂意為你服務的，只要我有那份力量，你不是挺喜歡乾脆的嗎？

我愛舞踊，但如愛音樂一樣，止于欣賞。巴蕾的活潑優美會使人感到生命的喜悅，那是胎水未乾的小羔羊的跳躍，欣喜它獲得了生命。西班牙舞的豪放恣情所給予人的感覺乃是生命的浩瀚無垠，歡樂中略帶著點兒蒼涼。除了這兩種舞踊，其次便是各種族的土風，但而外那些以色相肉感作賤女性尊嚴的縱跳，我只有唾棄，也許你會笑我「道學」，並不，我倒不覺得「風化」的問題如何嚴重，而是以嚴肅的藝術觀點來批判它的無恥。你會跳巴蕾嗎？可惜我沒辦法在夜色籠罩下跳過你的牆籬，窺看你的縱情。我也是常愛默默的同雲彩講話，而我所講的却是一些人類還沒有語言之前的原始的聲音，誰也不會懂得，連我自己。我小時候愛養鳥，養狗，後來曾厭棄了，因為年齡。可是現在又回復了少年時期的那種喜愛，但我相信不是回向幼稚，而是它們似乎在某些方面比人更容易接近，我現在養著一條小狼狗和一隻除掉牛肝什麼也不吃的小貍貓。小狼狗原是人家遺棄了的，因為被人打斷了一條後腿，滿身的寄生蟲和癩瘡，我看著可憐，收養了，給打 D.D.T. 又請獸醫把它那條後腿動了手術，塑上石膏架，癩瘡也用來沙爾洗療好了，如今居然是一條極討人喜的活潑的小生命了，不過

這一貓一犬却成了我的負擔，出一次遠門，總是心中惦記著，頗有家室之累之感。

　　要談的，還多著，我只盼望著我們能夠見面，因為這次見面與前兩次不同了，我們似乎已經很了解彼此了。

　　祝福

你的大朋友　十.十二.十六時欠三分

※枋姐是個懶蟲，待我去信問罪之後你再去信，不過別對她失望，或
　者懷疑。她的熱情是可靠的。

大朋友：

這是我自頭一次得到網球錦標以來由衷地感到喜悅，父親讓我參加這次的省運了！那小至極限的可能性極其奇蹟地實現了，您可以想像到接到「釋放宣告」當夜反側失眠的小朋友。使我遺憾的是對於「成年人」本能的防禦（敵視）心理，阻止了我幾乎向父親脫口而出的充滿激情的「哦！謝謝爸！」（四面楚歌的環境很可能將把我造成跟您一樣的熱水瓶呢）。您知道為了此事，一向不喜愛跟女人囉嗦的父親，跟母親曾有一場爭執；更妙的是看著儘讓她喜斯特里克地在那邊嚷叫而不理她的他，我似乎看到了您那位未曾向「別人」低頭的可敬的父親的側顏。

昨天（十五日）跟蓓蒂痛快地打了一場，哦，我們還去看了《紅塵》呢。幽默的對白，恰到好處（以我看）的演技，真令人像吃了冰淇淋似的透心涼。不過它又再一度難過地使我看到一個嫉世惡俗的，對於那些所謂「體面人」看起來是屬於「野」的潦倒女人的寫照。

回憶常給寂寞的人帶來微笑。新新戲院的門口，儘管想像中的您是富世故，中年而又強，但蓓蒂的述說中所得的印象，却又是一個令我失望的書生、小白臉（原諒我的偏和不客氣！）帶著打了大折扣的期待（幾乎是沒有的）我赴約（？）了，正因為這樣出乎意料之外的您竟在初識之際，給了我的偏見一個大大的警惕，莊重的態度和手上的白手套令我「肅然起敬」，更使我寒心的是，當您向我點頭回禮的時候，我怕我心裡所想、所企圖的一切被您的眼睛一覽無遺了！但願這次的再會將帶給我們更多的快樂和更妙的回憶。

嘿！真高興聽到您喜歡狗、貓等小動物，在我家中（也許亦可說鄉裡頭）我要算是個典型的動物狂，目前我家養著兩隻狗和兩隻貓，頂惹人喜愛的。我家院子裡一棵薔薇樹下，還有著一所我跟弟弟共同建築起來的動物的公共墳，裡邊埋葬著小貓、老鼠、小鳥等等的屍體，因此我是不只唱過一次〈與主接近〉的讚美歌了，即使我並非基督徒。

我還喜歡一種玩藝——鬥狗。傍晚，心血來潮的時候，我常做的，一塊圍裙便是我的武器，口裡哼著西班牙的鬥牛歌，想像著電影裡鬥牛士那種瀟灑優美的姿勢，企圖做得使自己感到悅目些，奈何臃腫的身體和那隻不像球拍那麼聽話的小狗，常使我不得不停了下來，不過這是很好玩的，大朋友！您不妨也試一試吧，很妙呢！

我愛跟牠們談話，當我痛苦、寂寞或受到委曲的時候，我就對著那傾首思考地望著牠那流著淚的主人的牠講「為什麼造物那麼不公平，給了你那麼簡單的頭腦呢？不然的話你也許懂得我的心事，不讓我那麼的抑鬱了，你知道……」。

《凱旋門》我只看了三分之一，美極了，也許對於我它比《復活》來得易懂，也就越感到親近，我相信它將帶給我更多新的東西。不過我是否可以在我上北的時候跟您的下冊相換呢？因為，我想讓我那位似乎很喪氣的 Today 姐姐也分享一下那說不出的美。

我天天到苗栗去練球，早出晚歸，恐怕會很少給您信了，因為我跟您一談便沒有休止，這封信也是從十六號開始寫的哩。不談了，祝

愉快！

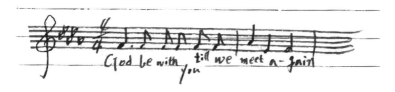

十月十九日晨　　　　　小朋友 Eme

大朋友！

　　人們固然在幸福喜悅的時候容易忘記患難中的朋友，可是很奇怪，這次的優勝，並沒給我帶來喜悅，却把我推進一種無可奈何的空虛惆悵和寂寞中，我也不知道究竟為了什麼。對於我，那整整的一個禮拜就像是把一塊石頭投入靜靜的生活的流水中，激起少些的波紋而今復歸於平靜，寂寞的陰影重新罩起這條河流了。我想著：那麼多的人們從哪兒來，聚集了一些時候，然後又要散往哪兒去呢？他（她）們回去又要開始作各自的事情，不變地、滿足地……是否有人像我那樣的想到這些個事情呢？……算了，這便是生活，那麼善感幹啥？人們不是說「自古多情空餘恨……」嗎？

　　還好，明天起小朋友就要當一個四個月的國校臨時教員了，哦！大朋友！Eme 不復是小朋友了呢！可是我有點兒心悸；我是否能勝任？關於我對您朋友們的見解，我想您有些過慮了；儘管我那時尚未弄清他們的名字，可是我對他們的印象是極其好的，起碼我對他們產生了一種像對哥哥那樣的信賴感，否則我一定很不自在而不能那樣的談笑自若了，同時因為我相信大朋友，所以我也就很自然地相信了他以為值得介紹給他的小朋友們的朋友。（編按）

　　很慚愧，我沒能夠去找枋姐。我之所以推斷她喜歡貓，並非由於直覺，在她給我的信裡面曾說到她並不比我強，因為她可以為了一隻小貓的失踪而哭個大半晚。現在你懂得了吧？

　　您的苦鬥，我是領略了，不過如果只為您所謂的「兒女私情」那又太不值得了……。您在信上所說的「戰況」（跟那位處長的對答，實在是夠令身上有著硬骨頭的人拍案叫絕了！可是那等於是（誇大一點說的話）拿生命開玩笑哪。大朋友！讓人家看看我們的骨子是好的，但我却要說（儘管您一定比小朋友更明白）讓我們盡量避免跟別人磨擦：因為無謂的爭執將使我們的心神疲憊。

　　不要為那隻惹人憐愛的小狼犬的死而難過！我們尊敬生命的火

①民國四十三年十月二十五日全省第九屆
　運動大會於陽明山，女子軟式網球賽。
②獲雙網冠軍。
　這次朱西甯夥同兄弟們至台北新北投會
　見雙劉，是第三次與劉慕沙見面。
③朱西甯的結拜兄弟們。

花，可是當那燃燒在生命（即便是微不足道的）裡面的火把，被一種超自然的觸手所熄滅了，我們又有什麼辦法呢？「『生』從永恆裡產生出來，而『死』乃是生的永恆的休眠」大朋友！我也曾為了我心愛的老白狗（我從來沒有像愛牠那樣地愛過人類以外的動物）莎莎的死而哀傷，午夜裡泣哭、做夢……可是那畢竟是不復回來的了。讓我們以「忘却」的衣服覆蓋它吧！

大哥仍然在綠島（哦，不要多心！！）前些日子，接到他的來信，信裡詳述晚會情形，如果那邊的康樂隊果真像他所說的，那麼我就要羨慕死了──〈兵士的合唱〉（古諾）、〈軍隊進行曲〉（修伯特）、〈藍色多腦河〉等等的管弦樂合奏、混聲合唱、男女高音獨唱……等等。對了，您說的曲譜，我有著許多，不過大都是日文的（歌詞），不知道您是否願意看？不過就在幾天內我將先寄給您幾份原文或中文的，裡面的一本《Happy melody》是我們的小小合唱團在遊青草湖時，為了留念，那位男高音和男低音同學合編的，許多地方不清楚，可是曲子都是很好的。

硬骨的莉莉（外表也是柔弱的）跟她那邊的工頭吵了嘴，終於在幾天前拂袖回鄉了，我倒替她鬆了口氣，對於她和他也許這是唯一的「了解」的辦法。

《凱旋門》看完了，的確內容有許多是不易捉摸的，儘管如此，我仍然很喜歡它，也許男女主角的心裡對於我多少有點「於我心有戚戚焉」的緣故。不談了，請替我向各位道謝！

11 月 2 日夜

※父母親下午到台中看電影去了，我現在正想蹓去看《聖誓艷血》！

・編按：十月二十四日劉慕沙、朱西甯第三次見面在新北投。朱西甯的結拜兄弟們同行。

大朋友：

　　以往，我常跟我那位傻子也是野心者的 Today 姐姐談到西北的事；不知怎的自從我生平第一遭的念了本國地理（遠在小學六年級的時候）我就本能地對西北有著一種難以形述的渴慕和嚮往。儘管那種嚮往和熱狂，並不由於我們現在所謂的「抱負」和「野心」，而是由於一種幼稚的幻想。高中，由於 Today 的「青年應向西北去」於是那種嚮往又開始澎湃了，我又開始了那幻想（也近乎抱負的幻想）——在人所未到的西藏高原上、山谷間，祁連山下廣大無邊的牧野上，在那群無知的人們中留下我的足跡，我要用赤腳踏著雪地（像我奔馳在球場上那樣地疾馳在山谷間）用我粗硬了的、凍了傷的雙手，為那些無知的人們點上「知」的火！！我要……太多了，唯恐「動物的我」將如使我變成「概念的慈悲者」般的變成「概念的野心者」！！

　　一談起小學教師，我的朋友們都以「好了，我們的尼羅又可以打打球、唱唱歌，伸伸翅膀了」為我慶幸。但事實上並不像她們所想像的那樣的安易（這點也許您的人生經驗比她們多，只有保羅瞭解了），本來三個月的代用，我很可以馬虎一下，以「敷衍主義」去應付應付的，可是我却不願意，為什麼？我自己也莫名其妙！也許是一種年青人的熱情，也許是一種想要留給別人一種好印象的榮譽感……總之 Eme 的睡眠時間是遠比升學準備時代差得多了。

　　踏入小學的校門，我第一個感到的是這些小魔鬼們「奴性」的根深。我驚異那些一上台招呼（老師早安、同學早安）連同咆哮（站好！！你，你看那裏？！）齊發的「老師」們，更悲哀的看到那些不用怒吼，不用武力就不動的小奴隸們（不寫了，今天是遠足會，我得準備東西去了）

11 月 20 日晨

期待過大的遠足會，使我大大的失望了。這更令我念起昔日青草湖的樂團來。昨天，我作了一次牧人；拖著疲憊的腳步，趕著一大群不解人性的牲口，翻山越嶺……但，畢竟我還有了一點收穫；她們（小鬼們）像一面回憶的鏡子，讓我看到了以往的自己，我深深的領悟了為人師之難（當然並不指以教鞭為飯碗的）也似乎第一次地觸著了盪漾在「老師」心湖底的「暗流」！我愛她們，因為，她們的天真、直爽及嬌嗔；她會告訴妳，她最愛吃用清水燙過的豆腐干，甚至是她父母昨晚吵了一架……但我也恨她們（多少帶著一點恐懼心理），她們自私、善妒、虛榮、狡滑而又深奧；昨天為了搶著要拉我手，跟我走在一塊，竟使這批善妒的傢伙，撒潑的撒潑、哭的哭、鬥嘴的鬥嘴了。我自信我並沒有理由讓她們彼此妒嫉的，因為我表現得四海一家、一視同仁。更可怕的是，她們都似乎患著一種虐待狂，極其高興看到自己的隣人給老師挨打、謾罵、處罰。比如對於一個功課壞或晨檢（身體檢查：攜帶物）不及格的，她們都一致鼓勵我，讓她們跑操場、受打或晒太陽。有的甚至偏著嘴說：您就不敢打她，她才不念，以前像××老師，她們不念，一打就念了。大朋友！可惜我非粗礦的牧夫，否則我就非把她們痛打一頓不可了！還有更可怕的；在旅途中一個姓李的外省女孩子（屬於將是「尤物」的可愛），帶著許多糖果（據說是一位國軍買給她的，她父親就是軍人，她媽媽亦是個風騷的尤物）她竟以一塊糖果、一支甘蔗為代價，叫一個窮得買不起糖果卻又貪嘴的孩子給她拿鞋子、抱外衣，做她的跑腿。這使我又一度痛感到賄賂的可怕、誘惑，小資產階級的惰性以及奴性的嚴重！！

　　作了二個多禮拜人師，能使我稍微捫心無愧的只有國語、常識和音樂三科，儘管我不會彈琴，但我相信我能用我對音樂的熱忱及歌唱的愛好，使我的後輩們不感到不滿。最令我寒心的是珠算，學生能力參差不齊，教學方案無頭無緒，主要的還是我自個兒「力有餘而勁不足」（？）不知道要怎麼講才能夠使這批似聰明而非聰明的傢伙們領

悟。

　　音樂對於我，永遠是親切的，我的朋友們，除了球場上的以及極少數志氣相投（如 Today）的以外，就只有音樂的朋友了。現在即使我們已如群鴛亂飛，但當我唱歌的時候，我似乎依稀地聽到珠（女高音）那圓滑的聲音，琴那稍帶童音的可愛的高音，蔬莉（女低音）那冷若冰霜、毫無情感的 alto，以及和那夢幻似的現成男低音。如今她們是走了，國校的許多教員，似乎除了流行歌曲那令人作嘔的唱法外就不懂得還有其他的唱法了。現在要找那能與我的心弦共鳴的樂音，就只好求諸跟我同好（動物、音樂、花草）的父親所收藏的十多張西洋古典樂唱片了。但欣賞的機會，畢竟也少得可憐，因為生活的鞭子抽打著他，再也沒有心緒聽唱片，同時在家人忙碌著的時候，我也不會有心緒欣賞它的。目前我很希望自己練一練琴，趁這三個月的時間能做出一點東西，可是只是希望，是否有時間、有恆心，還是一個問題哩！大朋友！！樂潮澎湃的時候，到山上去，無人的原野上去，對著天空、對著海，對著無邊的曠野歌唱吧！！大自然的心音，將跟您的心弦發出共鳴！哦！為什麼您說您將像霍夫曼那樣呢？

11 月 21 日晨

　　我的大哥畢竟回到台灣來了。目前仍在板橋附近的生產教育訓練所裡。聽說生活很好，母親決定本月 24 日上北探望，久別重逢，不知將有何感觸？！

　　對了，講起他，我又記起了您說的關於「外型美」與「心靈

劉家東，從綠島移送至台北縣土城「台灣省生產教育實驗所」。

美」的事。謝謝您！我也不知道為什麼我曾經講過那種我自己也感到厭惡的話。遠在初中的時候，大哥常講「吃得太飽太無聊了，便為自己的外型美操起心來了！」我自信由於他，由於 Today，由於擁有那麼多心地可愛的朋友，我是早就擺脫了那種無謂的操心了；我常為我的朋友而自傲，因為她們使我感到 Eme 並不由於體型的缺陷而變成孤獨……，這就夠了。

我尚未看過《紅樓夢》，所以史湘雲究竟是怎樣的一個人是不得而知的了。不過看了您的信，又激起我那種類似對我的執友們所感到的恐懼；素來我總認為我自己倔強，野而又乖戾，可是她們偏說我「純」、「善良」，我不知道為什麼她們作如是想；唯其不知道，更令我不安了，我怕她們把我估得太高，而並不像她們所想像的那麼純美的，Eme 將使她們失望、幻滅……終於有一天我將完全的失去這批良友！！但我更怕我自己將為了不要令她們感到幻滅（不願失去她們）而費力地、努力地造作，使她們永遠地感到，永遠地看到 Eme 的虛偽的偶像！！！不過有時候我常感到我自己是我的朋友們的很好的鏡子；我的所以「純」，所以「無邪」，所以「善良」，完全是由於受她們自己（您也在內了！）所造出來的氣氛的薰染的緣故。比如跟那些無知、淺薄而又粗俗的人們在一塊的時候，我常痛苦而又驚異地感到我自己變得異常的粗、淺和暴戾了！！別了，可愛的朋友們，讓我永遠把她們安置在回憶的最深處吧！（不寫了，似乎越寫越寂寞了），寄來的書刊統統已收到，未能速覆請原諒！

尼羅　11 月 21 日晚

大朋友：

國校統一月考的旋風，非但忙壞了我的思維，同時也給我帶來了幻滅（對於一個自己曾愛過的人的）；為了爭取少些的分數（為得主管人員的信寵），為自己的信譽，他（她）們都陷入一種半瘋狂的狀態中——為了採分的稍為不對，為了計分的一點差池，人們互相指責、厭恨，甚至為了自己的不出人頭而妒恨、毀謗……。我很悲哀而失望地看到我那位姐姐（我大哥的她）竟也被這種名利的風浪所埋沒了！剛好我採分的（算術）是她那年級（三年級）的，當晚她深夜跑到我家看她班級的分數，把我採好的考卷一次又一次地、翻了又翻、檢了又檢、問了又問……我似乎很痛苦地，被迫看到了專門暗中施力的達官顯貴夫人們那可惡卻又可怕的側臉！很不幸地，我發現我是開始在憎惡她了。她——一個清瘦、儀表嫻淑的，笑起來有一對逗人憐愛的酒渦，給人的第一個印象，永遠是 100% 的甜姐兒——哦！為什麼我竟也在別人的身上製造厭惡了呢！

對於我那批小魔鬼們，我始終以一種幽默的態度去應付她們；這樣既不使自己易怒，也不致一天到晚向她們咆哮；例如，我把我的小天地看作馬戲班——有綽號「孫悟空」、「鼻子」、「牛伯伯」、「吳小貓」、「林松鼠」……等等，當然她們這些不傷大雅（我認為）的綽號是有其「典故」的。她們比其他任何一班的女孩子都來得野、跳動、狡猾，也比她們來得可愛、大方。說話課我常讓她們表演話劇，述說她自己的故事。昨天級會時，不知由於好勝，亦是由於坦白，加上幼稚的不知（也可說是厚臉皮），她們把渾身的私、狡、恨、惡……都發揮得淋漓盡致了；她們提議、檢舉……我帶著啼笑皆非的心緒聽著這批「自治的奴隸」們說道「上課不聽老師的話的、自習時走動的、早會時不留神的……要記名字扣分、罰拿凳子……」可笑的是，提議的人竟是上課時專玩把戲的「本人」哪！　　（星期日）

月考的旋風一過，又拉颱風警報了，今天我帶著滿腔幾乎要令我

窒息的不滿，在那批驚心寒膽的「老鼠」們中間等待著「大貓」（省派衛生督學）的駕臨！幾天來有關衛生簿冊，整理又整理；如果換過民族精神教育的督學，那又將是另外一回事了。應付式的教育——為督學而學問，為校譽而學問，為升學而學問……「天下的烏鴉一般黑」矣哉！！

大朋友，您相信我已愛上了一個人嗎？我不知道我該怎麼樣去描述才能讓您曉得，首先我要說他沉默、剛毅，似乎對任何人都很冷淡，而不在乎的樣子（跟我們一樣的熱水瓶哪），但我就知道他比誰都熱情而幽默而更富於詩意——他的儀表讓我連想到溫馨而神祕的黑夜，以及千古不融的、蘊藏著永恆的謎語的凍原，他的聲音讓我神遊，維也納森林、雪原山谷、藍河湖畔和那種神奇的中古的古堡……。我相信只要您跟他對談一次，您就會像小朋友一樣本能地愛上他了。也許您將更感到他的可愛、爽直、誠樸和魅力。現在您的小朋友只能告訴您「她愛他！她喜歡他！！」大朋友！您會喜歡他的，即使是慢慢的——他的名字是——「鋼琴！」您會彈琴嗎？我練了二、三天，有點會了，不過伴奏是「自我流」的，我現在總覺得為什麼我不早喜歡上它？每當心血來潮的時候，我常仰看清晨的寒星，踏著露水，走到寂靜的琴室自彈自唱，您可以想像我是多麼的快活哪！

大朋友！告訴我，如果是您的話，您要如何對付那批結黨分派互相妒恨的小魔鬼們？她們似乎分做四個黨派，我真不堪設想在孩提時候就鬼鬼祟祟的她們的將來！

上兩個禮拜天來了蓓蒂跟幾位球友，聽了一整個下午唱片，當我送他們到車站時，我有一種恐懼——不能使他們樂開，而讓他們失望！

蓓蒂到南投參加田徑賽去了，讓我們祝福她！很慚愧，自從省運回來，我就一直沒跟枋姐通過信，主要的當然是因為沒有時間，不過我總有一種怪癖；每當我記起「我必須給她信了」那麼我就會很厭惡

地感到出於義務似的，於是終於又停筆了。

　　寄來的書，**謝謝**！可是因為沒有時間看，故未能告訴您對於該書的感想，請原諒！

　　您的《碾房之夜》我拜讀了，我不知道要怎麼說我的讀後感——首先我很費力地看著那些我並不熟悉的近於方言（？原諒我）的字眼兒，接著我又帶著一種莫名的近乎屏息的緊張讀完了它的內容……。

　　不談了，工作堆得很多，以後再說。

12 月 7 日中午

大朋友：

在眾多的美國樂曲中，我僅喜歡 Foster 那富於人情味的歌曲，尤其是黑人合唱用的（我最愛聽黑奴們那動人心弦的合唱，儘管我沒有親耳聽過）我最喜愛他那些簡單卻又耐人尋味（？）的〈Massas in de cold cold ground〉（主人永眠黃泉下）〈My old Kentucky Home〉（肯達基老故鄉）等等。你知道我們（我的現成的合唱團）第一部練唱（合唱）的就是這一首永遠讓我感到鄉愁的〈主人是眠了〉嗎？我家有這個唱片（反過來是聖誕夜的合唱──〈Holy night〉），開始時由男高音獨唱，其餘三部男低音用哼（Humming）到末了一節（1－76｜5－3－｜653·12－……）才又全部的男聲一起合唱；當我聽著這支歌或是自己唱著它的時候，我的眼簾中總是浮現出一幅圖畫──在靠近一所農舍、有圍著矮柵欄的牧場旁邊，一片荒蕪的曠野中，孤獨地立著一架十字架，圍繞著它三三五五、誠樸而又虔誠的黑人們在作著禱告，他（她）們的眼眶充滿了淚珠，他們的雙唇為了心靈的一種激動而抽動著，風在哀泣，草在戰抖……

讓我再告訴你一點妙文；下午苗栗我那位網球指導特地不遠千里而來，首先他很順利地取得了第一關（校長的允許），然後就到我家來商量一月在埔里舉行的網球賽的事；他聽到校長允許了（因賽期約在二、三號，而我的服務期到十二日為止），他也答應了，他還叫我媽媽下樓來，但盛怒的她始終堅守在二樓上，拒絕見那位曾是她的老師的老指導。晚飯時（我剛吃完飯）我們三個各懷著心事默默地動著箸子，好悶人的晚餐哪！終於她開口問我那位指導是否來過，校長是否跟妳談過什麼，如果校長問妳參不參加的話呢？……等，但你想我父親講了什麼呢？他斷然一聲「去！不管別的，妳就去好了！」母親當然開始咆哮了，父親還問她「那妳下午為什麼又不下來，儘藏在樓上呢？」飯後，父親暗自叫我到診察室告訴我「爸爸決定讓妳去妳就

去好了，只是……，我相信妳已這麼大了，一定懂得什麼事是不可以做，什麼事是可做的」，大朋友！我感動得幾乎落下了眼淚！並不因為我能參加球賽，而是父親究竟是我素來敬愛的父親；──他沒有讓我失望！幻滅！！

前些日子，參加校方的家庭訪視工作，要是風和日麗的日子裡，這是件類似遊山玩水的工作；我們（與另外一位女同事）冒著帶有細雨的冽風翻山越嶺，寒酸的農舍，對於齷齪的農人們的厭惡，更加強了我對於自己是一個「概念的慈悲者」的認識，我必須要改造我自己……如果我是要走向「群眾」的話。

蓓蒂近來常去信嗎？再過幾天我又能看到她，我們又能一起合唱了（儘管我覺得只有跟那位女高音珠合唱時最感到和諧而能從衷的唱出），她說她現在很多工作做，再也不感到無聊了，哦，我曾告訴她，最好她也拿一天教鞭，那麼她就會懂得從前的老師們看我倆交頭接耳或並肩瞌睡時的心緒了。

在日文的不知……全集（忘了）裡的一篇〈記憶〉（思い出の記）中，記得作者本是個徹底反對信教的無神論者（儘管他是某一個教會學校裡的學生）他曾跟幾位同學領導同學反對校方（也就是教會），但就在一個暑假中，他與他的一位知友跟著一位外籍的教授到高山上露營，在教授有事回鄉的一天，他們上山遠眺，在一個喬木林中遇到一陣突如其來的驟雨中，他的朋友給雷電擊死了，於是在他朋友的屍體旁，偶然抬頭，看著了透過參天的樹枝間閃爍在急雨後的天空裡那星星的神祕的光芒，他一轉而為非常熱狂的基督徒了。（他還說他的遭遇跟西洋某一位聖徒──也是目睹朋友的慘死（雷擊）而信教──的遭遇的巧合，他是永遠不可解而重視的。）大朋友！你不是說過要告訴我神祇的故事嗎？儘管我不相信神祇（目前），可是我很希望知道呢！

再讓我饒舌一些關於這兒的同事，他們老的──所想的東西、所

談的東西不外乎薪水、愛國獎券、打遊擊（打秋風）……，如果說有特殊一點的人的話，那便是一些乖戾、玩世的「歪曲觀念者」了。年青的亦不外乎兩種；時下派的——談流行、談戀愛、談別人的羅曼史，甚至談你所謂的「刺激」；另一派便是受訓（當過兵）回來的一批「早老者」，他們看去老練、通事而又自暴自棄、看不起、看透了一切，却看不起他自己（以我看），我很惋惜地看到我大哥小學時的一位很溫順的朋友變成了我所謂的「早老者」，當然其中也有幾個是例外的。

至於魔鬼們仍然那樣，跟隣班的比較起來，也許是比較伶俐，而也正因為這樣，她們的自我意識也就強得多了；她們把我當作大象，同時把自己當作騎在象背上的人，有如騎著用腳去踢象背表示他存在那樣地、時時費著心思來提起我的關心與注意，她們怕自己的存在被忘記，她們要我知道世界上有她這麼一個女孩子的存在哪！！看著這批早熟（思想上）的魔鬼們，我常感到她們（尤其是幾個功課好的）像黨國中的元老或是一些達官顯貴的夫人們永遠自滿、自傲、意識著自己的存在，同時也要別的任何人承認她的存在，這些小魔鬼們常是這樣的使我怕她們，對她們感到寒心。

寄給你的樂譜中，有一支〈Marta〉，我覺得它的詞句（日譯的）很美，也許正與我們這批亂飛的群鶯（剛畢業者）的心弦共鳴；我尤愛那一段的詞與曲。

（3 5・6 5－ | 35 12 i－ | 0 3 21 5 76 | 5#4 ♭421－）
ほし－の　やーう に　やうに きみ はさ りゆく

這支歌令我記起上次省運練習期中所產生的插曲——我們網球隊中有位三十多歲未婚的國校女老師；（？）據說年青時候曾與某人相愛，那人僑居日本的時候，她一直很忠誠地等待著，但當他回台的

時候却已娶了一位日本太太了！於是她便一直跟她母親相依為命地獻身在那風沙大的海濱的一小國校中……。我覺她很美（不是美人兒的美），她也是很少數我所喜歡的中年婦人中的一個。有一天，當我正在教蓓蒂唱這支歌時，我忘了她有著一種暗創，我一次又一次地，帶著曾使我感動的註解，向蓓蒂說著、唱著，直到有一次偶而看到她臉上的一抹陰影（也許是我忽然記起了她的傷疤，才使我如是想），我才猛的停住了，該死的 Eme！竟又抓破了別人的疤痕！！她愛種花、也愛動物，很有運動家的風度（她年青時是跳高、跳遠、賽跑、網排球全能的出色的運動家哩！）哦，她似乎很喜歡 Eme 呢！我真高興我又再能見到她了！不談了，饒舌了一整夜，十幾本筆記在瞪著我看哩！

※多多給我改錯字，我簡直糟透了。

（地址照原）12 月 13 日夜

　　對了，雖然我一向頗喜歡調皮，可是別以為小朋友作你的惡劇，更別以為 Eme 存心向你試探，因為，知友與知友之間是永遠無需試探的；為的是他們的心弦永遠共鳴著——正如我跟珠、琴、和、蓀莉、男高音芝、男低音明那樣。

　　樂譜有沒有念呢？我希望你會多多的喜歡它們，頭一次所寄的，以及第二次所寄的小小本子裡面大都有我喜愛的，尤其是青草湖的 Happy Melody。第二次寄的大本的《世界名合唱曲集》是台大的一位朋友所贈，他也曾一度參加過我們青草湖之行，唱的是低音。他也喜歡文藝，也是孤獨寂寞的知音，他所看的書大都是日文的，……全集諸如《明治文學全集》，我看的日文書大都是他借給我的，他念經

濟，我正在告訴他，如果他要從事寫作（以後的日子裡）那麼他就得多寫中國文字，因為我們畢竟是中國人哪！

　　再談！

12.14 日晨

13 | 555 | 14 32 | 17 | 1—11 | 4 565 | 312— |

1355 | 5 | 14 32 | 171 | 11 4 565 | 31 2— |

13555 | 14 32 | 171 | 46 5 51 3 | 221— |

5·4333 | 2346 | 66 5 565 | 432— |

5·4333 | 2346 | 5013 5 313 | 221— |

尼羅：

謝謝你的讓步。

這次七屆網球賽本來可以去看看你們的，因為南投第三國校那個我曾同你談過的校長曾屢次要我去玩兒，而且你們的賽程又是在元旦的假日當中，我可以不必另外請假了。可是這麼樣的順利的旅行，不知為什麼，我竟感到乏味了。勉強的找理由，也找不出，也許是因為你那位伙伴太讓我寒心，雖然我是何等的盼望我們的會遇，以及何等的為難得的一面之緣的輕輕錯過而深感悵惘，似有所失！錯過這個機緣，不知再等哪一天才又得見你們。人們當情感泛濫的時際，你知道，一面，是何等的珍貴！

我們互相愛慕著彼此有一個好爸爸，這真是邀天之幸！不過，我已經失去了他，而你却在享受這幸福的杯。不要怪我，連年的幸福之被剝削，一直的失去、失去……失去的太多、愈來我愈顯得善妒了。一個正在欣欣向榮的青年，六年的軍營生活，靈魂壓抑的結果，心理至少是犯著些不自覺察的瘋狂症的。相信你必會了解一個漂泊了十多年的遊子是比常人——那是一種過著穩妥的生活之人——要不正常了。

小朋友，為你有一個賢明的好父親，我感到欣喜，可是為什麼把母親形容得那麼可怕，我不相信那是一個已擁有成行子女的母親，且又是一個並無特殊缺陷的家庭。在你的筆下，我看見的不是這樣的一個主婦，而是曾在情感或人事上遭受過傳奇性強烈打擊的婦人，由於那個已經把活生生的人打擊得瀕臨死崖的巨深的慘痛，人便只留下一支如尸的軀殼了，于是孤獨得令人可怕！但那應該在荒僻的曠野，一間形似墓穴的石屋，不見人的足跡，門開得很窄，裡面探出一張滿懷敵意的走了形的婦人的臉，人間所加予她的迫害，使她永不再原諒人類了，她成了一個不食人間煙火的巫女，思維中充滿著歪曲而盲目的仇恨……小朋友我確實未想誇張的描繪我的印象，我是據實寫出的。

對不住你，我欲責備你對你的母親是否偏見太深！我不相信（是因為我從未見過、從未聽過）會有這樣的母親；會有這樣的母親這樣地對待親生的女兒。劉玉蘭雖然並不比你多得一些母愛，可是當老祖母兩度把她送給人家做養女的時候，做母親的能不忍於一個小生命的命運付諸縹渺，而兩度偷偷的抱回來，我覺得那已是一個有著渾厚的人性的慈母了。小朋友，摒去情感上的偏見，細心的思索一下，一個人的一生，只有一個母親啊！我害怕看見一個應該有快樂的家庭裡（像你這麼樣的一個完備的家庭）却在親愛當中發生近乎反常的分崩離析的情感破落。如果母親確為你所述說的那樣，我不知應該怎樣的為我的小朋友悲痛！過去我曾花費不少唇舌，為劉玉蘭解說類似的問題。不要誤會這種願望是出自一個遊子的心田，在情感上有著太重的主觀需要。不，縱使你的大朋友擁有一個幸福美滿的家，也永不能忘却世間尚有太多不幸的存在。雖然往往我不免是一個如我們所談論的「概念的慈悲者！」我始終不甚了了共產匪徒拆毀天倫的那種心理是怎樣構成的。

我願天下人相愛，願天下人都有一個幸福的家室！

我的母親是一個苦命的婦人，也許很庸俗，我所謂的庸俗「也許」，是因為少小離家，成年之後便失去了解她的機會。她是一個十足的新舊兩代婦女之間的犧牲了而並沒有得到少許補償的祭品。做女兒的時候，承受了十多年的禁錮（所謂閨規）生涯，太陽在庭院裡升起來，在庭院裡落下去，天空只有那麼大，雙足纏裹得走不了路（古人真有辦法啊，如果你也是一個纏足的姑娘，則你的母親可不必為你的行動煩惱了）及至出嫁了，便做了婆婆、小姑、丈夫的奴隸（幸而母親嫁了一個好丈夫、幸而祖母沒有女兒）我母親是怎樣的備受我祖母的虐待，那是一筆永遠無法結算的賬目，同台灣養女中最壞命運的，不差什麼。家務沉重的壓著她，五個兒子（夭亡兩個）九個女兒（夭亡一個）吃去了她畢生的血，使她早衰了。可是等到自己做婆婆

了，新派的媳婦完全否定了婆婆的地位。她退讓開，緘默了。但緘默不了的，那個一輩子剛直、一輩子尊敬婦女的，也是而後指望著同養天年、同度餘生的伴侶，却意外的愛上了一個惑人的女人，那是我的好父親一生中僅有的一件荒唐的事情，用金錢買一個女人的肉，母親的心靈上感到的不是妒嫉，却是痛惜，痛惜她的丈夫的尊貴的名聲。而接著而來的便是艱苦的八年離亂，家，毀于日寇砲火的洗禮，晚年的清苦是我可以一閉眼便可以看到的，而子女們個個遠走高飛，無一侍候在側，如今是怎樣的掙扎于飢寒的死亡線上，我是從不敢加以設想的，我只有硬著心腸把苦命的媽努力的淡忘，只把未流的淚積聚起來，等候那一天哭倒在一堆黃土的前面，為大不孝的罪懺悔！

小朋友，什麼是世界最可貴的？——是那沒有了的，失去了的。人們輕視他所據有的。愛媽媽罷，寬宥她，不要讓失去了她，再拾起無可補贖的遺恨，給回憶留下一個血淋淋的疤。自然、寬宥並不等于妥協。老一代要廢去，那是真實的，可是三民主義的信徒生活裡，永遠沒有強暴，甘霖與暴風雨是兩回事，兩個面孔，兩種性格。因為生長的律例——新陳代謝——並不是自戕。

十六日廿二時廿一分搖曳的燭光下

神祇的故事容有機會再慢慢的與你談吧。我對于宗教，是篤信而不迷信。從靈魂的生活經驗中，我深深的懂得，　上帝即是真理，一個人如果企望無所畏懼（各方面的）的生活下去，他必須擁有一個毫不懷疑的信仰。人間到處盡是迫害，人從生到死，沒有一個時辰不是在畏懼、戰慄、震懾中找尋地、躲閃地，靠著遊絲般纖細的生機可憐的匍匐前行！每個人為自己捏造一個自認為不可靠的偶像——金錢、名望、功績，一切過眼煙雲的虛榮——自我欺騙的把自己託付給這

個偶像，真理反而是一種遙遠虛無的概念了。真理既在人間成為奢侈品，或者兌現的信用太遠，于是人們為虛榮所驅使，異口同聲的把真理的名字叫得極其響亮，青年的孩子們更是大加謳歌，可是最不肯接納宗教的卻是那些把真理的名字叫得最為響亮的人，也便是剛愎的青年人。我深知你這樣的一個孩子對于宗教是具有極大的拒絕性的，我雖是一個基督徒，但對你這種「冥頑」的態度是絕不著惱的，著惱的倒是時下那般青年，為著時髦、異性，或者為學點英文而冒充基督徒，披上一件羊皮，為的是裝飾自己。盲目的拜外，努力的學習洋派，假借好聽的名目（像聖誕節舞會派對之類）作一些毫沒意義的浪費的活動，這是時下青年的病症之一。我慶幸你沒有這種病症，你那種「冥頑」是不足慮的，因為你尚未認識基督，一如你所談的……，全集的作者，純潔甚至迫害宗教的， 父神必不肯捨棄，必會像驟雨雷電的交加下，揀選祂的子女，揀選你。為你的被揀選，我虔誠的祈禱。當你在一個非為人力或人的思維所能構成的奇蹟的時際，一下子你認識了 上帝之後，你將會有一個可喜的澈悟，這種喜悅是不可言喻的，是無可倫比的偉大，在你的全生命中。當初聖保羅原是神聖羅馬帝國的貴族，到處逼迫基督徒，殺戮基督徒，一如那個暴君尼羅一樣的行徑，然而誰能相信呢，這樣一個暴虐的統治者，竟是聖經新約中大部份經文的作者。那是當他前往馬其頓正待進行擴大迫害教徒的「事業」的旅途中， 上帝藉著聖靈的光照使他仆倒，並責問他：「掃羅、掃羅（在他未做教徒之前的名字）你為什麼逼迫我！」保羅之所以產生以後的輝煌燦爛的大業，乃是決定于這個神蹟的恩召。所以 上帝並不憎恨不肯接待祂的頑強的子女；而借著祂的名用以裝飾虛榮的，才必然要為祂所遺棄。祝福我的小朋友， 主會因我的虔敬的祈禱，而揀選你作為祂所寵愛的兒女，在 主的裡面永享為真理而戰鬥所得的豐碩的果實！不要膚淺的模倣那些自命不凡卻又是愚昧無知的人們那樣的斥宗教為迷信，科學愈進步，科學愈是證明 上帝的智慧，達

爾文臨終的遺言，便是對于他的進化論的痛苦的否定，愛因斯坦從原子的生命當中認識了　上帝，國父從〈出埃及記〉中得到革命的信心，總統于西安事變的禁錮中，　上帝藉著經文告訴他：「我必差派一個女子搭救你，」才不致讓他親手毀掉自己，並應驗于事實。不勝枚舉的事端，告訴我們大智大慧，才有資格蒙見。　上帝是要信仰祂的人得到奇妙的智慧，而不是要迷昧信仰祂的人。總之，從生命去認識　上帝，那是一個捷徑。記得嗎？當彼得在羅馬郊外蒙召重回羅馬犧牲的時候，他的手杖插在道旁的泥土中。那支手杖抽芽了。生命就是真理。一切暴戾的權勢，都不可能征服這前（仆）後繼的生命，這便是我們活著的唯一信念。

　　你原來也是如此的酷愛黑人的歌曲！（現代美國南部的那種瘋癲縱慾的黑人流行曲必須例外，我厭惡那些。）越發地我相信你所說的「心弦永遠的共鳴著」了，這是一種耐人尋味的默契。我愛那種純樸無華的天籟。今年四月我所寫的那篇〈山盟〉（已由總政治部錄用，不知哪一天才得出版。是一篇雖不滿意但却很是喜愛的三萬言的小說）便曾寫過黑人的虔敬的歌曲，因為當我以純樸渾厚的山胞作為我這篇小說的素材的時候，在我的思維當中充滿著那種情感，也可以說是我從讚美詩中大量的黑人歌曲所帶的靈感。這些平易近人的樂聲，當我尚在襁褓的無知中，便由慈母的口為我的小生命伴奏了。模糊的記憶裡面，昏黃搖曳的煤燈下，媽在擁抱著我，用這些歌曲撫慰我的靈魂安息：

慢 1 3 5 5 5 ／ 1 4 3 2　1 7　1̂ ／ 1 1 4　5 6 5 ／ 3 1 2 - . ／ 1 3 5 5 5 ／ 1 4　3 2　1 7 1 ／ 4 6 5 3 1 3 ／ 2 ／ - ／
1. 你曾離天庭　撇棄尊榮 的冠 冕，為贖 我，成肉身，到世間。　小伯利恆城　並未 預備 你宮殿，不配你 降生于　裡　面。
2. 狐狸尚有洞，飛鳥 尚有其窠巢，山谷 中，樹林內，任逍遙。　你無安身地，終日流浪猶太郊，加利利地方走　遍　了。

3 . 5 4 3　3 3 ／ # 2 3 4 6 ／ 6 6 5 5 6 5 ／ 4 3 2 - 5 4 3 3 3 ／ # 2 3 4 6 ／ 1 3 5 3 1 3 ／ 2 2 ／ - ‖
3. 主 啊！請來　與我合一，因我 願獻此心 迎接你。　主 啊!請來　與我合一，因我 願獻 此心 迎接 你

　　以及〈願與主近〉〈我家不在此〉……我記得很小很小的時候，

便常為這些景況，噙著淚在母懷裡溫馨地步進夢鄉，它們確是在我的生命中紮下深深的根了，永遠不能拔去。還有，不知你可有這種感覺？每一首歌曲，代表我生命中的某一段，一種純粹的直覺，引逗起那首歌曲所帶來的感觸，譬如當我低吟〈多惱河的波光〉時，自然地，湧上一股狂潮，那是與劉玉蘭尚未會面，彼此在偷寒問暖私相餽贈信物的思念的階段。然而春去矣，河濱尚留下殘紅繽紛，一瓣落英便是一顆傷感的疤，努力地使「蓓蒂」從心上死去，這也許是最無能最愚蠢的下策，畢竟我不是一個硬心腸的鐵人，天下沒有什麼鋒利的刀刃可以斬斷記憶的，我將長遠的獻出噙淚的微笑，獻給活著的劉玉蘭。別笑我傻罷，小朋友！為什麼人們要除去愛便是恨呢？受辱、受污損，為什麼會影響一個人的愛？我始終不懂得的殘酷的人們把那個曾愛過曾交出全副的心靈只為不能據為己有，竟致親手給撕毀的人，愛而變為報復變為毀滅，我無法思議是怎樣忍心下出那雙可怕的血手。可是這種悲慘卻氾濫在今日社會的每一個階層，每一個角落。人為什麼不能夠容忍一己的痛苦而必須可怕的要求發洩呢？人類的大悲劇啊！

你同我談你的同事們，我想還是要用到那句討厭的話：天下烏鴉……我最怕這一句給人帶來絕望的話。好像人間不再留給我們一點點盼望了。（寫至此處接台聲樂器行寄來的樂譜，鋼琴彈奏法是為你買的，將作為聖誕禮品寄給你）我們這兒的同志，不管是士兵還是幹部，在工作上儘管不苟，儘管對于革命信念很少懷疑，可是在狹義的生活上，其庸俗是難以令人忍受的，有眷屬的，便整日探聽待遇是否有提高的消息，福利可否增加新的項目，領眷糧、領眷屬津貼、眷屬生產輔助費……整天就是這麼些叫囂，那種小器、刻薄，使你不相信他們是堂堂正正繼往開來的革命軍人。革命的意義在他們的觀念中只成為「拚命」而已。至于單身漢同志，你可以想像得到的，不用女人作為資料，便聊不起天；不用女人作結束，談話便沒有結果。當真雅

一點的談談也還罷了，那是聽不入耳的。在這種環境中，保羅在精神上所受的威脅，你當深知。其實保羅在基督的裡面原是一個負罪的人啊，可是在這個墮落的群體中却成為聖賢了。我深知我一定已經不自覺的比從軍之前變得多了，在這種環境中難免不會渲染上一些為我所憎惡的污點。然而小朋友，當你知道了他們的荒謬之論：「沒玩過女人的男人，那是一個廢物。」之後，你當作何感慨與氣憤！但這種惡劣的習氣恐已不止在我們的社會中是如此了，讀《凱旋門》你便可以知道，這情形又復是天下烏鴉……據我所見，單身漢之敵視女性、歧視女性、蔑視女性已是普通的了，如果你不如此，你反而被視為「不正常」，柳下惠坐懷不亂，似已早被鰥夫們所否定了，這真是一個可哀的意識。我處在如此的境遇中，確是可哀的，而這種可哀，沒人了解，事實上也是被諷譏的。還有更可怕的事，那是我時刻為自己的操守擔心，為著工作，如你必須與孩子們為伍一樣的必須與士兵們一體，在性格上說，我又是只看下面不看上面憎惡捧上壓下的人，因為與下層社會的小人物在一起，至少，我不卑污。可是小朋友，這些小人物又是多麼的齷齪啊！你真敢保證你不會被他們傳染麼？儘管你如何的堅拒，可是走在馬路上我已經由不看女人變為看女人了，只是還沒有「進步」到走過去之後再勾過頭來看的那種可憎的程度！然而我恐怕是難保要如此墮落了，想到高潔的家風將從我這一代敗落下去，我是十分痛惜的。在思想上從前我是自豪進步的，因為我反對傳統中單獨的要求女性貞潔，我要的是雙方。但我想這種「進步」的前面應該還有一截子路程，我希望我會更（以下缺頁）。

大朋友：

謝謝你的聖誕禮物！我很高興地收納了它，可是接著我又感到不安了！我必須告訴你以後別再為你的小朋友破鈔；因為那將使我感到負了債似的痛苦；即使是一句格言，一首手抄的樂譜、一片葉子、一朵花，只要不令人勉強或感到負債的，那我將更高興了，也許你會以為小朋友又拘泥於世俗……可是並不，否則我就不會接受你所寄給我的眾多的書冊了。每年的年末我都要收到不算少的卡片，可是我卻未曾寄贈別人以賀年片或日曆，並非為了經濟或克難，主要的原因還是由於上述的理由。

我的樂譜大都是由同好的朋友們贈送的，每次我都以由衷的喜悅和感謝接受他（她）們的溫馨。前些日子，又接到台大那位同學（送《世界合唱曲集》給我的）所寄的《世界的名演奏家》它同樣的令我感到不安，因為他一定很勉強地得到了它（為的是他還是學生，不在就職哪）。

不知怎的你那封信重又激起了我似久已為工作忙殺了的寂寞：為什麼你要講那麼寂寞的話呢？──一個停電的傍晚，坐在黑暗的房子裡聽著外婆在講我幼年的故事；「……每當黃昏時候，妳獨自睡在牀上，一雙小眼睛直瞪著那座古老的衣櫥，兩片小嘴唇漸漸地偏起來了，不知怎的每天都如此，像是寂寞又像……」我的眼淚來了，在黑暗中我感到一種難以抑制的鄉愁和寂寞！！我不知道為什麼偏偏在那一晚我竟會如此的傷感──大朋友！你的故事給我帶來的寂寞正像是那天晚上的……。心湖裡有如忽然起了一個無底的洞，所有的潮水不斷地往下退、退……終於留下了一種莫名的空虛和疲憊。

我素來都喜歡上了年紀的老人；因為他們寂寞，更因為在他們恬靜的臉上我能找出我那永遠失落在生命流水中的童年，在我的家裡（我的周圍），除去我的父親我所喜愛的成年人只有三個──外婆、祖母（父親的媽）以及在我家當了將近二十五年女傭（現在已回到她

孫兒那邊去了）的阿媽，而她們年紀最輕的也已上六十了。

外婆疼我也許是我們曾相依為命地活了不少的星霜（我生出來不到幾個月便由於上面的兩個哥哥同時害了麻疹而給外婆領去養育，直到九歲時父親受徵往南洋的時候才又回來）。祖母疼我，也許是因為像我父親那樣長得壯大（在我的身上找到了父親的某些寫照），阿媽疼我，也許當我剛回來的時候四面楚歌、舉目無親（常受兄弟的排斥）的狀態中本能地親近了她。對於我

劉慕沙的外婆。

跟母親的關係她只能搖頭說「不知那一世未修好，今世才會那麼的沒有緣」，她始終「好壞畢竟是天（母親），我們做人子女的只好忍耐」，這已是好久以前的定語了。至於外婆她曾經含淚告訴燒飯的「我真懊悔我當初把她領來養育，該曉得有今日……」。

母親（似我看來）是個好妻子，雖然不能說是十足的好母親，有著細膩（？）但不堅強的神經，不算小的容忍、細心、偏心、自私、自大、相當的同情心和名利心……有著一般中產階級的主婦所具有的優點和缺點。為丈夫操心、為家譽費神、為兒女削骨；也許對於大哥的操心（她很愛他，但他在家時常為了我的事跟她吵），使她的神經變得尖利了。我曾經分析我們之間造成鴻溝的因素，大概是如此（這是屬於心理學上的哩！）：

第一，據阿媽說我襁褓時候（已經給外婆帶走了），每當回鄉之際母親一抱我便哭得如火如荼，但一換過姑姑（父親的妹妹）抱便馬上停止哭叫，因此爸常打趣說「那麼不愛讓她母親抱，乾脆給她姑姑

好了」，在眾多的親朋中這很可能傷了她的自尊心。

　　第二，彷彿是我十一歲的時候，在舅母的洋裁舖子裡（時外婆住在新街，我家就在同一鄉的老街，而我大半的時間還在外婆家），我拿著舅母替人縫製的一條小花褲子在玩賞的時候母親來了，我於是由於一種很難得的親切感的衝動，帶著企圖撒嬌的心緒揮著小褲子對她說「媽！你看，舅母做給我的──」誰知她哼的一聲「你以為你這樣講，我就會做給你嗎？」當頭一盆冷水，帶著一肚子委曲和被違背了的期待我半哭的跑開了，從此我就再也不能忘記這事，而無形中對她產生了一種防禦心理，由防禦而仇視而憎恨……。第三，我剛回去的時候，她幾乎每天都帶我去洋裁店訂製新衣，我不知道她是否藉此套住我心，不讓我思念外婆以及那間有一種古老的起初並不可人久而便會令人感到親切的味道的房間。總之她柔剛並用的不讓我上外婆家，可是每當逃亡途中給抓回來的我也想出辦法來了──繞大圈走間道──這樣就不致於被途中發現抓回去而能夠回到外婆的懷裏苟安片刻，我不知道為什麼我不願意在母親家裡，為什麼我會怕她、敵視她，就是在那孩提的時候？──這又造成了我們之間的鴻溝的原因之一。

　　父親復員歸來，首先我像對一個陌生人那樣地對他抱著一種恐懼心理（主因是他講的「海陸」跟我與外婆講的「四縣」口音不同，不能完全懂得他的話），直到我念中學了，開始由周圍，通過我所學的逐漸認識了自己，也就慢慢地了解了他，同時在那種環境裡我的親近他，本能地要求他的保護，而傾向於他的程度較之於母親的要快而大似乎是很自然的，因為我們的心弦本就有了一種默契，況乎他又是個經得起打擊的人？！

　　事情不會是絕對，而是相對（我相信）我想著；就像是我那些心地可愛的朋友們使我沒有變成討人厭的孩子那樣，我的乖戾、不順（類似頑固的）、反抗心理，對於母愛（她的）否定……一定使她感到不耐、不自在和一種提議被否定了的人的那種心情；於是我們由互

相試探而防禦而敵視而否定而互相在對方的身上製造憎惡……。很慚愧雖說曾有過──小時候的嘗試，可是我畢竟很少使自己努力地去融化她；相反的我努力地避免她，其中最好的證明就是我們除去必要以外很少講閒話，而每當對談時，我能自察到臉上的血液像凍結了似的寒意和不自在！父親愛我，也許由於我們想的事較近，也許由於他能在「我」之中找到他那失落了的夢。對於母親，我也曾這麼懷疑過……也許是一種進入初老期的婦人的善妒心理，也許是我的近於偏心的過分的否定的反應……。

大朋友！也許我將永遠不復能愛她，不過我將努力地使自己去融化她，深深的感謝你！！學府時代太多的友愛包圍著我，補足了我所缺少的東西，可是如今天涯海角、天南地北……也許這便是你的信激起我寂寞的原因。

多多練習網球，願有一天看到你那瘦小的身體奔馳在球場上，揮動著手臂，使小朋友又看到了「天下的第八個奇蹟！」

祝　愉快！

12 月 23 日晨

惠美：

不僅僅是遲覆你。

當情緒跌進惡劣的低潮的時際，我總愛讓自己緘默。潮漲了，大家歌唱：漲退了，思維罷！三天的假日，我什麼也不曾做，然而我不眠不休的思想。最濃的茶，最烈的煙草，從裊裊的煙裡霧裡，我細審那浮現的每一張面孔：親人的、友人的、哭的、喜悅的、恨的、無緣的、咒詛的、呵責的……海港傳來船泊的低沉的長鳴，我不知那是攏岸，抑是啟椗。苦悶的航程結束了，便是新的航程重又苦悶的開始，摸索吧！把自己隱蔽，去尋找那隱蔽的，本可早就際遇的兩隻舟船，卻昧于一個自私而不自利的惡念，在存心的摸索，無限期的摸索中耗去大塊大塊的生命，悠長啊！然而又何嘗不是新陳兩個年的首尾接唧的那個剎那！短促，以至于不存在，人生是如此！我幾乎迷信于占卜了。愚蠢的生！受咒詛的生之謎！多數加 S，這 S 便是寂寞，友誼會給人們帶來更可怕的寂寞，我以前不懂得寂寞，也未嘗受過。

然而小朋友，海潮不是永遠的退落，歌唱的時機又復轉臨，陷入深深深深的思維中的那個夢幻的日子退去了，為春雷喚醒了冬眠的蟲子，大地又重新的跳動了，生命在跳動，水族挑開冰封的河面，悲苦不復存在，獻上我的新年祝辭：

生是深沉的寂寞；生被時空分割開來。

一塊塊的苦樂分隔了，單靠著寂寞底回憶和想望連綴起來，生原是如此地破碎！

然而這不是人類底命運裡面注定的絕望，你我都沒有絕望的權利；唯有那從　上帝的手裡未曾討得堅牢和自由的意志之可憐的懦種，上帝才特准他們飽足地享有這用絕望以自戕的荒唐的權利！

你我所承受的產業貧乏嗎？對于我們生活在它裡面的——這應受輕視、應受咒詛的社會，我們可以偏偏地輕視自己、咒詛自己，逼迫著自己向低能低頭？

我們並不輝煌、並不優越，但是我們清潔，這就夠了！

這就是富足！

我們怎麼樣高吭我們自己的歌呢？

——懷著滿腔熱忱的情操，不感受打擊，不承認幻滅、堅韌地生活下去，只要一顆自由的靈魂，只要！

我們將從基督那裡獲取不竭的勇氣，成為悍戰的鬥士！

寂寞在永生裡消失，不再貧乏！燃盡我們燈火的脂油，通宵達旦，我們要的黎明——富足的光！

四四．元．三．深夜

大朋友：

當小朋友接到你信的時候，恰好我的服務期已完，又將回到原來的崗位，復與狗、貓、小說為伍了。因此我不再有機會彈琴，更妙（？）的是我也許將跟婧蒂一樣的去學裁縫哩！不過我並不感到可怕或厭惡，因為我總以為活在這個世界上什麼都不妨試一試，多學一些東西便多充實一些，只是一想到難免又要跟那批無知而又淺薄的女孩子們混在一起時就有點不好過了。可是如果小朋友的學裁縫將使你或 Today 姐姐乃至高音珠感到失望的話，我就會很感抱歉了。

埔里之行可說是愉快的！值得回憶的是霧社之遊，汽車沿著谿谷盤桓而上，右邊是很高的絕壁，左邊有含苞待放的櫻花樹的行列，景色的壯麗我是無法描繪的；不過以婧蒂半開玩笑的「哦！人生已經滿足了！」你也許可以猜到它的眉目。不過我並不很滿足，我願我能看到東台灣雄偉的絕壁，更希望看到覆蓋在世界屋頂上那萬古不融的冰雪！！

1. 11

把《秧歌》看完了，我很喜歡它的風格，親切、俏皮而又富人情味（嘿！這麼一講，似乎小朋友已成了堂堂的「書評家」了？？？）。二個多月的執鞭生活，在無形中養成了我翻字典（我一向都不翻字典的）的習慣，我開始從《秧歌》裡學新詞句了，也許在不久的將來我再念大朋友的作品時，就不復那麼費勁了，你看對嗎？

下午翻開從 Today 那兒送回來的《幼獅》，無意中看到你那篇〈母親的龍洋〉；帶著一種很妙很妙的感覺（我不知道我該怎麼說，不過，你可以想像小朋友的臉上掛著一片泛自心底的挺神祕（？）的微笑哩！）噢，如果你要小朋友述出讀後感的話，你就將大大的感到

「喜悅的失望」了！──因為我只能回答你「說不出的妙」換過來，把它當作是一次歌唱的話，我就可以用「餘韻繞樑……」了！！。

收到蓓蒂的來信，內附我們在埔里所拍的照片，讓小朋友送給你一張，我倆的合照。此外附寄的是我們青草湖合唱團的幾個活動，大朋友可以從中任選二張，其餘的寄還小朋友；為的是它們是我那場尚未做的夢的片斷……。

前些日子有一件很可笑（？）却又有點令人寒心的故事，父親的表弟（在松山油漆場任高職）要將他的一位朋友介紹（？）給小朋友，說什麼留美，人還不錯云云……。當然這話是由我外婆轉告我，不過，我對於平常較跟我談得來的父親不敢親口告訴我，感到一種類似被出賣了的憤怒和失望。他們似乎將我的照片拿去了，不過很奇怪，我感到我為什麼不會像其他女孩子那樣的興奮和感動，相反的我覺得似乎無動於衷，而像是距我很遙遠的無關緊要的事哩！再談

※不要折磨自己，不知怎的我感大朋友對自己太殘忍了。

①③南投縣埔里七屆網球賽，獲團體亞軍。
②劉慕沙（右）與劉玉蘭獲雙打冠軍。

大朋友：

儘管我曾聽過你談及「傾國傾城」，不過對於它我所知道的却少得可憐，不看你最近一封信，我倒以為它已脫稿甚至出版了哩！

三年！對於小朋友，將是多麼不耐煩的歲月啊！每當我聽到人家說一部名著耗費了作者半生甚至畢生的精力……的時候，我便會由衷地感到一種佩服和心悸。勇敢地，有恆地寫下去吧。大朋友！宇宙間的許多傻子們將以一種驚奇和喜悅的心緒來接收大朋友的禮物！如果對於你的工作，小朋友能有秋毫的幫助的話，我將用最大的喜悅去幫助我的大朋友，盡我的所能。噢，我真希望在 1955 年的末期，我能是第一個看到它的誕生的傻子哩！

確實過去對於文學方面，我們談論的很少，也許因為小朋友不願意「理論」，也許我們所要談的總是那麼多，以致于無法談及它。

我不知道在文學的範圍內，我喜歡（傾向於）那一類（小說、詩、散文、隨感），因為我感到我像一個掏金者，在無盡藏的寶庫前面感到目眩、神魂顛倒那樣地在將要涉入的文學的曠野前面感到茫然無措……。在我以往的作文裡我常愛插上人物的對話，可是我始終搞不清楚散文跟短篇小說不同的地方（區別），其次你在告訴我寫一部小說所要取的步驟（比如要寫小說是不是應該從散文練起？）如果以大朋友的看法，將來小朋友應從事於那類比較適合？再談

※為經濟起見讓我利用空白抄首也許你已會的歌給你（在彩鳳笙歌裡
　教堂中合唱的鏡頭中我喜歡上它，詞句有些地方不妥）。

Christ The Lord is rishin to day

Christ the Lord is | rishin to-day | al — Le — | Lu — ia

Sons of men and | an-gels say | al — Le — | Lu — ia

Raise your joys and | triumphs high | al — Le — | Lu — ia

Sing ye heav'ns and | earth re- pl- y | al — Le — | Lu — ia

※願恬靜的溫馨的夜給大朋友帶來泉湧般的靈感！！！

1.17 夜　Eme

艾蘼：

　　感激你，如果四四年度我確能依照計劃的成就了，將是你所給予的。

　　我已經說過了，我並不敢存有著何奢望，只是當我進行著一種耗損心力的工作之際，意識到你的存在，意識到極端孤獨的我尚有一個知音，這就夠了。我不預備向你申述這其間是怎麼個道理。但我的小朋友，三年來我何以打不起勇氣把我的長篇完成？對于那如山的心靈的債台我常是痛哭，一想到我還沒有盡到已死者留下的血淚所託付的職守，還沒有寫出積壓的靈魂呼喊，還沒有滿足求真的渴望，廣大的宇宙仍逃出我太短的雙臂，我就極度地傷心！小朋友，不要以為我對于自己太于殘忍，我何嘗不懂得好待自己一些！在小朋友的面前，我會出奇的軟弱，我自己也深表驚異，因為我一直地在打脫了牙齒合血吞地保持緘默和苦撐的強。對于這種需求你的支持的想法，很可能將遭受世俗的誹謗和非議，但我深信你和我將都不會計較這些。事實上我沒有理由要求你支持我完成我的靈魂工程，然而對于別人我需要申訴理由，對你、我將永遠用不著「解釋」。我寗可捧開我必須仰仗著它而生活的那個社會，只要我能從遙遠的地方聽得一個靈魂的震顫與我的靈魂同一旋律、同一節奏，痛苦以致于死，我仍會含笑的仆倒下去。只有我僅有的小朋友才會了解一個人過份被那個受咒詛的「傳統」和「別人的顏色」所欺壓、迫害、束縛，是何等地渴望一種共鳴的靈魂的解脫！

元．十九．廿二．卅．

　　這個社會的人群是這樣，有一種可怕的偏見；你為追求真理耗損了大量生命的力，人們會譏嘲你「房事過度」，如果你是有家室的人。

同樣地，如果你是一個獨處的人，你將被斥為「不知檢點，應該清心寡慾，潔身自好」。什麼樣的一種侮辱啊！然而人們却似乎又是出自好心。是的，我可以盡其在我，不求人諒解。然而我却不能沒有一個人來諒解我。這種奢望每每使我軟弱，而這軟弱竟漸漸地，當我發現你「真」的部份之後，漸漸地交託給了你。我愧怍，為什麼不可以默默地容忍、抑制！間或我會想到需要抽打自己、責罰不該有的自私和狂念，火不是不可撲滅的！我曾警告自己：不止一次啊，保羅，你不是全都容忍了麼？哪怕這是最後的一點火種，你也必須撲滅。然而我是可恥地再再寬恕了自己，燃著、延燒下去，在狂烈的風勢助威下，煎熬啊！我必須死死地緊抓住這珍貴的友情，交戰吧！這樣燒盡我的油膏，我仍將是樂于的，無怨的！

元．廿．午

　　你交下考卷，我閱覽了一遍，放心了；因為我將不致于不及格。雖然不一定圓滿，而我也並不妄想求得滿分，我原是一個文壇底層的摸索者啊！

　　有一個說法，少年寫詩、青年寫散文、中年以後寫小說。

　　這是一個推理，我不打算推翻它，也不完全同意。照大朋友的看法，詩是盲目的呼叫，（類似你那一群小魔鬼們一下課衝出教室時的那種無意識的喊叫）歌頌也好、咒怨也好，一樣地是出于缺欠理性的衝動，自私的成份多（一種憨直的自私）。少年的人格是這樣，所以少年比較接近詩的性格。而散文呢，仍是被披掛著神祕色彩的人生所眩惑，青年人心中的人生原是如此，似是而非地述說一點人生的片斷。及至過了而立之年，閱歷了一番滄桑，神祕的外衣褪去了，對于人生的縱深似才有所理解、參悟、和分析，小說便是從這裡產生的。

但事實的例證並不完全地是循此途而演進，詩人到老還是詩人，你不能指說他毫無長進，小說家也不一定是歷盡滄桑老奸巨滑的油條。因而從事于文學工作之前需要抉擇，那就是你所提出的「傾向于」的抉擇。

　　我不能夠武斷你應該作何抉擇，但以我對你的了解程度而言，多少我會給你一點作為參考的意見。如果從形式上判斷，你的詭辯文字使我感到你傾向於襍文的著述。短小精幹，一把短刃、鋒利地刺向你所仇恨的。但我懂得你的「真」的部份，你那種敏犀的感應、獨到的觀察和分析的等等過人的才能，將會至使你在小說上能有更高的成就。一個人往往走完了悠長的人生的道路，你問他沿途得到了什麼？回答的卻是聳聳肩、雙手空擎。然而有一種人，對于某種生活只須一個短暫的嘗受，他所得的已然驚人的豐富了。所以前者只是視而不見、聽而不聞，被蒙上眼睛拉磨的驢子、拚命的前走，却永遠重複地踏著自己走過的足跡。他是向前走的，然而在一個圓周上你能夠找出前後麼？小朋友，我慶幸你從　天父那裡得到的先天的本錢。如果說在小說的田域裡我比你長得高一些，這是事實，我毫不虛偽的謙遜。然而「成長中的高度」不是絕對的。以你的天資，我敢于斷言，你和我如果是從一條直線上起跑，我早被你丟得遠遠地，絕望地了。相信我並不因為急于鼓勵你而以誇大的言詞欺矇你，保羅沒有這種撒謊的必要。

　　當然，你的愛激動，會影響小說的創作，但這種激動會在理性的駕御之下馴服的，這不是一個可足掛慮的問題，有這種自知，便足可使你隨時節制。我深知我自己也是一個愛激動的傻子，所以我雖崇奉自然主義的寫實派（《紅樓夢》以及張愛玲的作品），直到如今我卻因激動的牽扯，雖然形式上，我是一個地道的寫實派，精神上卻還脫不了一些理想主義、神祕主義等的調子。但這有什麼妨礙呢？一棵堪為棟樑之材的大樹，並不是自幼便不長分枝杈幹的。什麼樣的天才總

須經過砍修的。工夫可以征服一切，人必須信賴這個。

元.廿.廿三.五十三

　　寫一篇小說的步驟也是很難說的，因為小說的邏輯性雖然必須合乎科學，但小說決不是科學，各人有各人的寫作習性，有的先有故事然後創造人物，有的却先抓住人物然後再編撰故事，這不僅因人而異，而且也因文而異。舉個例子說，我的〈他與她〉那一篇小說只是一個意識恍惚地出現了，立刻故事就成立了，然後才決定了人物，這是一篇給我留下極深印象的急就章，從意識到脫稿，僅只五天。但〈海燕〉那篇就不然了，先有一個人物（李景）然後配上故事，刪而再刪、修而再修，兩萬七千字竟寫了九個月才算完成。所以單以一個人來說，也並不就是一成不變的。不過我可跟你講述一個原則（不是方法），首先必須準備齊備的素材，這其中包括故事、人物，有關于故事發展的種種資料（甯可過剩，不可不足），其次便是決定結構（談結構，我再另作一篇專門的講述）依故事的特性決定拉緊時間、放寬空間，例如《秧歌》的扉頁上我所寫的那點短評，把那三種意識和故事、串聯起來，像編辮子一樣地相互扭結，成為一個整體。結構是骨骼的架設，隨著的便是配上肉，那便是描繪（關于描繪也打算另外專門的講述），也即著手寫在紙上。從寫的開始，情形就來得複襍了。有人下筆千言，一氣呵成（得自天賜，這「天」是指自然而說）笨拙如我者，則往往最高的速度，一日寫不出八百個字，甚至是負的（把以前寫成的又否定了）。這很難說，生活經驗、生活體驗，尤其是才思的敏銳與否，都與描繪有著密切的關係。以你的才思來說，你比我敏銳得多，像我這個笨拙的，是罕見的。不過我堅持一個原則，別人寫過的、我不寫；別人採用過的「描繪角度」、我不採用。笨拙而又

加上自我限制，這是我的缺點，也是我的優點。缺點是寫作遲緩，到處是人工的痕跡，而優點便是朱西甯的作品自成一派，「不同凡響」。「穩」，是我的特色。而我對于結構，似乎不太重視。但我並不輕視。《羅馬假期》如果是一部小說，則那種結構是我所喜悅的，散文式的把故事發展開來，時間緊縮至最低限度，空間卻是宏偉壯觀。《復活》也復如此。所以我是比較喜愛「胖小說」的（以肉來比做描繪的話）。真正在結構上完全成功的，可以把《從這裡到永恆》（電影是八項金項獎的《亂世忠魂》）與廚川白村（？）的《羅生門》（也有電影攝製），前者以「拳擊」作為神經線把軍營中散亂的細微的故事聯成一篇宏偉的巨構，成功在結構上。後者則以同一個故事分由四個懦怯自私的口中講述出來，武士為表現英武，武士妻為表現貞操，強盜為表現俠骨，樵夫為掩護本身的貪婪，每一個人都把故事編造得與自己非常有利了，可是讀者很不費力的為自己編出了一個正確的故事，也就是作者心中的真正的故事，否定了這四個人的自私。武士的懦怯、武士妻的苟且、強盜的淫惡、樵夫的貪婪都栩栩如生地跳躍在紙上，寫盡人類的卑污的弱點，並且不忘指示出一個建設性的啟發。不知你可曾讀過這部書或看過這部電影。

　　總之，結構同描繪，同等的重要，一部完整的成熟的作品，必然兩者兼備。重結構而忽略了描繪，作品便顯得枯槁清瘦。相反地，那會使一篇作品過份臃腫。

　　致于散文和小說的界線，這很難說。廣義的解釋，韻文以外的都是散文，這其中包括小說、劇本、褓文，甚至理論。即或照我們習慣了的狹義的解釋，散文與小說並沒有細密而清晰的界線。不僅如此，散文與詩也往往混淆不清。這是一個在理論上困惱人的問題。畢竟文學的分類不似科學那樣。但我可以約略的給你列出一個表式，供你參考：

小說	故事性的	創造典型	理性重于情感	分析的態度	時代性	結構與描繪并重
散文	抒發性的	不必要	情感重于理性	直覺的感應	時間性	不需要也沒有結構
小說	從主觀中體驗、從客觀中分析		有本末、有終始		邏輯性	鮮明的主題
散文	幾乎是沒有客觀的成份		沒有，或可說不必要		無需	無　　需

　　可是這不就是一個界線，大體可以這樣區分，不是嚴格的，也不可能嚴格。總而言之，最粗糙的識別是：小說可以講述、散文不能夠。（注意：並不是沒有不可講述的小說）。寫散文有助於寫小說、這沒有可疑問的，只是只能有助于描繪，其他各部份，散文都無助于小說的創作。

　　怎樣我的小朋友？不致于不及格吧！太枯燥了，同一個女孩子談理論（？）是一件傻得可笑的事，也只有你這個傻孩子會接受。

　　相信《秧歌》會給你帶來一些新的、我們自己國度和時代裡的東西。我想提醒你一下，不要單以讀書的身份讀你喜愛的東西，這是很重要的。此外，《自由中國》尚有一位女作家潘人木（潘佛彬），她的作品不亞于張愛玲，我這裡有她的一本《蓮漪表妹》不知放哪兒去了，等我找尋出來寄給你。漢明威的《老人與海》和福樓拜的《情感教育》（《包法利夫人》的姊妹篇）都看過沒有？我這裡有。我把我自《大火炬的愛》之後的作品（有

《大火炬的愛》封面，民國四十一年六月重光文藝出版社出版。

幾篇已經失落了）先寄給你讀，讀完了隨便的在上面寫點什麼，哪怕是一句話、一個建議。我打算有時間的話，還要從頭整理，想辦法出版單行本，所以你可以把你的意見放進去一些。這些作品有些你已經讀過了，而且都是四十二年以前的作品，非常之不成熟。

最近《文壇》死釘著要長篇，有一個現成的故事在我的心中醞釀已快一年（去年去新竹的那一次，在火車上非常的奇遇，與別有七年的鳳子的姐姐的兒子碰見了，他跟我講的她的妹妹的故事。）我想把它定名為〈丹麗〉或者〈鈕扣之秘〉，用鈕扣作為精神線，寫一篇悲的故事（編按1）。可是我很蹉跎，一年何其短！不能分神了，否則我將無法向我的小朋友交卷。過年我有十天的休假，夢想奇蹟出現，能在十天之中完成它，但我一點自信也沒有啊！而且我也不應該變更我的計劃，趁小朋友尚能給我以勇氣的期間，我必須加緊的為「傾」文工作，否則當小朋友突然遠我而去之後，我將不知更待何時才又能收拾起這番勇氣。

期待啊，渴望看一個天才的作家的成書，我將重歌起〈祈春重奏曲〉。

我如獲至寶地得到與我遠違了的薔薇，吻著，重又跌進十八年前那醉人的春之氣息，家被盛放的薔薇遮蓋了，那是什麼樣的一種芬芳的生活啊！我太罪孽了，我幾乎忘卻了它，如果不是艾蘆重又提醒了我。感激你又讓我重領這番溫馨。

從你的照片裡，我看得更真切的一點，你的生活的片斷。難怪你對于她們一往情深的那樣眷戀，那實在是美麗的飛揚的時代。我不忍留下其中的任何一張，雖然我需要全部地據有它們。給你多留下一個寂寞的畫面，對你是有意義的，在我乃是一種割人之愛、一種掠奪，讓我留在跟前多欣賞一個時候，然後全部的交付你，這樣好嗎？在埔里照的這張（編按2），我想給你畫一張速寫，因為面部的線條很優美。畫好了，如果中意就寄給你。

還是那樣地憧憬著大西北的風雪，狂熱一點不減嗎？祖國最神祕的地方，我們終有一天會投進去的。願有一天，我們會緊拉著手爬上那「覆蓋著萬古不融的冰雪的世界屋頂」。有這種信念麼？夠堅硬麼？時時的警惕，別讓「動物的我」拖垮了自己。

　　翻字典是一個好習慣，尤其對于你將從事的工作。不過我還有一個希望，以後寫什麼東西都不管，練習用襯格，不僅可以幫助你把字體寫得修整一些，而且可以修養一種必要的細心。據我所知，一般的作家都寫不好字，枋姐也是其中的一個，想起她「為你的字體悲哀」，我真要笑，她那筆歪字夠可憐的了，還好意思指責你！不過我一直地很不明白，何以你的字會與你的文相差如此之遠。其實大可不必再從頭練習，只要多注意一下，學一點行書，可以遮飾幼稚的部份，流利一些、老練一些，別像現在這樣一筆不苟地寫小學生的字。我的字體你是否感到很女性？這是我六姐的字體，她是我的良師，自幼便以父式的態度教育我，受她的影響最大。在她未出嫁之前，她很可能成為一個作家，她的筆名是「吉子」，曾寫過很多的好文章，可是出嫁太

①六姐與六姐夫劉玉瑩。
②朱西甯六姐朱秀娟（後排左二）。

早了（十八歲），少奶奶的福氣把她埋葬了。在他們劉家的少奶奶輩的裡面，她是《紅樓夢》中的王熙鳳，可是任憑如何地佼佼，畢竟是吃穿的奴才，我極其痛惜我這麼一個好姐姐竟安於中產階級的榮華，不圖長進！艾蘼，我六姐的墮落很可以作為你的借鏡，當心吧！當心那個無形的爪，抓住你。瞧你那雍容華貴的儀態，很有福氣的樣子，做一個飽食終日無所事事的少奶奶，是很夠資格的。

當然婚姻的事情會很快的降臨于你，按照一般的慣例、年齡、學業的中止，家庭中逐漸形成的特殊地位，都無不告訴一個你這樣的少女，將為人妻，而且一般的女孩子均深懷著無盡的羞澀的喜悅來偷偷的迎接。為什麼要感到被出賣的憤怒呢？當然僅僅靠著「留美，人還很好……」這條件太于草率，然而也大可不必放過或逃避，去認識、去了解，然後抉擇或者捧開，這才對。媒妁的撮合不一定百分之百的失敗，萬一是幸福的，拒絕了豈不令人惋惜！勇敢些，小朋友，去迎接！婚姻雖不似死亡那樣的肯定，但人是需要結婚的。　上帝太初創造人類的始祖，便先定下了婚姻關係，而在始祖沒有偷食禁果之前，那種婚姻不是基於生兒養女的宗嗣觀念，　上帝是要他們倆相愛。那時候沒有其他的人倫的愛，所以兩性間的愛是一切的愛的基調。我們盡可對于婚姻抱著一種不正常的恐懼，可是終究還是需要愛情的。雖然愛情不就是婚姻，但依照慣例，豈不是自古以來千萬個少女都是這樣地被牽去交付給一個陌生的男人麼？起初也許很不甘心、掙扎一番，畢竟是妥協了，沒有愛情也可以廝守一輩子，有幾個包華利夫人呢？我有一個最深的記憶，那是我從無知的孩提時代直到十六歲的少年時代一直愛著的小戀人，她比我大一歲，是個客觀的美人，母親是法國人（我不要

「傾國傾城」後改題為「潮流」。

多寫這些，「傾」文裡有她）當開始有人為她提議親事的時候，我們曾在菓樹園裡偷偷的哭過，但沒有想到要反抗（寬恕罷，怎麼能責備他們倆不反抗呢？）後來我的大嫂曾經玩笑似地同母親說：「幹嗎不把昭姐提給咱們家小叔？」可是母親的回答很乾脆：「別亂倫了！」小朋友，多可怕的戒律啊！我不明白什麼叫做亂倫，但羸弱的心靈只能領悟到這是一個人力不可挽回的命運。我親眼的看著她同一個未識一面的大地主的兒子訂婚了、迎娶了、歸甯了，她多麼像一隻被牽去求配的小羊！可憐的哭著、掙扎著，從那個拉得緊緊的繩扣裡努力轉回頭來留戀地瞰顧……（我是木然的。）然而抗戰勝利了，我重回故鄉時，又見到了她，而且差不多聚了一個春季，她卻過得很安份，問到她那個白癡的丈夫時，她知命地笑笑，好似不甚重要似的。她不大到她的丈夫家去，守著一個白髮的母親（我的仁嬸——父執的妻子）。有時我們在菓園裡散步，在怒放的桃花下面閒話，那些曾留給我們太多回憶的老地方，對她似乎一點也不引起興趣了。我真讚佩中國婦女的忍受的毫無限度，雖然她不純粹是一個中國血種的女人。但是小朋友，那時我已經懂得亂倫之說了，我仍在愛她，但格于這個戒律，每當我走近她，我便感到一陣由衷的戰慄，她是我的表姪女，表哥的女兒。表哥應募第一次世界大戰的法國華工，復員了，帶回一個法國妻子。他自己死了之後，妻子再嫁，撇下了這僅有的一個女兒託付給母親，母親又把她交給我那曾生下六七個孩子卻都夭亡了的仁嬸當做養女，她便由我的表姪女而躍升為仁姐。這第一個的愛情幻滅，使我像霍夫曼第一個所戀的木偶奧林匹亞的崩潰一樣。而我從這裡面却發現到一個女孩子的水的性格，一切的誓言都缺少時間的防腐劑，裝進什麼形狀的器皿，便和那個器皿一樣的形狀。所以莎士比亞才指出「女人的名字叫做弱者」。

可是小朋友不要生我的氣，我懂得你，我也相信你會有明睿的抉擇，你之所以感到被出賣一樣的憤怒和羞辱，很可能是因為你意識到

是你被交付給對方，而不是把對方交付給你。我同意你這種意識，任何一個人都應當作自己的主人，尤其在自己畢生幸福所繫的大事上。為著我，你也應該勇敢地去面對這個問題，因為我是多麼的盼望能有一個人可以使你得到完備的幸福，尊重你、信任你。當我偶而想到萬一我的小朋友在婚姻上受到委屈，我便似乎不能忍受了，何況萬一有了那種事實！從母親那裡你沒有得到多少愛，你必須在愛情上尋求補償，草率地聽命于宰割，那將是雙方的悲劇，你不能于失却母愛之餘，再繼之承受愛情的損失，那太對不住你自己、太苦了你自己。為真理，我們可以苦到底，然而只為了成人們以我們做為交誼的禮品，我們則必須以高度的吝嗇摔給他們，爭到底！否則你得考慮你是否會像我那位昭姐一樣的，無期徒刑般地忍受迢迢的無色的歲月！啊！我不該同你談上這麼多，我并不比你更聰明。不過我很想探詢你曾否被愛、曾否愛過誰，什麼樣的一個人？必然有的，我喜愛這些由你的口裡敘述出來的故事。我相信你曾同我談的那一切，不會同更多的人談過，我為這種被寵信、被當做知友的光榮而感到無上喜悅，我當怎樣回報你的寵信！也因此我們才得能迅速的了解，我之不再孤獨，亦是由此而來。

接你的信時，我正在接受一個短期的訓練，急于要回信，卻為著時間的不許可，斷斷續續的寫了三天。受訓的期間，不知怎的，老是想到你的大哥交保的手續是否辦妥了。你一連來了兩封信，裝像片的那封信被拆過，我很不放心像片是否失落了一部份，我接到的是十張像片。你寄來的〈今日傳揚主復活〉是復活節唱的聖詩，也使我掀起了一節溫馨的回憶。我曾告訴過你，音樂同我過去的生命連在一起，記憶可以一時淡忘，但一首曲子會立刻使我重拾起某一段回憶，這曲子裡面有著最親切最真實的景像，幫助我的寫作不少，願你會不時的用音樂來喚起我的回憶。晚安，小艾蘼，願今夜基督與你同在！

保羅　元．廿一．廿一．卅五

去年的現在，我懷著多麼狂烈的願望北上！祝你有一個快樂的年日！

※其中有枋姐的兩篇散文。

・編按：
1.長篇小說《貓》的源起。
2.見頁102，圖2。

大朋友：

我不知道那是否可以稱為愛，也許是一種盲目的迷戀；正如你所謂的，——彷彿是小朋友初二的時候，在上下學的車廂裡我暗地裡迷上（？）了一個人（寫至此我有一種感覺；似乎不該同你談這個，連蓓蒂我都未曾告訴她過），他跟我大哥同校也同班，但除去在球場上他們似乎很難得相聚。他英俊、沉默、瀟洒而又高矜、岸然，日本小說中「華族階級」的貴公子，他與幾位也是英俊、勤讀、愛音樂、運動、文藝的同學自成一派；是我們學校老大姐（他、她們那時是高二）矚目的目標。首先他的小提琴引起了我的注意（那是夏天的一個禮拜五），又一個禮拜五，我再度在一班車同一節車廂裡重見了同樣拿著小提琴箱子的男孩子，又是一個禮拜五……，逐漸地對於禮拜五，我似乎產生了一種莫名的期待和盼望……。在他的前面我曾感到自己竟是那麼的渺茫，我常感到他像一面鏡子，在那面鏡子裡反映出來的自己總是令人痛感到「三文不值」，我變得出奇的自卑、軟弱而又傷感。（哦，大朋友，Eme 在那段時期裡曾有不少傑作（？）哩，我曾痛吟「總是那般遠，而又那般近，離自高空裡的星星……」也曾傷嘆道：淡淡地——有如春天原野裡第一朵開放的紫羅蘭……）。這樣差不多熬過了二個多月，在一次動情的談吐中，我跟至友莉莉互吐了各人的隱衷，我們約好告知對方各人心目中的「那個人」。運命（照人家所謂的）的惡作劇開始了；自從我告訴我的朋友「他」以後，心事有了寄託，每晨一下車我就找著她告訴她車廂裡曾發生過的事諸如「他又怎麼樣了，他的那位祕書又怎麼樣了」，小朋友自私地把自己關進盲目的情感的象牙塔裡，沒有注意到她是否在聽妳的話。但縱使神經夠粗的我也終於覺察到她有些異樣，她似乎極力的想迴避我。在一次上圖畫課時她遞給我一張紙條，用日語寫著：我怕，當妳知道了我在為什麼事而煩惱的時候，妳將憎恨我而永遠不再原諒我了，但也許妳不會……念完了它，我心頭上猛的一陣恐怖的預感湧上來——她，她竟

也愛上他了！！以後我們不自覺的互保著彼此的距離，為的是怕看到對方的眼睛會提及他，更怕由於「他」，將激起彼此間那種足夠傷人情感的不吉的字眼「情敵」的意識。

　　大哥不知在什麼時候察出了我倆的心事，他壓根兒不喜歡他們的作風，據他的論斷他們是「造作」、「擺架子」、「消遣階級的殘渣」。他常明言暗語地警告我說，那是件愚蠢的事，如同一隻儘在追自己尾巴的狗。當他們行將畢業的那年，也就是我投考高一的那年，我曾痛苦的想著，以後的日子如果沒有了他，我不知道我應該如何打發過去！不過人總是不自覺地進步著；當我比較懂事了（通過小說，周遭的人物認識了自己）以後，我開始懷疑我過去的渴盼他是否如同一個小孩渴盼玩具那樣；唯其那是得不到的便更想要，然而一旦得手了，就不再稀奇，也就不會感興趣了；而現在我的眷戀他也許已變了形──我目前所愛的已不是他，而是他的影子而已──。這就足夠證明我已不再愛他了──因為一個人如果已對自己過去所作的動作能加以客觀的檢討的時候，那他便是不再熱狂於使他做出那種動作的動機了。這便是 Eme 的所謂第一次的（如果能夠稱為愛的話）──一齣獨角戲、一場寂寞的獨角賽跑──是那麼的淡，淡得如同……哦，大朋友，少女的夢原是像春天原野裡的紫羅蘭哪！

1.29 夜

　　被愛也是這般的漠然（也許是很可笑的自作多情哩！）故事亦是展開在那段快樂的飛揚時代的轉旋宮裡；一次我跟著蓓蒂一直合唱到苗栗（歸途中），車停了，她走後一位陌生的青年走過來，遞給一本簇新的《101 合唱曲集》，我滿以為是蓓蒂忘了的，趕快跑出車廂，誰知那個人急促地講「不要緊，是送給妳們的」後轉身疾步走開了，

我莫名其妙地想著，給自己一個結論——他不知道我們已有了那本《合唱集》，他看我們那麼喜愛歌唱（很可能他早就知道我們了），他想如果送一本樂譜給自己同好的愛歌唱的人，那他該是多麼的高興——因此我們沒有拒絕了他，第二天我們向他道了謝（他不知在新竹那一個公司服務），當天回家的時候，他送給了我們兩張羅累萊的想像畫，很可能因聽了我們在合唱〈羅累萊〉，由他所用的紙、筆法（雖然我對於繪畫是門外漢），我測知他是電力公司的製圖員，在車上我們偶然的同座了，他手裡拿著一本《珍妮的肖像》（電影為《倩影淚痕》）以及一本日文的《森林的生活》，蓓蒂借過他的《珍妮的肖像》來看，我也拿過他的另一本翻翻，滿是哲學意味的書，我於是遞返了他。次日歸途中他再度將那本書拿給我，裡面挾著一張紙條，以日文寫著「朋友：願妳一定看它，它曾安慰了我的孤獨……」後面的簽名是：永遠孤獨的友人。為著一種突如其來的恐懼心理，第二天我斷然還他說著「謝謝你，不過你知道對於日文我是外行的」他似乎很失望，以後的日子我們再也不復同坐在一個車廂裡，不過我們的歌聲起處，我能意識到就在隔一扇門的車門上有一個自命寂寞孤獨的人在傾耳諦聽。暑假，為了七月中旬，行將在桃園舉行的球賽，我們天天到學校去練球。一天從老師手裡接過來一張明信片，以藝術字用國語寫著一首詩（《倩影淚痕》裡面的歌——「我從那裡來，沒有人知曉……」），在發信人欄上只寫著寄自台中公園，不用看簽名，也知道是那個我們管他叫「101」的。那年的聖誕節又收到他寄自高雄的一張自繪的聖誕老圖以及用英文寫的詩，簽名是他獨特的使我永遠無法看得出來的草字（有時用英文，有時用國文）。我將畢業的前一個多月再一度收到他寄自龜山的中文信和詩，寫得還算美，他為小朋友的畢業感到悵惘，但他最後寫著：你永久的筆友吳……（我看不懂，因為太草了）。1954年的聖誕，在行將生鏽的小朋友的記憶前，飛來了一封頗厚的信（很僥倖的逃過了當局的手掌；給我弟弟接著），

獨特的美術字，是「一百零一」的，我當時感到一種難以形容的帶著恐怖的驚訝——為什麼他曉得我的通訊處？！——信封裡裝著一本附圖的聖誕節合唱曲子以及一份帶有世界名畫——〈拾穗〉——的小日曆，歌譜上尚寫有許多許多英文字。這次的發信處是「松山火力發電廠」，並堂正的寫著仍是令我無法看清的名字。我困惑了，我不知道我應該怎麼樣；每當我寫信給大朋友的時候想請教你，又感到那些事情要麻煩你似乎有些太裝模作樣（？）終於又停住了。哦，大朋友，看樣子他可能還會寫信給小朋友哩，我真擔心有一天由於他的信又將引起風波哪……。

自從我從那個單角賽跑覺醒後，我總感到我也許永遠不會（不能）死心塌地的戀上任何一個人了。這多半由於音樂、運動給了我不少異性朋友之故。我常自認我可以成為任何異性的好友，但永遠無法成為他們之中任何一個的好情人或好妻子（不要笑，真的）。因為要愛（熱狂的），Eme 著實太現實、太自私，以致於無法去做。

我有過忙碌但還算不錯的新年；農曆元旦跟家人（除去母親，她看家）一起回到山莊裡的老家去拜年。歸途中由父親駕車（向人家借來的吉普車），看著父親如同久別重逢了沙場上的伙伴般快樂的神情，Eme 感到一種帶著哀傷的難以形容的喜悅；就像我自己隔了若干星霜又重握著了網拍或觸著了樂譜那樣。二號又跟父親、弟妹等四個人到台中去看電影。當我們坐在公園的石板上的時候，我似乎有一種錯覺，彷彿我自身變成了《悲慘世界》中的那個小女孩，而父親便是那個小女孩的義父華勒章（チヤン，ウアルジアン）……多可笑呵！昨天（29 日）來了蓓蒂、Today 以及女高音珠，我有過一場球賽和痛快的合唱；我驚異於自己的嗓子為什麼沒有給藥粉末弄壞哩。今天又來了玉琴和梅干，我原該樂開的，不過我替自己悲哀，為什麼每當朋友們回去以後，在成年人前面我總會感到像曾經犯過了什麼罪似的感覺呢？那是很可怕的，我怕有一天我將讓自己永遠失去所有的朋友

們！！！

1.31 夜

我曾一度跟母親去探望大哥，較黑了，但看不出來較瘦。他那兒有壁報、克難球場、農場，甚至歌詠隊，最使我驚喜的是當我踏進他們教室的時候，我聽見有人用小提琴在拉〈安妮羅荔〉這支我很愛的歌。足見哥哥的話並非虛言（他曾說他們的音樂程度頗高），雖然並不是說會拉那支歌就能表示他們的音樂程度。我決心開始學行書了，告訴我什麼是「襯格」（不要驚異！你總把小朋友看得太高了，我怕有一天你會失望的）。

大朋友的大作統統看過一次了，我打算再看一兩次。如果大朋友想要讓我寫上評語的話，你又會再一度失望的（寫至此我痛感到自從走出校門以來，我不知給了我的朋友們多少失望了），我只能念完了那一篇，便將那時的感想塗上。（小朋友原也是「好與壞決定于轉念間」的庸人哪）因此別把那些我寫的看得很嚴重。還有個條件，如果我有一種難以說出（用我的文字不能表達出來的）的錯綜的感覺的話，Eme 將保持沉默；怎樣？大朋友，你一定大失所望了！

再談　　　　願不竭的靈感與我的大朋友同在！！

1.31　晨　44

※寄來的書三本統統收到了。

我的野心是要「荒野文學」
如民國初年的「新青年」那樣

我的小朋友艾蕾：

你抄贈的「私願」（不切當吧！），我尊從你的吩咐細細地尋味了。我依稀發見了珍寶，是我魂夢求之的；可是又恍忽隱去。哈姆勒特的憂鬱、幾時才始離我而遠去！hope with a gentle persuation, whisper her comforting word. 誰是需求，誰是被需求的？我模糊了。「月落如金盆，夜深聞私語」什麼樣恬靜的休眠！熱情洩盡了，有那個款款切切的密語伴著，在慰藉的溫懷裡甯可長眠不醒。然而我不敢相信我之尋味所得的，是否與艾蕾盡同？被冷落的孤獨者的夢可能是太于狂浪了；我却是在清醒之中發狂，我沒有昏迷，渴望著看這人群裡面僅有的一個純潔的型體，最深愛的。詩竟會獨鍾于一個畸形人麼？容忍著長期的觖望的煎熬，面對著一個懦怯的奢望，我顫抖了──卑微的激動！然而放懷吧，保羅不是一個歌手，也不是一個樂手，可是保羅永遠會在音樂的前面俯伏下拜，獻出靈魂中最高貴的那個，永恒地愛她！

別錯把我看做一個傳奇性的戲劇人物。斯娣婭的幻滅很簡單，她的母親是一個妾、一個妓女，斯娣婭（鳳子）的庶出的地位不被基督徒所承認，尤其是我的母親。我剛打算要為此奮鬥力爭，甚至做一個家庭的叛徒，可是沒等得及，我就走進戰鬥，當兵了，而且大陸很快地也就丟了。然而這故事恕我暫不告訴你，不是向你保守秘密，你是我的摯友，這是不錯的；我和你之間沒什麼秘密，誰都可以披肝瀝膽的陳說傾訴。需要坦白的時候，我決不向你保留。一如你必須向我暫時保留某一部份一樣，也相信你現在不會同我談你的故事，一定的！因為你我至少還有些距離。我們都是尊重情感的，很像《羅馬假期》中那個美國新聞處的記者，不願把他同公主間的情感拿去賣錢或者炫耀（雖然我們之間的傾訴毫沒有炫耀的意味），我尊重你過去的情感，你也會同樣地對我。我們會相信有一天你我之間的藩籬將會撤去，那時候我將讓你如　上帝一般地了解我。福樓拜說過「我們每一個人的

心裡都有一間禁室；我們把它密密地封起……」而我相信這被密密封起的，決不是見不得人的，它只是昧于一點，不是嗎？我的好朋友？

我的好朋友！還是讓我告訴你一樁喜訊吧！

這喜訊也是我久已要向你吐露的，然而也是為著昧于一點，我不敢唐突、每次提筆作書，都想跟你說，這不是一個秘密，可是我一直地不能向你張口，失敗的恐懼封住了我的口。

是一個夢，我只把它當做一個夢地思念著，真可以說是寤寐求之、輾轉反側地思念著。為她，我耗去了太多心力，然而，「為伊消得人憔悴，衣帶漸寬終不悔」，畢竟這個夢醒來了，事實成就了夢。人們感到驚詫，甚至我的好友。至于我，是發狂，也是恐懼，我肯定你也會同我一樣地發狂和恐懼，你將會坦然向我承認這種情愫。

我的愛子產生了，這個寧馨兒便是使你使我都要為之發狂和恐懼的胎兒（誠然這只是一個剛剛受孕的胎兒），直到現在在告訴你，我仍覺得太早，不過我不能再向你隱瞞，因為我是急切地需要你。

《荒野文學》，我要辦的褓誌，開始實地地籌備了。

先告訴你她的生命目標：

一、面對藝術，把帽子摘下來！（在藝術的面前不講資格）

二、嘔出你已曾吞下的中國人做的麵包！（踢開淺薄的都市文明）

三、洗淨祖國泥土上的痰痕！（根除舊社會一切暗敗的傳統）

四、一片無垠的荒野，我們來開墾！填土！舖路！播種！青年們帶著工作器具走向祖國的荒野！

《荒野文學》的風格是：粗獷的造型、摔開傳統的鎖枷（格調）、無名英雄（傻子）主義的青年領導老輩走向建設，一切本著科學和道統。

《荒野文學》的內容是：創作（十足的）、詩篇（非詩）譯文、戲劇、童話（非成人的童話）、歌曲（必須是合唱的、大眾的歌曲）

可愛的小朋友，興奮嗎？但接著這興奮而來的將是什麼？你懂得

的。文稿我們不向「老作家」要，我們信任的作家只有不見經傳的幾位，徐文水（曾寫過《東門野蠻及其伙伴們》）、潘人木、端木方、王秉鈞、司馬中原、段彩華、鄧美佛生、劉枋。可是沒有一個譯作家和童話作家，這個責任，我要你負擔一部份。

不要忙著害怕！出版的日期最早是在四月初旬，或者趕「五四運動」的節日。所以有兩個月的時間給你，截稿日期是三月底。

關于譯作，你想辦法翻譯日本的作品，或者日文的西洋作品。但在選擇中你必須注意以上四個信條，要粗獷的、深沉的、有力的、充滿著蓬勃生命的作品。關于童話，台灣一百廿萬個兒童沒有一粒從祖國泥土中生出的糧食給他們吃，這種大飢餓，你應付出偉大的同情，你必須播種！你有一顆可愛的童心，你了解兒童，你是在小動物的圈子裡生長的，你更懂得把兒童帶上什麼樣的一條道路，怎樣的消除他們的奴性，怎樣喚醒那埋藏得尚不算深的小心靈中的尊嚴的神性……本著你「要為他們做點什麼」的莊嚴意識做去罷！當然，你如果寫一篇創作小說，寫人所未寫的，或者台灣的泥土氣息極濃的，或者在帝國主義奴役下的悲愴的等等故事，我將同樣地熱烈歡迎。（童話亦可以翻譯一點，但必須使她國情化）

現在在進行申請登記的手續，資金可以出版兩期。拉廣告、連繫發行網、交涉印刷等這些事務有人在替我搞。等「出版宣言」擬成之後，再寄你一份，可以多了解《荒野文學》的誕生意義。

我的野心是要《荒野文學》為民國初年的《新青年》那樣地整個扭轉當前的文學情勢，給祖國文壇整然一新地放出萬丈光芒！艾蘩，你已是我生命中不可分割的部份，你必須竭盡力量來支援我們的崇高的抱負。為我們的尚未誕生的孩子祈禱　神！

保羅卅日深夜

覺得還有很多要談的話，不知為什麼，總是這麼多，彷彿同你永遠的談不完。我多麼盼望我們會有一個好的日子，就像左拉給妮儂的信上所談的，所盼望的，「那小河的沿岸，剛才覺醒的水邊，四周睡著熱烈的鄉村的綠叢崖洞，慢慢浸沒于薄暮的淡藍中的草場中間……」在那裡、那時候，將沒有人干涉我們，暢談罷，要多少個晝夜？書信文字是多麼的費力啊！

年是在表哥（舅父的兒子）家過的，住了三天。她們夫婦倆是總政治部演劇三隊的台柱，表哥以「鄭成功」上演的成功，在軍中擁有廣大的觀眾，他的傻勁很足，十年如一日地為戲劇獻出最高的藝術情操。表嫂是一個你所謂的「尤物」，周身是戲，戲路很寬，本來是一個平庸的女人，受表哥的影響很大，而且很奇怪，她是一個很會理家的主婦。去歲你們在台南賽球的時候，我原打算好了的，準備接你們到鳳山來，到他們家玩一天，領略領略外省人的家庭生活方式，（曾領略過麼？可能有很大的區別呢！）除夕那天，帶著小姪子元元到他的學校去拍了幾張照，有一張自攝的，想利用條紋做背景，可是陽光破壞了條紋，失敗了，寄給你瞧瞧。元元的那張是不是一個模仿美國西部武打英雄的小型太保？不過元元所受的家庭教育並不壞。他的老師名字跟你三分之二相同——劉容美。你的照片下次寄還，我決計不要。如果你堅持讓我留下兩張，我將認為是一件很對不住你的事，而且既然對不住你，索性澈底的對不住——全部給我，這在你是慷慨不了的。算了，艾蘿，我怎麼忍心去割斷你那些最美麗的回憶？它們將會解除你的寂寞，至少你同她們之間的友情是勝過你和我的，留下你最好的吧！你的歌集我應該信用地遵照你的限期寄去，可是總想把你這個懶孩子的這一堆散亂的東西整理一下，然後再寄還，但又沒空閒時間搞它，總之兩天內一定寄還。我只選錄八首：〈彌賽亞〉、〈聖母頌〉、〈榮光頌〉、〈悼曲〉、〈村火〉、〈睡獅奮起〉、〈小夜曲〉、〈勘託基故鄉〉等。

老嫂林偉諍

①表嫂林偉諍，兩人是總政治部演劇三隊
　的臺柱。
②朱西甯的表哥張方霞，飾鄭成功。
③侄子元元／朱西甯攝。

前天一位小弟弟自大陳前線歸來。不再是小弟弟了（我們八個之中第七個小弟），又高又黑，給我帶來不少的大陸邊沿的土產：海燕、水仙花、高粱酒（六年沒吃了）、淡菜、烏賊，還有我們用氫氣球送往大陸的「歸來吧！」傳單。充滿著戰鬥的氣味。我真慚愧，我這個做三哥的反而為案牘勞形，溺于文墨，忘卻了火線的烽煙。真的，當再見時，你會感到傷痛的，在灰白色的日子裡，大朋友臉龐上的痛苦條紋又不知憑添了多少，背傴僂了。始終在打敗仗，但始終是不怕失敗的打硬仗，這樣地打下去，你會想得出，這長期的硬仗打至最後，大朋友所剩下的將是一把枯硬的骨骼和一顆交給基督的小靈魂。然而這骨骼不是仍然可以跳動一點燐火麼？沒有人會喜愛這燐火，但他不放棄跳動，只要小朋友的燈火還在亮！

　　很久沒有打網球，雖然感到稍有進步了。最近陸軍選手借用場地練球，我一旁觀摩，好寂寞啊！尤其當你稍感進步的當兒。但我想起來了，你說當你看見那個瘦小的身軀奔馳在球場上的時候，你將發見第八個奇蹟。這個「典」不明白，是出自哪裡？抑是你的杜撰？

　　真可笑，你別把保羅瞧高了吧！我是要你當你在沒有格子的白紙上書寫的當兒，你最好在底下襯上格子。也許你覺得這是一種束縛，但不，練習你的耐心和細心，規律不等于呆板，如果你覺得搞文學除掉要奔放的才情還需要耐心和細心的話。「襯格」是我杜撰的，別為它困惑了你。我極其期望你修養你的行書。有一個不算秘訣的秘訣，你可以先選擇一種你所喜愛的字體（那也許是你的朋友的筆記簿，也許是父執的一封長長的信件）每天照著抄它一段兩段，是最好的辦法，你會得到最快的進步。其實我們又不想做一個書法家，能夠看得過去就得了。我沒有注意過你的手指，短而肥的手指多半是寫不好字的。不過這也不一定，能像劉玉蘭那樣的活潑的字也就馬馬虎虎過得去，我也並不主張你在書法上下太多的功夫，那很不值得。

　　我的作品你讀過了儘管隨意的批評，對于大朋友萬不可稍存一點

點的戒心。尤其關于女孩子的心理活動的種種描繪，你要多給我指正。如果我不是在太多的姊妹群中長大的話，我對于女子心理會盲然地一無所知呢。我接觸的女性太少了，所以每當描繪女子心理，經驗沒有多少，只得借用想像。然而話又說回來，所謂「想像」，如果太于缺少經驗根據，也是不可靠的。

　　我不知小朋友也有否同樣的感覺，我對于我的已經一周歲的貍貓常是因為管教而感到人與神的關係。可能是男人不應該喜愛貓的，所以我常常感到需要懲罰它，比如白天它在我的床上死睡，一到天黑他就精神百倍，出去「泡密司」赴約會去了。當然我不反對他去談戀愛，可是往往澈夜不歸，往往耗子啃壞了我的橘子香蕉他也不管。常為此生氣，（這可能會引起你的反對，因為我這種把它看做工具的功利意識已經失去了純愛。）不得不關他的禁閉。或者白天把它趕出去不讓它睡覺，好讓它沒那末多的精力去交際。可是當它跑到辦公廳繞著你的腿乞憐的哀求時，心又軟了。首先，我感到它全然不明白我的懲罰意義，以為你在虐待它。那種混沌無知往往使我想到我們在　上帝的眼裡也是這樣的混沌無知，我們何嘗不是常使　上帝生氣嘆息呢！但是怎樣才討得　上帝的喜悅呢？幸而人類尚懂得不少的真理。為真理奮鬥吧，比我們更慈愛的　主必然不致太于苛刻的不准我們在情慾方面多得一點兒活動，一如我每逢周末或禮拜日寧可犧牲兩隻橘子，讓我的小貓去渡它快樂的周末和假日。

　　以前為矯正劉玉蘭的錯字曾使她發過脾氣「氣死我了，偏不改！」你是否心裡也有如是感覺而不好意思跟我發脾氣？其實我不管你。也許這會多少傷害人的一些自尊心，只是最後劉玉蘭畢竟還是諒解了我。那末最近三封信的錯字我又向你提出了！

保羅大朋友！

恭喜你！！我多麼為我又再一度成了「劉姑姑」而興奮而高興啊！

—— 一群熱情洋溢的青年，帶著他（她）們的工作用具走向祖國的荒野……多美啊！反覆地念著大朋友的信，我感到幾乎要令人窒息的興奮和喜悅；我必須把心裡的炸彈掏出來、丟出去！正如你說的。我告訴小狗、小貓：「哦，朋友們，不久的將來我就要把你們搬到紙上與更多的小朋友們見面了，你們高興嗎？」縱使牠們只能帶著一種不知所以然的神情瞧著牠那簡直發了狂的主人。

誠然緊跟著狂喜而來的是一種恐懼，像一個突然發了橫財的人那樣，小朋友在蘊藏著無盡之寶的祖國的荒野上感到目眩、茫然和惶惑！大朋友，給我勇氣！我怕我短小的兩臂在這艱巨的偉大工作中將抓不著什麼？！

「孩子們保持你們之間的距離！」是誰說的話了？我完全同意大朋友的話，但願有一天我們將能彼此打開各人心中的「密室」，美麗的回憶原應該永遠珍藏在心靈的最深處哪！再談

讓我今夜為大朋友及新生的寧馨兒歌唱「願我主保護你直到太陽昇起……」是的，直到太陽的第一道光芒射進祖國荒涼的曠野上！！

2.1. 晨　Eme

131

伙伴：

當我在想著「她現在也許正在展讀我的喜訊呢！」的時際，我却接到了你神速的響應，是《荒野》的呼喚的第一個響應者！（事實上你是我最先呼喚的一個，我沒有通信告訴我最要好的任何一位朋友，一如你對我一樣地幾乎把一切的優先權給了我）不必去談你信的內容，單由這樣地迅速回覆，我便意會到我的艾蘿是怎樣的在情感跳動。而你也由你的情感跳動一樣地會想得出保羅是怎樣地不眠不休的在做著墾荒的苦工。在這我深信必有無數傻子存于其間的芸芸眾生之中，我竟得到了你這樣的一個理想的伙伴，我確信這是　主揀選了你，交付給我的，因為從芸芸眾生之中去尋求一個同路的伙伴，憑著人力該是何等艱難！小朋友，讓我們把握住　上帝（真理）所給予我們的這個機緣吧！這無疑地將是一架痛苦的重軛（我不敢妄稱這是痛苦的十字架，因為比起基督，我們有什麼可以犧牲的呢？）而這是一般人所看輕的。

告訴你，我的好朋友，我們不會寂寞的，連一些平時在我看來屬於平庸的朋友們也都狂烈的響應了。今天晚上我歡宴一位即將遠去泰國的戰士，在筵蓆上太多的朋友為荒野文學向我舉杯，大家的決議是為荒野文學的誕生，明天一起去買獎券，按照他們的夢想所捐助的數字是八萬二千元。錢，是罪惡的，可是罪惡不是絕對的。我發覺我應該重視他們的熱情；八萬二千元是一個夢想的渺茫，可是何以他們要有這個夢想？我們不再寂寞了，畢竟大家存著一種盼望，盼望傻子出現，雖然他們自己很不肯做一個傻子。

不要跟我討勇氣；從這幾天參觀三軍中正杯排球賽（在本校舉行）中我又發現了一個相對的例證，勇氣不是絕對的；這就是說，當啦啦隊喊得最狂的時候，也就是被啦啦的球隊最得手的時候。相反地，球隊連失兩球，啦啦隊縱使掙扎，也顯得低沉、勉強、分散。艾蘿，二月轉眼又逝去了一週，什麼叫做勇氣？立時就幹，便是勇氣！對你寄

望最深的，就是要你滿足廣大兒童的飢荒。中國沒有人寫童話，葉紹鈞曾寫過，寓意夠，可是沒有抓住兒童的心理趣味，比如他的童話代表作《英雄的石像》，故事是說一座英雄石像如何的瞧不起他腳踏著的碑石，諷刺、蔑視、責罵等等加予他足踏的碑石，他是唯我獨尊的。可是終于這碑石倒塌了，英雄石像也跌得紛碎。這種寓言說明了人生的互助德性。可是對于兒童們，這觀念多麼抽象！反不如一個童話《人體的爭吵》比較具體一些。嚴格地說，葉紹鈞的童話只是成人的童話，稱之為寓言，也很恰當。我在兒時讀過不少的意大利童話，以及《狐之神通》等，後者以狐狸的刁惡、狡猾、奸詐等等作為引起兒童的恨惡罪惡。也可以說我的人生觀從讀《狐之神通》那個時代便奠下一個優良的雛型。但這裡面必須注意一點，描寫「罪惡的技倆」，必須顧及兒童不要傚效這種技倆，以致發生反教育效果。像《狐之神通》中說到一次狐狸為要欺弄一隻母狼，他帶母狼到一條結冰的河邊，他說：「太太，妳不是已經幾天都沒有獵得食物了嗎？妳和妳的小兒女們不是餓得很兇麼？那末我教給妳一個好辦法，在這個冰的河面上打開一個小洞把妳的尾巴伸下去，那末小魚們將要因為你的尾巴溫暖，咬住你尾巴上的毛取暖。這樣，妳等候一個時辰，妳便可以抽出你的尾巴，釣上許許多多美味的小魚。」忠厚的狼媽媽果然相信了，照做了。可是很快的那個小洞又結成了冰，把她的尾巴凍結住了，她再也抽不出她的尾巴。于是狐狸污辱了她，並且去到她的家裡吃掉了每一隻狼寶寶。這裡，作者聰明地抓住「人類沒有尾巴」的要點，兒童將不會傚效做出更可怕的惡作劇。這一點你必須在寫作童話的進行中多多警覺。千萬別留下「為愛他，反害了他」的反效果的過失。

　　我以及我的伙伴段彩華對你寄望頗殷，也具備著極深的信賴。切望你施展你的才華，為一百二十萬（目前是這樣，回到大陸我們將有數千萬的第二代）兒童解除飢荒。別小看了你自己，《安徒生傳》你看過沒有？我們盡量地想在四月四日兒童節出版，（如果所約的稿件

能夠如期送達可以足夠兩期廿四萬字的話）這個節日遠比五月四日的文藝節來得重要。所以你的童話，《荒野》極其需要，而且不管是否要延遲到「五四」出版，創刊號必須要有童話。

你肯于把兩個「愛」的故事向我坦露，是你可愛地又讓我們接近了一大行程的距離。我感激你這樣地看待我，甚至我不知道我要怎樣加緊地疼愛你才好。我比那個孤獨的吳先生，該幸福到多少萬倍！艾蘼，是什麼力量促使你這樣地信賴保羅？不要怕，對于孤獨的吳，如果你感到你或者會愛上他，不妨接受他。如果並不，甚至于憎惡，你可以先把他的信向你的父親備案，為著將會使你疲憊的無謂風波之發生，你自私一些是有理由的。況且自私不是絕對。在縣運會中你為你的鎮隊啦啦，在省運會中你為你的縣隊啦啦，類推至全運會、亞運會、世運會，你將為你的省隊、國隊啦啦，自私！但自私擴大了，反而成為偉大的情操，愛國主義何嘗又不是自私主義！不過有一個矛盾，你說你不可能成為你異性朋友當中任何一位的好情人或好妻子，那你在媒妁父母的安排下難道就會成為一個你不相識的男人的好情人或好妻子！對于既有的朋友加以「自私的、現實的」的苛求，而在媒妁父母的安排下對于陌生的男人反而打算草率的讓步，放棄奮鬥，撤去一切對于朋友們所設的防線，而舉起白旗投降，這種矛盾的可笑的愚蠢不應該是從聰慧的艾蘼的思想中產生，所以我對于這種愚蠢暫時保留，發生百分之百的懷疑；是你的筆所寫，非你的心所想。我從這裡窺出你對我還不夠「誠」。再者，何以沒有人會得愛你？我不甚了了你所謂的「太現實、太自私」。

不多打擾你，讓你有更多的時間為《荒野》墾荒！當你意識到一個因你而又重拾起愛的勇氣的人把無比的信賴交付給你，這個時候你當英勇的為你的抱負戰鬥下去！因此《荒野》不是你的，不是我的，而是偉大的祖國兒女們的！掏出你心中的炸彈，轟開那擋住我們去路的積石！

你的大朋友，二月三日零時卅六分

大朋友：

真奇怪，念完了你的作品，不知怎的對於你筆下的「軍隊生活」小朋友竟產生一種近乎鄉愁的嚮往了！——廣大無邊的原野上，佔著極廣面積的素樸的營房，在那曠野上無數跳動著的生命在活著躍動著——過著一種有意義的戰鬥的生活——美極了！可是啊！前些日子新調來了一大批部隊，行裝尚未安置好的他們暫時停駐在街道的廊下，有的卻露宿在我家後面那條很少車馬來往的大馬路上。第一天，我看著他們在霏霏陰雨中札營、工作、站崗，第二天我看到許多軍士們在走廊下帶著一幅似乎在這世界上活得不耐煩了般的神情在聊天，看路上的行人，下士們圍著圈子在打麻將，黃昏，站坐俱有的晚飯後，有人站在那特地為軍隊的試車而築的所謂「戰車路」上，伴著如泣如訴的胡琴引吭悲歌。我心冷了！我素來對歌仔戲、京戲等壓根兒不感興趣，但在過去的軍中服務期間聽熟了〈武家坡〉等的歌（這種調子我倒愛聽，它的悲壯往往令我想起北國一望無際的凍原，風蕭蕭易水寒……）現在聽著這支有如在望鄉台上唱出的歌，我感到一種難以抑制的，卻又找不到發洩對象的悲憤！隨後便是難堪的寂寞、寂寞……。父親一向對外省人有著一種近乎憎惡的偏見，尤其是軍人，偏偏他所眼看到耳聞到的盡又是那要令人皺眉甚至作嘔的醜事——詐欺、逃亡、劫盜、拐人家的幼女……。不過做娘的誰不願意聽到在遙遠的異鄉，自己的兒子曾受過親切的陌生人一杯茶、一絲溫情之恩？！外面不解人情，不得其時的雨又在開始下了，再過些日子，如果小朋友還看到他們的消沈、空虛，以及母親那種唯恐父親與他們發生齟齬而戰戰兢兢的樣子的話，我一定將因那種無處發洩的悲憤而成神經失常了！！

我沒有資格因你責罰你的小貓而向你問罪；因為當小朋友聽到牠的情況的時候，我正也在為著我那隻貓的忙於夜生活而責難著牠。但牠的晝息晚動並非去「泡密司」而是去赴可說是「貓的群英會」吧，

135

更妙的是牠可能是該會的中心人物哩！每天從下半夜到清晨牠們——不知那兒來的大雄貓——都聚集在院子裡我的房間後面的芒果樹下開會，以我那隻為中心成四角形有時成環形地，用一種低沉但足令人寒心的聲音在低吼著，從半夜到天亮……我不懂牠們開會的目的，但推測起來很可能是由於某位「貓尤物」而開的決鬥會或裁判會。但我從沒想到過（連想到）神與人類的關係上去，這也許是在我的心靈上還沒有容納過神的緣故。

寄還的書報收到了沒有？比較的愛讀四二年後的作品，四十一年的（大都為報紙上的）總感到缺少一些什麼，也許是日語的所謂「悽味」（スゴミ）（也許可稱深入人心的氣魄吧），不過這是小朋友的直覺所感而已。所讀大朋友的作品中最顯得特出的是大朋友從不單刀直入的揭開人家的瘡疤。這是大朋友的好處，不然的話許多乖戾如Eme的讀者都要把它當作宣傳或逢迎的文章而棄之不閱了。但大朋友有的是能夠一針見血，適當的抓住人類痛癢處的筆，更可貴的是你有著一顆出自「愛」的仁心與熱情，你痛惡人類的惡德，但卻同情他們。你永遠不願意人類絕望。你的作品往往在輕鬆的痛笑中飽含著辛酸的熱淚，絕望中蘊藏著希望；這是第二個感觸。至於女性心理的描寫，目前小朋友未能找出任何足使小朋友去糾正的。真奇怪有些怕她們（？）的大朋友竟能將她們翩翩如生的搬在紙上呢！我喜歡〈他們已會帶淚時笑了〉的風格，也喜歡〈海燕〉，後者令我感到滲露在它上面的大朋友的心血。這些「枕上集」打算何時刊出？不要太磨折自己的身體，工作是很長的，為了祖國無盡的荒野大朋友必須保重身體！！以充足的睡眠換得拓荒工作的效率起見，不要給小朋友寄來「○○日深夜」「……日零時○分」的信！對於這個小朋友容忍了很久哩。

什麼？何種力量促使Eme信任你？「相對論」便是小朋友的解答。我說過我的許多朋友們把野、乖戾的我講作純、忠於自己……那

是因為她（他）們對我那樣使然（她（他）們在我身上反映出他們自己），大朋友如要得這個解答可以自問「為什麼我願意告訴她許多事情？」「為什麼對她講不完的故事，我不感到不耐煩？」試一試！

真妙，我從未想到過在我自己的朋友以外我還會有異性的朋友，更沒有想到過跟不認識的人共同生活。不過有一個解釋，那就是：小朋友不願意讓我的知友、好友感到幻滅的痛苦，你不是說過「互相試探」的階段後人們逐漸地（一起生活了以後）會毫不拘束地暴露各自的弱點嗎？縱使有許多人會以愛來原諒對方。不過我總不願像小孩子們把東西給了人，待不高興時又要回來那樣，我願我的好友們永遠拿著我給他們的禮物——他們認為「崇高的情感」的。講得太遠了。不過我不知道大朋友將作何想。

收到蓓蒂的來信，她說將參加三月舉行的羽毛球賽，我想對於球賽我就將打下終止符了，而況另一個新的征途？這是很寂寞的，如同一個鬥志滿懷的傷兵，眼看著自己的伙伴重踏上一個有意義的戰鬥陣線裡。不過我也不會寂寞很久的，因為我也將踏上也許比那個更具意味的——文學——的征途。從今分道揚鑣，人類畢竟是孤獨的哪！

我不願意容納（？）101，我有些怕那樣的人，縱使我同情他。不過我並沒照你的意思將他的信向父親備案，我想在目前忙碌也算安靜的生活中那也許會小題大做，會是多餘的。

真糟，錯字跟拙字，前些日子在大哥的來信上還說到，比起我錯別字之多，他還算「小巫見大巫」哩！他原也是錯字的大將哪。多給我修正，我不會介意的，如改了以後仍然錯的，以後可在上面打個圈，這樣也許就會好些了。　　不談了，我的拓荒工作還沒有著落。

　　祝　工作順利

2.13 晨　小朋友

我的小朋友：

昨天禮拜六請准了一天假，同編輯段
彩華到大樹去，五個人開了整天的會，討
論社務和編務的全盤問題。現在的困難是
社長必須兼備四個條件：一、大學畢業，二、
新聞從業員（有三年以上的經歷），三、
非軍、公、教人員，四、黨員。而且必須
四萬元以上基本金。具備這個條件，才可
以向新聞處及內政部申請登記。因為這樣，

作家段彩華。

我們只有把花蓮港之戀的作者熊徵宇拉來充當社長，祇有他是一個老
百姓（非軍公教人員）關于基本金四萬員（元）不是一個小的數字，
至少在我們的經濟範圍內。不過好在這四萬元可以墊借，臨時在銀行
裡立個戶頭，等候檢查完畢再歸還人家。而外又不得不設置股東制，
為的是經濟更寬裕一些，因為我們不辦則已，要辦就要把《荒野文學》
辦上半個世紀。不過我對于金錢最是感到頭疼，也最無能，所以乾脆
把經濟部份都交給經理吳延玫（編按），讓他去全權處理，我只充當
主編，專心用在編務上。這是昨天一整天的討論結果，初步的籌備告
一段落，今天熊徵宇親去台北活動，大家分頭預約訂戶、約稿（所以
你是「荒野社」第一個約稿的人）、拉股東、拉廣告（因為稿費的付
出全賴廣告費的收入）。困難重重，然而我們的意志是一步一個困難，
一步一個克服！放心，艾蘼！

昨晚自大樹歸來，最後一班汽車和小火車都過去了。十九點，已
是黑夜，尤其在那寥無人煙的荒山窩兒裡，看不見一點燈火，路又壞，
同段彩華兩個人摸黑夜行，翻了兩個小山，足足走了一個鐘點零廿五
分鐘才趕到大火車站。回到家中已是廿一時半，從膝蓋以下，完全撲
滿了黃土，真像是拓荒夜歸呢！其實在大樹是可以住夜的，朋友們又
拚命的挽留，不過同彩華兩人決意先作一次開荒式的夜行，人往往是

會被象徵更增強勇氣的。在黑夜的山道上，我們倆談的很多，愈談愈覺得這個社會的可怕，也愈覺得《荒野》的責任重大和艱鉅。就整個的政治態勢而言，雖然我們擁有一個正確博深的主義，一個英明睿智的領袖以及四萬萬人民的意志，可是從共產黨徒的報章襍誌和廣播中，我們發覺敵人是在辦事，我們是在辦公。敵人是一切配合戰鬥，我們是一切破壞戰鬥。敵人在創造，我們在抄襲。一切的一切都例成一個可怕的對比。我所以不願向一切不了解我的朋友宣佈我在創辦《荒野文學》，因為他們只是把你看做「辦襍誌」，而《荒野》的任務卻是要扭轉這個社會，喚醒「直把杭州做汴州」的半死的社會，要像當初的《民報》和《新青年》一樣的掀起一股革命怒潮，打倒一切壞的舊，壞的新，重新創造好的舊，好的新。直到復國之後，再更徹底的把《荒野》推廣到東北、華北、西北，普遍的展開不容情的革命。目前，反共的大前提迫使我們遷就，可是共反成功了，青年人是不會再遷就的。

艾藤，雖然我們的結識，在時間上極為短促，不到九個月，可是由于彼此人生的旨趣相投，樂有同感，苦有同感，對于我的野心，只有你了解最深，信任最深，而我對你，亦復如此。勇氣和意志不是平空生出的，要你我相互輔成。從大樹歸，雖然疲倦了，夜深了，畢竟還是讀完了你對我的作品所作的感應（不是批評，我很失望。）躺在床上久久不能入眠，似乎只有一個問題盤據在我的內心。我的小朋友，我恨你不是一個男孩子；你應該是，卻偏又不是。因為永恆的情感不是愛情，而是友愛，雖然愛情遠比友愛來得深切。

對于你，一種不平凡的需要，我不敢自命那就是超然的愛情。從你那些感應中間，我極端喜悅的發現到你的濃烈的祖國愛、民族愛，以及人生的強烈的希望和韌性，很可能的我將落伍在你的後面，你從我的作品中（比《大火炬的愛》稍稍成熟的幾篇）當能時時找出一個懦怯得並不絕對，但仍歸懦怯的大朋友的影子，遠比小朋友自謂的

「自私的、現實的」更來得厲害。正如克利斯多夫中所說「人都有卑下的情慾，但看有否更高更有力的情操。」艾薩，上帝既然在人性中配好了這麼些錯綜的成份，有些我們不願有的，我們却又非有不可，但全在乎我們的尅己，聖賢在七情六慾之上並不會比我們缺少一樣，只是聖賢比常人多出一種尅制的功夫而已。所以有「人人可為聖賢」之謂。

二月十三日禮拜日中午

※剛待付郵，接二月十三日信，待兩天再回覆好嗎？

雖然你也許存有某種戒備心理對我不肯批評，而致使我失望，但為那些與我共鳴的心聲以及同等彩色的夢境，我像接受你饋贈的小野花一樣喜悅的全部納入我的靈魂。疲憊了，寂寞了，或者像「一○一」那樣的孤獨了，我將從這裡面得到溫馨，一息相投的呼吸，比什麼都珍奇啊！我當怎樣的感謝　上蒼！

有十天沒得你的消息，很惦念你在寫什麼讀什麼。寄還的樂譜不會沒收到吧！這個學期是否還會再去擔任代用教師？創作童話以及創作小說已否動工？差不多每天每時都會猛然的想到這些，曾夢見你，第一次，很離奇的，你出奔了，說要跟誰到大陸去工作，我勸止你，但沒有深切的勸止你，因為我意識到這種勸止是出自一種私願。不是很可笑麼？

《荒野的呼喚》（創刊詞）還在撰寫中，因為要算「倒數五十年的賬」，不很簡單。

又借到一批書，以後逐次寄給你讀，等你來信指定要看什麼就寄去。一、屠格涅夫：春潮，二、雷馬克：春閨夢裡人，三、安德森選集，

四、高爾基：母，五、馬克吐溫：頑童奇遇記，六、左拉：**娜娜**，七、左拉等：鬧鬼的房子，八、左拉：**娜薏米庫崙**，九、哈代：迷惑（即：歸來），十、勃郎特：簡愛，十一、莫里哀：美女神，十二、莫里哀：鵪鴿姑娘，十三、莫里哀：麗秋表姐，十四、盛亞：夜霧，十五、漢明威：戰地鐘聲，十六、漢明威：老人與海，十七、福樓拜：情感教育，十八、梭羅：湖濱散記。

像片九張統統寄還，別生氣啊，我是誠心的喜愛它們，我珍視它們甚于你。我懂得「把自己最愛的，贈給鍾愛的」，該記得「愛到極度，便是不忍」，我不忍把它們佔為己有。收下吧，我相信將來還會再見到它們。

九十九隻羊的比喻是　耶穌基督的聖訓。你說「如果九十九隻羊也失去了，牧人又當怎樣？」我沒辦法解答，所以小說的結尾「我發愁，發愁！」以此來質問這個社會。

再談，祝福晚安！

你的大朋友　二月十三日廿一時廿五分燭光下

・編按：為司馬中原。

141

艾靡：

讀你禮拜日的信，有說不盡的感慨！我雖然歌頌軍營，卻不為的是我自己是個軍人；你懂得的，與其說是歌頌，不如說是為我們的祖國在呼喚她年輕的子女們。救國不止一條路，只是救亡的唯一捷徑乃是當兵。大可不必去責難爸爸的偏見，記得以前我曾同你談過，我們必須接受一筆痛苦的遺產，那就是軍閥們所留下的「兵的觀念」，兵的本身自認為是「官盜」，人民心目中的兵，也就是「官盜」。自滿清以來所行的募兵制度留下了「傳統」的根，當初大朋友以及那些同夥志願從軍的六千個伙伴，那種義勇的行為幾乎不是「不怕苦、不怕死」，而是不怕頂受這個「官盜」的恥辱與罪惡。說不盡的，艾靡，即或年青的一代仍不了解，保羅也決不會灰心，何況老一代的既有觀念更不足以使我們消沉。我懂得你的悲憤，懂得看在你的眼睛裡的是些什麼。在你的面前我沒有替軍人辯護的必要（如果我現在退伍了，我倒願意而且義不容辭的要辯護）你是最愛祖國的孝順的孩子，你會體諒祖國的一切慘痛的。不過真真實實的說，軍隊進步了，由于一批新血輪的添入，由于制度的建立，那不是行政上、商業上、工業上乃至一切的社會團體所可比擬的。一個連長可以因為打了部下一拳，馬上停職受審。一個團長可以因為使用公家的木頭做一張床，立刻撤職。一個士兵可以因為調戲婦女立刻判刑（軍法是比刑法重得可怕的）。可是澈底嗎？從金門調回的第五軍（一直沒到台灣來受訓）在大陸上便是聞名的壞部隊（却又是共匪最害怕的部隊）在金門還是老作風，從被分發到第五軍的同學們的口中，我們真是驚詫我們努力了四五年，還會有這些可怕的事，誠如看在爸爸眼裡的那些敗行。我在五年的軍營生活中所得的結論之一便是「一個人在軍中要想長進，會長進得驚人，想墮落，也會墮落得驚人。」群眾是一個古怪的東西，只要一個人做別人所沒做過的，不管是好是歹，必然群起傚效。例如從軍之初，全連一百多人，只有大朋友一個人記日記，結果不滿四個

月，每天晚點名之後，必然一人一本日記放在膝蓋上寫。群眾是一個愚蠢的塑型，人走進群眾，人的智能便會降低一半、一多半。沒有經過這種生活的人，沒法想像得出。你服務過軍中，你多多少少可以明白軍隊生活全然是社會之外的另成體系的一個社會。尤其老兵們，直到現在我還了解不了他們的生活觀究竟是些什麼！他們有人類的一切墮性、自私、卑鄙、苟且、陰險、訛詐……可是他們却又是最磊落、最高尚、最神聖、最看破生死的聖人（老實說，智識份子的我們遠比他們偏狹、卑下、怕死。）我們還停留在學生時代的那種優越感，要柔情、要溫情，夢想著一些縹渺虛無的戀情，可是他們老兵的生活中却是乾乾脆脆的吃！嫖！賭！幾乎是沒有其他任何思念的。在「沒出息的人」當中，你就可以從那個「未成型的老兵」的小兵身上得見一斑。同時「新兵」的生活是如何的不能容納他們，你也可以得到一個清新的印象。今天軍隊是以嚴格的軍風紀壓住了，可是法律不是道德啊！從胎教、母教，以致家庭教育、師長教育、朋友教育、社會教育，一連串植種的因素，已經使一個人成了定型，道德的尺度也成了各個長短不齊的標準了，而拿只有一個標準的法律，且又只能「收拾」行為的後果，這會生效嗎？你說「九十九隻都失去了呢？」其實何止是九十九隻？一個可怕數字，不可想像的數字。由于一句名言「養兵千日，用兵一時」，這「養兵千日」，無疑的就是以人民的血汗來養活一批罪惡的飽食終日不虞匱乏的閒漢。大朋友也正是這閒漢之一：一個月廿八兩米，卅元副食，軍魚軍肉，冬夏的服裝一年換新一次，月餉一百五十元，吃飽了肚子便追求女人！有什麼可歌頌的？然而最痛苦的也就在這裡，這是一種罪惡，却是必須走進的，自己走進不算，還須拉著別人走進的例子。所以說愛國是絕對的嗎？你給我答覆吧！只怕你的答覆將和爸爸如出一轍了！說什麼偉大悲壯！還是那句話，反共復國的大前提放在面前，民族的每一個份子都必須牽就，只是這牽就不是永恆的！所以我現在有一個痛苦的懺悔，我不該諷刺劉玉

蘭：「你比吳寶華（碧濤女子籃球隊隊長）聰明得多！」人當了兵，人格必然卑下了。一如人走進了群眾，智能必然降低一半、一多半！我何嘗不想：「下去吧！當一個乾乾淨淨誰都瞧得起的老百姓！」艾蘼！你想我會那麼做麼？並不全然的不可能，青海遠比你所想的要卑下！

二月十四日

　　你要我試問自己：「為什麼我願意告訴她許多事情？為什麼對她講不完的故事而不感到不耐煩？」我問過了，並且切切實實的問過了自己。可是艾蘼，不會與你所想的相同，如果面對著你，我還有一分自負的話，我會坦直的告訴你我是為什麼。我可以說得很漂亮：為的是你是一個天才，為的是彼此的看法、想法、做法都是一致的，為的是劉玉蘭期望她的戰友將由我而成為一個所謂「舉世聞名的文豪」，為的是你是我所認識的女性之中，除掉鳳子的姐姐沒有更比你完美的女孩子……這一切雖然為要漂亮些而說得振振有詞，但仍是真實的，你也會相信這決不是一種捏造和欺騙。然而把這些奉迎的媚詞歸結到一點上，將不是這個。誠如你所說的相對論，但又不是你所說的相對論。只因你所給我的是一種如你所謂的「崇高的情感」，你信任人生，心中毫沒有成見，你有的是太多的知友，你把你崇高的情感公平的分給你每一個知友，我分得了公平的一份。可是大朋友會像你這樣的單純嗎？會像你想的（你壓根不曾想）那樣潔淨嗎？從沒有塵埃落上你一片空白的心鏡上，大朋友却已是落滿了塵埃，雖然還懂得常去擦拭，可是畢竟不夠年青了！正因為如此，我無法對你自負。有一種可怕的情感使我顫慄，卑下而自私的情感，寬恕嗎？對你乃是一種褻瀆，我可以祈求　上帝寬恕，因為這是　祂所給予我的性格，但毫無

理由要你寬恕，這是不相關的。很可能的我會做得很好，但經你一語提醒反而令我羞死，我是如你所想的那樣純潔無私嗎？對你的「為什麼……」和你對我「為什麼……」顯然是兩回迥不相同的事，由是我驚詫何以從兩種全然不同的動機却產生一個相同的態勢！同你結識之初，我十二分的自信我會毫不慚愧的獻上我崇高的情感，表現于事實的也誠然是這樣，（你會極其相信的，）可是埋在心之最深處只有上帝和自己的「良知」才明察的情感，却一天天的在增加我的慚愧，不是你的提醒反而我會不僅不向任何人招認，且對　上帝和良知也不會承認。雖然我一直地是這樣：「給你，並不努力從你那裡再得些什麼回來」，對任何人我都曾做到，但心裡却始終是在理性的壓制下反動的跳出些卑下的自私的慾望。一如我蔑視金錢，從不受金錢役使，可是永遠的妄想平地青雲成一個大富翁。

二月十五日

　　想不到你倒愛聽京戲。這是我們僅有的國粹，完美的、普遍的，而且極有前途。自幼我就愛它，可是到現在我懂的戲，只是很少的幾齣。沒事的時候，也愛哼哼，只是那樣的引吭高歌，我來不了，因為唱京戲不等于唱歌，除掉「大面」（花臉）還接近 Tenor 歌喉，其他一律都用的是假嗓子。不過美就美在這裡，老生（像武家坡裡的薛平貴）的風流瀟灑，青衣（武家坡中的王寶釧）的嬌娜優柔，花衫的輕挑俏皮，大面的豪爽奔放，紅生（關公）的威嚴，白面的陰詐，小丑的幽默詼諧……而且最怪的是一齣戲屢聽不厭，愈熟悉的戲愈有意味，他的價值就在這裡，其所以自唐朝以來歷代不衰，是不無道理的。在我們八個弟兄中，大哥陳碧波和六弟繆綸都是很好的胡琴手，懂的戲也很多。實際上京戲就是歌劇，寫意派的歌劇與西洋的寫實派的歌

劇不可與比。總之這是有價值而平民化的戲劇，一定要鼓勵它發展、保管而發揚。

好漂亮的評論！我當然高興的很，因為人總愛受人稱讚。可是艾蕪，你不要忘了，我把這些未成熟的作品寄給你讀，是想跟你討歡心的麼？我雖庸俗，但還不至于用它們當做孔雀的尾翎，用以向異性求歡。我知道，這樣的說法嫌得太重了，也許會傷害了你，但你的誠懇往往使我心想同你虛偽周旋也不可能了。我第一次發現你對我不真實。

如果當你發現大朋友待你不真實時，你當何感？想想吧！

以作品來增加你我之間的了解，這是我的第一個願望。其次，我不客氣的說，你現在的文學根基當然遠不及我，可是對于作品鑑別的欣賞力，你雖不一定高于我，但你是客觀的，更何況你是一個天才！期待于你的是吹毛求疵的批評，而不是由讚賞得到的喜悅的痲醉。艾蕪，想一想保羅對你所曾作的那些批評、糾正、苛求，可曾顧慮到你的喜怒和哀樂？在情感上我儘可對你屈膝，可是在神聖文壇前面，不可能對于任何人求全！這樣我將永遠的從你那裡得到不斷的喜悅的痲醉，永遠的看不見我自己，你對得住大朋友麼？如果我對于你放棄了批評、糾正、苛求，你將會快樂麼？我記得胡軌（青年團的副主任，標準的傻子）曾跟我說過：「你絕對要批評社會！批評人生！錯了沒關係，青年人的錯誤永遠來得及改正！」以此語轉交給你，作為你我的互勉。

同你談談「描寫」與「題材和情感上的典型性問題」：

描寫的第一個要領便是角度的採取，也可說是角度的選擇。不管是寫人、寫事、寫景，你必須切記一個信條：「已經被一般人用慣了的，嚴格地說：已被任何一個人用過的角度，你必須廢棄不要！」這便是所謂「創意」。其次你就要知道，人、事、景都必須與你的故事有一種密不可分的整體關係，尤其是在短篇小說之中。

人的描寫：大多是一開始便把外型一次寫完，以後就不再寫了，這是一個錯誤。開始可以勾出一個輪廓，也可以詳細描繪，但不可以以後就隻字不提。因為「形象」在你的故事進行中是時時存在的，所以必須配合著故事的進行時時對讀者提醒特點、強調特點。而描繪一個人的外型尤須重視的乃是「活」，最低能的描寫只是把人的外型死板板的送到讀者面前，比如「她有一對大大的眼睛，一張猩紅的嘴唇，黑黑的頭髮……」這完全沒有注意到「她」的典型、性格、感情以及動的一面，對于讀者沒有交出一個形象。這乃是說，外型與內在，有一種不可分的關係。尤其形象化的小說，處處以外型來刻畫內在，而並不作心靈的直接鑽尋，則外型的描寫就更重要了。《紅樓夢》以對話寫一個人的外型，當然是更艱難也更偉大的一種描寫。（我的主張是不大注重狹義的外型美的，那就是說，我的筆下從不創造一般人所認為的美人和美男子。）

　　事的描寫：事實上就是結構、敘述。重簡潔，忌拖泥帶水。

　　景的描寫：許多人批評我的作品「長于寫人，吝于寫景」，這是大家拘泥于傳統的一種落伍看法。因為我從不寫「蔚藍的天空飄著幾朵白雲」一類的寫景。把景寫得活起來，不僅與故事的進行有密切的關係，還要「擬人」地寫，這就是要憑想像力了。不過這一點我對于你很信任，你已很聰明地在使用你的想像力了，我不欲多談。

　　總之人、事、景是一體，而非三個各自獨立的個體。使它們融洽起來，交相使用，才可達至描寫的最高境界。而描寫復又與題材、典型性等有不可分的關係。這是描寫的進一步的問題。

　　所謂典型，最初步而廣泛的說：「就是在某一個社會階段裡，在某一個地方，某種事項，某種人物，他們的特點，最為顯著而普遍的特點。」根據這初步的界說，題材還沒有被寫進作品時，它已具有普遍性。「典型性就是普遍性的集中表現」。比方說，貴州，特別赤水一帶的婦人哺乳，不管年老年青，冬天還是夏天，都是把衣服解開，

整個的坦露出胸脯，這與兩廣的風氣就完全兩樣。如果描寫貴州的婦女哺乳時拉著衣服將胸脯遮住並且躲在屋子裡，而描寫兩廣婦女坦露酥胸，任你妙筆生花，也將會歸失敗了。

再如封建社會沒落了，舊時代的生產關係自然是破壞了。封建社會以農業經濟為基礎，手工業生產副之。工業經濟使農業經濟破產，使農民大量的從農村跑進都市，成為工人；土式的紡紗機織布機變做柴火燒了，磨坊停止了轉動。在這樣的時勢裡，如果農民們發誓不離開農村，則只有等待著餓死。假如手工業者誓死推轉他們的磨要來與工業經濟對抗，則只有變成都德所描寫的阿爾尼老爹，非喝西北風不可了。

感情來源于題材，也即來源于生活現實。題材既具普遍性，則情感必然也具此性質，農村破產下的農民必然詛咒那種使他們破產的，又為他們不可知的力量；他們被迫走向都市，又必然依戀他們的田園土地；一個磨坊主人非到關門大吉不可的時候，又必然像撫戀著自己的孩子一樣的愛撫著那生了塵埃的石磨。一個習慣于坦胸哺乳的女子，當然不在乎男人的凝視；一個必須遮遮掩掩才能哺乳的女子，當然禁不得男人的注視。大學女生愛美，講究服飾，找愛人的理想對象是留學生，中學女生比較樸素，情感比較單純，理想的對象當然是大學男生。一個農夫發現稻穗長得豐熟，他那種歡喜正相等于一個作者脫稿時的心情。一個結婚八九年才生下第一個孩子的母親，那種感覺不亞于從地獄一躍而進入天堂。一個摩登的女人，是頂不願生孩子的，然而當她有一天經過不可想像的陣痛而生下一個酷像自己或她的丈夫的嬰兒時，就又如珍寶似的抱著吻著疼愛著了。類此的各種事象，各種題材，各種情感，它們本身就具備著普遍性，也就是典型性。

從這裡，你又可以明瞭新聞記者的報導有時是很完整的故事，何以那不僅不被視為小說，反而連文學也談不上？固然在主題、意識以及文學氣息上都可以否定它不成其為小說，而典型性也是否定的一個

主要原因。新聞記者筆下寫的是事實，而小說作者的筆下所寫的卻是真實。事實與真實所以不同的，就是典型性的問題，新聞記者可以寫離奇的、荒誕的、「可能的」，而小說作者則絕不可以，他主要的不是寫可能，而是寫「必然的」。比如前者可以寫一個婦人生一個似人非人的妖怪，或者一胎三子、五子，或者房子突然倒塌了，把一個人壓死了。這些事實是可能發生的，偶然的、突然的，但他只是一個照像機。像片之所以比不上畫像的藝術價值，就在這裡。一個攝影記者可以拍攝一個三支腿的小雞，可是一個畫家可以這樣畫麼？事實與真實所以不是一回事，所以真實便是典型，典型便是普遍的集中。所以當一個作家看見了一個事象，而不加精密地分析、比較、研究和綜合（綜合在典型上尤其重要）則仍然求不到真實，也即一般所謂的「不合情理」。

總之，「描寫」可用金聖歎的一個體察入微的卓見來一語道破：

「景在淺人面前，境在深人眼底。」

這境字便是你我所要抓住的東西，是你我「描寫」的目標。

未成熟的經驗是如此的破碎零落，供你參攷罷了。

第一次聽見你關切我的身體，誠心而感激的接受。放心，我不夠健壯，還很健康。上帝給了我驚人的精力，（以我的外型來比例的話）為文學工作我從未疲憊過，五年來除掉一年一度的檢查體格和注射防疫針，我沒進過醫務所。也許這與常年服用魚肝油與一年到頭的冷水浴有關係，連輕性的感冒也很少有過。不過一個十足的中國農村生長的孩子，對于疾病的抵抗力總是強得使西洋大鼻子不肯置信的。

我寫信給你所以愛把時間寫上，沒有想到是要向你炫耀情感。我覺得這樣以幫助我們消滅空間的距離，比如你的信尾如果註明「晨七時半」，我便會回想前日的晨七時半我是在做什麼，是了，那個時候你在寫信給我，而我正在晨讀《禮記》的大戴禮。生活趣味啊！為什麼不多爭取一些，我有一個極大的慾望，盡量設法戰勝空間的阻隔。

常想知道我在這裡做什麼，就在這個同時我所愛的人們又在做什麼。也許是很可笑的傻事，在你的眼裡。

我愛深夜寫信給你，因為我愛深夜的時候所給予我的情感的影響。你當經驗過，人在這種悄無人聲的時辰，情感總是異樣的純良真摯，也特別平和恬靜！而「月落如金盤，夜深聞私語」又是何等柔美的情味，何以不要我享受這些呢？雖然是多多少少要耗損一些心力。

不過我會接受你的關切，將極力避免，如果不可避免，你還須寬恕我才好。可能我會跟你撒謊。

晚安！

你的大朋友　二月十八日晚間

另寄贈稿紙一卷，願你早一點動筆！
另寄《天才夢》、《安德森選集》、《春閨夢裡人》
歌集收到了沒有？還有你的九張照片？
（《春閨夢裡人》本月底寄還，其他兩本你放著慢慢讀）

「可憐無定河邊骨，猶是春閨夢裡人！」
品味這個詩句！用你的想像力。

大朋友：

反覆念著你的信，一種莫名的，帶著傷感的情緒湧上了心頭；我倒不知道我該同大朋友談些什麼了！

小朋友太罪惡了，無意間向大朋友透露出原是無關緊要的情感上的衝動卻引起你的感慨。哦！如果小朋友傷了你，那我將更感到傷感了！不要用「寬恕」這個詞兒，因為它將使我不安。你並沒做錯事，我相信你；一如相信和或琴。不過你說小朋友「壓根兒沒有想過」，告訴我我要想些什麼。小朋友原是個粗心的孩子哪！

真怪，為什麼我會笑你，關於縮短與朋友們空間距離的事？在不忙碌的時候我最愛幻想我的知友們那個時候的動態（例如：哦，也許他們正痛快地在賽球哩！也許大朋友正在做著什麼哩……）我之不要你深夜寫信，原是顧及大朋友身心的健康，既明白了深夜書信的原因，我就不願再阻撓你了，因為小朋友寧可讓大朋友去享受那種要費心力的喜悅（？），但不願意大朋友作令自己慚悔也將使我不安的撒謊。

不要以為小朋友對你不真實。你把小朋友估計得太高，我說過你會失望的。小朋友並沒存心討你高興，更做夢也不會想到大朋友企圖用什麼來討我的讚揚！我只能將我的讀後感盡其在我地塗上而已。要批評大朋友的作品，我還得多念一些書哩！

越來越覺得我寫東西總愛你所謂的「一氣呵成」，原早有許多堆積著的話要同你談，老是由於「乾脆堆在一起再談吧」的念頭把回信給耽延了。前些日子，動員全家囉囉到離家有好幾里路的山上去割草植樹（正是收到你十四日所寄的信的那天）在萬山重疊的山窩裡，繁茂的雜草堆中念著你同你的伙伴「拓荒夜歸」的壯舉，我為一種巧合重新感到驚異了。以起了疱的雙手緊握著已鈍了的劈刀向那荒漠無邊的蔓草挑戰是夠使我興奮（因為是一種象徵）及疲倦的了。哦，大朋友！你相信我會挑柴嗎？！終日不算輕的勞動後本來我很可以搭車回

家的，不過不知怎的，我忽然想起「也許有一天我將踏著冰雪到險峻的山谷中撿柴去呢！」於是小朋友終於擔著二把木柴步行回家了。這是否也能算作「拓荒夜歸」啊？

2.20 夜

不知怎的，幾天來我總有這麼一種感想：小朋友現在正處於所謂的「命運的歧路」上，擺在我前面的是兩條決然不同的路—— 一是中產階級無所事事的少奶奶；一是由自我覺醒而出奔而流浪而渡艱辛的生活。前者於我的抱負是相隔太遠了。至於要採取後者，我怕我是否有摒除一切心理矛盾，以及耐苦的勇氣？！況乎現在似還沒到時候。想得太多了。外廳傳來父親教貓彈小琴（抓住牠的手打）的聲音，每當看到浸於滿足感或幸福感中的他，我不禁由衷地感到一種慄然的內疚——他永遠不曾想到他那似已很安分了的女兒，正在暗地裏做著違背他（？？？）的事⋯⋯多惱人的矛盾啊！！

大朋友寄來的書以及稿紙、樂譜、相片等統統收到了，請放心。稿紙重新使我感到恐懼，我怕我不能讓那麼多的小朋友們滿足，姑且讓我試一試吧。

※不給你樂譜了，可能你沒時間唱

一個永遠追求夢的、不幸的巡禮者，企圖在荒漠的人生旅途中尋找能讓他得到恬息的綠洲（即或是一個光）他如同一個極其飢渴的遊子，奔波、流浪⋯⋯由一個夢而另一個的追求著，無休止的永恆的流浪啊！有一天他得償還大自然的債的時候到了，他仍然抱著未果的

夢踏上走向永恆的安息的第一步。這是我從你要我品味的詩句中所得的，很主觀（直覺）而且我相信一定是不同於大朋友的了；因為我不大明白後半句，「猶是春閨夢裡人」的意思，告訴我那個意思。

為什麼要諷刺蓓蒂？不是有過這麼一句話嗎「凡有關於情感的都沒有解釋的必要」？不要因為這樣做了而感後悔，（小朋友絕不責備你）因為如果有過從未做過有虧心的事的人，那麼他就可以進博物館了！

對了，你說小朋友提醒了你，告訴我，我那句話提醒了你？大朋友決不要忘記小朋友總是想到就說的！

大朋友的貍貓怎麼樣了？在不礙墾荒工作的範圍內，多告訴我你的伙伴們的事好嗎？昨天來了莉莉，二個人如小狗在追自己的尾巴似地談論了整整一個下午永遠無法得到解答的問題。歸根究底，我們空談，在象牙塔裡做白日夢，概念的慈悲，在幻夢的雲朵上飄呀飄的，等到我們發覺倆個人都瞇著眼睛在各自編織的夢的時候，我們都相對抱著肚皮笑不可抑了。很痛快，許久沒有這麼痛快的笑過了。哦，大朋友！人在編織著夢的時候，那種表情為什麼竟會那樣的可傻、可笑而又可愛呢？　　再談

祝工作順利！

2.21.　近午

※小朋友也開始記日記了

艾薐：

你比我真；心靈的長期鬥爭，我却很少向誰招認過，可以說除掉上帝之外，無人知悉我的心靈從事于何種活動。一方面是由于我認為人是不能給我解決問題的，因為理性與慾念爭執，理性始終是在清醒狀態，理性所需要的乃是「力」，而這力，除掉愛（我總覺得「愛」不是人為的，愛不是出自「願意」與「不願意」）和　神，沒有其他的人，或事，或物，可以給我這種力；而事實上，愛就是　神；理性＋力＝神性。再一方面，我隱諱心頭的苦痛，是為著一點可憐的要強好勝的小人物所共有的所謂「自尊心」。

兩條路！任何一個人的人生，始終都是猶豫在這兩條路上，歸納到末了，又復是靈與肉的爭戰。我想，「人生就是戰場」，大約是指此而言的。因為對于體外的敵人，我們隨時可以丟棄武器、停止戰鬥，却唯有對于自己，想投降也投降不了，想放棄戰鬥也放棄不了！當你做了少奶奶之後，你會永遠的被你的高級的情操挑戰、壓迫、刺痛。而當你出奔之後，你同樣地將被低級的情慾誘惑、迷戀、挑撥！依我的私心，或者說得漂亮一些，不純粹是出自私心，則我的主張將是抉擇後者（實際你是會抉擇的，只是缺乏充沛的「力」），這樣，我將會更長遠的有你這位戰友兼伴侶，而國家將多得一個孝心的孩子。我當然渴望你會長遠的與我並肩作戰。可是我並不同情唯心，更不同情唯物，對于極端我永不同情，因為世間沒有絕對，人之所以為人，便因人類無法否定「物」，如果我愚蠢的力勸你抉擇你的理性所認可和追慕的艱辛的路，我將無法解說我自己既存的物慾。愛情的本身便是心與物的化合，也是「心物合一論」的最好的例證。不管是人類的智慧純青到如何程度，不管人類的進化達至任何時代，不管人類的性格修煉到何種境界，也不管人類的愛情昇華到何等地步，但只是心與物各自的成份消長而已，却永不能絕對的心，或絕對的物！這幾乎是人類的無可改造的命運，並且宇宙的本質也就是這樣。科學進展到現在

智慧：	（先知先覺）	（後知後覺）	（不知不覺）
進化：	（文明時期）	（開化時期）	（野蠻時期）
性格：	（神　　性）	（人　　性）	（獸　　性）
愛情：	（母　　愛）	（戀　　愛）	（性　　愛）

這個地步，物質的極致歸于精神，同樣地，精神的極致，復歸于物質。科學家的分析：由元素而原子，而質子，而電子，而中子，最後物質不復存在了。只可憑于想像和推理，這其中既是精神又是物質。科學家的推測：由地面而地球，而行星而恆星，而無盡的恆星系，物質的偉大使人恐懼，然而繁複而無垠的星球的運行若不是一個偉大得不可想的精神指導何以條條不紊？火車的短短歷程在人們精細縝密的精神操縱下尚不時的發生「誤點」，而地球每一個公轉的時間却是永遠的一秒不差。這種奇妙的奧祕是來自何者？——「心物合一」，心物合一的結果又是什麼？——力！唯心和唯物都在廿世紀五十年代的今天被否定了，繼之而起的有力的主張——唯力，將會被認為宇宙的神經，這力，便是　上帝！科學的終結，不得不承認　上帝乃是創造萬物的主宰！一切歸到這裡，你當認識出當你抉擇了理性的出路而又缺乏「力」的時際，你將如何求？何所求？何以求？

　　不要傚效淺薄無知的無神論者！有人認為最易皈依宗教的却是愚夫愚婦者輩！我否定！愚夫愚婦者輩誠然是易于接受，但何嘗不可以說是易于迷信！？淺薄寒蠢的小知識份子正是惟恐被視為愚夫愚婦，為此而盲目地否認了　神。達爾文不僅交待不出宇宙的進化的最原始的起點，且于臨終的遺言中痛感于人類的無知，而深深的懺悔他的褻瀆之罪。多少聖賢必須皈依宗教！　國父的革命的信心何所來？〈出

埃及記〉使他的意志堅定至不可撼拔。領袖的革命信心何所生？「西安半月記」便是一個最好的說明。在一切偉人的腳前，你你我我算得了什麼？雖然你我照樣的可以為偉人，畢竟在先聖先哲的召示下，我們可以明白，智慧從　神那裡來，智慧歸到　神那裡去！這是一個鐵證，你不是趨于流俗的孩子，你會懂得這個道理！

力！你我在靈與肉的爭論和爭戰中，唯一需要的便是這「力」！這宇宙的神經中樞！

我願將這福音轉送予你！因為你是一個天才，是我所愛的！

可是走向天國的路，永遠是艱辛的，沒有　神所賦予的力，無以背負起這沉重的軛！這痛苦的十字架！

但作為一個少奶奶不一定就是罪惡，只是極容易罪惡罷了！

二月廿四日夜

總之，從我的父親那裡，很小我就懂得了什麼叫做篤信宗教，什麼叫做迷信宗教！真真地說起來，宇宙的奧祕不是販夫走卒的淺薄之輩所能理解的。也許你覺得我的主觀太重，太于強調天才論，但我承認我有極強烈的主見，主觀却不一定太重。天才為什麼不是　神所獨鍾的子女？我從很早就贊同尼采的超人論，而從實際的經驗中，更處處證實這一個論說的可靠性。我深信你那愛思考愛分析的心性，定可舉一反三地從我的一點點簡陋的申述中得窺全豹，參悟更深的真理，很可能那不是笨拙的大朋友所能得到的。為你的得拯救，我將日夜以最最虔誠的心向　主求禱！沒有比一個真實的基督教徒更入世、更積極、更堅毅勇敢！除非你不需要這力！

可是艾蘼，我並不能主張你怎樣的選擇。如果我對於你沒有私心，我可以斷然地不管你的心理矛盾而強迫你走你理性的路。縱使你不

情願，而我也必須鞭打著你，不惜用一切的方法迫使你走上你所謂的「由自我覺醒而出奔而流浪而度艱辛的生活。」可是經你前次信中的一語提醒，我按照你的意思自我省察了「何以我如此地關切她？何以我向她述說不完的故事而永不感到不耐煩？」可是這種「相對論」果真相對嗎？你對于你的每一個友人都是這樣。我說過，我只是從你那裡公平地分得一份情感，你是出自一片純真而無偏愛的心，可是大朋友自我省察的結果，竟遠非出自你這種高貴的心。我驚訝我從什麼時候開始竟對你生出這可卑的私心？我不肯向你承認，一萬個不肯！可是能遮掩到什麼時候？拖延罷！而由于這種私心，我是不會硬性地主張（即或是建議）你作何選擇了，甯可讓你恥笑我的懦怯。記得曾夢見你要去大陸工作，跟另一個人。我勸止你，但一點也不能較深的勸止你。這個夢適足以說明我對你所存有的全部情緒。寬恕罷！寬恕從你那裡公平地分得一份却貪婪地企圖更多的一份甚至全份的卑污的大朋友！這原是無顏向你求恕的！

「可憐無定河邊骨，猶是春閨夢裡人」，你想得很深、很遠，比我體味的美得多了。至於後一句，可能是「春閨」二字將你難住了。闔上你的眼睛，尋味一下，如你所說的那個為追尋一個夢的不幸的巡禮者，奔波、流落……有一天他償還大自然的債的時候到了，踏上永恆安息的第一步……那個仰天仆著的屍身沒有人再理會了，然而在遙遠的所在，他的戀人却是無知的。這屍身依然是戀人的情思中的良人，她無知地在祝禱他的旅途平安，重回閨房續完未了的情緣。再寄給你兩句詩「春蠶到死絲方盡，蠟炬成灰淚始乾！」讓你品味。

啊，偉哉艾蘼！當我看見你已是一個十足的「鄉姑」之時，保羅將何等開心！是的，今天再也難見社會的勞動美德了，小資產階級的自我陶醉的優越感，使我們的社會喜愛又白又嫩不工作的手。不工作也就罷了，還要在修得尖尖的指甲上塗蔻丹，那血紅發光的香膏豈不是少奶奶的丈夫從勞動者的肌膚上括下的血脂麼？手，在今天竄敗社

會的煩褻問題當中，已經是一個中心問題了。我已經思構了很久的一篇以「不要臉」為題的小說，到現在還無法動筆，「不要臉」的下面自然是「只要手」，而從「手」字發展開來，幾乎全部的社會問題都被括進了，面對著這一個大主題，我甚至惶懼得無從下手了。我的小朋友，勞動下去！拓荒的工作一刻不能離開手，由象徵進入事實。吻你粗糙乾裂的手，願有這樣的一天！

不過貴省的社會由于已進入半工業社會狀態，人們的工作觀念比較進步，這在〈灰色假日〉中曾有所表示，就這一點，我欽佩貴省這點民氣，外省人必須向你們看齊！一個高中畢業的外省女孩子做不到你所做的。若是依照一般軍人的看法，台灣的女孩子只懂得要鈔票，有了錢可以犧牲一切。工業社會原本是重視物質的，這種看法不一定完全錯誤，甚至我的幾位友人也是這種看法。然而話如果說開來，問題就不這麼籠統了。首先，一般軍人所接觸的是什麼階層的女人？你可以想像得到，侍女、彈子房的、乒乓店的、理髮的、做小買賣的，以至于妓女、私娼等等。這一等女人當然是把金錢放在最前面。只不過台灣下層社會的女人不似大陸下層社會的女人那樣重情感。但是大陸的中產階級的婦女又遠不如台灣的中產階級的婦女來得惇厚而年青了，前者諸處都滿染著一般大陸國家的社會習性，老大、矜持、迂緩。在台灣僅僅認識的兩個女孩子——你和劉玉蘭，都證實了我這種看法的正確。記得去歲與你見第一次面的前一天，同她遊玩了一天，先是我發見她的鞋子綻線了，我極力避開我的目光，生恐讓她發覺我注意到了她的破鞋子。因為大陸的女孩子是忍受不了這個的。可是當我們坐在公園樹叢中那塊山石上坐談的時候，她竟像一個頑皮的孩子那樣的傻笑起來，我不懂她在笑什麼，結果她側轉著腳踝，姆趾從綻口挑了出來。當時我倒不覺得可笑，而是為台灣的女孩子（廿歲，不算小了！）的純真無華而感驚異！從心底裡發出敬意！而更不注意修飾的你，則令我更外地由衷感佩。如今竟眼見（我認為是眼見的）你又負

荷起柴擔，我心所感不知是傾服抑是疼愛了！「鐵肩擔道義，辣手著文章！」願以此為你我互勉互策！

現在在寫〈六指拐子馬的火種〉。〈荒野的呼喚〉交給編輯去整理。而外完成了一闋〈大墾荒三部曲〉之一，老是不如心願，等修飾完畢了寄給你討教，並準備請人配和聲。音樂我是外行，只憑一點不成其為靈感的靈感而已。封面當然也是由我設計，只是設計了幾個，都不能附和「造型粗獷」的願望，我懷疑我的繪畫的創

高一開始參加網球比賽，雙網搭檔劉玉蘭（左）。

造能力了。關于申請登記的問題，困難已解決一部份，你不要關懷這個。「枕上集」當然無暇整理出版，而且為著拓荒的工作，「潮流」（我決計改「傾國傾城」為「潮流」）的進行也大受影響，我真害怕年底交不出卷，對你不住。但我仍願盡力完成它的第一部。

想到你的寫作，我很擔心你的「口語化」的道白所遇的種種困難，不必說你，大陸的江南作者都搞不好口語化的對話。你可曾發現到這種困難？的確，北國的兒女在文學上是先得了一部份的本錢。然而寫台省方言文學的人也少得等于零，你有否寫方言文學的打算？很可以從這一方面發展的。有些台省民間的故事在我的心中盤桓，我都因方言的困難而放棄了。去年完成的三萬字的「血旗」，最大的缺欠便是口語化的對話成了問題。

把你的第廿三封信同第一封比一比，字跡乾淨了一些，可是字體

很少進步，你得用點功啊，我當編輯當然不在乎一個人的字之好壞，可是更多的編輯是會在這上面講求的。記日記在你這個階段很需要，不過記日記有一個困難，真正要記的，却為昧于一切不便記上，所記的又未必都是必須要記的。你可曾有此感覺？我早于四十二年就停止了，因為搞文學已經感到沒時間花費在這上面，一如一個天天奔馳在球場上的球員，大可把每晨的早操省去。不過我並沒有停止做簡記，讀過的書，或者發生過的思維，哪怕是一句話、一個小小的見識、一絲輕細的靈感！

我的小傻瓜（狸貓）最近比較安份了，快過周歲了。原是劉中尉送我的，劉中尉喊他貓兒子，並教他喊我乾爸爸，所以我居的是養父的地位，他原姓劉，是你們家的孩子。叫他「傻瓜」完成（全）懂得，將來定可「子承父志」！

二月廿五日廿一時卅七分（不撒謊）

《中央日報》
民國四十二年元月，高二代表學校參加金木杯軟網錦標賽，優勝消息刊於報紙。因朱西甯的南京女友劉玉蘭同姓名、同年、同好網球，遂來信相詢，開始了一段短期的雙簧式通信，即雙網前排劉惠美（本名）捉刀擬信，後排劉玉蘭謄寫具名寄出。

大朋友：

　　真該死！忙著搭車到山上工作去，只好請燒飯的替我付郵《春閨夢裡人》，忘記告訴她要用掛號，她就那樣將就地把它寄出了。我怕這樣做一定給你帶來不必要的麻煩了，原諒我！

　　念完《春閨夢裡人》，有著說不盡的感慨；我不知道該如何告訴大朋友我的讀後感；總括一句「美極了！」包括描寫（心理的、情景的）及對話。我最愛看（品味）雷馬克筆下的人物對話，美得像吟誦一首敘情詩；當我念著男女主角的對話時，總覺得彷彿有種難以形容的溫馨籠罩著我把我帶進一個有清溪和芳草的幽谷中。不知大朋友是否也喜歡它的對話？

　　我似乎懂得「春閨夢裡人」這句話的意思了。哦，為什麼要我品味那麼令人傷感而又寂寞的句子呢？！──從早盼到晚，從黑夜念到天明，寂寞的黃昏，無窮的憂慮……一串難挨的日子──算了吧，活著真可愛，不是嗎？

　　你跟和她們一樣的把小朋友估高了，我並不公平；我雖然很愛她（他）們，但我並沒有完全的把我心裡所想的、所藏的告訴她們。大朋友提醒了我，小朋友不知不覺的把她們疏忽了；我對她們不復是公平了！因之，我怕也許有一天我將完全的失去她們！！

　　山上的工作令我疲倦也令我快樂。在繁茂的蔓草中尋找出去歲下種的樹苗，然後把它的周圍闢開來，好讓它有個自由呼吸的機會。這使我感到由衷的喜悅──一種在一個把一生獻給了墾荒工作的人心上所能找到的──因為這是種象徵性的舉動（正如大朋友同他伙伴的夜行）；以「知」的火把去開闢無知的蠻野，原跟使一根樹苗重新獲得生機是一樣的哪！中午，對於我是最「精彩」的時候。我可以對著空谷的回音引吭高歌，也可以躺在山腰裡靜聽小鳥、微風、樹葉子、機聲合奏的交響樂；聽著、聽著，既沒有了空間和時間，也沒有過去和將來；有的是乘著歌翼飛轉的幻想──對了，如同伊麗莎白所說的

「假如環境許可我們在一起的話，我們真知道怎樣來領略人生」那樣，我們真知道怎樣來領略生活了；永遠無法談完的話（你相信有一天我們將像一道涸竭了的泉水那樣的窮於話語嗎？），合唱狂那銷魂的和音，還有那馳騁凍原的夢……真可笑，我在自我陶醉了。如果莉莉在此，定又要為我的眯著眼睛空想而笑不可抑了。

「傾國傾城」怎麼樣了，還有〈鈕釦的祕密〉？我打算同三月的開始一同動筆。

最後該替我的樂譜向你致謝；因為它們如不到「朱舅舅」家，則永遠無法得新衣穿？！

歸途中，田裡一片整齊的菜花，白花綠葉，中間一頭吃草的黑羊——一幅顏色很調和的田園風景畫，給大朋友看見了，也許它們就將能很幸運的跳在不寂寞的畫紙上！

願　精力與靈感與大朋友同在！！

　　25 日夜　11 時　　Eme

明天仍是山上

大朋友：

　　帶著渾身的疲憊從山上歸來，接到你信，感到一種無比的欣慰！

　　噢，我真希望知道一個人在情感行將氾濫的時候，將用什麼東西去堵住情感的河決？！自跟大朋友結識以來，我從未為我不是男孩而感不自在；然而我現在竟也痛切的感到「為什麼我不是一個男孩子！」了。因為如果我不是女孩子的話，隔在我們中間的空間將能大大的減少，不是嗎？

　　不，秋姐姐從不延誤信件。哦，小朋友應該多多的為你禮拜六（廿六號）的信使祝福！那天綠衣人送《國語日報》到我家時，見診察室跟客廳裡沒有人（其時父母親都在藥局裡配藥），而從遞藥口看見我的背影以為只有小朋友在那兒，便把日報、父親的一封信連同大朋友的信拿給了我，你知道當時我是多麼的急！如果誇大一點，借雷馬克的說法的話，可說「大地被拋在空中」了！好在父親沒有看見，母親雖然瞧見兩封信，卻以為是大哥給我的，同時忙於做藥，總算把這場危機給打發過去了。我們該多多為這個歷盡萬險歸來的孩子祝福！

　　今天在山下，小朋友有過縱情的傾唱和飛翔的幻想（？）──厚雪凍封的西北大雪原，掛著殘雪的山谷中，一連串簡陋的木屋，也許就是我們以及其他傻子朋友們的所謂「家」，再過去一點，有著一間較寬的木屋，透過掛著蒸汽的玻璃窗，十來張凍紅了的小臉，凝神諦聽地接受著新的東西，夜晚，動人心弦的和音，從房子裡傳了出來，越過凍原激起遙遠的空谷的回音……在某種大目標下，日出而作，日沒而息的荒野的開墾者啊！──讓我們重歌〈祈春重奏曲〉，重唱〈私願〉！

　　深謝大朋友所給我的一切；當我依我的理性採取了出路，我將要大朋友更多的幫助，即或小朋友走上另一條路，也同樣的需要你來助我。但現在還不是時候，只要時候到了，而有了足夠的「力」，小朋友要向她所選擇的路開步時，我就會需要大朋友的幫助了，是的，只

要我堅強，我們總有一天會跟我們那些傻子朋友們待在一起的。如果我們不能如意的做了，我們依然會在一起——在我們彼此的心上。因為好朋友的心弦永遠是共鳴著的，是嗎？

　　一對多情的戀人，為一種浩劫（也許是致人于家破人亡的戰爭）給分離了（可能是永恆的死別），戰爭結束，和平重回到人間，屍骨遍地的疆場上，淡淡的，可憐的小野花又一度迎著春風開放了，然而在他（或她）的心靈上春天永遠再也不會光臨了！紫羅蘭開滿原野的春天，繁星閃爍的夏晚，西風落葉的秋天，寒雞哀鳴的冬夜，創痕隱隱地作著痛，非到伊人的墳墓長滿野草的時候，痛苦將沒有止境！……太傷感了，大朋友所品味的是否也那麼傷感呢？——春蠶到死絲方盡，蠟炬成灰淚始乾。

　　不知怎的，每當念雷馬克的作品，總讓我連想到電影；一部由善於表演心靈刻畫的女演員所主演的；《凱旋門》使我記起《慾望街》車裡的費文麗（《亂世佳人》女角），而《春閨夢裡人》復又使我連想到《魂斷藍橋》裡的她，似乎在我的念頭裡，雷馬克的作品，原就是為費文麗而寫的那樣，可笑嗎？該書裡有句說伊麗沙白的：「她是美麗的，是整體中的一部分」，大朋友，能不能告訴小朋友什麼是「整體」？為什麼美麗就是整體中的一部分？

　　大朋友！一定要小朋友寫童話嗎？由於怕變成成年人的童話的忌畏，我總覺得自己寫不出來，一定要有童話才行嗎？關於你所提到的口語化的道白，我寫過很少東西，故尚未覺得什麼，不過我想我會感到困難的，在校作文時，我常為「他說，她道……」諸如此類的傷腦筋。對了，告訴我「做着」跟「做著」是否有分別？

　　不談了，明天還得上山哩。

　　祝福！

小朋友 3 月 1 日 9 時 30 分

( )

月亮歪了，要我們扶正；
太陽不亮了，要我們添柴

摯愛的小弟：

情感氾濫一如江河氾濫，防堵實在是一種下策，因為壓抑情感比放縱情感更壞。但我也並不贊同後者，因兩者都是極端。仿照大禹王治水的方法——疏導，才是上策！你必須先分析一下，情感的水位像這樣的增加下去，將會是一種什麼趨勢，是可愛的還是可怕的。若是屬於後者，就當及早使它改道，走向有利。否則愈陷愈深，將會構成一個悲慘，甚至一萬個悲慘。但不管怎樣，你所謂的「將用什麼東西去堵住情感的河決？！」我是反對的！但願你我之間情感的水位上漲，會如萬人所望的日月潭水位那樣，除掉給本身增添一份更為嫵媚的湖光山色，更還帶來無虞匱乏的光明。果真如此的話，我們何不為它默祝私禱！？這在別人看來也許會笑我們狂妄，兩個貌不驚人的小人物會與人類的命運扯上什麼絲毫的關係呢？會是這樣的，這個社會裡有誰還會這麼信任自己？叫他們去信任別人當然更不可能！人類的信心已被罪惡糟塌得一無所存了。記住，我的小弟，我們也將被罪惡來糟塌的，正因為如此，我們才要集合更多的傻子，團結就是力量，這團結應該比鋼鐵更堅，必須衝不散、打不爛，永遠韌性地戰鬥下去！可以死，但不可以降！不可以變節！月亮歪了，要我們扶正；太陽不亮了，要我們添柴；讓別人壯起來，讓我們瘦下去；大眾哭了，我們要做保姆；大眾走不通了！我們得搶上去砍伐荊棘，架橋鋪路；……我們是什麼，敢于這樣地說大話？我們祇是人不願意做的傻子，傻子群中的文學者、拓荒者！原是最最平凡的人，但人類太于缺少這種「不識好歹」的傻子，所以傻子反而成為一種珍奇的卑賤者了！珍奇的偉大者了！

誠然是這樣，我們之間任何一個如果能變為異性的話，我們就可減除太多不必要的苦悶了。可是小弟，果真這樣，你以為我們還會這樣切切地思念嗎？不要忘了，人是討賤的！人如果得到紅玫瑰，白玫瑰便成了「床前明月光」，而紅玫瑰只是牆上的一抹蚊子血；人若得

到了白玫瑰，則紅玫瑰又成了心頭上的硃砂痣，白玫瑰又被貶成餐巾上的一顆飯黏子。你也許不信，有一天你會遙隔萬重山，幾乎是傷感的思念起你的母親，你等著瞧吧！

就說我們的通信罷，顯然我對幾個相好的朋友的通信大大的衰減了，不管是次數還是字數。我慚愧地以工作太忙為搪塞，這在與劉玉蘭迷戀的時期都不曾有過。像你擔憂你將失落你那些知友一樣，但我雖也擔憂，不過我總自信那已經鞏固了的友誼基礎，決不會受此影響。別人的信我可以擱置一些時候再回信，可是你的信，我總不能如那樣的讓心閒著，你每一封信我都要一讀再讀，直到接你下一次的信，我感到這也是出自那種渴求緊縮距離的潛意識以另種姿態出現的一個不正常的現象。有時候沉思你所談的某一個問題，忽然記不（清）楚你那一句話是怎麼措詞的（文意完全記得），往往開開燈，把你的信找出來，找那一句話，如果不這樣，那會極其不安的，可笑麼，艾蘼？我有些兒瘋了，但却是一個清醒！

小弟，幾乎是你在以大西北祖國最神祕的美地來誘惑我了，你這種多色彩的造像每每超乎我的概念中所存有的那些。我當怎樣地愛你如此醉心于祖國的熱情的姑娘！？這使我恐懼了，我反問自己，我會在嚮導的地位上來滿足她嗎？我會除掉滿足我自己的拓荒願望還同時滿足那個比我的願望更為強烈的姑娘嗎？……一連串的這些反問，會把我問得滿頭大汗的。怨不得你需要「力」，我比你更需要力，　主若不給我們，我們將哪裡去求？艾蘼，我的好姑娘，有真理為我們後盾，一切都是可喜悅的。你還沒有而且想像不出「凍琉璃」的美呢，我能預想出當你親眼第一次乍見它時，那種快樂的神情可能比你的孩子們更天真呢！不過我有點兒害怕，我們在亞熱帶過久了，汗毛孔都變大了，是否還能耐住那種酷寒。在熊熊的火爐邊，大家團聚在一起，合唱、朗誦長長的詩篇，讀自己才完成的作品，到最靜的夜深，在枕上我們可傾聽冰河的開裂，積雪的崩瀉，沒有比雪夜更靜的了，因為

萬物都被深深的銀屑玉粉埋下去，大樹被壓彎了腰，屋子裡照耀著雪光，比月光還明亮，在那種矇矓的夜色中，人會顯得極美的、極柔情的，不像熱帶之夜那樣的煩燥急烈。北國兒女們的愛情永遠是那樣的綿長而富于韌性的堅貞，這與天候是不無深切的關係的。

你很像一個北國的女兒，我感到。除掉容易表現的豪爽與梗直，我更發現到你隱藏在心之深處的，但我卻又說不出名子的東西，只能夠意會，而不可以言傳。也許你自己感覺不到！

夜安！我的小弟弟已在夢中了，是否又在做著飛翔的雪夢？「厚雪冰封的西北大雪原，掛著殘雪的山谷中，一連串簡陋的木屋，那就是我們以及其他傻子朋友們的『家』……」祝福你的夢甜蜜而且圓滿！

三月六日禮拜日零時一刻

（不要關切，白天已睡了四個小時的午覺，今天下午仍還可以大睡）

我想把我的現實處境同你比較詳細的談談，借以增進你對于我的了解，可能這是必要的。

卅八年底（那是你讀初中二上的時候——正私戀著那個「華族」呢！——我喜歡對照彼此間過去的事情，所謂超越時與空）那時我已當了整整八個月的上等兵，一件意外的事情使我的生活起了變化。當時我們是示範隊（一百多人，相等于一個連，擔

民國三十八年陸軍官校第四軍訓班，入伍生總隊三團二連。朱西甯（前左二）與結拜兄弟們。

①民國三十九年從上等
　兵升任為少尉繪圖官。
②孫立人將軍。

任操練標準，作為練兵的模範，或作為迎接長官與外賓的儀隊）是一個大家都很重視的單位。一次奉命操演戰地運動，整個戰地假設完全是出于我這個上等兵的設計，我熬了兩個通宵（真是賣命的交易）結果奇妙的得到高級長官的賞識，上級便立刻要以少尉調用。當時我為此曾費盡思考，首先我不要做官，（你總相信一個小小的少尉是不會放在一個趾高氣揚的智識青年眼裡的，雖然由上等兵升任少尉整整的越過五級）這與我們的從軍的初衷極不吻合。其次，調用之後，便得整天的繪圖，不如握槍桿來得好，來得「英雄」一些。再者，我確實不忍驟然離開那些共同生活了八個月的伙伴們。可是這是命令，抗命的話，就只有受懲罰。自我折衷的結果，就從此充當了一名跟公務員幾乎相差不多的繪圖員，除掉很少的出操。不過工作並不太忙，我便抓住機會開始寫作。差不多一年的功夫，都在「退稿」的命運中掙扎，而那些遭受這種命運的作品，卻正是後來曾得陳紀瀅、楊念慈、司徒衛、羅洛、熙、安甯等六人先後評為「自由中國文壇的奇葩」的《大火炬的愛》短篇小說集。世態是這樣，只有錦上添花，沒有雪中送炭的。所以我的作品咬定了牙齒決不送「中華文藝獎金委員會」去競爭整千整萬的獎金，我就是這樣的執拗著，直到今天。第一部小說

集出版之後，我曾贈送孫立人將軍一本，因為這個年青白髮的將軍不管是戰功（曾遠征印緬，打得日本皇軍聞聲喪膽）是練兵，是治學立身，都令我欽慕，　總統之下，沒一個將領像他那樣的滿懷著愛國熱誠，派系排擠他（他不加入任何派系，也不自立派系）無論排擠到如何不可忍受的程度，他一直的忍受，因為他要救國！我的《大火炬的愛》本就是以他作為大火炬的象徵而寫的。他接受了我的贈書，曾四處打聽我這個人，並登報尋找，我沒有答覆，因為我不能靠我的書去討好長官，儘管我欽慕他，那是另一回事。直到四十二年五月，他從台北打來長途電話，要我去見他。不知為什麼，我感有一種恥辱，我是在「走內線」。可是學校裡聽說是頂頭上司召見，差假證、出差費、車票都送來了，我真是痛感人們的卑鄙污穢。然而畢竟在「校長的命令」下啟程北上。當然與一個偉人相晤，總是愉快的，各方面都談得攏，在台北玩了三天。可是最後他表示要調我到他跟前來，什麼工作都不擔任，去大學旁聽文學系的課程，並且遇有大規模的戰役演習時隨他去多見識一些場面，最後是希望替他寫《印緬遠征回憶錄》。本來這是一個「好機會」。可是「好機會」永遠會有一種投機取巧的卑鄙的污跡，再者，我怕同大官們周旋，恨台北都市的糜爛生活。回南部來我考慮了很久、很久。艾蘼，那是多麼強烈的靈與肉的爭鬥啊！差不（多）是兩個月之後了，靈戰勝了，我仍需要沒沒無聞的下去，我要從事文學，就必需先打勝這一仗！可是學校誤解了，以為我是孫立人的一派了，所以當孫老總卸去陸軍總司令的職務之後，他們開始對所有被認為是「孫派」的人員，無不施以壓力。你所想不到的那些壓力使你除掉忍受就只有反抗！我由繪圖員被編為文書員——一個我最厭惡的頭銜——可是實際上呢，却仍要你擔任繪圖工作，因為他們這一「派」裡只要俯首貼耳的蠢才奴才，而不要敢作敢為的人才。艾蘼，一個人可以挨餓受凍，却不能忍受精神痛苦。我曾反抗過不止一次，但不管是勝是敗，只有更加深我的煎熬。去歲陳群（那個後到

的黑皮）送反共義士到南部來，曾跟我澈夜的談過這個痛心的問題，他是最善忍耐的人，卻也認定了我必須轉換一個環境，他建議我考政校，或者寫信給蔣經國要求調往總政治部。然而我曾立志決不參加任何考試，決不靠畢業證書討飯吃。至于後者，我更不會那麼做，與其現在寫信給蔣，當初我何不聽孫的命調往總部？而去歲省運，台北的幾個朋友都曾力勸我再去信給孫參軍長，這當然更不可能。如今我真是灰心透了，首先我成了軍用文官，再也走不上戰場，天天上班下班，與一個公務員有什麼不同？在職務上，我是極度的消極，遲到早退，敷衍公事。可是小弟，你以為我會消極麼？我不會像一般意志薄弱之輩那樣的把不良的官吏看做國家，因而對不良官吏痛恨也就對國家抱著消極的態度。很顯明的，上班的七小時之內，我最清閒，把公事盡可能的推卸給別人，養養精神，吃吃茶，說說笑話，把午覺睡得更久一些，讓傳令兵給我另外做小灶吃，撿可口的、有營養的，多吃一點，高興也親自做一點東坡肉吃吃（你不會相信我一餐可以吃上十兩的肥肉）。但是只要下了班，回到我自己的寢室（我現在和劉副官住在一間小小的木屋裡，非常靜雅）我的工作便緊張了，寫作！讀書！敢于說：做完全對得住國家的工作！我現在唯一的消極辦法，便是拒絕文書官的專長考試，沒有這個專長，我將終有一天會去職的，那樣，便可以依照我的專長（新聞官、宣傳官、美工官）另換別的職務了，他們總不能違反國家的制度。然而我是沒辦法上戰場了，我憂慮當重回大陸的時候，將何顏以對親友！當我從軍前夕，親人們曾為我舉杯祝我「為國干城」，我將何言干城！連你也會恥笑我的！我一直不願同你澈談我的處境，也為的是我將被譏為懦夫！死守在後方，有什麼出息？！我決不妄想在你那裡求得寬恕，因為身著軍服而不參加戰鬥，永遠是不可寬恕的罪惡！

　　三八節，慶賀你，願為新女性的前途奮鬥！

三．七．零時十二分（午睡很充足）

※作着與作著，後者不通。後者通常用為：著作、著明、顯著等。著
　ㄓㄨ丶

※所謂「整體中的一部份」，可能是說：「依麗莎白的美，是當時全
　部美的生活中的一部份」。「整體」仍是指美而言。不過雷馬克的
　這一句文詞很模糊。我也不敢確定就是如此解釋。

保羅大姐姐：

這種稱呼是否有點兒像「I (my) father」一樣的可笑？真精彩！「小弟弟」——我多麼高興聽到這毫無距離感的稱呼！好一個美妙的「疏導」法！我們不用再為情感的水位的上漲擔心了，是嗎，大朋友？

曾經有一個時候，我真怕我自己成為一種「犯罪妄想狂」因為我老愛用冷酷的刀去解剖自己的內心；而現在我倒要替我的大姐姐擔心了。老夫子們都希望人人做到「嚴以責己……」可是對於大朋友我覺得這句話是像夏日的皮大衣般的無需了。聽我說，大姐姐！我們不能寬以待己，却也不能對自己過於苛刻，否則，我們即或不患精神分裂症、犯罪妄想狂，也會成為「以折磨自己自娛」（看到自己受苦感到一種快感）的心理變態者了。

不要像人家向檻牢裡的猴子講：「你太自由了！」那樣地對自己的穿軍服作文工感到慚愧！為什麼一定要上沙場才能算是報國呢？不要忘了一輛汽車裡只要有一個機件壞了，那麼車子就要開不動了，那怕是一個微乎極微的機件；何況你所做的並不為那些「別人」？！大朋友已做了的及將要做的都足夠彌補那些你認為慚愧的，我相信！你永遠無需向我討寬恕，那會令我感到不安的！

那詩意綿綿的，繚人鄉愁而又令人嚮往的冰雪的夢，讓我們不要做得太多罷，在我們尚未開始走向它的路程以前。我怕如果我不能讓它實現時，我將對自己的希望和抱負作何交待？！但願我有充分的「力」！能讓它實現的力！

《天才夢》收到了沒有？如果沒有認清它的主題，我敢說我永遠不會想看它了；因為我知道我無需修練外形美的描寫法（不值得大工夫去），不過它給了我不算少的啟示，尤其在有關信仰方面，縱使對於我還算是抽象的。還有，我雖不喜歡它的文氣（如果不是小朋友欣賞力不夠，那麼譯者定多少要負點責任了），倒喜歡德萊塞作品中故事的結尾，以及作品裡面的一部分小人物。（《嘉麗妹妹》已看過了）

《人生之謎》！多麼飄渺！！

大姐姐！能否告訴我你對安婑、蘇姍、吉瑪以及頗洛佐夫太太的看法？我已經把《春潮》看完了，打算與《安德森選集》一起寄還。現在不要忙著寄書來，至少在小弟弟未能向你交卷以前。哦，你還沒有回答我上次所問的呢。

這次我一定得寫童話嗎？一定要有童話嗎？我真怕我不能向成千成萬的小朋友們交待出什麼來。

晚安，大姐姐同她的狸貓！我的小朋友凱蒂（男的大貓）在我寫字的旁邊等著我把牠放入被裡頭呢。

三.八.夜　十點半

看到大姐姐遲到早退，吃茶，談心，吃可口的東西，開小灶，我真要發笑哩！你讓我記起逃學到街上買麥芽糖吃的小鬼們。好一個跟小弟弟一樣的別人眼裡的「二重人格」！

我並不譏笑大姐姐，只感到會意的笑，我不懂得該怎麼講，也許就是類似一種母親看到孩子做了並不壞的惡作劇時那種稍帶喜悅的、欲阻又不阻的笑罷，真好玩！

要談的很多，但不知要談什麼好，留待下次罷。

祝福打過一次勝仗的勇敢的鬥士！

工作順利！

小弟弟　三.九日　晨　五時半

挚愛的小弟：

　　人如果全然地能以擺脫患得患失的貪念，那將是何等欣暢的平靜！沒有比這個更是人類所需的了。我覺得你和我之間可珍貴的倒不是愛情，而是彼此能以澈底的了解並接受彼此嗜愛的「精細的情緒」。因為世間的青年男女如此之多，當我失去了你，或你失去了我，我們各自還好去在別人的身上尋得愛情的補償，可是尋找一個了解並接受這種「精細的情緒」的人，却不這麼簡單。我們不必等候別人來懷疑，我們自己就可以先盤問自己，我們是以什麼打動彼此的心的？我們都是平平凡凡的小人物，不是才子才女，不是「英雄美人」，沒有可供傾慕的赫赫家世和財富，學業上我們沒有成就，事業上更可憐得一無所有，除掉我們還存有的一份強烈堅韌的自信和也許是出自過份主觀的天才，我們還有什麼？然而天才和自信却照樣的會同愛情一樣的普遍，不會使我朝夕恐懼失去你，就不可能再尋得第二個你。這對我乃是一個醒悟，很新的醒悟，很痛楚的醒悟，從情感中提煉出來的情感的晶品。必然，我將想到如何得到你而永不再失守，但這違反我們倆的矜持的尊嚴，我既不敢卑下地妄想佔有你，（這對你是一種侮辱）而你也不甘于屬於任何一個人。然而我的人生卻又必須有你，多不可解的矛盾！正是這種矛盾的日夜撞擊壓迫，我的心理也許早在變態了，從我潛意識中這個萌芽的滋長（自欺地由希望你是個男孩子而致喊你小弟弟）正可以瞧出我的心境——心靈的全部活動。不止一次了，你說：「如果我們不能在一起……」我便為此感到難言的悲愴，彷彿看到太陽變做了月亮那樣蒼白的那一天，日頭落色之後的大地是怎麼樣的荒凄！為什麼要有「如果」，我的小弟弟？我當然懂得這「如果」不在你、不在我，而在那可咒詛的永遠膽怯地藏匿著的撒旦。而我喊你「小弟弟」，何嘗不等于舒出一縷縷的濃釀的憂鬱！然而果真舒出了嗎？果真你是一點不折不扣的小弟弟，從開頭我們便都不會存有這番惶懼的心理了。而且果真我能夠十足的把你當做小弟，我的心

理將已變態得不可救藥了。

實告你罷，「春蠶到死絲方盡，臘炬成灰淚始乾！」便是大朋友交付給你的情感。

然而我不願你喊我「大姐姐」，你不懂得這個社會給男人們造成的一種已經被認為正常了的心理，可羞的！因為只有「巾幗英雄」，而無「鬚眉佳人」，女人男性化，乃是光榮，反之則是恥辱！我要你寬恕我不肯接受你這頑皮的稱呼，大朋友有太多不健康的自尊心呢！

（看《戲王之王》去了）三月十日十九時正

為什麼帶著那些感人的戲劇餘味的歸途中，總是想著你呢？尤其是夜深的街道，寥寥幾個行人，按摩的笛聲有說不盡的辛酸、蒼涼，白天的繁鬧消逝了，人們不再爭了，不再吵了，各自走進小型的死亡（夢）裡去。一個白晝何嘗又不是一個人生？每當此際我便有一種止不住的從衷而來的悽惶之感，遊子的心在這個時候也最為軟弱，思念著一切屬于母性溫馨的恩情，母親、年長的姐姐，和心愛的小婦人。然而不是需要憐憫，決不是，也永遠不是！因為連我自己也不曾憐憫我自己。我可以沒沒一世，可以被任何人咒詛，決不接受憐憫！

西席地密爾的作品總是如此好大喜功的，《戲王之王》當然又是極驚人的場面。不過主要的卻是告訴我們，人類任何一種集團都必須密切合作，一根螺絲的不協調，都足以拖累全部垮台。誠如你所說的，「不一定親赴沙場才是報國。」小弟，我當怎樣地感念這知遇之恩，我一直的這麼想，對于你；我不求人來諒解我，也可以聽讓人們因誤解而恥笑我，可是我不能容忍我的小弟也恥笑我。你知道，當你如此的寬厚地待我，饒恕我的境遇所逼使我不得不如此的苦衷，我真要噙著滿眶的淚水盡我所有捧獻至你的足前。前些日子我的拓荒之友彩華

還曾歎息過：「幾乎沒有一個女人值得我們為她咬斷一支小姆指了！」是這樣，服飾、鈔票、玩樂，湮沒了一代一代的可憐的女人，臨至沒頂，那伸出水面塗著蔻丹佩著首飾的手却不是要抓住救生圈，要抓取的還是那些湮溺她們的，因為她們不要生命、輕視生命、無視生命。女人是什麼？女人原是這宇宙間的力啊！女人的一聲呻吟、一個吻、一聲讚歎，沒有不使男人拚却一切無所回顧地奮勇直前的，然而現在是怎樣的一種悲慘情景！女人不再為人類的幸福而呻吟、而吻、而讚歎了！女人的眼睛落在千萬勞苦的人們淚水結晶的鑽石上了！她們照樣的付出廉價的呻吟、吻、讚歎，再添上撒嬌，于是催使男人們奮不顧身地奔赴罪惡，女人的力乃成為魔鬼的母親，所以人才千方百計的設法否認　上帝，因為要不是這樣，她們將恐懼于大審判的懲罰！

　　小弟弟，我永遠不相信你會隨從這罪惡的俗流，這信心使我感念　神賜我一件完美的作品，不僅我將為她咬去我的指頭，更大的犧牲祭我也將會慷慨地獻上，因為她的眼睛將落在人類靈魂的最高境界，她將催使我去奔求至善！至美！至真！在人們的面前我將因我的小弟而驕傲！而「稱聖」！

　　給我以「力」！！因為　上帝把宇宙的力賦于女人！

　　為你的美夢的實現，我祈禱！沒有比此更虔誠的祈禱了！

　　我若能是凱蒂，該多好！

　　　　　　　　　　　　　大朋友　三月十一日開始的第四分鐘

　　《荒野》進展到目前，最大的暗礁便是稿荒，硬是沒人寫稿。大大小小的作家也不下五千人，可是能配得上給《荒野》開荒的，只有潘人木、端木方、劉枋三個人，退一步而求其次，算是拉上徐文水、楊文璞（寫邊疆文學的）、徐鍾珮、侯榕生、陸希，而外就再也找不

到人了，連社裡三個人和你（算你一萬字）一共加起來，尚不滿廿萬字，每期八萬，三期就要廿四萬字，照這樣嚴重的鬧稿荒，不準備五期稿件簡直不敢冒險出版，而且統計的廿萬字，還不一定可靠。現在又不得已而求其次的在拉依風露、彭歌、蕭銅。真令人痛感作家五千，中用的能有幾人！

你不要著急好嗎？四四出不了版，五四都怕還成問題，慢慢的寫，時間還長著。當然不限定你非寫童話不可，不過我切望你不要放棄童話。你翻譯也好，創作也好，都任聽你便，只要附合《荒野》的宗旨就行。完成了一篇不要忙著謄寫，先把草稿寄來，先看看（我不能說定了要為你刪修）有商榷的地方，再在信上研究。總之你放心大膽的寫下去，「自信」比什麼都重要。我的希望是你能寫一點日據時代的故事，或者台灣地方色彩濃烈的故事。一個作者的第一篇好作品往往就是切己的生活寫真，所以你也大可寫一篇失去母寵的小說，用你的親身嘗受的痛苦經驗作為素材，分析、熔冶，確定一個主題，加深人情味，以之博取廣大的同情，說明一個女孩子失去母愛的悲痛，把過失客觀的分派在母女雙方，強調這一個倫理關係為人類的必要，這與《荒野》發揚真善美的固有文化的宗旨也是非常吻合的。還有，你不要因為分派一萬字給你而感到恐慌，這意思是要你在《荒野》前三期中分別供獻出一萬字的作品，（不限定一篇）你能一篇寫上三萬字當然更好，但至少不能三期三篇小說而不滿一萬字。總之你盡量發展。現在一般褓誌幾乎沒有一家不是把字數限定死死的，（差不多都是不得超出六千字）這最使大家頭痛了，用字數來限制一篇作品，簡直等于命令一個孩子的體長只准長到十五歲就不許再往上長，所以《荒野》對於任何人的作品決不加以限制，如果有限制的話，那就是一篇小說必須在五六千字以上，跟一般褓誌絕對反過來。

再說一遍，你膽大心細的寫下去！最好不要放棄童話。（讀過《伊索寓言》和《一千○一夜》了嗎？多少可以對于童話的寫作有一點啟

發。）

（對于「養女的生活」呢？如果你很熟晰，倒是極好的小說題材，把握住「地方色彩」，便把握住了一半的成功！）

你覺得大朋友的生活可笑嗎？好一個以母親自居討大朋友便宜的小鬼！在談得來的朋友當中我永遠是愛風趣的一個，出名的「刻薄嘴」，上海話所謂的「吃豆腐」，但永遠不會吃女人的豆腐，一個男人討女人的便宜多無聊！經常最熱鬧的聚會是禮拜六晚上，以糖煮山芋（紅薯）或糖煮蕃茄饗客（後者很像煮桃子）我最愛吃這些平民化的糖食。這時候大家總是笑話百出，互相討便宜，把別人當做自己的兒輩孫輩或者妻子，不過純粹是口頭上的便宜。這就是中國人的幽默，我不知台灣是否也是類似情形。

《天才夢》還是兩年前讀的，鍾憲民的譯作確很低劣。其中的人物我已不太清晰，容我再重讀一遍，再整理出意見給你。《春潮》可能是屠格涅夫的早年作品，遠不及其代表作的《羅亭》和《獵人日記》，所以《春潮》中的人物沒有什麼突出的典型，而且薩甯那個人幾乎還犯上一些幼稚病，好像屠氏有意要為俄國男子誇張一些。吉瑪當然是可愛的，只是每一個女人的少女時期總都是這樣的，她仍然因為知識不夠而逃不了可憐蟲的命運。我喜歡讀帝俄時代的俄國文學作品，託爾斯泰的、妥斯妥以夫斯基的、高爾基的、岡察洛夫的，可是現在都不容易再讀到這些作品了，這些作品的深廣度對于人生都有著極可貴的探索和發掘，當然《春潮》的價值仍是不可否認或低視的。我對于《春潮》的意見還須整理一下才好跟你談。你說《慾望街車》的費文麗很像《凱旋門》中的瓊恩，我有此感。不過《慾》片的變態心理我還不夠了解，也許與生活背景有關係，《金石盟》這部書也是這個樣子。《春閨夢裡人》我比較喜愛，可能也就是因為那種生活背景對我比較熟悉。伊麗沙白──是我們今天的社會裡很感匱乏的一種女人。

大朋友：　　（遵命，不再把你當成「鬚眉佳人」了。）

　　為什麼要為「如果我們不能一起……」而感悲哀呢？記得你曾同我談過「我雖不重視形體上的分離……」我也這樣。對別人我不知怎樣，然而對大朋友我倒願「不要長久地待在一起」也許這樣對我們會是好的。不要因為小朋友講這話而感奇怪，要說原因只是由於──愛到極點便是不忍──（我相信你沒有忘記的）兩個極平凡的人長久地待在一起，日子一久，定有什麼東西會破壞她們原來美好的。「美」是不能沾污的，我不願讓我心愛的知友感到幻滅。正因為這樣，曾有一個時期，我始終努力地讓自己保持著跟和跟琴的距離。而對我的大朋友，我將更如此地做。不要讓任何卑污的東西破壞我們精神上的諧調；只要，只要我們意識著「在遙遠的天邊也有著一顆同我的共鳴著的心弦」這就夠了。大朋友不會失去小朋友的，我也不會失去大朋友，即或我們不能在一起（形體上），因為我們都將永遠活在彼此的心靈上！噢，先別說「永遠」，這個字眼兒帶著太濃重的「誓意」而小朋友從來不願，不，不敢作誓言。也許小朋友將被以為「懦弱」「卑怯」，但上帝懂得，良知亦懂得！

　　「幾乎沒有一個女人值得我們為她咬斷一支小姆指了！」多令人悲觀！多替你的朋友打氣，叫他別讓「希望之燈」熄滅；正如不要相信「世界末日」之說那樣。噢，我真希望他（抑是她呢？）能碰見像琴、和、Today 一類的人呢！如果有一天你的友人告訴你「朋友，現在我懂得了人們無需那麼急于絕望；因為我開始感到為她，只要需要時，我願交出我的生命了，何在乎咬斷一支小拇指？」的時候，大朋友，別忘了通知小朋友一聲哦！

　　謝謝你書贈給我的詩，雖然小朋友未能完全了解它的意義，但我是衷心感謝地收下了。

　　禮拜天（十三日）上午同弟妹及親戚們到北勢山上去掃墓（也許大朋友正在做禮拜呢）。荒塚累累的山頂，風刮得很厲害。伸展在腳

下的是一片無垠的原野，有行將枯竭的河流、鐵橋、稻田以及籠罩在薄霧中的遠海⋯⋯在喧嘩的大聲中（我們的一行連同小孩共計二十四個）我不知怎的感到寂寞了，（一定如同大朋友看完電影的歸途中所感的軟弱）同小妹妹（八歲）稍離人群坐在荒草上，不禁又哼出〈主人永眠黃泉下〉以及在《鐵達尼郵船遇險記》這片子裡曾使我落淚的〈與主接近〉來了。生命與死亡，過去和將來，空間和時間原是一而二，二而一的東西⋯⋯是誰講過的了？⋯⋯。

大朋友決不會想到小朋友現在正在苦讀《總統言論》，《國父遺教》⋯⋯一類的東西。你猜為什麼？前些日子我曾去過苗栗（去報考有關教育方面的？）同婼蒂賽過一場痛快的球。哦！她燙起頭髮來了呢！我忠告你一定不要攻擊她，因為她已早有準備（希望沒有寫錯），如果想吃她的便宜那就得挨「反攻」了。為了取得「代教」的資格，我竟在苦攻，直到十八日。如果復又名落孫山，那我不知我該向我那批小魔鬼們作何交待了！

告訴我，你那邊有沒有同你合唱的朋友，如果用不著分聲的，那麼以後給大朋友抄樂譜時我就不要抄第二、三、四部了。

「裏」同「裡」的用法？

祝福！

別再為有關情感方面的事煩心了，因為你不曾失去什麼，也將不失去什麼！懂得嗎？

十四日　午後　　小朋友

大朋友：

友情的高漲不管對於誰原該是可喜的；那麼為什麼要為它感到痛苦呢？

如果，噢，如果我們的友誼將帶給大朋友痛苦或不幸的話，小朋友將因為可能持有所謂的「容易親暱的可怕的天稟」而永遠不會受到寬恕了！原諒小朋友好嗎，如果我曾傷害了大朋友的話？

大朋友！到曠野上，山頂上或海邊眺望去吧！這樣將使人們的心胸變得寬爽的！願天父賜給我的大朋友平靜和喜悅！！

3.16 傍晚　小朋友

※附寄的並非我的，而是原來就挾在安德森的選集裡的。

小弟：

　　每遭受一次精神打擊，我總會思念墮落；因為墮落總是那麼輕鬆，不費心神，而做一個傻子總是如此艱辛的苦熬，得不到人世的絲毫酬勞，而且招盡不諒解的侮辱，永遠在絕望中掙扎。可是我的小弟，及至真的向墮落試步了，（只是動機罷了）則立時便能遭受比之做一個傻子所遇的痛苦，更為痛苦百倍千倍，那便是良知的聲色俱屬的譴責。我最害怕落入這種內外夾攻的低潮，真願如你所說奔向山崗、曠野、海濱，去向　上帝狂呼，問　祂：若要我稱聖，就給我一顆不接受任何人世俗念的堅硬的靈魂；若要我淪入撒旦的手掌，就收回我的靈魂，摔給我一個能以忍受任何墮落的良心！可是最不懂　天父的意旨何在，即使　主耶穌在密西馬尼園準備犧牲的夜晚，還照樣軟弱得汗如雨下，並呼喚著：「父啊，若你願意，請能讓這苦杯離開我！」我是何人！這痛苦將是畢生的了。而這，似乎也只有艾蘼才得了解。傻子既是受盡毀謗，同情則更是遙遠了，可是人總是一個社會動物，如果永遠只是一個悒鬱、無以抒發，將是怎麼樣呢？聖人之收受門徒，何嘗又不是含有要求諒解和同情的悲愴意味！如果是這樣，則傻子必須一個切己的伙伴，也將不是可恥而卑下的了。我深知，如此解釋未免不涉自圓其說之嫌，然而我等候你否定。

　　不是你所想的那些；信發之後，我便深深地感到追悔，何以如此急急地要你來分擔我的顛狂情緒！只需忍耐一個時期，豈不是重又復歸平靜！如果你竟能持有「容易親暱的可怕的天稟，」我何又會想到寬恕上面去！我不懂持有這種天稟而又能拒人于千里之外，這可否成立為邏輯之外的另一個邏輯？然而不為著這些，至少不單單是為著這個，一言以蔽之，低潮過去了，記憶雖存，情感不再那麼重視，慢慢地就會習慣，就會淡下去。求你忘掉它，就當作聽見我在夢中偶然說出的沒有意義的囈語——本來也只等于一種囈語。告訴我：「我已經忘掉了它！」

三月十八日夜十時半，今天是你考試的日子，我為你祈禱！

我甚至希望你多給我一些打擊，因為遭受一個所愛的人的打擊，也往往是一種力，至少對于我是這樣。

這樣，當然你就可以施盡你的殘酷而無愧怍了。一切的成就在所愛的人所加予的愛或毀滅之中，我準備接受，誠悃的接受或毀滅，人生能夠如此，已是豐足到不可再求了。那時我或將綻出畢生所未曾有過的笑容，因為我已勝利，在不可想像的風雨打熬的痛苦裡帶著周身的創傷爬出來了，就像勝利的野獸那樣舐吮著周身泠泠在流著的鮮血！那便是我的小朋友的偉大傑作！

不再說這些瘋話了。

我覺得《春潮》的主題很不顯明，如果只是用那首俄國古歌作為主題的點明，則這主題將是人生發生太多又為人生的悲喜劇不太可悲可喜的東西。如果廿歲之前讀它，也許我會為吉瑪——不，為故事的命運——流淚，現在心腸硬了，也許是看得深一點了，我沒付出什麼同情之類的反應。吉瑪也許比「物質虛榮」的女子高明，可是「精神的虛榮」不一定就是高明，薩甯以幼稚病贏得了芳心，這顆芳心就不算低能，也不甚高明，這是顯而易見的。薩甯儘可以比鄧何夫中尉更勇氣些，然而把勇氣放在這些上面，正可以說明一個資產階級的閒情逸致的懦怯，而其所謂幸福——給吉瑪所帶來的幸福，只不過是寄予祖產和農奴的變賣，而農奴也是人類，也是需要幸福的人類，把一己的幸福基建于大眾的痛苦之上，永遠是人類的革命對象，必須打倒。至于薩甯的後果，卻正是一種罪與罰的天刑，《春潮》倒不如名之《罪與罰》，我不知屠格涅夫可曾屬意于此。薩甯與吉瑪的愛情基礎原很脆弱，薩甯之愛吉瑪，除掉她的姿色、和所有的少女通有的柔情，更沒有別的了，就連她拒絕與克律伯爾先生結婚的這個美德（這就平凡

的吉瑪而言，已經是了不起的美德了）都發生在他愛她之後。而吉瑪之愛薩甯差不多是近乎荒唐，一般俗凡的少女荒唐。所以薩甯經不住頗洛佐夫太太毀滅性的誘惑，所以吉瑪也就安安份份的嫁與另一個商人，並會荒唐的自解：薩甯仍是她的幸福創造者，因為若不是他，她便嫁與那個後來坐牢了的克律伯爾先生了。何等脆弱可憐的「愛情」！致于頗洛佐夫太太，差不多是《飄》裡面的白瑞德，周身都是魔鬼所負予的天才，但她卻是替代　上帝執行懲罰的法警。世間每多這種人，玩世不恭，這種人往往被人看做「看透人生」的人，但我說這種人的「看透」，乃是無法欣賞戲劇的「愚人的聰明」。有一種人，粗魯無知的大兵便是其一，舞台上一齣悲透了的戲劇往往會使他們笑得前仰後合，因為這個在眾位劇中人的痛哭哀弔下的為悲劇犧牲的劇中人是在裝死，等一會兒幕落了，他便會爬起來說說笑笑的走回後台去抽香煙，這實在是極其可笑的「耍寶」。所以這種「看透」乃是「愚人的聰明」，而我們則看不透這些，我們為悲劇哭，為悲劇而認識人生。那麼對于白瑞德、頗洛佐夫太太，在人生的舞台之前，我看他們一如我看戲劇舞台前的無知的觀眾一樣，在情感上是蔑視他們，在理性上是不齒他們。我不知你的看法如何？

　　「代教」如何？我倒又不甚希望你能考取，因為做了「代教」，短期內《荒野》將因之蒙受損失。

　　若抄送我樂譜，希望還能將 Tenor 附抄。Sop.II 和 Bass 可省略。

　　寬恕我，艾蘼，別把我一時的惡劣情緒放在心上！

　　祝福

　　快樂！進步！創造！

青海　三月廿日禮拜日零時七分

大朋友：

誰才是該向誰討原諒的？讓我們不要再計較這些；主將賜給祂的兒女「平靜」！

不要通過小朋友在折磨你自己。為什麼要對我說「這樣，當然你就可以施盡你的殘酷而無愧怍了」？！很痛！！我希望我不曾聽過這句話。

什麼樣的「傑作」啊！勝利，非帶血不成嗎？不要緊，把你的苦悶分擔，不，一股腦兒捧給我，你已夠受，不復經得起新的苦擔了。

哦！我不知道我在講些什麼，想些什麼，我只覺得一切都那麼的拿不定。記得「當一個人對自己的國家失去信心的時候，就會想起整個世界來」？我不知道當一個人對自己失去信心的時候，他會想起什麼來。

大朋友！熄滅你的燈燭，然後打開你房間的窗戶，讓黑暗隨著神祕的夜風颺進來；在黑暗裡，倚窗望外，會使我們記起很多事來的。

昨夜，我這樣做了，我想著—— 一串難捱的日子：期盼復期盼，期待著一種無形的超自然的力來改變一切（別說小市民型的可憐的妄想，求你！）在一切能夠改變以前，對於我，一切都那麼的拿不定，好像圍繞著我在打轉盤旋。我真希望我能就這樣默默地去到一個沒有時間和空間也沒有痛苦和歡樂存在的地方去！

人畢竟不是蝙蝠，被懷疑的既痛苦，懷疑的將更痛苦！小朋友最不易相信一種事物，也最容易相信一種事物；看在眼前的既不信任，在無法目睹的更不敢信任（別誤會，這並不指人而言，是一種很大的個體），只因這個我總感到拿不定自己拿不定環繞著我的一切事物。有時候我真希望我能是荒野裡的一朵花或天空中的一隻鳥，這樣我就無需為「思維」所苦惱了！

真奇怪，近來我常做大朋友、戰爭和綠色制服的郵差的夢。每當做夢醒來，不知怎的總是本能地感到我那強烈的「西北夢」與我的距

離似乎跟我對它的嚮往成反比了，這很使我悲哀。在最近給一位朋友的信裡我曾問到她「告訴我，當妳聽到有一枚炸彈落下來了，妳將作何感想？」大朋友，我一定有些兒失常了，讓我不要再講瘋話，正如你說的。

「求知己」是人類的本能，要「稱聖」固然有許多本能是要克制的，但我永遠不相信聖人就不能求諒解和同情。傻子要有一個伙伴為什麼會是可恥和卑下的呢？一切的戰爭固然要有援助，靈肉之爭更須要打氣……。我不知道為了得有大朋友那樣的伙伴該如何地感謝上蒼！

希望你童年時候清教徒式的環境（可能你不會同意）沒有把我的大朋友造成一個「罪惡妄想狂」「人的心裡能夠同時存在著善惡和邪正，而一個人人格的評價便決定在你的善或惡的表現上。如果一個人必須對自己的心中的念頭負責的話，那他就將像把地球全部的重量擔在自己肩上般的永遠不得動盪了」這是一位日本作家的話，當我有時深深地墮入罪惡感的時候，這句話會振作我，令我拾起勇氣，勇敢地面對現實生活下去。我不知道大朋友能否同意。但願你不要太殘忍地對待自己，因為你所擔的痛苦已夠多了，我感到。

下午來了蓓蒂和 Today 姐姐，為的是四月賽球的事。母親意外地同意了，但以「僅止這次為限」的條件作代價。我並不怎麼高興（我原該雀躍不止的），也許我已失去向歡樂（？）挑戰的興趣了。不過當一聽到去時坐飛機，歸時取道南部作一次南台巡禮的時候，我跟蓓蒂猛的想到了「鳳山」！儘管可能性的渺茫，但我們都興奮了！國家生力軍的大本營！告訴我一些你周圍的事好嗎？你的房子是否像我們這兒的一樣，建在離市區頗遠的大曠野上？有沒有細水長流、古老的樹和可愛的小野花，真希望像我想像的那樣呢！晨昏兩次帶狗出外的我最愛到那有樹木並列在旁邊的田畝中去。在那邊我可以發現許多小野花，聽小鳥和蛙、蟲的歌唱，以及盡情的高歌。對了，田裡有一棵

很高大的上了年紀的楓樹，下面是「土地公公」的小廟堂。每當到了這棵樹下，心中不禁泛起一股懷古的情緒，於是又唱起〈菩提樹〉來了。幾天前我發現嫩綠的苦楝樹上有了淡紫色的花，遠遠望去像蒙上一層薄紗般非常嫵媚，本想摘給大朋友，但拿到手裡，一串花朵單獨存在時，再也不感到美，索性不要了。

我告訴蓓蒂今天收到你信（無意中），她要我給她看，僅看幾行就因時間而擱下，但她要我禮拜天練球時帶給她看。大朋友，我拿不定主意，我怕我又將再傷害你，告訴我，我要怎樣。

我已開始我的初步工作了。願你將有一個愉快的周末，同你的「小傻瓜」！

晚安，我要睡了，不知上帝將給我什麼夢？

考試尚未發表，別掛心，萬一能考取，對我們的工作也將不會有妨礙的！

3.22　10 時　小朋友

小弟：

　　彷彿我們倆都被一種傷感的調子緊緊地箍扣鎖住了，我不知是你感染了我，是我感染了你，抑或是相互地感染。我想很可能的我應負更多的責任；因為回念與你結識之初，你除掉帶有一絲輕微的沉鬱（這便是你所謂的寂寞，一個略有才思的少女必然擁有的情操）你却是快樂的。然而為什麼如今我們都漸漸地違反了一往的生活規律？不一定就是單純的悲哀，而是當你放聲大笑的時候忽然夾著說不出的心酸，而真正地情思低沉的時際却又有所寄望似的，而且是充滿著盼望。總之何以我們（至少我是這樣）被這些錯綜的情緒微妙的情緒所糾纏不清！我很明白，我却不能說，因為只要我想到這個，我的臉就灼熱得火炎一樣，顫慄、羞愧，如果是站在你的面前，我將不敢正視你的眼睛。善解人意的小弟當能洞燭我的心詣。我不知什麼時候才有勇氣向你吐訴這些埋藏在心的深處的衷曲。有一個矛盾使我舉棋不定，雖然遲早我總會向你承認。

　　不要把我給你的信讓劉玉蘭讀，她應該知趣的退開了。如果她是以讀「內幕新聞」的態度索取我的信，對你和我都是一種辱弄。請不要急于責備我，她現在幾乎是不使我傷心的事不做。我說出以上的這些話，其實已足夠使我自己沉痛！庸俗！庸俗！！沒有比庸俗更令人絕望！「庸俗」把我曾當做珍寶的少女殺了，我要向「庸俗」要人，要它交還那個蓓蒂給我！可是蓓蒂死了，在我既深且長的記憶中却依然長遠的活著，只有這個留下的軀殼，我急于忘卻她！我並沒敢偷懶，我曾盡了最大的努力，一切終于無望地沉沒！沉沒！「問君能有幾多愁，恰似一江春水向東流！」但願千縷愁萬縷愁隨大江而東去，怎奈人生長恨水長東！

　　故而對于你，我只有以最大的壓力抑制內心的愛情之火，因為如你所說的「你已受夠了」，我實不敢再一次地去嘗受幻滅之痛。不是不信任你，而是宇宙時時在變動，今天的你已不是昨天的你。所以明

天的你也將不是今天的你。我對你的聰慧表示敬佩，因你不像我這麼傻，愛說「永遠」和「一定」，而你則以「如果」代替一切，你是早有先見之明的。

奇怪，我很少夢見你，只夢見兩次，一次曾告訴過你，另一次很不好。據說男性會很少夢見所愛的人，除非對失去的。證諸經驗，似乎很可靠。不過白日夢的領土已讓你侵略很多很多了，三分天下有其二，可以這麼說。至于我的夢，一直還是那個痛苦的夢，不知怎的，總是不知不覺的又回到故鄉，受盡了親人們的冷淡和奚落，受盡匪徒的逼迫。而外，便是飛翔，啊！小弟，你可曾夢過飛？那太妙了，那麼輕、那麼自在，沒有比這個美夢更迷人的了，我希望你曾有過這個美夢！不然，單是我有，未免掃興！

盡量的讓我知道你們什麼時候經過鳳山，如果能停留，我將以最大的喜悅迎接你。可是小弟，當再見之日，那或者像是一場夢，因為精神的友情已迅速的進展到這個地步了，而形體的友情統共加起來還不滿廿四小時呢，太配合不上了，這像什麼啊！真像一場夢，一個謎。

我們的學校在鳳山鎮的最東端，當你從屏東西下，經過大橋再行（汽車速度）十分鐘左右，在進入鳳山鎮之前，左面圍繞在灌木叢中綿延一里多長的樓房，那便是你所謂的「國家生力軍的大本營」，而我經常是在最西端的一座樓裡。可是校園中最美的景色，外面是瞧不見的，那便是我的門前一條一里多長的林蔭道，逢到七八月間鳳凰木盛開的季節，一片火紅，使我懷念家鄉的五月榴花。這一遍營舍是我們的汗水開闢出來的，當初荒草何止沒膝！人走在裡面都瞧不見頭頂，裡面甚至還有慘痛的「二‧二八」留下的白骨，整堆整堆的，令我們痛感祖國太于對不住親愛的台胞，身為軍人的我們，何時才能為祖國的這筆債償還清楚！我們默默的收拾這些也不知是台胞還是軍閥們的白骨，一如我們在默默的償付這筆最最悲痛的債！

我為什麼不同意你的說法？我的童年如不是在清教徒式的生活中

修練出來，則我今天一點也沒有可足自豪的了。感念你以日本作家的那種罪惡觀來解脫我內心所承擔的「地球的重量，」只是　主說過：「你看見美色的女人而生了淫念，你已經犯了不可饒恕的罪！」這是最最正確的，因為道德不是法律，人在善惡上決不能寬待自己。可是人類從始祖那裡一脈流傳下來的原罪是怎樣一刻不歇地在努力企圖毀滅一個人！可是我忍心把苦悶分擔甚至一股腦兒摔給你麼？那我將是否還是一個人？別忘了，「愛到極致便是不忍。」是的，我們不知什麼時候才能「拿得定」，如果保羅可以幫助你趕退「拿不定」的苦惱，那將是我畢生最大的快事了！

　　就算我已經接到你的苦楝樹的淡紫色的花束，這樹，我的故鄉很多，有微微的清香，我們叫做楝樹。但是台灣有楓樹嗎？楓葉是美麗的，中山陵的楓樹最多，每至秋深，便醉紅了，是這種樣子：🍁，我很愛。你的情緻真好，同時又是多麼的詩意！清晨踏著夜露，在樹木並立的田畝間，一個少女的美麗的情影，她也許什麼都不想了，只是迷濛的感覺，感覺！感覺　上帝為她安排的這安謐恬靜的鄉野的清晨和黃昏。可是別再提你的愛犬吧，我的，逝去又快五個月了！牠的模樣還是如此的清晰……。

　　替小傻瓜謝謝劉叔叔！我唱給牠聽了，可是用不著唱的，牠永遠是那樣的貪睡。（從我的畫冊上撕一頁牠的「春睡圖」給你，讓凱蒂看看牠的小弟弟，或者是大哥哥。）

　　以最大的熱狂祝禱你初步工作不僅順利，而且成功！《荒野》進展很順利，你該高興！

　　我要安息了，　上帝也許會讓我們夢中相聚。祝福你快樂！

　　另寄《老人與海》和《文藝書簡》，留著慢慢讀！

　　　　　　　　　　　　海　三月廿五日　不告訴你時間　怕你關懷

3/4 緩慢

菩提樹

mf

5 | 5·3 3 3 | 3 1　0 1 | 2·3 4̲3̲2̲ (3)

1. 井 旁 邊 大 門　前 面　　有 一　棵 菩 提
2. 彷 彿 像 今 天　一 樣　　我 流　浪 到 深

3 — 0 5̲ | 5·3 3̲ 3̲ | 3 1 0 1̲ | 2·3 5̲4̲2̲ (3)

樹　我 曾 在 樹 蔭 底 下　做 過 甜 夢 無
更　我 在 黑 暗 中 經 過　矇 住 了 眼

p ＜　　　　　　　f ＜

1 — 0 1̲ | 2·2 2̲ 2̲ | 3·4 5 0 5̲ | 6·5̲ 3̲ 1̲

數　我 曾 在 樹 皮 上　面，刻 過 寵 句 無
晴　依 稀 聽 見 那 樹　枝 對 我 籔 籔 作

p ＜　　　　　　　f

2 — 0 2̲ | 2·2 2̲ 2̲ | 3·4 5　0 5̲ | i 5̲3̲ 4·2

數　歡 樂 和 苦 痛 時　候 常 常　走 近 這
聲；同 伴 來 到 我 這　裡 你 會　找 到 安

pp　　　　(3)

5 — 0 5̲ | i 5̲3̲　5̲4̲2̲ | 1 — 0 ||

樹　常 常一走 近 這 樹
靜　你 會　找 到 安 靜！

※願以小朋友心愛之一的曲給那可愛的鳳凰木！

遙遠的朋友 Eme

大朋友！

我真快樂，當我不再從你的信息中聞到那麼濃釅的傷感時，我真要喜悅得高歌了！噢，如果你在小朋友前面的話，你一定會像珠她們受到我的傳染那樣地給我引得興奮起來呢！但願我的喜悅能征服時空飛到大朋友那邊去！！我們已克服（挨過）了一次傷感，我們就會像往常那樣快活起來的；因為主（由於你，我似乎跟它不那麼疏遠了，感謝你！）已賜給了我們平靜！

你無需絕望，聽我說（已是第二次了）；「大朋友不曾失去他的珍寶」，她沒有死去，相信我！她只不過是像脫了殼的蟬蟲那樣由「1」（音名）進到「1」罷了。可曾看過《風流劍俠》這部片子？由文學名著《施蘭奴》改編的，寫一個大鼻子劍俠的悲戀故事。他愛他的表妹，但由於來自外形缺陷的自卑感，使他未敢向她吐露真情，他很會作詩，且能用最最動心的聲音和表情把它朗誦出來。她很愛聽朗詩。施蘭奴有位朋友很鍾情於她，卻又無法向她表達情意。他請求施幫他忙，悲慘（？）的施以最大的痛楚退居下來，開始幫別人的忙了，他懂得如何才能打動妹子的心，他要他的朋友為她誦詩，可是朋友是個門外漢。終於他們異想天開地想出了一個妙計（天曉得，這對於施是何等的難堪！）──倆人合演雙簧；夜晚，在她的陽台下，施蘭奴藏著朗誦詩，而由他那位朋友在庭院裡的月光中向樓台上的人兒做出表達情意的手勢（曾花了不少時光學會的），在月光的陰影中聽著那出自靈魂深處的詩句，於是她傾心了、陶醉了，那位朋友就這樣地得到了她。後來（不久）在一次戰爭中那位朋友殉難了，她進了修道院。施蘭奴永遠無法忘卻她，他常到院裡去看她。清幽的環境，聖美的合唱聲中他們有過一段精彩（我所謂的）的時光。可是最後他經不住心裡的狂熱和苦悶發狂死了，死在院裡一棵大樹下。他死後她才知道了他的心事，她狂呼「我原是愛你的哪！」但她是不會再得著他了。故事完了，現在告訴我大朋友的觀後感或聽後感！

一個也許會使你高興的消息，Today 姐姐要跟我們同行。如果（又來了！）我們能相聚，我準替你們介紹！想到我所愛的二個知友不再夾著小朋友風馬不相干時，我是多麼快樂！儘管在思想上你們可能有不同處，但我相信目標終究是一樣的。

　　瞧你，對於善惡的過份的責任感又反應在你的夢裡了。我不曾做過飛翔的夢，在水中游泳的倒做過，挺舒服的，如同你的飛夢一樣的精彩。也常在夢裡大笑過，奇怪，熟睡中却感得到自己在放聲的大笑。不過就在不久的將來，我就能真的「飛」了，我將在雲層間目尋大朋友的鳳山。別掃興，也許就在今夜我會做飛夢哩，因它已通過你的信息偷偷地爬到小朋友的潛意識裡來了，你相信嗎？你的所在地，雖不完全跟我所想像的相同，但却是個多富於詩意的地方！鳳凰木該是嫩綠得如同柔軟的天鵝絨般的時候了，願可愛的鳳凰木和可敬的林蔭道給大朋友帶來無限的平靜、靈感和溫馨！你有清晨散步的習慣嗎？由於這，去歲在台南賽球時，我深深地愛上那個古老的城市了。——並立在馬路兩旁的熱帶喬木，聚在一棵大樹上作著大規模的合唱的麻雀，早起的辛勤的市民，以及偶而劃破晨寂的野貓的悽鳴……美極了！多富詩意的南國的清晨！大朋友，放下（暫時）你的槍桿（筆）到你的樹下去，你會找到更美的東西！在那詩意的地方小朋友跟大朋友同在！

　　「代教」幸運地（？）及第了，真可笑，這要算是自我打起球來第一次的考試成功呢！我想一定是作文、發音讓我吃香了。別擔心，只要心血來潮，我是很少受事物的妨礙我的工作的。不談了，附寄一張毫無藝術性的近照給大朋友，她們說像稱帝時候的拿破崙（大概是神氣罷）我自覺倒像一頭養得很肥的 Bull-dog 哩！

　　周末，你也許正在吃別人的便宜呢。祝福！

3. 26. 11 時

挚愛的小弟：

　　瞧你這份兒神氣，保羅真該面北而稱臣，三呼萬歲陛下了！但幹嗎要扳著臉，下齒扣住上齒，擺出這麼個躊躇滿志的氣勢？——不過我要你記住，描寫一個人得志自負的面部表情，很可以借助陛下這份尊容。不是取笑你，我在寫作進行之際，便愛面前放一支鏡子，隨時在那裡面找參考。練習速寫，更是少不掉的。不識者當然以為我的神經不甚正常。

　　我一連吻你相片三次，告訴你，是等你的呵責。其實不告訴你也就算了。只不過自覺很可惡，需要挨罵一頓才能平靜。

　　前天夜間（周末）例外地沒有聚會，當然無便宜可討。但你寫信的那個當兒（廿三時），我正在燭下寫中篇〈鬧房〉，可能比你遲上兩小時才入睡。我總愛在燭光裡過我的寫作生活，尤其是兩個日子變換的那段時間裡。只是軍營作息時間限制了，只有周末之夜才得一無忌憚地享受（？）一番，因為當日下午可以長睡四小時以上，而第二天清晨復可八時起床。不知為什麼，我生性便愛睡，但這須加以說明，睡的時候不容易睡著，一旦睡著了又不容易醒轉。有一次才可笑呢，午覺一直睡至天黑，讓蚊子咬醒了，一睜眼，誤以為已是黎明，因為周末營房裡沒人，一片寂靜，真像是起床號聲剛剛響過的那個情景，可是我惶惑了，「怎麼昨夜乏成那個樣子，竟連蚊帳也沒掛？」愈想愈不解，硬是想不出「昨夜」上床時的情形，後來想到「怎麼昨天晚上沒吃晚飯？」這才一下子醒悟過來，不禁放聲大笑。還有一次，是我八歲的時候（你那時才一歲，可能還不會走路呢！）夏季我們總是躺在涼床上，數星星，聽大哥講故事，這樣的露天納涼，往往就在庭院裡入睡了，直到五更露寒，母親才把我抱進屋子裡，（我們老家裡是沒有蚊蟲的）所以總是在庭院裡入夢，在自己的屋子裡醒來，很少感覺到母親是怎樣把我抱進屋子裡，就睡得這麼死。然而有一夜破例地醒來，「怎麼啦？床上長滿了青草？草上盡是露水？」我忽然想到

這簡直是童話裡的情景，我便躺在那裡開始懷疑的想了，「我是被什麼巫師害了，把我用魔法搬到荒山曠野，立刻要我變成一支小獸，或者什麼別的東西，」別笑，我真摸了摸耳朵，是否長了。「可是或者是什麼仙子看中了我呢！」因為自小我就自覺不凡，而且小時候我確是很惹人愛的孩子。我想著想著，一陣子傷心，一陣子喜悅，也不知迷糊了多久，忽然母親在我的身邊嘆起來：「這傻孩子，睡的這麼死！從床上掉下來，還沒跌醒！」這才我像忽然想起沒吃晚飯一樣的恍然醒悟。所以我之貪睡，要不是天性使然，便一定是幼時養成的了！

我想你也是貪睡的懶丫頭。不過為什麼你會那麼胖，而我却這麼瘦？

誠如你說的，我極其高興，「荒野社」絕對需要你的 Today 姐姐那樣的傻子走攏來共同拓荒！

從你的不斷傾敘中，對于 Today 姐姐我有著一個鮮明甚至成型的印象，尤其是「民族意識極為強烈」，分外使我喜悅，因為只要我發現這樣的一個青年，立時我就興奮的感到「祖國不會亡」的強烈信念。我會把這個信念帶進生活，生活中又生出一份「力的策勵」。而外，便是你說「我之所以有今天這樣的一份傻勁，完全歸功于她」，則令我對于這位傻子姊妹早存仰慕之心。果真如你所說，我甚至需要感激她了。

如果不算冒昧，我或者將以《荒野》的名義向 Today 姐姐伸出狂熱的手，高喊著：「《荒野》是你的！」但告訴我，我很（早）就想知道「Today」出自何典？為什麼這樣稱呼她？我是不應該這麼沒禮貌地稱呼人家的。

你忽然跟我提起《風流劍俠》，並要我感一感，然而我 no statement！因為不知你是什麼意思，我不願人類有這些悲劇。致于你說：「她沒有死去，她不過是像蛻了殼的蟬蟲那樣由『1』進到『i』罷了……」果真如你所說，則我甯可要那個蛻下的殼。何況在我的感覺和斷定上，她只是由「i」降「1」。但我總愛你這樣為朋友周旋遊說。算了，就讓我保存這回憶中的蛻殼吧！我不喜愛燥人的蟬！但不

要責備我，提起她，我永遠沒有恨，有的只是痛心的惋惜！哀悼！

青年節前　夜廿三時

　　恭賀你中選，但願果如你所說的，今後不致妨礙拓荒的工作！並希望從孩子們的生活裡你能得到更多的童話題材。

　　我很早就想要你把以前的作文寄兩本給我閱讀。因為你自己瞧不起的東西，往往實際上是很可貴的珍品。你進行的拓荒工作怎樣了？我很惦記。寄去的《文藝書簡》有關創作技巧方面的，可以參考，對你總有小小的裨益。《老人與海》是前年度的諾貝爾文學獎金作品，很可以細加玩味，對于我們不止是狹義的文學，對整個的人生也是一個偉大的啟示。（臨睡前。祝福你在夢中飛翔起來！）

　　《荒野》獲得大哥大姐們熱烈的響應，我們的氣更足了。潘人木大姐是我深深佩服的一個，其作品已臻于成熟階段，高過張愛玲的作品，我跟前本存有她的《如夢記》和《蓮漪表妹》，不知怎的，都找不著了，只有連載于《火炬》月刊的三分之二的〈如夢記〉，寄給你讀讀，雖不完全，亦可見一般了。劉枋的〈北屋裡〉也一起寄給你。枋姐也正在為《荒野》寫稿。而外，我又新決定了一個編輯政策，也是一種創作，即每期必須選出兩篇佳作同時刊載對該兩篇佳作的批評文學，這樣不僅對于該文作者有所裨益，且對其他的作者及一般讀者具有極大的幫助。致于評論我已決定請我的老師趙友培教授和師院的高明教授（修辭學專家）擔任，理論則擬請三民主義理論家葉青先生擔任。這樣，人家再怎麼樣的曲解也打不垮我們《荒野》了！

　　不要荒廢了拓荒工作，我的小弟！　主幫助你！垂顧你！

　　祝福

保羅　青年節紀念大會散會後

遙遠的「傻」弟：

　　希望我沒有使你感到我在討你的便宜吃。說老實話，我還不懂得究竟是你年長還是我大，不過在心裡總覺得自己比別個老練，這似乎成了生物的本性；雖然我們的主人（人們）在客套上應酬上都習慣地謙稱自己「小弟」或「小生……」。不過在年齡上，如果對你，我有了誤認的話，我想朱伯伯至少也得負一些責任呢。

　　現在讓我告訴你一些我自己的事：我名叫凱蒂（有點女性化，是嗎？）這並不因為我穿的衣服是黃白相雜的花色，而很可能是由英文字的「Cat」變化而來。我有著許多的本事──捉老鼠（原是咱們的天賦）、爬樹幹、捉麻雀和玩各種花樣的把戲（例如不用嘴巴而用單手拿東西吃），我很可以告訴你，如果在我們的同類裡哪個要組織一個馬戲班的話，我便是一個現成的不算壞的演員了。你會爬到樹上去捕麻雀嗎？還有玩各種新奇的把戲？噢，你一定要會玩把戲才成！你知道單靠捕耗子的本事來維持自己的飯碗那是不夠勁的，同時又是多麼的庸俗！是的，你要成為一隻出色的貓，你就不能平凡。當然我並不是說要我們費盡心思去討得人類的歡心。我們無需向人類討歡心，你知道一個本能地愛他自己的鄰人（像我們這些小動物）的人類是不會注意到你的能玩把戲與否的。我覺得人類是世界上最奇妙的動物了；我們覺得當然的，他們卻引為大驚小怪，我們認為簡單不過的，他們卻以為錯綜複雜。我始終摸不清造物給人類造了個那麼大的腦袋，究竟存心搞些什麼名堂？朱伯伯愛你嗎？由劉媽咪的話中，我直覺地感到他一定視你如珍寶般地喜愛著，同時無疑地你一定有著惹人喜愛的外表和習性；因為當劉姨姨（媽咪那七歲的妹子）看到你的玉照時，吻了又吻，同時對我說「凱蒂，看你的弟弟，比你長得可愛哩！」我有點兒不好過，不過一下子又過去了，相信我，我們不是人類，不致於有時候嘴巴講著石頭，心裡卻在打著星星的主意。很可能的他倆（朱伯伯和劉媽咪）都是無條件地喜愛著我們的。不過有時

候我真不敢相信人類！你知道有許多人類的所以高興愛撫我們是為了什麼嗎？——很簡單；只因咱們的先祖是肉食動物，曾經橫行密林的萬獸之王！講得明白一點，就是：只因我們跟「虎」家和「豹」家是親戚。夜晚，當人類看著我們靜靜地走在月光中的土牆上的時候，他們定把我們當成個閃著綠色巨眼，橫行在樹幹上的豺豹。於是他開始帶著敬畏相間的情緒，用一種最最溫柔的聲音逗你下來，待你來到他的跟

小弟劉家正，小妹劉淑美，和貓咪凱蒂。

前，他會用一種奇異地眼光和狂熱撫摩你；而當他看到我們很是馴服的時候，他滿足了，用一種勝利者的快感，忘我地同我們談這談那，盡是些冒險的故事。好了，他滿足了，因為他征服了他認為不可能的東西。那麼你得不要陶醉在他的愛撫中，到了時候你就要掙脫，你既是獸王的子孫你就不要甘於馴服和愛撫，否則，你將看到人類像大夢初醒那樣，感到自己浪費了太多的時間在自我欺騙中，「噢，滾開，你這個懶傢伙！！」是的，貓畢竟是貓，是不同於猛獸的哪！

除去我自己的事情外，我的確是個小懶傢伙，貪睡愛做白日夢，我有著許多搖籃，如同你有的。在媽咪的床上做夢是挺舒服的，但不很夠勁，還是在溫暖的陽光下，柔軟的草地上才來得精彩！你愛露宿在外面嗎？聽我說，你一定不要老躺在朱伯伯的床上，首先那是不夠精彩的，其次，你老待在那邊，將使人們懷疑你除去吃、睡外，便是一無所能的廢物！到陽光照著的地方方！但可別忘記你的義務；讓朱伯伯的東西給耗子污去嘍。你知道人類是這樣，當你做了一件好事，

他很快就會忘記的，然而當你做錯了，他將永遠記得，縱使他已經忘記了你的臉形，他却不會忘記你留在他心裡頭的污跡的。

剛才曾同你提起冒險，你喜歡冒險嗎？你該多跟一些朋友打交道，這樣會使你逐漸地喜歡起冒險來的，一個人老待在斗室裡多掃興！應該多出去冒險，你想，不冒險難道就得一輩子蜷伏在地上嗎？我有一批雄心勃勃的同伴，在有月亮的晚上我們就集合在我的庭院裡聊天。媽咪管這個集會叫什麼「群英會」，我們常在庭院裡跳圓環舞，或者結隊地到我家對面那藏木炭和穀子的倉庫裡去，那是我們最理想的狩獵場，趕著那又肥又大的耗子，在黑暗中從這個穀堆跳到那個穀堆，是再痛快也沒有的了！我真希望你也能像我那樣地享受這種情趣呢！來吧，向朱伯伯請個假作一次北部旅行吧，我將用最大的熱誠和我的拿手——鮮雀肉——來歡迎你！

聽說你懂得吃橘子，這我倒未學著，待你上北之際我將向你領教呢。不談了，最後請代問朱伯伯好！

你的兄弟　凱蒂　三月廿九日

凱蒂哥哥：

照人們的習慣，我還是尊你為長的好，實際上我一定比你小，我剛滿一歲。

朱爸爸把你的信讀給我聽了，我不知多麼開心！你那精闢的見地，深邃的思維以及動人的文筆，再加上朱爸爸沉毅的低音朗誦（他總愛那樣，每次他給劉姑姑的信寫畢，總是面對著她的照片把信從頭至尾朗誦一遍，那時往往都是夜深人靜的時候）我一萬個想不到因為他倆竟使我和你遙隔千山萬水結下這文字交！其實很久以前我們已經通過他倆的魚鴻頻傳而一向神交了。

我羞極愧極！怎麼相形之下，各方面我都不如你呢？論思維，我是冥頑不靈，我始終不明白朱爸爸何以那樣地平空處罰我，比如我在外面被蠻橫的伙伴趕回家來，或與女友瘋狂通宵，他便依照處罰「夜不歸營」的士兵一樣，關我的禁閉（關進一支砲彈箱子裡），論到膽識，我甚至連屋頂上也不敢去，一次朱爸爸把我摔到一間並不太高的車棚上去，我簡直沒辦法跳下來，結果還是他把我接下來。同你比本事，我則更為差勁兒了，我總不能使自己的小蹄爪走得更輕一些，耗子都是這樣被我嚇跑了的，所以一個月之中難得捉到一隻兩隻，麻雀就更不必說了。說來丟臉，我的零食只限於壁虎和草地裡的蚱蜢。而在女人方面，我往往是別人最容易打倒的情敵。除此之外，我覺得父愛遠不及母愛，朱爸爸一定不會像劉媽咪那樣溫和慈愛，所謂「嚴父慈母」，這話是很有道理的，你一定不會像我這樣經常遭受處罰的，而且你除掉媽咪愛你之外，還有小姨姨，還有那位教你彈琴的公公，更還有相處和睦的很多的伙伴。而我呢？我最怕這唯一的親人終日不回，那樣我就慘了，會餓上整天。去年他去北投和劉姑姑聚會，我則鬧了一個禮拜的飢餓，同那位犬亡兄。所以如果我能夠請准了假到你那兒去，我恐怕就不想再回鳳山了。但這並非不滿於朱伯伯，他誠然是愛我，只是境遇使然！

小劉姑姑說我比你長得好，我真不好意思。我想我那尚未滿四個月便夭亡了的姐姐一定稱得上是個美人，她的外套跟你一個花色——黃白相間的美麗的條紋。我則是灰又不灰，黑又不黑，最不上眼的外衣。但我們男子漢大丈夫是不應該考究外表的，你說是嗎？替我謝謝劉姨姨的誇獎，就說我愧不敢當，而你更不必感到不好過了。

　　劉姑姑多美啊！我真希望我會有那樣美麗的媽咪，劉小姑姑一定也是那麼美！可不可以讓我知道她是什麼樣子？她叫什麼名字？我這個要求一定是很不禮貌的。

　　啊——！我打呵欠了，我又瞌睡了呢！

　　別罵我 Laze bone ！你一定也很睏倦了。

　　祝你幸福！

愚人節

傻瓜弟：

幾天來媽咪一直不在家（聽說是參加什麼做老師的講習會去了），雖然我不致像你那樣地挨餓，然而我寂寞透了。媽咪似乎情緒很惡劣，她不再像往常那樣逗我玩了。哦，我必須告訴你，我們不能自私地只希望從主人那邊企求獲得寵愛，你知道人類有時候會變得出乎我們意料之外地軟弱的，當我將這個發現告訴了我自己以後，我開始試探著去安慰她；當她獨自坐在黑暗的房間裡的時候，我靜靜地走了進去，然後爬到她的膝蓋上，用頭部去搓磨她，我想我這樣做是對的；因為她慢慢地告訴了我下面的事——

「凱蒂，你能相信媽咪，像信任你自己那樣嗎？哦，看著我——不，你不會的，正如同我那些不易親信別個的知友們那樣……她們說媽咪太天真、直爽，太富於同情心，因此也就容易上當，媽咪知道，她們要說的是『媽咪有著一種容易親暱的可怕的天稟』其實媽咪比誰都了解自己；逡巡、寡斷是媽咪的致命傷，愛思考、愛分析的本性給了我太多的顧忌，使媽咪永遠無法做成一件事，只能讓結果去自我安排。」

「她們常對媽咪說『不要逃避現實！』是的她們遠比媽咪來得現實，她們對於任何事物都能預忖到所有可能達到的結果或可能發生的危機！每當人們講『不要逃避現實！！』時，媽咪便會很憤怒地感到像有人對她說『妳必須自食其果！』那樣可能，在精神上，媽咪已成了所有關懷我的知友們的囚犯，而在她們的眼光裡，也許媽咪在精神上似是已墮至不堪設想的地步了！現實！現實！！太多的現實使太多的孩子忘卻了他們原有的美麗的東西——心靈生活！」

「奇怪的是媽咪的知友們大多數都不輕信別人，偏偏媽咪卻又跟她們相反。媽咪承認社會上有很多虛偽和造作，但却一萬個不相信竟會『髒』得連一個值得信任的人都沒有？！」

「凱蒂，有時候人類不會比你們高明多少。一個男孩子跟一個女孩子待在一塊給人類看起來，有許多人在腦子裡將會打一種頂可怕的

念頭。凱蒂，你必須支持媽咪反駁王爾德這位老先生。在媽咪，任何一個她所友愛的異性同伴對她說『我愛妳』，她也將不稀奇地無邪地接受，一如她接受她的女同伴們的關懷和愛意那樣——也許這是有點異於尋常的……」上面是媽咪同我談的，我雖不完全明瞭它的意義，可是我却感到安慰——我對媽咪有所幫助了——。

媽咪的懶勁有時真不比我的差！更糟的是，她很少有恆心，如果她要像我們那樣學習那麼多的本事的話，她準是個一無所成的沒出息的傢伙了，我瞧她寫一篇文章未成，忽然心血來潮拿起筆又作別的，於是又把先前的那篇擱了下來，待到下次想寫時再動它，可是她的「下次」往往是個無限遠的未知數，所以我常想她最好能一次把一篇文章作好，可是據她看來這似乎又是不可能的。告訴我，朱伯伯曾有「一篇未完，又再作起一篇」的經驗沒有？

再過幾天媽咪又要出外遠行了。真恨我不能隨她一道去，否則我便可以從天空裡丟下我的記號給你。聽媽咪說她們將在十二日下午上北，在台北一泊，次日再乘飛機東渡。對於我所問的是否將同你們聚會，媽咪沒有肯定的回答，還是讓她去告訴你們吧。

幾天來春雨滂沱，戶外是玩不成了，所以除去吃、睡以外，我幾乎一無所事。前次為了拿東西吃時抓痛了劉公公的手皮，挨了一頓處罰，別以為我不會像你那樣地經常受罰呢。

媽咪要我請你轉告朱伯伯說他所寄的書兩冊已收到，並請問他，媽咪所寄的作文簿跟要給朱伯伯的樂譜是否收到。她還說念高中時媽咪學會了罵人，因此所寫的東西也就盡些所謂「小市民型的牢騷」之類的東西，不管是張三也好，李四也罷，人類在腦子裡所搞的名堂，我們是很少能夠懂得的。哦，還有一件頂重要的，請轉告朱伯伯媽咪的命令——「不許再對著媽咪的相片淘氣了！！」。　　　　再談，祝你將有愉快的周末，同你的朱爸爸！

4.8.　午後凱蒂

艾藦：

我也記不甚清楚是誰沒覆誰，可能是你；但願不致郵路有失，我真怕你的信不幸失落，那太使我痛惜！而且還找不到人來出氣。

如果以我近幾日的空虛感而言，想到將來如果「如果」的話，真不堪設想呢！

你當然不會忽的惱了我。你先後寄來的作文簿和《101》都蓋的是苗栗郵戳，我猜你一定是為練球在忙。我之所以不相信你會惱我，是因我的小弟弟不是一般喜怒無常愛作女兒態的女孩子。

反覆反覆地讀你的作文簿，首先我驚奇你早在高二的時候，文筆就很像樣子了，然而同時我復為你惋惜，惋惜你現在並沒有比那個時候進步多少，這兩年時光你竟停滯不動了，我真要責備你的墮落；因為不進步便是墮落，你懂得嗎？沒有比天才的墮落更讓你哀痛的了！因為一個愚者縱然是死，世界仍還是世界，世界還更可能好一些！

也許我還該責斥你那位低能的呂老師。也許他影響你的進步很大很大。如果要我擔任高三的國文教員，我是絕不夠資格的，然而我却還不致于誤人子弟（扼煞天才）到如是地步！

我喜歡〈杜鵑朵朵開〉那種白描的散文，處處聞見泥土的氣息，現在正乏人寫這種型式的散文，荒野文學要它！你循此途徑去發展小說或散文，將是正確而可喜的。其它諸如〈秋夜〉〈街頭漫眺〉〈春寒〉都與〈杜〉文有異曲同工之妙，只是沒有〈杜〉文完整。而〈債鬼〉與〈叛徒〉在意識上都很有分量，很深沉。總之，在每一篇文章之中，最可喜的是都具有創作的高度表現，不蹈他人窠臼。反而能夠拔俗，即是創作！一切藝術作品的基礎，無不建立于創造之力的上面。什麼行業都可以平凡，唯獨文藝，平凡可以致文藝於死地。你的天資已經足夠你去發揮，就看你今後的努力了。如果你像過去兩年的這樣停滯不動，你的前途不會高明到哪兒去。而且我會勸你趕快放下筆桿，趕快做少奶奶去給夫家傳宗接代去。艾藦，天才不怕驕傲，却怕散漫

消閒，太安于現實境遇，你將會使你的天地愈縮愈小，直到你把全部精力放在愛你自己的上面，你已經與人類之外的動物差不多少了！但我堅信，至少我不會眼看著我深愛的小弟弟那樣墮落，同時堅信具有高度惻隱怵惕活潑跳動之心的你，永不會甘心過著全無心靈活動的生活！

在文筆上，我希望你多研究國人的作品，《紅樓夢》，以及張愛玲、潘人木等的作品。讀譯作，你可以從那裡面研究它們的思想意識，大的結構，小的情節，以致描繪的角度，生活的廣幅和深度，但唯一緊要的，切忌模倣其文筆，那樣將會使你的作品晦澀枯竭，不再是土生土長的民族作品。在文藝的領域裡固然不分國際界線，但別忘了，莎士比亞、莫泊桑、漢明威、左拉……沒有一個成名的文家不是運用其祖國文字運用至最妙境地的，同時文學的背景、取材、其不可能脫節于民族，一如不可能脫節于作品產生的時代，同樣的重要而緊要。

作文簿暫留我處，俟我閒暇時替你一一的建議，供你參考。

讀惠特曼的詩，使我發現你的思想有一部份頗近于他。每次你寄還的書，我總是很細心的去思辨你所圈註的部份，因為從那些裡面，我似能聆聽得你心靈的振顫和傾向，更似從這些裡面，增進我對于你的了解很多，我願你這麼做下去，這便是所謂「無言的了解」，人與人之間能夠做到無言的了解，那實在是一種極妙的佳境，靈魂的合一，是何等可喜的事！你會樂意這麼做的。

禮拜日是　主的復活日，全人類最喜樂的一天，讓我們唱：

$$5 \cdot \underline{4} \quad \underline{3 \cdot 5} \quad \underline{1 \cdot 2} \mid 3 - \dot{1} 0 \mid 6 \cdot \underline{7} \quad \underline{\dot{1} \cdot \dot{7}} \quad \underline{\dot{1} 6} \mid 5 - 3 - \mid$$

(1)
(2) 榮 耀　榮 耀　哈 利 路　亞！榮 耀　榮 耀　哈利路　亞！

$$5 \cdot \underline{4} \quad \underline{3 \cdot 5} \quad \underline{1 \cdot 2} \mid 3 - \dot{1} \quad \dot{1} \mid 2 \quad 2 \quad \dot{1} \quad 7 \mid \dot{1} - 0 \parallel$$

榮 耀　榮 耀　哈 利 路　亞，基 督 已 經 復 活！

榮 耀　榮 耀　哈 利 路　亞，基 督 已 經 得 勝！

在《101》中有這首曲子，並且你還特別圈註的。合唱起來的確是聲勢浩大，瀰滿宇宙！

你送我《101》，使我想到那位「101」。我何其幸！你之對他又何其吝？我們為他祝禱好麼？祝禱他早早的有所歸宿。人都應該有他自己應得的幸福。

艾蘿，我不欲言謝，謝也表示不了我的心意，不斷地，你給我以美麗的花朵，海子（友人都這麼喊我）沙漠的生活裡，所匱乏的正是這些充溢著青春的生命之火，將它們安置在我枕畔，我該會有多少綺麗的美夢！而且又多麼的真實！小弟，你可曾有過彩色的夢！你愛說的：「那簡直妙極了！」

明天，我將禁食一日！──今晚上並沒有比平時更吃得多一些。

祝福你復活節快樂！比一切的日子都快樂！因為 基督得勝，給全人類帶來極大的盼望！引我們從死亡的幽谷走向光彩的永恆的生！

海子 四月七日，受難日前夜

生

朱西甯

昨夜夢見你，第三次。

夢見你花蓮凱歸，獨你一人來這裡。

我問你，她怎沒來？

你道：去參觀人造雨啦！

你提著不大的行囊，很輕巧的，然而我卻背它不起。

我們曾經合唱，但醒來忘掉合唱的什麼曲子。

我現在多麼相信這次會得一聚！

來吧！我渴念著我的小弟。

等候你勝利的消息！

受難日晨

親愛的小弟：

你曾說過，我們已經挨過一次傷感，我們將會快樂。然而為什麼跟凱蒂訴說那麼些傷感的心事？

我曾決心不要讓我的傷感主義感染了你，瞧！你却又給我帶來這濃郁的傷感氣氛！竟使我為此深感沉重。不過我似乎有責任讓你的生活平靜。

如果從寫作而招惹了苦悶，大朋友會放心的。因為不僅僅是開始寫作的初步必會如此，整個的寫作（一生）過程都將如此，要不然，廚川白村何以認為文學乃是苦悶的象徵！不要少見多怪罷！容我告訴你，只要你具備深厚的藝術良心，你便不會像今天鬧得中國文壇烏煙瘴氣的那些孽障那樣以「夜趕萬言」「鬼才」自許了。產生一篇有生命的作品，不比生產一個孩子容易，並且有過之而無不及。如果以「夜趕萬言」與「夜產一子」並論，豈不滑天下之大稽！不管你的筆法是大筆頭還是工筆，你總逃不過提煉再提煉，在這提煉之中，便是最辛苦的一步挨一步向前苦挨，也只有苦挨所產生的作品才是有生命的。至于說一部未完成又另起爐灶，這恐怕是避免不了的，至少大朋友是這樣。現在放在我手底下的就有四篇之多，〈六指拐子馬的火種〉寫至七千多字放下了，寫〈丹麗〉（鈕扣的秘密）（編按），進行兩千多字又放下，寫〈鬧房〉寫至五千多字，又放下寫〈海島古堡〉……但「放下了」決非「放棄了」。這幾篇甚至逐詞逐句的腹稿都完成了，就是打不起勁兒寫。小弟，別為這些煩惱，如果你是為寫作而鬧情緒的話。

但為什麼又跟凱蒂訴說友誼使你傷心的心事呢？我當然無法揣測透你最近的心緒怎麼忽然又惡劣起來。不要這樣，親愛的小弟，全人類都讓你失望，卻還會有一隻凱蒂挨在你的懷裡，如果你的知己（我希望我也有份）還能比凱蒂更能原始地愛你呢？你可以不在乎她們（你所謂的現實派）的信任，可是你的知友的愛，你難不成也懷疑！

我可以摒棄一切，只要　上帝使我能愛　能被愛，我還是要堅決地活！願你也能如此，你會這樣的。

可是我怎麼能勸慰你？因為你的哀愁已化做我的哀愁，從昨天中午讀完你的信，我一直恍恍惚惚的被一種不知名的哀愁著著實實的壓迫著，天知道，昨天的周末之夜我是怎麼度過的。然而艾蘿，把痛苦多分一些給我，我深知我之低能無法為你解脫痛苦于萬一，可是我切望能夠分嘗，我切望從你而領受痛苦，不要把保羅推出你的痛苦的圈子之外罷！

為校閱，忙得透不過氣，但想到你十二號便要出發北上，我必須百忙中在你行前為你打氣。就這樣草率的談談罷，等你回來，我們再好生談。快樂起來！永遠愉快的去迎接任何一個戰鬥，才不愧是我的好弟弟。

祝福一路順風，早日凱歸！能夠來我這裡，臣將以「鍋貼」侍奉陛下！

海　復活節廿四時正

· 編按：日後發展為長篇《貓》（民國五十五年皇冠出版社）。

小弟：

現在你已經在台北了，我們之間的距離又平空拉長許多。

這幾天想到你，總是輕愁縷縷，說不出的低沉，是因凱蒂的信帶來的。然而你那麼多的幾乎是被欺騙被傷害的咒詛和哀怨，卻似濃密的雲霧，讓我說些什麼？我彷彿除却混混噩噩不明所以的與你分嚐這種苦味，再沒有一句話來慰安你。當然我恨不能將地球分擘為二，把聰明人統統放逐到那半個上面，好讓這半個清淨！

祈請　主與你同在！賜歡樂平安給你！知友與你同在，不要讓情感徒然的低徊罷！

四月十二日夜十時

你不要再給這樣的謎讓我猜吧！人生太多的謎等著你我去求解，你我之間實應不再豎謎，且我親愛的弟弟原不是那種專喜故佈疑陣的姑娘。當然我並非不懂得一個少女是需要保留她應有的神秘。但是誰欺負了你？誰傷害了你？我決不以為只要不是我而我就可以放心了的。如果你承認大朋友有這份了解你並得你信任的光榮，你實在沒有必要向我隱瞞你心底的苦楚，不然的話，反而倍增我的憂慮。

今天是你達成飛之願望的日子，也許那種新奇會使你快活起來，但願所有的不快全部留在地面。去迎接你的又一個勝利！我祈求並等候凱旋的佳音，為你的平安祈禱祝福！

四月十三日晨九時

我跟你一樣地好友，夠得上披肝瀝膽的知己也並不少，可是能與

我共度性靈生活的，除掉你，還有誰？在這方面，你會知道我對你是如何地飢渴！而這種飢渴又往往只要一首最單純的短歌，一個眼神的交換，一片樹葉一朵野花的餽贈，就足夠心領神會的勝似享盡世間的富貴榮華，這奇妙的情誼啊，是　上帝的傑作呢！

祝禱你雲層中愉快！平安！

四月十三日午十一時半

為什麼對于異性的愛你會經常的「鈍感」？我解不透，你是愛自我分析的，是什麼道理。我則與你適得其反，我這是用不著分析的，天性、處境（包括少年時期的流浪漂泊）、年齡，以及對于美的追求，都可說明這個。而且名和利一切的物慾我都可視為敝屣，只有女性的愛（母愛、友愛、戀愛、性愛）我怕永遠也不能從心上排除掉。初中曾在法國學校讀過書，因為品學兼優，讓校長（神父）看中了，對我的希望甚高，給我大批的書籍閱讀，誘導我如何改信天主教，如何認清做一個神父的莊嚴意義，他說：若我願意，可以從此全力造就我，由震旦中學、而震旦大學、而震旦修道院……不知為什麼，我一聽見做神父，就立刻恐懼今生將與女性絕緣，固然還有其他的原因，但第一個湧上來的念頭總是這個。其實彼時我不僅連一個女友也沒有，連母愛也相隔遙遠。只是孤孤單單一個可憐的流浪的孩子。

不過那種宗教氣息非常濃烈的生活，我一直在憧憬嚮往，也許當我完全對于女性絕望的時候，我會意外地走上那條路。可是告訴你，我那位神父校長常常夜半跳到花園裡用鞭子抽打他自己呢！但願我不要過那種生活，我只怕意外。一個人的未來，往往卻都是意外的。

最近幾天有些恍恍惚惚的，筆停滯了，因為短期間將聽不見你的心聲，很苦悶的。力啊！我沒有給你帶來力，反而離不開你的力了。

遵從你的命令，把你的相片索性鎖進箱子裡。只要你不怕悶息，我不再看她。因為那不是淘氣，淘氣是可以抑制的。

四.十三.十五

《荒野》開始接受第一個失敗，發行人熊徵宇向惡勢力和假文明低頭，開咖啡廳去了。不要緊，緊接著這個失敗，我們才得一個新的經驗：「即或發行人只是出個名譽申請登記，也還須一個有勇氣有熱情的傻子。」現在在找端木方來擔任，只要他法律條件夠，就沒問題。當然《荒野》的誕生要展期了。

好心的朋友王毅小弟（從大陳才回來的）和陳碧波大哥曾為此替我憂慮，他們私底下討論如何阻止我停辦《荒野》，因為他們太關切我的精力的可怕的耗損。寫作已足以使我的日子過得吃重，而外他們更認定我曾為劉玉蘭痛苦了自己，精神已夠沮喪，如今再辦《荒野》，三重的負荷不是我能夠支撐的。可是每次他們的進勸，反而讓我說服。結果你猜他們會進行什麼樣的「陰謀」？他們打算化名寫信給你，

朱西甯與結拜大哥陳碧波（中間）和八弟陳宜蘭（右一）。攝於屏東三地門。

要你來勸止我，以為除掉你，我不會再聽別人的話。確是這樣，我的朋友很多知道他們遠不及你所對于我的影響。然而這個「陰謀」讓我知道了，我卻笑他們光知道你可以左右我、掌握我，却不知道如果這

樣的話，正適得其反，正足以讓你鼓勵我排除一切困難和失敗而奮不顧身的勇往直前。因為我堅信你永不會說：「大朋友，現實一點吧！」

對于《荒野》我唯一的信念便是　主向我暗示的：「你起來，叫百姓自潔，對他們說，你們要自潔豫備明天，因為你們當中有當滅的物，你們若不除掉，在仇敵面前必站立不住。」（約書亞七章十三節）又明示我：「先播種，以後自有甘霖給你，不要等落雨之後再撒種，那樣你就對我沒有信心。」前者賦予了我的使命，後者則予我以保障，《荒野》只要抓住真理，終必戰勝一切。為真理，一個人算得了什麼？

此外，《荒野》更有其天時、地利、人和三個可誇的條件，就這樣，已足夠奮鬥半個世紀，《荒野》將是我們給子孫留下的偉大而惟一的產業，我必須這樣保證！

四．十三．廿

第四次見面，
四十四年四月十八日於
鳳山陸軍官校

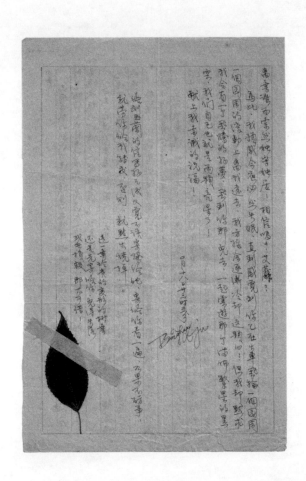

香港西雅圖的她等她店！相信嗎？文藻？

為此，我摘今宵少少失眠。直到感覺到你已在火車我編一個圓周

一個圓周的滾動上盛我遠方，我方循序漸次却這期切…愣我却黙求

我會有一了我睡的好夢。我到你那兒去，一起事進那个尚師坐里的男

孝，我们自己也就是兩顆亮晶了…

獻上我香減的祝福！

　　　　八月廿三日四季

給到恩蘭的憶事稿已後又覺了拜事譬哈地事稿你看一遍，以果沒徊事

就害悻快刊登我了，否則就點火燒掉。

這一番北海的发布的術序…还是尿…完事俗场翠罕共…

我生情致那太可惜…

小弟：

只有當我的創作力達至頂點，思想中燃燒起可怕的火燄以致周身戰抖連字體都歪扭得不成樣子的當兒，才比得上今天見你一眼的時候那樣激動。你相信嗎？靈魂瘋狂的時候，人會死去的！我真怕再見到你了！

今天，你使我窒息久久，龐大的火勢在不為人知地劈劈拍拍摧枯拉朽大肆延燒，延燒至肺腑深處。你是不會知道的，因為隔以絕緣體的熱水瓶永遠沒有一個灼熱的外殼！

盼望！人靠著盼望才有活下去的勇氣和力量！因為現實實在沒有讓我們生活的最低條件。再一個盼望寄予你！

然而我羞愧，我原是大言不慚的要給我的小弟帶來生命的力，如今我付出的，一無所有，卻從你這裡獲取更豐實更可誇的力！我不知應責我的自私無能，還是禮讚你那與生俱來的幾乎是屬于萬力之源的母性的愛！不要謙遜的否認罷，榮譽永遠歸你！

沒有比今天最可愛的時光了，我默默地珍惜每一分每一秒，直數到明日清晨，因為我總覺得型體的挨近，靈魂的交通也一樣地縮短了，也彷彿心靈感應更親切靈敏活潑！由此我又將重彈我的舊調了——心物合一。型體和靈魂原屬一體，誰也不能離棄誰而索然獨守獨居！相信嗎？艾蘿？

為此，我預感今夜必然失眠，直到感覺到你已在火車飛輪一個圓周一個圓周的滾動上離我遠去，我方始會逐漸冷却這顆心！但我卻默求我會有一個飛騰的好夢，飛到你那兒去，一起雲遊那個滿佈繁星的黑空，我們自己也就是兩顆亮星了！

獻上我赤誠的祝福！

四月十八日廿三時五分

給劉玉蘭的信寫好之後又覺不該寄發給她，寄給你看一遍，如果
不妨事，就勞你給我轉交，否則，就點火燒掉。

　　這一葉珍貴的變形的樹葉
　　還是先寄給你，免得失了
　　或者損毀，那太可惜！

大朋友：

拿起筆我不知道我該從何談起了！我真像做了一場夢，如同《羅馬假期》裡的。在開往鳳山的汽車上，我們談論著我們將跟你談到許多許多的事，我們將很精彩地打發那僅有的相聚的時光，你知道 Eme 為什麼帶樂譜和那隻可憐的小松鼠去的嗎？我不知道我應該如何告訴你我們相見那瞬間的心緒；我猛的陷進一個無底的空虛裡，在那裏除了化為抑制不住的「笑意」以外就再也沒別的了；為了要制住那由於很複雜的情緒而來的笑意，我費了很大的力氣；可曾記得當你踏進會客室以後，我們似乎非把某一段記載看完不可似地緊抓著報紙？

而當我們走進那間房子裡時我真的拿不定自己了，也許是你的窒息感染了我，我很痛苦地感到你似乎把我所要同你談的所有的東西以及空氣都關在門外了！！你瞧，連傻瓜都受不了這緊張的空氣而恐慌大叫，況乎……還好，可愛的鳳凰木給我帶來平靜，我真高興我又能夠像跟珠、和她們談話那樣很自在地同你攀談了。我很健忘，那位同我們待在一起的可是你信上所提的陳碧波大哥？

那天我過得很愉快，雖然並沒有達到合唱以及暢談的目的。哦，為什麼不讓我們看看傻瓜的搖籃呢？也許我這樣問將是很不禮貌的。不要再為傻瓜失望，你不知道在我們歸途中的汽車上當你說「傻瓜真沒有辦法！」這句話的時候你的臉上是怎樣地籠罩著一層濃厚的蒼涼！！一個有著突然變成白痴的獨生子的父親的臉容也決不會比你的更令人感到傷感！真可惜沒給牠帶去禮物。十九日臨走時從高雄站付郵的圖畫收著了吧，本該在訪問你時帶去的，可是繞了若干條街始終找不到它，那是臨走的早晨給人領去逛百貨公司時在三樓找到的，哦，真有「相逢恨晚」之感哩，但願它將給大朋友帶來平靜和無限的美感，如同它給我的。

告訴我你的幾位知友知道小朋友到什麼樣的程度？你是否曾將小朋友的書簡給他們看過？（並不是責問）他們為什麼打起那個「陰謀」

來呢？

　　小朋友不勸止你辦《荒野》（你當然知道的）不過我必須告訴你，不要急，這是長期間的奮鬥，它雖遭到阻礙必須延遲，可是我們不是依然地可以寫我們的東西嗎？我當然相信你有一天（不是草急的）會讓它與世見面的，可是聽小朋友說，這是長時間的奮鬥，你必須要有足夠支持它到底的精力，是的，為了要貯有足夠的精力，小朋友虔誠地求你「不要急！」無論身心，你似乎都有暫時休息的必要（哦，請別說小朋友小看你！）一盞油燈要使一間房子維持光明，火爐要使房間裡的暖氣能夠捱到天明都必須有足夠的油和足夠的柴！懂得嗎？休息並不要你永遠坐在馬路旁「吃野草」。

　　鳳山歸來洗完澡後大夥兒一起去看《金色夜叉》美極了，兩顆相依的靈魂，在人生的旅途中絆倒了、拆散了，繞了一大套圈子，經過愛恨的苦煉然後又有情人終成眷屬地永遠待在一塊了。我真怕，我有一種預感：彷彿要繞一個很大的原是無需的圈子，然後帶著遍體的鱗傷，小朋友才會找到永恆的真正的歸宿！

　　在苗栗的練球期中，我曾看了《鳳凰于飛》半歌劇化的電影（柔絲・瑪麗）以一首哀怨的印地安的情歌發展的美麗的故事、美麗的對話、美麗的歌，以及美麗的場面……從頭到尾充滿著感人的美（以我的觀感），你一定會高興看的。

　　奇怪，我竟談得脫軌了，我剛獨自一個從山上歸來，是到山裡頭的婆婆家去告訴她旅行的過程。大朋友的信是在大風吹著的僻靜的山崗上等車子時看的。照理，我是無權也沒有心緒過問別人信函的，可是我奉旨拜讀了。不要這樣，大朋友，容我不給你轉交，你儘可讚美別人或咒罵別人，却絕不要講那些對別人是無謂的事，那非但對別人無益，反而會買來別人的反感（不是對人，而是對那個人所講的話）以及給自己招來無謂的煩心。我這麼說，你也許會以為自私。可是「酒既已斟出，就得把它喝掉了。」既已做了的事，越講只是越增加人家

的痛苦，為什麼要那麼忍心呢？我想，要啟發一個人總不止一種方法的。我真沒有足夠的力向大朋友保證我不會作向後轉的前進哩！

　　「父親优儷」（？）到台中看電影去了，我有足夠的時間燒信（你給蓓蒂的）寫信和聽唱片，容我下次談！

　　願　庭院裡盛開的玫瑰給你無限的溫馨！

4 月 20 日午後　小朋友

怎樣謝你們倆送我的名畫「晚禱」呢？然而這幅畫送到我手中的時候，開始我並未得到平安，相反地卻幾乎感有一種空虛的懊喪！想到十九號那天整個一個上午我們仍然僅隔咫尺，却似遙遙天涯不知音訊！每每從這種光景當中，想到人類對于悲歡離合的控制，簡直一無能力，這些是在怎樣的捉弄人！殊令人著惱！

我真想加速地忘却這次「悲痛」的相聚，同你一樣，我打算得很好，我希望你們會在午前來到鳳山，參觀我們的學校，招待你們吃過中飯之後，便一同到教堂去，過過合唱癮。我沒有打算跟你暢談，因為我們無論談什麼，總會把玉蘭小妹冷落在一旁，實際上，這次相會，我每每話溜到唇邊，又嚥了回去，因為不能光顧著盡情的同你談，讓她插不上嘴，那樣將會使你和我都感到不安，不是嗎？我很不懂，去年新北投以及這次，兩回相聚，小妹都是那個固執的把時間扣得那麼緊，而你從不加以任何意見。也許她已經感到同我在一起是一件非常起膩而乏味的事，就像這一次一樣，回高雄之後，何曾參觀什麼海港？還不是洗洗澡看《金色夜叉》！為此，我極其痛苦，何以我竟被人家厭棄到如此地步！却還心甘情願似的，真是自討下賤。

可憐的松鼠！我總是想著它的飢餓（我嘗受過）和痛苦的鼻子，應該給敷上點藥膏了吧？可曾復原了？小妹妹一定喜歡發狂呢！（說到小妹妹，我又想起送給小妹妹作兒童節禮品的「基督與孩子們」的畫片，可曾收到？）我希望研究一下你的抑制不住的「笑意」究竟來自一種什麼樣的「複襍情緒」，我笨拙地想不出一丁點兒。

羨慕你有一個慈愛的外祖母，（我們老家裡稱做「老娘」，「娘」的讀音極其輕。）不知怎的，想到她老人家，就會意識到朱麗葉的褓姆，她老人家是否也像朱麗葉的褓母一樣地全心的疼愛你，沒一刻不把你當做全部世界，以致從不忍心管束你，唯恐因此委曲了她老人家唯一的珍寶？可惜我還是在毫無記憶的襁褓中的嬰兒時代見過老娘，我自幼便羨慕凡是有老娘愛著的每一個小同伴，我總覺得老娘比媽媽

更為母愛，更愛放縱她的外孫、外孫女。人總是羨慕自己所沒有的。我沒有姑姑、姨姨、弟弟、妹妹，因而我十分想念「他們」。

　　把你玫瑰花的芬芳帶進我的夢裡了，因為它在我的枕旁聖經裡面。哦，我必須跟你解釋，我不能帶你進入我的臥室，也許你們這兒沒這種觀念，（近乎風俗，卻又不太明顯）我希望你會會意到我不能讓別人把任何不雅的想法加諸你的身上，那會使我對你歉疚至深！

　　自你走後，我就為校閱在忙，剛才從夜班下來，容暇時再談。

　　祝福！晚安！　主與你同在！

四月廿二日廿二時卅六分

大朋友：

為什麼你的信讓小朋友讀著痛苦地感到你似在生我的氣，而給了我很多無言的諷刺和責備呢？！我很傷心。在開往板橋的火車上，想著想著，我記起了一句話：「甯可讓別人把我們視作無知，却不要為自己的失言抱憾終身……」也許小朋友不該同你談那麼多的東西，我真拿不定我自己了！

「無謂的」至少以我的主觀認為是這樣。我不知道我應該怎麼解釋才能使你明白。可能我是很自私的，但，有一天當小朋友打開我的第七重心扉（如果說人心有如莎樂美的七重紗的話）的時候，你就會明白為什麼小朋友會那麼自私地勸阻你「不要作無謂的……」了，再一度聽我說「小妹妹跟已往完全沒有變，變了的只是那個首先重新激起大朋友情感的暖流的劉玉蘭，而這種『變』不是本質上的，而只是外殼的蛻變而已……」記著。也許以後我不會再同你談到這些了。

哦，為什麼她會讓你感到自己被人厭棄到這步田地？容我再一度「自作聰明」地來為你分析：我想錯過不在她，而是在大朋友的男性的自尊和多情（我不知道你是否同意）上，如同小朋友對著那位「華族」作著「單人賽跑」時，自我意識變得異常銳敏那樣，你對她付出太多的情，而當她沒報以你所預期的相當的情感的代價時，你便由於失望而致有那種「被厭棄」的痛感了，是否這也是「多情自古空餘恨」的一種呢？寬恕吧，寬恕當然比懲罰不易，但寬恕了以後就不會有遺憾……，噢，談了一整夜，我在談些什麼呢，也許在談著的時候我又失言了，甯可讓人家以為我無知，也不願嚐到由於「才思太銳敏」而來的自傷傷人的苦味！大朋友，一定得寬恕我！因為，我一定是有點兒神經不健全了。

「笑意」沒什麼可研究，我也莫名其妙，不過我可以告訴你，當我第一次去探訪大哥，第一眼看到他時，我感到的情緒跟那個「笑意」是相彷彿的，也許是由於高興而致神經不健全了的緣故罷。你相信常

人無論誰都有點兒「狂」的嗎？尤其是一些擁有天才的人？有人說天才跟狂人之間只有一張紙之差呢，這麼一來，似乎小朋友在言外說她自己是個天才了，真妙！……

可憐的小松鼠意外地受到家人的歡迎，尤其是父親，妹妹也高興，父親管牠叫美媜（Miky），每天他得給牠二條香蕉吃，最近父親又花了不算少的錢買來一隻小狼犬，肥胖，腳既長又粗，只是那麼可愛的身體上長著一副狡猾、老練而又倨傲的「油條臉」。每餐要一枚蛋，少些的魚肝油拌著飯湯吃，目前除了睡，有精神時亂吠一頓然後耗費我們的掃帚（大小革命一起來）外則別無他事，不知怎的，也許由於父親愛之如命，抑或那副德國人一般對於種族的優越感而來的倨傲與自得，讓我看著不趁心，我真不喜歡牠呢，這也是意外的哪。

「主愛孩子」不但給了小妹妹，小朋友還給她講了故事及唱歌給她聽，聽後她還問我聖母啦、好人啦、壞人啦……使得我幾乎難以作答，替小妹妹感謝大朋友！

一頭黑色的怪物在永恆不變的軌道上狂奔、狂奔、狂奔……

坐著，站著和臥著的，還有倦怠與起勁的：怪獸的肚子裡那麼些的人們啊！聚自何方，又將散往何方？

而妳，這位瞌睡大王，羅曼史和長跑選手的母親，載著無數哀歡苦樂的夢又將奔向何方？……

四．廿四．探兄歸後　11 時 15 分

火車上由於一位老公公的連想，又適逢大朋友提及外婆，讓我以這首簡單而富情意的歌，唱給我們可愛的老年人；

3·4 3 5 4 2｜1—3 0｜5·6 1 4　6 4｜3—0｜

親 愛 我 已 漸 年 老—— 白 髮 閃光 銀光 耀

3·4 3 5 4 2｜1—3 0｜5·6 1 4　6 7｜1—0｜

可 歎 人生譬朝 露—— 青 春 少壯 幾時 好

7·1 2 5 4 2｜1·5 3 0｜2·2 2 2 3 2｜2—0｜

唯 你永是我—愛—人 永 遠美麗又溫 存

3·4 3 5 4 2｜1—3 0｜5·6 1 4 3 2｜1—0‖

唯 你永是我愛 人— 永 遠美麗又溫 存

合唱

｜7·1 2 5 4 2｜1·5 3 0｜2·2 2 2 3 2｜2— 0｜

｜4·4 4 4 4 4｜3·1 5 0｜5·5 6 6 4 4｜5 4 3 0｜

唯 你永是我—愛— 人— 永 遠 美麗又溫存——

｜3·4 3 5 4 2｜1—3 0｜5·6 1 4 3 2｜1—0‖

｜5·6 5 3 2 4｜3—1 0｜2·2 4 6 5 4｜3—0‖

唯 你永是我愛 人— 永 遠美麗又溫 存

鐘響十二下，我要休息了，晚安！

※不要為寫信給小朋友忙，小美媜的鼻子好些了，別惦記！

艾蕨：

我簡直有一個怪誕的念頭：把　總統行刺掉！

過去在大陸上，我們有一個好領袖和億萬好人民，但是失敗了；因為沒有好官吏和好兵。如今我們還是那個好領袖、億萬好人民捨棄了，却擁有數十萬好兵，只是官吏仍然照舊的壞。靠著好領袖和好兵，兩者辛苦到頂點，才撐起眼前這個局面，然而受苦的人似乎始終感動不了壞人，如果沒有這位好領袖了，數十萬好兵必然瓦解，就可以讓那些認為享福的活該享福、受苦的活該受苦的官吏和大賈，品嘗失去好領袖和好兵之後的日子！讓他們至少有一個覺悟，至少覺悟到人不是從母腹中就帶來一個享福或受苦的命。（想像中你家的小狼犬就該是那些自鳴優越的官吏。）

中國的受苦大眾確是極具忍耐天性的，我想，放在任何一個國家，早都要引起兵變了。十五元一個月的薪餉，誰相信比乞丐還不如的（根據我在台中車站候車兩小時的統計，一個乞丐一天之中可能有四五元的收入）生活待遇的小兵，却是安社稷保國種的偉大功臣！誰曾真心的加以愛戴？也甭說愛戴了，能「知情」的有幾個！

我無法寫出這個不平，為一點民族孝心和革命良心。（並不太多啊，却照樣成為終日排遣不了的苦悶！）

四．廿六．午十二時正

連同最初出版的單行本以及後來的作品，你不難從中體察出大朋友為要道出這個不平，既要揭發可恥的官吏權勢，復又提防傷害戰士的心，是怎樣畏縮躲閃而委惋的煞費苦心。可是癱瘓的無恥者縱使你指頭點著他們的鼻子辱罵，他們的厚臉皮都不會紅一紅的。其實就是這樣地畏縮躲閃而委惋的煞費苦心，我已深怕戰士們將因我的作品而

寒心了。

　　往往為這些顧礙，我有些作品不得不中途停輟，不僅如此，還在前年為郭良蕙那篇太暴露太誇大的〈梯〉而打筆墨官司打到總政治部，我真是說不出的矛盾，一如我現在在日常生活中必須盡量替長官們圓場以平息並安慰戰士們的牢騷，一面却滿心不平于長官們的官僚作風，夾在這雙重的不斷的刺激中，苦的是我們這些下級幹部，上壓力和下壓力一併夾擊，我永遠不能夠像有些所謂「官長」那樣呼三喝四的強制部下，壓迫士兵，甚至迫使他們逃亡自殺，即使讓他們心裡稍感不適，我都不忍心，這種「婦人之仁」的軟心注定我幹不了軍人了。我常想，一旦我上了戰場，準會為那種不可想像的人類屠殺而全部的神經崩潰。就不說別的，我們初次會面的前一天，同劉玉蘭去公園遊玩，才走上那條斜坡大道，我就忽然感到我需要回去，躲開那一雙雙豔羨的也是難受的眼神，那時山坡上正爬滿了打野外的戰士，我真怕碰上他們的眼睛，我感到自己做下了非常虧損他們的事。玉蘭小妹天真無知，竟問我何以他們不全向我敬禮，天哪，如果那樣，我更將何以自處！這不僅是我，陳群、野人……他們也都沒一個不是這麼軟心腸，否則，他們也就不會極力的脫離部隊各自尋求其他的出路了。因為至少你不能忍心指揮那些比你年長足可為你兄長甚至伯叔的人往東往西，何況更不能安心讓他們為你打洗臉水、洗衣服、擦皮鞋。我這兒便有一個老兵，便是我的債，我無時無刻無不感到他是在加痛苦給我，論年齡，他跟我的大哥同年（五十歲），長我廿二歲，然而那種問寒問暖的服侍你，無異地就是給你增加擔負。我無以心安，只有以一種造作的感覺求以解嘲，把「服侍」認做「照應」，想著大哥或者叔叔也會這樣照應我的，譬如，「別吃過飯就哈著腰在那兒寫，出去活動活動。」「今兒晚上有風，冷水澡洗不得，我給你搞點熱水。」我就是常時這樣欺心的安排自己不安的心，有什麼辦法呢，生就不是幹領袖的人才，生就的就是十足的不會使喚人的小農民，在

家裡便不准小孩子使喚佣人。

我未嘗不恨自己怎麼就做不到裝聾作啞！而非要如此敏感人與人之間的不平所加予的痛苦！其實為這觸目皆是的不平，我究竟又做出了什麼？——永遠的汗顏！直到連你也要我暫時休息之前，我真不敢輕言休息，總覺「愛惜」的對象一成了自己，那就是一種可惡的念頭，不休息尚且一無成就，何言放下工作路邊去吃青草？雖然是如你所說「暫時的」。而且最最使我不能寧靜的，友人們如此力勸我休息，就好像我是日理萬機，鞠躬盡瘁，曾立下不小功勞似的，真是羞死！愧死！令我不敢抬頭。

然而艾蕪，接受你的好心，我總要克制自己努力去做的。

這幾天來強制著自己早睡，只是每至午夜便習慣的被一種生命的熱力燒炙著，被一種發洩不得又似飢餓難忍的慾望催促著。據說人可以把自己每日的熱量高潮用習慣調整過來，但願我能夠如此，以期不辜負你的好心關切！

四．廿六．廿一時

為什麼早就不准我向你要求「寬恕」，你却食言地又向我討要「寬恕」！我根本不該跟你談那些，誰讓我把你視作最知己的好友！小弟，面對著　上帝我向你保證（可惜一個基督徒不准許發誓）我不曾對你懷有一丁點兒的諷刺意味，如果你確曾為我的文字中含有的不經意的諷刺意味而致深深的痛苦，將使我怎樣的歉疚、不安！為遵從你的誠諮，我不要求你寬恕，但我要求你相信我沒有那個意思！好吧，我們頂好別在談她！

「甯可讓別人把我們視作無知，却不要為自己的失言抱憾終身。」你想的對，我們往往應該如此做人。但是在你我之間是否也要如此所

謂「做人」。然則，便證實你我之間有著一道不信任的塹壕，彼此在提防對方，不放心對方，這才是令人傷心的不幸！如果說我們之間必須建立起一種真實的做人之道，那就是彼此能以披膽瀝膽，知無不言，言無不盡的相互規勸勗勉才是，只要一方保留一點點的顧礙，那都會使我們縱使情感的濃度超乎一切，亦必將流于一個終將破碎悲痛的不幸！聽我說，艾蘿，除掉保留你作為一個少女必須有的心理防線（雖然這道防線在任何一個少女都無意堅守下去），其他請不要對大朋友稍存戒心，我們不是有著足夠的勇氣和坦誠，努力驅除相互間的種種不了解嗎？我曾想過，你和我，現在在一切的意識型態上幾乎沒一處不是吻合的，但這不會永久，因為在人生的跑道上，奔求真理比相互牽就更形重要，保不住你會跑到我的前面，或者我會從後面趕到你的前面，你不會等候我，同樣地我也不會等候你，你會相信在未來的道路上我們會形成這種態勢的，所以我們不會永久的吻合。然而最乏味的也莫過於永久的吻合，因為這其間必存有一些牽就。因而你會和我一樣地不希望牽就，而甯可彼此爭執。那末，我們就不該隱瞞各自的心事，除掉你那道準備被突破的防線和我的利用地形地物向前攻擊的隱蔽，如你所認為的「男性的自尊」──其實也是自卑。

多提醒我，多矯正我！當然你不會完全矯正得對，但果真你為怕自己不對而存戒心，你便是不信任大朋友對你的誠摯，那將會使我真正生你的氣。艾蘿，盼望你提早打開你的第七重心扉，只要保羅配得上你的寵信。

我的環境你已大致清晰，想到大朋友的日常活動你該有一個實在的印象了。可是想到你，卻沒有辦法，什麼樣的房舍、花園、田野……一切都是想像的捏造，我真妄想能到你的家裡看一看。其實並不是不可能的，逢到休假的時候，去苗栗大坪頂勾留一個時候，我就可以裝病去找令尊求診，也許還能看見你，當然也要裝做不認識，那不是挺戲劇性的麼？不過，他老人家如果是小兒科或婦科大夫，此路就不通

了。

　　你的父母一定還很年青是不是？我的父母却已是古稀之年了——爸爸（我們喊ㄅㄚ ㄅㄚˊ）七十二歲，媽是六十八歲，媽生我的時候已經四十歲。可能我的母親比你的外祖母並不年小多少。我的母親真是多產，從十八歲生我的大哥，給我生了八個姐姐和兩個哥。小時候跟姐姐出去玩，遇上小朋友，總偷偷的問：「她是你媽媽吧！」真的，四姐的大兒子今年都已經廿五歲了。如果按我的家族情形來說，你簡直應該是我的姪輩——恕我討你的便宜。

　　〈老人歌〉的旋律有些怪，是不是？唱，我們總要為風燭殘年的老人唱，你是否常在有心無心間守著外祖母唱這個？一定的。我是從不敢想我的父母親的。明知道「不敢想」最是罪惡！

　　寫作的進展怎樣？我還在繼續寫〈鬧房〉。最近發表的幾篇都是沒什麼份量的東西，不寄給你看。我想多爭取一些時間還該多讀一些書，這向時我簡直沒讀書。你頂好先讀左拉的《給妮儂的新故事》，因為這本書彷彿跟我們的生活接近。

　　有一點可喜的，你的錯字在最近兩封信裡已經減低至幾乎沒有了，間或一兩個錯字，我也不想再提出，那實在連我也是不喜愛的。總之，這些錯字在你不是限于知識程度，十足的是由于粗心，所以修正比較容易，希望你細心一些，也是寫作的技術上要具備的。

　　你老是不要我為寫信給你忙，你自己呢？並不會比我更清閒。你的信件是否也像我這麼多？每月我總要用掉十元左右的郵票。從前我曾經「發明」一種很完善的通信方式，也是一種討巧的辦法，用一本筆記簿寫信給你，你便接著往下寫，但不一定覆我，可以給另外一個朋友，如此七八個人互相傳遞，節省很可觀的時間、精力和郵資，而且彼此之間的情況顯得非常親切，還可以看一看以前自己的信箋，挺有趣味的。可是後來郵局不許可這樣通信，才算中止了。

　　我每次接到你的信，總是急于立即作覆，一方面為求情緒的安定，

再者，既要覆你，就應儘早，免得延遲了，會使你忘掉你給我的信上說了些什麼。我就是常常的記不太清楚我跟你在信上所談的一切。

去探望大哥，他好嗎？什麼時候才得歸來？願你們家庭早一點因他歸來更充滿天倫的喜樂，照著現在這種情形，家庭間多少總有一些兒陰霾不快的。

願每一個都有她應有的幸福和完美的家！

《一〇一》什麼時候寄還你？

下班了，下次再敘。

願　主的慈愛與恩賜常與我的小弟同在！

你的大朋友　四月廿七日十二時正

願小美琪早日康復，活潑起來！（凱蒂對小美琪是否有什麼不友好的侵犯行動或動機？）

大朋友：

我雖很早就知道你一向敏感於一切的不平等，也常同我提起這事，可是我不明白它為什麼忽然那麼猛烈的讓你苦惱起來？大朋友，誠然，太多的不平等展示在我們的視野中。記得一位球友在寫給我的紀念冊上曾說過：「姑且讓我稱呼妳妹妹吧，我沒有兄姊，也沒有弟妹，一個人孤單單的，我真羨慕那些有著成群的兄弟姊妹的人，哦，上帝在這個事情上尚且那麼不公平，世間還有什麼平等可言呢？……」我不知道他的話是天真抑是深奧，不過我們可以知道不平等的事，不令一個有著博愛和仁厚心腸的人趁心的事著實太多了，多得已成了極其尋常的事，而如果有人異乎這個「尋常」去做或提出抗議的話，他便將被視作傻子或神經不健全。最使我不快的事是在到山上工作的歸途中，偶而碰到熟人，她們便大驚小怪的嚷道：「天哪！生就的享福骨頭，誰讓先生人家的千金也要到山上去砍柴呢？！」一個窮人會知命地向不平等屈服，一個嬌養慣了的孩子會自以為生就的天（富貴、享福）之驕子，一個家裡雇有佣人的主婦會很自愛地認為她的骨肉之外的人都是不知飢餓和疲憊的機器！一個……枚不勝舉。還記得《春閨夢裡人》中葛萊勃所說的「要寬恕與不能寬恕的事情實在太多了……」？我不知道我該怎樣安慰你，除了跟大朋友分享苦惱以外。

老人歌的旋律確是很古怪，當我寫的時候，我真怕你會以為我忘了點上高音階的附點或是抄錯呢。哦，讓我們想像這位作曲者也是個古怪的人吧，因為一個年華正盛的人（雖然我不知他是否年輕）是很少會想到風燭殘年的老人的；如同在夏天裡人們很少想到隆冬那樣。而作曲家的所以會作這個曲子，一定是因為他那深思古怪的性格，是不，大朋友？

29 日清晨

我父親四十八歲，母親四十三歲，都不算年輕了，可是還比大朋友的大哥年輕，哦，照理我就真的得稱呼大朋友「叔叔」了！多麼奇妙的字眼兒，是誰的傑作呢？近來我同父親相處得很好，我們一起工作——幫他打發病人，澆水或拔草。有時我們一起說笑或逗小狗玩，除去當我感到我曾同你談過的「內疚」時以外，我跟他真的可以說是很好的了。

不像你所想像的那樣，外婆曾把我當過珍寶看（也許現在也如此），而我也深深地愛過她，可是最近我發覺我們不復那麼接近了，當然一部份原因是由於我們所作所想的事情不同，不過我以為最主要的還是由於我的乖戾和對成年人的反感使我作在她老人家身上的憎惡；每當我看到她處在我同母親的中間企圖為母親圓場，又不忍心傷害我而作著無謂的努力時，我便不由得會火起來，我常用話語去傷害她，這樣我似乎能在自傷傷人的痛苦中感到一種醉心的快活，我明知我是多麼的傷了她的心，可是也許我比她更傷心，因為，告訴你，大朋友，事後我總是自己一個人跑到後園裡或田畝中痛哭一場的呢！讓我們別再談到這個，以後在我擬定要寫的〈「問題女兒」的自畫像〉裡我還會敘述到。（吃中飯去了）

真使我發笑，大朋友要踏破鐵鞋到這兒來？由你所編的劇本是夠精彩的了，只怕我們這批不是生就的好演員會把原是喜的東西演成悲劇了！那將使我們抱憾終身。不要為了一瞥那僅止因為有一個知己在那兒，便讓你嚮往的鄉村而費那麼大的心思！大朋友，可別把我的小農村想像得那麼美，你可以想像那只是一個又窮又醜陋的田莊，絲毫沒有藝術性的建築物（的確，從火車上正看到街坊的後院；雞房、晒衣竿和一些雜貨把它們搞得並不比一所戲院的後台乾淨和美麗多少了），還有那沙塵僕僕的大馬路，便是它所有的。記住，把它想像得乏味一點，那對你們（大朋友同我的小農村）的首次會晤（可能從車窗上的一瞥）也許會好些；因為出乎意料之外的美麗（我所謂的）總

比出乎意料之外的令人失望來得好，是嗎？

　　《給妮儂的新故事》不等大朋友說，早在賽球的歸途中我就開始動它了，在奔馳著的車輪上，我把歡樂以後那種空虛和悵惘寄託在它的上面。奇怪，當我讀著它的時候，我彷彿在聆聽你的敘述，以及像隔著松林聞海濤般地聽到我那些知友們（合唱狂的）心聲的和音呢！哦，這位偉大的作家，也曾有一個時候跟我們傻子一樣地追求別人所輕視的，以及做白日夢哩。他（她）們的生活（在給妮儂及憶裡所述的）著實太美了，美得像一首動人心弦的詩，這樣的生活我們曾有過，可是，如今都化在年齡、境遇和工作的泡沫裡了！然而謝謝天，仰賴著可愛的文字，然我還能在精神上享有這種生活的樂趣（大朋友定也有此感），那麼讓我們為發明文字的人以最虔誠的祝福吧！

　　談起我的習作，小朋友真是慾望大得讓自己也感到惶惑！只要我一張開眼睛或一傾上耳朵，我便會很急切的感到「我要寫的，實在太多了！」我似乎已經領略到為什麼只要一想到宇宙還能逃出你太短的手臂時你便會大感苦惱的理由了。誠然，有時候我真恨我那太軟弱的雙手無法將自己所飽看、飽聽與痛感到的東西絞上紙張上，讓其他的人們也能夠跟我發出同一個震顫的共鳴！！我擬定要寫的很多，使我不知從那兒著手，目前正在進行的有三篇：〈草莓的鄉愁〉、〈超人誌〉和〈仙丹仙丹〉快脫稿了，只遺下結尾，然而就是這個結尾要佔去我整篇文章的五分之二的時間，其他如：〈問題女兒的自畫像〉、〈姊妹倆〉、〈兇殺犯〉和〈水德神君〉，憑一時的心血，擬是擬定了，能否寫成，還是一個問題。我有一個癖性；每當寫到最高潮或結尾時，照例地會放下來，等待下一次能使我的思潮像隻狂奔的野馬的靈感再臨的時候，才又一口氣地突破那個難關。我曾試著像大朋友所說的「躺在床上打腹稿……」去做過，但，失敗了，因為只要一觸著枕頭，我的腦袋不到五分鐘便會飛到遙遠的夢國去（可能由於愛睡，也可能因為整天站藥局之故），然而我很容易清醒過來，你不會相信

我是很早起的吧？我常在清晨（四點、五點到六點鐘之間）寫東西，因此艾蕪將永遠無法寫出「枕上集」，如果將來，萬一小朋友真的走上文學之路，而有所造就的話，我只能命其名為《檻猿記》、《籠鳥集》或《雞鳴集》（但已有人採用過）了。

告訴我，我該等所擬定要寫的東西統統完成後一併寄給大朋友批改呢？還是寫完一篇寄一篇？同時，你是否有時間來看它們呢？

上次給你的信中，我忘了一件頂重要的事；從鳳山回到高雄後，我們確曾參觀過海港，也划過船，然後才去看電影，告訴你是怕你以為蓓蒂在向你撒謊。

哦，叫你暫時休息，不是說要你抑制那種生命的熱力來成全朋友們對你的期望（勸告），記得我曾同你說我不再阻撓你深夜做那使你感到喜悅的、可以說是享受的工作。可曾記得？我不相信大朋友這樣地勉強自己，抑制那生命的熱流會對你的精力有所補益。人們都該有他自己認為適意的方式，只是，聽我說，不要太過於苦勞（不管在精神上或身體上）為了長期的戰鬥，為了要取得最後的勝利！好嗎？

晚安，願你將有愉快的周末和平靜的禮拜天！

廿九日　廿三時

※小說應在何時寄還大朋友？枋姐的信連同上次的需要寄還嗎？
※樂譜無需急著返我，留著選唱你所愛唱的歌吧。

昨夜——
　　在飛翔的夢中：
我重遊那亞熱帶的古城——高雄——

車站裡洶湧的人潮中
　　我恍如隔世地遇見了和同媛；
奇怪，人們都說她們已出落得相當
　　「漂亮」了；
但，同樣綠色的**蝴蝶結**
　　依舊襯託在和那依舊蒼黃的臉龐
上，而媛；
　　早老的臉兒後，永恆地蘊蓄著
古怪和藐視；
奇妙啊！這突來的邂逅：是誰的
　　　　　傑作？！

星期日，恬靜的旅社中
　　人們解衣就寢，企圖遣走旅途的疲憊，
對著躺在牀上的蓓蒂，我使了個眼色；
　　「讓我們到鳳山的禮拜堂去吧，
那兒，我們定能找著咱的大朋友——」
她卻否定地搖了搖頭；
「他們不會允許我們出去的——」
是的，他們永不會高興我們個別行動，
誠然，不如意的事兒著實太多了！……
　　我乏味地想著。

滾動的車輪
　　載著多少失落了的夢
去了，遠離了，消逝了……
啊，總是那般遠，而又那般近；
　　離自鳳凰並木的林蔭道

　　　　　　　　　　　　勞動節　夢後──

艾薩：

不要想到怎麼來安慰我，也不必與我分嘗這份苦惱，就算是你的安慰有效，或因你之分嘗而減少我許多苦惱，然而這不是我們所盼望的，艾薩，個人之獲得安慰與減少苦惱與「不平」的客觀存在有什麼關係哪！不是你自己去尋找，不平就會逼著你看、聽，和感覺。午前接到你的信正讀了一半，便發生一件不平的事。誠如你說，向這個被群眾認可為「尋常」的不平而抗議，反而是公認的無謂；的確是無謂的，按照「尋常」的慣例，別人壓迫士兵，與我有何痛癢！別人不把士兵人格當做人格，只要我的人格不受影響，復又與我何關！可是小弟，明哲保身的生活態度害死我們的民族了！可寬恕而不寬恕，那太殘忍；不可寬恕而寬恕，尤其殘忍！因為這個社會實不能再容許不可寬恕的事和人來殘害良善。對于你——有著心靈默契的小弟，我只寄望你，有能力的時候，打盡不平；沒這份能力，便要默記每一椿不平，這樣可以長保一顆赤子之心，青春由之長存！而這樣，勝似你給我以安慰以及同我分嘗。至少我們有一個可靠的信念，傻子永不寂寞，且比聰明人更不寂寞，別看成群結隊的聰明人那樣的大聲勢，他們卻不曾有過知己，他們也不要知己；果真聰明人說「你是我的知己」，那只不過為要讓你跟他挨近一些，以便更有把握殺砍你！

固然，上帝曾給人間留下不少的不平，也許這便是造物主的藝術，也許更是一種鼓勵的默示。唯其藝術，所以要人類以創造而參天；唯其鼓勵的默示，所以要人類省察各自的職屬。我記得很清楚，我的三叔（我家的老僕）告老退休的時候，他的兒女都由我父親供濟受到高等教育，且各成家立業，三叔本該照著我父親的意思留在我們家以養天年，可是他自認為伴著我父親半生，已從我父親這兒習得治家之道了，暗自的要用「ㄅㄚㄅㄚˊ」給他的家業來在晚年試驗，他回去了，可是媳婦不賢，兒子不孝，他不能像父親那樣開明的接受這個事實。而他愚蠢的努力勒令媳婦要賢，兒子要孝。結果崩了，兒子帶著媳婦

遠走高飛，他又不能如父親一樣的接受這個事實。繼之水災來臨，良田變成汪洋，他又急又氣，一下子病倒了，帶著病回到我們家，他原是一個極風趣極結壯的老人，我却記得他重回我們家的時候，已經骨瘦嶙嶙，人整個的走了樣子，抱著我父親大哭，那時他才有一個澈悟：「大哥，我想透了，我就是你說的那支酒杯，你就是那支海碗。」是這樣！造物主如果是一個很高明的窯匠，你怎能責備祂為什麼不只燒一種花色一種式樣的瓷器？祂的偉大的藝術才能使祂創造出沒有同一個命運的兩個人，沒有同一個式樣的兩片樹葉，如果你是一隻酒杯，你不要妄想去盛大海碗那麼多的水，把大海碗裡面的水完全傾倒給你，你所留得住的，也還只是一酒杯那麼多的水！「不同」不全是「不平」，不同是要萬物相輔相成，「萬綠叢中一點紅」，是一件美麗的藝術作品，如果「萬綠」不服氣，都要變做紅色；或者「一點紅」看著別人都是綠的，也感不平，硬要隨眾。結果將是什麼呢？一片紅或者一片綠，化學品了！沒有一個偉大的畫家可以或願意畫上兩幅一點差別也沒有的畫，一個攝影師却可以並願意無限制的翻印加洗。畫家所以為畫家，攝影師所以為攝影師，分野很明顯。　上帝留下在人間的，與其說是不平，毋甯認為不同。不同不僅是顯示祂的全能，而且「不同」實在只是為互助合作而產生，猶之乎人之五官百骸，各不相同。各有其責，各司其用，五個指頭有長短，但誰也不壓迫誰，誰也不侵害誰。但世間由撒但一手創下的「不同」（姑且認為是不同）是些什麼？階級的、財富的、貧苦的、權勢的、剝削的、寄生的、被壓迫的、被剝削的、被吸吮的……　上帝的不同與魔鬼的「不同」很顯明的不是一回事，我的艾藦，必須嚴格的分出這不同與不平的界線，如果你像你那位球友一樣，把藝術的不同混淆為　上帝的不公平，你將被魔鬼欺騙，放棄真理，只會興嘆「　上帝在這個事情上尚且如此不公平，世間還有什麼平等可言呢？」分不清上帝的不同與魔鬼的不平一如分不清三民主義的民主與共產主義的民主，千千萬萬的人放棄

戰鬥，向罪惡投降、靠攏、繳械，也許正為的是這個不清的混淆。可悲！可痛！被欺騙的可憐蟲！多少人冤死在這個大規模的矇蔽之下！

艾蘼啊！可以以容忍替代不寬恕，但容忍不等于寬恕！這個社會太需要憤世嫉俗的傻子！寬恕不可寬恕的，便是婦人之仁的投降！自弒！終將冤死在面目猙獰的魔鬼的血盆大口裡！值得麼？

何等的急于要讀你第一篇完成的處女作！一如盼望從你那裡得到寵信和愛情。不要等候各篇完成再給我，那差不多是我不可忍耐的。更不要多心的顧慮我有否時間讀。但我須聲明在先，我對于批改不敢說一定可以勝任，在文學的聖域之內誰也不能賣老資格！沒有前輩和先進！依照家族的年齡，我可以做你的叔叔（別氣），也可以像教導自己的姪女那樣的對你，但在文學上我却沒有任何憑藉可以使我高過你。有人寫了一輩子，沒寫出一篇像樣的東西，但有人一生只寫一部作品（像宓西爾），那篇作品却可以震撼全世界。道理就在這裡。

今天是文藝節，沒有可贈送給你的禮品，把僅存的舊作送你吧！雖然幼稚、不成熟，很使我臉紅，但像你把第一次戀情交給那個「華族」一樣，第一次的，總是可留戀的、可懷念的！

文藝節的中午

小弟：

我愛咀嚼惠特曼的「草是什麼？」這句蘊蓄著極深意味的詩句，太多的人已然失去從簡單的事物中發掘奧秘的童心，更重要的，作為一個文藝工作者這顆童心是必須由生至死永不變形。

由是我想到你曾說過：「為什麼要有我這個人？」

沒有人能答覆出這個，　神也沒有藉著任何象跡暗示我們。孔子曾給我們一個絕望的解決：「未知生，焉知死！」不要以為「死亡和婚姻是兩個偉大的未知數」，這兩者倒比「生」容易求得答數或近似值。　耶穌基督的真理講求「永生」，　國父的哲學基礎基建于「民生」史觀，可見我們對于生比死更需要積極地去求解答。

不過問題的比較之下，「怎樣生」比「為何生」要積極得多——當然我不否認「為何生」的問題有著它的寶貴價值。

習慣的「死亡」觀念理應推翻，因為只有當你我在尚未成為那個最原始的單一細胞之前，我們尚未有生命的時候，那才是所謂「死亡」。既而我們在父體內分出那個微小的生命顆粒，我們才始有了「生」，而一個人從有生開始，將永不再熄滅；換言之，生只有開始，沒有結束。就純物質而言，物質不滅，就靈魂言，靈魂不朽，這是最最可靠的宇宙定律，不屬于哪一家的學說，不屬于哪一派的思想，是公認的。然而小弟，又要引用我們的信仰原則了——相對。

生並不因他的無限大的長度的形態就可以證明生是絕對的；以靈魂來說，肉體有死亡，以肉體來說，則靈魂亦有死亡。人類也便因此而分為兩派，屬靈與屬肉，屬　上帝與屬撒但。前者求靈魂的「怎樣生」，後者則求肉體「怎樣生」。這已經使我們明白了一個原則，必須首先在二者之中抉擇其一，然後方可決定這相對的「怎樣生」。

也許我和你都還在徘徊于欲抉擇而未抉擇的痛苦階段裡，嚴格地說，縱使聖賢也不免自我鬥爭，　主的「曠野四十日」，便告訴了我們，只要具備著人性，沒有不掙扎在這個鬥爭之中的，根據人性的心

物合一的狀況（曾給你畫過的那個簡表）不過先知先覺者更有把握獲得靈的勝利。不管勝利和失敗，總是由鬥爭而來，沒有鬥爭即無勝敗。

　　史實曾為我們提出太多的例證，中古以來，前仆後繼直到如今不知萬千的殉道聖徒，他們的力量何自來？對于基督沒有足夠信仰的，也許視此為不可思議的一種迷亂或一種勝過現實的強烈的幻覺所產生的韌性的衝動。不幸，太多的人不能了解這原是出自一種人類最基本的求生本能，不過所求的生，不是在追求大餅鑩鑩的肉體生存的條件而已。

下班了，今天我們打牙祭

五．五．十二時正

　　太多的基督徒把天地末日解釋為宇宙的消滅，這是錯誤的。我認為用大學首章的「物有本末，事有終始」來解釋倒是對的，一個人的肉體不再是有機體了——即所謂死亡——則這個人的天地便算末日。末日不等于完了，末日後的靈魂審判才是相信永生的人的一個開始，頂新的開始。殉道者靠著這個盼望所給予的力量，才會置肉體的死亡痛苦于不顧，有誰不會為一個偉大的盼望而奮鬥呢？奮鬥原是盼望的產物。

　　不了解基督教的，有一個由于一般的宗教養成的觀念，認為凡是宗教都是出世的、消極的。不然，基督教不准許人獨善其身，獨善其身沒有資格進入天國，這就足以說明基督教與其他宗教迥然不同，它是入世的、積極的，而且是一個長期的劇烈運動。我曾說過你，不要學那些淺妄的時髦青年，一面認為唯有窮人和老人才會找一個宗教來求寄託，一面又為基督教的活潑美好的型式而走進教堂客串。何苦呢？強作信仰比沒有信仰更苦、更空虛，而且在這種青年人的心裡普遍而可怕的墮落世代裡，沒有比　主更是青年們所需要的了。從一個人的自殺我

們可以省悟人為什麼而活著？而奮鬥？又為什麼而不要活著？而放棄奮鬥？不為別的，只為著希望！等到一個人懷疑自己活下去究竟有什麼意思，這人已經無所為了，已經趨於毀滅，十分可憐，却十分得不到同情，還有比此更悲慘的！？我們可以想像，一個比老年人有著更多歲月的青年人一旦毫無信仰（甚至為某種原因而勉強信仰）而又對于生命的意義發生懷疑，這未來歲月將在心靈的何等沒有著落下，去安排處理？如此，老年人倒甯可不需宗教了，他們的心靈縱使找不到著落，不甯靜的日子倒遠比年青人來得短促，不是麼？更可以想得到的，一旦我們在肉體上富足了，吃穿無虞，成為衣服架子，製造「革命」的工具，少奶奶豈不比窮妓娼更需要　基督！何況年青的一代決不祇是尋謀精神寄託，年青的一代太需要一個偉大的盼望來引領奮鬥、信仰生命！

五．五．廿二時四〇分

　　當然沒有任何一種信仰可以速成，我不會如〈祈春重奏曲〉的謝家驊那樣慌亂而笨拙的急于要你抓住一個信仰。希望會在未來的更長的時間裡，我會能將　主的福音多多給你。對于你，我有一個信心，相信從音樂當中你已多少對于　主有所認識，這就好。我常想如果我不是生在基督徒的家庭，我亦將很難皈依基督，除非從許多詩人的謳歌與音樂家的頌讚中去認識　祂。但青年朋友將不會向我進勸，因為時下的青年似乎羞于承認自己的宗教信仰，即使是一個虔誠的信徒，也多半為打著科學招牌否定一切道德的社會風氣給懾服了。大家這樣的羞于講求道德，才一日更勝一日陷這個社會于不拔的墮落，却不知科學愈進步，愈需要道德的管制統轄，同時科學的進步愈是證實了造

物主的必然存在！

　　環境確是可怕而詼諧的東西，它要把一個人捏造成什麼樣子，那個人就只有無條件的折服，雖然有人不免咒罵環境，咒罵又生什麼效呢？千金小姐上山砍柴不是令窮人們心想「自討下賤」嗎？涅黑流道夫把田地分給農奴，還有更比這明顯的有利的事嗎？農奴們卻說這是一種陰謀。環境！環境從一個人的初生便不斷的提供同一意義的無其數的事實，使令一個人自自然然對于他的世界有著他自己的一套解釋、一套意義。反乎他的解釋和意義的，且不管客觀的正確與否，一概不認這筆賬，驚奇或者歎息，算是他理當如此的反應。所以一個人果若衝出他由環境一手造成的那一套解釋和意義，則這個人便可期大有作為了，首先可貴的便是他撕破環境的舞弊，向真實接近的去認識環境以外的客觀天地，這人便會極有膽識的去改造環境。

　　我慶幸我的小弟畢竟是不凡的！為此，我將放心你永不會被環境所蒙蔽。尤其作為一個文藝工作者，更需要想人所未想，察人所未察，做人所未做！如果我們不能修煉自己居高臨下的遍視透視眾生，而只是攢謀在芸芸眾生之中去熟習貪婪、奪取，隨遇苟安，我們還有什麼資格給可憐而愚昧的人群指出一條高明的路呢！

　　然而遍視時下已不甘于這個神聖崇高的工作的文藝工作者，就看他們搶奪或者竊取「作家」封號的那股子勁兒，就已注定他們不會寫出有生命有靈魂的作品了。把社會病帶進文藝領域，立門戶、軋派系、劃圈圈、拍馬屁、招兵買馬，用文學作踏上政治的跳板，這一切腐爛的東西現在已經又成為公認的「尋常」了，沒有靈魂的作家（姑尊之為作家）而能寫出有靈魂的作品，那豈不是要母雞生鵝蛋一樣的不可能！

有一種可怕的事情，在大陸上我曾愛慕的作家穆穆和王藍，現在呢？變節了，這變節不是投降共產黨，而是投降了「芸芸眾生」，因為要金錢、要做官、要享受，他們才會寫出《卅五歲的女人》和《定情錶》那種臭東西。這還算好的呢，還算能交出點兒貨色，（儘管是臭魚爛蝦）還有更怪的事，「沒寫過作品的作家」，這不是不可思議的怪事麼？然而多得是！我給他們命名做「文學掮客」，真的，如果文壇要設立一座證券交易所，是不愁沒人手的。

保持一顆純白的靈魂，小弟，你就不愁自己的作品不出色了。一個文藝工作者的靈魂修煉，確是必備的最大的資本。

永遠的去讓那些已經屈服于命運的人感到你的叛逆之可驚，便是不放棄你的靈魂修煉。多需要這樣啊！小弟！唯有這樣你才是文學寵愛的好女兒！

五月六日廿三時四分

※「生就的……」這個知命的懦種的歎息一定要否定它！

憑直覺，我似乎會喜愛〈水德神君〉那篇尚在孕期的新嬰，因為它一定會是土生土長滿身泥土味的作品。也許我的直覺是不可靠的。

很可笑咱們倆的睡眠情形恰恰相反，我是「睡難醒難」，你則「睡易醒易」。不過最近幾天很怪，早晨總是一反常例的六點鐘以前便醒了，而且再睡也睡不著了。過去總是七時（很晚吧！）起床的，現在卻平空提前了一個小時，可是入睡的時間並未提早。要我早晨寫東西，幾乎是不可能的事，從來沒這個習慣，所以現在只有利用早晨提前了一小時的時間裡讀點兒書。

不知你對于華德狄斯耐的卡通片有否興趣？前天看《小飛俠》想

起卡通片一定有助于你的童話創作。我一直沒放過華氏的作品，寫出來，看你曾看過多少：《白雪公主》、《小鹿班比》、《小飛象》、《幻想曲》（我最愛的）、《彩虹曲》、《金童玉女》、《小飛俠》、《愛麗思漫遊記》、《木偶奇遇記》。還有我國萬籟鳴的《鐵扇公主》。《幻想曲》是華氏最精心（我認為）的傑作，以畫面配合音樂，這確是一個創舉，如果你沒看過，那太不幸了！

　　你的作文簿不打算急促的寄還你，其中幾篇既要選用，就不能不慎重一點將我的意見整理齊備向你提供。你不會等著要的。致于存于你處的小說，也不必急于寄還我，有功夫多咀嚼玩味，我要的時候自會通知你。我給你的信件如果情感上沒有保留的必要，還是毀掉的好，那些未成熟的思想將來都會使我臉紅的。我這裡信件是無法保存的，因為從卅九年開始，才兩三年的功夫，就堆積得到處都是，結果硬一硬心（是需要硬心腸呢）都燒了，所以以後乾脆讀過就燒，免得堆積多了反而不忍心。不過你的信例外。玉蘭的百封信當然要保留，好帶回大陸贈送給那位玉蘭，如果她還在人間。她比你們大兩歲。把她的像片寄給你看，這僅存的一張還是去歲在新竹巧遇的蔡紹班（她姐姐的兒子）給我的。我自己存的早在受訓期間那種紊亂的環境裡失

南京劉玉蘭，鳳子（後排左一）／朱西甯攝。

落了。這一張是她十六歲時照的，你瞧她們劉家多少女孩子！勝利那年的秋天，我在電影院做廣告師的時候，每一部新上演的電影，都要招待這些小鬼，連男孩子在內，足足可以佔去一排座位。現在不敢去想那些「豪華世代」了，就像你的「合唱狂世代」一樣。

五四寄去的信和書諒已收到，再談。祝願狂奔的野馬般的靈感助你完成〈草莓的鄉愁〉、〈超人誌〉、〈仙丹仙丹〉、〈問題女兒的自畫像〉、〈姊妹倆〉、〈兇殺犯〉，以及憑我直覺所喜愛的〈水德神君〉。

五．七．十一時四十分

※會客室門前的鳳凰木已經盛開了

大朋友：

不準備向你討原諒了，如果小朋友必須對遲覆你信件作一次自圓其說的話，那麼「幾天來我讓一種莫名的疲憊和懶惰給深深圍住了」便是我全部的理由，但願大朋友不曾忘記你在上封信裡同我談了些什麼。

深謝大朋友為我闡明「不平」與「不同」的分野，說真個的，為什麼我早沒這樣子感到呢？我幾乎一直地在濫用著白色和玫瑰色了！

收到大朋友所寄的書二冊，當天下午就把你的大作拜讀完了，九篇裡頭，我比較的喜歡〈贖罪〉、〈長腿梯子〉、〈金葉行〉、〈拾起屠刀〉和最後的〈大火炬的愛〉（之二），尤其最愛〈長腿梯子〉那種　敘說式的。有一件妙事，記得當大朋友寄來你那篇〈碾房之夜〉時，我曾告訴你我讀著很費力，現在可不了，也許同大朋友談得多，我倒深深地喜愛上那種充滿田野氣味的〈黑話〉（？）了，由是我目前正動起那個「大工程」──閱讀《紅樓夢》──來了哩！更奇妙的是當我讀著你的作品時，我彷彿看到大朋友就在我跟前一樣；如同我唱歌時眼睛裡、心田裡看到那些合唱狂那樣──哦，告訴你，那個站在小朋友前面的大朋友經常是個「有辦法得可恨」的傢伙；因為他會像魔術師使用他的魔棒那樣地使他前面的小朋友熱狂、流淚、拍案、反駁、叫絕甚至於銷魂！我不知怎的為一句像是很平凡的一節描述給深深感動了，「一天下午，我從前魯莊帶著他的信回來，他家的兩條狗已跟我要好。……牠們直把我送了一半路，才停下來。我走了好遠，回過頭去喚牠們，兩隻狗拖著舌頭，搖著尾巴，像是在對我頑皮地笑著：『我們要回去嘍！』……」我多麼喜歡這突然間激起我鄉愁的一句啊！！

枋姐的大作也大半拜讀過了，文句很乾脆俐落，是嗎？讀著我彷彿正在聆聽珠同Today那刀截式的詞令，詳細的，讓我們下一次再談。

大朋友同我談過不少次「生死」「末日、永生」「靈肉」「心

物」……有時候，對於我，會變成非常的抽象而費解，不過我會慢慢讓我自己努力去瞭解它的，因此，容我不能回覆你有關它們的談話，好嗎？下午，我同父親及佣人等到山上植樹去了，回家在等車子的時候，站在高崗上，遙望那起伏的山巒和銀波盪漾的遠海，我忽然很悲哀地感到自己渺小了，誠如枋姐筆下說的「渺小到幾乎失蹤」，我自問「我在等待什麼？」也猜度她們在等待什麼？而大朋友又在等什麼？當小朋友不再疲憊了，我就要寫信問她們「你們在等待什麼啊，告訴我？」也許她們將以為 Eme 何其無聊，竟問起這個題目來，然而人畢竟是靠著期待與盼望活著的哪！

斯娣拉（編按）的相片我看了，也許長大了的她會跟小朋友想像中的較相近。讓小朋友祝福她，為她我將替大朋友歌唱「冬天不久留」，那首〈蘇爾菲格〉的期盼之歌！蓮昭的花瓣小朋友扣留起來了，換以綠色的稻穗，帶狗時摘回來的。相片好好兒保存著，因為它代表著人生過程中美麗的一段。

五月了！有著美麗的清晨、森林、黃昏和良夜的五月，有著豔麗鳳凰木和新綠苦楝樹的五月，讓我們高唱有關讚美五月的歌！

〈仙丹〉寫好了，幾乎令我絕望，好幾次想撕掉的，但自想並非寫作而是習作，自當讓自己知道壞在什麼地方，由是只好忍心把它送至朱伯伯處受訓了，自私的，盡其在我的東西，脫不出個人生活的小圈子，等著挨罵。令我絕望的因素很多：

一、企圖力求簡潔，但作起來後總覺念起來拖泥帶水的，像篇翻
　　譯文。

二、分小段時往往感到迷惑。

三、連接詞──由一個動作換到另一動作時，總很彆扭地自覺
　　除了「於是」「接著」我似乎沒有了別的描述法。

四、對話時副詞句的穿插，一如：她道……接著她又……

總之，讓我絕望的太多了，還是由大朋友把它檢舉出來吧，

現下在寫〈失羊記〉，寫著，寫著，似乎又要絕望了，我必須還得努力一下。

　　請告訴我下面的：

　　「化整為零，化零為整」？「打擺子」？

　　「關老爺賣馬，周倉不肯畫押」？

　　「守著啃爬覆草」？　　　　「鍋巴」？

　　「彆著」？

　　　　　　　　下次談　　晚安

做禮拜時總唱些什麼歌？

　　　　　　　　　　　　　　　小朋友　　13 日 24 時差 13 分

・編按：南京劉玉蘭。

「總是那般遠

而又那般近

離自鳳凰木的林蔭路」

×　×　×

總是那般遠

而又那般近

兩顆靈魂原是緊挨著——

停在鳳凰木的林蔭路

卻一個面朝東

一個面朝西

兩顆靈魂的面前

隔上整個地殼圓周那般遠

其實只須相互轉一個身

便會那般近

可以數得出你的睫毛一根　一根

你也會聽見那顆心蹦跳

和苦樂的呻吟

五．十三．夜

寂寞的一週
不見艾的消息

一週多麼遠
地球自轉了七圈
比得上二十一年

誰要多情的痴想
鳳凰醉紅著面龐
要我托出紅豆一顆
自會訴說出萬般思量

五.十四.周末

艾靡：

你也許想像不出為你的第一個寶寶〈仙丹〉的降生，我喜歡到什麼程度！雖然這個寶寶並不盡如我們的理想——也許還很壞，但我不是照樣地喜愛我自己最初的作品麼？一個母親並不因兒子好才愛。昨天讀過你的〈仙丹〉之後，整天都好像心中存著一件大事，愉快到不安的地步。

不說這些過份偏重情感的傻話了，還是討論作品正經罷，這是你對我的深深囑望的。

首先因為主題正確，〈仙丹〉便有一改再改而臻完美的必要，否則，就只討論一點技巧，作品本身就可棄而不要了。

相信你立意寫〈仙丹〉的目的，旨在「嘲弄迷信」。根據此而取的題材是恰當的，這裡我更看到你除嘲弄之外，還對于迷信有著沉痛的咒詛，因為它殘酷地傷害了孩子的孱弱天真的心靈和一個徒然盼望的被摧殘。這裡說明了「迷信——徒然」最愚昧的欺騙莫過于迷信。

很奇怪，我雖不願自作多情（你指說男性都愛如此）的認為你和我已然在彼此的心靈中有著神祕的默契和感應，但有一個事實，〈仙丹〉和我上個月底發表的〈青龍神〉，在主題上表現了我們在同一時間（寫作的時間可能不會差得太遠）對于同一事物的同一態度（看法和想法，亦即觀察和批判）。

就你所提出的「絕望因素」（不知何以你勸我不可急于絕望，反而自己一開始就絕望）我們談談。

一、企圖簡潔，但仍是拖泥帶水的像篇譯文。

這個毛病一則出于語句尚未洗練，在你現階段中是不可避免的，再則，是由于小段落沒分得好。（何言絕望！）

二、分小段時，往往感到迷惑。

分小段落是很難說出原則的，也許是因為我不太愛分割小段落，在這方面缺乏心得的緣故。不過大體的說，當你需要用連接詞而又感

到這個連接詞放在裡面重複煩膩或者生硬時，那末下文很可以另作一段了，但這不是一成不變的原則，而且分小段落決不為的是省略連接詞。不過具體一點的打個比喻，處置小段落很可以如處理電影鏡頭一樣，一個鏡頭的轉換（由甲人轉乙人，由甲地轉乙地，由甲事轉乙事，由甲時轉乙時，由甲的主觀轉乙的主觀……）近似一個小段落的分割。

三、連接詞──由一個動作換到另一動作，總很彆扭地除了「於是」「接著」我似乎沒有別的描述法。

這我有同感，不過不太頭疼，也許我的連接詞比較豐富一些，但連接詞總要盡量減少才是。〈仙丹〉裡面可以剔除連接詞的地方很多，你最好試一試，在感到需用它的地方，偏不用，看是否影響文氣，再作決定。要不然就用分小段落的辦法來解決。當然這不是說連接詞不可以用，而是盡量少用。

四、對話時副詞的穿插，一如：她道……接著她又……，若照一般時下的型式，完全採用西洋的方式：

「你吃晚飯了沒有？」

「還沒有。」

這是最省事的，不必穿插了。我個人不喜歡這種方式，也可以說現在除掉朱西甯，沒人再採用中國說部的方式了：

他道：「你吃晚飯了沒有？」她道：「還沒有。」

不過採用這種方式，必須在對話的措詞上下功夫，否則的話，左一個道，右一個道，便顯得囉嗦。像：

他道：「你吃飯了沒有？」她道：「還沒有。」

這種一問一答的呆板對話，自然令人感到他道她道的很討厭，如果我們在措詞上下些功夫，使對話的意思不變，而措詞不再是一問一答的那麼呆板：

他道：「晚飯吃啦？」她道：「怎麼，你打算請客？正好！」

由于對話的措詞吸引人，自然而然用得再多的他道，也不顯重複煩膩了，試看《紅樓夢》，用得何等多，却一點不煩厭。我偏愛中國說部的方式，不一定純粹是出自民族情感，認為中國一切都是好的。在文學用語上，一國有一國的方式，這個方式不是由哪一個人規定的，而是歷代相傳，自自然然的形成。西洋的文法跟我們相反「Republic of China.」在中國却是「中華民國」，如果硬要倒裝：

「晚飯吃啦？」他問。

「怎麼？」她道：「你打算請客？正好。」

那也如同硬要「民國中華」一樣的可笑。當然一切不都是絕對的，上面這個倒裝方式用在緊張的場面，吵架或者激辯，自然比我們中國的方式要適用得多。

用中國說部的方式最大的優點是在大的場合裡，兩個人以上的對話如果用西洋說部的方式，至少對于中國人而言，那很含混彆扭。其次的優點，便是逼使作者對于對話的措詞多下功夫。在陳紀瀅、羅洛、楊念慈、熙、安甯、司徒衛等的論評中（評《大火炬的愛》）幾乎一致的推崇作品的特色是成就在對話上面。可能這種所謂成就正是由于「方式」逼使產生的。中國說部的方式。

只有朱西甯的作品中還存留，一如現代的小說對話只有朱西甯比較有成就。你該不會笑我自吹自擂？

正告我的艾蘼，對于採用何種方式，我決不妄加主張，但不管怎樣，對話在小說裡的地位，決不低于在戲劇裡的地位，不要只因為逃避一點所謂副詞穿插引起的困難而廢置中國說部的方式，同時也大可不必由于民族情感的偏愛而完全否定了西洋說部的方式的優點。主要地，我們採用好的方式，採用我們感到合乎自己的，使自己因之而能夠得心應手的一切好的方式。

〈仙丹〉有兩點忽略，一是「既非祭日又非節日」，女僕為什麼要帶祭品上廟祭告。二是「淑惠」為百日咳不得痊癒而求仙丹，文中

應該穿插兩三次淑惠的咳嗽而忽略了穿插。需省略而不省略，固然拖泥帶水；需交待而不交待，則使作品流于含混不清而露破綻。此兩點忽略所好是很容易補救的。其他細節容我對你放肆，就寫在稿箋上了。但我須要求你不許想到這是一種批改。但願大朋友的拙見也好，主見也好，對你能有所供獻。果真如此，我就坦然了，也不負你示我此文的寵信了。

討論這些問題時，我就痛感何以我們不能在一起用言語來探討，那將多麼明晰清楚而又易于述說！過去廿四五期有兩個學生（是我的山東同鄉）經常在課餘的時候來我這裡要我跟他們談文學問題，每次總是談得很澈底，因為面對面，最能談得透澈，且隨時提出問題謀求解答，有時他們帶來作品，我並不修改，而利用一種更明晰的方法，指點著作品一點點的分析討論，真是再省心也沒有。可是自從他們分發到前線之後，我就再也鼓不起勁兒跟他們談論了，文字比諸言語，在討論問題時真是多笨多不經濟的工具！對你，老實說，若不是愛你如此深永，我實在沒這份耐心。願你饒恕我的自私。

就作品而談理論，當然比空談理論更易使人接受。可是讀你的過去作文以及這篇小說的時候，或者讀中國古代的文學作品的時候，我就有一種飢渴的希望，想到能與我的小弟相廝守多好！那樣我可以盡心盡性盡力的為你供獻出我的知的範疇內所有的東西。先不要著惱，容我說，祖國文化深厚的寶藏，實在你所得的少得可憐呢！過去異族的統治以及光復後國家在內憂外患的煎熬下，使得你不曾得到整套的東西，這對你著實是極大的不幸，想到這裡，我便為祖國對不起你們台灣青年的歉疚而感辛酸與悲慟。但願我會有能力為祖國向你們補贖這個重大的罪愆！然而何等渺茫的心願！我是這樣的薄弱、無能！但所幸我有了你，那末這心願但願能在你的身上實現。

其實話又說回來，怎樣的實現？我又茫然了！

我常是非份的妄想著，能跟你廝守在一起，首先我們把《紅樓

夢》、《三國演義》、《西廂記》、《水滸傳》、《金瓶梅》、《列國志》、《聊齋誌異》、《兒女英雄傳》、《醒世姻緣》、《儒林外史》、《鏡花緣》……一張張的共同讀，一點點的共同品味，把所有的中國的說部（大部份是山東人的作品，所謂齊魯文學）統統在兩個人的共同咀嚼下把生活充滿，那真是神仙生活，高官厚祿南面王也動不了我的心了！

然而可怕的繁褥的阻撓使我的妄想後面緊跟著的是寒心，到頭來又是一場……不說也罷！

努力罷，你說的「長期的奮鬥」，文學的艱難道路伸延在你的面前，起步之初固不可輕言絕望，即使更艱難，仍要往前走。文學使我們的生命擴大和永久，我們一定要自始至終此志不渝的付出我們的信心才成！

什麼「有辦法得可恨」！言過其實罷了，只怕「沒辦法得可憐」呢！我覺得你太愛說鄉愁和銷魂了，後者已經被大家用做很不體面的事情上了，當然我不會那麼曲解，更不會笑你，但你避免和其他的不管男性或女性的朋友用這個已被習慣公認為不雅的詞兒，免得讓不了解你的人引為笑柄。大朋友自然懂得你所謂的銷魂。

謝謝你為鳳子祝福，相信她會在天國裡為你祝福。不知怎的，寫完了〈糖衣奎寧丸〉，那個設想的結局就長遠釘在我的心版上，褪不去了。也許你說的很對，那是人生過程中美麗的一段，淡淡的，卻又是深深的。你說「長大了的她會跟小朋友想像中的比較相近。」其實我一樣地不曾看見她長大，十七歲不還是一個小孩子嗎？她的母親不僅是一個妾，且是妓女出身，就為這個，迂腐的基督徒就有強烈反對的理由了。我那時就已打算為她而做家庭和教會的叛徒了，不過我總相信開明的父親不會嚴令我就範于一種錯誤觀念所定的律法的，我只擔心六姐，因為她正是未亡人中反對我的五姐再嫁的一個，不知為什麼，六姐卻屬于陳舊的頑固派。在那一派人物當中永遠寬容丈夫在外

面玩女人（所謂賢慧），也永遠卑視庶出（妾生）的兒女。（這在《紅樓夢》的榮國府裡處處表現著）不用說，同庶出的女孩子結合，簡直是最最可恥的。彷彿庶出的孩子滿身都是罪惡似的，而且低人一等，真是可笑復又可恨的錯誤。

那末在五月最後的那天夜裡我們挑一個時間合唱霍夫曼故事的〈五月之夜〉好吧？隔著遙遠的遙遠的山和水，讓我們唱：「啊良夜，五月之夜……良夜願受寵信，良夜比白晝更溫馨……」

五月十六日廿二時三刻
寫在這間「緊張的屋子」裡
你曾稍坐的椅子正在我的身畔

我曾思量你說過的「任何一個異性朋友如果對小朋友說我愛你。（後面被塗去的三個字，雖然認得出，但既經你否定了，就不作此說了）小朋友都不會驚異。」

因為你不曾跟我說出理由，只好由我來推斷了。當然不會盡如你的想法。我覺得深湛的情感是永遠用不著說明的。誰愛誰，誰自然心領神會，言語和文字在深湛的情感面前該是何等的多餘而虛偽！愈思量，我愈覺得你是對的。在戲劇裡面，因為需要用言語向觀眾表白，那些多餘的却成為必須的，可是戲劇終是戲劇，戲劇來自人生却不等于人生。差不多所有的偉大愛情都是無言的，我們不曾聽見一個母親告訴她的孩子「我愛你！」可是沒有比母愛更偉大的愛情。由於你很小的時候你便會鍾情於那個「華族」，我才推斷你不是對於異性的愛感到乏味的那種孤癖成性的女孩子，況且天才永遠敏感于情感，愛和憎正是一個天才的全部生命。可是太多的世人喜愛「言語的保證」，雖然明知情感永遠不能夠聽從保證的安排，就像人們求卜問卦一樣，

要求安慰的心願遠過于要求保證。其實這「安慰」比可憐的保證並不更靠得住，仍然只是在太多太多的疑懼當中自我瞞哄的找點精神去路而已。人是靠著希望活下去的，但希望什麼？美滿、知識、物慾、真理……太多，歸納起來，只是希望一個「靠到住」。人們為著希望這個靠得住，而世間又沒有什麼靠得住的，乃無可奈何地創設出卜卦、迷信、徵兆、疑神疑鬼地尋找吉凶的象跡。這樣，言語的保證自然也就應運而生了。

正確的！你能不迷惑于言語的保證，這便是你有著超乎俗子的可誇的智慧，我支持你的想法，並引進我的生活實踐裡面。但願這正是你的想法。我則等候你的同意或反駁。

〈仙丹〉挨兩天寄去好不？讓我細心地讀，一點不留情的加以「修刪」，希望會能如你所矚望的。並且寄回你殺青之後仍要給我留給《荒野》。如果你願意，我可以為你送出去發表。還有，你用什麼做筆名？好好的想一想，隨著心意給自己取名子，很有意思的。我的筆名還是初中二年級時取的，因為那個時候政治野心很大，要做青海省的省長，並且兼西寧市的市長。西寧市在大陸上是一座很乾淨清澈的都市，而且地居「大西北」。

去年你那篇〈禁錮〉經我整理後寄交《中央日報》「婦女與家庭周刊」，想藉這塊地方吶喊吶喊，誰知拖延了近兩個月沒消息，我去信要回來了，所有那些「刺眼」的詞句修改的不成樣子。照原稿又抄了一遍，寄交《今日婦女》，又好幾個月了，不見消息，最近想寫信去討要。那一篇不發表也罷，這些小膽量的傢伙也別叫她們為難了，很可憐的！

五月十七日午後三時

一、時下「女作家」者輩，十之八九均染上不可救藥的美麗病，一味在詞藻上下功夫，一如她們在裝飾上塗粉抹脂一樣的努力時髦。這在艾蘼筆下幸而沒有，根據這個健康的方向，放心前行，永遠地抓緊純樸和深刻，這就是自信。

二、生活圈子狹小固然使作品的廣度受限制，但如果在深度上下心地發掘、體味、追求，一樣地可以補足以上的缺陷。然而如何擴展生活範疇，仍屬必要。

三、首次的創作之艱難困惑，那是可以想像得到的。文學的路子即使有良師引導，亦萬無捷徑可走之理，長期地探索、尋求，最迂緩的速度莫過于文學的長進，這真需要一個盲人那樣的耐心，急不得的。

四、如果說這是一種「修改」，便已經定是失敗的了。一個人的文章自有他自己獨特的風格、筆路，以及非他人所能完全領會的獨到之處，這一切都說明一篇完整的文學作品不可能加進另一個人的一句話、一個字，甚或是一個標點符號。然而迫于只能以文字交換意見的情勢，青海不得不那樣愚蠢而徒然地放肆。然而你一定要接受我的懇求，那就是把所有的「修改」之處當做一種參考而非參照，當做未定的而非肯定的。我主張尊重一個人的作品完整，正如同尊重一個人的人格完整。否則，〈仙丹〉將成為你和我合作的作品了。一篇好的作品決不可能屬乎兩個人。

五、我注意地尋找何以你的筆法往往近乎譯文，主要的原因是你太遵守——或可以說是拘泥——文法。處處可以發現你唯恐你的造詞遣句不合文法，這是因為你把言語和文字分了家。另一方面，很顯然地你未能領會並運用言語的巧妙。而這言語，十足的代表著一個民族的深厚的力量。莎士比亞是最不遵守文法的一個，然而莎士比亞卻是最精于運用英語的一個。如何使活的語言變為文字，實在可以決定一個作家的成就。的確，尤其素不講求文法的中國文字和語言，更需要

你我來努力創造怎樣把文字和語言拉近。比如「曬太陽！」這意思原是讓人（物）被太陽曬曬。太陽原是主詞，在語言裡面却成了賓詞。如果你拘泥于文法，則勢必改為：「被太陽曬！」像話嗎？不像一句話了。雖然講得通，但多麼死板！文學不是科學，決不可死板呆滯。

六、文中「修改」處，往往嚴謹得一個字也不放過，多半是根據語氣的構成，加強語氣或者緩和語氣。再不就是由于語言本身的特殊性，就像「被太陽曬。」一定要改成「曬太陽」。

要談論的，還多著，然而我又要咒詛文字的累贅與無能了，等著你自己再一次的修改之後，再談論。

還須聲明，所有的意見是不成熟的，而且純粹屬乎青海個人的，不要看重它們！

五．十八．夜

( )

我的通訊地址必須換過了，
因為我勢難再麻煩秋姐姐

大朋友：

我該從何談起呢？本來對你是無關緊要的事，我的通訊地址必須換過了，因為我勢難再麻煩秋姐姐。事實是這樣：我同她家僅隔一條鐵路，頂多也不過100公尺，我們是親戚，她家裡只有她同一位頗開明的老母親，靠著她的薪水（教員）過活，幾年來她同我的大哥一直是很好的（雖然遙隔天涯），最近由于我另一姑婆的奔走，大哥同秋姐姐（照理是秋姨姨）之間的事有了新的進展了，於是乎二家（她家同我家）對於二家都互相的變得重要起來，因此新的恐懼也就跟著來了，為我作祕密的郵局，如果不幸事洩了，對於他們的事將大有影響。那位好心腸的姑婆（不是諷刺確是這樣）昨兒特地私自地把這個利害關係講給我聽，她說如果是自己哥哥或女同伴倒不打緊，要是男朋友尤其是外省的（大朋友，你一定得原諒我！好嗎？）我就應該考慮，如果將來有了什麼好歹，或事情讓父親知道了，那不但我自己怎麼樣、怎麼樣，連那家人（指秋姐姐的）也會受累……她沒講到一

秋姐姐邱秋蘭（左）。

半，我便告訴我自己該是鳴鼓收兵的時候了，因為這位姑婆同那家的姑婆（秋姐姐的媽媽）是很要好的表姊妹。她還比喻了許多例子恕我不告訴你，因為對於我的大朋友，那將是殘酷的侮辱！

我原想馬上告訴你，在小朋友在外邊兒有了工作以前別再寄信給我，所幸在這兒我還有一位服務在國校的大姐姐（朋友），她是一個很靠得住的，剛巧她今天到我家來，我便把事情告訴了她（她原也知道我有像大朋友那樣

的一位友人），她不等我說完，便一口答應為我效勞了，可是她說道：「我的所以自告奮勇地為你收轉，是因為我相信你，也相信並尊重你們之間的高潔的友誼的緣故」我不知道我該怎樣地感謝她！不知大朋友是否也有同感？由是以後來信就請寄「銅鑼國民學校，邱瑞菊老師收」不要寫煩轉某某某，只要大朋友用的那樣的信封，她便會知道是大朋友所寄去，切記！！附郵時頂好不要在禮拜六，因為次日是禮拜天，不上課之故。談著談著，我有一種悲痛的感覺──為什麼對於那個唯一較同我親近的成年人──父親──我還必須這樣不名正言順地行動？　（十八日，廿三時）

（一個月前的現在，我們都正帶著滿腔悵惘躺在牀上哩！）

為什麼那麼悲慘的設想要死釘在大朋友的心裡頭呢？！我有一個信心，大朋友的她不會失去，為你她會堅強地活著，你必須不要放棄期盼，她會在天涯的一角（不是很使我感到悲傷的天國）為大朋友祈禱！讓小朋友再次替你高唱「冬天不久留，春天要離開，春天要離開……，任時間無情，我相信你會來，我相信你會來，我始終不渝，朝朝暮暮忠誠地等待，啊～……」我必須帶狗去了，我將在田野中為你高唱！　（十九日清晨）

當如何感謝大朋友不嫌煩地為我提供那麼多意見！大朋友對它（我的寶寶）的垂愛使小朋友拾起了重新往前走的勇氣，昨天我一口氣寫了幾百字，可能在幾天後把它〈失羊記〉送到你那兒去整容（？）。關於大朋友所說〈仙丹〉所忽略的二點，在寫作時我也曾想到，咳嗽由於我不知道該用什麼字眼兒，又另外一點則自我原諒的偷懶了一下，也就把它們給作罷了。

不要把它們拿去發表，我不願意為了這些幼稚的東西給大朋友加上一層的麻煩，我只是習作，只要經過大朋友的批閱，使我明白我應該改進的地方，我就很滿足很快樂了。哦，我記得福樓拜對莫泊桑的指教態度是很苛刻很嚴峻的呢，雖然我們不能同他們相比。不要再為

〈禁錮〉勞神了，讓它留著。不要急著為《荒野》留〈仙丹〉，讓我慢慢寫，然後大朋友再從中挑出你喜愛的寶寶好不？我有這樣的信心——小朋友將寫出比〈仙丹〉較充實一點的東西——不要僅為了〈仙丹〉是我的第一個寶寶（其實不完全是頭生的呢）就使《荒野》受委曲了，讓我們不要太情感地去用事。我講了很多「不要……」我幾乎有點兒怕大朋友將以為「Eme啊，到頭來，你會要我不要呼吸了哩！」

小美媆現在已喬遷到我房間隔壁的小倉庫裡了，是這樣，上次同父親把牠移到木箱的當兒，由於父親把木箱格子做得太大，牠便跳出來鑽進倉庫中的木櫥底下再也不出來了，不過我還是天天給牠送食物去的，別惦記了，許久沒得著傻瓜的消息，牠究竟怎樣了？凱蒂平均每天不知從那兒弄來小耗子，可是牠很少把獵物吃掉，總是將其活生生地玩弄到死為止，很殘忍的。有一次牠躺在我的牀上，我故意把二隻握緊的拳頭揍到臉前，瞪大著眼睛，以一個兇殺犯的姿態一步一步地逼近牠，你猜牠怎麼著？牠彷彿恐怖地瞪大著眼睛，帶著不安的疑問「ㄋㄧㄠˇ——」的叫了起來，告訴你，那種類似英語的「Why？—— Why？——」的語氣，是我所聽到的動物的叫聲中最最可愛，而又可憐的聲音了！真的，聽著、聽著，我不自覺的把緊握的拳頭垂下來了。

五月的夜空很美，我不會忘記去年的現在我在台南看過的五月夜晚的天空！大朋友，聽我說，夜晚到鳳凰木的林蔭路去！仰望兩旁並木中間，閃爍在銀河似的空間的星，你將會感到說不出的愉快，可惜鳳凰木生得太矮，不然，它們中間的天空就會變得更深遠而星星也就會更美了。記得高一軍中服務時，我們總是夜行回校的，當那大卡車駛進新竹同竹北間的榆樹林蔭路時，我最愛同朋友頭靠頭地仰望伸展在很高的並木中間的深遠的夜空和星星，那時我們總會不知不覺地哼起星星的歌來，去吧，沒有月亮，只有星星的晚上去到那個林蔭路上，你將會聽到鳳凰的私語，良夜的歡息和隔著千山萬水傳來的霍夫曼故

事的歌聲！

　　下面又要勞你神了：「一人向隅」「裱褙」「玉樹臨風」「不識
之無」「詩人何苦來穿二尺半？……」（為什麼把當兵用「二尺半」
代之？）

十九日中午

4/4　　　　　　　　　星星世界

　　5・5 6 5 3 1 ｜ 1 — 60 ｜ 5・1 3 1 5 3 ｜ 2 — 0 ｜

1. 沒 有 月亮 的 天　空　裡　　若 斷若繼的星　光
2. 沒 有 雲彩 的 天　空　裡　　一 道燦燦的光　芒

　　5・5 6 5 3 1 ｜ 1 — 60 ｜ 5・1 3 2 1 7 ｜ 1 — 0 ｜

那 閃 閃燦爛的　光　　輝　照 耀已黑的大　地
七 夕 如牛郎和　織　　女　一 年一度的相　見

　　2・1 2 3 4 2 ｜ 3 — 5 — ｜ 6・6 5 3 4 3 ｜ 2 — 0 ｜

啊 遙 遙欲墜的　繁　星　天 真活潑的姿　容
哭 到 天空變成　銀　河　抬 頭看萬里彼　方

　　5・5 6 5 3 1 ｜ 1 — 60 ｜ 5 1 3 2 1 7 ｜ 1 — 01 ｜

人 智 無涯高遠　無　窮　矯健的繁星繁　星
未 曾 開墾的處　女　河　啊洋洋的天上　河

　　過去六年的通學生活中，每天黃昏我就要在車窗裡，對著夕陽的
餘暉和天邊第一顆出現的星星歌唱這支歌。

十九日午飯後

小弟：

　　讀完了你十八日夜的手札，心便被一種無以名之的痛楚噬咬著，激怒和失望，還有其他。當一個人意欲施行強暴的毀滅卻又立時為一種柔和的力量加以勸阻時，那是一種什麼樣舉棋不定的苦況？你素愛乾脆、爽快，自不難體會。

　　整個的腦袋在熱烘烘的燒著，正像是所謂「生命的熱流」從那里反叛似的滾騰，我深知，如果我不待冷靜之後回覆你，我將會發出最惡毒的咒詛，而那一切對于我的小弟是極不應該的，雖然我要咒詛的原是那些發昏得可憐的上一代。——恕我吧，我豈不是應該尊敬你的上一代！

　　我何曾不是在努力地自我檢省！自然外省人百分之百的對不起台灣的同胞，外省人太使台灣的同胞傷心。然而難道就不給我們一個補贖的機會麼？難道就固執地讓這一道並非不可彌補的鴻溝永遠地存在下去麼？幸而年青的一代給我們（至少是我）這一個機會。要不是在年青的一代之間建立起相互諒解的情誼，我恐怕簡直不敢指說上一代的不對了。因為他們老人家所堅持的幾乎是含有血海深仇的那樣頑強態度，差不多使我自認外省人在台胞的腳前該死一萬個死也不能抹去過往的過失。本來罪人如果不存心辯護，那就只有引頸就戮，壓根沒權要求赦罪，然而人們豈不該奉行　上帝的旨意，多饒恕人一些！至少也該留給罪人一個懺悔的機會！

　　老人的冥頑的結果怎樣呢？千篇一律地，給年青人導演一齣悽慘的悲劇而已，（可曾讀過莎士比亞的柔蜜歐與朱麗葉的詩劇？）而那種執迷不悟的冥頑似乎除非悲劇落幕致使他們痛不欲生，他們便永遠不會有一點點先見之明的提早覺悟。這代表著全人類的愚昧，而奇怪的是，人們年紀愈大，應該由於不少的經驗而愈聰明一些，事實竟是恰恰相反，年青人反而得從天賦保存一部份的神性。在年青人的心理感覺，正如傑克·倫敦所曾痛苦地經驗的：「我最初所得到的一個（人

生的）最強烈的印象，乃是人們的愚昧。」「經驗可以使人愚昧。」要不是這句話有語病，一定那些使令人們愚昧的「經驗」原是可怕的毒藥，還有更好的解釋沒有？問你！！

我原不應感激秋姐姐，也不應感激邱老師！然而老一代的固執存在一天，我便須由衷地，甚至痛傷地感激她們！在由成年人組成的（不如說是把持的、壟斷的）這個天地裡，年青人何等孤單！猶如資本主義者迫害下的勞働大眾，在為自己的幸福和社會以及人類的幸福的工作上，我們豈不是有過之而無不及地被壓迫、被剝削、被售賣麼？只因為我們曾吃過他們一二十年的飯，這便是他們認為可以辯倒天下的「天理」了！——然而年青人並沒有想到不供給自己將來的子女們一二十年的飯吃。人類撫養的責任原是一代代傳遞的，沒有說哪一代特別神氣！特別勞苦功高！而他們所堅持的可以辯倒天下的「天理」，也無非說明我們只是他們餵飼的豬，吃了他們的飯，自然要獻出我們的肉讓他們飽餐或者售賣。如果他們說，他們對于他們上一代便是這樣的，那很好，捧出「傳統」來彈壓，「傳統」的本身原已周身瘡膿了，有什麼顏面為所欲為？丟臉的很呢！我沒有想到反對中華民族特有的美德——孝，然而孝難道就是不管青紅皂白的為滿足一個愚昧的錯誤需要而捨命麼？要我們捨命的機遇太多了，如果說為民族的團結捨命更重要，為祖國的復興捨命更重要，為三民主義的推行以之拯救廣大的窮苦受壓迫的大眾而捨命更形重要，那麼就算是為最純正的孝而捨命，則相形之下，殊重殊輕？何況那些偏狹自私無理取鬧地命令我們去盡孝的可憎之舉，永遠不能夠使我們服從。就算是他們更聰明地用愛來降服我們，然而天下並沒有「因為我愛你，你便必須回愛我。」的可笑的定理，愛原是不全可逆的化學方程式。讓他們自己說吧，他們的愛與憎可否一律是出自強迫的？如果他們昧著良心答覆我們「是肯定的」，那就讓他們強迫他們自己憎恨我們吧！我們的工作還多著：自由，平等，戰爭，和平，多少個艱難而重要的沉重的

工作！我們要的是真理，不是那個「傳統的天理」，我們雖正年青，身體的年歲不過幾十個春天，工作繁重，去日苦多，我們大可不必去與「傳統的天理」妄費唇舌的，他們是不可理喻的！因為他們只要還有被說服的一線希望，我們也決不會對他們灰心。

　　那麼，如果並不為難，你就要代我向秋姐姐和邱老師致以最青年人地感激，真實而發自靈魂深處地，而且不是為著像老一代所謂「投之以桃，報之以李」那種貿易式地——因為在他們看來，你若不投我以桃，我便不必報你以李了——所以我之感激，不是感激她們倆協助你我通訊（如果是這樣，我們很可以付給她們倆應有的郵資像把她們當做郵差一樣，那豈不是完全遵循了上一代的路線，而侮辱了秋姐姐和邱老師！）感激的是，她們信任我們、贊同我們，並且和我們倆一樣地否定了——不！摧殘並推翻了上一代的那些腐臭得可怖的想法。並且她們是仁慈地容許外省人的我得有機會來補贖！懺悔！獻出我的力！

五．廿．防空演習之後，廿三時十五分

　　為什麼說「對你是無關緊要的事」？難道一旦你我斷絕音訊，在我不也一樣的等于「物喪人亡兩不知」！甚至為此發狂！難不成到今天你還不了解不相信我的心詣！？

　　我該如何期望你將成為中國的莫泊桑！而我也並不謙遜我將以福樓拜自居，只不過在目前我決不敢于那麼自大狂妄。因為我們都在成長期，在這個期間我們不能夠確定我們自己，今天把它當做美味的，明天便會見著它就要嘔吐了。誰在成長期間不是在不斷地否定昨天呢？然而你放心吧，艾蘼，我自會本著「愛之愈深，責之愈切。」來鞭策你前進，我不會放鬆你的。但不管誰對誰好，你我之間不准言謝，否則，那便等于上次跟你談的那些：言語比事實重要了。

怎樣？當你十九號接到你的原稿時，瞧著我把你的寶寶糟蹋得那樣的面目全非，心疼呢？還是覺得福樓拜果真對于莫泊桑夠得上苛刻嚴峻？奇怪，為什麼老是要無形中討你的便宜？你是否知道福氏是莫氏的舅父？

昨夜防空演習，我獨自坐在大操場南端的一座小橋上，漆黑而死寂的夜晚，我却聽盡小溪如泣如訴的嗚咽。多快啊，相違又復一月，想思寂寞何時了？人為什麼要有情感啊？能如禽獸倒是一無牽掛，簷下一雙飛燕又回舊巢，他們總是不用分離的，也沒有上一代加以干涉，他們定不會愚蠢地為自己子女製造悲劇！倚靠著橋欄，我想到哪里去啦？這時候艾薇豈不也是廝守在黑沉沉的寂寞裡？遙隔著關山重重。然而縱使相隔在地球兩極，又何足畏！可畏的反而是那些已經失去了皮下脂肪的蒼枯的手，隔在兩地之間，要我們一個面東，一個面西。恨不能要我們永世不得相見，似乎不這樣，天下便會大亂不止，太平無望。真不可理解！可是枉費心機有什麼用場？鳳凰木的林蔭路上，那個他們連想也不曾想過是什麼模樣的，但很像一顆一觸即發的炸彈那麼危險的青年，豈不是在繁星的靜夜裡，依樣清晰傾聽到「鳳凰的私語，良夜的歡息和隔著千山萬水傳來的霍夫曼故事的歌聲！」他們太相信肉體，當然靈魂的際遇是他們不可思議、意想不到的事。艾薇，我們會勝利的，就憑著受苦的青年朋友如許勢眾，我們便有信心了。

但是有一件很使我不快的事，我知道你的賢慧遠勝于你要我知道的。失去的，便是失去的，勉強要我不承認失去，那是不智的。而且我對于失去的，並非就不再紀念她們，我也不曾心硬過。好不好別這樣？因為不止一次你這樣企圖用一個時時絕望的事實硬要我當做希望的接受，硬要我內心感到對你負疚。也許我太自私！

五．廿一．晨

我多麼鮮明地瞧著那幕形象：頑皮的兇殺犯！一個輕佻的腳步便踏著一支低音琴鍵，１５３１５３１５……啊！可憐的凱蒂會經不住你這頑皮的驚嚇的。然而我不好勸止你心中這個惡作劇，永遠像一個孩子，這是必須的。而且我也跟你一樣，我喜愛逗引傻瓜發怒，那種「刺──」的一聲，周身的毛腋悚立著，使我看見牠們原始的野性，像一支豹子。

〈星星世界〉，使我又聽見ㄉㄚ ㄉㄚˊ那低沉的歌聲，不過他唱的是讚美詩：「我有一位朋友耶穌，醫我痛苦解我憂……」而總是黃昏的時候，躺在逐漸暗下來的屋子裡的籐椅上。我有一個強韌的信心，不管什麼時候重回故鄉，總會再見到他老人家，因為他說過：「上帝一定讓我看見和平！」並且從軍時（在首都南京）他送我到明故宮機場分別時，我們父子倆非常快樂，一點也不感到別離之痛，不像是同媽、六姐、八姐、五姐以及姪輩甥輩們別離時那麼悽楚。據說這便是心靈感應。

朱西甯的父親，山東老家叫父親「大大」，發音為打達或搭達，單音直呼大、或達。

五 . 廿二 . 晨 . 做禮拜去了。

昨夜三時始入眠，因為昨晚上經段彩華介紹，認識一位我所望塵莫及的傻子，傾談了三個鐘點，以致令我興奮而致失眠。真的，人為什麼有一種冥冥然的吸引的力量呢？我同這位傻子一見之下，彼此都忽的發覺我們在哪裡見過，原來卅八年剛到台灣，我們在一個傳見的

場合下碰過面，但是為什麼那麼多的陌生人一個也記不得？並沒有等段彩華介紹，老遠我們就搶過去緊握著手，並且同聲的說：「我們見過！」只是這才知道彼此是誰。而且我們的故鄉猶如新竹之與苗栗。要說他留給我的印象深，還可以說出一個緣故，因為他是個混血種（母親是白俄羅斯人），而我，其貌不揚，當初見面時，他是一個上尉，我則是只穿一條紅短褲，連鞋子都沒有的小兵。他說當時曾估計我是一個話劇演員，真怪。因為他是從我宣讀宣言（我全不記得了）的音調中判斷的。我真要發狂的嚷出來，我們真沒想到六年後的今天才得認識，而且最近經段彩華在他和我兩人面前個別的吹噓，彼此自以為素昧平生地在思念著相見，殊不知正是那曾留過不算淺的印象的「舊人」，截至見了面，我們才算把彼此所留下的「形象的印象」與「人格和姓名的印象」拼為一體，多有趣兒！你真該高興，荒野又多了一支有力的生力軍！

　　再談，親愛的小弟，祝福你！

保羅　五月廿二日廿二時

大朋友：

我多麼高興你有了那麼一位新的朋友！！先讓我為你們祝福，也為得有「大朋友所望塵莫及」的傻子的《荒野》祝福！我真高興，從此後大朋友不再會孤獨了，更可貴的是這位新同志將給我的大朋友帶來更多的、更堅強的「力」！讓我再一度為他祝福。

同我的寶寶重逢我非但沒感到心疼，反而要拏起嘴來埋怨「朱伯伯」對它的偏愛了；哦，為什麼講得那樣客氣呢？！

很奇怪，我最愛在書本上或挾在某本書上的便條裡發現大朋友的字跡，它會使我感到像在意想不到的陌生的地方，忽然遇著了故鄉的親友那樣的親切；一如在某本書上發現到上課時同她們所傳的打油詩那樣。儘管在我的樂譜上塗上什麼，哦，對了，把你最愛的和次愛的歌曲（就《101》上的）打上記號，讓以後我看看同我所喜愛的有幾支相同，那會是很好玩的。

你ㄅㄚ ㄅㄚˊ 所唱的讚美詩，我曉得，只不過是英文的；What a friend we having Jesus…是我第一遭同珠到教堂時學會的，我很喜歡，合唱起來才美呢！

「大操場南端的小橋上」我倒記不起哪個地方有小橋了，不過我可以想像到在黑暗的夜裡，我的大朋友在那兒倚欄傾聽溪水的嗚咽……哦，告訴我，防空演習時候，為什麼大朋友會在那兒來著？你不應戰或是避到防空洞裡去嗎？防空演習的夜晚，我坐在房間裡黑暗的窗前，庭院裡傳來父親用口琴吹奏的〈少女的夢〉的曲子，於是小朋友當然又神遊夢國了。

很妙（又來了，不是嗎？），相識那麼久，到現在我才曉得大朋友的老家在山東，在校時，我曾有一位山東籍的朋友，鞏直、豪爽、乾脆，我很愛她，由是對於北方籍的外省朋友，我總不由主地會有一種偏近。大朋友的故鄉是什麼樣的一種地方啊？我想不會是一個很繁華的地方，有矮山、有溪流、小橋，在村落不遠的小丘陵上，很安祥

地座落著不大的教堂……是不是錯得很厲害？

　　大朋友對你的筆名會不會比自己的姓名更喜愛？很奇怪，從我曉得大朋友的兩個名字（西甯、青海），我就比較地對前者感到親切，也許是前者沒給任何人取用過的緣故。

　　至於我的筆名，（沒有作品的作者的筆名，多汗顏！）在校時，我曾用過「寒星」和「折蘆」如今想起來似乎不復有意義了。

　　哦，親愛的老師！（先別惱！）你一定得聽我說，如果小朋友真的走上了文學的道路的話，那麼那第一道示路碑該是大朋友，那麼為了不要忘懷那位第一個引我走路的人（雖然我不會忘記）就請大朋友給你的門弟（？）取一個吧，我相信你不會見怪小朋友連起碼的取名字都不會，我更相信大朋友所取的，一定會使小朋友大大的喜愛上。

　　我的房間的壁上掛著一幅破了一角的最新世界地圖，平常我最愛望著它神遊全球。看完大朋友上一封的信，我立刻在中國大陸的心臟部找著了你所謂「乾淨的城市，西寧市」，它的附近是否有一個湖？哦，為什麼只有西寧市是像那口湖那樣乾淨的呢？你定流浪過大西北，那麼心血來潮時，告訴小朋友，冰雪、風沙、牛羊、駱駝和吉普塞人也似的畜牧民族的人的故事，好嗎？

　　　　　　　　　　　　　　　　　廿四日、廿二時　晚安！

　　早晨國校校長到我家來找我代課，從下個月初我就會有工作了，使我高興的是擔任的年級為二年級的（過去的為四年級），分為上午班和下午班，這樣我就會有自己的時間來從事於習作了。還有，在將要來的夏日裡，或許還可以有個機會去河邊游泳去呢！大朋友會不會游啊？我剛學會，但游不遠，我們幾個合唱狂，常在下午升學補習時候，開小差到很遠的頭前溪去游，直到夕陽西下，游夠了，唱倦了，

這才趕著火車回家。

　　前些日子，下了一場大雨，接著一直下著綿綿不斷的細雨，我最喜愛久旱不雨後，拿著雨傘走在第一陣落下的雨中，黃昏和清晨（可能大朋友剛起牀呢）帶著狗，穿起膠鞋，拿起雨傘，走在沒有人影的田野中間，伴著我的只有那成千成萬狂舞的雨的小精靈，看著它們，會使你禁不住高歌起來的，田野的盡頭，一片開展在眼前的是蒼茫的遠山，綠色的稻浪和洶湧的河水，多久了啊！離自那最後一次聽到的河水的怒吼！現在它們重又唱出那雄宏的歌聲了。　　　　再談

※改我錯字時，另用一張紙，以便可放著隨時查照（？）好不？
※先別回我信，對於我的「新通訊處」讓她們（秋姐姐同邱老師）去商妥好，（不過可能我就任後就不必再麻煩她們了）再通知。我已把大朋友的吩咐做好了，請放心。
※我不知道我該先把〈仙丹〉殺青好，還是把〈失羊記〉先「穿上衣服」送到你那兒去（只剩下結尾）。

廿五日，午後　　小朋友

大朋友：

我覺得你常愛用「失去的」這個字眼兒；正如你感到小朋友硬要你把絕望當成希望看那樣。只要我們還有信心，我們就不應該那麼早說到「失去的」。

我不明白何以小朋友要你不放棄期盼，會變成「硬要大朋友對小朋友感到負疚」？

幾天來筆停滯了，中午我雖有充分的時間，然而昏沉沉的，打不起精神寫東西，因此，只好把那段時間挪來讀點書了。《紅樓夢》只看到上冊的一半，我很愛品味其中的對話。對於已出場的人物，憑直覺我喜愛寶釵、鳳姐兒、史湘雲和襲人，我喜歡鳳姐兒，但也怕她，至於男的，還沒遇著喜愛的，哦，我感到寶玉有點像《天才夢》裡的男主角呢！真的，如果他不在那樣的環境裡的話，很可能成為一代的鬼才哩，大朋友感到怎麼樣？

很久沒有聽到傻瓜的消息了，告訴我，你總是怎麼樣去逗牠生氣的？昨兒我向小狗（其實已不算小了）捷克作了一次惡作劇，是這樣，我同牠相鬥的當兒，牠抓破了我的手皮，很痛的，我於是假裝哭了，哭得很兇，可是兩隻眼睛卻偷偷從掩在臉前的指縫裡窺視，看牠將採取何種措施，牠呢？傾側著頭，尾巴不斷地擺動著，一副無可奈何的樣子，最後牠用舌頭舐了舐小朋友的手，安份地坐下來了，這是牠表示願受處分，我終於不忍了，用我的臉龐去觸牠那溫濕的鼻子（我一點都不感到骯髒呢），於是我們又變得很高興了。

很可笑的事，凱蒂的鬍子不知在什麼時候給家裡的歹徒給剪去半邊了，目前只剩下右邊稀疏的幾根，怪彆扭的。貪睡的傢伙，一定是在酣夢中受到偷襲的。

大朋友可曾讀過《萬劫歸來》可能是最近出版的有關反共義士的書，邱姐姐同該書的作者是知交，她前些日子曾說過希望介紹小朋友同那位朋友認識，因為也許對於我的習作，他將有所助益，且那位朋

友是位很謙虛的人云云，然而我謝絕了，一則在目前囚居也似的情況下，我不願多播下不能收穫的友誼的種子，再者，除了大朋友之外，我感到我不會再找著更令我願意領教的人了。

　　昨天晚上，我夢見我同父親要坐飛機到屏東去，然而就在機場等飛機的當兒便醒過來了。可能是由於讀了你上封信裡所說的大朋友的ㄅㄚㄅㄚˊ送你到機場⋯⋯所致。很奇怪，從大朋友屢次的敘說中，對你的父親我有一個模糊的形像——高大、童顏（但不笑時顯得很威嚴而有毅力），有著斑白的禿髮和低沉而淨亮的聲音。你母親則是位小個子、白皙、有潔癖的拘謹的老婦人，可能我的大朋友比較近似他的媽媽⋯⋯我的想像有沒有十分裡的三分對啊？

　　下了一陣甘霖，明兒同後天，我又得到山上種樹去了。我很高興我又能夠在萬山的懷抱中對著空谷高歌或是站在高崗上居高臨下的把整個青子埔收在我的視野中。不談了，明兒得早起。

　　來信仍寄給邱瑞菊老師，但信封同封面的字體請稍改（署名頂好換過），這是出自秋姐姐的主意，她不要讓太有空閒的郵差來為我們的事打心思。再忍耐一兩次，六月六日以後我們就無需這麼費事了。

　　祝福！！

小朋友　5.26.　廿二時半

※先把〈仙丹〉殺青呢，抑或先把〈失羊記〉趕完⋯⋯等待著大朋友
　的指示。
※要問的事多著呢，下次來。

艾靡：

我很少像今天這樣起的早，（起床號還沒有吹）且從來不曾一大清早寫過信給你。有一種說不出的新鮮，這是你賜給我的。

踏著露水，在寥無人跡的草坪上散步，有兩年了，我不曾嚐受過這種美的生活，尤其是禮拜日。

遠眺著剪貼在淡綠的天邊的大武山，我遙祝我的小朋友，而且感念那互有著深深默契的友愛，你是否會另有感觸，當你今天帶著你的愛犬閒步在清晨的田野上？我想那會是真實的。我感念你，願你會長遠地改變我的生活，美的生活！

對于〈仙丹〉，我承認偏愛，但不曾壞到溺愛的地步，就好像對于她的批評，雖然言詞不免溫和（即你努著嘴埋怨的「客氣」），實際對于那些缺失，我一點兒也不曾放過，甚而至于苛求了。相信我的摯誠罷，艾靡！我豈會為討好于你，而實際上却害了你？所謂「似愛之虐」，那不會的！

你給了我一道難題，關于你的筆名。我原想推辭，可是你的可愛的誠懇，以及一種愛寵的光榮感──在我，我勢必聽命了。還記得不？我已曾使你不快過一次，那一次也是拒絕了你的誠懇。

關于你的筆名，我已思索三天了。我的第一個腹案，是堅決地不讓你的筆名流于花兒草兒的，使人一看便知是個女人的名子，那對于我的小弟極不適宜，而且必須由我們自己來推翻目前的一種壞的現象，那就是不以作品吸引讀者，而幾乎是出賣色相的女優坤伶一般地用一個美豔的女性的筆名去先誘引編輯，再招徠讀者，這真是無恥之尤！

其次，一個筆名一定要響亮、有力，不落凡俗之外，還須表徵作者的性格和作品的風格。然而我却擔心，你說「你所取的名子，一定會使我大大地喜愛上，」為你的過份信任我，益發教我不敢決定了。因為如果使你失望而又不得不為已曾付出的信任而勉強接受，並且還

要強稱「大大地喜愛」，那將多麼悲哀！

那末，根據昨夜百思之後所作的決定有兩個：

劉浪，劉白浪。

但我要緊急而鄭重地聲明，這不含有任何決定性，你一定要堅持你的誠懇，說喜愛，或者說不喜愛，都不准摻合一絲勉強，因為既然你交付我這份光榮的使命，總要一次一次地直到使你真真地滿意了為止。此外我感覺到僅僅三天的功夫便決定了一個將來的大作家的筆名，實在草率的很，不要使令將來想改也改不了，那才討厭呢！

不准再喊我「老師」，果真對于你，我已盡到引領的責任，那只是當初攪引你學步的試語的人而已。我想你定也不會喊她們做老師的，是不是？

你所有的想像大部推翻了。

山東省靠近青島市的一個窮苦的山城──臨朐，是我的第一個故鄉，只留下模糊的印象，近似于銅鑼，起伏的陵丘和遠處高大的山巔（沂蒙山區），有淺而廣闊的沙河。曾祖父是個大商人，也是油業、酒業、騾馬驛的托辣斯，臨朐有半個城是我們的，在臨朐有一句通行的諺語：「朱老太爺在北關跺一下腳，臨朐城要晃（搖動）三天！」所以我的祖先原是很不光彩的資本家。我的第二故鄉是在山東省南部的馬陵小城（編按1）夾在黃河和大運河之間，這是我生長的地方，我不太愛她，因為太平凡，而且居民也不可愛，把我們全家當做「侉姥」看待，排擠我們，連教會也不例外，雖然那座可容一千多人的兩層樓的大教堂（編按2）的建築費四分之一是由我父親捐獻的。

在這裡，我讀完了小學便離開了，只在民國卅七年回去過一次。這裡我們有三個家，一處是牛奶廠，一處是美麗的住宅，都在黃河的廣寬的河堤上。隔著黃河，我們還有一處森林環抱的田莊，那是我父親為他們夫婦倆年老之後用作以養天年的準備的地方，完全的農村的意味。如果說對于我的第二故鄉有所留戀的話，便只有這座田莊了。

而不幸牛奶廠和美麗的住宅早在抗戰開始的第二年便被倭寇焚毀，一塊完整的磚頭也不曾留下，所以在我有生之日，我不會解除對于日本人的仇恨。

十四歲開始流浪，揚子江、大別山戰區，艱苦地輾轉了四年，曾不止一次要往大西北流浪，卻衝不出一道又一道的日軍的和共軍的匪鎖線。我真可以騙你我曾去過西北呢，因為我太熟悉那些生活了，也許因為我的名字的關係，對于任何涉及西北的報導、談話、圖片，我都不曾放過。可是我總不敢用這些資料寫進我的作品，畢竟不是自己親身嘗受的。

（西寧市坿近的那個湖便是青海，回文讀作 Kǒkǒnɚr）

上為大哥朱青山，下為二哥朱青林（朱依平）。

我決不如你所想的像我的母親，而且母親也決不是你想像的那個樣子，她很胖大、粗壯、醜陋（面貌），讀過書，但十足的是一個農婦，如果她不纏足的話。我的兩個哥哥也都跟我一樣地既不像ㄅㄚ ㄅㄚˊ，也不像媽。仔細地分析我這個人，面貌是我爺爺（祖父）的，身體是奶奶的，性格是ㄅㄚ ㄅㄚˊ 的，只有情感的一部份才是母親的，所以我很不孝，母親對于我顯然也很吝嗇。ㄅㄚ ㄅㄚˊ 讓你想對了，高大、結實、斑白的禿髮，但不童顏，也難得笑，他的威嚴一如他的低沉的聲調，卻從不打罵孩子。有生以來，我被他毒打過一次，因為我辱罵他的情婦——他年老的時候曾愛上我們家的一個佣人的太太，雖然那是一個誘人的尤物，仍然令人不相信他那樣梗直正派一輩子忠于母親的人，會忽然反常。要不是他同那個女人養了一個非常酷似我們弟兄的孩子，我也不會相信的。很可笑！卅七年我回到父親身邊的時候，他還為此事向我道歉，守著媽媽，他說：「我只有一點對不住

青海，我冤枉地打過你一次，你不會忘的。」當時我同媽都不禁地笑了，我從未見他那樣地窘過。

今天五旬節，做禮拜去了！廿九日九時四十三分

我真高興你開始讀《紅樓夢》了，這也算是我對你的期待之一。它一定有助于你的國語寫作，這是最淺近的功效，而進一步地，它將要引領你如何觀察人物，體味生活，抓取特點，分出典型，以及更多更多你所意想不及的收穫，讀吧，第一遍並不會使你完全得有它，還須不斷發掘。你喜愛史湘雲，以及既愛且畏于鳳姐兒，這是必然的，但你對寶釵、襲人的論斷，我嫌你太早，不要被作者蒙蔽了吧！然而我不欲早加批評，讓你慢慢發掘去。至于寶玉，當然是一個你所認為的那種人物，因為那便是作者曹雪芹自己。也只有曹氏家敗淪落之後才會寫出這一部天書，正如你所說的「如果他不在那樣的環境裡的話，很可能成為一代鬼才呢！」

祝願你閱讀成功。雖然只是描寫清代初葉一個公爵家庭的瑣事，然而它抓住了一個不變的人類的定律。

防空演習我們當然要應戰——反空降，對空射擊。但在夜間那是不可能的，不必要的。本來各人隨便留在室內還是到野外去，我原打算躺到蚊帳裡面去「打腹稿」，只是轉念之間，想到好久沒在夜間出去活動了，竟因此而嘗受了小橋流水的美的享受。

如果有人在兩年前問我會否游泳，我會臉紅的。可是自從知道我所愛慕的詩人雪萊因為不會游泳而至溺斃，我就覺得我沒有必要去學習了，而且不會游泳也不一定就很丟臉。然而我倒是希望你能多多的游泳，因為你不是常做那個夢麼？讓美夢多兌現一些，總是好的！

苗縣豪雨我已從報紙上得悉，一五五公厘，一定是滂沱可觀了。

想不到我們都有愛雨的嗜好！會不會有那一天，讓我們張著傘，共同享受那些。雨地裡談心，很費力呢！想像中的生活，似乎分外地美。

克文讀過了，美極妙極，少見的生動的小品。但邊讀邊為我的傻瓜悲哀，牠真是笨伯一個！除掉你命令牠「打滾！」牠會立刻躺下去打幾個滾，而外便什麼也不會也不懂了。然而這唯一的技能又是多麼的奴性！我如果有這樣的一個兒子，我這一生簡直完蛋了！

廿九日與卅日的交界

致于先整理〈仙丹〉還是先完成〈失羊記〉，為什麼要我來決定呢？你這樣簡直要我受不了，彷彿你的寫作連自由都失去了，千萬別這樣好不好？西甯何能何幸，敢為艾蕪師！

對于《萬劫歸來》以及其作者我不熟悉，可能是一篇報導文字，因為文學作品每出一部新書我總要翻一翻，一面為自己找借鏡，一面為明瞭文壇的進步或墮落情形，而更重要的還是要為《荒野》發掘新人。然而對于可以有助于你寫作的任何人物或機會，也大可不必拒絕，不要說得那麼絕：「除了大朋友之外，我感到我不會再找著更令我願意領教的人了。」師生之道不比愛情，不能說向誰學習求教，便不能再向其他的人學習求教，即或是出自個人的或者近乎「忠于」的心願，對治學應如金字塔的原則也似不太適宜。固然你所處的環境很令你為難，但能夠在外面找到工作，如果方便，未始不可多招攬一些文友，且你又是廣于交際的，對此當不致感到勉強。再者，我很願能在最近找到這本書讀一讀，先看一看這位作家對于文學的忠貞程度如何，這是最重要的。然而除非太糟，否則我將不向你批評這位作家，也不對你作任何好或壞的建議，因為那將近乎干豫，我應尊重你的自由意志。還有一點需用說明，上面所謂對于可以有助于你的寫作的任

何人物或機會，都不妨不恥求教，所謂「有助于」，是專對寫作而言，而對于作品的發表則另是一回事，現下太多的初習寫作的青年朋友多半沒什麼氣節，專與編輯打交道，拍編輯的馬屁，這很可恥。西甯自始至終不曾亦不會走這條路，而現在所認識的一般編輯，沒有一位不是他們先給我來信而致結識的，卅九年那一年那麼多的編輯（其中還有現在已經結識的）不能接受我的作品，然而硬撐著甯可一生一世發表不了一篇作品，亦決不向編輯大人低頭。我以為這種硬骨頭必須是一個忠于文學的作者所應做到的基本功夫。致于介紹你的作品去發表，你可以放心，我決不會告訴編輯「這是一位僅只接受了祖國教育不滿八年的台灣女孩子作的。」作品就是作品，作品的真價永不需要任何條件來陪襯，否則將不是真價。然而可哀的時下的失節者，却恨不能向編輯表自己年紀多麼輕，或者是台灣人，甚至如果是個女性的話，最好聲明「未婚」！怎怪得文壇不景？老年的不能交出好的遺產，中年變節，青年攢營，把精力用到文學之外去，真是可哀可慟！

　　然而我信任我的艾薩，天質秉賦決定了你不是那種人，西甯也永不許你超出文學的領域之外去作非法活動。只要我們忠于文學，我們的事業將永遠結合在一起。（剪報一帖，願你和我以〈晚禱〉的作者米勒的擇善固執的偉大精神共勉！）

　　卅一日夜十時我靜聽你的歌聲，並超越千重山河與你合唱〈良夜〉。準十時！

　　祝福！

西甯　五.卅.十一時十三分

・編按：

　1.今之江蘇北部宿遷市宿城。

　2.今之宿城耶穌堂。

大朋友：

今夜我真興奮，我彷彿又回到了「次修道院」的母校。如同要跟珠溜到影院去欣賞歌劇片子般，我帶著幾乎不安的快樂心情等待著今晚的約會——合唱狂的約會。是的，再過一個鐘點我們就會有精彩的時光了，是嗎？

五月最後一個日子的夜晚，在銅鑼不能算是良夜；既沒有月亮也沒有星星，街坊、田野都籠罩在潮濕的迷霧中，不過大朋友，你放心，我很快樂，良夜仍然與我同在，因為它存在於小朋友的心上，如同初夏的南台灣所有的，真的，我很清楚地看到了深藍色的天空，含笑的星星和那可愛的鳳凰木的林蔭路，我更聽到了掠過鳳凰樹梢的南風的輕歌，鳳凰樹的私語和良夜的歡息……快樂會令一個人的心胸變為闊達，那麼讓我們原諒銅鑼的五月之夜吧！！

哦，我喜愛「劉浪」乾脆、有力而又脫俗，但我同它並沒有「一見鍾情」而是品味了幾次後才喜愛上的。因為乍見之下，似乎在它身上嗅不到一絲荒漠和凍原的氣息，不過第二次看它時我記起似乎在玉門出塞中有句「白浪滔滔……」（記不清了，好像是形容一大群的羊的白毛），第三次，我記起了高二時候讀的《雙城記》裡的一段描寫——潦倒一生的男主角站在橋上俯視滾滾流去的溪流歡道；（準十時！我必須擱下筆歌唱了，願二種出自心靈深處的和音給良夜帶來無限的溫馨！）

好了，大朋友，我唱了，不，與其說唱，倒不如說哼了三次，因為屋子裡比不得田野，不過大朋友會聽到我的心聲的！讓我們再細細地來品味它的歌詞吧——韶華一去不復回，請借給片刻時辰，你使希望遠離開我們多情的人……

………

剛才我們正談到哪兒了？我的筆名令我記起的第二件事——他便歡道「永遠流不盡的流水，漫無目的地流著、流著……到頭來還是昏

沉沉地給葬入大海裡，多像我啊！」不知怎的，這很深刻地留在我的腦子裡，我感到我似乎會像那帶著無數的浪花流去的溪水那樣……，

第四次，我看到咆哮洶湧的怒濤，翻天的滔浪象徵著自由和毅力，第五次「劉浪」與「流浪」同音，我能想像到一個追求「真」「善」「美」的永恆的巡禮者，永遠不知休息，永遠追求心靈的美夢……但願我能有足夠的「力」！

願我們合唱的餘音長存，繼續到我們的夢鄉裡去！

晚安，時鐘剛打了十一下。

「家裡燉大學」校長伉儷到台中看電影去了，我原可以開一次小差到學校痛打一場球去的，但雨下得很大，只好守在屋子裡吊嗓子了，唱完了一陣想起整理信函，在一大堆信札中發現了「101」的，念著他作的或抄的中文詩，似有所感，給大朋友瞧一瞧，然後你就點火燒掉吧，他也把寂寞體會得很深呢，很奇怪，我感到所有愛好文藝、美術和音樂的男性（就我曾遇見的）大都很情感而特別敏感於寂寞和苦悶，很奇妙的，不談這些了。早晨家裡有過一次規模不算小的割開手術（父親雖不是外科專門，但對於外科也很有一手呢），在一位婦人隆起一大塊的肩膀上，父親的白刀子進，紅刀子出，接著擠出來一大盆血膿，幾乎把我這個現成的護士嚇昏了！我生平第一次看到人類的皮下脂肪，任你傾城復傾國，割起來就同靈長類以外的動物的差不了多少了。大朋友，你似乎同我談過你開過一次刀，是吧？（抑或是胃裡病得很厲害的？），那是怎麼樣的一種感觸啊！掙扎在生死邊沿時，人們會想到什麼呢？前些日子在山上，我們打死了一條名叫「雨傘蛇」的毒蛇，有人差些給牠咬了。當時不知怎的，我的腦子裡猛的奏起了一支狂想曲──Eme給蛇咬了，只剩下奄奄一息，人們把我抬回家中，已無望了，當然成年人會問我有何遺囑，我呢，僅僅一個願望：願人們為我帶來那些曾同我心弦共鳴過的友人們，我要她們圍在我的枕畔為我合唱「與主接近」還有其他，直到我的靈魂離開軀殼，

人們會允許我這麼做的，哦！那該是多麼平靜而又美麗的終了？！

　　哦，我在講些什麼呢？一定是陰冷的雨天影響了人們的思維，大朋友，在你打著仗的時候可曾想到過死神？（如果我失言了，你一定得原諒我！）

　　代課延長了，地址照舊。

　　下次談！

　　對了，禮拜天（廿九日）下午六點十分你正在做什麼？小朋友正在高崗上望著遠海和群山寂寞地歌唱呢！（等回家的車子）

　　祝福！

六月一日午后

　　不要忙著覆我信，我的筆停了，很懶。

※大朋友一定很喜歡海是不？

艾薐：

卅一日夜十時，我漫步於鳳凰木的林蔭道上，我確曾聽見你遙遠的歌聲，我喜悅于我們確已征服了空間的隔絕，你可承認這乃是我們對于自然和人為的壓力第一個回合的第一次勝利？我們不是興高采烈地應把凱歌高唱起來麼？

很危險呢！差一點把我們約會的時間錯過，因為陳群畢業歸來，我們哥兒們五個為他設宴慶賀，正是酒酣闊談之際，忽然陳碧波大哥說：「快十點鐘了，我們洗澡吧！」

「十點鐘！」正說在我心上。真的，只要錯過一分鐘（儘管我跟你的錶不一定完全正對）我真會悔死！恨死！那並不比實際上的失約更少虧負你。

我不知你也可曾聽見我這嘎啞枯槁的和聲，當十時四分的時候。

前番去信給《今日婦女》催要〈禁錮〉，說了些諷刺的話，不巧已採用了。諷刺失效，也是可哀的事。

我一定要你原宥我這一次，以後決不如此；因為由我修改之後，沒有把作品再寄給你看一遍而就送去發表，雖我已盡了最大的力量不動你的原文，畢竟在你的作品中滲入了我的呼吸。而且編輯又不通地把〈禁錮〉改為〈少女之夢的幻滅〉，因為作品的精神並未承認幻滅，且更非說夢。此外，這一期的《今日婦女》盡是假文明的爛東西，對于你的作品顯然含有極大的侮辱性，這也是我很對不起我的小弟的地方。除掉求恕，還是求恕。

我不明白何以這般搞假文明的婦女怎不自覺可憐！是要所有的姊妹們把生活都集中在裝扮上嗎？真是糟踏女性！一個女人兼備德性和容貌，才是天使。失去德性而專求容貌，則比娼妓還不如。可是她們卻願全天下的婦女們都當妓女。因而使你的第一篇發表的作品夾在娼妓的脂粉當中，這是西甯之罪，可殺！不可以恕！

稿費低得可憐，你自然不在乎這個。俟稿費匯來，當即轉寄給你。

收據簽名蓋章之後，放在跟前，等接到我寄去的稿費，即可將收據直接寄往《今日婦女》社。（寫至此，接你六月一日信）

陳群來這兩天，逼死逼活地要你的信看，我真莫可何。本來在這幾位知已當中，大家誰也沒什麼秘密，況乎你我之間更是從來沒有見不得人的，只是我怕不被完全了解。如果我否認你的信屬于情書，便沒有理由不給他看。只有說它們是情書，他才不看。

朱西甯的結拜兄弟二哥「黑子」陳群（陳裕民）。

然而後一個說法你會不同意的，我在未得你的意見之前，我只有堅持必須等候「小劉」（他們是這麼稱呼你）的主意（這在一般人的看法，什麼事情聽候女人來決定是一個男子很丟臉的事，所謂「沒男人氣」，一如你之被視為不夠「小姐氣」）你有權決定這些。我等候你的答覆，不要讓我無詞以對。看《小丈夫》去了

六．三．十九

向你推薦很好的一部國片──《小丈夫》。

我是懷著不安的心情去看這部電影的，因為我的中篇〈鬧房〉也是取材于北方農村的陋習──小丈夫制度。如果我的〈鬧房〉萬一與《小丈夫》太近似──即或是稍稍近似，那末業已完成一萬多言的〈鬧房〉便只好忍痛焚燬。所幸在主題上我們就不相同，故事更是兩回事，我算放下一顆心。然而就是這樣，將來〈鬧房〉發表後一定也要被人

指為是《小丈夫》引起的動機，真是冤枉。所幸你早就知道我在寫〈鬧房〉，只要我的劉浪相信我這篇是創作，別人冤枉我，我就不放在心上了，因為我只需要你諒解我。

等你有機會看過這部影片，咱們再談。不過有一個感慨，若是從抗戰勝利後國家便能享得承平，不說別的進步，即是電影已足夠趕上國際水準了，何至于像今天香港片與台灣片這麼慘得可憐而又討厭！從卅四年至卅八年有太多令人叫絕的國片，我最喜愛的是《小城之春》、《豔陽天》、《大團圓》以及《群魔》，其次是《一江春水向東流》（上部〈八年離亂〉，〈下部天亮前後〉）《乘龍快婿》、《假鳳虛凰》、《聖城記》、《萬家燈火》、《幸福狂想曲》、《母親》（石揮導演的）、《不了情》（張愛玲編劇）、《太太萬歲》、《還鄉記》、《春殘夢斷》、《國魂》、《大涼山恩仇記》……一時已記不得了，不知你曾看過多少部這些影片？

以後我可以不再喊你艾蘼了，好一個劉浪！我將為你狂！

我本來就不願向你說明何以為你取這個名子，因為我們的心靈已經全然貫通，我所想的，必然也是你所想的。果然，不僅相同，且你的想像和體味遠超過我，慚愧之餘卻又為你接受了這個名字而欣喜若狂，並相信你是毫不勉強地接受了它。

為「劉浪」這個名子，我獻出最高的祝福，如果　上帝肯于將我應得的幸福轉移給你，我將為此祈禱，為劉浪祈禱！

六.三.廿三.五十

昨夜我第三次（也許是第四次）夢見你，美得使我說不出是什麼樣的平靜恬然。可是小弟，為什麼總是這麼吝嗇地不肯常來我的夢裡？有時為盼望這個，我會很傻地把你的信件放置在枕頭下面，雖然

總是失望。

為什麼要我把「101」的信焚燬？我不要那麼做，不管你對他多麼冷酷，但他曾為你的美而發過狂，並且是在我之前，第一個愛你的人，我們尊重他的情感是應該的。也許我的不好的預感使我這樣同情他，願我們今天尊敬他情感，他日你們（你和？）也不會踐踏我所交付給你的情感。然而我真怕想到那些，那將會毀掉我大半個生命。逃避吧！我唯有逃避去想。

不管你樂意還是惱怒，我將珍惜這似乎預示我之運命的書信，不容你對它殘酷。由是我很該要求你現在就把我給你的信統統燒掉，免得將來假手他人來燬棄它。

但不要誤會我在挖苦你、傷害你。我自然懂得並相信你對我的情感的真摯，否則你不會把它交給我，並要我燬棄它。我至衷地感激你將我當做你切近的知己──在目前，或者比較不太短的階段裡。人，沒有一個不相信自己情感會持久的，可是你是聰明的女孩子，由於你不愛說「永遠」「長久」一類的誓言，我便了解你無時不在為自己留一條退路。一如抗戰之初共產黨徒（一定要饒恕我這個比喻）用「擁護蔣委員長抗戰到底」來蒙蔽政府一樣，在這一個漂亮的口號裡卻留存一條廣闊的退路，因為口號的下一句就該是「抗戰到底之後便不擁護了」。

千萬不要為這些臨時感觸的話語不快，我說過想過就不再記在心頭上了。你也要讀過之後便忘掉它。

玉門出塞的歌詞是：左公柳拂玉門曉，塞上春光好。天山溶雪灌田疇，大漠飛沙旋籠罩，沙中水草堆　好似仙人島。望瓜田碧玉蔥蔥（？），看馬群白浪滔滔，想成差（？）張騫，定遠班超，漢唐祖先經營早，當年是匈奴右臂，將來更是歐亞孔道，經營趁早，經營趁早，莫讓碧眼兒射西域盤鵰。

當你正在高崗上望著遠海和群山寂寞地歌唱的時候，（廿九日禮

拜天下午六點十分）我正在走廊下躺在籐椅上聽陳大哥拉胡琴，小毅弟唱〈捉放宿店〉。啊，我的劉浪，讓我們盡力向空間戰鬥吧！一次一次的勝利會使我們不再為不得相見而苦惱的。然而可否告訴我，已曾向西甯展露你第幾層心扉，我知道你一定又會顧左右而言他地不予置答了，屢次你總是這樣躲躲閃閃避開的。我想到我自己唯一不配承受你的寵愛的短處，便是我曾像霍夫曼那樣地愛一個，幻滅了，再愛一個……不配再將襤褸的情感奉獻于你。因為你需要新鮮完整而又健康的愛。

因而我努力地否認那些。用「失去的」否定過去，你偏生否定我的否定，這便是我所謂的「你讓我對你負疚。」我懊喪得很，何以在你之前平白地把自己的情感大量輸出！噯，我真是說不出內心的矛盾的絞痛。如果我說，我交給那三位先來的情感都是錯誤的，都是不真的，我將被你譏笑為輕狂薄情。而你也會由于一個少女必有的顧忌、退縮、再退縮。誰能說我們的情感的交換不是藝術的創作呢？然而誰立志忠于藝術，誰便等于立志苦上一輩子。我深知談這些個，將會在你的面前貶低我的身價，但我却不曾想到守著你擺鋪我的身價，那在我們之間又算得了什麼？比起你，我是笨拙得多；我所獻出的情感都成為必須負責任的情感，一切都是冒失地、衝動地、急不可待地，當然想不到「萬一」。並且欺騙自己，向自己的理性隱瞞；性格、理想、志趣、事業、這算什麼呢？情感第一！情感至上！這一切都是不錯的，然而情感只可能有一次高潮，潮退了，靠什麼來持久？沒有相投合的性格、理想、志趣、事業來支持，潮退之後將是一片旱海，長期的暗淡的痛苦，長期的心靈徒刑。不過我有時候也似乎發覺自己可能負責情感的信用，因為我從不曾在愛的另一面製造恨，即或是最輕微的厭倦。我同玉蘭的繼續通信，繼續愛惜地在學問上做人上誘導她，幾乎引起所有幾位知友指責為「合稀泥」（那意思是說我「搞不出什麼名堂來還在死拖，沒男子漢大丈夫的氣度」。）而我，既不曾打算

努力于所謂「搞名堂」，且也不要除掉愛便是恨的「大丈夫氣度」，一言以蔽之，天性如此，韌性的情感將一生一世地糾纏不清。我想也許是一種冥然的魔法在捉弄我。如果與奧林匹亞（編按1）長相廝守，那必然也是痛苦，一個村姑的樸實無華固然可愛，而冥頑無知却是忍受不了的。如果與斯娣拉（編按2）長相廝守，那必然也是痛苦，一個官宦小姐的嬌娜嫵媚固然可愛，而任性多忌却是忍受不了的。如果與安東尼奧（編按3）長相廝守，那必然也是痛苦的，一個運動員的爽直憨厚固然可愛，而單純平凡也是不可忍受的。但是我都有勇氣向她們承認並要求愛情，唯獨對于一個擁有樸實無華嬌娜嫵媚爽直憨厚一切優越而又全然沒有冥頑無知任性多忌單純平凡一切缺欠的文學的朋友，我却又不自禁地退縮了，似乎甯可眼看著她被那麼多的男孩子熱愛，或者她熱愛那麼多的男孩子，而我除掉緘默還是緘默，甯可讓這緘默的痛苦把我壓縮到墳墓裡去。王爾德說，「男女之間只有愛情，沒有友誼」，這句斷語誘使了許多不服氣的青年男女去嘗試反對，但截至現在似乎還未見公諸事實，因為要就是「連友誼還不夠的結識」，或者加進其他的條件。前者可以表現于你我結識之初，（當初我曾負責地告訴玉蘭小妹，給你的信永遠坿在給她的信裡，並且給你的信永遠可以捧出來讓她看──這在以後却又成為負不了責任的妄言了，羞死愧死！）而後者則是或由于年齡的懸殊（如我對于枋姐和鳳子的大姐玉瑛姐姐）或由于身份的確定（如我對于知友們的女友）。可是除此以外，我沒有親身的或聽聞的經驗。但是劉浪，我並沒有意思要借用王爾德的斷語來掩飾自己的羞愧，我只是覺得抵制愛情是一件很困難的事情，並不比抵制氣絕更容易。根據我的一種自知之明，我似少談這些為妙。而我同你談了這些，你可能有的反應似乎除掉厭棄地不理睬，便是惱怒地感到被辱，以致嚴詞苛責。對此，我甯可需要後者──苛責。

　　我也不明白何以忽然會有這種勇氣跟你談這些個，苛責罷，苛責

比不眯的好。

　　連日豪雨，網球已經一個禮拜沒打了，除掉這個缺憾，我是以萬般欣喜的心情賞雨的，有時我會停下筆，癡望著如煙似霧的大雨直向有如澤國的大草坪傾瀉，那真是不可想像的宇宙偉大的力。大瀑布，你喜愛嗎？我酷愛海，更愛陡立的海──瀑布。在《飛瀑怒潮》（我最愛的一部片子，可曾看過？以瀑布和鈴樓作為故事發展場地的片子）裡最壯觀。

　　怎麼又遲緩了？等你的〈仙丹〉和〈失羊記〉。

　　《紅樓夢》已進展到哪裡？我又買到了一部《西廂記》，很不容易的。現在就差《三國誌》（金聖歎批）還無法買到。《西廂記》是古代的歌劇，美是美到極至，却不易完全領會，只有讓我們共同地讀，共同來發掘，否則，你看不懂。別惱我瞧不起你，我也是照樣地不懂。

　　從明天到十五日，是我每年最忙的時候，萬一忙得連寫信給你的功夫也沒有的話，你不要錯怪我好麼？

　　我期盼你會慷慨一些，更進一層地展露你第？層心扉。

　　至高地祝福

海　六月五日十三時五十分

・編按：

　1. 宿城老家的昭姐。

　2. 南京劉玉蘭。

　3. 台灣劉玉蘭。

大朋友：

記得我曾同你說過，我真高興我的切己的知友能同大朋友認識，因為我不願我的兩位很好的友人挾著我一點也不相干……。由此我曾一度不被她們了解過，可是我還是要告訴大朋友，陳大朋友既是你的知友，而我們並沒有如大朋友說的「見不得人的地方」，我想可以讓他看的，我之這樣說是因為我相信我的大朋友的知友不同於一般的淺薄之輩會由於好奇或是什麼去要人家的信看。不要緊的，只希望從他那兒我們能獲得了解；如同瑞菊姐姐給我的諒解那樣。

我沒有踐踏「101」情感的意思，只因為他闖入得太唐突而冒失。我不勉強大朋友燒毀那些信，如果那些詞句是出自他心裡的，我們就會感到他在某方面是同我們一致的（至少在對於寂寞的體會上）那麼讓我們以感念故友的心緒保留著它吧。

不要把小朋友估計得太高，那會使我不安的。我並不聰明，我曾同你說過，由於自私和懦怯，小朋友將無法成為任何一位男性的好情人。真的，與其說是聰明，倒不如說是懦怯而自私，不再為叫大朋友別把小朋友看得太高向你討原諒了，同樣，大朋友也不要為對我說了什麼而向我討原諒。

六月八日晨，必須帶狗去了。

哦，我不知道什麼是新鮮而又健康的情感呢？！不過我知道人們所要的、所追求的，無非是真實、善良而又美麗的情感。是的，除了真而又美的感情外人們還要在情感上指望什麼呢？有人說，「凡是有關情感的，就沒有解釋的必要」那麼讓我們不要作太多的分析，那將會破壞友情的美感。真妙，我不知道小朋友在大我七歲的大朋友前面搬弄什麼大道理呢！

《紅樓夢》上冊已讀完，下冊已進行到四分之一了。不管大朋友是否會以為小朋友善變，然而我必須告訴你我不再愛鳳姐兒了，雖然我依然喜歡她那敏銳的才華。平兒很值得敬愛是不？

　　我多麼喜愛湘雲的情趣！把花瓣兒包起來當作枕頭，躺在山石上做夢，那該是多麼富於詩意和情趣啊！跟黛玉的「葬花」有異曲同工之妙呢。讀著這本書，我老會生一種錯覺，彷彿那些大觀園裡頭的娘兒們就像我們那批合唱狂一樣，成天價跳呀鬧呀地樂個不休，如今我們是群鶯亂飛了，而她們到頭來又不知將有何種的結局？

　　《今日婦女》的編輯把我們權當成一批悲觀論者了，沒有關係，也許她（他）認為把原題改為〈少女之夢的幻滅〉更能逗引姊妹們的興趣。

　　確實，我在那字裡行間看到大朋友的影子，當我讀著它時，我感我正在同大朋友在合唱；起勁地、忘我地高唱著反抗的歌！怒吼的歌！！

　　至於稿費，很使我不安，哦，並非我自力得來的呢！還是用它買一、二本樂譜或書本，讓我們都能用它，好不？我這兒是鄉下，什麼都無法買到，如社方匯來了稿費，你只管通知小朋友就行了。

　　書裡所夾的花兒，我認得，去年五月在台南賽球時，我們住的旅社附近有一棵，一個無人的清晨，從樹下漫步而過，我把它們從地下撿起來，綴成花圈，有一股香味，是嗎？（做藥去了）

　　很不幸，大朋友所提的幾個影片中，我只看過《一江春水向東流》和《大涼山恩仇記》，都是學校領去看的，前者曾寫了一篇觀後感給國文老師，把它登在光復三週年的紀念校刊上，已是初一時候的事了。我對後者的印象很深，裡面的對話我還記得很多且很清晰呢，這是引起我對祖國嚮往（地理上講）和對話劇的興趣的影片。

　　《國魂》，由於熱中於打球，竟把它錯過了，也是學校領去的。

　　《飛瀑怒潮》看過，很美。我喜歡瀑布那雄宏的歌聲。孩提時候我

最愛跟外婆到山澗裡去洗衣服，她不讓我洗，我只好坐在長著青苔的石頭山，一面用腳撥水，一面對著山壁上懸掛下來的小型瀑布歌唱，哦，此刻我似乎又聞到了那潮濕而清新的青苔的味道了！

有一種不快，黃昏，我不復能到田間去高歌了，一道鐵路隔開我家和那曠闊的原野，傍晚偏巧有許多戰士愛在那涼爽的鐵軌上閒步或聊天（徬徨者多半是為要引起鐵軌那邊的秋姐姐的注意）由是為了不要讓多忌的成年人說我閒話，只好放棄這種享受了。不過坐在庭院裡碧綠的軟芝草上拔雜草，倒也是很開心的事，因為我可以對著西邊的山和青草胡思亂想，成年人縱使以為只要把女兒的肉體關在大門以內就可平安無事，然而他們就永遠無法想到一個人的心靈可以飛到千里之外，甚至於是世界以外的地方……真是「可憐天下父母心」了！

關於《紅樓夢》，有許多要請教的，待十五日後再麻煩大朋友。不要為覆我信焦急。我也很忙，空閒時我也好生利用這一週趕完那兩篇。

祝　工作順利！

請代問各大哥哥好！

八日上午　偷空寫的。

※《萬劫歸來》可收到不？

劉浪：

《萬劫歸來》已讀畢，是一篇很好的宣傳品，但不是文學作品，故不欲置評。你如去跟鍾老表（我們慣稱江西人的渾號）請教，只要不被絆倒就得了。我想他所能給你的，只是傳染點毛病給你──幼稚病、八股病和美麗病。

稿費寄奉。你定不悅，或者會生我的氣，因為我沒有遵從你的吩咐。但是劉浪，別忙，容我說：一、家父的庭訓我一定要遵守，他教訓我們為子女的：「同任何人之間，必須把金錢搞清楚。」所以我儘管在朋友們身上花錢，或者朋友們在我身上花錢，我都不放在心上，唯獨我借人家的錢或人家借我的錢，都一定要弄清楚。因為朋友之間不怕為任何原因反臉，只怕為金錢而失和，最不值得的。二、鳳山不比銅鑼更能買到讀過一遍還有保存價值的書籍。三、而你既然自始至終以「怯懦和自私」來形容你的人格，並存心保留你我間的距離，隨使我不敢為你作主──不管任何主張。

來信收到，工作重，且你仍是避重就輕的一味和我扯淡，我真沒勁兒忙中偷閒的覆你，那末過十六號再說吧！

早些把〈仙丹〉或〈失羊記〉完成。有關《紅樓夢》的問題儘量提出，雖然我不一定能完全的答覆你。

你既然不願我跟你談情感，以後就不談好了，專門談文學！

祝福愉快

西宵　六．十三．午

《萬劫歸來》同時寄奉

( )

我鬧情緒，
是因為我意識著自己尚未有足夠的
「力」來實踐我所謂的抉擇。
近來我常想到「出走」

大朋友：

就算那篇〈少女之夢的幻滅〉是屬於小朋友自己的東西吧，那麼我很可以高興地為紀念生平第一遭以自力得到報酬（儘管是不在乎的）而做一些什麼了，由是，我將讓大朋友分享我所喜愛的，這是我的特權，也是我最大的喜悅，你不會拒絕的，我相信！

除了珠、和她們以外，這是我第三次用最大的興奮和喜悅贈送禮物給別人；第一次是去歲行將離校時送貝多芬的相片（畫像）同歌譜給我們那位男高音同學。第二次是二個月前的這個時候，在遙遠的南台灣把米勒的〈晚禱〉寄給大朋友，而這次我把《101》寄給大朋友是第三次，再沒有什麼喜悅能夠與把自己喜愛（我所讀的）的東西贈送給別人相比的了，因為我知道這個小小的禮物能在它的新主人心中引起共鳴──想到這兒人會變得很愉快的，但願它能使你感到喜悅；如同我有的。

好了，以後我們就可以隔著千山萬水拿著同樣的歌本唱同樣的歌兒了！！　　祝

愉快！　工作順利！

六月十六日晨　九時
小朋友

※下次來信或寄東西，別再封面上寫小朋友的名字。
（可用朱西甯的名字）

劉浪：

玉蘭小妹說你最近鬧情緒，而且瘦了。那是為什麼？

其實我又何苦關心這些個，反正你不會同我談這些個的。

最近很疲憊，連思想也是紊亂的，需要清理。可能對你我已有了錯誤，果真那都是些越軌的侵犯，非份的用情，與其將來深陷至不可拔足，不若及早回首，倒是于彼于此都是好事。我很希望根據這個直覺繼續想下去，也許會能想得通、做得通，因為情感的痛苦不是還可以用時間和死亡來醫治的麼？沉思默省之後，人還會很不錯似的活下去，很可能這樣。

謝謝你的歌集，六月十六日送我的，那正是我的生日，若以陽曆算的話。

〈失羊記〉寫得很亂，需要一兩週的時間清理，所以〈笑卜〉倒可以慢慢的收尾了，不要著急。我最近倒不會再忙了，很可以休息（公務）一些時候。

祝

快樂　（歌集另外掛號寄還）

西甯　六.十九.午睡後

大朋友：

首先我要否認蓓蒂的一部分話。說小朋友鬧情緒倒未嘗不對，然而說我瘦了，那將會同天下的第八個奇蹟似地令人感到可笑！要不她的錯覺，可能是由於夏季的緣故，你知道夏天人們都會普遍地減輕若干磅了。

可是為什麼要說「反正你不會同我談這些個的」？我的好朋友！那麼告訴我為什麼你曾經問過我「什麼一種力量使你那樣地信賴我」？

我鬧情緒因為我意識著自己尚未有足夠的「力」來實踐我所謂的抉擇。近來我常想到「出走」，尤其是這幾天，尤其是讀了《文藝書簡》以後。可是沒有預先的計劃（出走後所要採取的途徑）則離了家又怎麼樣呢？況且在目前，儘讓你飛揚也跳不出小小一個孤島之外……想到這兒我又茫然了。

我相信自己天賦有一種經得住勞苦的勁兒，我常空想，也許我能在珠的父親所開的工廠裡找到工作（女工），也許我還可以做點什麼……反正總不致於餓死，可是我又怕太冷酷太嚴緊的生活陣線會把我從我原有的心理崗位（指抱負和志向）上擠下來，以至由落入俗套而墮落而毀滅！

看著周圍那些視人顏色，苟延殘生的婦女們，想到「結婚」我真要不寒而慄了！不要笑小朋友天真，告訴你一件事，我常想也許為了不要使我所敬愛的也深疼我的父親失望幻滅，我可能會很順從地，很乖地同他們看上的「金龜婿」結合，好了，離開了父親我無須向父親負情感上的債了，然後也許我會同那個不幸的（？）人仳離，繞了一大把圈子獲得我所要的──自由。然而，反過來，這是自私的，既無意同那個人待在一塊，何苦要好好兒傷害一個人呢？……真可笑，結果，最妥當的，既不害別人也乾脆的只有一途──出走──這該要多大的「力」啊！所幸，目前我的身邊還算平安無事，還沒有什麼促使

我草率地去實行那個，不過我有預感，不會久的將來我將被迫站在抉擇的歧路上，選擇一條要走的路？

大朋友遠比我真，也許正因這樣，你就比我要更加地苦惱，女人常常可憐而又可愛地自欺著，也許她們生就地有這麼一種懦怯。好了，不要再分析，我幾乎把心裡頭全部的門扉都打開在大朋友前面了。

前些日子，我照枋姐上次（四月十三）給你的地址給了她一封信，我告訴她也許這個禮拜天我將北上找她（因要看大哥去），哦，我真希望有一個機會同她相見，儘管同她只有兩信之交，可是我直覺她感到我可能同她坦心露肝地相談，真的，我有著那麼多迷惑的事，我需要諒解和指引。如果地址沒變化，明兒我就可能收著她的覆信了。

晚安！

願我們能如前那樣克服第二次的傷感！！

廿一日．廿二時半

週末（十八日）夜晚，當我同妹妹在秋姐姐家的庭院裡乘涼的當兒，來了她的朋友——一位為了愛斷然同家人脫離關係奔向情人懷抱的少女——同她的未婚夫——一位軍官。我同她們（尤其是她的先生）談到很多的事，最令我感興的是關於西北的，他曾在靠近西北的地帶待過，他說在西北，生活是很苦的……哦，大朋友，如果有那麼一天我們能站在高高的凍原上的時候，我們這批軟弱的南方人是否經得住風雪的煎熬？艱辛的生活擔子會不會把我們的心靈變得疲憊和縮萎？很奇怪，對於秋姐姐的那位朋友我有一種近似崇拜的仰慕之感，也許她那不顧一切的熱勁和勇氣正是我永遠所沒有的。

家裡近來軍人患者特別多，幾乎每天都有戎裝病人光顧，今兒來了個台籍的戰士，當他聽到父親宣告他可能害上「胃出血」的時候，

這些（他同他同來的朋友）偉大的台灣母親的傑作品馬上都改了顏色了。記得大朋友曾害過的也是胃出血，是不？

讀了《文藝書簡》以及報上有關文學理論的文章，又念了別人寫的東西（當然是指稍有骨頭的作家的），我簡直要不敢下筆寫東西了！最近我發現了我最大的毛病──眼高手低──。

有時我真會懷疑我是否像福婁拜在《情感教育》裡頭所講的，那支任何人都可以隨時彈出自己所要的共鳴的「琴」！尤其是懶勁光臨的時候。

《紅樓夢》讀完有一個禮拜了，讓我再摸索第二次，待稍有個清晰的影像時，再請教那些堆山的疑問吧。

我多麼喜愛你那篇〈黑子〉，一連看了三遍，越讀越有一種說不出的感覺，也許它裡面的故事和主角都同我較接近的緣故。

奇怪，讀大朋友的作品，老會嗅到「愛倫坡」的「悽」和「深」的感覺，卻沒有他的「慘」和「陰沉」。當有時一種等待大朋友來信的心緒湧上來的時候，我經常要打開大朋友的作品，讓自己耽在那種淒深的空氣中，這樣，我又彷彿不斷地在同你談著心了，很妙的，我愛這樣，正如搬出合唱譜，重溫那逝去的合唱夢那樣。

近來小朋友越來越野了，中午，同小妹在無人的院子裡（統統夢周公去了）跳遠、跳高、逗狗同凱蒂生氣（今兒做了一件大事──逼死逼活地把捷克（狗）拉到井旁來個冷水浴，父親是共犯），有時還樂得在草地上打滾，最糟（？）的是每當吃完了午飯，兩隻穿著木履的腳便不安份起來了，似乎不把它底下的勞什子趕走便不趁心似地，結果下半天老是光著腳過日子，哦，也許以後我可能會赤腳走在冰地上不感到疼呢！

一件妙事，前些個日子我六年以來第一次上理髮店去「剃頭」，睽違了六年的景物啊！剃刀、大鏡子、輪迴椅……一切都似乎沒變，可是那位同我理髮的伯伯──我小學同學的父親──在短短幾個年頭

裡已成為「外祖父」了。這次以前，他同我理髮還是我小學六年級的時候，我同他女兒很好，經常我總坐在那把大椅上等我的同伴，現在他已是外祖父了，看著剪短了頭髮的我，他也許有一種複雜的感覺，他並不像我孩提時候那樣一面理髮一面逗我，臨走時只投給我一絲無法形容的複雜的微笑，我悲哀！人們都把我當成就要同他們站在同一生活陣線上的「成人」了！

天下的事有許多是那麼地湊巧，我永遠沒有想到送大朋友樂譜的日子竟會是你的生日！更妙的是，那天也正是我的「第二部」流莉的生日，那是很精彩的，竟然我的合唱團裡（冒昧地把大朋友也算進去的話）會有兩個人同個日子生的，同時，流莉也是個頗虔誠的基督徒。

枋姐的覆信還沒來（上星期六給她的），我怕也許信失落了。

端午節快到了，大朋友那兒是否也做粽子呢？哦，如果可能，我真想帶些給枋姐好讓她也嚐嚐「家鄉味」（儘管是那樣的東西）。

祝大朋友會有粽子吃

晚安！

廿二日　廿二時　廿五分

再次**翻**開大朋友的信，使我又要拿不定了；我是否該把談了那麼多東西的這封信寄出呢？

我現在只有一個希望——希望我們之間的友誼不會給大朋友帶來不幸！

能否告訴我「友愛」同人們所謂的「愛」的區別？！等待著大朋友的答覆！

六月廿三日晨　十時

這些小花朵，曾伴我廝守了六年寂寞而又快樂的車窗。

劉浪：

愧死！當我從收發室取來你的信在前往鄉下表哥家過節的途中讀完了它之後。

我深責自己的卑陋，竟負氣似地脅迫著（你應該早就領會了）早就如此信賴我的那個忠實的姑娘，要她供出心底的聲音。過份地苦樂仍使我落下多年來從未落過的淚，我不知那一段不算短的烈日燒炙的柏油路是怎樣走完的，也不知在演劇三隊會餐的宴會上我痴傻到什麼樣子，我只管痴想著，我最熱愛的人啊！容我有一天為這件事向你下跪負荊吧！你怎會知道，劉浪！一顆經年流浪枯竭的心靈猛然承受恩寵的澆灌，是怎麼樣地支持不了！正如同一個過度饑餓的人會因一餐飽食而致殞命，我想我的面色已經灰白不堪了，一直在飄零徬徨的遊子之心怎麼禁得住你所給我的信賴和力和熱！這才我張手伸向我的神，感念還是稱謝，我都不管了，只要　神藉著祂的愛女給我以這樣真實的愛，我所有的罪惡還有什麼不被饒恕的呢？生命是可珍惜的，卻已不復是吝惜了。

從你第一次告訴我，你一直在預感你將成為包法荔夫人，我便曾意會到可憐的姑娘要不是出於一個被觸痛心事的讀者常有的那種自擬的悲感，斷不會妄自比擬的，因而我判斷那必然是由於償還不了一筆情感的債，以後漸漸地得知你的父女間的舐犢之情，愈使我相信那個判斷了。果然經你的述說，我覺得縱使是我處在那種情感的負累下也只有同樣地走你所想到的那條自私的路，去向那個不幸的人挑戰、奮鬥，兜轉上一個大大的圓環，再轉進自己心嚮往之的自由。一直我們都曾有過這種共同的想法，也許這便是所謂「靈犀一點通」的默契，由此我將深信對於其他的一切看法也將是你我完全一致。

確是這樣，我的劉浪，我並不是不曾嘗受過那種準備向「愛」宣戰的驚悸和痛苦。我們實在並不恐懼若何強暴的壓力，因為那樣我們便可以憤怒地起而抗鬥！然而你我怎麼能夠向「愛」憤怒？！我

一千一萬個要你愛你的父親，永遠做他的愛女。然而我却強烈地反對你次一步的行動；那固然太于殘酷地傷害了那個不幸的人，同時對于你，雖然逃避了一筆情感的負債，却在你本可以完美的運命中留下了一個終生的缺憾，你不相信那種疚痛會折磨你一輩子嗎？我們的心靈原是經不起一點的塵垢黏在上面侵蝕的。你讀完了《紅樓夢》，應已了解高鶚以「不得已」作為襲人人格收場的指責，那實在可以作為你我的道德操守的一個警惕！浪，你相信我決不會迂腐地以「從一而終」的婦節來規誡你。我雖嚴律自己的節操，但對于我未來的妻子却是重視她的靈魂節操遠過于肉體的節操，（甚至我願娶一個棄婦或者寡婦，因為她們將更懂得怎樣地珍惜愛情）。我也不會認為一個女孩子有了一般人所謂的「污點」便不能再受到男子的尊重和愛情。總之，我規誡你的，不是出于這些傳統中男性自我獨尊地制定的這些單行法規的惡臭的意識。主要地，你必須讓你的心靈生活完整，統一而平衡。你我都不可能讓自己的手帶著傷害人的血跡，拿起饢饢照樣地吃喝，如果你我都只是貪鄙肉體滿足可以將心靈的需要棄置一旁的那種人，

上帝還會居住在我們的心裡麼？要緊地，你一定不可以有那個損害人一樣也損害自己的打算，連那個想法也不許再有！那是懵懂盲動而可怕的。我沒有意思誇張這個，對你也沒有這個必要，因為你的智慧遠過于我。

談到出走，我會同你一樣地感到心跳，那正是我自己的事。因而我必須當作自己出走一樣地為此準備一切。

果真事實的演變將如你的預感，不會久的將來你將被迫走向要你抉擇的十字街頭，但願那個日子能安排在兩個月之後，因為從現在開始，必須兩個月的時間，我才能為你完成一切的準備。這是我兩天來日夜思索籌算的結果。

胡適先生曾說過「對于未來的一切，都要打最壞的算盤。」本此，我以我最低的能力為你安排一條崎嶇的路，幫助你，攙扶你，為爭取

你的自由，我將不保留絲毫力量。這裡我將給你兩個原則性保證：其一，你出走之後，必須立刻向家庭表白，來一個澈底的解決，以不傷感情為原則，擺脫開一切家庭的干涉，這任務由我出面辦理，這是只許成功不准失敗的，因為事實上，你只可能出走這一次，這僅有的一次如果把握不住，再將你關回籠子裡去，今生就甭想再有第二次了。而且我之堅持你出走之後必須完成此一手續，那是要你完成第一個需要──安定；否則你將在恐懼和憂慮之中徘徊徬徨不可終日，那種日子就太吃力了，而且早晚總要過這一關，不若快刀斬亂麻，及早解決，可少一條心事。其次，以後的生活，我固然沒有那種力量讓你飽食終日無所事事的享受，但也決不讓你「天賦的一種經得住勞苦的勁兒」用在生活中庸俗勞碌的操作上。最大的願望乃是要你埋頭寫作一個時期，並保證隨你的意思願意把少女的生涯延長多久，便延長多久。這兩大保證乃是在　上帝的座前向你提出的，你會信賴我的，如果不幸你把我視作庸俗之輩，則這個保證只等于哄騙欺詐，或者所謂甜言蜜語。但你不會這樣，儘管天下百分之九十九的男子都是在欺騙女孩子，你也會相信我是那個百分之一的忠實真情的人；你將不會因為那百分之九十九的可怕的數字而對你的西甯失去信心。同樣地我相信你和我之間的肯定的相互信任，不是麼？我只等候你的同意和你的決心，那樣我便可以著手為你準備。但不管什麼時候你表示同意和決心，卻必須顧慮到：要給我留下兩個月的準備時間，並且我也就可以將這兩個保證的詳細的計劃提出來同你商榷。

再者，我必須向你表明，盼望你出走，我自然有我的私心，然而這私心決不超過你的意志，你可以放心。只願你能成為　基督的兒女，那樣，我的表明和保證，你就會予以絕對的信賴了。

祝福我的劉浪夜安！祈願那將給我們以幸福和力量的　聖父與你我同在！Amen！

六月廿六日禮拜日子夜零時三分

〈笑卜〉，我以為已經很完善了，但是由于你把阿嬌何以上廟進香點明之後，全文的主題完全隨之改變了，成為一篇民族主義的作品。說明了「柳（我把姓氏改了，避免小說形式的身邊主義）大夫之能還鄉，如果依照柳太太的論定，則這個論定被淑美所否定。」這樣卻使我想到魯迅先生遺作的〈藥〉，正面的故事是打擊迷信，而其背後卻給我們一個革命的概念。所以我于收尾處又藉淑美的心理反映強調了一下：「不，爸爸能夠回來，不是你這個小老頭兒保祐的，你沒有那個本領！」你可同意？致于送到哪裡發表，我尚在考慮中，要選一家不辱〈笑卜〉的襍誌。（《荒野》由于太多的問題，今年無法降生，除非上帝給我們一個神蹟）〈失羊記〉才開始整理，請給我一個較長的時間好麼？因為七月上旬我要把〈撕〉和〈洋化〉兩篇完成。也許要把〈撕〉和〈笑卜〉一起寄給《幼獅文藝》，那邊跟我要了好幾次稿了。

　　這就是生活很失敗，因為黃埔整天來人，釘著索稿，沒能好生處理，以致故事和主題老是兩回事似的，揉搓不成一個整體，關于這個，你一定能看出。故事本來是預訓班第二期一個學生的實際遭遇，但如果光述說那個故事，就顯得作品本身只成了一灘軟肉，所以把「生活教育」一再強調的放進去，然而由于未經相當火號的熔煉，以致故事和主題之間的鬆弛成了極大的毛病。

　　〈黑子〉那篇，還不夠，需要潤飾而未潤飾，以致全文仍嫌簡陋，而且沒能寫出我心中的那種野味兒，是未能下心描寫的毛病。還有一個缺欠，我原不願把主角寫成亞爾薩斯狼種的外國狗。可是中國種狗野性不夠，戰鬥力也差，除掉西藏產的獒犬。然而對于獒犬的性能我不詳知，不敢造次。這在我乃是無可補苴的。同集子裡的枋姐的〈北屋裡〉是她的代表作，她的小說遠比散文高明，有《紅樓夢》風。其

次是林海音女士的〈藍色畫像〉，很能別出心裁，伏筆落得好，美中不足的是沒有教育性的主題意識（甚至是違反）。

枋姐回信了沒有？我已經很久沒給她去信。最後一次因為正好我接到她的信也正是她接到我的信，結果雙方都在等回信，一直等到現在。要不是你提起，我倒忘掉跟你要她的地址了。你可曾過節那天到台北枋姐那兒去了？有機會就去，儘管形式上說來，你們倆顯得交淺，可是枋姐跟我的親姐姐一樣，她一定很愛你，她是山東濟寧人，中學時代在濰縣，同我的故鄉鄰縣。其實我和她也認識不夠久，還是她主編文壇時因為〈海燕〉有兩點要修改的，她寫信給我有所商榷，我們才認識，而見面並不比你早多少天，（去歲正月與你見第一次面的前兩天，在台北我們才作通信後的第一次的晤面。）更不比你多，僅只台北一次，鳳山一次，不過這兩次談的很多，不像與你雖然四次相逢，都未能作一次深談。記得你曾問過我，如果我們能夠在一起，是否永遠談不完？一定的，一定談不完，除非我們的心死了。

快不要擔心，我們會耐得住北國寒冷的，你那樣胖胖的，會耐得住寒的，我們的老家已經夠冷的了，可是從小我就經凍，每年清明節一過，就不穿棉衣了。奇怪，我這樣的瘦，却是怕熱愛冷，天氣熱起來，我連飯都吃不下。

野一些好，我愛野一些的姑娘，讀我的作品便可以知道，我所創造的幾個女孩子，多半都很野，是不是？我能夠想像出你那種頑皮的樣子，實在你之所以燃熾起我的熱情，你那種為我隱約間洞燭的野性也許正是主要的火種。而你自以為那種野性使你不能成為任何男人的好妻子或者好情人，那未免太于武斷！友愛原是愛的一種類型，猶之乎女孩子之于女人。可是一般人說到女人便意識到只是一種年輕的女子，於是愛也便成為愛情，這種本末倒置已成習慣，何必追究呢？總之，男女間的愛戀頂好經過友愛的階段，那才是正常而健康的。一見傾心會是短命的戀愛。

願如我的劉浪所說：願我們能如前番那樣，又克服了一次傷感！
——不如說是情感的摸索！

你的西甯　六月廿七日十六時正

※寄來的花朵我們叫做「虎皮菊」

我的大朋友：

「過份地苦樂乃使我落下多年來從未落過的淚」也許正說在小朋友心上，讀著它一陣莫名的傷感湧上心頭，艾蘼哭了……。

我相信你，一如大朋友相信小朋友對你的信賴那樣。

不要急，目前我的身邊沒有發生什麼不好的意外，也就是說，還沒到那個時候。早晚我一定會需要大朋友的扶助的！

一個新的消息，我在縣議會裡有了工作了，薪俸少得可憐，且是以「工役」的名義進去的，雖然工作的內容並不與名義相符。我不在乎這些個，我要的是再一層的生活經驗。工作地點在蓓蒂的服務地點的斜對面，只要兩三分鐘時間便可到達。因此，我同她又有相聚的機會了。

今天為了接洽工作事項，我曾去苗栗一趟，當然又去找蓓蒂，她還把大朋友給她的信讓我看了。

真的，太多湊巧的事了！當大朋友到你表哥哥家過節的時候，我正度想著「也許大朋友會到那次他去吃水餃子的表哥家去過節呢！」還有你把〈笑卜〉中的「劉先生」改成「柳大夫」正同我現下進行中的〈問題女兒造像〉裡的「柳醫師」相符合哪！而當我正在著手寫這篇以一個問題女兒的出走為題的東西時，你竟也同我談起出走的事兒來了！你說巧不巧？

然而對於大朋友所說的「由我出面辦理」我不很明白，我有一種不安，如果由大朋友直接同父親接涉的話，那麼一定會把事情弄得糟到不可收拾的地步！告訴我你要辦理的步驟好嗎？（雖然還不是時候。）

快別著急，你一定不要為了小朋友，把你原要做的事耽擱，為什麼我不能給你長一些的時間呢？我的時間遠比你多著，也許因為我很懶。

先把大朋友預定幹完的事趕完。然後再去管〈失羊記〉，我對這

個孩子很失望，總覺得主題不能具體地交待出來，而且結構方面來說亂得像一堆讓狗兒給撕碎的骨屑。

沒有去板橋，因此也就沒能夠看到枋姐姐。可是即或去了，也未能找到她，因為至今我都還沒收到她的來信。我真怕信失落了。

枋姐的通訊處（照四月十三日給大朋友的）是「長沙街廿七號婦聯總會宣傳組」。

歌本收到了，**謝謝**大朋友從天上為小朋友摘來美麗的星星，我愛初夏黃昏的夕星和冬天清晨的寒星。

大朋友最愛的那三支歌也正是我最愛的，不過小朋友「最愛的」似乎比你多，也許因為我較大朋友喜愛品味歌詞，也許因為小朋友比你有時間一唱再唱地從那些曲子中發掘美感之故。

我父親收藏有許多名曲唱片：包括大朋友最愛的三支曲子（其中〈聖夜 Holy night〉的反面正是那支曾讓你感動得流淚的〈主人永眠黃泉下〉，由男高音獨唱，有「哼」Humming 的低聲伴奏）此外，還有〈藍色多惱河〉，〈AloHa Oe, La Paloma. 浮士德與魔鬼〉裡的兵士大合唱和修伯特的〈聽、聽、雲雀！〉等等……。我酷愛聽它們，也怕聽它們，它們會給我帶來由無限止的孤獨感而成的痛苦，如同大朋友曾同我談過的聽了〈荷夫曼的船歌〉和〈聖母頌〉後，悶倒在牀上的那種苦痛……。哦，有時我真自私地想到有一天離開家庭的時候，我會讓自己對父親唯一最感到痛疚的便是無端地帶走了幾張唱片！？

《黃埔》封面的小橋流水，我無法判斷出它的地點，因為同大朋友那個大操場只有一面之緣，模糊地拿不定方位了，你可會笑小朋友胡塗得可笑？

那麼為頌念它，讓我介紹你一支新歌，翻開名歌集，第九十六頁的〈Flow gently Sweet Afton.〉中文歌詞是：

清溪水漫漫流，穿過青草地
漫漫流聽我唱歌讚美你
我瑪麗甜睡著在靜水之邊
清溪水漫漫流，莫讓她安眠
鷓鴣鳥山上叫，聲音很幽婉
老烏鴉在樹梢，呼聲沉而遠
清溪水漫漫流，泉水輕輕湧
請你們莫吵鬧，讓瑪麗做夢。

好了，不再打攪了，安眠吧，我的大朋友！

廿九日　廿三時正

下面是要請教的：
1.　襲步的飛奔？
2.　一百多弓遠？
3.　蹉跎？
4.　胎衣？
5.　黃泑子？
6.　拉聒兒？
7.　氄毛？
8.　北海上的金鰲玉蝀？
9.　胡同？
10.　「老薛寶自比」，老薛寶指的誰？
11.　估衣攤？
12.　「打春的蘿蔔，立秋的瓜」為什麼秋天的西瓜不養人呢？

「養人」又怎麼解呢？

13. 裝蒜？什麼是「蒜」？

14. 「…成套的月餅少說也買兩棹，自來紅自來白更是滿地滾了…」什麼是自來紅自來白？

15. 「師出無名」出自何典？

16. 抬槓？

17. 解語花？

18. 我對〈友愛〉（琦君的）裡的「友愛」很拿不定，她的主要意識（主題）是什麼呢？

不要急著答我，可分幾次回答我。

傻瓜怎麼樣了？凱蒂近來老是不多吃飯，瘦了（可別問我「那是為什麼？」）不過爬高樹抓麻雀的本領則不減當日。

不談了。　　　　祝福！

打算把你寄來的那些書趕完，放著一大堆，總感到不安。

卅日　十一時半

※今天是蓓蒂的生日。

浪：

何以情感驟然地達于極致，反而會是一種酸痛？真可笑，讓我們為著彼此乍獲（？）一種真實的確定相對落淚吧！我們都很傻是嗎？傻就是真啊！誰敢說眼淚總是悲慟的！正如同音樂對于我們總是淒清蒼涼的，然而音樂卻是最為我們的靈魂所酷愛的生命。很多人忍受不了物質加予的迫害，然而許多人不感受這種迫害，把他當作快樂，那是那些可憐的人們很難思議的。心靈原要天真而主觀，心靈不是知識！

為什麼害怕我會把事情弄得糟到不可收拾的地步？我的作品一如我的為人，我不愛衝動，也很少衝動，我喜愛穩健。相信你的好朋友，一如相信我和你的一切想法的「奇妙地一致」──那不是如你所謂的「湊巧」。湊巧只能有一次，卻不能在一切的事情上「湊巧」。你不相信那種費解的「心靈感應」和「靈犀一點通」嗎？

本來上次回信，先是把步驟細詳地告訴你了，既而覺得太急促，一定免不了有什麼意想不到的漏洞，這並不與自信有關，實在我不敢把有關你終身幸福的生命的轉捩太快地予以決定，因而我把那封信保存起來，只向你提出兩個可靠的保證，準備把詳細的計劃留著等廿九號陳群二哥（他是我們結拜弟兄的排行第二）從屏東來此（為王毅七弟餞行）跟他好好地計議一下，以示慎重。因為他在我們幾個弟兄之中，比我更冷靜、更老謀深算。當你廿九號晚上為我寫信的時候，我已同他取得了完滿的協議，正坐在電影院中欣賞馬倫白蘭度的《岸上風雲》，（除掉攝影和導演美妙的手法，我實在看不出這部片子何以能得八項金像獎）然而我的劉浪，我仍不敢冒然地向你提出這個，讓我說為什麼原因這樣，我卻說不出。但你的害怕是多餘的，我要你別再裝糊塗。照你所說，似乎你出走之後，父親便會不聞不問地聽任你自生自滅，不會硬把你找尋到帶回家去關得更嚴緊。可能嗎？父親那樣地愛你？──聽我說，正為的是不要傷害了你父女間的深情，一定

要做到使他老人家容許你在外面自立自主，而你照樣地同家庭和好如初，不致於今生再不會走進你的家門。固然我很明白你的父親非常恨惡外省人、恨惡軍人，然而一個既成的觀念並非不能改變的，一種已定的情感也並非不能感動的，畢竟人性中的倫理永遠會勝過一切的執拗和偏見。我之出面交涉（這個名詞也許被你誤解為一般的所謂無情的交道）主要地為著你們父女避免情感的衝突，而且讓你獨力苦撐地同父親奮鬥（料你也沒那種勇氣和忍心），我只一旁冷眼坐視，那我還成什麼人呢？萬一不幸我使你的父親痛苦了，那卻並不會如你所敏感的，糟到不（可）收拾的地步，我們豈不可用未來的並不甚遠的成就去醫治父親的痛苦嗎？除非你對于未來的成就缺乏信心。真的，我簡直要同你的父親慪一口氣：非要讓你飛黃騰達不可，甯可讓我畢生沒沒于世，也必須把劉浪的名子打得天雷那麼響，讓父親看看他的女兒怎麼樣轟轟烈烈地活著。你只要對此稍存一點點的信心，那末你就來吧！至少我不會像父親那樣容許你去充當一名「工役」，去做那沒意義沒生命的工作！

對于職業，我一向主張打破榮辱感，只要是勞動的，便不是卑賤的，（還否記得我的「灰色假日」？）即或是娼妓，總比資本家的人格高一等。然而如果顛亂了人類的聖、賢、才、智、平、庸、愚、劣，那便是必須打倒的真正的不平等。讓劉浪幹「工役」，正如同讓尼羅王活在羅馬皇宮裡，天下沒有比扼害天才的人更該上絞刑！我固然非常希望你去嘗受生活的各面，盡量地去體驗人生，然而容許你去做這種工作的人，我卻武斷地認定了他的希望不在此，也許只為的是要你為自己賺一點嫁奩，因為至少那不為的是生活，且不管是物質的，還是靈性的。我曾研究何以台灣的女孩子多半晚婚，（按照一般而論，熱帶的女孩子往往結婚的年齡小得令人可怕，而且結了婚照樣生男育女）所得的定論幾乎使我驚恐台灣的父母心何其殘酷！竟然逼使骨肉之親的女兒不擇手段地以各種行業去賺錢，甚至是充當賺飯的亦在所

不惜，真乃古今奇聞！而女兒臨嫁，還不放鬆，還要撈上一筆不算小的聘禮聘金，甚至還有靠著「遮羞費」度生活的。中華民族裡面任何一個支派都沒這種陋習，我追究這個緣因，很可能是日本強盜留下的毒液，因為根據抗戰期間一位意大利籍的神父的調查，日本皇軍的營妓百分之？（記不清，數字的比率大概在八十以上）皆係良家少女調集「服務」，而「服務」期滿歸國，依然嫁得了人。真是禽獸之國，天縱不亡，人可誅之。

但願我的好小弟不要管那使令你去低就這個職業的人究竟出自何種願望，你一定要把握自己，果真能一本初衷為的是嘗試生活，而不變老，不讓職業衰老了你的心靈，則西甯尚可心安，否則，于你于我都是痛苦！我正想著你出走後給你安排一種什麼工作，這樣那樣都覺得委曲了你，却不想你所遭受的委曲却已超出了我的一切算計，我很痛楚，也不太滿意你的遷就。十分地希望你好自為之，能使好朋友為你安心！晚安！　主與你同在！

是否需要稱呼我的名字？青海、西甯、保羅、心平、撿你喜歡的。

七月一日廿三時卅六分

告訴我你的生日，並且告訴我是民國廿幾年，因為我很想回想一下，當你降生的時候，我已經在做什麼，也許不復記憶了，但是總要告訴我，我很重視一個人生命開始的日子。我的生日是十六年六月十六日，很容易記是不是？同軍校校慶同一個日子，不過晚三年。迷信的人說一個人的生日能佔兩個六，命主貴，真是不知何所根據，可笑！我想你的生辰不是七月底便是八月初。

怎麼了？怎麼連我們的凱蒂和傻瓜也有點同命的味道了？入夏以來，傻瓜瘦得可怕，除掉魚，餵他什麼都不吃，可是要是天天吃魚，

一個月便要三十元，我真怕戰士們批評我，因為一個下士的月餉才卅元，二等兵才十五元。以前當政府決定軍人眷屬每人每月除掉卅斤米再津貼卅元時，便曾鬧過小小的風潮，戰士們都說：「他媽的，養一個孩子不就等於養一個下士！？」真的，一個小兵不知要經過多少冒險犯難才得升為下士。

學校又要改編了，我在著手活動，設法請求調職，以國防部給我核定的「新聞官」專長，本可到黃埔出版社當編輯或記者，可是主官把持得緊緊的，雖然報告遞上去了，還不知能否批准，對於目前這個幹了四五年的工作我也實在幹膩了，需要換一換空氣，精神可以振奮一些。

記否第一次給我來信的日子？（夾在「勿忘草」裡面的）當你接信的那天（七月五日）正好一年！要為我們的一周年怎樣紀念呢？讓我們那天夜間十點鐘喚呼彼此的名字，十點五分我們合唱《101》歌集40頁的〈My old Kentucky home.〉用以紀念這值得紀念的一天，答應我，小弟！然後十點十五分我聽你唱：〈Serenade〉（88），十點廿五分你聽我唱〈Nearer, My God, to thee.〉（P. 90）一定！

《黃埔月刊》和《文壇小說集》都不必寄還。枋姐可能端陽節為勞軍在忙，昨天寄來她的新出版的小說集，《逝水》，地址也沒有，但信封已是中華婦女月刊社，不知是否職務業已移動，容我去信問問看。要是因懶而未覆信，等我罵她。《逝水》只包括四篇小說，〈北屋裡〉和〈我們的故事〉你都曾讀過，另兩篇〈逝水〉和〈未完案的愛情〉都還不錯，等一等寄給你。

七月二日午

關于你的事，昨天晚上我才同表嫂談了一些，不要責備我，將來

你一定會喜愛她的。我從來不曾同他們夫婦倆談你我的事，因為我很怕他們認定了我們是一對一般人所認為的關係。他們這樣地認定雖然不一定就是不好的事，可是原諒我的自私，那是一般的男性的自尊，因為他們認為（那是一定的）結果總是結婚一個途徑，沒有第二條路，而第二條路便是男性的失敗。而我也深知你是不願意嫁給我的。這種深知使我要維持一種可鄙的自尊心，竟不願向人表示我有你這麼一個朋友。在台灣，只有這麼一個最親近的親人，幾年來時不時的探問我，關心我的所謂「終身大事」，如此益發不敢向他們提了。可是為著你的出走，必須盡量的盡早的多作預備，勢難再把這件事隱瞞下去，而他們那裡正是你出走之後首先落足的最好的所在。當然，表哥和表嫂為此都極其熱心，恨不能要你立刻就來，然而他們是一種什麼心？孩子似的心，要一個新鮮的人物走進他們的生活，表嫂甚至立刻要表哥（演劇三隊的副隊長，等于隊長，因為隊長是個女人，不太管事作主）調配宿舍，把哪一間哪一間騰挪出來，把哪一張床哪一張檯子搬進去，好讓「表弟媳婦兒」住進去。（她演過《紅樓夢》的鳳姐兒，這情形就讓我想起她扮演的那個角色）我真窘死了，我不得不為我們的事辯駁，我說我們只是一對知己的好朋友，好朋友遇到困難自然要彼

分別是朱西甯的表哥張方霞與表嫂林偉評。

此相助。我反對她早婚，就因為她還是一個小孩子，不應該急忙地讓一個「家」把她圈起來。而且文學的路上，她也是個初學試步的孩子，正要心無二用的急起前進，經不起結婚生孩子的家務事來糾纏，把一個堪造之才折磨得走了樣。而且人家跟我好，也不一定就要跟我做夫妻。縱使是，我還不願她把快快樂樂的少女生涯急促的結束，……可是我哪裡辯過他們！表嫂指著我的腦袋說：「別來這一套，誰個談戀愛時不都是這種心意？裝模作樣的！她要不是愛你，幹嗎同你談這個？這也是女孩子輕意同男人談得的！你還自命懂得女人心理呢！我只問你愛不愛她？除非你一點兒也沒這個意思……」浪，你讓我怎麼為我們辯護？如果放在你，你又該怎麼應付？我真不該告訴他們，可是為著你來了之後，過渡期間的安排，他們夫婦倆是我們的最可靠的保護人，我又不能不讓他們知道，否則也將惹他們不愉快，責備我不把他們當做唯一的親人看待，反而外氣，于情于理都說不過去。但是要照他們的主張，正好像我幫助你出走，全為的是要跟你結婚。我怎麼對得住你！那豈不是讓我在你的面前慚愧至死！親愛的浪，我承認我早就在熱烈地愛著你，也承認對你有著非份的私心，然而為你的天才和事業，這一切屬乎私情的，我並非不能強制自己把它們列為次要。正因為我們互相信賴著彼此均非庸俗淺薄之輩，也才信賴彼此都不會任憑私心的放縱私情地任性。我也曾跟你一遍又一遍地訴說，我和你經結識到今天，不曾絲毫迷亂過，始終是一個歡樂的清醒，並願更久地如此相處。如果那一切對你屬于一種損害或者侮辱，那末，親愛的，痛責我吧！我將不要求你寬恕！讓　主赦免我的罪惡！

你的朋友　七月三日十二時七分

西宵大朋友：

　　我們又再度征服了時空！昨兒晚上十點鐘恰好秋姐姐在我家玩，我讓她讀小說，儘自赴約去了。可是我一定要乞求你的原諒。你要我唱古諾的小夜曲，可是這支歌我常聽，却沒有下過工夫練過，所以我未能遵照你的吩咐去做，然而我却用修伯特的小夜曲代替了它，我想你會喜愛它的，縱使不喜歡，小朋友也只好求你原諒了。讓我把那支練會以後再唱給你聽好嗎？

照片背後署「劉浪小妹／大姐劉枋」。

　　我多麼高興地接受了枋姐的玉照！我不知道該怎樣說出我的感想，只是看著她那堂皇的儀態，使人不由得產生一種信賴感。我很高興她不曾把我忘記。哦，她怎麼知道稱呼我「劉浪」呢？

　　你想我是否該讓她也知道我計劃出走的事？也許她會給我們寶貴的意見。

　　我知道不該「避諱忌醫」（？）我之說大朋友出面辦理會把事情弄糟，一則是因為他們將永不會以為我要自力更生，而是要同誰私奔，這麼一來我受了委屈不打緊，使大朋友受到污辱的話，才會使我永遠慚愧、不安！

　　不管怎麼樣，請你慢慢兒告訴我你所謂的「詳細的計劃」好嗎？

　　說老實話，這個「出走」將是對於我的毅力和靈性的最嚴格的考驗呢！

　　不責備你把我們的事告知了你的表嫂。其實，接讀了你上次的信以後，我就料到會有這麼一著（又一次的一致），因為我想在台灣他們可能是你唯一的親人。然而表嫂的話使我不安了。確實，如果我出

走，不為的是同大朋友結婚，那一定會讓她們不甚明白。

可是，如果她們要是以「盼望表弟媳婦兒」的心情等待我的話，大朋友，她們定會很失望地發現她是個既不懂燒菜，剪裁，又不曉得如何修飾自己的野女孩呢！哦，別忙著責怪我，當一個人同另一個要開始共同生活的時候，就會有許多事情了，正如一個人愛上一個人的時候就會跳出許多新的恐懼來那樣。

哦，大朋友何以見得我不願意嫁給你呢？我常想我倒不願同自己所真愛的人結合，為的是要留給他詩樣的夢和回憶。當一個男人愛上一個女人的時候，他很容易把她看作天使或是神聖不可侵犯的女神，至少他已忘記了「她畢竟也是一個人」由是有一天他幻滅了。你能說他們長日廝守在一塊兒，不會有愛情以外的東西（我所謂的）侵入嗎？因而，除非他們有克服幻滅的勇氣和毅力，我倒願他們不待在一起，而彼此保持著詩樣的夢，所以如果我不願意嫁給自己所愛的人，那麼這可能是唯一的理由了，這是很不為一般人所了解的。

讓我們先別談到這些，主要的是要能跳出樊籠，不然，一切都只是遙遠的夢，都會成為「紙上談兵」（？）

對於出走後的我的工作，不要把小朋友的能力估計得太高（奇怪，我老會自卑地感到自己的辦事能力差，除去有關文學的），我怕我如果對於那將要從事的工作不能勝任的話，那我就會大大地辜負我的好朋友了！

不要為我目前的工作擔心，我會把持我自己的，至少，為大朋友的期盼，我會好生把握自己的，目前還沒上班。

我的生日差些給你猜著了，是民國廿四年八月廿二日，不過憑什麼你想到小朋友會是七月末或八月初出生的呢？

禮拜天（三日）晚上，我第一遭做了飛的夢，多麼輕鬆舒服啊！地點在我家山上，我從山頂用那薄而透明的翅膀飛落山谷，後來不知怎的，竟飛到新竹車站去了。同大哥要坐火車，却不夠五塊錢，急著，

急著，終於醒了過來。真妙，我真希望我能是會分析夢的心理學家哩！

　　父親讓我到苗栗工作並不為的是要撈錢，而是出於精神上的虛榮：他們以為出入於議會的人大多數都是那些人家所謂很體面的，那麼他的女兒混在那些體面人中間，也許身價就會抬高了。可笑的是他們請舅舅替我找工作時，曾吩咐他要「高尚一點的」，我真不知道他們以什麼作標準來衡量職業的高尚與否，現在我畢竟有了「高尚的職業」了！

　　你想關於我出走的時間是早好呢，抑或是慢些好？我想如果慢的話，對父親的情感上的負債似乎會越堆越多，勢將落得像襲人的「不得已」那樣；如果早了呢？似乎還不是時候，且未能找到適當的出走動機（藉口），因為我不願他們以為我同任何一個男的私奔。

　　奇怪，幾天來腦子裡想的盡是這些事，我真怕想得太多，一旦時機到了，反而拿不出勇氣來。

　　我在想我將怎樣地拚命，取得勝利，將怎樣地工作，怎樣地為自己而活（我們所謂的）怎樣地去做自己高興做的事！真的，我簡直天真地把這個有關生命轉捩的事，看成一椿帶著莊嚴美的冒險呢！

　　告訴我一些我將在那兒的環境裡的事物好嗎？它對於我彷彿是一個可怕而又可喜的未知數哩。

　　很可笑，我忽然地感到炊事同剪裁對於我，不再是那麼無關緊要了，因為出走以後我必須為自己做飯、縫衣服，前者尚可，後者永遠讓我感到辛苦乎！還有，當我要離家的時候，我那些書籍、紀念冊、樂譜同信札怎麼辦呢？……怎麼？我竟越想越遠了，但願能如大朋

友所說的，同父親之間能獲得不傷情感的解決，更願我能有足夠的「力」！

七月七日是不是陸軍節？去年的陸軍節，你幫我在紀念冊上植下一棵勿忘草，哦，那個時候，為了稱呼我，你竟費了半頁的紙張呢！然而告訴我，你又為什麼多了一個「心平」的名字呢？

不談了，願大朋友所說「既成的觀念，同已定的情感，並非不能改變和感動」這句話能應願在我那位敬愛的父親身上！！

祝福！！

六日廿一時

下面是請教的：

1. 休戚相關？　　2. 包涵？

3. 珂羅米字？

4. 「生活如救火，吃飯似小偷」？

5. 侯爵夫人的肩膀裡的「第二帝國」是指什麼？

6. 橋磴？　死季？（〈失工〉裡的）

你的小朋友

（用掛號）

※寄還你的《黃埔月刊》同《千佛山之戀》收到沒有？

《給妮儂的新故事》挨一、兩天再寄還，故不必忙著解答。

※祝大朋友調職運動順利成功！！

（　　　）

直到你八月廿二日的生日之前，
你決不能離家出走，
因為這以前你還是一個不被允許獨立自
主的「法律的孩子」

浪：

什麼樣美妙的愛！如若不是　神垂顧于我，我何能從你的心上獲得什麼！由是對于我們的前程，我寄以堅定的信心，因為為　主所安排的，必是充滿恩惠的。如今我竟不知是　上帝將你差派給我，抑是將我差派給你。然而在　基督裡，讓我們共事業、共生活罷！慢慢地你總會接受那充滿著慈愛和力量的救主的。

我一定要矯正你天真的自私。你說為著給你真愛的人留下詩的夢那樣完整的影象，你倒甯可不論嫁娶。太天真、太自私了！除非那個你真正愛著的人並不真正地愛你，否則，你將何其殘忍！豈不等于你凌遲了他？浪，我不曾肉麻地把你看做超塵的女神，因為愛你至今，我始終維持最理性的清醒，我不曾昏迷。正由于我信奉心物合一的哲理，我一直都視你為有血有肉的女子，只為你超脫凡俗，敢于愛，敢于笑，堅持著一顆不染灰塵的童心，苦苦追求入聖的情操，憑這些，我豈能不動真情！我不能不盡心盡性地愛你！艾蘼，何以又援俗例而不置信天下總有終古長青的愛情！出乎肉之慾望的，自然不可能持久，因為肉的本身原沒有時間的防腐劑，肉是短促的。但純然出乎幻念的精神戀（如你所說，用幻念將所愛的捏造成天使或者不可侵犯的女神）也勢將經不住「愛情以外的東西」的試煉。「唯有以靈為體以肉為用的愛情方可歷久不渝，永恆不衰！宇宙盡管繁複龐襍，到頭來卻是宗源于一個太極的道，那是不移的宇宙元一的原則。故而不僅僅是愛情如此，衡諸萬事萬理亦無一不可貫通，祇須你能確切地掌握這元一的原則，你沒有得不到一個統一而奧祕的結論的；同時這也就是我們所需求的人生的信念！」

枋姐曾說過：「人不能為情感負責」，這當然是她得自比你我多得多的經驗的一個論斷，我們應該同意的。然而我卻要說，情不是絕對的，有偉大聖潔的情感，有卑污醜惡的情感，如何導引我們的情感使之偉大聖潔，才是你我要努力負責的！也是你說的：「除非他們有

克服幻滅的勇氣和毅力。」所以問題在乎你我有否這份勇氣和毅力。果真你為畏懼那個愛著你的人會因長日的廝守而對你厭棄，便天真地及早避開，這便是你的自私。而實現這個自私的終局，只是讓你自己畢生不知愛的苦樂。人生而無愛，該是何等悽慘的悲涼愴慟！「青燈古殿」的褪色的日子也豈是我的好姑娘過得的！我可不讓你那麼自私而不自利地處置自己。

那末容我把我仍嫌未臻成熟的計劃向你提出需要你坦誠地同我探討。親愛的，一定不要保留你的意見，更不可以甯可委屈你自己而有所牽就，這是關乎你終身幸福與否的大事，決不要對我草率地忍讓，一切都要按照你的意思定奪取決。我如此摯誠地要求你，好艾蘿！

關于你出走之後的初步安排有三種，這安排也即如何解決你和家庭之間的種種棘手問題的方式。然而在這個過渡期間可能要你受一些不安定的委曲。只是你可以相信你的西甯總要盡力為你減低痛苦。

一、把你安排在表哥的家裡，由表嫂或隊長（避免男性出面）同你的家庭交涉，表明你已經從軍參加演劇三隊（隸屬國防部總政治部）這個理由比較響亮，而以從軍為名，既于你光采，且家庭無權動用法律。雖然關于這個我還不曾同表哥夫婦懇談過，但相信他們總會全力協助的。

二、到台北枋姐那裡去，由她為你張羅一切，僅能有的理由便是：一、要求獨力自主，二、反對家庭的逼迫婚姻（如果是由於這個藉口出走的話）枋姐是你我所信賴的，同時也不亞于親姐姐之待我。早在我把你介紹給她的時候，她即慨允了我：「現在恕我太懶，不能如你所望的對惠美有所指導，但要我為你們倆效勞的時際，我將不遺餘力！」但枋姐做你的保護人是否有效——那就是說，枋姐有否把握不讓你重被父親帶回家去關起來，這需要你的取決之後，我再和她商榷，看她的辦法妥與不妥。

三、可能不為你所接受；仍是到鳳山來，住在表哥家裡，由我以

「未婚夫」的合法地位要求父親讓你自主。而要完成此一合法地位，則須現在即向上級申請婚姻，（至今年的六月十六日，我正好是法定廿八歲的軍人婚齡）因為逐級審查，一直要經陸軍總部的最後核定，需要三四十天始可批准下來。這個批准書是國家發給的婚書，任何人不得妄加干涉或留難。但你既不願冒私奔之名，我便不能這麼違反你的意思去做，（雖然你說「我受了這委屈不打緊，使大朋友受到污辱的話，才會使我永遠慚愧不安！」但我將不以為那是污辱，只是怕你受委屈。）不過容我說，自然的趨勢已在社會中把「私奔」這個名詞剔除了，而它所得的社會反應，却是可欽的，這是事實。只是如果你的環境人物仍作陳舊的那種看法，我便不好強你所難，我自然樂于要你在他們的心目中仍不失為清白之身，落一個好的名譽。其實你也該擺脫那些舊的落伍觀念了。

上面所提出的三種辦法，第一個比較少煩一些神，可免再一度的跋涉（比第二個辦法）且枋姐是一個忙人，很少在家裡，家裡又沒任何人，縱使你在她那兒不必待得甚久，那種孤單寂寞是很難忍受的，尤其對于一個剛剛離開家庭的人。所以我為你想，第二個辦法不如第一個好。但不論你對于這兩個辦法作何選擇，我覺得婚姻申請總是必要的，親愛的浪，先別懷疑我有甚麼不好的企圖，容我說：我要的是穩，百分之百的穩，沒有百分之百把握的事，我從不願作無謂的冒險，何況對你的出走，我更需要這樣。這乃是說，我們不可不防萬一，萬一那兩個辦法戰勝不過你的家庭，總不能放著一個有力的辦法不用，而致于眼巴巴兒讓你像一隻小羊那麼可憐重又牽回去出賣。我們不妨設想一下（我無意恐嚇你），萬一出走失敗了，將是怎麼樣的一種悲局！家庭將把你嚴加看管，那恐怕等于牢獄生活差不多了，而且你亦將因之而遭受未來的夫家的歧視，因為人家是不容易諒解你的。此外，你一定要放心，婚姻申請只是一種為贏得你出走成功的手腕，你我結合另是一回事。

問題解決之後，隨即將是你的長期自主生活的開始。關于這個我的腹案是這樣：固然要為你找工作，但萬一所找的工作都不適合你，（你的能力我不曾高估）也大可不必急于不擇手段地去謀生，那與你出走的意義適切相反，我也決不願讓你這麼年小就被生活的擔子壓彎了腰，那樣不比讓你做一個少奶奶更有意義。因為被生活玩弄與被少爺公子玩弄，同是被玷污辱損。

　　我的願望當然是能夠徵得你的同意，申請結婚，這樣不管你找到找不到工作，你既為軍眷，我們便可以不必為基本的生活操心，一任做我們要做的事、愛做的事。我總覺得一個人如果終天為一日三餐而勞碌，那已經沒再活下去的必要了。

　　但我們實際上不能夠結婚，我必須讓你少女的好生涯盡你所願地延展下去，直到你需要了，或者文學的基礎鞏固了，因為如你所說，一個人和另一個人開始了共同生活，將生出很多的事。我真怕你的事業還未稍稍開展，便做了主婦或者母親，所有的雄心壯志盡付東流。我可不甘這樣的扼殺天才。再者，成立一個家庭，一個簡單陳設的家庭，在我雖然不成什麼問題，可是一想到你們的家庭將要如何地勒索聘禮，我就膽寒了！除非我從現在起，一反往例地開始寫一篇可以獲得文學獎金的作品（我一直便不曾為此努力過）或者同你的家庭鬧翻，不理會那些無理的勒索，（等于我買你，必須付錢似的）可是那將使我終生對你負疚。而果真我們實際地結婚了，也必須舉行像個樣兒的婚禮，我雖反對這些，但為尊重你，不能不那樣。可是那也許要我半個年頭的準備才行。所以你會相信我，決不會急于地要怎麼樣，況且我們現在就忙著談這些個，很可笑不是？但不管怎麼樣，屬于這一類的問題用不著你來煩神，有　上帝、有我，還有和我生死與共的好朋友們，你放心好了。

　　那末到底我將怎樣安排你？在表哥家雖然可以待下去，那終非長計，我自然不願你寄人籬下，了不起住上一個月，另外我們組織一個

由大朋友和小朋友（不是夫婦）兩個人的家，我上班的時候，你在家裡寫作讀書（如果找到了合適的工作，自然另作別論），我回來了，我們倆一同燒菜做飯，晚上我們可以一起寫作、一起讀書、一起研究文學，高興了便合唱、談天，直到很晚，我再回學校去。如果房舍理想一些，能夠是兩間，我便可以從學校宿舍遷移出來，陪著你。禮拜日上午我們去教堂禮拜，現在教堂的唱詩班正乏人領導，我很想讓你參加這個活動，把唱詩班整理起來。並且你將可以學習風琴，牧師可以教導你。此外，不管假日或平時，好的電影，或者學校裡有什麼好的晚會，我們一定不放過，到高雄屏東都方便，我一定引導你怎樣去欣賞我們唯一的國粹京戲（平劇），或許你和我在一起，還可以喚起我那業已失去數載的繪畫生活。就憑這些，我們已經可以把生活安排得很結實了。還有更重要的，我們很可以在這一段期間裡，從頭戀愛，因為我們似還不曾這樣，或者說只是書信的往返，我們並不曾親身體味過戀愛生活，雖然我對你已經認識很夠了，你却未必了解我，那末在實際中讓你多了解我一些，也許我會有太多不是你所愛的，你仍可以丟棄我，免得危害你終身的幸福，這倒比實際結了婚再發現我比你的理想相差太遠的定局要好得多了。一切都是為你想的，我沒有什麼不務實際的需求和幻念。更不可能違拗你的意志，我有忍受熱情和激動的經驗，你該相信我這些。

關于這裡的環境和人物，讓我跟你粗略地介紹一下。提起擁有十五六年歷史的演劇三隊，原是大陸中原一帶挺有名聲的，來台之後，政府的演劇隊只剩了這一個碩果，于是分編成三個隊。老演員因之分散到三個隊上去了，現在除掉表哥夫婦和譚楓夫婦，其他都是新進，當然不如民國卅九年以前的演劇三隊了。但仍是南台灣的話劇冠軍。劇隊的每一個人員你都可以想像得出，熱情、活潑、年青、生趣。你是喜愛話劇的，可以多多觀摩他們排劇，只要你高興，未始不可客串一下，登一次舞台嘗受嘗受，（記得你的紀念冊上一位同學曾說

你演過什麼糊塗理髮師）那也是生活。表哥是個已經不適宜再演小生的胖子，雖然只才卅歲。國立劇專畢業的，性格忠厚馬虎，是個樂天派，演技精湛，三隊的王牌，擅長演古代英雄（如漢光武、勾踐、鄭成功）。表嫂與我同年，已是兩個孩子的母親，人還是那麼年輕漂亮，而且很難得地是個賢慧的主婦，國立劇專畢業，同表哥是同學。也是三隊的女主角王牌，只是演不好「反派」，適合演賢妻良母。他們倆都是平易近人，令人容易感到親切的。你一定會很快地就喜愛上他們倆。三隊的地點在鳳山鎮北，由軍校到他那裡去要卅分鐘（走）。出門便是無垠的稻田，西望高雄壽山，北去廿分鐘便是風景區——大貝湖，可以垂釣、遨遊。南臨鳳山車站，所以去屏東高雄都極便利。

　　至于組織了「家」之後，却有一個人將和我們發生密切的關係，我喊他老裴，這次改編之後將是我的「部下」，是個非常風趣的喜劇人物，從十六歲就當兵，到現在已十七年了，現在在我的辦公室當一名少尉文書官。河南省人，愛唱地方戲，愛說笑話，大家都喜歡他的詼諧幽默、樂天派，也曾上過舞台演過丑角，事實上他是個標準丑角。但人極忠實可靠，我最信任他，我不善理財，他是一個好幫手，平時所有同人發生什麼金錢來往，我總是信託他去奔走。將來對于我們的「家」定有很大的幫助，許多需要奔走辦置的事，交給他去辦理最可靠。人已經在老家裡結過婚，只是沒帶出來，現在因為年齡關係，很喜愛孩子。對縫衣買菜是他最拿手的好戲，尤其是包餃子。他見過你，上次你來的時候。他很關心我們的事。

老裴（左一），時為上尉繪圖官朱西甯的部下，同住一室。

以外和我們將要接近的便是陳碧波、陳宜蘭，後者就是那個當你和玉蘭覺得那個學生規規矩矩同官長說話很可笑的時候，同我招呼並且要我們回去重新參觀科學館的小弟弟，你可能已記不清了。這位小弟弟人很單純，忠厚老實，也是可以信託的。再就是住在屏東的陳群了，他是很愛亂鬧的，臉皮最老，固然忠實可靠，但你將來可以同任何人玩笑，却必須和他莊重，因為那樣才可以避免他和你開玩笑開得你受不了。我們這幾個弟兄之中，他只有對我不怎麼開玩笑，一方面我時刻防備他，再者，他在我面前不可能像在別人面前那樣自鳴優越，多少尊重我一些，但我極愛他的為人，他的渾號是：黑子；黑宋江。（《水滸》裡的大盜）

好了，概略地給你介紹了這一點，你已經有了一個概念了。同時我相信這些人物將都會為你所喜愛、所信賴。

至于你說到你不善燒菜剪裁，這是你很不該思慮的問題。燒菜剪裁一如軍隊的稍息立正向右看齊，雖然是基本的，時時用得著的，但是打勝仗不是靠這個。我們想能在生活上打勝仗，固然不能不吃飯穿衣，可是不能指靠它。我並不是說我們就可以不食人間煙火的過活，主要地，吃飯是為活著，而活著不是為著吃飯。一則我不重視這些，再則這都是最容易搞的事，（你相信西甯廿一歲的時候便曾在故鄉的新生中學教過一個學期的女生刺繡嗎？你相信我的朋友到我這兒來度周末都是由我親手做菜嗎？）將來除掉文學之外，也許我還可以做你的烹調和刺繡的老師呢。而你如果覺得不妨學學剪裁，表嫂則正好教你，她學過洋裁，家裡有的是縫紉機、毛線衣織機。不過如果你也像一般婦人那樣認定了這些都是女人份內的事，而去學習，則我將不准你去學習。你來了要緊地是如何去發展天所賦于你的才華，如果忙于廚灶針黹，則你將如何以轟轟烈烈的活著去慰藉父親的心？這一點你絕不可以自甘墮落。常有人笑我：「該結婚了，小老弟，結了婚就不必自己再縫補衣服了。」我總覺得這話是很可笑的，照他們那種萬

世一統的看法，太太便等于下女。總之，我盡量減低你的家事操作，對于你的安排，我早就在這上面用心了。還有，為什麼你竟害怕表嫂他們會失望地發現你是個不懂修飾自己的野女孩子呢？為什麼要把你的優點作為缺點？愛你的正是這種樸實無華的純真，且曾以此向表嫂他們驕傲過。浪，果真有一天你竟著意于矯柔做作的修飾，也許那對于我將是可怕的近乎幻滅的失望。原來到現在我方始明白你所謂的你之無法成為任何一個男人的好情人或好妻子，原因竟在這上面！好姑娘，到今天你怎麼在這些偏見上還沒有新的認識呢？要求你，親愛的，永遠保持你純真的美！純真的美！！純真的美不是出自人工！

七月九日卅三時半

你以為你最近對于出走想得太多，而感到奇怪，可是我更為奇怪，為思慮這事情從上個禮拜開始，幾年來禮拜六和禮拜日兩天下午總是死睡四五小時以上的習慣也打破了，並不是不要睡，而是睡不著，而且精神毫不感到疲倦。

虧得你告訴了我你的生日，不然還要把事情搞垮了呢！原來你的十足年齡還不到廿歲的法定成人年齡，你知道嗎？直到你八月廿二日的生日之前，你決不能離家出走，因為這以前你還是一個不被允許獨立自主的「法律的孩子」，那樣，除掉你的父母兄姊，任何人沒資格做你的保護人。聽我說，忍耐一些，至于怕因時間的延遲而更增加父女情感的負累，我想那麼長的時間業已忍受過去了，這未來的一個多月總可以耐心的稍稍等候的。還有一點，家庭為你張羅婚事是否會不讓你知道？可不可能已經為你訂婚了而你並不知道？去年還是今年，不是曾經由你父親的表弟為你議婚？這一點我覺得應該提醒你，希望你警覺一些。

這麼說，我竟比你大八歲了。啊！那是我三年級的暑假，那時候我在做什麼？也許正是我偷興國寺和尚的小狗的那一天，但願正是八月廿二日的黃昏。那時候我大哥的報社便安設在興國寺的大廟裡，那個廟大得老是使我想起大觀園。廟主大和尚餵養一隻只有兩三個月的小狗，紫絳色，可愛極了，讓我和我的大姪子朱龍看中了，我們天天往廟裡跑，找機會好下手偷，因為那個大和尚雖然很喜歡我們倆，但是更愛這隻小狗，我們估計跟他要，他是不會給的。有一天黃昏，就算是我的艾蘩誕生的那天晚上吧，我們終于把小狗偷到手了，可是大門走不得的，那裡人很多，而且人人都認得這是大和尚的愛犬，于是我們就想起那堵牆下通到外面的小洞。朱龍便獨自跑出去，跑到外面，我便把小狗送進小洞洞，可是牆太厚了，小狗在我們雙方的胳膊全都伸進去也抓不到它的地方伏下來不動了，真急人，我終于脫下鞋子堵住洞口，跑到排字房去，拿來一根長長的排字鉛條，才算是把那隻賴在洞裡不肯出去的小狗推了出去。後來大和尚疼壞了，在我大哥的報紙上登廣告，也不知懸賞了多少錢，可是誰讓我大哥也喜歡小狗呢！可笑麼？哦，如果那個時候有人告訴我：「你的小艾蘩現在降生了！」我一定不會感到什麼興趣，但也許會臉紅，因為我還在吃奶的時候，（五歲上學了，還吃母親的奶）人家說給我娶個小媳婦兒，我都會羞得躲到媽媽懷裡，真是裝腔作勢，莫明其妙！

你怎麼如此健忘？去年在新北投時，我不是問過你同玉蘭誰大誰小，你說你比她小一個月，既小一個月，我當然猜你的生日不是七月底便是八月初了。

七月五日晚，我在寫〈撕〉的結尾，寫到十點鐘便停下來，取出你的照片，喚你所有的名字：惠美、尼羅、艾蘩、劉浪。告訴你，「心平」只有母親享受這麼喊我的專權，一直到我廿一歲重回故土，母親才改口喊我「青海」。你知道嗎？一個男子一生只有兩個最親密的女人。這名字除掉我的第一個小情侶，那兩位劉玉蘭都不知道。

哦，不要說原諒，舒伯特的小夜曲我一樣地喜愛，加上悲多芬的、陶塞利的，一共是四支柔美的小夜曲，我都一視同仁地愛得很。古諾的小夜曲我也唱不好，尤其是末尾。我離開歌本很少能唱一首完整的歌，而且我的嗓子很窄。

　　今天為著打開箱子曬衣服，又把玉蘭的信翻出來，隨意地看了兩封，有說不出的傷感，人是最怕顧昔思今的。這些信玉蘭曾一再叮囑不可讓你看，我想也似乎不給你看的好，為著尊重一個女孩子的熱情和矜持。但你們是一對極知己的好朋友，似又沒有什麼妨礙。

　　至于你的書信、樂譜、紀念冊和書籍等的如何處置，那應該不是一件難事，交給一位可靠的朋友保管，待你出走後寄給你，或者當你決定出走之前，分批地寄到我這裡來。

　　日子太快，去年那個最後的陸軍節（今年已奉　總統之令撤銷所有陸海空三軍的節日，改為軍人節——九月三日，抗戰勝利的日子）我曾很拘謹地為你寫紀念冊呢！一提就是一年，而這一年，有倆個孩子由陌生而相愛了。

　　你那兒是不是連日陰雨？陳碧波大哥剛從台中回來，他本想去日月潭玩兒的，却因大雨，白白地在台中待了四天。

　　祝賀你有了飛的夢！美啊！飛揚罷！飛出小天地、飛向海闊天空！

　　祝福我親愛的姑娘！夜安！　主與你同在！

　　　　　　　　　　　　　心平　七月十日廿四時欠十一分

一、休戚相關：休是幸福，戚是患難……

二、包涵：原諒。

三、珂羅米字：你們學生領章上字的發亮部份，便是珂羅米的質料，又稱「電鍍」。珂羅米是譯音，原文不詳。

五、六、俟重讀該文再為解釋。「橋磴」是橋下面的支柱根基。

保羅大朋友（可能面對面我將會稱呼你「Pole」）

你可曾想到小朋友是在我那最親愛、可愛的田野裡讀你的來信的？很美很詩意的黃昏：你最好用豐收時節左拉筆下最最平靜美麗的黃昏來想像那些擁抱我的田野，金黃的稻浪……

讀完了它，一種莫名的衝動（？）使我必須展開喉嚨向遙遠的、遙遠的天邊歌唱，哦，我從來沒有感到自己歌唱得像這次那麼好呢！

對於你所提供的計劃，我比較地同意第一個（住鳳山，由表嫂或隊長出面交涉的），並不因為待在枋姐那兒耐不住寂寞，而是同你一樣地不知道她有否把握不讓小朋友被父親帶回。同時那兩個理由（獨立自主，反對逼迫婚姻）似乎不很可靠，父親可能不會暗地裡為我議婚，我的以婚姻為出走藉口的意思是這樣：當有一天我的身邊有婚事發生了，我出走，為的是為了文學的事業，為了尚未找到能了解我的工作的人以前我不願意結婚，但我又勢必不能長此依賴父母生活下去，因此我便要出外自謀生活……你想這會不會是很消極的理由？如果採取這個藉口，我就要等到我身邊有了婚事發生的時候，那樣我們就有足夠的時間準備了。

話又說回來，如果我們採取第一個方法，而當她（姑且這麼簡稱）到我家告訴父親我在什麼地方有了工作時，父親可能會要索看憑證（原諒我不能講得好一點）才能使他相信，而如果我們交待不出的話，也許會有人唆他去，控告我們偽稱什麼呢！（他有許多法律方面的友人）雖然他一向都最怕法律方面的麻煩。

至於婚姻申請同申請結婚（為什麼怕我懷疑你呢？！）可不可以不讓家人知道？（雖然有一天定要通過這關），在我們拿出最後武器之前？因為你知道我的藉口是「在……以前不願結婚……」，既是這樣如若讓父親知道了，他就會很惡意地解釋道：「原來是這樣！」是不？讓我講明白些，我說的是如果我們必須申請婚姻同申請結婚的話，最好在我們得拿出最後武器之前，不要讓父親知道。

還有告訴我，出走後是否讓父親知道我在南部？如他知道我在南部，差人來帶我（在高雄我有位親叔父，父親的第二個弟弟）或他親身帶我時，如果小朋友自己堅持不回去，那末在法律上，父親是否有權硬把我帶回？

十三日清晨，帶狗去了

　　為什麼要想到聘禮同像樣的婚禮？不管同家庭是否鬧翻或是否同意，大朋友儘可放心（要是有一天我們真的結婚「？奇妙的字眼兒啊！」的話）只要是出於我的意思，父親無法向你索取巨金的（可能會在經濟、物質上不給我們援助，當然我們不會在乎這個）事實上，父親很可能不會這樣，他要面子甚於金錢，他會以為他的好女兒既然違背了他，使他翻了筋斗，他就不會在她身上指望什麼了，何況他無需像有些人那樣靠什麼名譽賠償費或什麼遮羞費過活！除非他報復地為難我們。其實現在談這個，真的好像是很可笑的呢。

　　還有一點，如果當那時機到來的時候，我正就著業的話，是否要辭了職再實行？辭職的時候是祕密地辦理好呢？（事實上很不可能不讓人家知道）還是讓家人知道？

　　我想我們不妨告訴枋姐知道，或許她還會有什麼可供給我們作參考的，雖然為小朋友的事已經驚動了夠多你的朋友們了。

　　由大朋友同小朋友合組的「家」將多麼精彩！如果不是你對藝術的才趣，我真不敢相信大朋友會是教刺繡的老師哩！哦，在你所談到的將同我發生關係的人物中，你竟忘了很重要的一份子呢，我們的傻瓜，不是嗎？牠將不會孤獨了。可是我的凱蒂呢？傑克呢？不要緊的，只要生活有了著落，我們可以再養一隻。我會很快的喜愛上那個環境同那裡面的人們的，還有上教堂，說真的，起初我有些擔心那邊

會沒有廣曠的田野可供小朋友赤足奔跑盡情高唱的呢！總之，只要我能飛出籠子，只要我們能待在一塊，我們會很懂得生活的，是嗎？然而讓我們先別太樂觀，讓我們像胡適先生所說「打壞一點的算盤」吧！

你們的教堂裡唱詩的人可多著？女高音呢？我一向雖是「雜貨舖」，可是我覺得我還是適合唱女低音，我的音域不很高，嗓子也不廣，當我唱歌時，我從未像聲樂志望者那樣留心於聲音的好壞，我只是為發洩情感而唱，當我覺得我完全陶醉於歌曲的意境裡的時候，也就是我唱得最好的時候了。大朋友呢？

我用昨天一天的時間學會了古諾的小夜曲，但唱起歌詞來不很熟，奇怪我也不能把最後一節唱好，我想可能是因為有時我會在無意中把「4」提高半音的緣故。

再給大朋友一道課題——把《101》42頁修伯特的〈聽、聽、雲雀！〉練一練，清晨，當第一批小鳥歌唱的時候，你可以對著天空高唱，有一種說不出的輕快和美感呢，讓我以後唱給你聽。

不要為我們的事去努力獲得文學獎金，大朋友，把它讓給那些必須靠著它才能養活自己同家人的人們吧！我們還有很多的時間。

大朋友是不是一直都沒拿過畫筆？對於畫，我完全是個白痴，小時候還喜歡塗塗，到了中學不知怎的逐漸討厭起來，學期分數老是「低空飛行」，險些兒墜落。不過我很愛看，有些畫會同音樂一樣地把我感動得落淚，雖然我不知欣賞。大朋友愛畫怎麼樣的？清晨同黃昏多到田野裡去（你們學校中正堂那邊是不是有一道後門？我同蓓蒂曾問過你從那兒會走到什麼地方去的？那門的後邊是不是有稻田？）美的生活會給你帶來美感，還有傻瓜的日常活動也是很妙的畫材哪。

剛才收到蓓蒂寄來的公文，縣體育會主辦的網賽的事，能參加的可能性微乎極微，不過我自己也不怎麼提得起興趣。蓓蒂近來很忙，尤其禮拜天她將到頭份朋友家去作「伴娘」，是我們這一干合唱狂中

的「首任女儐相」，我還同她打趣過。

哦，有一件很隆重的事，八日當你收到我信的那天我為了弟弟考中學的事到新竹去，是我離開校門後第一遭的重遊（？）故土，曾找蒎莉玩過，也到過我們那「網后的搖籃」——新竹醫院去，院裡的球場寂悄悄的，頗有「樹倒猢猻散」的悵然之感。

十三日上午

並不如你想的那樣，我說的我不能成為任何一個男人的好情人的理由是因為我的性格不易被人了解（雖然表面上看來正相反），至少在我所看過的很多異性友人之中就沒有一個能完全了解我的。大朋友，你有自信你已完全懂得小朋友了？我不知為什麼也只有大朋友這麼個傻子會愛同我談那些傻話，人們要看我一天的「完全屬於小朋友自己」的日常活動的話，他們不認為我野、狂、粗才怪！

告訴我，大朋友是否有時候會變得很暴燥？我有時簡直會控制不住自己呢，毫無理由地愛動氣，憎惡所有的人（連自己也在內）有時我甚至以為自己要發狂了。你是否有這種週期性情緒低潮的經驗？那是為什麼呢？

當大朋友偷興國寺和尚的小狗那年，台灣有過很猛烈的大地震，當那大動亂的時候我正在母親肚子裡蠕動，災難過去，大家都寄身在媽祖廟裡，而廟裡不肯讓產婦生產（因恐沾污神殿），父親乃帶媽上新竹進院，而那所擁有培養我的球技的網球場的新竹醫院便是我降生的地方。因為是地震那年出生的，直到現在，每當有人問我們「怎麼妳們那麼調皮呢？」我們總會把兩手向外一扔「誰讓我們大地震那年出生的呢？」一個不成理由的理由就這樣把對方塞住了，可笑不？

這兒一直沒雨下，田野的稻開始收割，我親愛的田野一束一束的

乾草林立，每當我坐在田畛上，伴著打穀機（遠處的）高唱的時候，我把它們當作我的聽眾，忠厚的聽眾喲！縱使我唱得多麼惡劣，它們決不會向我開汽水或扔香蕉皮，我只須對著我前面的大朋友（想像的）紅一紅臉就夠了，由是幾天來我簡直瘋狂地戀上我的田野，當你再讀左拉《給妮儂的故事》的時候，你就可以想到我的田野對於你的小朋友，是如何地有著一種引力了！

我同蓓蒂又有了新名字，是她提議改稱的，因為在她的辦公廳裡有著太多的人已曉得我們以前的別號了。她的名字是「巴貝」（哦，會使你想起什麼來著？）我的是「娜蘩」是「浪」的日本讀音。希望不致很使大朋友不快。（我曉得你討厭鬼子）

昨兒下午我把《老人與海》讀到一半了，海明威把我帶到神祕而美麗的深海上去，那是一種多麼悲壯而又美的境地！但願我們這批每天毫無知覺在啃魚骨頭的，也能有那麼一個機會去同大洋奮鬥，成為「配吃偉大的魚」的人！

〈問題女兒造像〉進行到三分之二，有問題請教：

1. 把動物體砍成肉漿，用一句簡單的動詞，該怎麼講？（記得在古文裡有兩個字的（例如溝壑）記不清了）

2. 借用別人的詞句是否會是抄襲呢？

不談了，上兩次寄還的書可收著？

還是讓大朋友去告訴枋姐我的事好了，雖然你很忙，讓我們同她商榷一下，她似乎比我們懂的事多。

祝福我的大朋友！

小朋友　十四日午后三點

浪：

我也曾想，我將怎麼喊你，但我決定不了；我只有一個原則，那就是守著別人，我將喊你的誰都可以喊你的那個名字（可能是劉惠美或者劉浪了）而私底下，則一定要有一個「御用」的，任何人都不知曉不曾用過的「暱稱」。你不以為大朋友對你的佔有性的過分自私嗎？指責我好不？當你周期性的暴燥發作的時際。你從來還不曾指責過我、罵過我，這應該有的，因為太多的原諒堆積在你的心裡，並不太好。

親愛的姑娘，近些時老是想到你的處境而由衷地引起我的心酸！我可憐的孩子，一經想到你的苦樂將向誰去傾訴，我便有說不出的，不知如何自處的憂傷。是的，我懂得，金黃的稻浪，田野裡的打穀機，或者你親愛的傑克，南邊天際的浮雲……你以一顆嬌憨的童心盡可向牠們歌出你心底的悲戚或者歡樂，而牠們比人們更可愛地配以分享你秘密的苦樂，然而我愛的人，畢竟你是孤獨的，你獨自地將心事悶在心的私室，沒有人可為你參贊，為你分憂，即或是快樂罷，人類不是一樣地也需要快樂的同情麼？浪，太苦了你，每每一些好心的朋友為我操心參商，或相共傾訴，我總立刻想到在那遙遠的地方，那個孤單的你，哦！那種頓時震動起心弦的辛酸，往往使我害怕我會落淚。惠美，在未來的日子，我當怎樣向你補贖今日我所加給你的苦樂的罪！？我真的怕抽淨我骨髓裡的愛統統給了你，用我一生的理想的沒滅去向　上帝換取你的成名，都無以償付這筆沉債。我幾乎在逃避去想，幾乎不敢信任自己會能使你不受一絲兒委曲，在那未來的長久的日子裡。好姑娘，正該把你的一切情愫訴諸我們的　主耶穌基督，祂是慈愛而勝過一切知己的，你該學習去同　祂談話，向　祂歌唱，祂將撫愛你，使你舒展、安適、恬靜、和平，正像你襁褓之中所承受的偉大的母愛一樣，　主是我們靈和肉的唯一可信靠的歸處！

七月十五日　禮拜五廿三時四十五分

在連綿雨天，氣壓沉悶的時候，或者過份清閒的永晝，我常有你那種抑制不住的暴燥，（但不是周期性的）尤其是當創作的靈感退落到無可如何之際。哦，我的小弟，別擔憂那些，及時的，不正常的任性，卻並不是我們的性格。讓我偷偷的告訴你⋯⋯但還是不說那些罷，容我將來挨著你的臉龐告訴你那些，你只記住，那與我的兩個兄長有關。（不要亂猜想！）

　　其實將來碰著你情緒低落的時候，我真願做你出氣的對象，誰讓你是地震的動亂中降生的呢？至于我，同你一樣地是生在動亂中，那正是革命軍北伐，戰爭在我們的老家經過的時候，哥哥姐姐凱旋歸來，啊！又有了新生的小弟弟！至于我是否調皮，不跟我相處親近的人一定認為我很斯文很靦腆，（你恐怕也作如是之想）其實那並不是做作，自然而然地就是那份可憐的老誠相。然而你知道鳳子喊我什麼？避著人她總喊我「悶頭厭！」這是南京話，就是「私底下頑皮的要死！」的意思。真的，我一定是個雙重人格的傢伙。住在南京劉家，前後有六年之久，只有鳳子才真真地知道我的脾氣，一些想像不到的淘氣，讓我將來告訴你。其實也不必跟你說那些，只要跟你廝混熟了，自然那些淘氣都會使在你的身上，只怕你那時會哭笑不得地後悔，為什麼當初沒能在我的身上認出這些壞毛病！如果是這樣，艾蕪，你會不會後悔？反正我現在是預告你了。

　　野、狂、粗，我只怕你言過其實，萬一你不是我想像中的那樣野、狂、粗呢？你能負那個責任嗎？譬如說，十天之內你能不梳頭髮？你能目不轉睛地看著我的眼睛，看上三分鐘而不准笑、不准避開？你敢在火車站上讓我吻你的面頰？⋯⋯這一切如果你辦不到，以後你就不許再在我的面前賣弄地說你野、狂、粗！我舉的這些個小的例子原是最起碼的，你若夠不上這個水準，你還好意思對我吹法螺？我知道，

在老一代的眼睛裡，你當然是個不得了的「野丫頭」，那是老一代的少見多怪，你別借他們的眼睛來看你自己？那就未免失之誇大。何況我曾一再的強調，我需要一個很理想的野丫頭，像〈海燕〉裡的李景、〈碾房之夜〉的雷姑、〈貝家檔子店〉的毛姐兒、〈三人行〉的軼蘋……因為唯有這種類型的女人，才不是嬌滴滴的小姐，才不是只管夢想充當一件洩慾器具的少奶奶。荒野上沒有白嫩的滿戴著鎖枷似的首飾的小手，再一次的革命——墾荒，將是一把剪刀，剪掉一切假文明的外套，剪開所有壓迫階級的社會臍帶，大家重新換一個生命，把中國母親生養出來的黃色肉體從脂粉堆子裡拖出來，送到鐵砧上好生的加工錘打！不然！祖國沒有希望。

又要同你談我們之間的私事了，那就是我們申請結婚的問題。手續並不算繁，要你的相片六張，和你的身份證號碼（不是身份證）出生年月日以及學經歷，把這一切填上了申請書，由校方直接與你住在地的派出所聯絡，考查你的身世和思想，候派出所的警官填具「身世清白，思想純正」之後，即可直接由校方呈報陸軍總部轉呈國防部，手續便算完畢了。不過讀至此，我的小惠美定要焦急起來了：「啊，那樣的話，派出所一定會把這事告訴我的家裡了！」是的，考慮的正是這個問題。

為此，特別訪問了一次警局，據稱警方僅只負責證明你這個人的身世和思想，對婚姻他們不向任何人負責，那就是說，當將來必須讓父親知道我們的婚事時，父親無權責難警局。不過我們可以想像得出，那個為你簽署保證的警官縱使在公事上無通知你父親的必要，卻也十分可能有意無意地，或者興趣地向父親道賀：「劉大夫，恭喜你啊，大小姐嫁了一位陸軍大尉！」那豈不害死你了！？如果警方能為我們保守祕密直到我們不得已使出最後武器，則必須與警方另作連絡，致于如何連絡，我原想請出你們的縣太爺劉定國，請他交待一下你那裡的警局就成了。可是犯不著那麼小題大作，也不必為此小事賣

那麼大的人情，所以我預備託付我的一位同學徐少尉（現住銅鑼）去替我同警局連繫一下，看他們是否肯賣這份人情，必要時，八月底我將休假十天，可以親去銅鑼一趟。我不知你對此打算更有什麼妥善的辦法和意見，主要地只要警方肯幫我們的忙，替我們保守一個時期的秘密就行了。不過申請之事仍須待你達至廿歲的十足法定年齡之後方可著手辦理。

劉定國也是我們計劃中可足保留的一張王牌，以備不時之需。他是軍校十一期的同學，與我的副處長李定是同班，而且私交甚篤。萬一用著他，那要等到你願意結束少女生活並決定同我結合時，再轉請他給我們倆做媒，親自向你的家庭為我求親，父親既是要面子的，也許會不太留難地賞臉，答應我們倆的婚事，這是個光明正大而且和平的辦法。我所以不願現在請他出面，乃是一則我和你尚未決定（至少現在是這樣）很快的結婚，二則，仍是要先拿到結婚批准書，因為萬一父親寗可不賞縣長大人的臉，也不肯將你嫁給外省軍人，則我們還有的是最後武器。我願意知道你對此有何意見。

說真的，我的惠美，先不要臉紅，如果一切條件盡皆具備了，一切恐懼也都消除了，而對方（當然不一定是我）又合乎你的理想，你是否在這個時候便有結婚的需要？（包括心理的和生理的。）至于保羅，你可以想像得出，一個流浪異土的，同家庭不通言訊的，廿八歲的大孩子。哦，不要笑我，人究竟是一個人，這種需要原是正常而健康的，不是麼？當　上帝太初造我們的始祖亞當的時候，不是特為他又安排了配偶夏娃麼？

我想你不致于已讓玉蘭知悉了我們的事。還是慢一些讓她知道好了，我也說不出什麼原因要求你這樣，但你懂得我的，同時你也是最諒解我和她過去那份情感的，不管此去如何遙遠，不管那是迷戀也好、友愛也好，你總會寬恕我將丟不掉捨不開的那些個懷念。好心而曠達的姑娘，你已經給我太多的以致使我暗自對你負疚的寬恕和諒解

了，我真不知我該還能向你說些什麼，熱愛著你的，也正為你這罕見的氣度和美德。我將永遠懷著一樁慚羞的心事愧對于你；我曾將我的愛先後分散給了三個女孩子，且將長遠是那樣地懷念她們。我甚至為這無可補贖的虧損，以致可卑地竊望你也能夠長遠地懷念那個你曾愛過的「華族」，彷彿那樣，我就可以安心一些了。而這種心詣似乎除你之外，別人並不了解或重視。

吻你的像，（別罵我淘氣好麼？）祝福你繼續做一個飛揚的美夢！再談。

周末雨夜　北窗前　廿三時四十三分

今天做過禮拜便去表哥家，剛才（十一時十分）才回來，中飯前談的是你的事。下午在討論一部劇本（整個的第四幕要我一個禮拜內完成改寫），晚飯後則看他們排演《眼兒媚》。我很早就想寫一部劇本《洪爐》，總是不敢下手，也許最近可以嘗試寫點。

前天接你的信的時候，正完成短篇三千五百字的〈永久的暫停〉。這一個月內打算再把〈海屍〉和〈老兵淚〉完成，下個月仍要寫上兩三篇。浪，原諒我，在你出走之前，我總要盡可能多弄進一點稿酬，為的是安排你。你知道，保羅從來不知道積蓄金錢的，平時的收入（薪餉、稿費，以及製圖費）多半這手進那手出，用在朋友們的病痛或意外的不幸的身上。自從你表示要出走，我才覺得我們多少總還需要一點金錢（一定要原諒我同你談這些問題）現在的計算，九月十號以前，同事們欠我的債可以還清，銀行的六張定期存款（少得可憐，那還是去年九月總政治部發給的稿費因特別原因我賭氣要退回而對方不接受，才存進銀行去的）可以提回，另加七八兩月份的稿費，勉強可以給你安排一個簡單的「家」，你知道的，我總不能像有些同事所安

排的幾乎風雨都遮不住的家來委曲你。至少你的衣物被褥其他床椅桌櫈日常用品一律都要添製。我最不希望你離家時攜帶你們家的任何一物一錢，出走所需要的旅費都要由我匯給你，這是我對你的至切的期許。這一如我拒絕接受父親所分派的遺產一樣，（雖然兩位兄長很坦然地分得他們所應承受的。）我從十六歲以後就不曾用家庭的一分一文，這給我以自信，而且由於父親不曾承受祖父一點點的遺產，照樣創造了一個轟轟烈烈幸福美滿的家，則我更是相信我也會像父親一樣地創造！人、事業之能否有所建樹，實在要看他的獨立的意志堅強與否。你能輕視父親「可能會在經濟、物質上不給我們援助」你以這一點的剛強便保證了你的事業成功可待。惠美，人活著，要緊地是剛強，因為唯有如此才能夠自己做自己的主人。

至于出走時對你的職業辭卸的問題，我主張一定要辭職而不可不聲不響的棄職。但為著你的安全，則必須出走前夕把辭呈書付郵寄去。辭呈書可由我為你起草，需要的時候告訴我。至于你出走後，如果父親或叔叔帶你回去，你只要堅持不回去，他們在法律上無權硬把你帶回，因你已合法定年齡。所以無論如何你要過過八月廿二日才可以出走。合法定年齡的男孩子和女孩子，法律將予以繼承（遺產）婚姻事業和職業自主權的保護。而你一經出走，我主張必須很快的給你父親一封懇切坦承的信，（可以秘密通信──那就是說，只能讓父親回你的信，而找不到你這個人的下落）先求得父親的書面諒解（態度）和答覆，然後再決定次一步的行動。但我仍不主張你出面反抗父親，那對你的情感乃是一種痛苦。盡量地避免這痛苦，乃是保羅的責任。

《老人與海》是我非常喜愛的一篇，也許我對于自己的作品也是喜愛使用那種形式的緣故，我喜愛在單純中求龐襍，淺顯中求深奧。那是一篇很難處理的作品呢，同傑克倫敦《雪虎》的前半部同是一種意境。

〈失羊記〉業已改畢，另外沒什麼意見，這篇也許在份量上比〈笑

卜〉多出一倍，以致有些兒亂，但清理之後，仍不失為一篇可愛的散文式的小說。那末等你的〈問題女兒造像〉了。一定要在任何情況下照樣的做我們的文學工作，不要為你的出走或情緒的變動而停下你的筆。（〈失羊記〉同時寄去）

明天或後天，我將給枋姐去信，一則要她多給我們一些參贊，再則仍要她答覆有否百分之百的把握保護你。

先後寄來的書都收到了，放心。

時候很晚了，再談。

祈求　主與你同在，給你以「力」！

你的保羅　七月十八日零時十五分

答覆你：

一、把動物體砍成肉漿：剁爛、劏割（動詞）醢、肉糜（名）（溝壑係作溝渠、池流解）無適當動詞時，可空出來，讓我讀的時候，視全文而定。

二、借用他人詞句（非引用）必須予以「變換」，否則將涉抄襲之嫌。

三、「生活如救火，吃飯似小偷」，形容生活情形的緊張。

四、死季：各種工廠均有其停工期間（如糖廠當甘蔗缺市的期間，便須例行停工）此期間即係死季。

五、「第二帝國」不詳，須翻閱歷史後再答覆你。

六、才換去開襠褲：小孩子的褲子為便利便溺起見，跨下不縫死，留一個開口處，便叫開襠褲。這句話是說：「才會自己便溺」。轉意為：僅僅是個大一點（六七歲）的小孩。

七、元兇主犯：案件的主角。元凶──唯一的兇手，主犯──主

要的罪犯。

八、脫著赤膊打水仗：脫著赤膊（或大赤膊）即上身裸露著，不穿上衣。

改正你

一、辨（×）法——辦，办。（辨別，辯駁，辦公，花瓣）

二、权——應寫作权，因权是另一個原字，而非權之簡寫。

三、抄龔（×）——襲。

四、喉嚨（×）——沒這種簡寫法，仍應寫作「嚨」。

五、「避諱忌醫」——諱病忌醫。

六、辛舌（×）手——棘。（辣手係毒手「手段毒辣」，棘手係麻煩，不好辦）

我們幾乎已經成了定例，禮拜二你接到我的信，禮拜五我接到你的信。但你不必堅持禮拜四發信，可以晚一天的，因為周末接到你的信，我仍有時間覆你，並趕得上禮拜一發信。

保羅大朋友：

快別再喊我「惠美」那會在咱們之間拉上一段很長的距離呢！我的親友們很少這麼稱呼我，我不願我的知友們這樣喊我，更何況大朋友！

當然，如果你能想出你喜愛的，那就再好也沒有了，如果沒有，那麼還是喊我「艾蕪」吧。

哦，我不曉得我是真的能應付你對我的所謂「粗」「野」的考驗，乍聽之下，我告訴我自己，我經得住這考驗的，然而我記起每次我們相聚前，我總想將同大朋友談這談那，可是一旦見了面，什麼都沒能夠痛快地說出，因此我又不敢武斷我能負責任了。然而，告訴我，如果我沒能夠負責任的時候，大朋友將怎樣地處罰我呢？好了，讓我以後不要再說自己是條蠻牛，好不？

我很高興聽到你很淘氣，你會不會想到一匹野馬有時候也希望讓人家來控制一下自己的嗎？說真的，我原害怕一隻永遠沒有熱的外殼的「熱水瓶」同一團烈火將無法長久相容。我將不會後悔的！然而「反正我現在是預告你了」又是講得多麼淘氣！這語氣讓我想直衝莽撞的珠，就只差在語頭上加句「我不管！」

奇怪，對大朋友我有一種奇妙的感覺：有時候我感到你比我大得多——大得幾乎讓小朋友想撒嗔（？），有時候却又好像變得很「小」了——小得簡直讓小朋友替你擔心你穿的衣服的袖子是否太長，鞋子是否太大……（別責怪我，確是這樣）我不知道對小朋友，你是否也有這種感覺？

回到我們的私事。劉定國確是值得我們保留的一張王牌（我們該請他原諒我們這種說法），可是關於同警局連絡方面，可千萬別勞他駕，他同父親的私交不算壞（每次選舉時，我家便是他的運動員的集合站）可能他這一來，反而會把事弄糟呢！（說媒的例外）。至於你所說警局只負責證明……這只是大都市的，方能這麼不愛管閒事，你不知道鄉下的警局、郵局的工作人員人多事少，幾乎把他們閒出呵

欠來，何況稍有出人頭地的人物的私事，人家專愛管，還有一兩位警員雖說還沒到「座上客」的程度，却也是常來坐坐的。因此我們就保不定他會賣一次人情地去告知父親。由是我們只好想法子同警方聯絡了。首先那位徐少尉要會是靠得住的（雖然我相信大朋友所委託的人定是可靠的）第二，頂好徐少尉要同他連絡的人會是外省人同時是局長（免得辦理的人多了，自會節外生枝地生出事來）且讓我打聽一下局長是誰。還有辦理這項事（調查身世、思想的）是不是要好幾個警員辦理？抑或只須一兩個人？（頂好如是）。

至於大朋友有否需要來此，到那時我們再看吧。還有時間的問題，如果在我身邊有什麼意外的變化以前要出走的話（也就是不以逃婚（？）為藉口的話，這可能會在兩三個月後）我頂好不就職，繼續著目前的無業狀況（議會還沒來什麼通知）如果要等到有了婚事發生時再出走，那麼我們就有很多的準備時間，而我也不妨到外面就就業。目前，婦女會有人要我兼任幼稚班同婦女會的事，我還沒同父親商討。告訴我對於我出走時間的你的意見（不妨也同枋姐商討一下），然後我再參考著它來答覆那位找我做事的婦女會的幹事。

懇求你不要為小朋友去費精力賺稿費。我固然不願從家裡帶什麼（如別人什麼少女捲款離家出走……），然而，我也不高興讓大朋友同你的親人們為我張羅太多的事物，幫我出走，使我有個下落已是很大的助力了（不是客氣話）。我日常用的東西總得會帶去（一如出外旅行那樣），至於傢具同添製新衣，待我有了工作還可以慢慢的來。我既然是不要靠父母給養才出去的，那麼讓朋友們老為我張羅生活用的東西，還不是等於沒有「自食其力」嗎？當然，該接受幫助的時候，我不至於「死要強」地拒絕幫助。

你壞！怎麼問我那個！我不曉得，我沒有獨自一個人生活過，而且──我還沒滿二十歲（我還不能算是成人，是嗎？）──我不知道我是否需要（？）不過我想兩個互相敬愛的人，在人們的祝福中充實

地過著日子，那一定是很快樂的。

　　我必須睡覺了，明兒要趕第一班車上新竹陪弟弟考試去。祝福我的大朋友晚安！

　　讓我們在夢裡合唱！

一九日禮拜二　廿三時三十分

　　不要為小朋友感傷，在我的心靈上我一點也不孤獨，在那充滿美感的大自然的懷抱裡，大朋友與我同在，眾多的歌友和音樂與我同在，我很快樂，當然人們有時候會為傷感所圍繞，可是那總會過去的。

　　前些日子做了一場很奇怪的夢：我讓人家槍斃了！在街角的拐彎那個地方。他們用紗布蒙住我的眼睛，站在我前面的三四個大漢（似乎是憲兵裝束的，記不清了）發號施令，槍彈從我背後射了過來，卻打中在哭叫在我旁邊的外婆身上，他們再次開槍，這才打中了我的背部，一種灼熱的感覺通過脊樑，血開始不斷地流、流，我告訴自己我就會死去了，當這個可怕的念頭跑進我腦子的時候，你猜我喊了些什麼？雖是在夢中，我卻彷彿聽到小朋友在嘶喊「西甯！保羅……大朋友……青海……爸爸！瑪撒（小弟弟的名字）……」然後氣絕了！奇怪的是我並沒有叫「心平」。喊著，喊著，當我驚醒過來的時候，我發覺枕頭已濕了一大灘。奇怪，眼看著自己死去，巴巴兒同親愛的人們分手，竟會使得一個人變得那麼的悲傷？然而，十九日晚上所做的夢卻美得使我無法描出它來，地點是某一個車站，哦，我猜可能是大朋友的信帶來的美夢（因為收到你信正是十九日）。

　　我一點也無法猜到你要挨著小朋友的臉龐告訴我的究竟是什麼？不要把我蒙在鼓裡好不？

　　小時候，每當大雨滂沱的永晝，我老愛讓外婆把我挾在她的雙膝

之間，聽她講古老的故事，我真愛看那個時候的她的眼睛——它們射在窗外那給大雨迷濛了的遠遠的山頭上，它們一定嚮往著那遠去的和平的黃昏和鄉村原野的地平線！哦，在未來的日子，連綿的雨天，當大朋友情緒低劣的當兒，讓我像孩提時候那樣地聽你講北國原野裡的風雪的故事，如果你不高興講（提不起講話的勁兒）就由我來講我想到的故事，那樣我們就不會被雨關在屋子裡悶出呵欠來了。然而，當我聽你講故事的時候，大朋友的眼睛會讓我記起什麼呢？

我沒有把最近我們所計劃的事告訴任何一個人，一則因為成全這個計劃起見，頂好在成功以前盡量向周圍保持沉默，再則在還沒有實踐這個壯舉以前不要多談（雖然終究我就要這麼做的）。

為什麼為了減輕你對我的負疚（其實我不作如是想）要我記住那個「華族」呢？關於這我感到大朋友遠比小朋友「忠於情」。每當你同我談到你不能忘懷於蓓蒂、鳳子及那位「奧林匹亞」的時候，我會很可怕地自我懷疑「莫非我是個情感的健忘者？」你還記得《凱旋門》裡描寫瓊恩聚精凝神地做她的事的嗎？——「她做任何事情總是全神貫注的，當她喝酒的時候，就祇有喝酒，戀愛的時候，就祇有戀愛，絕望的時候，就祇有絕望，而遺忘的時候，就祇有遺忘了」，我真怕我也是屬於這一類的女孩子，因為我曾那麼「一往情深」過的人，我竟可以用不很多的時間把他從我心上趕走，只留下一幅模糊的影子。由是我想到我既能借時間忘掉他，則我勢必同樣地容易忘棄走入我生命裡的其他男人……這種恐懼也許也可算是我所謂「不能成為任何男孩子的好情人或好妻子」的部分原因。也許我不應該想得太多。

有一個問題。如果——假設小朋友告訴你她燙頭髮了，大朋友將會有什麼樣的感覺？你將會不會諷刺她墮落——走上假文明的道路上去了？一個禮拜前，在大熱天氣中，不能把頭髮剪得趁心的短以及人們的慫恿下，我幾乎把我可憐的三千煩惱絲用電氣謀殺掉，然而一種出自種族的自尊（很微弱呢）以及恐使大朋友難堪的顧忌使它們的壽

命得以延長下來。我不知道為什麼我怕你失望，一如不知道為什麼我要問你「……將有什麼樣的感覺」。

耀珠通知我，我們從前的合唱隊（大本營在一位同學家，而男高低音同管絃樂手多半都是她家兄弟同她表兄的兄弟等）裡，李家大哥八月將從南部受訓歸來，劉家二哥也剛從台大畢業，於九月初將到南部受訓，為了歡送同歡迎，他們決定要開個小規模的音樂會，要我們這批合唱狂去同他們湊熱鬧。而那位將要去受訓的，正是四年前我大哥的同班同學，也是「華族」「俊男群」中的一份子。哦，很可能「華族」也會參加這個會客串一下他的小提琴呢！更妙的，也許在鳳山（如果他將在那兒受訓）大朋友就會看到他是怎麼個人哩。不談這些，能參加音樂會的可能性比參加球賽更渺茫。

〈失羊記〉有否需要「殺青」再寄到你那兒？「希斯特利克」（近於「神經質」「氣急敗壞」）用中文字該怎麼表現？

如果沒有絕對的保證我這兒的警局不會走漏風聲，那麼讓我們想想最後武器以外的妥當辦法（只要堅持不回去，父親在法律上沒有權利硬把我帶回的話，那就好辦一些了）。

暑假了，我們的「雷達站」又得改變，筆法、信封照舊，只把信封改寫「銅鑼朝陽村 172 號　邱秋蘭小姐收　台中姜寄」懂嗎？

昨晚翻舊物，有幾張好玩的相片，寄給大朋友瞧瞧，我同琴、和合拍的以外統統不必寄還。

祝福！　爸媽上台中去了，弟弟在聽唱片，我也要找「美感」去了。

七月廿一日　下雨的午后

※如果在我出走前，消息讓警方走漏了，那嚴重性要比出走失敗被帶回的更大呢！

浪：

不要顧念我的「辛苦」（？）一切如果是出乎樂意的，還有什麼辛苦而言！苦樂原是決定于主觀；苦樂沒有客觀的標準。

我的一個朋友，一個小人物。《荒野》第一個動搖的長工，他的家便可以為我們做一個警惕。他並非沒有才具，甚至遠勝于我。可是由于家，他背叛了文學。他同一個年長他三四歲的女青年工作隊員純粹出自情慾的姘居了。那個女孩子我曾在他們同居前見過，那是由于她對于文學有著一般人所謂的興趣，我曾以我的〈海燕〉鼓舞過她，初次的印象不算壞。可是直到他們第一個孩子出生了（大概是去年春天）我才知道他們所謂「姐弟」的關係，而我這位朋友可能是由于深知我的對于淫亂的鄙夷和憎恨，竟在他們倆遭受生活最最苦待的時候向所有的朋友求援了，却未敢向我透出一絲兒消息，並且要所有的朋友向我隱瞞。以理性而言，我不該同情他們，因為　上帝已經給了他們應得的罪罰。可是那種被生活壓迫的苦況（政府不承認他們的非法結合，不予生活輔助）以及可畏的人言嘲弄，不能不使你惻隱憐恤，那時我曾盡力支援他們，勉勸他們必須以極大的忍耐接受生活的教訓，把眼光放遠，怎麼樣去戰勝生活才是遠大的目的，現實的迫害不可以也不足以放進眼裡。然而他們畢竟放棄了那原很稀微的文學良心，妻子用物慾的鞭子打著丈夫，用肉慾把持丈夫，把婚前（？）的由文學而結合的重心移轉向純肉的結合，直到我為他們慶賀第二個孩子的誕生，我這個太相信自己可以影響友人的笨伯才發覺他們已經是十足的「柴米夫妻」，筆尖早就生了銹，充滿在夫婦之間的乃是吵嘴和緘默，廿五歲的丈夫衰老了，而最可怕的乃是物質的景況反而富裕，不是一個中尉三倍四倍的收入所能辦得到的，于是我想到他的職務——器材官，一個可以非法撈錢的所謂「肥缺」。當時我便意識到，今天我是為一個小生命的降生而來慶賀的，却同時是為兩個老去的生命而來悼喪！

那以後我便不敢再去看他們，而最最害怕的還是那兩對無邪的眼睛，他們還不懂得他們自己將在一對衰老得可怕的父母的扶育下會有一種什麼樣的命運？他們用一對信任的眼睛向他們的父母討吃討喝，如此而已！如此而已！

廿二日禮拜五廿三時卅分

我所以提出這件很不愉快的事，乃是想到人當如何培植心靈的恆遠年青，而人的苦樂不是倚靠物質。我把它作為你我的警惕，但那不是恐怖；我們有一個信心——尤其是信任你那顆童心——由長期友愛所栽植的情感，經十分清醒的理性裁定的愛的意志以及狂烈的事業心，這一切將是堅定的保證，而這甚至是最基本的；一切美的創造將駕于其上，可以憑那些充實的生活藍本與販夫走卒的飲食男女相對照，那就是咱們的持久不渝的信心。親愛的姑娘，誰能夠使我們撇棄文學的忠心為卑微的生活型式而背叛文學呢？我會使你背叛麼？你會使我背叛麼？也許人類的性格是善變的，也許我們不能夠單靠什麼誓願去履行我們的理想，可是只要　主在我們之間，　祂將不准我們墮落。　主是最信實的。哦！想到你將成為　基督的信徒，我就會高興得發狂！小艾蘼，你相信麼？　主將藉著我向你傳佈人類渴望的最佳福音，你將是　祂的愛女！

讓我告訴你，八月上旬陳群將去台中，勾留五天。我已經請他去銅鑼一趟跟警方先行連絡一下，（當然不透露你的姓名）只看他們可否為此事負責保守秘密，並探悉警方的態度。不過另外我又透過本校的保防單位，要求他們可否負責不向地方警局徵取保證，如果可能通融，當然事情就很樂觀了，現在尚未得該單位的答覆。總之，我決不能讓這個秘密在你出走之前洩漏給你的家人。萬一這條路實在走不

通，我不是沒有次一步準備的，因為盡量要減少你和爸爸的正面衝突，除掉表嫂她們也保護不了你，我另外已經同軍校婦聯合會取得聯繫，會長是校長夫人，總幹事張小姐是我的老鄉，而且是朱西甯的好讀者，後者業已拍著胸脯擔保以婦聯會的組織保護你，玉成你我間的好事，屆時也許會自自然然的搬出劉定國和謝肇齊（校長）從中調解轉環，而謝則是劉的前期（早五期）老大哥。本來真的要擴大起來，人事關係尚能抓取很多，校長和政治部主任張明（軍校四期，曾在台中搞過很久的政治工作，與劉定國也定有關係）對我多少總有些特殊印象和照顧。然而我不願如此鋪張，我不願人家過份的注意我，而且我也最討厭拉什麼人事關係。總之，婦聯會已是我們的一個保障，這你可以放心了。不過果真用職業掩護不了你，以致惹你負私奔之名，我心實不甚安。雖然在自然形成的新道德觀中，已無私奔（指少女）之名，而且在我們之間所將表現的事實也足可打破社會對我們的看法，但你既不願甘冒不諱，我總對此有所顧忌，盡可能避免，萬一為我之力所不及，親愛的，你一定要寬恕我。關于私奔、文學史上曾有一段風流佳話，那便是卓文君私奔司馬相如。文君不字公侯王孫，而偏偏之與相如偕奔蜀中開酒店（寫至此，接枋姐信）其所以為後世傳作佳話，乃是他們由音樂和文學而結合的，並且是一種對于榮華富貴的可貴的抗禦。故而在那種古老封建的世代中，文君雖屬私奔，相如雖難辭卸誘拐之名，却為世所諒解。你我固無文君相如之才，然古人曾給我們留下一個榜樣。

　　枋姐責備我們太魯莽太天真，我不知她指的是什麼而言。我覺得她的身上已沾染了中年人的世故。其他我們當然要接受她的「警告性」的指點，最好是以職業掩護一個時候，那原是我們所定的原則。關于職業，如果照枋姐的意思為遷戶口而謀職業，那就不必一定在鳳山，而且還須現在就著手進行，關於這個我沒有較多的路和較穩的把握，只有宜蘭、南投和鳳山三地，我看不必等你回信，我先個別同他

們連絡一下。當然如果這三條路能有一條走得通，照枋姐的辦法自然平穩而且少煩神。致于你的能力，我覺得除教員而外，很少適合的。本來我想待你過來之後，讓你先學中英文打字，也算是一種基本生活技能，容易學習，並且工作輕便，容易謀到職業，即以本校而言，經常需要打字人員，待遇不薄（尤其是英文打字），工作清閒，有足夠的寫作時間，比較合乎你發展事業的一種職業。若是如枋姐所說：「何不以靜待動？」這是你曾一再徵求我的意見的，這對于我們的「準備得更充份」而言，未始不是一個上策，因為這樣，對于未來的共同生活，在思想與經濟上都可從容武裝——只為我們所要的生活必須戰鬥，戰鬥必須勝利，否則，為柴米而生活，生活必然貧血，那不是我們所要的。然而這其中卻有顧慮，那就是父女的情感對你的愈形負累，以及突臨的變故使你措手不及，或者你我的長期通信萬一洩露了，使你的家庭暗中為你議婚，等到為你察覺，也許就噬臍莫及。這些顧慮我們不能沒有。果真你有十足的把握認為這些顧慮都不足以成立，則你未始不可「以靜待動」，總之我時時為你準備得了，照我們原定的步驟盡速完成，九月而後時時保持一個成熟狀態，等候你隨時降臨。

至于枋姐所言的「天真」，那是指我們「結婚而不同居」的計劃而言，當然她無法想像一個基督徒的操守——那就是說，我們必須以一對潔白的靈魂和軀體，才敢于進入　上帝的聖殿裡舉行婚禮。一切未經　神所認可的夫婦或者法律所裁定的婚姻將都是邪惡的，受咒詛的！她多麼健忘！她竟忘去了「旅之侶」中那曾以神式的愛，沿途照顧她的那個基督徒！本來，性的行為于夫婦之間與非夫婦之間在形式上原無不同，然而何以一是神聖？一是邪惡？一是堂皇？一是醜惡？這很明顯，這乃是一個屬於　上帝、一個屬於撒旦。沒有一個人不明白並承認這種倫理要求的，然而何以履行這個要求的人卻並不是每一個人都做得到的？佛教徒索性極端地否定了一切神聖和邪惡的性行

為，那是反人性同時也是反神性的，唯有一個基督徒才會做到中庸，而一個虔敬的基督徒何以能較常人做到這個倫理要求？那便是他們除掉同常人一樣地明白並承認這個標準之外，還比常人多出一種得自基督的「力」，缺乏這力，履行便將落空，成為　國父所說：「知而不行」，　總統所說：「只能坐而言，不能起而行」。我常觀無分中外，只要是一個真正的基督徒，沒有不在夫婦之間保持愛情終生長青的，這便是基督的奇妙。你說我壞，怎麼問起你那個，這是你第一次無形中表露的女兒態，不過，我的小弟，那是正當而健康的！對于這事我們保持羞澀是應當的，但這羞澀不是由於罪惡感，而是出自一種不可言講的神祕美，願你是出自後者的正常心理，不要錯把它視為罪惡。

　　哦，我的小朋友，我一樣地是把你有時看得很小，像在家的時候，對我那些什麼也不懂的小姪女一樣，疼愛她們，給她們講故事，但若不趁我的心，我照樣會大發雷霆，罵她們、處罰她們（但我不打她們的，「打」在我們的家教中沒有這個東西，即或是象徵性的打）不過有時我會把你看得很大，大得像我那些帶我上街總要被商店店員誤認為母子的姐姐們，我從不敢在她們面前隨便或者放肆，除掉八姐，我不敢在任何一個姐姐面前抽煙，（雖然當我成年之後可以同父親母親哥哥嫂嫂姐夫抽煙談心一無顧忌）真的，想到這，我真害怕我會由于敬愛你，而致不敢對你淘氣，以致望著你美好豐闊的嘴唇徒然想同鳳子吃太妃糖的舊事而已，（曾經用一根絲線懸空吊起一塊太妃糖，兩個人手背在後面只准用嘴同時搶著咬，看誰咬得到。一次，她勝利了，我撒起賴來，逼著她分一半給我，結果我的嘴唇被她咬破，後來六姐問我嘴唇怎麼啦，真是窘死了，在六姐面前我永遠沒有扯謊的能力）真的，第一次想親吻你的像片，也正是意識到你很大的時候，以致蹉跎良久才匆促一吻，非常羞怯，甚至不敢再看你一眼。那次送你們回高雄的時候，在車上你曾閉著眼睛靠在那裡，你知道你那個美麗的側面曾使我構成許多幻念麼？于是我想，敬愛的小母親啊！只有你

閉上了眼睛，我才敢向你偎倚呢！

　　你想我的衣物總是很大的是麼？對的，不完全對。本來公發的軍衣對誰都是不合身的大，對我更不必說，所以我總是穿最小號的上身、最小號的鞋子、最小號的襪子，然而最大號的帽子！有時最大號的帽子也戴不上，還須修改或者特製，所以經常我總愛戴軟帽，戴硬帽子的時候，總儘可能脫下來拿在手裡，因為腦袋擠得發痛。可是人若單憑外觀很少有人相信我的腦袋會大得這麼特殊。小時候買帽子最使大人傷神了，家家帽子店一頂頂試過了，還只好另外訂做。還有，小時候同人家打架，打不過的時候就用頭碰人家的頭，很少有人經得住兩下以上的碰的，所以狡猾的小敵人以後再跟我幹架，便設法先抱住我的腦袋。此外，我這個腦袋還不在乎蜂子螫，也許也是你出生的那年夏季，同朱龍、葉星（四姐的兒子）在後園的竹林裡搗馬蜂窩，群蜂像下雨似的向我們襲擊，只覺得腦袋上一痲一痲的，結果什麼痛苦也沒有，可是他們倆滿頭滿臉都腫起來了，痛哭了幾天。嫂嫂和四姐總以為我狡猾，慫恿他們倆闖禍，而我躲在安全地帶。真是冤枉，其實我是身先士卒最勇敢的一個搗蜂勇士，只不過我這天生的頭盔無法使她們信任。劉浪，我真相信我的腦袋，那也許象徵我靠著這顆畸形的足以自衛與攻擊的頭顱，可以對于人生戰無不勝！攻無不克！進無不取！襲無不得！

　　還要趕寫《復仇》第四幕，六個晚上完成了九千字，在我尚是奇蹟，不過寫劇本可以省略描寫，而描寫是最費工夫的，不是嗎？那末明兒再談，祝福我摯愛的姑娘安睡，容我為你唱一隻催眠曲：……願我主保護你，直到太陽昇起……

周末（廿三日）廿二時四十分

適從三隊歸來，讓我告訴你一個好消息。三隊把你的事請示上級，才答覆下來：「可以僱用」。僱用即是一切待遇完全同軍人一樣，只是沒有軍籍，即不是軍人。表嫂是委任上尉，有軍籍，表哥卻是僱用少校，非軍人。你則可以以少尉或中尉僱用，因為是新近人員。他們夫婦也是慢慢由少中尉升上去的。少尉的待遇是一百一十元薪餉，大米四十斤、麵粉十斤、魚一斤、豬肉一斤、油一斤、鹽一斤、副食（菜金）三十元，（以上是一個月的收入）其他補給則為夏裝冬裝經常每人各兩套（破舊時換新）每三個月一條毛巾、一雙毛襪、一雙膠底鞋（如發皮鞋則停發一年膠底鞋）三塊肥皂、一百八十張草紙。這便是一個少尉的全部收入。中尉比少尉除在月餉中多出廿元，其他均相同。不過作為一個演員，尚可在福利戲中，每次登台可分十至廿元。僱用有一個好處，可以隨你想幹就幹，不想幹就可以辭職。不像我們委任的，反攻大陸之前，幾乎是沒有辦法可以下來（去職），除非死了，才算拉倒，是諸葛亮所言「鞠躬盡瘁，死而後已」。即或你瞎了、心臟病、關節炎、TB 等長期難癒的病，也很難辭掉，因為可以把你送進療養院當療養員（待遇照舊）。

　　廢話少說（其實是讓你明白一些軍隊內務），現在要等你的決定。本來僱用演員，總要有舞台經驗，至少登過幾次台。不過對你，有副隊長表哥作主，多少可以通融一些。記得你在學校裡曾登過台的。依照我的判斷，你可能不成什麼問題，你的國語稍稍注意一些就沒問題了，至於外型，並不是我「情人眼中出西施」，表哥夫婦也都認為夠條件，（我當然是更把你當作楊太真）而你外向的性格，對于演出更具決定性，何況除非發覺你是個戲劇天才，我總不希望你把它作為事業或長期的職業。幹上個一年半載，一方面作為過渡期間的棲身，一方面也是充實生活，對你是有利的。而且那樣，我們倆就有較長的時間和力量準備一個家的創建了，如果到那時你對我的愛情有增無減而願下嫁我的話。

當然不會讓你剛剛來到就排你的戲，那需要表哥夫婦對你作短期和必要的訓練，這你可不必害怕。而且三隊的隊員們可以個人起伙，也可加入團體伙食，後者就不用為一日三餐忙些什麼了，一切統由炊事兵做飯做菜，這對你等于大赦，是不？果真這麼做，則我也可以把主副食移到三隊去，在那裡起伙，我們仍可朝夕相處，因為只要買一輛單車，由學校到你那兒只須十多分鐘，那樣我們依然可以做我們的工作和消遣，讓我們「實體地」從頭相愛，盡心盡性地向文學的途程邁進，因為做一個隊員很清閒。

等你的答覆。親愛的，勇敢些。

再告訴你一個故事，三隊隊員劉普的一個朋友 × 少尉，去年他的愛人（台大二年級，台籍）因為家庭逼婚，跑來了，便住在三隊，一住就是一個月，才給她父親（台大醫學院教授）去信，父親找到了，給拖了回去。因為尚未到法定年齡。可是不幾天又逃來了，結果父親也不來找，兩個人便同居了，雖然日子苦（物質）得要命，屋舍不足以蔽風雨，婚姻還未申請，一切眷屬補給都沒有，可是倆人過得快樂，女孩子原是嬌滴滴的小姐，現在家事也都操作如常了！真是愛情的力量！我却不知他們的生活理想是那一方面的，但他們一定有的，不是麼？祝福她們！

十九號的夜裡，我的信究竟給你一種什麼樣的美夢？我知道你不會告訴我。因為我一樣地不會告訴你十九號午覺我所做的那場夢，妙的很呢！恐怕要等到婚後才說得出口。但是很可惜！為何不把那夢移到夜間？那樣我就真地相信夢魂的會遇了。啊！保羅何幸，竟當你在最危難的時際，成為你第一親人！我從未夢見過死亡，然而我相信如果遇有那種夢，即或不致于一樣地喊出你所有的名字（娜蘿我將不喊）也一定立刻意識到第一個悲痛將是與你生離死別。

你不准我喊你劉惠美，你一定是誤會錯了。我問你，守著別人我喊你什麼？我好意思喊你那些過份親暱的名子麼？私底下當然喊什麼

都可以，我真會在狂烈和熱昏之中，亂七八糟地喊你。固然避開人，你會喊我 Paul，可是在人面前呢？你豈不是要規規矩矩地喊我一聲朱青海或者朱西甯？我們家似乎有一個傳統，上輩呼喚小輩、平輩中大的呼喚小的、以及夫婦之間當著別人時的相互呼喚，差不多總愛在名字之上還冠之以姓。如果你認為這樣便形成了距離，則我將質問你，何以到現在你還堅持著喊我大朋友？雖然我並不能想得出什麼別的稱呼，但從咱們開始相交，你就這麼喊我，你不覺得需要換一個新鮮（？）的？放心，從你開始「幾乎完全為我打開了心扉」的那封信開始，我便嚴密的藏起你的信，決不讓任何人再看到它，因為我必須維護你少女的尊嚴，不能夠讓你的深切親密的情感洩露給任何人。我恨那些專愛把自己夫婦或情侶之間的私事向人展覽的下流之輩。是的，如果他們的妻子（丈夫）或情人得知他們如此地肉麻賣弄，真要痛感如同被出賣了一樣恥辱羞憤呢！

親愛的浪，容我再度要求你，除掉身份證和不可少的換身內衣，一定不要從你的家中攜帶任何物品出走，你要清白，有志氣，你就這麼做。至于我為你添製，那不是供給，也不是幫助，而是我份內的責任，你一定要懂得這個，不要我再三再四的叮囑你，如果你否認我們已經結為一體，（1×1 = 1）則你自可認為那是一種倚靠、求助，我自也不勉強你。只看你把愛情看做加法還是乘法。

我現在簡直不想同你談文學了，因為總想著：好在會聚之期不遠，一切留著面對面的談吧，那將更明白透澈而省力，你是否容許我這麼做，我的好弟子？

但仍要不間斷你的讀和寫，有時間當然要把〈失羊記〉殺青寄我。〈問題女兒造像〉進展如何？還有，你現在跟前還有書讀麼？需要的話，告訴我，好給你繼續寄去。《紅樓夢》還是等我們到一起的時候再研讀好不？因為太龐褸了，用書面來討論實在不知從何論起，也實在論不清楚，不是嗎？為此，好姑娘，我多麼急切地要你來啊！人類

的兩大慾望──求知慾和傳知慾──都是一樣強烈的。

　　昨夜為趕寫《復仇》第四幕，直寫至四時半，現在精神有點不濟了，我親愛的姑娘，晚安！　主與你同在！

七月廿四日禮拜日廿三時廿分

　　「歇斯地利」除去「神經質」「誇大敏感」「氣急敗壞」，似無更好的詞句。

　　燙髮的問題，那封曾為你付諸一炬的信已說得很明白了，不欲多談。但我決不會以我的「偏見」強制你。不過你如果不僅僅是為著保羅而「美化」你自己──那就是說，你覺得你應該為那些以燙髮為美的人而「美化」你自己，你當然是極其自由的，保羅即使有權，也將不會干涉你。說真的，至少一個女孩子如果除掉燙髮實在再沒別的事做了，她未始不可為著解除無聊而把頭髮燙起來。再一度的說，我不勉強你的意志，我不那麼愚拙！

廿三時卅五分

保羅大朋友！

我的話沒有錯，我說過我會因為持有「容易親暱的可怕的天稟」而永不受到寬恕！

告訴我，這位我們合唱隊裡的一個，他要我說的是什麼？！

他同我們一樣，有著「精緻情感」的嗜好，然而，我不明白，為什麼，我總會給這樣的朋友們帶來痛苦？！

告訴我——你將不會說「我受不了！」的——我應該怎麼樣回答他？在不損傷別人的自尊心的範圍內？

　　等待著你的答覆！

他的信看完燒掉！

　　　　　　　　　　　　　　　七月廿四日　雨天的午后
　　　　　　　　　　　　　　　　　你的小朋友

Poul：（哦，我彷彿一下子變得很大了！）

你弄錯了，我說不要你喊我「惠美」當然是私底下，然而守著別人（很陌生的例外）也盡量不要喊我惠美，不知怎的，從光復那年開始用國語起，「惠美」的國音就讓我感到彆扭，直到現在我也不愛人家這麼稱呼我。在別人面前，你可以稱呼我「小劉」或劉浪，那樣來得乾脆。

枋姐沒有弄清楚，（這該歸咎于文字的無能）真的，她以為我出走，為的是要同大朋友立刻成婚，還有她竟以為我要上學校求學！你想，如果我的目的是上學校求學，那我又何苦，奔到大朋友那兒由你來供給學費！不過，枋姐姐終是比我們要理智的（？）她能想到一切的可能性。

那末，就枋姐在信上所提的問題我們再作討論：第一，時間——就你講的「果真你有十足的把握認為這些顧慮（議婚）都不足以成立，則你未始不可以靜待動」，我想還是以靜待動了（如果有什麼意外發生時則例外）。

民國四十一年，參加軍中服務（後來救國團的自強活動）的勞軍球賽。

第二，有關出走後的，這個大朋友已替我計劃得很周詳，不必我來重覆。你上封提到我的職業問題有了著落，我很高興，至於舞台經驗，在學校裡搞的只是胡鬧，不能說是經驗，要勉強說有經驗，那就要算是軍中服務時候，參加《三軍一家》的話劇演出扮演一個空軍中尉了。導演還是軍中康樂隊裡的一位山東人。雖然根本談不到「勝任」不過也許我可以嚐試看看。

　　第三，遷出戶口的事，我不大明白枋姐所說的，能否告訴我詳細一點？遷出戶口的手續？

　　還有如果我在三隊裡工作了，那麼我必須要把戶口遷出才能被容納嗎？還有她所謂的「經過戶長蓋章申請」？請詳細告訴我好嗎？還有「如果照枋姐的意思為遷戶口而謀職業，那就不一定在鳳山，而且必須現在就著手進行」又是怎麼講呢？

　　果真能獲得保防單位的通融，那就最樂觀的了，如果那邊

軍中服務時劉慕沙第一次吃到饅頭，從此愛上北方麵食。

不行，待我們等陳群大哥銅鑼之行結束後再商討。你以為怎麼樣呢？

　　又一個「美的生活」的新發現！傍晚（六點半左右）我帶傑克到田野時候，在一排竹叢旁邊的田畛上看到一堆乾草（堆成金字塔形的），這是一個祕密的新發現，我從那堆乾草上拖下一把舖在地上，坐下來，把身體歪在乾草堆上，抬起頭，眼睛恰能很舒適地看到西南邊山巒上的浮雲……那種舒適、爽快，遠非沙龍裡的刺繡沙發所能比，高歌吧，茂密的竹葉子把你從田徑上行人的眼中隱藏起來，我懊悔我未能把大朋友的信帶到那邊歪在乾草堆中讀，不然的話，我就更能「實體地」（？）意識到大朋友的與我同在了。

哦，當陳群大哥，蒞臨之際，我真願他能注意到我那壯麗的雙峰山，更能身臨我那鐵路西邊的可愛的田野，因為他會把那個乾草同山靈的氣息帶到那遙遠的南國，帶到我曾一度身臨過的林蔭路上！

很可笑，聽到你說八月上旬，陳群大朋友將來以後，我就記起你曾一度同我談過的「戲劇化的會晤」我想著，也許調皮的陳大朋友，會想看看我的家同我的父親，他將裝作看病那樣的走進來，我們將裝得根本不認識（心裡頭帶著難忍的笑意），也許小艾蘼會由於過度造作而來的反動，同他講話時，用上超乎需要的淡漠，甚至是斥責似的語氣，也許他會看到庭院裡血紅的、淡黃的、粉紅的，還有白色的玫瑰（要是有開的話），那末，讓他把所有花兒的芬芳帶給遙遠的親愛的大朋友去吧，還有我無言的祝福！

似乎該是上牀的時候，然而，你一定還在趕你的工作，一個禮拜九千個字！大朋友，你一定不要太過折磨你的身體，好不？這並不是叫你「愛自己」懂得我的意思嗎？　　那末，晚安！

七月廿六日（禮拜二）　時鐘剛響了十一下。

告訴我，禮拜三（廿七日）下午六點半的時候，大朋友正在做什麼？是不是躺在籐椅上聽陳大哥拉胡琴？抑或又哈著腰在那兒苦幹了？你當然想得到我又歪在我那田野裡的寶座上高歌了。今兒夕陽的餘暉格外美，除了唱歌之外，我還同傑克兜著這兒一堆、那兒一堆的乾草捉了一會子迷藏，很妙呢！當你看到忠心的畜牲找著了自己的主人那時的狂喜樣子！我真願我的大朋友也能夠分享我這種快樂，不過，我相信有一天我們就能實現這個美夢的；因為在某一部電影裡我記著了這麼一句話──女人希望什麼，便相信什麼。

的確，大朋友的大頭盔，一定是象徵著一些特殊的、異乎常人的

什麼，我想那一定是你的很高的天才——文學、繪畫——的象徵，不知為什麼，我有一種直覺，那就是父母上了年紀（你不是說過母親四十歲那年才生你的嗎？）才生的孩子，要不是超乎尋常的遲鈍（例如低能），那就是一個了不起的天才了。如果我的直覺沒有錯，我該深深地感謝上帝，給了我的大朋友垂愛，使他屬於天才這邊的。因此，Poul！你不要辜負上帝給你的，裝有比常人多出幾倍的腦子的頭盔呢！為你的大頭盔祝福！！多麼羨慕你天生的鋼頭盔！聽你講的搗馬蜂窩的故事後，我生出一種念頭——讓我也試試看我的頭盔有多大本事？——我用我的頭去同傑克碰鬥，結果呢？險些兒不曾把頭髮連皮帶肉地讓牠給扯下來，疼死了，我畢竟沒有那種鋼頭盔，但願有一天我們打架（？）的時候，我能記起你的鋼頭盔，而像那些狡猾的孩子們那樣地對付你。

同人們，我沒有像你同鳳子吃太妃糖的經驗，不過我常同我的傑克搶一條很長的牛筋，我愛用嘴銜住牛筋的一頭，另一頭讓牠扯，但我總作弊，用嘴無法拉住的時候，我便改用手，我既不放，牠更死命地銜住，一直撕扯到牛筋中斷（很少斷過），或是牠皺起鼻子光火為止。

昨兒有位湖南籍的軍眷來看病，父親問她湖南下不下雪，我也順便問她山東是否比湖南要冷得很多，她說山東要冷多了，山東人冬天在牀底下燒火，故把牀叫做「炕」。哦，我真興奮，那正是我所要知道的，讀《紅樓夢》，我就弄不清什麼是「炕」現在我曉得了，是不是這樣呢？大朋友？我沒有在下雪的地方渡過冬夜，不知怎的，一想到雪便會聯想到卡片上那讓雪給冰封的聖誕紅（？）以及掛著殘雪的山谷中……能看到那樣的光景，將是多早晚的事呢？！

你說你簡直不想同小朋友談文學了，我有同感，每次讀完一部書，我總愛做做筆記（亂寫）的，現在《文藝書簡》做到一半，有點兒想撒懶了，原因當然是因為腦子裡有著一種念頭——反正不久的將

來……。

眼皮有些兒不安份了，容我明晨大早再談，願我們在夢中相聚！

27 日（禮拜三）廿二時半

挨大朋友的罵尚屬第一次（早晨收到你廿六日的信）有一種似癢非癢的奇妙的感覺，我又變得很小了！以後你一定要像對你的小姪女們那樣地責罵我，當我做錯了的時候。那末讓我慢慢兒謹慎地回答他。

哦，我從沒想過我會「忠於情」呢！保羅是我的好友，且比我大，那末我有了疑難，要請教你，那不是很自然的事嗎？（你定又會說我同你扯淡或是詭辯了）。

你給我的書簡已堆得很多，為了安全起見，我想燒掉一部份，當然又是「反正不久的將來，我就能天天聽到這些論點了（指你曾同我談論過的東西）」這個念頭在作祟。你放心，燒的是你的小朋友，並不會借乎他人的手去毀它的。

哦，有一件很使我不安的，不知怎的，找不著大朋友最初給我的相片（很大張的半身照）了，也許會在蓓蒂曾經拿去的信封裡頭，不過我還沒問她。我原可不告訴你的，直到我們待在一起的時候。可是我又不能不告訴你，我曉得，如果你告訴小朋友，你把我的相片失落了，我將會有什麼樣的心緒；由是我不準備討你的原諒，只等著你的責罵！

你同我談到對於我們心靈事業的信心。是的，人的性格是善變的，我不敢管保我不會墮落；因為我是個後知後覺者，至少，我不敢保證同別人待在一起我能不受他的感染，然而，一想到同保羅在一塊，我便會有一種信心——他會永遠鞭笞我，使我不致於墮落，我將藉著

你，能駕乎凡俗之上，永遠能保持清白而純潔的心靈，我將因你而稱聖！　告訴我的大朋友，這便是力，這種想法便是能使我排除一切世俗的顧忌，甚至是會致我於墮落的父愛而奔向我所要的「力」！你不會知道你的一句「勇敢些！」能給我多大的鼓慰！願你不斷地鼓勵我，尤其是當我要實踐我的計劃的當兒！

遵從你的吩咐，我將不從家裡帶去任何東西（除非用我自力得來的），但你也要答應我，決不要因為你的艾蘿（似乎是第一遭這麼說？）而勞神累筋地寫東西，我永遠不會制止你寫，當你生命熱流奔放的時候，即使是人們該休息的子夜。可是我不要你為我去作過度的勞累。記著，我們的戰鬥是長期的，我們除了上帝給我們的天賦的才華（？）和身體的精力外，就再也沒有別的資本了。何況我既然能被雇用，那末就無需為生活勞心了，是不？答應我，我的好朋友！

說到單車，很可笑，你相信不相信我不會騎單車？人們都會像發現新大陸似地表示驚訝呢，當他們聽到像我這麼個女孩子不會騎車子的時候。

在暑假裡盡量不要寄書來，我跟前多的是，從朋友處借到了《儒林外史》、《世界教育名著叢書》（日文的），此外還有羅仕士同學的一本文學集（日文），哥哥買的《戰地鐘聲》、《劫後孤雛》，還有你那兒帶來的《情感教育》，還有……很多，所以書在暑假結束前不必寄來了，也有咱們「雷達站」的關係。

至於「寫」似乎懶勁又來了，一天賴過一天〈問題女兒造像〉還只趕到三分之二，滿篇牢騷，主題似過多，我怕又會流於〈牧羊記〉亂之弊了。待趕好再寄去，另把殺青的〈牧羊記〉付郵寄去。

祝福！願主賜給你美麗的夢，當你午睡的時候。

我二弟考上人們競躍的龍門——新竹中學——了，

最後也為那一對勇敢的情侶祝福！

廿八日十四時廿分　小朋友

民國四十四年八月二十五日，為小弟將去新竹中學報到寄宿所攝。
（前排左起）小妹、母親、父親、狼犬日耳曼
（後排左起）小弟、劉慕沙、二哥、大弟，缺席者是仍在土城「生
教所」的大哥。

浪：

你這個壞丫頭，壞透了！這麼些人為你受苦，何止「101」和這位仕士（？）同學！這你該負責的！當然你會說：「我也沒侵犯他，也沒惹他，誰讓他……」可是你知道你內在和外在的美該是怎樣地向人家時時處處地挑戰！？惹人家發了狂，你還裝蒜地問我：「他要我說的是什麼？」我真要責打你這夏娃的後裔了！我才不會替你出主意呢！是你惹得人家幾乎把命運都交在你的手裡，你自己闖的禍，你自己收拾，我不管，我才不那麼缺德！

不過話又說回來，哪個少女不是專開苦的藥方給人吃的！男孩子又都是這麼下賤，認準了苦頭吃，苦死無怨，而且有吃的資格還算不錯的呢！尋常的女孩子而且如此，何況是你！

但是總要好生回答人家，別讓他懸而不決地弔在那兒，更不可讓他傷痛，至少他愛你總不是過失，不是嗎？除非你愛他，自然成全了他可愛的自私的願望。那確是一種可愛的自私呢！我沒有看出這個人曾有什麼社會意識、群眾意識，只不過是一種單純的愛情欲望而已。也難怪，那種人似乎是另成一個社會意義的。恕我對他驟加論斷，這很不合乎為人的私德。

看樣子你是無意給他愛的酬答了，因為你把他的信給了我。（你豈不一樣地忠于情！）

告訴他，至少在他的人生現階段裡，長進比一切都重要，沉悶的祖國樂壇自聶耳（被鬼子毒害溺死）黃自之後，一直在渴望著彗星出現，把全身心交付給神聖莊嚴的音樂，說什麼靜聽一個女孩子為他敲打命運之鐘！那是喪志的、短見的！你一定要鼓勵他把最豪華的青春的「生命創造」放進學業和事業，要他多體念祖國的需要，要他為大眾而歌，為不朽而創造，要他多看看受苦的軒轅黃帝子孫們的面孔是怎樣地要求他為他們做一個勇敢的歌手！這一代的青年，不管走哪條路，都必須為風雨飄搖中的祖國拾起捍衛的槍枝，個人主義者便是

「準亡國奴」，末路和啟程決定在一個人生活形態的愛慕和厭棄，這是很切要的。

　　我不僅矚望你跟他會很好地相處下去，且更矚望他會能成為我們倆共有的好朋友。我並非不懂得妒忌，但我懂得你、相信你，因為你是坦蕩的。而與我同好的任何人——音樂的、繪畫的、文學的、宗教的——將都使我樂于接近，而年青的一代更該互相信託、互相諒解，我親愛的小姑娘，不是麼？放心地做去，好好地同他做個朋友，保羅誠心地支持你，不要讓他在懷疑中徘徊苦惱，一定要讓他明白只有夫婦之間沒有愛情才是悲痛的觖望，朋友之間則不是這樣。你們一定要永遠地做一對好朋友，尤其是你出走之後，你更可以方便地同他通信，多給他鼓勵和安慰，如果他也能曠達地不計較這些，將來我們何嘗不可以一致為他的學業和未來的事業付出一切精神上的支援！對于畫家和音樂家，我永遠致以僅低于宗教的崇高的仰慕和欽敬，因為他們為我（畫苑的盲人、樂府的聾者）豎起了心願，我常為一隻歌出我心底靈感的曲譜高興得落淚，欣慰地忘去自己的絕望；對于繪畫，亦復如是。你是知道的，我很小的時候便已同美國教士學習鋼琴，跟青林二哥學小提琴，在學校裡是個很有希望的小小畫家……想到那些，我就傷心地落淚了，若不是鬼子毀了我那幸福的家，何至落得今天這麼慘！經常地，為那衝撞著我內心的音樂靈感和畫興在我的裡面嚙咬，這苦悶長期磨折著我，陷我于咒詛的苦境，為此我才失了聲音和彩色，我確是一個盲人和聾啞啊！因而所有能表達我之願望的——繪畫的和音樂的工作者，我無不致以崇仰和欽敬，甚至是感激。

　　今春我曾對于《墾荒三部曲》之一的〈黎明〉的製作很有自信，歌詞撰好了，可是苦悶那麼久，想以文學的願望通過民族型式製作一闋悲愴復又不失為希望的曲譜，結果只可憐而貧乏地做了一點，就中只有四小節還比較接近我的願望，我真不敢向你提出：

···<u>6</u> <u>6</u> <u>5</u> <u>3</u> <u>3</u> 3 │ <u>2</u> <u>2</u> <u>1</u> <u>3</u> 3 │ <u>5</u> <u>5</u> <u>6</u> <u>6</u> i̇ · i̇ i̇ 6 · <u>5</u> <u>3</u> │

···死黑的荒野上　先烈的白骨　四面八方跳　動著燐　火的

···死黑的荒野上　祖國的孩子　四面八方點　燃起革　命的

2 — 2 — │······

綠　光···

聖　火······

是否能表現出悲愴和希望？告訴我。

最後叮囑你，不要讓人家陷在懷疑的痛苦中，因為懷疑的痛苦是綿長而無謂的，讓他痛苦地（不可免地但也是短暫地）覺醒吧，你有撫慰和鼓勵的責任，我的好姑娘！絕不可敷衍他。祝福！

你的保羅　七月廿六日廿三時五十分

〈人狗之間〉已收到，放懷。

（　　　）

艾靡！看！這顆蹦跳鮮紅的心擲向你去
了！接著啊！／你的保羅七、卅一、十七

小艾靡噙著淚水，伸出她的雙手、把你
拋過來的，深深地藏進她的心扉裡去
了。／三日夜十時半

浪：

我在著手寫《洪水》第一幕的分場了， 上帝給了我豐盛的靈感，祂藉著「我的小愛人即將從事戲劇工作」的喜悅的預感以及這一次為《復仇》改寫第四幕的首次順利的嘗試，使我苦悶了很久很久的欲望得以開工，我該付出一連串的感謝呢！感謝 神的慈愛！感謝我的小仙子！感謝表哥給我以機會！

這就是力，我的艾蘿！

戲劇乃是小說的主體化，對于戲劇創作我久已嚮往，可是沒有力推動我，加上儘管何人笑我而我也不能讓步的對于任何一種文藝工作所抱持的嚴肅，我就是這樣一直地裹足不前的。

《洪水》以水災、搶堤、偷堤作為背景，以血族間的亂倫悲劇形成一個悽慘的故事。我反對目前「惡＋善＝悲劇」的八股形式，因為我發現「惡（善＋善）＝悲劇」，不僅脫俗，加重氣氛，且更否定了「人性墮落的絕望」。我覺得唯有一群被壓迫的良善者相互衝突所構成的慘痛才是真正而深沉的悲劇，所以我不主張單線屠宰式的絕對惡和絕對善所作的兒戲般的反共八股戲劇。其實我之此一觀點並非創見，而是一條古老的路，只是荒廢了，大家懶于再走，我願為此拓荒，給大家重新開出這艱難的路，不再流于淺薄幼稚的誇大兒戲。

給我力，我的艾蘿！你會相信你乃是我的力之泉流。我永遠傾服 上帝的奇妙安排， 祂差遣女人替代 祂執行對于男人的疼愛、懲罰、創造或者毀滅。我真要問你，那力從你的心上一股一股地向外抽出，你是否感覺？哦，我是感覺的，那像一股股的浪潮向我打來，催我燒蒸起生命的熱流，「海如果沒有浪，海不是死了麼？」親愛的，你在創造我、疼愛我，從你不斷加諸我的體恤和激勵，我認出那溫柔的力，正是宇宙緩緩進化和運行的真精神，由是我認出代表著含蘊著宇宙精神的母性的「柔」之特色：愛、孕育、耐心、照守。幾千年、幾萬年，以致幾億年，那在母性的耐心裡算得了什麼？但那却不是男

性的「剛」所能忍耐的。我的小愛人，為什麼我不可以當你是我的第二個母親！母親所給我的，也無非是愛、孕育、耐心，和照守！然而我是自私的，我恐懼這自私將會像我對于母親那樣地抽盡你體內的所有的生命，我將會貪婪地像允吸母親那由血液調製的乳汁一樣飢渴地索食你靈魂的奶液。我的小母親，我真願永遠在你的心靈裡是個襁褓乳嬰，永遠地小！永遠地羸弱！

我明白的，我明白「這並不是要你愛自己」的私心的願望，我將會聽從你一切愛的勸誡。夜深，我不敢再遲延，我將在你的撫愛裡面噙著溫熱的淚水去尋你給我的夢。我不禁在我的內心呼喚著！母親，遙遙的母親啊，你知道你最小的兒子在離開你的慈愛已經十多年的今夕，復又得到了你的替身的撫愛麼？

廿九日禮拜五夜（我不敢寫時間）

我不知道你可曾想到，我們現在也許不該太親密，免得見了面會讓兩人羞得抬不起頭來。實體上我們幾乎還很陌生呢！哦，我真怕當我們再見的時候，我會比上次你來鳳山時更加控制不住我自己，你一定不要偷笑我由於心臟的激烈地跳動而表露的面色——要不是紅，便是蒼白。我自然不會像你那麼安詳。想著，一個在軍營中已死守了七個年頭的獨身者，那必然與所有軍人的神經一樣多少犯一些過感症或者衰弱症，成為屠格涅夫筆下的羅亭一樣——思想大膽，行為懦怯，（對女孩子而言），你曾在軍中服務過，如果你曾稍加注意的話，你該已有心得。

可是能壓抑得住心底的狂烈而在信函之間故作疏遠麼？至少我辦不到，艾蘿，為需要你，我苦悶死了，廚川白村說苦悶是文學的象徵，我該說：苦悶是愛情的前奏！

還有，我有一個不知該不該有的恐懼，由于我了解你的性格，我早就準備嘗受你那些在常人看來很不同意的矯情、彆扭、詭辯、執拗。可是一直地你都對我百依百順，幾乎我要你怎樣，你便怎樣，我不相信你會這麼溫馴，而且連我的部屬我都不喜愛他們唯我命是從地服從我，我恨惡發號施令的支使人，我愛人家跟我平等相處，更何況是我的愛人！我所恐懼的乃是一方面懷疑我對你的性格了解是否有所錯誤，再則，我怕你過份壓制了你的性格而來牽就我，那對你我將都不太好，尤其使我不安。親愛的，聽我說，你的意志要緊，不要學日本婦女那樣地向男子卑躬屈膝，作為一個好情人、好妻子，並非靠著順從。女子的賢慧決定于天真的心和沉著的愛，有了這樣的心和愛，才是最完美的貞操，一個婦人不要以為肉體的貞潔有了，就是個了不起的賢妻良母！

周末，午前

　　我決計聽你的話，不再為生活寫，而為生命寫；是的，生命比生活重要，這原是我內心的要求。不過當我想到給你太苦的生命，將使我不忍的時候，我就慌張了。不要以為我是出自一種錯誤的心理想把你當做小姐一樣地供奉，我沒有把你當做小姐，因為你不是小姐，我也不會愛一個小姐，我只不過想盡我所能，不要讓我們為物質所困，以致影響心靈。但我將永遠緊記著你曾再再告誡我的，為長期的戰鬥，我們實應珍愛　上帝所給我們的才華和精力。只是我親愛的浪，不要掛心我的身體，我之「奇瘦」，只是外型的缺陷，不涉及健康的，我們的弟兄（連叔父跟前的三個弟兄）都是這樣，不管怎樣保養都胖不起來，可是也都像ㄅㄚ ㄅㄚˊ一樣，藥劑與我們的生活不發生關係，一生之中能闖過兩次大病（總是闖過去的）就沒有關係了，這不

是迷信，事實確是這樣，大哥的兩次我記不太清楚了，二哥則在十歲的時候犯破傷風，幾乎死去。另一次是廿四五歲的時候在軍營中害黑熱病，也是幾乎死去。我則在十七歲的時候害腸窒扶斯（傷寒），昏迷十七天之多，粒米勺水未下，另一次則是三年前死去廿四小時以上的胃出血，流出近一千c.c的血液。如今這「必經的兩關」闖過去了，我很堅信我將會像兩個兄長那樣，**健健康康地活下去**。可惜鴻雁不通，否則我早就飛書報稟我已經安全闖過第二道關了，免得母親還在掛懷她最小的兒子的未來的災難。讓我偷偷地告訴你（不要罵我），不知怎的，母親、大嫂、二嫂，都是胖的很，你真比不過我大嫂那樣的胖大、粗野，她真才佩稱得上粗野呢，是在北闖的途中當女兵時同大哥戀愛上的。他們倆才稱得上是「不為傳統而生活，不為別人而生活」，待將來，我們坐在小溪的岸邊，恭送落日的黃昏，我將如數家珍地為你細述那些故事，那都是我們生活的鏡子呢！那是我們的前路，兄嫂為我們這一對小弟弟小妹妹走下的路。我們將踏著那些已經過考驗，證實為正確的路前進！

　　又是綿長的雨天，寂清的雨天，（周末的軍營總是冷清的）我沒有煩燥和不寧，因為我在和你私談。由是我相信，將來逢著任何寂寥空虛的雨天，只要有你伴著我，我們不會感到冷落的，哦，我們一定要在雨地裡走動，我記得你也好像同我一樣地喜愛這個。尤其是雨中的田野，鄉居的日子裡，那是我最好的享受。

　　丟了我的像片，你賠我的，沒話可說。我拿你的東西，甚至是寄書給我的封面紙，我都捨不得丟，你卻拿我的東西不當一回事，不賠我的就不行，就算你賴。要就把你的人交給我做抵押！否則我不答應。（我的理由是充份的，不是麼？我可也抓住機會威脅你了！）

　　可是啊，別難過，我的孩子！我知道你的心裡很難過的，因為我也曾嘗受過，當我把蓓蒂贈的十字架項鍊丟了的時候。讓我再送你一張廿六歲時的照片。本來快見面了，不必要的，不過以我每天都

「我再送你一張廿六歲時的照片，代我陪伴你左右。」

要看看你的像片的飢渴心情，我覺得為時雖短，仍要它替代我陪伴你左右，看你的笑和哭，（很少哭吧！）聽你的聲音和心跳，好不好讓它替代我獻給你一個長吻！？不要又罵我壞！難道我們將來就不……了嗎？

真的，我會像人們一樣地驚訝，為你不會騎單車。我的單車也騎得很壞，十六歲就學會了，到現在却一點也不進步。畢竟年齡愈小，膽子愈大，勝利那年接受了一輛日本人的單車，整天騎著它專在熱鬧的南京街上亂跑，一次同馬車碰上了，挨馬咬了一口，並且還挨馬車夫罵了：「你會不會騎車子！？」還有一次更慘，爬上電線去了。但是誰叫我那時候是個不知天高地厚的十八歲的傻孩子！（可是讓你看看我那時候的像片，裝得多老實！多正派！）不要緊的，等你來了，教你學，以後用單車的時候很多，尤其回大陸，那是最用得著的交通工具。至少我們還該肩並肩的騎著單車徜徉在通往大貝湖去的柏油路上──也許騎著騎著的，兩個人擠到一輛車子上去了，當我們的技術高明了的時候。

你不是喜愛狗和貓嗎？三隊有兩條鬑大狗，兇的很，一個叫做藍蘋（毛澤東老婆的名字）一個叫小虎，白天總是用鐵鍊扣著。表嫂有一條不太討人喜的女貓（我們家的方言不叫公貓母貓，而叫做男貓女貓）等你來了，我就要把傻瓜交給你了，正好讓他同那條女貓相愛。有了劉媽咪，又有了情人，傻瓜將太幸福了！

告訴你，廿七號禮拜三下午六點半的時候，正讀段彩華的愛人樂

蘅軍（女青年工作隊隊員，一個女子中學的教官）的信，罵得好慘，他們倆整天在信上打新詩的官司，樂同志是個辣女人，不過也是難產的《荒野》的一個工人。那時候你正在田野的寶座上高歌，並同傑克捉迷藏呢，怎麼那情景讓我想起《謫仙記》中時刻抱著狐狸的珍妮佛瓊斯來了？！你會相信我們有一天會打架麼？那真太可笑，我打不過你的，但我也不會用頭盔去頂撞你，我有辦法對付你，那就是我將挨著你的面龐告訴你的。

我覺得很可笑，你當著父親的面，冒然地問起山東的氣候，你不怕爸爸認為你問得突兀麼？可憐的爸爸竟不知女兒別有用心。真難怪你不知炕為何物，但不是燒很大的火，而是炭火和灶下煮過飯的死火（有火焰的火叫做活火），所以一到了晚上就要「烘」炕，而非「燒」炕。從我們的老家往北去，差不多人家都用炕，否則受不了那種酷寒，那不是用很多的被子褥子可以耐得住的。

忠于情就是忠于情，何苦還跟我強辯！忠于情又不是丟臉的事，而且你之忠于情，該是何等地動我肺腑！你們女孩子總愛裝蒜！硬著嘴不肯承認用情。是怎麼回答羅仕土的？我仍要叮嚀你，少男和少女之間有了愛情決不是罪惡，但沒有愛情亦不是決絕。以後你們不許存有任何惡意，你須把他的痛苦放在心上，拿出你的睿智和仁慈對他。不過容我審問你，你是否曾在無意中招惹過人家？我並不是責備你曾否因為未太留心的一響一笑使他誤會那是你的風情，而是讓你稍稍檢點自己。有些無意中的小行為往往引起人家的幻念，我不主張你對別人冷若冰霜，你儘管盡情的哭笑歌唱，但我們雖然決不必顧慮別人的批評（顏色），却有一個需要提防的，那就是不要惹人對你作一些非份的遐想，那無異是在人家的心上播下痛苦的種子。我要你本著這個「不怕別人批評，只怕人家痛苦」的原則來規律你的一切，以這個作為你的一切社交活動，我將永遠為你放心！當然你很懂得，愛情是最專橫的、多猜忌的，不過兩性間只要獲得信任，以這個信任作為情感

的基調，自然就不會產生那些疑神疑鬼的偏狹的誤解。我的好朋友，你懂得保羅的意思麼？我們需要毫無保留的坦誠！

致于我的書信，我倒不希望你燒了，留給我們年老的時候（我想得多遠！）再翻出來溫習我們年青時代的情感不是很好麼？哦，讓我們的子女也明白他們的父母是怎樣在困苦中奮鬥結合的，我想那對于她們是有著教育意義的。如果為著安全，不妨再寄交我來保存。如果業已燒燬，當然那也無所謂，也不是什麼了不起的東西。

還需要等候保防單位的答覆，不過同時也讓黑子去給我們進行，他明天可能來我這兒，讓我跟他再詳細一點兒的談談。明天不打算去三隊了，接連著幾個禮拜日到他們那兒去，讓表嫂當做話柄：「以前一個月也不來玩兒一次！」真的，你來了之後，我怕天天都要去玩兒了，怎麼辦！讓她們拿我們開玩笑得了，沒辦法。

哦，我願等候黑子從你那兒帶來花兒的芬芳和無言的祝福以及戲劇化的經過報告，你可要好生演那齣戲嚜，別露出了馬腳！

《三軍一家》我看過，不過那次演得很差。啊，我的空軍中尉，我真希望我的《洪水》中的小菱由你扮演！

周末夜廿四時正
不要緊，今天午睡足足四個小時

遷移戶口的事，你別煩神，那都不是問題。如果我們申請結婚實在辦不通，那末你來三隊之後只有以職業掩護，其實那是很響亮的口號：「從軍！」不過那卻苦了你，除掉三隊可以與你父親交涉，還須你出面力爭，我只怕你臨時軟弱了，抵抗不住父女的深情。而到三隊之後，可以申請轉移戶口（技術方面沒問題的），那樣我們就可以由此地的警局給你簽證婚書了，等完成手續批准之後，便可以正式向父

親宣佈或者託媒跟你父親求親。啊，小艾蘿，我們只管在商量申請結婚的事，我卻忽然醒悟似的，保羅還不曾向艾蘿正式求過婚呢！怎麼我們就含含糊糊的放過這一關麼？我覺得那仍是需要的，而且頂好現在就讓保羅向艾蘿提出，因為等到面對面了，那會很使雙方尷尬而難乎為情的，文字有時也比言語方便呢！那末：我最親愛的姑娘，　上帝在上，　上帝明察我的心對你是充滿著多麼豐盛而強烈的愛情，上帝要我向你說出心底的需要，靈魂和身體的結合是我要向你提出懇求的，把保羅的靈魂和身體交付給艾蘿，也要艾蘿把靈魂和身體賞賜給保羅，而今而後共一個理想，共一個信仰，共一個事業，共一個靈魂和身體，共一個恆久的愛的生活。垂允我，艾蘿！容我熱吻你的周身，垂允我！伸出你愛的手放在我的腦門上，垂允我！擁我進入你溫馨銷魂的聖處女的懷裡，垂允我！我神聖地要你，也自私地要你，在

　　基督的眷顧和祝福裡，容我們結合，我必須仰賴你生活，仰賴你生存，仰賴你的力完成那心靈的事業！那是我們倆共有的！存則共存，亡則共亡！生死相從，此志不移！願能朝夕侍奉，互策互勉！同享幸福，分嘗痛苦！答應我啊！我永恆地深愛地為我心中最善最美的女人！命運已經注定了我，不能沒有你！！

　　期待著你醉紅的臉給我一個同意地微笑，向我輕輕地點首，啊，輕輕地，將你給了我，不要驚動了枝頭交頸而眠的小鳥，別讓那穿過竹林的小風偷聽了去，別讓那狡猾的傑克瞥見你羞怯的少女的心事。我聖潔的處子，躺下來，躺在你勝似沙龍的錦墊的寶座上，讓深湛的藍天和著浮動的白雲為你駕起輕輦，輕輕地，輕輕地，行雲而來，躺進保羅的擁抱裡，我將埋首在你生命之源的雙乳之間，千個世紀、萬個世紀，從此處飛向永恆，任地老天荒，分離不了我們倆生命的緊緊相依相扣，然而那是相熔！

　　艾蘿！看！這顆蹦跳鮮紅的心擲向你去了！接著啊！

你的保羅　卅一．十七

浪：

枋姐的信延至現在始覆，不知怎的，我有些兒生她的氣，我怕她會開始世故了，那將又使我們眼看著一個不老的成年人跌倒！但願是我的敏感！

《牧羊記》業已寄發《中華婦女月刊》，題目仍嫌重嫌大，而這個重和大不在于「失」「牧」，而在「記」，算了，我想不出更好的命題。

致枋姐的信你可有什麼意見，不妨寫上去，要是沒有，就直接地把它發出去。願你快樂！

你的西甯　八．二、午後

台北長沙街一段二十七號　婦聯會　劉枋收

Poul：

　　寫著〈洪水〉你自個兒都成了一股無法抵禦的洪水了！它幾乎把我淹沒，把我沖到遙遠的、遙遠的王國裡去。可是，我的親愛的朋友，你不以為你太急性子了嗎？我真怕如同你說的，我們的文字交（精神上的情誼）會同我們的實體的交往成反比呢！你瞧，上次我在到鳳山之前，在我腦子裡所建的計劃是何其精彩，而一旦見了面呢？該死的艾蘿！我除去不知所以然的笑的抽動外，什麼都不能做了呢！哦，真的，也許我們不該用筆談得太親密，我怕我會像對我曾向你自我誇吹的「粗、野」負不起責任那樣地對實體上的愛情負不了責任（？）哩！

　　我的朋友們都認為我強硬、粗野，不過我永遠不會忘記，和用一種無限憐愛的神情對我說「妳太溫順了！」在有一次對她講出我的一種心事之後。我問她對誰溫順，她却說「對妳自己」我無法忘記說此話時候的她的神情，那幾乎使我悲傷、寂寞得落淚。哦，保羅，你一定像和那樣地看到我性格的某種不常顯示出來的部份了，很少人會看到的，這該是你對我的真誠同體恤的反映，你放心，我一點兒都不曾勉強我自己去順從過你，要勉強說我在依順你的話，那一定是我這時把你看得很大，使我無法超過地強大……哦，不談這麼抽象的。總之，待我們相混熟了，你就會了解你的小艾蘿的脾氣了。

（該帶狗去了，二日禮拜二，黃昏六時十分）

　　我真高興我能給你帶來力，能對你的心靈事業有所幫助；其實你不該向我道謝的，你不是說過「1×1 = 1」嗎？而我，豈不也一樣地從你那兒抽來大量的力？讓我們誰都不要感謝誰，你去感謝你的上帝，而我，同樣，為祂賜給了我的大朋友豐盛的靈感，也寄上最誠懇的感恩！！

啊，起初我真不敢正視你的相片呢！要我說是為什麼，我倒說不出理由，我喜歡廿六歲時候照的那張，也許同現在的保羅比較相近，也許懂得世故多了，看起來比較有深遠的感覺，謙虛裡透出堅毅，有一股逼人的氣慨呢！至於小的那張，頭髮梳得高高亮亮的，有點「小白臉」的神氣，不知怎的，我有種不算偏見的偏見：彷彿「小白臉」就是公子哥兒，也就等於不爭氣，又等於淺薄……哦，信口開河地批評人家的相片，等著大朋友的挨罵。

至於賠償，可否通融一下，我的好保羅？我最不愛照相，手頭上有的又是你已有了的，哦，前月廿二日給你的信裡頭是否有三張我同朋友們合照的？那就算是我賠你的吧，如果還不能通融那末——艾蘆做抵押得了，在我能把賠償物交出以前，這樣總可以了吧，好朋友？

ㄅㄚ ㄒㄧ ㄅㄛ 我已經很明決地回覆了羅同學（我們都稱他 67 i）我大致告訴他，沒有愛，人們依然可以做朋友，還有我不準備由於讓他失望甚或暫時感到痛苦而討他原諒，但我願等待他的回信，要他告訴我他是否還願接受我的友誼和精神上的支援……，幾天後，他的信來了，順便寄給你瞧瞧，之後，你得告訴我，你的小艾蘆是不是沒有做錯。明兒談，今天忙得特別晚，我該洗澡去了，我，我不知道我是否該告訴你我接受了你所獻出的……

二日晚 10 時正

真的，我有時也會想得很遠呢！哦，讓我也偷偷地告訴你（不許笑我！）我們（我同蓓蒂及珠）曾談過將來的事，蓓蒂說她願有四個孩子（你一定不要取笑她！）同爸爸媽媽合起來一共六個，剛好 Play-ball，我則想著我也願有四個：二男二女，既可以來個混聲四部，又可以賽球……不過這只是遐想罷了，有時我想得更遠——當我已是

白髮蒼蒼的老太婆的時候，一天我的孫子陪著我逛田野的時候，我碰著了我中學時候的朋友，她也許也帶著她的孫女兒，於是我們的「想當年……」便開始了。很妙呢！這老會讓我記起左拉的《約翰，古爾東的四日》你是否也會有這種感覺？特別是當巴貝的第一個孩子出生的時候，他說的「我深願我們的孩子住在我們可愛的河谷中，他將有一日在杜朗斯河旁邊遇到一個十六歲的巴貝，拿水給他喝……」奇妙的夢啊！讓我們唱修曼的〈少女的夢〉吧！然而告訴我你要挨著小艾蘿的臉龐告訴我的究竟是什麼？因為你將不會有那種勇氣的，你不是說過面對著面，我們將抬不起頭來嗎？然而，為什麼我又能夠比你安祥呢？

　　我希望頂好我能在出走前把單車學會，你不會有那麼大力氣扶我的，有一次補習數學的當兒，我同蓓蒂溜了出來，在操場上練車子，她扶了我兩次，把手泡都扶出來了，那以後我一直沒有練過。啊，當我們到西北的時候，我們是否還用得著它？我倒希望練一練馬（你會騎馬嗎？），有一天，讓我們騎著馬馳騁在那雪原上，那才美妙呢！上次到花蓮的時候，我表哥的朋友在那兒有一所牧場，他們堅持要我去參觀並練一練馬，可是時間關係，把那千載難逢的機會給丟了，真可惜！

　　這幾天，我不時溜到國校去打球，還好，不曾把球技忘得一乾二淨。告訴我，三隊那邊是否有球場？（啊，如果是 Today，她定又要罵我「瞧你，什麼都沒的問，就只惦記著你的網球」了）我的球拍是否要帶去呢？還是讓蓓蒂給我保管好呢？

　　幾天來筆停滯了，趙友培先生說的「體驗時能寫作，在實際生活中往往不能寫作」這似乎應驗在我的身上了。開始寫〈問題女兒造像〉時是我正苦悶於企圖出走而無足夠「力」的當兒，而現在我有了「力」也就是這個出走計劃就將付諸實踐了，反而寫不出東西來了。

　　很奇怪，近些日子，我常陷入一種莫名的空虛狀態；每當拆開保

羅的信，頭一次讀的時候，它會使我激動得流淚或是忘我地笑，然而第二次、第三次讀的時候，心裡空虛了，彷彿成了一面無底的死湖，我會禁不住自問「告訴我，艾蘿！妳在想什麼？做著什麼？」Poul！我一定是神經有些兒問題了！

真的，我這一雙手一定是天下第一笨的手了！它曾經讓我自卑，在練樂器或工藝的時候，你可以想到寫著字的小艾蘿，往往停下來投給它憐憫同哀怨的一瞥，並對它發出一個無聲的歎息。

不打緊的，我不會搶你的戒尺，也不準備哭，但我想我有辦法使你不打你的小艾蘿手心的，我不告訴你我將用什麼對付你，正如你不告訴我你將用什麼方法使我不同你打架。

我有時也常哭呢，是不是前天了？我曾哭過一次，挨了父親的雷霆，同我的藥局生（比我小幾歲的）因為沒把事情弄好，那時我真巴不得埋首在誰個（你猜！）的胸懷裡痛快的哭一場呢！（多麼軟弱的小母親啊！）然而，挨罵時，我並不在罵我的人面前流淚，甯可被罵頑強也不願讓那些人看到我的淚！不過我哭多半是由於受到感動的時候多：比如一部好的電影，好的曲子，好的景色……。

三日禮拜三　　吃午飯去了

告訴我，禮拜上下午九點十分的時候，你在做什麼？我把椅子端到庭院裡陪著傑克乘涼，月色很美，有星星也有蟲聲，你猜我想到什麼？我記起了你曾告訴我的故事——孩提時候，睡在夏夜的草地上，醒來時發現滿天星而生出奇妙的幻想——的，我真希望我剛才也能睡過去，然後醒過來，發現滿天的星星，讓我代替你去重溫童年的美夢！

替你慶幸已闖過了兩次大關，現在該輪到我了（如果那不算迷信

的話），讓我告訴你，我有一位會相手的網球的大前輩，去歲他曾替蓓蒂同我相手，他說蓓蒂能活到八十多歲，輪到我時，他幾乎有點兒吶吶不言的樣子，後來經不住我的要求，他方以「不要放在心上」為條件，告知了我，他說我只能活到卅七，那不是絕望，也許只是一場大病，而如果好生注意的話，便可闖過去。哦，Poul！不要以為好笑，我那時曾偷偷地哭過呢！為一種突如其來的寂寞和傷感；並非為怕死而悲傷，而是想到已活了廿多年，什麼事都不曾做成，而且睡了廿年，我還沒有完全地清醒過來，短短十七年工夫，又能做出什麼呢？哦！Poul！你會不會相信他的話？如果那是真的，那末，讓我們好好兒珍惜我們的時間吧！十七年！對於我們，也許是足夠的時間。

是的，我很喜愛狗同貓，我真高興聽到三隊有狗也有貓，我相信我會很快地同牠們相好上，因為我不曾怕過陌生的狗，也不曾讓陌生的狗表示厭惡過；告訴你，不知怎的，我從不敢像秋姐姐那樣滿口親熱地去親孩子們的面頰，然而，卻經常愛用我自己的面頰去挨我那些小畜牲們毛茸茸的臉龐。我怕傻瓜會拒絕劉媽咪的撫愛呢！上次我到你那兒時，牠很使我失望，並不因為牠不像凱蒂那樣有著美麗的外型，而是對於我的親近，牠竟害怕成那個樣子！

順便告訴你小傢伙們的消息：傑克不用說，美媄現住在我的牀下，除了那條「日耳曼人」，牠是父親頂寵愛的，沾著牠的光，我們幾乎每天都有香蕉吃，有時我忘記牠，倒是父親會問起「美媄吃了沒有？」所以我走後無需為牠有所後慮。至於凱蒂，這個「古埃及的神」曾使我深深地汗顏一次呢！前些日子家裡請客，菜肴（？）擺上桌了，母親教我趕蒼蠅，我偷偷地撿了一塊炸菜（嘴很饞，是不？）當我把它放進口裡的時候，我忽然聽見「咪！」的一聲，低頭一看，這才看到凱蒂歪在桌下，用那淡黃透明的瞳孔，目不轉睛地望著牠那餓鬼媽咪，有著埃及女神那種永恆神祕的光彩。讓家裡的傭人或弟妹瞧著，不會使我那樣地窘、羞愧！我自覺我紅臉了，哦！人類的尊嚴啊，讓

偉大的凱蒂給撕毀了呢！

　　等著同黑子大朋友合演那齣戲，然而他將是「那一種類的病患者」呢？

　　你的信沒有全部燒掉，等些時候我將把它寄至你處的，連同兩冊「勿忘草」及一部份朋友們的信。

　　那末祝福我的 Poul 夜安！美夢與你同在！噢，還有，小艾蘿嚙著淚水，伸出她的雙手，把你拋過來的，深深地藏進她的心扉裡去了。

3 日夜 10 時半

※可曾再給枋姐覆信？

Poul！

　　為什麼要生枋姐的氣呢？也許你太敏感，她沒有讓我們生氣的理由，她說的是事實，雖然有些兒出乎我們的期望，然而她畢竟是同我們坦誠相見的！如果不幸她讓你感到「她已跌倒」那也不是她的過失，誰讓她比我的保羅大上那麼多年紀呢？擔待些，為什麼我們不能把胸襟放大些，我的好朋友？

　　對於你給枋姐的信，我沒有意見，因此今天一大早我便把它付郵了。

　　昨兒我寫信給珠，我告訴她，如果她能為我保密，我願告訴她我已有了心靈的歸宿，坦白些，也就是她的好友已有了人們所謂的「親愛的人」了，（哦，不要笑我！）我所以告訴她是因為她可能在這方面比其他的知友們較能了解我，至少她沒有和那種偏狹的種族觀（她母親是日本人），也不會像玉琴那樣苟且地做個「好女兒」……噦，當我告訴她的時候，我似有一種「變成偉大」的驕傲之感哩！

　　昨兒晚上，爸媽看電影去了，我乃同小弟弟及燒飯的，把單車拉到我家同鐵軌間的平坦的馬路上練習，也許我生性愛動，一坐上車子，我就直覺地感到車子比風琴容易學，我真希望我能在出走前把它練會。昨兒的戰績是左腿上紫起了兩小塊，並非由於神經遲鈍而摔倒，而是因為我同扶我的他們都是愛笑的，笑著，笑著，才把車子摔下去的，對了，有一個小插曲，當我們練得很起勁兒的時候，有位戰士打那兒過（朦朧的月光下，沒看清究竟是什麼樣的人），他看到我們東歪西倒地擁著一架車子，他說道「不會騎車，真辛苦噦，讓我來幫一幫你忙好嗎？」半打趣的語調虧他碰到的不是珠，否則他就要下不了台了。

　　附寄兩首樂譜，都是我喜愛的，尤其是我用抄的那首，可曾看過〈翠堤春曉〉、〈藍色多腦河〉作者的傳記片？裡面有這支歌，美極了，你一定把它練會，當你把詞兒也練會了以後，你可以到田野裡去唱，而詩意的詞兒伴著優美的旋律從你口中流出時，你將會記起五月

393

清晨的左拉同妮儂，試一試，我最愛帶著無限的遐想唱它，有時我會錯覺自己在唱一齣歌劇呢！好朋友，你會高興它的。哦，願有那麼一天，我們帶著一頭蒼髮坐在薄暮的小溪旁，回憶，且相對著唱它！！

八月五日　十三點五分

親愛的浪：

「有淚不向汝曹彈」我正需要你這樣倔強的好伴侶！我推崇一切高貴的淚，但憎惡向那些壓迫我們辱弄我們的強暴者輕意流淚！我的伴侶，有你的！你知道，我要你做女中丈夫，不要做閨中的美女！我常想，什麼時候我們推選一個粗壯黝黑雙手帶著硬繭的勞働姊妹作為「中國小姐」，那才是我們要盼望的！要努力的！那才是從母權社會崩潰之後數千年來婦女問題的總解決！

可是我的好妹妹，為什麼對于　基督真理的信仰你顯得那樣遲緩猶豫，反而急急忙忙地輕信詭詐愚昧的星相占卜？我不完全反對相術，但你一定要接受保羅的正確看法。我們很可以把相術作為一種哲學、一種推理的演繹。一個人由于性格、教養、知識、遺傳、生長環境以及先天胎教（我以為母親受孕期的刺激反應對于一個人的影響最含決定性）等等因素必然籌成一種應得的外型；這是歸納式的。反之，從一個人的外型去探究其性格、教養、知識、遺傳、遭際（過去的）、生長環境以及先天胎教，這乃是演繹式的，也即我所相信的相術。至于由外型而推斷未知，世界上除掉「堅強的信心」，沒有可以完成人類共有的苦悶盼望而能預卜未來的。（以信心達成預知，這個可貴的但却很少為人們明瞭接受的道理，容我們到了一起再跟你談。）事實上，追究相術的思想與方法的基礎，也正是運用演繹，從未滿十五歲不能上相的限制，我們就可以窺見十五歲之前是一個什麼時期，那是一個可塑而未定型的時期，也就是說，那些為一個人造型的諸項因素尚未使之成為定型，由是無以施用相術。這樣，我們乃可相信相術基本的精神原是由果求因，而非由因求果。若因果倒置，妄論某種外型必有某種未來，則既違反相術原則，而且其不可靠性亦顯而易見。你是愛分析的，你却不分青紅皂白地驟信這些荒誕之談，實在該打一百下手心！先記賬！（接五號信）

八月六日周末十二時正

對于軀體死亡的威脅，我主張（又是我主張，不嫌我太主觀？）隨時都要感覺；那並非不祥，相反地，它會使你活得更好，有一句俗語：「今夜脫掉鞋和襪，不知明天穿不穿。」當你感覺「明天我將逝去」，你就不能不珍惜今天，不能不為俯仰無愧以完白的靈魂朝見天父而作最後的努力。我親愛的浪，我們實在應該時時維持下一個時辰便要逝去的感覺，不如此不足以使我們加緊地珍惜時間，加強的愛，加緊地工作，加緊地追求靈魂的進修！小艾蘿，我不准你再迷信地記念著「三十七歲」，我要你不要忘掉今天是我們軀體存活的最後一天！答應我：「小艾蘿一定聽保羅的話！」如果一個人得到確證可以活上百歲，那這個人定在一種「我還有數不盡的日子，忙什麼？」的安全和滿足的意識中慷慨揮霍著生命，一如富家子弟等把富有的財產揮霍淨盡了，才明白他不曾好生地花過一文錢。

跟你一樣，我從不敢像秋姐姐一般人那樣，滿口親熱的去抱著孩子親呀吻呀的，勉強地找尋理由，也只能說自己一直地感覺自己還是一個孩子，拿不出成人的那股熱烘勁兒。我的小愛人，我真想不出我將怎樣做爸爸。要二男二女嗎？小母親？我却希望最好婚後能有三年不要有小寶寶，能有三年的時間留給我們受用純夫婦的生活，那總是好的，我想你也不致急于要做母親，不是麼？可是多麼可笑，現在就談這些個！而且那也不會盡如我們的盼望。不過我有一個最低的願望，至少要有一個女兒，因為我有很多的教育理想要實現，我要一個不用關在家裡而絕對予以信任的女兒。

周末十八時半

嗷，我親愛的人，保羅何幸！思念起你的恩寵，我幾乎以為此身已入仙地，恍若不在人間！我將盡我所有，一切交付給你！保羅是你的人了！讓我們不必再恐懼于個人的苦樂得失，我們將從此相依為命，不用再躲在私自設置的可怕的幻境之中，（包利華夫人和霍夫曼）我們既經 上帝撮合，化為一體， 上帝的旨意自然不為的是滿足你我的私情願望，那將是兩隻繩索的合併， 祂將給我們更重的拖曳，而我們倆亦更有了加倍的力，加倍的信念。記住，加倍的恩賜，也必然是加倍的責任！從今後，你的苦痛，就是我的苦痛，啊，我為什麼要用戒尺打你，我將用手打你的手心，那樣，疼痛便可以平分在倆人的身上了。

我愛思念我和你的奇妙的愛情，請讀第一次見了你，我所寫的日記：（四三．二．九）「與劉玉蘭再晤，並晤劉惠美。我可恥的意識到這妮子將會使我發狂！」但我須鄭重地聲明，那並不是一見傾心，而是在你的體態儀容上發現一種說不出的美的氣質，如果說那時我便愛上了你，那却是一種對于一件藝術品的愛，一首好歌、一幅好畫、一部好的戲劇……只想有機會能多挨近你，沒想要你屬于我，然而就是那樣，在暮色蒼茫的月台上揮手告別的當兒，我已深深地感受到寂寞的悽楚了。坐在北上的列車上，耳畔只管繚繞著那最勇敢最熱烈的喚聲：「四月見！」那是你的呼喚。那天的第二日我即南下，十時左右車抵新竹，我曾跳下車，在一場陣雨過後滿是水跡的月台上，我尋找昨天黃昏的足跡，依稀聽見「四月見！」的呼聲。哦，你知道，那時我真不敢想你，那是罪惡，至少我必須忠于蓓蒂。可是你也可以想像出，這「忠」曾給我以近似觖望的愁悵。畢竟我們又在比預期遲上一個月的五月相見了。可是這次的遇會，益增我的愧疚，啊，你知道我為什麼在軍人之友社那與你們僅隔百碼的地方打電話給你？我有太多的話要同你談，我不能空懷著那種說不出的憂傷離開你。可是當你繼日語而後的一聲：「你是哪個？」使我的勇氣頓然消失淨盡，我

什麼都說不出，于是我竟把你當作使喚的丫環一樣，要你找蓓蒂跟我通話，我所得的是滿心的疚痛！羞愧！你若不健忘，你仍該懷疑何以我指明要你來接話，却又要你轉告蓓蒂要她接話，何以不直接給她打電話。也許你那時已很懷疑我的神經是否健康！或者恨我這樣地支使你。但你決不會想到我真正的心意。那次從台南歸來，我沉默好幾天，讓誰也不知道的痛苦在我的內心醫咬著我，直至我與你通信的開始，我才感覺到欣慰，因為我可以有機會補贖我對你的抱愧了。但雖然我喜悅地發覺你的天才，你更美的心靈，然而截至我們第三次見面，對你我仍然沒有也不敢作超乎友誼的念頭。可是北投的短短遇會，你使我那埋藏久久不自覺察的愛情的種子突然抽出茁壯的萌芽。你給我的只是一個最單純的觸動，我永不能忘懷那個美妙的側面曲線：你昂起臉，理一下頭髮，一個為時極短的偶一凝神，像是忽然想起什麼，豐滿的胸脯高高地聳起來，隨即由你紅嫩的掛著一絲不易察出的輕嘲的笑意的嘴唇舒出一口淡淡的吁歎……不知為什麼，我忽然發出一種強烈的妒恨，我忍受不了那將擁抱你的「那個男人」。隨著這次分手，我乃埋進一種偏狹的痛苦當中，那個單純的觸動牢牢的釘在我的心版上，一經想到將有一個男子面對著你那個美妙的側面曲線，享有你的一切，我的內心便延燒起炙人的火焰，煎熬、炙燒、灼痛……我明白，我已經不可免地愛上了你。

南京鄧府巷劉家，劉玉蘭的同父異母姐姐劉玉瑛（坐者），與六姐朱秀娟。

可是你很壞，你一直地掩蔽你自己，我稍稍向你挨近一點，你便躲開了。我的小艾蘿，我必須承認，愛情離不開情慾。可是比情慾更重要更主要的，還是我們雙方都不易被人喜愛的全部生活意識。在我曾交往較深的幾個女人之間，除掉鳳子的姐姐玉瑛姐，是我的「生活」知己，就只有你

了。我早有自知之明，能滿足我之生活意識的，也就是說，能愛上我這個人的，實在是一種「絕望的少」。于是在我自棄的消沉之中，你，出現了，你懂得我，我懂得你！如果為著滿足情慾，除掉世上的異性絕跡了，我們豈不人盡可妻，人盡可夫！但是愛情有愛情的執拗，愛情是　上帝的最玄妙精巧的傑作，畢竟我們在廿四億的人類中經過太多的時空會遇了，這是艱難的尋找，可遇而不可求！親愛的，我怎能容「你仍是你，我仍是我」！然而在你尚未向我展露心扉之前，我却幾乎準備讓那個偉大的痛苦給我毀掉了！哦，我真要無情地否定了我曾獻給那三個女孩子的情感，因為從你的身上，我方始得到真實深厚一無缺憾的愛情。

　　但是當你回念起當初我們第一次會晤的那個光景，是否也會像我一樣地感到情感變動的玄奧？啊，那個說「朱先生今天給我們帶來了熱！」那個口試我的小妮子，竟是我的小情人！小妻子！當初我們想得到嗎？

周末之夜廿三時半

　　但願我的好妹妹永不勉強地順從我；其實這順從也是要不得的，我總覺得這其中夾褸著多多少少的委曲。讓你委曲了，那是我忍受不了的。自然、溫柔應屬女性，那會給一個女孩子憑添無限的嫵媚，然而我須要求你，私底下，我們盡可相互溫存體貼，捧出你所有的嫵媚的美，這是私情；但在廣大的生活面上，你要拿出你的丈夫氣慨，向一切與我們倆挑戰的生活抗鬥，那時我將不准你溫柔，你是明白這個的。

　　好罷，從今後我將不再輕言感謝，我們永遠維持 $1 \times 1 = 1$ 的關係，以精髓中抽煉的愛作為感謝！把我們的感恩統統奉獻給　主。

別那麼信任我的照片，它總是替我誇張的。你知道我是一個醜陋不堪的男子，我恨我蒼白的膚色和瘦小的軀殼，恨我的父親何以那樣吝嗇地不把他那份粗獷的造型傳給他的兒子們。我和你一樣地憎惡小白臉型的男人，但若以年齡而言，你則較我進步得早，當我接近廿歲的時候，我幾乎還是油頭粉面地修飾自己，並且可恥地相信自己將是一個很能迷住女人的「美男子」，那時打開收音機，多半是尋找黃色的流行歌收聽。真的，如羅曼羅蘭所說：「人若想成長，必須將隔夜的美肴統統嘔吐乾淨。」人若不能否定昨天，則今天將是抄襲昨天，永遠沒有創造。你須寬恕保羅心靈發育的太遲。不過，男孩子總是落後一步的，女孩子的心靈和生理一樣地比男孩子發育得早，成熟得早，廿歲的女子做母親不算太早，可是廿歲的男子做了爸爸則似乎很不像話，不是嗎？

你對羅仕土的答覆很對，讓我們不要忘掉他。不過他好像已經打不起如我們所期望的青年人之間應有的開明熱情了，這也難怪，我們自然不能忘掉他的痛苦。我說你該對他的痛苦負責，其實我推卸不了那麼乾淨，我自也有一番內疚；你知道，我只能付出一種愛莫能助的同情，誰能把自己入骨的愛情出讓呢？也許當我與鳳子苦別的時候，我曾自感偉大，把兒女私情化為祖國的愛，可是別說得那麼堂皇罷！在你的身上，我已經自私得夠瞧的了！你明白的。

讓我攜帶著你的照片上教堂去；這已不是首次了。我喜愛你同和琴兩位姊妹游泳池畔的合照，因為只有這一張能十足地代表我的艾蘼，熱帶女郎的典型，敢作敢為的新女性。告訴你，那張半裸的同蓓蒂合照的你，給了我太多的誘惑，我遏止不住自己想到你將使我銷魂的玉體，啊，我一定要挨罵了！

（做禮拜去了，九時廿分）

不要老是惦記著我將挨著你的臉龐告訴你的究竟是什麼，我決非存心賣關子拿勁兒，那不是一個秘密，但不該同女孩子談那些個，等你做了新娘之後，再告訴你才是時候，忘掉它，艾蘼，你若硬要我這時候告訴你，我的臉會發燒的。

真的，太辛苦了，何苦急于要把單車學會！！瞧你，又為著我的一個小小的願望在努力！你不准為我吃苦，來了之後，自然有機會學習，也自然有人為你扶車子。至于騎馬，很慚愧，差勁的很，鄉居的那兩年，每至冬天總是到郊外去攔人家「放青」（牧放）的馬或者驢子騎，那是很難騎的，彎頭鞍子什麼也沒有，跳上去，只有緊抓著騌毛隨牠跑，也沒辦法控制，而結果總是給摔下來，始終學不好，最後一次胳臂被踏了，幾天都抬不起來，從那以後就不敢再練。雖然抗戰期間行動多半靠著驢馬，然而騎那些老實的牲口，已沒意思了。我的大哥二哥，騎術都很不錯，只有我是落伍的。回大陸之後，只要到北方去，到處都是牧場，只要不怕摔，練騎的機會總多的是。

三隊只有籃球場，打網球只有到公園去，（騎單車只要十分鐘）不過雖是水泥場，却除掉兩隻木椿，什麼設備也沒有。我們學校的網球場雖然設備齊全，却是土場，打軟式不適宜，不過我同陳碧波總是在這兒打的。對了，我一直沒同你談這事，並非沒想到，而是臨寫信時總是忽略了。我和碧波大哥自然遠非你這位網后的對手，將來還要拜你為師呢！最近因為正逢雨季，很久沒打網球，只是打打羽毛球和圈網球（Tenikoit），後者是美國水手在軍艦上打的玩藝兒，場地球規都跟羽毛球差不多，而且很平民化，很值得提倡。你來了之後，我總要為你的運動熱想辦法的。球拍不要帶來，我這兒有一對雖然很壞但還可用的球拍，你的球拍將來再說吧。

如果真的寫不下去，〈問題女兒造像〉就不必勉強。

我得罵你粗心，你問我：「禮拜上下午九點十分你在做什麼？」

我真沒辦法答覆你！

今天黑子來玩了一下午，真不巧，又因故不去台中，但我預定月之下旬和他一道去銅鑼一趟。也許我不到你家去，而請秋姐姐約你到她家去談談，那是否適宜？因為我怕到你那兒去，萬一露出了馬腳不是很糟麼？雖然我極想看一看那生長我的愛人的好地方。

啊，饞嘴的小媽咪！偷炸菜吃！看我不告訴你媽媽才怪呢！但我想你所說的炸菜可能不是我愛吃的既辣且酸且脆的四川炸菜。嗳，我的艾蕪，我這一手的山東菜真不知你吃得來吃不來呢！我每頓飯都要吃辣椒。（南京話所謂辣子，賈母為黛玉介紹鳳姐時，便說她是鳳辣子。）

〈當我們還是年青的那天〉，是我廿一歲（大概）時學會的，我很愛，但你若不把它抄贈給我，詞我是記不得的了。〈流水的時光〉我常愛哼頭兩句，但不知是什麼，啊，我可以把它唱完全了，如果我不該再言感謝，我則該說我愛你了，因為我們將以愛代替感謝。

告訴那較能了解你的知友吧！（珠是否叫做曾耀珠？）我曾說過，人們有將快樂分給知友的需要的，但若要她明瞭我們倆的事，那也許不是三言兩語可以談得清楚的呢！今天陳群來，要你的信看，我聲明「現在是情書了！」告訴我，艾蕪，我是否應該這麼做？因為我必須維護你少女的尊嚴。

《洪水》已完成廿分鐘，（預計全部三幕共演兩小時）很順利。寬恕保羅，如果來得及，我想以《洪水》競選今年的劇本獎。

我有點疲倦了，我親愛的小情人，讓我們的靈魂緊緊的擁抱著躺進甜美的夢鄉！吻你一百遍！

祝福！

　　　　　　　　　　　　　　　八月七日廿三時五十五分
　　　　　　　　　　　　　　　你的保羅

今日（八月八日）爸爸節，我獻上兒子的孝心給你的父親，雖然他老人家不知這份情。

Poul！

「小艾蘼一定聽保羅的話！」就讓我別再惦記「卅七歲」吧。我將告訴我自己「今天是我們軀體存活的最後一天！」事實上我常想到死亡。尤其是半夜裡醒來，發覺有飛機馬達聲的子夜。很怪，皓月當天的子夜裡，那低沉的吼聲，常給我帶來無告的哀愁和悵惘——那會令人悲傷得落淚的。而自從大朋友有意無意地向小朋友表示心意的那時起，這情形更多了，每次伴著那種哀愁，我會心酸地記起這兩句詩來——可憐無定河邊骨，猶是春閨夢裡人——。

真的，我也常感到愛情的奇妙；可是我却無法告訴我的大朋友（除去這麼說外，為什麼其他的稱呼會讓我感到彆扭？）小朋友什麼時候開始才明白自己的心事。哦，你沒有資格說我壞，因為並非我在躲避你，而是我們在互相捉著迷藏。讓我告訴你，新新戲院的首次會晤，你使我肅然起敬，接著我想著我很可以同你做上一對很好的朋友的，然而在我們能成為好朋友以前，我必須為你們——我的大朋友同我的伙伴——安排上一個輕鬆而自在的會晤，由是我有時故意為你們製造單獨相處的時間以及頻頻地向你發問以致惹你不耐煩地想到像要打發一個頑皮孩子似地應付我。哦，告訴你，你一定想不到你那時對蓓蒂的熱中樣兒（哦，不要見怪，也不要紅臉！），幾乎可以說是忘記了我同梅英（那位跟我們同行的）的存在；因此我畏縮了，為的是我的自尊心——我不願讓對我絲毫不關心的人，感到我在惹他的注意或以為我對他感興趣。不過當我們臨別走向車站的時候，我確有一種類似悵惘的輕悒，那可能是讓我有力地喊出「四月見！」的原動力。

再說五月，你可曾記得我們坐在球場北面的山坡上談天（其實什麼都沒的談）時（編按），我一會兒又拋開你們跑去替人家喝采，一會兒又跑去做別的事的？那就是自尊心的作祟。而當你打電話給我的時候，哦，讓我別再扯謊，我彷彿有一種祕密（但，很微弱）的期待，可是你畢竟叫我喊了蓓蒂，我沒有恨你使喚我，只覺得奇怪，怎麼不

直接叫她來接，然而我又自找理由地想到也許你有什麼顧忌，不方便叫她……。啊，如果，在打電話的時候，我沒使你消失勇氣的話，也許我們就沒有你所謂的「白費了太多的時光」了，是不？

至於你說你稍一接近我，我便閃開，那不再因為自尊，而是首先我必須明白友情同愛情，其次，我怕讓你用了情，而我又無法（沒有力量）成全你的時候，我給你的痛苦將是大得不堪設想的，哦，讀了你那兩封簡短的信後，我苦死了，我拿不定自己，我怕我是否能永遠不變，我怕我是否能使你不幻滅，更重要的，我是否能排除一切顧忌和親情的力量……我幾乎想求枋姐幫我解釋這些個（啊，如果我這麼做了，你是否會恨我？）

好了，我們無需再為這些煩心了，我們的迷藏捉完了，上帝讓你捉著了我，也使我服了輸，讓我們在以後的日子，來補嘗白費了的時間，好嗎？

祝福你夜安！　九月（禮拜二）廿二時半

下午來了蓓蒂同 Today，為的是八月廿一日將在新竹舉行的同學會的事。蓓蒂帶給我兩個球和一冊小歌本，我很高興地發現那首印地安情歌，那在《鳳凰于飛》（Rose Marie）一片裡，曾使我感動得落淚的曲子，這支歌有個美麗的故事，讓我們坐在草地上恭送落日時我再告訴你吧。很奇怪，每次同蓓蒂會晤，有一種奇妙的心緒，似乎我們都互相期待著對方會談起大朋友，而每次談到你，總像有著太多要談的，但所講的卻又不是我們的心裡話。

哦，我無需賠你相片了，也可以把小艾蘿從你那兒贖（？）回了，因為我已找著了你的相片，它確是在蓓蒂那兒，待在她那兒那麼久，我怕小母親要認不出來了哩！明天它將回到我的懷裡，讓我明兒晚上

為它唱小夜曲同搖籃歌。啊，你沒法兒說我賴了，是不？

多麼彆扭！你竟也像人們那樣，在小朋友跟前說你是個醜陋不堪的男子！不過我會原諒你的，因為我也曾在你跟前說過類似的話。答應我！不要再說此類話，不管別人對你的外形作何感，然而，你的小愛人愛你，這就夠了，是不是？她愛你的外形，如同愛你的心靈一樣！

然而，不要太使我臉紅，你知道，有時我必須用兩個手巴掌掩住面龐，從指縫間才敢讀你的信呢！啊，不罵你，但我要警告你，有一天，當我們下次相見的時候，我們將會羞得抬不起頭，以致把寶貴的時間讓沉默──那種幾乎令人窒息的沉默──給把持過去，哦，那才是最得當的懲罰，你怕不怕？

告訴我，你之要到銅鑼，是否為的是申請結婚事？我現在倒不希望急急地申請結婚了，第一，我出走後的生活有了著落，第二，這最後的武器對於父視會不會是過於殘酷的打擊？哦，如果成年了，在法律上父親無權逼我回家的話，我倒願不要太傷了他。如果沒什麼其他的要事，只由於我的事，那我要說，不要費那麼大的力，從老遠的鳳山跑來（雖然我是多麼渴盼我們能有一次暢談的機會！）同時，你來了，也未必能有機會同小朋友聚談（秋姐姐家不行，那會使她母親焦壞了的），甚至看到我，因為，也許那天剛剛父親要我去山上或是另有什麼意外。除了秋姐姐家外，似乎下午一點多到二點多有一個鐘頭的時候可以在國校相會（乘父親午睡時，不過如那天剛巧家裡唯一的小司藥上山時此路又不通了，因為我必須看屋子），而這必須要我那讀國防醫學院，同 Poul 一樣穿二尺半的二哥相助以避免閒話。不過我沒同秋姐姐商量就是了。再考慮一下，根據我的意見，如不是另有要事的話，不要僅為見我或我的生長地而跋涉，將來你總會有機會看到它的。

願主賜我們美夢！　　十日夜十時差二分

你怎麼曉得「珠」就是「曾耀珠」？是否我曾同你談過？她的回信來了，讓你瞧瞧，其實同她談你的事還是好幾個月前的事了，這次我並沒指明「他」是誰，她竟猜出來了，且那口氣又是如何地堅定！在前次給她的信裡，我說過「放心，他不會完全把好友從妳手上奪去的」也就是說大朋友不致于完全把她從我心上攆出去。同她談這個，為的是她曾對我說，她恨男人的自私，他們會把女人的友情拆毀，有一次，她小叔要她介紹她的一位女友，珠咬定牙不肯，她說介紹別人尚可，那位女的，卻不行，因為她是珠的好友，她怕叔叔會把女友從她手裡奪了去。其實她這想法也是不輸于男人的自私的，不是嗎？不過，現在可能不再會這樣了。

哦，我真高興，她要我代她向你問好呢！你會同我一樣高興的，你又會因為發現一股年輕人的熱情而感「力」的增強了，讓她以後成為我們共有的友人！

昨兒，幾乎讓和的一封信給壞了事，郵差把寫到秋姐姐那兒的送到我家來了，讓父親收著。明信片，用半文言的（武士用的口氣，我同和老愛用這種語言在信上相談）日語，寫的是要我到竹東去。也許父親沒看清楚收信地址，也許他前兒同母親賭氣，他倒沒暴跳起來罵我，他只是用「算——了罷」那種口氣說「艾——蘼、哪個寫的？把妳們的人格都寫低了」可是，我倒一點也沒感到它會降低我同我的友人的人格。奇怪的是，當我從他手裡把它接過來時，我一點也不害怕，我平靜得讓自己也感到奇怪哩！

　　　　　　帶狗去了，十一日清晨，六時十分　早安！

早晨收到一位小弟弟（球友）的信，他曾告訴我他將在八月裡到銅鑼玩，我寫信要他別來，他竟說，他了解我的處境，還說什麼「父親就是（簡直可以說）『權威』的代名詞」呢，說得多麼可愛而天真！他剛去參加台大的入學考，但願他考上，讓我們祝福他。

　　是的，不能再讓黑子讀我的信了，哦，他是否常常像表嫂那樣，因為我的事而討你的便宜吃？

　　我簡直能想像出我們一起上教堂，一起合唱的景況呢！哦，當你唱著聖詩時，你可曾感到從你的胸袋裡傳出第二部的聲音來著？可是你總得告訴我教堂裡常唱些什麼歌，我想我多半知道的，因為從蕘莉同珠那裏，我學了不算少的讚美歌。

　　奇怪，你老擔心著會使我委曲，或對你牽就，我已告訴過你我不曾勉強我自己去順從你，不管我的性格如何，將來我們有的是共處的時間，你就會知道的。

　　瞧，又在向我討原諒！把《洪水》拿去參加競賽，我想那是好的，這可以在你另一個新的開始（對從事於戲劇寫作的）給你一個鼓勵，也就是說，對於大朋友，可以說是一種新的嘗試。讓我為你祝福，並期待成功！！

　　你既喜愛我那張同琴、和池畔的合照，那就讓它留著吧，可是必須把我同蓓蒂在河裡照的那張代替它寄還我！懂嗎？我的「羅婷」？

　　〈問題女兒造像〉收著了吧？那是想像，但願我父親對我的出走也能像羅大夫最後的領悟那樣。

　　目前想把〈草莓之歌〉（其實題目尚未鐵定這個）續完。

　　那末，下次談！

你的小艾薐　　八月十一日十三時正

・編按：第二次見面・民國四十三年五月七日於台南球賽。

我的生命之浪：

我真不知上次給你的信是怎樣寫完了結尾的，那對我，是多年來僅有的一次；握著筆，一勁兒的瞌睡，可是一想到一定要在第二天清晨把信發出去，我便不得不打起精神，硬撐著寫下去。雖然還有許多的衷情欲訴（其實永訴不完的），卻只能一切從簡，然後睡到床上去，心裡的痛苦近似四月的揮別後的那種光景，但這痛苦並未來得及完全一點，人已呼呼大夢，直至翌晨七時許始醒。啊，蘼蘼，你不知道，信發之後的四五天之內，我始終心緒不得寧靜，彷彿避著我的小愛人，我做下了極其虧負你的事，我知道你會發現我的草率並因之不快的！偏巧，今天你的信又未及時到達，（平時總是禮拜五十一時前後，今天卻在十七時）我分外地惶亂了。不過你也許又會像母親一樣地關心起你的大孩子是否由于睡眠過份不足所致。不，從上月月半，我們已開始下午三時上班，午睡足足兩小時，加上夜間的至不濟也有五六小時的睡眠，這要是再怨不足，真是說不過去了。

《洪水》第一幕已于十日完成，刻在進行第二幕的分場工作。一切順利。不過以後大約只能晚間寫一點，因為截至國慶日之前，我須在白天繪製《對日抗戰》一書的全部插圖五十八張，一天畫一張是很輕鬆的，而且是小圖，不是大的畫幅那麼費勁。我原不想接受這一部份「非份內」的工作，想能在九月半以前，另外完成一篇小說去爭《祖國周刊》的金像獎，可是經不住他們的說好說歹，而且他們先以為我嫌錢太少，逐次地加至一千七百元，我怕他們真以為我有意提高身價，只好答應了。至于是否還有時間趕寫應徵金像獎的小說，且看情形再說罷，反正大致的結構已經決定了。但不要又想到我的辛苦，人總是要工作的，而且我現在已懂得我應為你珍攝自己，另外還有好心的老裴，時時逼我吃這吃那，為我張羅一切，時時照顧我的生活，這你都可以放心，一切我都將本著對得住你去做。過去我總都覺得身邊的一切都不是重要的，可是有了你，我便對于自己感到有一種說不

出的責任。但別以為是你讓我愛起自私來了，你會相信我的自私的最終可達的程度，將不致可鄙，因為有　上帝為我們做中保。

　　啊，小艾蘼，我簡直忘不了當你接到我上次的信的那天中午，怎麼你的形象忽然在我的腦際那麼逼真逼近了？從來沒有的。我想你會跟我一樣的，當我們會遇時，我們所面對著的自己心愛的人不是十分確實而生動的麼？總想著盡量瞧個足、聽個足，好生留下這份形容挨至分手後有一個一如實體那樣的鮮明回憶。然而這個努力是徒然的！人們也許很會以自己的記憶力之強為自豪，然而多麼可憐的記憶力！那不過是概念的記憶罷了，人們也曾私心地感到這種可憐，也曾努力尋求補救，可是相片有什麼用呢？即使是出自名家手筆的畫像又怎麼樣？無法在記憶中除去概念還能填補上實體的什麼。真的，愛我的小艾蘼，然而一經分手，那只成為一個概念了，只形成愛你所留給我的概念了，可是前天中午，（午睡前原是時常想念你）忽然你那樣鮮明地闖進我的腦際：新新戲院門前，（告訴你，那次首次會遇，我曾保持最深的記憶一如我保存那天的戲票票根一樣）在鐵路旁小飯店裡，在北投公園以及在那家山東小飯館裡，以及去高雄的車廂裡……一連串一連串地湧上來，啊，多逼真啊！要不是很快地又消逝成「概念」，我真願放棄午睡了，因為那等于我和你實實在在地重聚了！多美妙！我真願這情形在你未至我的身邊之前，多降臨幾次，以解我的飢渴的思念！　　　　　　　　　　　　　　　　　　十二日禮拜五廿三時卅分

　　啊！我自然會用思念去描繪你現在甜睡的那份神態！

　　　　　　　　　　　　　　　　　　　　　廿三時卅五分　睡前

　　聽從你的吩咐，把你與蓓蒂的合照寄還。我怎麼不懂得你的用心呢？我懂得的！可敬的姑娘，我懂得這是為我好。然而不要怕保羅會

將我們愛情中的情慾的部份加重，保羅一如你曾說過的，喜愛且慣于清教徒式的生活，我既不贊同傑克倫敦的「自我表現」（縱慾主義），復又反對苦行僧那樣反人性的壓抑（禁慾主義），我主張中庸的調和——節慾，其實按照相對的人生哲學，一切最好的，也便是適度的節制。不要害怕我，小艾蘿，你信得過保羅的。而我僅有能回報你的聖愛的，乃是一個潔淨如孩子的身體和一顆原是污穢卻蒙　主的洗清而回復完白的靈魂。實在除此而外，我並無更足以回報你之眷愛的東西。親愛的，但我為你而狂，那是你禁我不得的，在永恆的愛情當中，未來的這一段狂熱沒辦法避免，也許對于奧林匹亞她們三人幾乎積壓十多年了未得發揮的狂熱，將一併傾瀉于你，親愛的人，然而你也正要這麼樣大量的狂熱給你，祇有你才經得住我這連續積壓了十多年的愛情的大苦悶，但相信我，一切都將是出自純良的愛情！決不會流于一種反常的情慾！

但你知道，你這張照片之所謂對我別具誘惑，決不光是裸露的問題，因為我並非沒畫過裸體像，主要的是這上面的你彷彿年齡很大（可能是受那條束髮的手絹影響），你能說那不是少婦似的豐潤？因而當我想到你婚後的樣子將是如此的，我便禁止不住一些過早的聯想，甚至是《西廂記》上的那些豔詞。真的，我非亂找藉詞，如果是另一張你同蓓蒂合照的那樣天真無忌地坐在水邊的河石上，即或全裸，也不致使我生出什麼慾念的！

不要太誇大好不好！讀我的信你都要雙手搗著臉龐，那末以後該怎麼辦呢？難道將來你就搗著臉搗上一輩子？將來更熱烈的日子還多著呢！我的小母親，我看過你臉紅的，你臉紅的時候自己倒不覺得，反而不知害羞地一次又一次伸過手去撫摸蓓蒂的臉，那天也許陡然天氣熱暖起來的緣故，可是幹嗎你同蓓蒂的面孔一個式兒地漲紅，而梅英小妹妹卻不？我不敢自作多情地以為那真就是所謂我帶來的熱，但你頻頻撫摸她的臉龐，你就夠壞的了！然而也不要再提起我對她的熱

中樣兒吧，我的小情人，你又讓我對你負疚了，儘管你的賢慧不跟我計較這些個，可是你知道，于我心總是惶愧的，虧得前一天同她偎依終日，却未挨著她一點點的膚髮，不然我真沒臉再跟你求恕。啊，今天是　主的安息日，容我在　上帝的面前告訴你，保羅的唇仍是完整地「貞潔」，除掉吻過我的姐姐，（你一定不會以為那是猥褻的）我沒吻過誰的唇！親愛的小蘼蘼，容我向你獻出我第一個吻給你，當小艾蘼君臨的那天夜裡——那時我將你安排完了，已經很晚，我必須回校，而你一定要送我出來，那末就讓我們在三隊的村外，那漆黑的（我倒不希望有月亮了）荒野上，啊，我的生命，不要拒絕罷，多久遠的相思的苦啊！我們要那天上人間最甜美的、最神祕的（對你和我而言）享受，讓我們交換呼吸、交換心波、交換生命中的熱流和整個的人，我將嚥下你甘美的唾液，吮吸你狡猾的舌尖……哦，我真怕我會窒息了！我的小妃子！小皇后！

　　我不怕我們再見時羞得抬不起頭來，因為既然逃不過這一關，只有勇敢地迎受，反正那窒息的沉默只是片刻！為什麼要說那是「最得當的懲罰」？

　　蓓蒂到你那兒去的那天上午曾給我來信，且給了我一張著童子軍裝的照片，真像十五六歲的小丫頭。我現在真不敢同她談到你，唯恐一提到了你就要露出什麼來，雖然我們沒有理由要向她隱瞞，可是不知為什麼，我總想等我們倆「成了事實」之後再讓她知悉，似乎不那樣的話，我們倆將失去一位好友，我說不出什麼道理來。哦，艾蘼，她沒再跟你要我的信看？她會一點兒也不曉得我們已經相愛了麼？你彷彿也同我一樣，有心想儘量遲一些讓她知道，是不？告訴我，當我們將來舉行婚禮的時候，是否要請她嘉臨？我總覺得那有點兒諷刺意味，雖然她曾要我「當你結婚的時候，不要忘掉蓓蒂，請蓓蒂參加。」

　　是的，我深知我那兩封短箋曾讓你受苦，我的小艾蘼，我已說過，為此我將在未來的日子裡向你補贖，用愛來補贖。

我並不是出自一般人的心理向你述說我的品貌，只為你太用小情人的眼光看我，以致誇大了，我當然要辨正過來。從我厭惡修飾，你總信得過我並不重視品貌，如果說外型也有重要的，那便是儀態，（與品貌是兩回事）然而儀態完全來自內心，一如小說的形式決定于內容一樣。對你，我已說過，我始終保持你所給我的初次印象—— 一位使節夫人的儀容，雍容而平易近人。縱論品貌吧，我將以有你這麼一個美麗的夫人而驕傲于一切的丈夫之前。也許是出于家世偏好的遺傳吧！（不要笑！）我和父親、二叔、兩位兄長一樣，愛你這種多血質的女子。告訴你，上次你來過之後，同事們並不知道你們倆之中哪一個是我所愛的，可是他們却統統以為你是我的，（其實我並未對你親密，不是麼？）而且以此開我的玩笑，說我不愁再來一次胃出血了，有現成的血庫可以輸血了。還有什麼「看你是主張提高女權的，將來……」啊，我不說了，他們總是往那些事情上面扯，連表嫂看了你的像片，都會說出那些「看你將來怎麼吃得消」的一類下流話。然而我愛你的結實的身子，你很像大陸的女孩子，不似你本省的平平胸脯的女人。容我說得太早，你會為我們生育結結實實的第二代的。

　　好一位比喻，捉迷藏！是的，　上帝讓我捉住了你，可是我不太明白「也使我服了輸」的意思，我想不出你原想贏得什麼？

　　至于銅鑼之行，我接受你的好意，重作考慮。不過你說要想在國校會晤，必須要同我一樣穿二尺半的二哥相助以免閒話，那麼二哥會相助嗎？是不是說對外，我是二哥的朋友，以之避人耳目，可是如果是這樣，二哥是否知道我和你之間的事？我相信年青的一代，不過對于自己妹妹的交友，為兄長者是否另有意見？

　　要我告訴你教堂裡唱些什麼詩歌，真叫我一部廿四史，不知從何說起。一冊包括五百餘首的《讚神聖詩》，你讓我怎麼一一跟你說出來呢？好叫人煩神的小鬼！但告訴你，每一首都有齊唱或合唱的簡譜，即使你第一次唱它，都不吃力的。噢，你廿整歲的生辰快到了，

我們總要表示一點意思的，我想買一部聖經或聖詩（後者不一定買得到）送你，告訴我可否寄交蓓蒂轉給你，因為寄掛號總要寫發件人詳細地址和姓名的。

〈問題女兒造像〉已在接到後立即讀完，但不想先同你談它，我忙，是其次，但主要是主題龐大，牽涉的社會和倫理等重要問題頗多，我不敢輕率地驟加評論，等我好好的清理一下我的思維，下次再跟你談好不好！

我想睡午覺了，我的小仙子，請下凡到我的夢裡來，我等你啊！一定要來的！吻你！親你！

八月十四日　禮拜日十四時半

你曾同我談過不少次的珠，你知道，你老是用單字稱呼這些姊妹們，簡直把我攪昏了，我又沒見過這些可敬的姐姐妹妹，而單字兒又總是沒有性格似的易于混淆，由是我不得不設法鬧清楚一些，那是在你的一張曲譜背面你的合唱狂弟兄姊妹們簽名當中找尋來的，不過可憐得很，我也僅只記得三位，而曾耀珠小妹妹（也許我該稱呼小姐姐）的名字似乎更深切一些，也許姓曾的不太多，使我對于姓曾的老是有一個很可笑的敏感：他（她）該是我祖母娘家的人！而且曾氏的家譜永是直系不亂的，（曾、孟、嚴、孔四氏名族的家譜完全一樣）我祖母是廣字輩，再下是昭字輩，再下和我平輩的是憲字輩，不知珠小姐姐家近幾代之中有否這個輩數，果真有了，那不僅她成了我的山東老鄉，而且我不知道我將是她的小輩還是長輩呢，那樣我便不該以姐妹相稱了！有那份閒情逸致的話，不妨考證一下。

也許你會以為我的家族觀念很深，是不是？我承認，因為我們大漢人的民族基礎是在家族之上。我曾同鳳子談過，我們劉朱兩家氏族

的祖先都是中國歷史上最光榮的平民英雄，在歷代的貴族革命當中，僅有的兩次平民革命都讓我們的祖先（漢高祖劉邦和明太祖朱元璋）獨佔了。小劉，我們多該自豪！我們原是革命民族的冑裔呢！讓我們代表兩個豪華的革命世家，拉緊手，不以「平民革命」為滿足，而應以「為平民革命」作我們的今生鵠的！

親愛的，替我致候珠小姐姐。要緊地，轉告她，請相信朱西甯沒有理由整個地佔有小艾蕪。在愛情上，我自然絕對自私地不容許小艾蕪讓誰挨近一些兒，然而我不會把愛情和友情混為一談，如果天地間只剩下了我和你，那我們間的愛情是否還會像今天這樣的真實？也許為著肚子，我們希望除掉你我，還該有個賣大餅的，問題便在這兒，比肚子更重要的還有「友情」呢！羅仕土我尚且寄以極大的友情期待，何況是為我們祝福並贊襄我們愛情前程的珠小姐？我的艾蕪，你更該了解我的「青年信心」！宇宙的推動也許是聖哲事業，可是力量永遠來自年青的一代！至少年青的一代不再那麼偏狹地冥頑，年青的一代有著更快的覺醒與認識，這就夠我們坦誠相處的了！我們要更多的朋友，不是嗎？這是非常可慶喜的，由于我們的結合，我們的好朋友將要平空的驟加一倍！我無法理解有些人何以結了婚反而天地縮小了，他們的好朋友呢？是誰丟棄了誰？我想，主要地是出自猜忌，這不是珠小姐姐年小時所恐懼的「佔有」問題，如果我們把愛情和友情分不清楚，也許我便會唯恐失去了你而盡量把我的朋友拒絕在我們的生活之外，而你同樣地拒絕你的朋友和我交往，這樣的互相猜忌，毫不信任，愛情的本身已不夠真了！所以我主張，只有友誼共有，愛情才得真實，這是我向珠小姐姐提出的最好保證！我的好姑娘，讓我們共有這麼一位可敬愛的好友，獻給她加倍的友情！而且改變好友的不太健康的觀念（當然是客觀造成的）正是我們倆的責任！

今兒晚會是三隊的《終身大事》，我還沒吃飯洗澡呢！夜間再談！現在是周末十八時卅分，從我的窗子望出去，那塊最遠的很像一顆紅

豆的雲彩也許正在你的當空，是否又在你的稻草堆中的寶座上高歌送落日？瞧，我從那朵雲彩之上又丟下了一件東西給你，接著啊！我愛的女郎！

十八時卅四分

　　昨兒表哥的戲很重，看他累的那個樣子，我也沒跟他談太多的《洪水》問題。表嫂沒戲，所以沒來。但我們雖然同年，我為防備她這一招兒（開我們的玩笑），盡量把她當做嫂子一樣地尊重，等把她捧高了，她自然不好意思硬要降低「身份」跟我怎麼樣，這也是為你，至少在你初來的那個階段裡，她會像親嫂嫂那樣，不，像親姐姐那樣地疼愛你、指導你，不會鬧得你受不了。這裡我須先讓你知道，三隊的同志們是不好惹的，至少在我們婚前，我們一定得聯合陣線，用「尊重」大哥大姐的手腕對付他們，讓他們不再好意思開我們的玩笑。上次過五月節，我不是告訴過你我曾參加他們的會餐嚜？那天便有一個演員的未婚妻參加，他們簡直鬧得一塌糊塗，其實那個女孩子的父親還在場呢！他們都無所顧忌。當女孩子剛一到場，大家夥兒便一本正經地合唱起〈Bridal Chorus〉，真像是一回事兒似的，然後一個個敬酒，把那位可憐的姑娘灌得酩酊大醉。哦，艾蘿，提防著這一手，我們倆經不起那麼鬧的。而唯一的提防他們的對策，便是「尊重」。至于我的好朋友們，事實上碧波大哥和黑子二哥都不好意思太鬧你，因為相沿我們的習俗，大伯子不可以同小嬸子鬧，這個關係一如公公之對於媳婦兒。不過往下，野人四弟，後林五弟，繆綸六弟，王毅七弟，以及宜蘭么弟，這些「小叔子」可能對我們不太客氣，瞧他們現在便喊你三嫂了，將來硬是跟你做嫂嫂的（雖然最小的弟弟也比你大上三歲）撒賴，可不是用「尊重」所能解除的，不過別害怕，除掉黑子和

①到④由左而右，上到下分別是四弟「野人」彭野牧。五弟「疤子」張後麟。
六弟「虎子」繆綸。七弟「小毅子」王毅（王仲剛）。

野人，別的幾個都不會過份怎樣。而黑子現在讓我「尊重」得簡直努力要做大伯子了，他已經打算好，等你來了，他將駕車經常來接我們去台南裕貞姐（他的姐姐）那兒，或者四重溪、鵝鑾鼻燈塔、三地門等地去玩，也許到那時，他會非常正經地像一個大哥哥樣兒照顧我們倆。我不知你怕不怕他們跟我們鬧？

很久都不曾探問你的大哥了，可我並沒忘掉他，雖然我和他素昧平生，却由于各方面的原由，我不能不關心他，首先他是你的兄長，愛屋及烏，總是人之常情。再則，他的遭遇使我歎惜和歉疚，後者我說不出道理，但我記得我曾向你說過，也許與我的工作性質有關係。最後，我直覺地認定了他一定是個很青年的青年，青年人激動總比保守可愛。不知怎的，儘管你的家族將會歧視我，我却由衷地愛他們，尤其是你這一代，不管是你的哥哥還是弟弟妹妹，我總是堅信我和他們會相處得很好的，我重視所有我愛的人的家族。

還有，自從「美琪出走」之後，你便沒再報告牠的下落。我之對于美琪特具關心，那一定是因為那是我唯一見過面的你家的一元，從關心牠痛楚的鼻子，到關心牠是否見愛于父親和其他的家人。願有以見告。

《戰地鐘聲》是我讀海明威作品的第一部，從此我便愛上了海氏的「平凡美，平凡偉大」。《亂世孤雛》最動人的地方是爸爸把孩子領出孤兒院散步和買手套的那一段令人傷痛于戰爭慘烈的景象。《儒林外史》還是我很小很小的時候讀過，如今僅記得王冕和馬二先生的模糊的影子，那是一本好書，我真需要再讀它。

守著歌本，我僅能哼一哼〈聽，聽，雲雀〉。中間太多的降音，很費力，不過我愛最後的兩段，那確是如你所謂的，有清晨的新鮮朝露的味道。還有，蓓蒂送我的〈良夜〉，這才我發現上面有你簽的字Eme。當初（四十二年夏）我把這三個字母拚來拚去，拚不出音，更找不出意義，便以為是誰隨便亂畫的。不過你以 Eme 拼為艾藤那是

錯誤的，是不是只能讀作 ěm ？

　　還有你的字，我又要你不痛快了，怎麼老是不見進步！一定你沒有得到要領，因為我不相信你的手指會笨成這個樣子。我已經打算好了，等你來了，安定之後，我要先研究你寫不好字的道理，然後一定要你多少在字上下點兒功夫，字之對于文章一如儀表之對于人，總要有一個不太使人不快的修養。不過我先告訴你，將來你如果不聽從我對你的書法教導，我是要打你手心的，你可不要奪我的戒尺或者哭起來，雖然我並不希望你也能像我一樣的可以寫隸體、魏碑體、柳體和兩種以上的行書，以及仿宋體等圖案字。

禮拜日夜十一時廿分

我的大孩子！

看你急成那個樣兒！你應該知道你這個小母親不致於那麼小氣的。事實上它沒使我不快，它帶給我的是一連串祝福，放心，我很快樂。然而，為什麼叫我不要堅持禮拜四發信，你自己倒又為趕禮拜一發信而急得那樣子呢？

我不知我該怎麼感謝那位好心的老裴！現在我只能向他致最誠的謝意和無言的祝福，哦，讓我有一天，能面對著他，道上我最大的謝意！然而，我的好朋友，他是否也會像曾耀珠一樣地怕有一個人將從他的手裡奪去他的大孩子呢？（很可能他會把你看成一個大孩子的）

真的，上一次我收到你信的時候，我有那麼樣的一種感覺，我們挨得很近了——我一直在想像，我彷彿已經同你挨坐在學校辦公室隔櫥的儀器室那架鋼琴前面，小艾蘿向大朋友伸出她的雙手說：「瞧，我的大朋友，這便是世界上最笨的一雙手！現在，讓我還償，打我的手心！」大朋友反而退縮了，他不忍心，可是小艾蘿不許他賴，終於他用自己的手打她的手心：一次、二次、三次、……然而他作弊了，他沒完成他的任務，卻中途把那雙有著硬繭的手拿到了自己的嘴邊……啊，怎麼想到這裡，我忽又重被帶回你們學校的會客室裡了？我不會忘記的，在那兒我也看到你臉紅（你一定不自覺），你可記得我同蓓蒂坐在椅子上，而你替我倆登記身份證的？你漲紅著臉，似乎很用力地在寫著，然後你寫完了，一面把鋼筆放入口袋，一面招呼我們，哦，你帶著微笑示意我們起身那時的樣子便是初見（新新戲院門口）以來，我所能完全保有的最顯明的形象！可是，畢竟人類的記憶力是可憐的，每次，它都很快地消逝在概念的記憶裏了。你的那封信（十六日收到的）使我明白了一件事，那就是從前我始終不明白為什麼對於日夜想念的人，竟會不能明顯地想出他的形象來。

上次，把覆你的信寄出後，我才同秋姐姐談到你將到銅鑼的事。（我還沒把我們之間的事告訴她，因她尚不夠了解我，我以為），她

說本月廿五、廿六、廿七三天是她的值日，她必須在學校守著，她說也許我們可以在辦公室裡會談，還打算把邱瑞菊姐姐也找來。不過，我想，即使我們能看到，但相談的時間也有限（因我只能在中午時溜出去，除非那天下午父親出外遠診），且你既如此忙碌，又何苦為了一點點時間的相聚，從老遠的南部奔涉到此。忙你的，反正最多也不過幾個月的時間了，而且你總將會有機會看到銅鑼的。

父親在催早睡了，那末祝福你夜安，我親愛的好朋友！

十六日（禮拜二）廿二時五分

很可笑，早晨外婆帶來一位老婦人，她問起我關於蓓蒂的人品、性格等事兒來，你當然想得到她的用意的，這重新使我感到台灣人的自私、自尊之大，你要選人家，人家更要品味你呢！她們簡直把個女孩子當作一件操作或玩賞的東西一樣地評起價來了。不過，我還沒把這件事告訴蓓蒂，你可別打趣她。

怎麼，你老是那麼性急地想到那麼遠呢？還有你的那些頑皮的兄弟們？——三嫂，婚禮，孩子……哦，真的，我有時讀著你的信，會感到自己好像在做夢哩！其實，我們僅只看過四次面是不？多奇妙啊，上帝的傑作！！

這些時，我常想到我剛到你那兒時的情景，從我這兒到你那兒必須坐一整天的火車，如果到那兒已經很晚了？我真怕我會太給人們帶來麻煩！啊，我不準備送你出去，不，也許只送到大門外，因為——你想，如果送你出來了，歸途中我迷了路呢？

剛剛在報上一角讀到國防部演劇三隊到澎湖勞軍的啟事，有一種莫名的親切感和興奮。哦，我真怕你的弟兄們同三隊的同志們跟我們鬧，你知道有時嘴巴並不比一支筆聽話，是不？禮拜天同秋姐姐，還

有小弟弟到板橋去看大哥，那時，對於他同學及太太的打趣，素來刻薄嘴的大哥都無以應付了。你想，小艾蘼會同那些人們相處得很好嗎？說真的，我很怕呢！

哦，不安份的傑克在叫，我得帶牠去了。

十七日（禮拜三）十八時半

上禮拜的周末十八時卅分，我並不在我稻草堆裡的寶座上，而是在山裡高崗上等車子，我居高臨下地望著遠山，無垠的原野，還有滾滾流去的河水同小羊高歌，精彩極了！那天，當你午睡的時候，我便同家裡的伙兒們，總動員地回到老家去幫叔母採花生，很妙呢，那位嘮叨的叔母，再三告訴我「真的，年青人什麼都要學，將來橫豎要捧人家飯碗的，說不定也用得著這一著呢！」哦，Poul！我真要發笑呢，你想我們會有那麼一天嗎，在我們自己的山上種花生，或是大模大樣地蒸起年糕來？

關於我們之間的事，我還沒告訴蓓蒂，哦，我真不知道將怎樣地去告訴她呢！不過，她很可能已猜著幾分了，因為女人的直覺總是很敏感的。

啊，我們總得要蓓蒂參加的，只要我們把我們之間的事告訴了她（不要那麼快）並得到她的諒解後，那就不再會是帶有諷刺意味的了。因為誠懇待人，換來的也將是一片誠懇，何況她也不是心懷太狹小的人。然而，這個時候就談起那些事兒，不是很可笑的嗎？

真奇怪，你的同事們是憑什麼判斷人家的！真的，我們並沒有什麼特別親密的表示，他們怎麼會想到我是你的？他們真要不得，當我同蓓蒂到你那兒時，我並沒感到有人在注意我們（除了碰到北師的同學外）卻在無意中讓你的同事們給當成話柄了，那末，我可憐的孩子

（？），你是怎麼應付他們的？

　　瞎說！我記得我只用手撫摸了兩次蓓蒂的臉，那是因為她告訴我，她的臉似乎很燙，所以我才摸她，至於梅英小妹妹，我本就很少看過她臉紅，也許我同蓓蒂對熱的感應較敏感，只要打一小場球，我們便會紅得如同關雲長一樣，不信，你去問蓓蒂！不過你從鳳山帶來了熱，那是事實，因為你來的前幾天一直下著陰冷的雨，還有風，誰叫天氣偏偏在你來的那天熱起來呢？又誰讓你的小艾蘿偏偏不把鳳山記成一個寒冷的地方呢？哦，我又要挨打了！

　　「黑子讓我尊重得簡直努力要做大伯子了」告訴我，你怎麼尊重他的呢？你的這句話使我感到陳二哥成了一個努力要裝「大人模樣兒」的小鬼了，正如同在我那批小鬼前面，我努力把自己裝得老成一點那樣。啊，我真怕他那樣子會使我發笑呢。

　　廿一號的同餐會我不參加了，雖然我是多麼的想看看她們！父親說沒什麼意思，去了，只是「加麻煩」且家裡又忙。天曉得，要不麻煩，要有空，只有睡到棺材裡面的時候才有！他怕麻煩，他不愛煩擾人家，也討厭別人來煩擾他，一如他從不侵犯別人，也不容別人侵犯他，他是個「潔身自愛」的，可愛的自私主義者呢。然而，不知怎的，對於人們所那麼期待著的同餐會，我也不怎麼想去了，（蓓蒂亦有此感）也許是蟄居了那麼久，也許是想到又要看到我所恨的天然落伍者——校長同訓導主任——之故，有時我真害怕我將由於「不得已的自私」終讓那干可愛的朋友們遺棄了！

　　捉住了就是捉住了，不要問我「原想從你那兒贏得什麼」，人家捉迷藏，讓「做鬼的」捉住了，不就要認輸且輪著他「做鬼」嗎？

　　要你告訴我教堂裡唱些什麼歌，並不為了我要預先練唱，而是每當禮拜天的上午我就可以想到現在保羅正在唱某一支讚美歌，好讓我自己也在心裡頭合唱一下。同時，我總不會相信教堂裡能夠在半個上午之中把那麼多首的歌統統唱完，總有幾支是較常唱的，是不？怕煩

神的小ㄅㄚ ㄅㄚˊ？

為我的生日「表示意思」的機會以後可多著，一首詩，歌曲，一張速寫，一片葉子也是意思，如果你堅持要買東西，那末寄到蓓蒂那兒煩她轉交好了。

奇妙，又一個吻合！我正託秋姐姐（她在上個禮拜天上板橋時，從那兒到台北去了）到台北樂器舖裡為我找《聖詩合唱曲譜》時，你竟又想到它，而我找它，正是想帶去給你做禮物的呢！現在這麼辦好不？誰先買到就誰贈誰？

這幾天很疲憊（沒理由），老是寫不出東西來，正在看日譯的《世界教育名著叢書》寫一個教育家的奮鬥史和經驗，並不引起我多大興趣（很硬），可是想到也許對我們以後要走的路有所指示，我就硬逼著自己讀它。

《老人與海》另一本收到了罷？《文藝書簡》裡面的道理，我有許多不明白的，也許我以後在寫作方面經驗較多了，就會明白。它像英文的文法，而我學英文，總愛文法跟課本相聯，我才能明白，那末讓我以後再讀它。

後林五哥的信我拜讀了，俊草的字，瞧著，很費勁呢。啊，什麼個「準三嫂」！我該怎麼解圍呢！陳大哥以下，我曾拜見過的我倒不很怕，其餘的幾位兄弟真要使我……哦，怎麼說呢？好 Poul！那時候你一定不要閉著嘴，一定要幫我忙的，好不？

枋姐可還有覆信？這幾天。天天等《新生報》讀她的〈譜錯的樂章〉。我沒給她去信，她似乎很忙。

啊，要談的，總是那麼多、那麼多，似乎永遠說不完，

下次談吧，　　　代問各大朋友好！

祝福我親愛的朋友（不是扯淡！）將有甜美的午睡！

八月十八日十二時廿分

四個月前的今天，我同蓓蒂正準備到你那兒呢！好妙啊！

　　　　　　　　你的小母親，小女孩……

我親愛的小媽咪：

你真會討我的便宜！我可以把你當作母親那樣愛的，你卻好意思真地喊大孩子喊得如此的甜！好罷，你儘管喊就是了，等你來了之後，你若不照母親那樣地疼愛我，我才不依你！你先要搞清楚，做母親的對孩子該有些什麼義務責任！

不過，你真像個好母親呢！看你對老裴的那份感激勁兒，就知道你這個小媽咪多麼疼愛你的大孩子！哦，我的好艾蘼，淚湧上來了，我不知怎樣才說得出我心頭的味道，我當怎樣盡心盡性地愛你，才回報得了你所給予我的親情和眷愛！我真恨不得你現在就在我的身邊，讓我抱緊了你（一點也不情慾地），就像我別離了母親六七載重又回到她的慈懷一樣地流一次痛快的淚。為此我更該懂得我應如何為我未來的好妻子愛惜我的身體了。其實誰不知道愛惜自己呢？只是我懶，怕麻煩，譬如夜間工作晚了一些，老裴就催著我點上煤油爐燉兩隻蛋吃，而我總是「好，等一會兒」。等一會他睡覺去，我倒覺得少了一個人來嚕嗦我，寫得更起勁兒了，而結果總是放下工作，一面痴呆地盤算著明天該做些什麼，一面糊糊塗塗地就熄了燈就寢，往往襪子不脫，長褲也忘掉脫去，便「連身（衣）歪著了」。這些時，老裴便不容許我那麼懶了，除掉天天（他天天晚上總是出去泡茶館的）逼著我跟他繳水菓費、雞蛋費……他好出街去買，而外還拚命監督，並且勸我：「你現在不是一個人了，你不能讓那一個白愛了你，人家是把整個的人給了你的，你不好生保養起大量的精力，將來你以什麼愛人家的？」還有，很讓我們紅臉的，他養了幾千隻洋蟲（又名九龍蟲，一種黑色甲蟲，是從清宮裡傳出來的皇帝御用的補品，據說含最強性的男性荷爾蒙）他自己也不服用，硬是要我吃，逼到現在，我也沒吃過一隻，雖然他無法了解我們的結合的重點並不屬乎情慾，可是那份為我們倆處處設想的好心，確是值得我們感謝的。我永遠憎惡藥品，我不知我現在是否該服用它，你當然不好意思表示意見，不過等到將

來婚後，果真我們發現到那是需要的，再服也不遲，是不是？而且我感到，如果我現在就服用它，那對你似乎是一種侮辱，你有否這種感覺？

　　你的信，我把它摺疊起來，留出那一段讓老裴看了。讓你這麼一感激，當然他更（格）外地有心腸來照護我了。這個人不一定會跟我們合的來，生活趣味上他是近乎小丑一類角色的，幽默得很，可以為我們添不少的生趣，我有過這種經驗，我很少會娛樂性地大笑過，但他那一套耍寶往往使我笑得流淚，所以野人曾說：「老裴，你成功了，能使海子這麼大笑，你是第一個人！」他書讀的很少，從十六歲當兵，今年三十三歲，但有一顆不老的童心，對一切的事務很有辦法，我對于這些是無能的，不能不多仰仗他。奇怪，十多年隻身在外，應付太多的不同環境，同繁褥的社會奮鬥，應該對于一般的事務很有辦法了，却不然。這使我發現才與能是兩回事兒，我承認有才氣，我却是無能的。這可說是　上帝的公平，因為　祂不能偏向地獨厚于誰。

　　我們的教堂裡由一個美籍教士司崇德奉獻了一架半新的鋼琴。小朋友，你真不知道我是多麼迷于鋼琴，雖然我只有資格欣賞，壓根不會彈它。我常在夢中發現一架架的鋼琴，那種狂喜的勁兒，不亞于夢見你。然而可悲的夢！總是要不都鎖著打不開，便是拚命地彈也彈不響，這也許正象徵著我的音樂生命——注定的音樂壇外的狂者。我知道你比我更酷愛它，因為你曾在十二月七日第十四封信裡跟我說過：「大朋友，您相信我已愛上了一個人嗎？……」那一段對于鋼琴的描寫，雖然不見得就說明了你對它的了解，但體味之深、迷醉之沉，已見一斑。小艾蘆，我非自我摒棄，我這一生是甭想再搞它了，然而我對你的寄望，至殷至切；我所不得償付的心願，願在你身上實現，那也便等于我的生命已然滿足。如果在你的身上也無以實現，則我仍不絕望，因為我們還有更多的結實的小生命，不是麼，小愛人？然而我總渴望我能以坐在你的身旁為你掀琴譜，一如在球場邊上為你撿球。

可是一定不要對你的小ㄅㄚ ㄅㄚˊ撒謊，告訴我，你在向我述說你對鋼琴所生的熱愛時，是否有意順便地嚇我一下或試探一下？雖然你在下一封信中死定了心不承認。你不知道，那時我正在為「將有一個男人面對著那美妙的曲線享有你的一切」而深深地痛苦著，經你這故作驚人的一段描述，我真的嚇壞了，直到我讀至「他的名字是——鋼琴」才鬆一口氣。鬼丫頭，你能說你不夠壞的！我將來一定要報復，也抓住一個機會嚇你一下，而且要很厲害地嚇你一下。要不，就現在跟你的小ㄅㄚ ㄅㄚˊ求饒。

　　但接著我須向你求饒，《頌主聖歌》想已收到，你一定要怪我為什麼不請蓓蒂轉交。你知道，禮拜五接到你的信之後，我才買到了它，即或臨時就寄去，禮拜六她也未必能接到，因為我不清楚她那兒禮拜六下午是否還辦公，而且也來不及立刻就寄出，只有今天早晨付郵，這益發不能再由蓓蒂轉交了。總之，主要地，我為的是能使它趕上你的生日，不得不寄交秋姐姐。萬一因之生了什麼亂子，你一定要寬恕你的大孩子！

　　能買到《頌主聖歌》，真是　上帝的慈愛恩典，　上帝對你特別寵愛。先我問教堂的一位郭執事有否五線譜聖詩，他說沒有，要到賴教士（一位六十歲的美國老小姐）那兒，請她到台南時順便捎來。禮拜四晚上我去禮拜堂，可是賴教士為歡迎會在忙，便沒去打擾她，昨天中午去找她，誰知她跟前還有一本，但不知放哪兒去了，到樓上找了半天，竟找出來了。然而她說的價錢很高，我的口袋裡沒那麼多的錢，我原沒想到會那麼貴。但多麼奇妙啊！她沒等我掏出錢（當然不足的錢我可以下次帶來）就自動減低一半的價錢。而這一半的價錢正是我口袋裡的錢數，一角不多，一角也不少，多順利而恰到好處啊！她也許怕我對她不信任，特別找出發票給我看，果然是真的那麼貴。小蘋蘋，讓我們感謝　神對你的祝福和寵愛。由是我切願你如我的獻詞，從廿歲成年的一天，你才是生命的真正開始，自今而後，你便是

基督的好女兒！

不，快不要為我費那麼些事買詩本，一般的書局和樂行不會有的。將來我們會有的，因為等我們結婚時，教會的幾位弟兄姊妹會送我們的。

你不要栽誣人，在我們學校的會客室裡，我什麼時候紅過臉來著？我決不承認，我只承認為你們登記時，我的手忽然笨起來了。可是壞丫頭，為什麼那麼死盯著瞧我？以後你也把這種細心用在該細心的事情上，要是用在我的行止上，我可受不了！那將使我有動輒得咎之感了。

別喊野人後林他們什麼四哥五哥的，人家喊你三嫂，你就該喊他們做弟弟，一如我喊你那雖然比我小的姐姐們，知道嗎？我比照你喊她們，你則比照我喊他們。否則，我們又復是「1＋1＝2」了！

《綠洲》社長打電話找我出去會面，咱們夜間再談！

周末　十九時四十分

昨夜回校太晚，洗個澡便已零時了。哦，艾蘩，我真怕我將會是一個太愛指責人的人了，昨天一夕談，我差不多把《綠洲褸誌》批評得體無完膚，我的的結論是「你要是靠《綠洲》來生活，我當然無權干涉，但你如果不想藉此來開展一些文學事業，我勸你立刻關門，別讓《綠洲》來糟蹋文學！」是的，打開他那本褸誌協會的褸誌社名單，一百多家褸誌中文學褸誌五十多種，可是哪一家是對得住文學的？只有一家，但是名單上沒有，那便是還在母胎中的《荒野文學》。而昨日談論的結果，金家璧（社長）竟願出而為《荒野》做發行人，並負責申請登記。由是發行人的問題解決了。不過這頭一關雖是闖過去了，可是其他的問題還多，不等全盤統籌齊備，不可能開工。好在這

是如你所勸告我的「長期奮鬥」，而　主若認為我的《荒野》有辦的必要，自會助我解除困難。如按人的意思，《荒野》應該在卅九年就辦起來了。昨晚上大夥兒談著談著都談出氣憤來了，誠然，自由中國的文壇被一般「文客」鬧得烏煙瘴氣簡直不能讓你安心地看下去、聽下去。《荒野》之不能誕生，也許　上帝是要滅台灣了，今晨報紙的頭欄消息就夠使人寒心了！我曾同你談過孫將軍的事，這位苦幹硬幹的唯一正氣凜然的愛國軍人竟有今日！時至今日，中華民國僅餘彈丸之地，尚彼此不容，製造分裂，殊令人痛心，然而悲多芬既為拿破崙譜出〈英雄〉交響曲，朱西甯的筆亦不放過這個硬骨頭的將軍。我不承認這是孫老總的失敗，他是對的，我永遠信任他的愛國熱誠，我了解他就行了，而他也只要知道還有朱西甯一個人了解他，他也便會照樣地幹下去！（編按）

但我對自由中國的命運決不絕望，縱使　神要消滅台灣，有我在，神將顧惜，不是我愛說大話，因為當　上帝要滅尼尼微大城的時候，還因城中的不能分辨左手右手的孩子們而有所顧惜。而罪惡的所多瑪城遭受同樣懲罰時，　耶和華猶關心這城裡的唯一的義人羅得。浪，堅持這信心，樂觀奮鬥！只要我們做　主的好兒女，我們會相信人類的命運亦會決定于我們。在墮落的現實裡，人們對于自己已失去這份信心而可憐地在苟延殘喘了！

做禮拜去了，回來談！（當然要帶你去！）

八月廿一日九時廿三分

今天唱的詩是第八首（九點四十五分）和二四六首（九時五十三分）。

不，你來的那天我們不會臨時準備以致手忙腳亂，因為至少你事

先要通知我你動身的日子的，那麼我可以電話通知表哥夫婦，我則于晚間親赴車站迎接皇后殿下駕臨，直接前往赤山行宮。可是我的小貴妃，一定要送朕離宮，怕歸途迷路那是不成理由的遁詞，因為我不是可以再送你回來？除非你不相信那是我第一個純潔的熱吻！且我已說過，太久的渴想難道還不夠麼？我想那天晚上你一定避免不了要多少感到一些兒落寞與惆悵的，生活中大轉變的一天，你不能不流一些是興奮也是痛傷的淚的，那末，為什麼不讓保羅分嘗你的心，吮乾你的淚？啊，我的好女兒，那天晚上在我是失去了母愛重獲母愛，在你則是揚棄了父愛又換取了父愛，將使我們沒齒不忘的一天，為什麼我們不留下更深的紀念？至少我們那天晚間總要含著彼此的熱唇所留下的溫馨走進我們靈肉合一以後的第一個夢裡。答應我，即或用一百個地球也換不去的我的小愛人！

銅鑼之行可能打消，因為一想到第五次的見面又將在兩位邱大姐「虎視眈眈」（？）之下，我們能談得了什麼？我們也不可能光談我們的，以致旁若無人地冷落了她們倆，並且一句體己的話也談不了，別讓我們又像四月十八日分手以後的那樣平空添一份惆悵罷！致于申請結婚，仍是必要的，我決不願以這個最後的武器傷害父親，但你知道，凡事總要有一個「萬全之策」，我相信人類最愚蠢的痛苦莫過于「後悔當初」，這其中含有多大不可彌補挽救的絕望，是不？我的小朋友？這一個周內將可領下申請書，好在我們有著豐富的時間可以從容不迫的進行各方面的交涉，我希望你會同意我這力避後悔當初的主張。今天是我休假的第一天，因為辦理休假的業務是我的職內的事，我很自私的又在九月一至十日休假了十天。這廿天當中我或可把劇本和小說寫完，同時也可將作戰地圖繪製出大部份。

竟也有人為蓓蒂做起媒來了！原宥我，當我聽說了這事，不可免地，心中起了一些淡淡的不自在，當然這很類似寶玉式的自私。你在我的心裡是一個最懂得感情的孩子，也由是我才對你一切毫無顧礙地

坦誠以見，我心裡要說什麼，便跟你說什麼。白魯樞曾說過：「你要說什麼話，一定要眼從心，不要眼從腦。」可是這並非絕對的，太多的人都不喜愛你眼從心的指導去和他說什麼。小艾蘿，至少你不會見怪我往往會因什麼觸動而念起鳳子和蓓蒂，記得今年滿廿八歲的那天，那個已長久不來我夢中的鳳子又在我夢裡出現了，那是一個傷痛的會遇，仍在她的家裡，啊，她多麼可憐！黃黃的面龐，憔悴不成樣子，好像是被遺棄的，便便的大腹，跟我一句話也沒有，還是她父親劉老伯向我無可奈何的苦笑著說：「孩子王！（稱我的）瞧瞧你舊日的好伴兒吧！」啊！也許他們父女倆已不復在人間了！我親愛的，雖然我已是你的人了，但賢慧而洪量的你將會鼓勵我不要忘掉她們的，我永遠肯定的相信你。待來日，容我們倆走祭鳳子的荒塚之前，那對她的芳魂將是一種撫慰！若果她尚在人間，我更相信你會和她相契，她只不過是比你年長二歲的小姐姐。而她能看到我有你這麼個好妻子，也總會高興地為我們倆祝福的。我常愛這麼想，一切故人若還健在，當我們踏上大陸，將有多少可愛的親人疼愛你，尤其是與我關係較深的劉家，你會把它當做你的「娘家」的，那麼些與你年齡相彷的小姊妹，你將不寂寞了。你提到在我們自己的田地上種植花生的事，又復提醒了我一些如你所謂的性急的預想。艾蘿，也許我的爹媽還會有一個留在人間（我在默祝這個期盼），那末，我們總要承歡膝下一個時候的，你一定喜愛那樣，讓老人看著他最小的兒子和媳婦是多麼幸福地相愛著，那是老人的最後的心願的滿足。（狂風暴雨陡地襲來了！禮拜日下午七時卅七分。這信箋上飄落此鳳山的雨霧，讓你聞見這雨的氣息。）在那一段鄉居的日子裡，我們會過得很好，有我做孩子時栽下的菓樹，（棗子、桃子、杏子，美的很呢！）有我親手開墾的菜圃和花園，也許那不會過份荒蕪，因為我離家後（第一次）六七年，再回去時依然健在，父親說過：「這是青海開墾的，不能因為他不在家就荒廢了。」你知道，我的老家是以生產花生而聞名的，但對

于採花生，怕我們倆都幫不上忙，因為那種用大土篩子工具的工作太重。但我們會學習鋤地、收割、採棒子、採桑餵蠶、牧羊、養雞……啊，沒有比新鮮的羊奶和蛋更好更豐富的食品了，每年的八月之後，你只須有十多隻母雞，便可以把蛋當飯吃。夏季有你數不清種類的瓜菓，那滋味之美，我在我所走過的地方沒有嘗過，（一點也不主觀）當你想念海島的香蕉時，則有一種非常近似香蕉的蘋菓和麵瓜，而在我們家，香蕉和柚子照樣吃得到，也許因為稀罕一些，似乎比台灣產的要美。啊，小母親，讓我們同我們那些（？）結壯的寶寶在雪地上打雪仗，到可以行走牛車的黃河的冰面上滑冰……可是我不知你做了母親之後是否還有這些孩子們的興致！那時我將在鄉村裡完成我的「潮流」最後的一部。但是我們的老家不做年糕的，因為不產米，大家都不會做，可是我父親最愛吃年糕，一切黏性的甜食都是他最愛的，我真希望你這個好媳婦能在你可敬的公公跟前顯露這一手！啊！多遠啊！但只要我們有這份孝心，　上帝總會給我們安排一兩年那樣的時間的，然後我們的墾荒的隊伍再集合起來，遠征大西北！——不過這時候我們又會感到寶寶們的拖累了！人真是不能滿足的動物，也許當我們打雪仗的時候，我們會感到我們的小寶寶不夠多，不夠分成爸爸和媽媽兩條戰線的。

放心，你可憐的孩子對于那些同我開玩笑的同事，有足夠的反擊能力，一樣地會打得他們盔歪甲斜。告訴你，哥兒們八個，我的嘴最刻薄，真正地逗起嘴來，我輸不了。不過，可憐的孩子，人們若跟你鬧，我恐怕不好太明顯的維護你，不是嗎？因為那種情勢下我已居於劣勢了，一般而言，總是男的不便老是護著女的，那會更讓人加倍的取笑，一定又是些混賬話，什麼「哎呀，算了吧！真怕現在不幫著護著，晚上就不准上床啦！……」那會使你更受不了的。不過，不管怎麼樣，保羅不會閉著嘴聽讓你受窘的，除掉預先我便為你鋪路，（先下手為強）設防，及時的解圍我總會有辦法，相信我，別怕。而且最

不好應付的也只是婚期前後那一段短短的時間。你初來此，除掉表嫂，別人不會鬧你，而婚後過了一個短期，也就沒關係了。哦，我的好姑娘，我有些想把我們的日子定在今年的聖誕節那天呢！（不一定有更好的理由）還有四個月，不是嗎？你是否嫌早？十二月廿五日？

傻瓜在叫著「餓呀！餓呀！」我也還沒吃晚飯呢！你們平時都是幾點鐘吃晚飯？我們是六時以後。今天是例外。

雨已住了！飯後再跟你談。

禮拜日　廿一時整

艾蘼！好消息！

你知道，明天是你的二十芳壽，今兒晚上為你暖壽當然要為你吃麵、吃蛋，可是你不會想到的，你也可能沒見過的，打開蛋來，你猜怎麼著？一個蛋兩個黃兒！多開心啊！我最親愛的！這還是我平生第一次見過，這一定象徵你的幸福！象徵從你這一天起，你我真地是一體了！啊，太妙的兆頭了！你一定為此大大地開心高興的，你的幸福當然就是我的幸福，讓我們高唱：

5·5 65 | 1̇ 7 — | 5·5 65 | 2̇ 1̇ — | 5·5 5 3̇ |
慶　祝艾蘼　誕辰！　慶　祝艾蘼　誕辰！　願　我　小艾
1̇ 7 6̂ | 4·4 3 1 | 2̇ 1̇ — ||
蘼幸福！美　麗　青春　長存！（不曉得拍節對不對？）

洗澡去了，再談！

廿二時八分

《老人與海》已收到，你知道我總要翻閱一遍的，我要尋求那些引起你注意的地方。其中夾著的那一張剪報是否有意給我看的？不，不要那樣關懷我，我可能不信任別人替代我的工作，然而我不致忙碌到那種樣子，當我們共同生活之初，你也許會以為我很懶散呢！表面上我會是那樣，只有你會很快的了解我，我忙的是心靈，然而這種忙，往往是留不下什麼表現的，至少，一個思想的蘊育是緩慢的，大部份的時間在終結的效用裡面甚至可以作廢，正像是我所用的稿紙，一百張裡面不知要作廢五十張否。也許你會想到未來的枕邊柔情，也許會耗損了我更多的思想時間，然而不然，你知道，那與現在並無區別，反而可以為我驅除現在日夜用在想念你身上的那些時光，也許這便是我需要早一些和你……的原因之一。我多麼自私！

　　你對《文藝書簡》的心得很正確，本來文學的創作不是根據理論，而是人們心頭所共有的冥然的尺度，而理論才是從創作而來，這便是孫文學說當中所說的「文學不知而能行」道理。實際言之，確可說是一分創作，才有一分理論，文學與科學不同之點即乎此。今後我們互相創作研討，自會逐步逐步體會得到。

　　〈問題女兒造像〉我又讀完了第三遍，仍覺無從下手，僅就所獲的一點心得先跟你說說。〈問〉文的格調已經神速地提高了，那是〈笑卜〉和〈牧羊記〉所不及的，全篇發展得很有條理，並不如你所說的亂。但這樣大而且又是你自己深深體驗了的題材，如此簡骸的處理了，是可惜的，所以第一次讀它，我便立時感到可以發展成一篇三萬字的完整的好作品，到現在，我還是如此主張。因為你雖然可能害怕這三萬字的數字，但只要你把它形象化了，也許三萬字在你還嫌少。首先你會承認，這其中大部份是敘述、描寫的份量太少，所謂形象化，便是加強描寫，也即等于描寫。因為這是你自身生活的體驗，你不難更親切更廣泛更深入地加以發揮。我對它寄望極大、極重視，總願這

435

是你第一篇的成熟作品。也因此不敢驟加意見。至于主題方面，首先因為你對于母女不合的當然性所負予的說明份量太輕，極易造成「仇孝」的誤會，這違反我們的倫理尺度，雖然，你曾引用外婆的話加以說明了一些，但你的一句「可能遠在她肚子裡的時候我們就已互造憎惡了。」便大大的推翻了外婆的說明。即或引用《左傳》〈鄭伯克段于鄢〉中的：「莊公寤生，驚姜氏，故名曰寤生，遂惡之。」亦難解釋了。所以欲修正（不如說是調強）此一倫理問題，必須由問題女兒自己來弔惜母愛之失的由來，這也是合乎心理學後天天性的理論，這不單得以修正了，而且極其正確中旨了。其次就是構成出走的理由雖然充份了，可是你沒有向讀者負責指出一條怎樣的去路，具體地說，你光有破壞，而無建設。我不責指你，因為你對現實的社會尚不甚了了，這便是需要我們較久研討的大問題，而這正是你無意間所提出的問題女兒房中的那張大地圖（最好改世界地圖為中國地圖），問題可向那上面去發展，積極而建設地發展。總之，我不希望你草率地完成了這篇好作品，我的最高希望是待你到了我的身邊，讓我耳提面命地逐辭逐句來誘導你完成它，務須使之成為完美無缺的東西。而這，用文字來互相研究，將是費力而不能透澈的。不過我總要繼續跟你先談一些。好不好這麼做？我的親愛的女弟子？

還有，以後寄稿來，不必工整地抄清，給我原草稿就行了。

時已夜深，就此打住，在夢中親你，我的小女兒！其實現在已是你生辰的日子了！別忘了，我們的可喜的好兆頭！

（我也在讀枋姐的譜錯的樂章，不怎麼好，不是麼？我已讀完了。）

給你祝最早的壽！你的小ㄅㄚ ㄅㄚˊ，大孩子。

八月廿二日零時四十二分

・編按：八年後短篇小說集《鐵漿》出版，全書一股鬱勃不平之氣貫穿，當源自此。

（　　　）

我的生日，廿整歲的生日，
　我不再是「小艾蘼」了，
我就變成同你一樣的大人了

Poul！

多謝你的禮物，不！我應該說「我愛你」了，是不？

我帶著很大的熱狂接受了它，我將同它形影不離。

我的生日，廿整歲的生日，哦，我不再是「小艾蘿」了，我就變成同你一樣的大人了。啊，我的小ㄅㄚ ㄅㄚˊ你是否有這種感覺？今天起我離開那愛我却不懂得我的好父親走到另一個小父親的懷裡，換句話說，我是屬於我的小父親的了？

我所愛的小弟弟給了我兩朵滿溢芬芳的血紅玫瑰作為禮物，我得到他的同意轉贈你一朵，以分嚐我的快樂和芬芳，因為──我們已是「1×1＝1」了。

然而，弟弟問我「啊，你送給他，他將怎樣呢？當他聽到是我給姊姊的時候」哦，告訴我，當你姐姐生日的時候，你是否曾經像我的好小弟那樣，送給她們美麗的花兒？

那末祝福我的大朋友幸福、快活，如同你的艾蘿所有的！！

八月廿二日　晨　十時廿分

Poul ！

昨兒晚上我做了個很美很妙的夢，是你的信帶來的，哦，我不會告訴你的，我真高興，因為在我的夢裡你從未如此顯明地出現過（形象）真像面對著實體的你一樣。

前些日子我看了一部日本片《百靈鳥之歌》雖不能說是夠水準的好片子，可是它給了我一個啟示，我深深記得女主角—— 一個歌壇失夢者的母親——對她女兒所講的話：「相信你自己，如果你認為那是對的，那末你就要不顧一切地邁進……」Poul 我將記著這句話，尤當我要實行我的計畫的時候。然而，多麼性急啊！如果你所謂的「我們的日子」是指結婚而言的話，我們不是說「以靜待動」嗎？告訴我，你原把艾蘿出走的時間想像為什麼時候的？

我不知道我能否成為一個好媽咪，可是我告訴自己，我起碼決不能再讓我的大孩子，不，小ㄅㄚ ㄅㄚˊ穿著襪子歪到沒掛蚊帳的牀上去，再這樣，我要打你腳的！

啊，同你一樣，我常性急地預想到遙遠的北國你那美麗的田莊上去，雖然我老是說你性急，雖然我未曾看過你的家園。我有一種直覺，我將能同你的親人們相處得很好，尤其是那位同我父親相似的老ㄅㄚ ㄅㄚˊ。他們可能會歡迎我，因為他們需要你，而你是愛小艾蘿的，我堅信著他們將會喜愛我，如同我將喜愛上那些土生土長的祖國大地上的誠樸的人們那樣。你是否也有這種感覺？

為什麼怕我將會沒那種與孩子們為伍打雪仗的興緻呢？我不但要領著孩子們赤足奔馳在羊群雞群之間，同時，我還要領著他（她）們（？）拿你這個ㄅㄚ ㄅㄚˊ惡作劇呢！

不要因為過去的情感對我感到負疚，我懂得的，如果將來有那麼一個時候，我為了她們（你過去的情感）對你發脾氣的話，Poul，你一定要原諒我，你只要以為那是因為我愛你，而又無法控制自己所致，而我，我就將用我所知道的能影響我情緒的好句子喚回我的平

靜，那末，我們又會過得很好了，我們要共同克服打擊我們的一切的，是不？那末，讓我們為鳳子以及遠在海的彼岸的親人們祝福罷！ 我堅信他們會安然活著的，為你，為重見光明自由的祖國！願有那麼一天，用我的笨手為你那些可愛的親人們帶去我的家鄉味，讓我們侍候在兩位可敬老人的膝下，合唱他們所愛的讚美歌！

吃午飯去了。

廿四日　十二時十分（禮拜三）

我的好ㄅㄚ ㄅㄚˊ，孩子將不會是一種拖累，至少對于你，到那風沙的大西北，我們要幹的不是國家的基層教育嗎？那末，我們的寶寶正是我們將要創建的理想的學校裡第一個（批）嚮應我們號召的小鬥士，我們將要讓他們明白他們自身的神聖的責任，更要他們明白他們的父母所從事的工作是多麼有意義而艱鉅，也讓他們將來好繼承他們父母未完的長期奮鬥的工作！我們要他們長得結壯、純樸而有用，好嗎？

你還有資格講我死盯著你瞧！你自己呢？臉紅就是臉紅，還跟我賴呢，難道你還敢以照了鏡子跟我辯不成？

我沒向你撒謊，當我對你講我對鋼琴的熱愛的時候我決沒有試探的意思，但想嚇你，可能有點兒，然而小到近乎零，因為——憑什麼我能保證告訴你我愛上某人了，就足以使你嚇壞呢？我不致於那麼自作多情的，縱使我有時會持有不很健康的矜持和自尊。不打算向你求饒，我不怕你嚇，我將定著膽子應付它。

快別說為我掀琴譜，你要看到我彈琴，你不笑壞肚子才怪！上次曾耀珠來此，我領她到國校「欣賞」我的演奏時，她只聽到兩節便大喊「我受不了了！」了，啊，Poul，要在小艾蕾身上實現你的夢，

那是很遙遠的事了，讓我們寄望於我們結壯的下一代吧！不過，我常想像你坐在鋼琴前面彈著我們心愛的曲子，我站在你的旁邊輕輕唱著……好朋友，你不是說過你曾練過琴嗎？我們無法替音樂墾荒（讓那些賦有它的人們為我們作先鋒吧），可是我們可以藉它唱出我們的心聲的，是不？哦，我真巴不得我們現在就能隔著鋼琴，伴著你的琴音相對合唱呢！

我們可以不必害怕相見時羞得抬不起頭來了。我發現一個辦法，如果月亮對我們不客氣或電燈太不知趣的話，我們可以用我那預備綁頭髮的紗帶子（黑色的）蒙住眼睛，一人一條，那末我們就會感到彼此站在朦朧的夜色裡那樣，不再那麼樣地為那悶人的窒息感所煩惱了，而且用黑色紗帶蒙上眼睛，有點像參加化裝舞會那樣，不是很戲劇化嗎？

禮拜一晚上九點多鐘那時候，你正在做什麼？我同弟弟坐在庭院裡數著滿天遙遙欲墜的星星，弟弟要我告訴他「朱西」的故事（他老是把你簡稱為「朱西」），我便把大朋友偷狗、搗蜂窩和夏夜裡睡在庭院裡，醒過來以為讓仙女看上的故事講給他聽，末了，我問他「你怎麼老愛聽他的故事呢？」，他笑著答道「我不曉得嘛！」後來講東講西的，他不知怎麼竟問起我「他還沒討太太嗎？」我說沒有，他有點驚異的說道：

小弟劉家正送給「朱西大哥」的相片。

「啊原來是單身漢哪！」單身漢是用國語說的，不知怎的，我忽然為他口裡所出的這個字眼兒感到強烈的笑意了！下雨了。

廿四日　午后一點四十分

※關於寄掛號事，放懷！沒出亂子，因秋姐姐媽只懂得很少幾個字，
　雖然她是個賢淑的好婦人。

　　讀著我那位怪癖的友人的來信，使我產生一種複雜的情緒，誠然，
在這個複雜的社會裡，要得到別人的諒解是不容易的了。我曾暗示她
我要出走，起先她很同意，但自從上次她同 Today 到我家以後便改變
初衷了，她誤以為我的要出走只不過為了反對在家裡的行動不自由，
殊不知我另有目的，另有更遠大的抱負，現在她竟也希望我能夠在所
謂「美滿的家庭裡做個好女兒了。」那末容我們明兒談，我必須給她
覆信了。

午后一點五十分

　　孫將軍的事我在報上讀過，不知怎的，我立刻想到你（你知道那
總會帶著不安的，我真要相信《春閨夢裡人》的女角所說的「當一個
人愛上一個人的時候，就會發生許多恐懼來」了！）孫將軍我在軍中
服務期間一次戰鬥演習裡（在山崎）拜見過，但我看到的只是很遠的
一瞥，戴著斗笠的背影給了我很深的印象，對這麼一位偉人，我雖知
道得很少，可是從我的大朋友對他了解，敬服的程度來看，我似乎對
他也有一種漠然的崇敬感。哦，Poul，你是否曾感到我太容易相信別
人？我的好友們都說我過於容易相信別人，太天真，容易上當。
　　感謝主對我的眷愛，有一天我會由衷地感念祂並永遠信愛祂的。
　　上禮拜天你在教堂所唱的歌，我有一支會唱的「二〇六首」的：
〈I have hear my savior calling〉是我常愛低哼的歌，我很高興地發
現你的禮物裡，有不少首是我已會唱或已聽過的，我真希望在我到你

那兒之前，我能把你所特別圈住的幾首中我不會的學會。是否有空兒學歌？有一本歌本，裡面有〈念故鄉〉〈我住長江頭〉〈思鄉〉以及《長恨歌》裡的一節〈漁陽鼙鼓動地來〉和〈玉門出塞歌〉，如果有那份心緒，我就把它寄給你。

啊，我的好師傅，「耳提面命」！我真怕到了時候，又要挨你打手心呢！我知道的，在我思構〈問〉文的時候，我並非沒想到「建設」然而一半由於懶（我將會伸出我的手心的）一半急著想向你交卷，終於這樣將就了。我真不知道以後將該挨多少手心呢！

奇怪，近些時老是胡思亂想，我一定在墮落了，因為你說過不進步便是墮落，筆滯了，書呢？這本看一下，那本翻幾頁，總是很累的，但願這只是受到悶熱氣候的影響。

前些日子我搞了兩件挺妙的玩藝兒：我同小弟及小妹妹成立了一所專門收容小動物的醫院，凱蒂是我們的第一號患者，我是院長，弟弟是助手，小淑美是凱蒂的家人，她把牠帶到我這兒來（在庭院裡草地上鋪上蓆子作臨時病院），我用一根繩子作成的聽診器替牠聽病（我已從父親那兒學來了這一套的模樣），弟弟忙著為我張羅器具──用竹子代替的體溫計，竹筍尖端的打針器，ㄐㄧㄡˇ（？）菜莖代替的灌腸器……小妹則在一旁替牠蓋被，搓背部，那副隨我們宣佈病狀而表現的憂喜樣兒活像是個小童星哩！哦，我的大朋友，將來我為傻瓜診病的時候，你是否願意做我的助手？

不知怎的，家人（除了媽以及兩位女佣人）都愛逗那條「日耳曼」生氣，也許是出於父親對牠寵愛的間接反動，我同小弟及淑美尤愛惹牠，昨天，我遠遠地叫牠，牠不睬我，我乃假裝從口袋裡掏出東西，放進口裡一本正經地嚼著，牠眼珠子一亮從地上爬起來死盯著我瞧起來了，口水幾乎要流出來，我真開心我又一次趕走了日耳曼人那種倨傲！

方才（六點十五分）收到蓓蒂託人帶來的信，她將於廿六日北上

中壢參加教職員的軟網賽，對於我告訴她的婚事（多妙的字眼兒！）她很乾脆，她說她很可能不會喜歡他，「不喜歡就是不喜歡，這便是理由，我這樣答覆妳，行嗎？」不知怎的，我很高興她這爽快的決絕呢。我不知道她是否有了心上人，雖然我知道的就有一兩個人追她。

　　Today 給了我一本《小婦人》的原本《Little Women》，作為生日禮物，念著它，我又想到很遠的地方去了，哦，願我們將有那麼一群可愛的「小婦人」！（？）啊，我在講些什麼？不談了，我該臉紅的，　　　祝福你，我的大孩子，不！小ㄅㄚㄅㄚˊ！！

你的小女兒，小貴妃
八月廿四日晚七時十分

　　晚飯時間通常七時半左右

※代問各兄弟好！
※謬六弟的字多麼使我費力啊！你寄信給他們的時候是否也用的這種字體？
※以後寄給你瞧的信不要寄還我，反正有一天我又要把它們燒掉或寄往你那兒

艾蕪：

黑二哥今來此，約我去你處，我因遵從你的意見，暫時打消此行，由他親去銅鑼逕向警局探悉，並順便去看你，可於廿九日（禮拜一）晨十時以前到達你處，至於你將怎樣跟他扮演一齣啞劇，聽你的便。覆你的信在寫著，在此不多談。祝福你快樂！

西甯　八．廿七．午後三時

浪：我的小婦人：

不用你告訴我，我也曉得你那場很妙、很美的夢，因為禮拜二的那天夜間我也夢見了你，當然我也不會告訴你，而且當然不用我告訴你，你也心裡明白。真的，那一夜真個的我們的靈魂飄到一起了！夢中的溫馨使我舒暢了好幾天。

所以我反對你說我們只見過四次面！堅決地反對！

我曾不止一次地想跟你談談電影，然而總覺得那對于禁錮中的我可憐的陛下不太對勁兒。不過我也快一個月沒看電影了，沒有好片子，看壞片子白惹氣！上次看的是《塊肉餘生》，迭更斯原著《大衛·高柏菲爾》，哦，告訴你，我現在心軟了，記得以前在南京時，六姐和八姐都說我心狠，看莎士比亞的悲劇而不落淚，當然說不過去。不過悲也不一定非要落淚，一如落淚不一定就是悲。也許並非心軟，而是比以前收不住淚了。看《塊》片，曾三次湧出淚水，你知道，我一直意識著你是坐在我的身邊，（單巧我身旁空著一個位子）每次湧上了淚水，我都抓緊了你的手（？），讓我的感觸傳給你，並且喊你的名

南京玄武湖，（左至右）六姐朱秀娟、大姑劉玉瑛、八姐朱秀玲／朱西甯攝。

字。是的，一個人愛上了另一個人便會生出許多恐懼，（可能這種心理對于女子更勝）然而除此而外，還該說，當他們快樂、悲哀、受感動的時候，他們會絲毫不假思索地立刻意識到彼此的存在，極願那一個複寫地分受過去。告訴我，你是否也是這樣？

記得卅五年夏季在上海的時候，八姐、四姐的三個孩子（最大的比我小兩歲，因為四姐死了，八姐為著三個可憐的外甥，勇敢地獨排

眾議，嫁給了年長她一倍的四姐夫。）以及龍姪，天天晚上在陽台上乘涼，總是要我講故事，其實就好像跟他們討眼淚債似的，我愛講悲劇，諸如《羅蜜歐與朱麗葉》《李爾王》《大衛高柏菲爾》等，總是讓她們眼睛紅紅的，一次一次的抹淚。那年夏季過得很美，也很浪漫，曾和星甥、龍姪三個人穿上八姐的衣服，塗上口紅，玩過夜上海。那時四姐夫當上海市吳淞區的區長，我們玩了一夏天的海，講了一夏天的故事，做了一夏天的歪詩，可是那樣地快樂、盡性、團聚，卻只有時時刻刻地想著南京的那一個，從那時起，我便懂得什麼叫做愛，人說男女的愛是自私的，然而那不是絕對，得到了一樣狂愛的東西，便立刻想到愛的人，吃一樣稀罕的珍品，又立刻想到愛的人，總之，只要情感起伏一個波動，哪怕是極微弱的，無不立刻想到那一個。「心上人」，也許讓人們說得太俗了，可是這是最恰切不過的，因為心只要一點點的波動，那人就隨著跳動了。

※廿七日有信給你，是告訴你黑子要在廿九上午到你那兒去的，啊，
　　今日就是，還有一個多鐘點你們就見到了。
※為什麼對于「雙黃蛋」不發生興趣？是因為沒有吃到，流著口水心
　　裡不高興？嘴饞的孩子！

八．廿九．晨．發信前

哦！我真怕跟你談「她們」談多了，惹起你發脾氣呢！我真想像不出你「吃醋」的那份好玩兒的模樣，也許將來我會故意惹你發發酸勁兒。當然我懂得那是為著愛，妒與愛是並進的，等到你不再妒我所愛（？）的別個女人，那才是我可悲的時候。我的小情人，不要又說原諒，因為我也會同你一樣，也許我不會發脾氣，只是輕輕淡淡地挖

苦你幾句，可能這在你和我都免不了。不過我們現在頂好先訂一個條約，當我們倆之中任何的一個由于情緒跌進低潮，或者肝火陡然旺盛，或者遇上不遂心的事，或者出于某種誤會……而致發脾氣的話，那一個一定不准還口，不准對頂，直到這一個氣消了，平靜了，再在和好中檢討孰是孰非，非要這樣才可以免去一些無謂而易于疲憊心靈的衝突，你以為對否？不過這個雖然看上去是個互惠的雙邊條約，你却是「最惠國」，因為我幾乎對誰都沒有發過脾氣，也不一定是忍耐的功夫，而我似乎是很少得到發脾氣的機會，要末是對事而非對人，譬如上週由我主持的一個會議所通過的決議案，暗中由兩個人因為涉及到本身的利害關係而致瞞著我運用上級的壓力推翻了那個決議，幾乎造成了事實才讓我知道。我確很生氣，但我永遠遵守父親的訓誨，「你生氣的時候，不要去解決或決定一樁事。」于是等氣消了之後，乃召集會議，當著大家把事情原原本本地分析清楚，然後把那兩個作弊的傢伙說得閉口無言，認錯為止。我很知道，我數說他們的時候，我已經近似在發脾氣了，不過那是對于這件事情所發，絲毫不涉及人格和其他個人的什麼，而散會之後，首先我和他們倆握手，現在仍然是毫無芥蒂的好同志。艾蘿，對其他外路的人，我尚且不輕意發脾氣，何況對你！何況你是因為愛之過切而對我發威風，我更將容納、忍耐，更不必說原諒了，是不？顧慮是要有的，但顧慮不等于恐懼。但我有信心，你不是個偏狹多嫉的女孩子，即使為我過去對她們的情感而對我發脾氣，那也是我咎所應得的懲罰，我沒有理由對抗你，反而感謝你為我解脫一部份的愧怍，因為如果你完全不計較那些個，只有益增我的內疚，不是嗎？親愛的人？

關于你的出走，如果沒有意外，我希望最遲不要晚于十月。十月是我們的革命月，雙十節、光復節，都象徵著成功和順利。讓你出走的那一天，作為我們倆的節日。（應該叫做什麼節呢？）我之主張你如此，是不願讓我們不管是事業的還是愛情的時間再荒廢掉，工作和

享受都不應交付給無謂的拖延，如果說，截至現在，我們的思想裝備仍還未百分之百的成熟，則加上九月或至十月，總該很完美了。我親愛的小妹妹，更多的書要我們共同讀，更多的作品要我們共同寫，更多的學問要我們共同切磋，更多的歌曲要我們共同唱和，更多更多甘美的戀情要我們共同嘗受，可是我們的壽命是一天比一天短，我們沒有理由再兩地想思地勞苦我們的心靈，我們若不把一天當做一年過，生命的空白太多了，連我們自己也對不住，對于人類更還有什麼貢獻！而且也該讓我們的筆休息了，讓我們的口代替它，讓實體地相處補苴它，我希望我們不必再通上十封信，留著更多的時間和心力，做更多的工作，享更多的愛情，你該已體察到，有我們寫一封信的功夫，已夠我們同讀一部好書；同欣賞一部好片子；夠我們談完一個世紀的心願；練會一首費力的歌；夠我們吻上一千遍；夠我們擁抱一千次；夠我狠狠地打你三萬下胖手心……哦，為什麼不這樣？為什麼，我的小貴妃？至于我們的日子，我真不好意思決定這麼早，屬于私情的，一定要你願意才好。我之很想那麼早，也許是過敏了，因我怕我們實體地相處，不會平靜多久，如許久之所累積的潛力，萬一使我們偶一軟弱，阻攔不住熱的衝激而致觸犯了不該有的　主之戒律，則我們何苦不堂堂皇皇的早些結合？不過好在這是以後的問題，待我們共同體諒以後，待你掩著臉龐答應了我，樂意地，一點不勉強地需要了，那才是完整的「1」的意志。而且我也不放心你是否太于孩子氣，如果是那樣，我則必須等候你，慢慢地懂得多了，像個大人的樣子了，我們再結婚。也許每一個男子都喜愛有一個嬌憨稚氣的小妻子，可是如果小得連自己也照顧不過來，要我清晨起來給你找換身的衣服，找來找去，還掛在外面的晾條上，讓露水濕透了，穿不得了，那要小ㄅㄚ ㄅㄚˊ怎麼辦？我要你做我的好妻子並不要你照應我，我自己的瑣事我自己會張羅，可是如果你離開了我的照應便冷暖也不知，只顧著玩兒了，那成嗎？這並不是說你的事我便不負責，正因為要負責，

才不放心你是否有能力處置自己的私事。也許你會不服氣我把你看得太小，可是由你給凱蒂診病的那些孩子氣的頑皮，你相信你不還是個十二三歲貪玩的孩子？我會做你的助手的，但天忽然落雨了，滿晾條的衣服不收，偏要我陪著你把傻瓜的病（？）看好，那真才叫我啼笑皆非呢！然而這麼些頑皮的孩子遊戲如果是在婚前，那不是挺逗樂的麼？我真會裝一個病孩子讓你捏著我的鼻子灌藥呢！當然我也不是說結了婚便不這麼玩兒了，至少兩個人共同生活了，便有些事要我們分神，不然，為什麼多數要加 S ？那 S 便是一些沒法擺脫的事。何況我和你誰也保不住險寶寶不會太早的跑到我們中間來，要是那樣，媽媽還是個小孩子，那才麻煩呢！所以我們的日子既不能由我決定，亦不完全由你決定，主觀的和客觀的，我們都要顧及到。若是出于我的私心，現在我們就……但那是不對的。放心，我的小女兒，我們都是懂得愛的，一切都必須尊重我們的愛。

哦，可愛的小弟弟！（不是喊你，不要喊你這個了！）我當怎樣表達我對小弟弟的喜愛？玫瑰的芳香使我分享了姊弟之間那種親情。是的，我將不僅得到了你一個人的情感，我更會從兩個哥哥和小弟弟小淑美那兒獲得對于遊子所渴慕的諒解和溫暖，我信任他們一如信任我自己的親兄姐。代我轉告小弟弟，朱西沒有小弟，朱西第一次領受了小弟弟的情感，他多麼安適恬怡！這兩天我一再想，我總要給小弟弟一件禮品，必須我的手在心的指揮下所創造的，但我還沒能找出合乎心意的東西，也許一下子靈感來了，很快，也許很慢，但不要告訴小弟，免得他生了盼望，結果會失望，不如出其不意地獻上即或是一張小畫片，你說是不？

不要緊，今天午睡至四時半才醒。啊！夜深了，我或者又不自覺的帶著襪子上床了。小媽咪，替我脫襪子好不好？我的襪子總要一個多月甚至兩個月才換洗一次，你不會相信我的腳會始終那麼乾淨，決不像人們那樣的臭而不可聞，感謝父母給了我一雙討喜的腳。

颱風留下了秋涼和大雨，好清新的夜啊！我們又將相見相親！待會兒見，我的蘼蘼！

八月廿七日　禮拜六　零時八分

打我的腳並不妥當，腳並沒有錯處的，要末你脫襪子都不是用手脫的。而且這一點你就不夠調皮，打它該多笨！腳心是最怕抓的，挨抓比挨打，哪個難過？不過告訴你這個方法，對我你却行不通，我哪兒都不護癢，所有你身上怕癢的地方，像頸項下面、胳肢窩兒（膀腋）、兩肋和腳心，我從小都不怕人家「嗝嗺」（撓），根據「不怕嗝嗺是硬漢」的俗話，所以人家都說我將來可以做硬漢，其實我才不硬呢！但是小艾蘼，你護不護癢？我真希望你護癢，那樣，我們打架的時候，我就不用我的頭盔了，我可以抓撓你愛癢的地方，讓你笑得一點力氣也沒有了，只好扯白旗投降。我可以想像出你那份嬌憨的神態，一面護看那些怕癢的地方，一面告饒：「好保羅，好ㄅㄚ ㄅㄚˇ，我不了，我聽你的話……」我相信，那時候我要你怎麼樣，你便怎麼樣，一點也不敢違拗了。會不會？怕不怕？

果真不怕我報復地嚇你，以報「鋼琴」之仇麼？果真那樣的話，我就算了。因為要攻擊，就攻擊弱點；攻擊到強點，既不容易勝利，而又乏味，何必呢？！不過我也許會試一試你是否不怕嚇，不要光是嘴硬吧！到頭來還是暴露弱點，不如現在求饒，倒體面些兒。怎麼樣？最後給你一個機會！

好不通的辦法！所謂羞得抬不起頭來，只不過是初見之下的光景，我問你，初見之下是在什麼地方？難道在火車站上我們便一人一條紗帶子把眼睛蒙住？那不把人家的牙齒笑掉了才怪呢！說到這兒我又感到眼睛的奇妙了，彷彿眼睛便是情感，彷彿只要彼此躲開了眼睛

就會減輕了情感的負擔似的，你一定有這種感覺。那末，親愛的，別再顧慮那個罷，反正躲不過那一關，也反正那不會是一個長時間，等到我們到小飯店裡，一頓晚飯一吃下去，一定可以把心壓住，不會再跳了。等到我們坐上了三輪兒，那一定都很平靜了，于是我們有說不完的話，就好像相隔了幾世幾劫才得相見似的，但在車上我決不「侵犯」你，因為剛平靜了，又激動起來，帶著餘羞去見表哥夫婦又會慌亂起來。不過第二天再見時，也許我們又會為當天晚間村外的長吻而紅了臉，因為我們又製造了新的事件啊，不是麼？那以後我們就很坦然了，直到新婚的夜間和第二日的清晨初開睡眼的時候。瞧我又這麼胡思亂想了！

快別把我的老家想得那麼美，抗戰前是美的，城裡的家不必說，而鄉下的田莊完全隱約在濃密的樹林裡，那都是四個人才抱得過來的大垂柳和一個人才抱得過來的大古榆，而沿著倉房後面的田畝邊上總是瞧不見盡頭的樹林……可是經歷日寇和共匪的大肆征伐之後，卅七年底回至故鄉的時候，我幾乎不敢再認那是我別才六年的家園了，光禿禿的只剩下不夠材料的茶杯那麼粗細的幾株小樹，大倉房也傾塌了，只剩下兩間僅蔽風雨的茅屋……我甚至連睡眠的地方都沒了，只有借宿在「奧林匹亞」的碉樓上。當我們攜帶著寶寶再去故土的時候，更不知悽涼到什麼樣子。但我們下了汽車之後，我總要帶你先去憑弔那被日寇焚燬的兩處廢墟——牛奶廠和家，你的保羅幸福童年的生長的地方。

誠如你所臆想的，人們是誠樸的、熱情的，尤其那喊我做「三爺」的苦農民，他們會熱烈而又豔羨的歡迎你這位「三娘」。喊你「三嬸」的，還多著呢，如果她們都還在，讓我數給你聽，比你大的有龍姪、龍姪媳婦、鶯姪、菊姪女，比你小的有大同姪、天祐姪女、順姪、福姪、珠姪女，這都是大二哥的孩子。可能還有管你喊三奶奶的呢，因為龍侄媳婦當我離家時，似乎已有了身孕，那末我們的寶寶就該做叔

叔或姑姑了，可笑不？大家庭有大家庭的美好之處，至少，寶寶們不必你時時為他們操心，自有成群的姐姐哥哥和姪子們領著在沙灘上堆山玩兒了。

天還在淅淅瀝瀝的下個不停。哦，我想出我們將怎樣消磨雨天的沉悶了，把我們的情書搬出來，我讀我的信給你聽，你接著讀你的覆信給我聽，這樣我們不斷地不斷地接連讀下去，艾蘿，我們定會重又跌進昔日的由陌生而結識，而親切、而苦悶、摸索、試探、捉迷藏、捉住後熱烈的狂戀，一連串的真實的情感紀錄，多動人啊，愛情的譎奇！那時一定似夢似醒地不辨此身何處了！如此說來，我們似乎還該再多來往幾封信呢！但不，已經很豐富了，你已給了我五十七封！夠我們讀十個雨天而不重複。

親愛的媽咪，我開始打呵欠了，昨天夜間你為什麼不來？害我空等了長夜一宿。今夜你一定要來，答應我，小女人！

周末廿三時廿五分

今天不去做禮拜了，雨下得太大，雨衣又讓老裴穿去了，那末讓我們談談罷。

不是原諒自己，昨天一整天都活在聖經裡面。先是一位慕名而來訪晤的讀者，跟我談論〈海燕〉的主題問題，你知道的，那篇主題的基調是建在基督徒入世的勇敢善鬥上的，所以讀著，我們才發現彼此都是　主內的弟兄，接著我們便談了兩個多小時的　神的啟示問題，哦，雖然他只是一個小兵，可是靈程卻遠較我前進得多，我深感我對　主的道追慕不夠，從他那兒我獲益良深。談著的時候，黑子來了，我們還是談我們的，結果黑子也感動了，送這位弟兄走後乃與黑子接著談論　主的道，他真是一個極不容易說服的人呢，談了兩三個小

時，他雖然還是那麼剛硬，却對于　神的啟示問題，感到信任，讓我們為他祈禱，願　主給他以神蹟。晚間寫信給你的時候，又一個姓原的弟兄來跟我請教「文學是否應做宣傳的工具？」和「生命的奧祕」兩個問題，前者我當然肯定地答覆他文學不可以受任何政治干預，因為文學是駕乎時代之上的神聖之物，而政治是受文學指導的，這很顯然，至少文學作品決非白紙印黑字，白紙印黑字的照樣只是一篇廣告，而宣傳品如《萬劫歸來》者，只不過是一篇政治廣告而已，它主觀、吹誇、而沒有靈魂。致于任何一個時代的思潮之所以產生，那更明顯，更足證明文學在左右政治，最突出的例子，在西洋有文藝復興運動，在中國有五四文學運動，那不僅左右社會與政治于當時，且更綿亙至下一個思潮的發動前夕。共黨的文學所以搞不好，自由中國的文學所以也搞不好，問題的癥結便在文學工作者的政治慾望蒙蔽了文學良心。文學工作者並非不可過問政治，相反地，必須負責政治的糾察與指導，如果以文學討好政治，諂媚社會，本末倒置，文學豈能不破產？政治豈能不顛亂？社會豈能不浮動？「半部論語治天下」，便是最好的說明？在這裡，我還該說，政治是迂緩的，社會是懶惰的，只有文學才是敏銳而雋永的。即以保羅的遲緩愚拙而言，卅九年初，朱西甯便寫反共抗俄的文學作品，然而沒有有良心的刊物敢接受，因為年底中國才與俄國絕交。四〇年初，朱西甯提出整肅都市文明的浮華墮落，四四年政府才提出厲行戰時生活的條例。我不是替我自己吹誇，這也不是我的力量，而是文學的大力在指派我、命令我。

致于「生命的奧祕」，自然只有用　主的真理來解釋，事實上，生命是形而上的，不是形而下的，用哲學和科學來解釋生命，只能作為真理的一部份的證實，哲學與科學之不可能解釋宇宙，一如藝術和文學不可能表現宇宙。宇宙是　上帝的哲學、科學、文學和藝術，人只是這哲學科學文學藝術的產品，所以儘管人類以最高的智慧去探索苦求，那只不過是一件陶器想辦法明白陶匠何以造它那樣地無可理

解，因為人之與造物主，一如**螞蟻**之與人，**螞蟻**以為它們的**觸覺**是高能的，人類則以為他們的智慧是高能的，但**螞蟻**無法且不能信任天地間的視覺存在、聽覺存在，它們只信任**觸覺**存在；由而人類無法且不能信任　上帝的靈覺（啊，那是何等玄妙的寶貝！）存在，只信任他們自以為是的聽覺、視覺，乃至思維。大哲學家如黑胥里者尚且會如**螞蟻**一般低劣地說：「　上帝是不存在的，　上帝若存在，我為何看不見？」這代表人類不知自愚的幼稚。宇宙何其宏偉！又何其精緻！一幅畫感動了我們，我們尚且如見作者，宇宙使我們如此感動，我們何以不更是體察到宇宙的作者呢？一位住軍醫院的不相識的讀者胡正群寫信給我，想能見我一面，然而我寄了一篇近作給他，告訴他那就是我，一如我們因宇宙的奧祕而要見　上帝一樣，我們沒有理由要看見　上帝的形體，宇宙就是　神！而生命也便是　神！哦！我的小女兒，又該說小ㄅㄚ ㄅㄚˊ 這一套是費解的了，不！相信聖靈總會給我力量，使你有了解並信服的一天。如果說我不能為　主在我的朋友身上結出果實，至少那陪伴我一生的愛妻也該是我獻給　聖父的唯一蒙悅納的果實，我相信這個的。

　　小艾藤，由你那裡不斷地述說，我對 Today 姐姐（是否李雪嬌？）有一種由衷地愛戴，她之強、傻，以及民族意識的深厚，都足可作為你我的好姐姐、好同志，但何以突然（？）令我不解地反對你的主張？我相信這位好姐姐一如珠小姐姐所說，不會出于私心，（出于私心，我就不必究問了。）但她所持有的理由是什麼呢？總不致如那位瑞媛姊妹滿于現實的偏見罷！因為你一直不跟我談這個，也許她曾使你無言以對，她曾有著豐盛的反對理由。至于對于瑞媛姊妹，以後不必再跟她談出走，由于一個偏淺意見上的分歧，似沒有再事爭論的價值了。——原諒我對于你的好友不夠禮貌，我沒有惡意，你總信得過我。可是那末一個尚愛搞搞文學的少女，怎麼眼光不夠深不夠遠呢？我有些兒悲哀之感，可笑不？

我感到你是容易相信別人，但我不感到這是壞的，甚至是上當。信任比懷疑好，至少，對于朋友而言。我將斷言你不會上了任何人的當，（連保羅在內）只要你能多採納我的供獻意見。我並非過份地自信，而是說，兩個人的意見綜合起來，總會比一個人的完整。

雖然在文學的工作上，我可能對你很嚴，不准你偷懶（指追尋意境和表現），但為著你的成就，我心之切，你是諒解的，即或罵你、打你，你都不准違拗，也不准用你所謂的「方法」（不過是撒嬌發嗔的那一套）躲開你應得的懲罰。你知道，為何我放棄了戒尺？只為打在你的身上，一樣地疼在保羅的心上。好吧，讓〈問〉文就作為我們的「耳提面命」的第一課。啊，讓我偷偷教給你一個丟臉的法子，我小的時候最怕珠算，下一堂要考珠算了，就在上課之前用砂子把手心磨擦得麻木了，戒尺打上去一點也不痛，我常那麼做的。

把歌本寄來，除掉〈玉門出塞〉，那幾個歌我都不會。你有否一種感覺，我常在一個時期，為一首歌曲盤踞于心，一出口就唱出了它，最近幾天則是〈遙遠的北方〉。我的琴別提了，慢說不可能再用童年的指法彈什麼，而且也忘掉乾淨了，就像我的英文一樣，丟了五六年，幾乎丟乾淨了。兩三年前還曾想就原來的基礎再把英文搞好，但是眼看著大家留美狂地在搞，我一氣就死了那個心了。哦，艾藶，你的英文呢？記得從那冊《勿忘草》上，我曾留下一個印象：你的英文程度很好。現在怎樣了？有心再搞下去的話，未始不可，那是保羅的缺欠，同樣地也希望在艾藶身上實現。日文我不一定反對，因為多會一種外國文字總是好的，但若忘掉亡國之恨而把它作為日常用語，甚至以為很體面似地，那才可恥。我佩服大韓民國國民抵制日語的民族精神。當然我恨日本，不一定完全是為著他們毀了我的家，而是那種淺薄地暴發戶的文明，同時今日大陸淪匪，日本實該負最大的責任，在我們圍剿共匪逼于陝北一隅的時候，只須一舉便可澈底殲滅，而日本就在這時發動侵略了，我們不得不放下共匪、槍口對外。八年之中，養成

了匪徒坐大，貽下今日蔓延亞洲各地的恐怖赤禍。殊堪痛心疾首！

　　我的字體不會再變了，只不過寫信給他們幾個弟兄，比較潦草一些，但我的字很少有人讀著費力，對你和蓓蒂，都不得不工整一些。繆六弟的字本來就是鬼畫一氣，還有後林五弟都是不正經寫字的。我學的是秀娟六姐的字體，因為她是我們弟兄姊妹當中字寫得最好的一個，可是我學了已經十三年了，還是不如她那麼美。把她的像片寄給你瞧，我這原可能是浪漫而暴燥的性情，受她的穩重和細膩所影響，修正了不少，在我出外流浪最是年輕無知的時候，也最是成長可塑的時候，她對我的鼓勵和栽培最用盡了心力，每次給我的信就像現在我給你的信一樣，總是洋洋洒洒數千字，等到我和她實體相處的時候，真受不了她那種不苟言笑地嚴格管束，她對我，如你所說的「大」，其實只比我大九歲。就不像我跟八姐秀玲（是我給她取的名字）什麼避諱都沒有，我說我還沒接過吻呢，她就教給我，但是她說，這樣不行，外行！要稍稍地張開嘴唇，把舌頭伸過來，舔我的舌頭。啊，多麼可怕啊，艾蘿，別笑我，那時我才十五歲，也許是十六歲，我嚇壞了。我總不願跟她上街，她只比我大三歲，我怕人家會誤會，因為我們一點也不相像。

　　還有ㄅㄚ ㄅㄚˊ和青山大哥的像片，是我僅存的三張親人的照片了，我沒有想到一別就是永訣，那時只想著到台灣來受訓一年之後便打回去了。要不然我就把所有的親人照片都帶出來了。就是這三張也還是無意夾在書裡面的。好好保存起來，等我們有了家，再把它們放大，放進我們的像冊裡面。

　　我的小媽咪，我要午睡了。怎麼你不愛午睡呢？將來我一個睡下了，你孤零零一個人做什麼呢？不，一起睡。

　　祝福我親愛的小妃子！

你的（隨便什麼）

八月廿八日禮拜日十三時五分

※給我一綹你的頭髮，沒理由地要求！

※韮ㄐㄧㄡˇ菜

Poul！

哦，為什麼雙黃蛋不會引起我的興趣呢？然而，如果你曾經把一件原是很放在心上的事兒，為了一時的疏忽以致遺忘的話，那末你就必須原諒我了。因為信發出後我才忽的記起來。單只意識到在遙遠的天邊還有個為我暖壽的人就夠我狂喜，何況那種可喜的預兆！Poul！我真快樂，讓我們永遠感念這個幸福的預兆，也讓我們重新向老裴由衷地道聲感謝！如果那只蛋是他買的話（由我家女佣人那裏，我得知雙黃蛋是從外型可以觀出來的，那末可能是好心的老裴有意讓我們感到再一層的喜悅而特別撿上它的）。

該死啊，艾蘿！你要小艾蘿的頭髮！如果昨兒在我去台中以前（十時半）我會給你比你所要求的加倍的頭髮，然而只差十分鐘（只要給了我十分鐘，我就已把你的來信讀完的了）我不給你我的頭髮了，因為──因為我拿它做了一件你所謂的最最無聊的事兒（不告訴你也罷，同媽一起去的），現在，如果你還要小艾蘿的頭髮，那末，至少也得等到從台中帶回的假文明的氣息讓我洗掉以後再來，行嗎？

你的信又給我帶來很妙的夢；我家來了一大批客人，有老有少，但大多數都是帶著孩子的少奶奶們，你猜她們是誰？告訴你，那位很苗條，梳兩條小辮子的是──表嫂，在草地上打滾的是元元，還有……都是你的姐姐們，多奇妙啊，那麼多美麗爽快的娘兒們，還有她們嬉笑跳動的寶寶們，啊，我真以為我被帶到慶祝賈母大壽的大觀園裡去了。

剛才三點前一刻我們闔家（除了大哥）拍了一張相，我下意識地想著這簡直是為了送別我而照的呢！其實是送別小弟的，他就要離家，住到新竹友人家，參加為期一週的新生訓練去了。

你會想像到他的驚喜樣兒，他把你贈給他的火炬徽章掛到胸口袋蓋子的裡邊兒跑來告訴我，要我轉告他的朱西大哥他很感謝你的禮品，並要我轉交你一張他的相片。啊別看他那幅老實樣兒，事實上他

相當調皮，是個同你一樣的「悶頭厭」。

怎麼，黑二哥打消銅鑼之行了？廿九日，害我帶著戰戰兢兢的心等得好苦！昨兒弟弟也白等了（我把要請他帶到你那兒的相冊同紀念冊打成一只小包放在那兒的），今天也不見來，是否讓台中的朋友留住過節了？啊，我的大孩子！你是否又準備到三隊表哥那兒去過節呢？下午我吃了三個我自己親手包的無法說出什麼形狀的大鹹粽子，因為阿嬌逼著要我把那些礙眼的（她做的要美觀多了）東西吃掉，哦，這才真的叫「自食其果」（？）哩！

我真的那麼小嗎？我才不相信我好玩得連衣服都忘記收呢，我會照應我自己的，我一向都自己照應自己，自從離開外婆以後，然而，告訴我，「懂得多了」是指懂什麼呢？啊，Poul，我已經有公民權了，我想我似乎懂得不少呢，不信你考考我看。

我真不願告訴你我是護癢的，在我那干朋友中我是最護癢的一個，（蓓蒂常以此取笑我），當我一感到癢的時候，即或是輕微的觸到我的胳臂或脖子或腿我都受不了。好了，告訴了你我的弱點，可是你却別老往這弱點鑽，因為一個大丈夫是不會專找人弱點攻的是不？然而，這末說我就不是一個硬漢了？因為我是護癢的？

是的，我有同感，每當我快樂、悲哀的時候（其實無論做著什麼）我總意識到你的存在，每當我同阿嬌或哥哥他們搭汽車到山上做工的時候，我老愛坐在最後座的右邊靠窗的地方，它能讓我重溫舊夢，四月十八日那可悲的別離的夢，等到寬廣的原野展開在我眼前，我便又想著我旁邊坐著你，而其他的乘客都是我們的同志，我們正坐著一輛老舊的吉普車奔馳在風沙的西北原野上……啊，如果那時有人注意到我的表情的話，他一定會在我的臉上發現興奮、幸福與希望的微笑！

八月卅一日　下午六點半（到外面看屋子去了）

好保羅，你做得很對，這種無形的美（說服了那兩位作弊的同志，散會後第一個同他們握手）深深感動了我。我又學會了一種待人接物的方法，感謝ㄅㄚ ㄅㄚˊ的教誨，並為我的大孩子的得到清白美麗的勝利而高興，而祝福！！

（吃飯去了，晚八時正）

我懂得你所說的「文學必須負責政治的糾察與指導」 很早很早我就為自己無法做到這（跟著那些真正偉大的作家那樣用他的兩手和一支禿筆去影響政治〔我們所謂的糾察與指導政治〕去救祖國）而暗自痛苦，甚至觖望地想到既然所寫的總不外乎一己的或是兒女私情（乾脆說句寫不出東西來）則倒不如索性不寫的好。保羅，你知道對於政治，我懂得的是那麼的少，少到幾乎拿不定自己，我必須要多讀書，才能充實我自己，才能寫出「東西」來，你說是不？

李雪嬌不是 Today，錯得多妙啊！李雪嬌在我們娘兒裡面，正是最軟弱（現在可能好些了），最易衝動，被公認為「最多情」的一個，恰像我們的繆六弟，從我同她相識直到畢業，她一直是我的「盲目的狂信者」，她幾乎把我當成一尊偶像般地崇拜著，甚至我的無意中講出來的話會使她傷心，深深地刺激她。初中時候，她常為我對「莉莉」的友誼而妒嫉得發狂。她是那樣，當她熱中於某件事物（或人）的當兒總是那樣地死心塌地，但正因為熱中得快，也就冷却得快了，（我以為），啊，她似有過不少情史了。

確是那樣，Today 姐姐曾讓我無言以對，不，不是她，而是她那位視我如同親妹子般的哥哥，目前我真不願同她談到有關我們或我出走的事，也不願讓她曉得我的計劃，她們愛我，如同愛她們的兄弟那

461

樣，她們比誰都願我幸福，然而，她們却未能徹底的了解我（可能是我在閃避她們），為了不要讓她們感到小艾蘼背著她們做著虧負她們的事，更為了不願失去那麼難得的摯友，我似有從根同她們作一次釋明而求諒解的必要，然而，我怕，我怕在我出走之前，我告訴了她，而又無法得到了解的話，那末我一定會為她們所提的理由而氣餒而裹足不前！

哦，保羅，也許我將失去很多朋友呢！我有這樣的預感，這個社會給人們的影響和壓力太大了，目前除了曾耀珠同蓓蒂還有李雪嬌外，我不敢保證我同她們所意想不到的另一天地的人結合後她們不會疏我而去，然而，我將勇敢的接受，我會記著你曾說過的「即使全世界的人都背棄我們，只要我們能愛，能被愛，那就夠了」以及「與真正的知己比得過一百個朋友」這句話。哦，讓我們告訴所有反對我們，不諒解我們的人「我們互相懂得，我們相尊，我們相愛，這就是全部！！」祝福你，我的好朋友！夜安！

願我們在夢中相聚！

　　　　　卅一日夜　十一時正　（禮拜三）雨下著

你是晚睡的，我却受不了，那末如果我想睡了，你必須獨自一個待在桌前，那怎麼好呢，我的小ㄅㄚ ㄅㄚˊ？

　　　　　　　　　　　　　　　　　廿三時四分

雨不停地下著，哦，如果「我們的節日」（？慢慢想）那天正下著雨的話，那該多掃興！啊，我就不要送你離宮了。然而，讓我們遐想一下，第二天清晨起來了以後我將做些什麼呢？我是否馬上就開始

我的工作？哦，我真願我們的節日，定為週末，那樣，等到第二天禮拜日你來了後，我就不至於那末孤伶伶地拿不定自己了。還有，小艾蘿是否也要同你一樣地穿起二尺半來了？那才妙呢！父親知道了會怎麼想來著呢？最恨惡軍人的名望家的好女兒，竟自動地跑去穿起軍裝來，哦，那是一種啟示，也是一種諷刺，是足夠讓那些冥頑的天然落伍者翻個痛快的筋斗的了！

啊，ㄅㄚㄅㄚˊ同我想像的離得很遠呢！我真想像不出他那副躺在傍晚的籐椅上悠然哼著讚美歌的樣兒哩，因為像他那樣同外國人及教會有著密切關係而又絲毫不改鄉土模樣（我所謂的）的人實在是太少了。我感到你比較像六姐，我喜愛她，並不因為在她那兒我似能找著我的大孩子的影子，而是因為她正具著我心目中北國女兒的英姿──剛毅、豪爽、純樸而又美麗，一種出自自然，毫無造作的美，讓我致他們以最誠懇的祝福！！

這兒寄給你我紀念「成了大人」在庭院裡照的相，其中一張替我轉交給枋姐，因為我不明白她的確實地址，她可還有來信？

對了，告訴我什麼是「慢慢地像個大人了」？我不已經很像個「大人」了嗎？哦，你是以什麼為標準把「像大人」與「不像大人」分開的？

前兒在報紙上得知蓓蒂勝利的消息（全省教職員軟網賽）很高興，但有點兒寂寞的感覺，不知為什麼。（寫至此，小妹妹送來她親手浸製的玉蘭花的樹葉子，雖然我的生日早過去了，然算是她一片好心！把葉尖分給你，讓我們共享她的盛情。）

雨愈下愈大了，你那兒是否也下著大雨呢？果真下著大雨，你就無法到三隊去吃粽子了，那末你、傻瓜同老裴將以什麼過節啊？

凱蒂近來很會吃，白天老愛跑到外科室的手術器具櫥裡死睡，晚間便出外打老鼠，不過雨天的夜晚總是賴在牀上的。

傻瓜呢？我真怕牠會像四月那樣拒絕我的親近呢。

小美祺依舊住在我的牀底下，啊，我多麼自私！有一天半的時光沒給牠東西吃了。

　　筆停著，哦，我的好師傅，我真的有點兒想偷懶呢，直到我坐到你的身旁以前，因為我想把那些不屬於我的小說書本等在我出走以前讀完它，好生還給別人，可不可這麼做？

　　不談了，記著，當繁星欲墜的夏夜，並坐在有著青草的田畛上，你得講給我故事聽！

九月一日近午　　　你的女弟子

我嬌美的小貴妃：

　　為何你的信竟一反往常地給我帶來一種說不出的低迴的悲悵？不，不應該怪怨到信箋的內容，而是你的像。

　　久久，久久，我都不得鬆暢，我追問自己，至底為什麼？為什麼？就像是我的小愛人面對著我這麼追問，哦，饒了我罷！我痛苦！為你的美，我心憂戚！

　　我的艾蘿，你不能再可恨地否定你的美，而我亦須發誓決非出自情感的主觀。我首先質問自己：「西甯，你能保住對得起這美麗的姑娘麼？　神交付給你一位幾乎是為你『訂做』（？）這麼合意趁心的神仙眷屬，你能否對得住她？你相信她會從你這兒能不絲毫感到失望地滿足她永不饜足的知識慾望？你短得可憐的雙臂能兜抱住多大一點的天地交給這貪婪的孩子？你窄而單薄的雙肩經得住她站上去，伏上文學的高牆窺取其中的奧秘？你嘎啞的喉管配得上她天籟的呼聲？你能否為她維護更久遠的青春旋律？你的吻能夠不使她天賦的唇膏落色而蒼白？你可以永不要她為你的寒暖操心而致使她憔悴？你負得了責任你的一個擁抱不會給她添上一道皺紋？……？……？」哦，你不要再追問下去罷！求你！──因為我不能使你的「美」所提出的任何疑問有一個肯定的答覆。一經想到你將從你飽和著愛之漿液的體內抽出大量的愛給我，以致漸漸地使你失去你高貴純精的美，我就疼痛難忍！西甯何福之有，配以消受？那幾乎是折我壽的一種造罪！奈何！艾蘿？你不相信　上帝將你給我，乃是要犧牲你而成全我？你曾經怨我不該一再害怕你牽就、順服，然而你知道，一種生恐你為我委曲的潛意識無時無刻不在使我安不下心。想到你為我一句話便拚命地練單車的一類行為，我就忍受不住了，好姑娘，那是不該的，一萬分不該的！因為如此，你不僅犯了你自己所憎惡的「把男人的臉色當做晴雨計」的可恥的奴性，且我也決不甘心在情侶或夫妻之間任何一方成為所謂「權威」。

愛你，是千真萬確的，然而如何愛你？我惶悚！懷疑！這就夠我痛苦！我真要你撤除你的美所加予我的壓力了，不然，我將無法像我心所望地那樣完成我對你的愛的施展！

給我好夢吧，浪！　主與你與我同在！

禮拜五廿三時九分

氣死我了，今兒上午畫你廿歲生辰照的側面像，怎麼也把握不住那份神情。那種安適嫻靜的樣子，我極想把它變換做一幅修女的速寫素描，然而全歸失敗，捉摸不住，始終在捉摸不住的苦況下，努力了兩個多小時，單是為尋求那唇角的一絲微妙的傲氣和輕蔑，就足夠為我平添幾絲白髮的了。但，不！一定要捉住它，不然總不會甘休！

讓我評評你的幾張照片（很不該的，是嗎？），我最愛這張側面的，並不完全為她是你成年的一天所攝，而是她那種擁有理想和期待的神態，充滿了你現時的靈魂全部活動，因而她的美不止于膚淺的型體，她是超然的，使我有一種高不可攀的自我卑微的反應，那麼該是倚坐在開向西北的列車中，憑窗遠眺華山嶺上的積雪，她在想著什麼，以致坐在她身畔的保羅連同那還不太懂事的寶寶們都不敢輕輕地驚擾了她。最後告訴你，她極像表嫂。本來小艾蘿就很像她，然而小艾蘿却自作聰明地把她想做苗條而梳著兩條辮子的小少奶奶了。不，她胖胖的，不減于你，個條却幾乎高過于我，你知道，保羅是一個小矮子，然而女人有保羅這麼高，却會令人有「高頭大馬」之感了，表嫂和枋姐的身條很相近。而與你比照一下，除掉她是雙眼皮（那

朱西甯費了兩個多小時畫這張二十歲生日的側面像。

代表著幾分惇厚，不似單眼皮那麼俏皮、調皮），其他都跟你相近，尤其那一張嘴唇和下頷，你知道，當表嫂整理晾條上的衣裳而上半部臉被遮住時，我會立刻想到誰？真的，你若喊她姐姐，人家定會以為你們倆是親姊妹。

　　你同凱蒂合照的那張，你猜像誰？寬恕我罷，我又要提起我那童年的戀人了，真的，她就常有像你這樣的「不穩定且又略顯詫異的」笑容。告訴你，這一幀是朕所寵愛的「玉環」型的貴妃，瞧那豐潤的體態，幾乎那會是朕的幸福所寄，真的，保羅可因你而得帝王之位了。我的小皇后，我自然可以棄「使節」于不顧，不要你低就使節夫人之位了。然而你將是否吝惜你每一處都會使我幸福的膚髮，我的愛卿？不過我不滿意那張和秋姐姐她們以及傑克合照的，首先你像一個外國妮子，而且我恨你笑得我心慌的那種樣子，她不是中國人，不是漢人，一如傑克也並不像中國種，我否定了她的國籍！你為什麼要騙我，說傑克是台灣種呢？我本來是愛她的，現在使我失望了。你沒有理由責怨我太于苛求種族的純正，正因為喜愛俄國大菜的中國人一定要做共匪，正因為迷戀東洋文明的中國人一定要當漢奸，正因為拚命嚼泡泡糖的中國人一樣地要變節，我們便不能不「嚴漢賊之分」。我們不從生活的細節注意，從哪兒著手呢！我知道，我是過份了一些，因為至少你不曾有意要自己像或者變一個外國妮子。那末，我的好姑娘，別生我的氣，其實沒有人比保羅更了解你，更信得過你。至于你把頭髮的鏈形細胞破壞了，我不知該說什麼？

九．三．十二時十二分

　　適才看完了李彩娥勞軍的芭蕾舞。當然，賞心樂事的時候總是念著你的，我替你欣賞了一份。（九．三．十五時半至十七時）

我想我不該責備你，我放心你不致因此而生變化；髮式既然改變了，我既不應認為那是你「公然背叛」我，也不可能確定我就是對的。然而我總覺得，外型的修飾實不應急急忙忙地放在心靈和智慧的進修之前，在層序而言，它應列在後面，這是一。如果你參加了戲劇工作，為著需要勢必把你美好的青絲搞成焦黃，我不能制止及時的難過，然而至少那是獻身給藝術，為藝術，我們糟蹋了自己的身子，那是我們的心願，縱然痛苦，也有代價，因為藝術乃是　上帝，我們原該將我們自己的全身心奉獻在祂的祭壇之上，這是二。燙髮的唯一理由是「美」，因為大家都是這麼樣。現在，你尚屬于爸爸、屬于媽媽，他們倆位老人家既認為那是美的，或者說那是應該的，保羅自然無權干預，然而待至你屬于那「1」了，你的美將沒有必要向「1」之外的任何人討好，也就是說，只要為「1」而美，不必要為大家而美，這是三。文學是至高的，文學指導政治、糾察社會，文學自然代表著一種神性的智慧和神性的情感。我們為文學服役，自不能再侍奉惡劣的習俗。愛群眾、引領群眾，但決不等于迎合群眾、討好群眾，因為那樣我們將成了群眾的尾巴，我們將加倍地墮落下去。（我不一定贊成張愛玲在上海的小菜場穿著古裝買菜，「復古不一定就是好的或壞的」但我欽佩她那種不服群眾批評，不畏人言的堅強傲立的精神，因此她才寫得出《傳奇》、《流言》、《秧歌》等的好作品。）這是四。我願以此四點意見進獻于劉浪之前，供你參考，我自不會愚傻而專橫地要求你採納。頭髮原似不關重要，然而記否我們大漢族曾為此與滿族抗爭，以致慷慨赴難者不知幾千百萬！祖先給我們留下一絲一髮亦不屈服的民族正氣，我們讀民族史冊所為何事？而今而後庶幾不致愧對祖先而已！親愛的人，望你思慮！思慮！

　　前番聖詩中附贈的白髮，乃是保羅的頭盔上拔下的，雖然那是來至你的省境之後一般人所發生的病態，然而願以我倆生命自此相共，直至白髮蒼蒼，仍本今日的深湛的情感相了解、相尊重、相憐愛！懂得麼？我的小母親！小女兒！

待來日共生活之後，容我們共同為小艾蘿研究設計一種髮式，永恆不變的，就像真理一樣地適合你做孩子的時代，做妻子的時代，做母親的時代，以致做祖母的時代。也像真理一樣地適合你去墾荒、去耕耘、去教導無知的邊疆孩子，去做一切。為什麼我們不在生活的每一細節上施展我們的創造？當然你知道，我不是要你像奧特利赫本那樣創一種屬於她自己型的時髦的玩意兒，時髦是短命的，我們要足可代表我們地老天荒不變不渝的心跡的一切！

九．三．十九時半

※前後兩次寄來的歌譜，都收到了。

中元節，你們這麼重視！我們那兒叫做鬼節，當然我們家是不過這個節的，所以我的生活裡沒這個玩意兒。惹你那麼關心，老裴要我向你致謝你的垂切。但是為什麼你們過什麼節都要吃粽子，而且是鹹的。（怎麼寫成鹹呢？先記賬，三下手心！）你們簡直是跟我們反著來，不該吃甜的，你們吃甜；不該吃鹹的，你們偏愛吃鹹的！怪死了！

還記不記得去年在北投時，野人他們要我表演吃生蒜？我們山東人確是愛吃那個的，所以人說山東人的個性（倔強、直爽、粗暴）總說是「大蒜味」。其實吃過大蒜嘴裡留下的氣味才難聞呢！哦，我有了你，我就得戒蒜了，要不，你一定不准我挨近你一點。山東人最不討人喜、最讓人瞧不起的便是愛吃蒜。總之，山東人愛吃刺激性的東西，辣椒、蔥、胡椒、芥末（吃了要打噴嚏的，很滑稽！）花椒、醋、韭菜，而且涼拌菜特別多，你不必到我的老家去，單是我這一手菜，恐怕你便吃不了。如果到了老家，天天吃饝饝（饅頭）、煎餅、麵條，真會把你吃得哭起來，那該怎麼辦？

我不能確定你就那麼小得什麼也不懂，那只是假定而已。不過果真出題考你，（不必太難的）却不見得你就夠及格，你別那麼自信：「不信你考考我看！」不知道你說這個，是為著要跟我爭強，還是表明你已夠結婚的資格？我也不必考你，單讓我把大衛高柏菲爾第一個妻子（他稱她做 baby-wife）介紹給你，看她是怎麼樣的小。她喜愛狗、她一定賴著丈夫同她接吻之前一定先吻她的愛犬。她在他的稿紙或者新書上給愛犬畫速寫像。她要她的丈夫哄她睡覺她才睡。早晨要丈夫抱她下樓穿襪子穿鞋，晚上要脫了襪子和鞋，抱她上樓。她快樂起來也不管丈夫有事無事，要他陪她疊紙玩具，或者在屋子裡跳舞（其實是亂蹦亂跳）。她也一樣地陪著他寫稿，然而她打著呵欠，不必要地給他換筆（鵝翎筆），以致他不忍心，還是把她的鞋子強制脫掉，拖她上樓去，然而他必須輕輕拍著她，直到很費難地把她哄睡熟了之後，才偷偷脫開她環抱的胳膊，踮著腳尖，小偷似地回到樓下繼續寫作。但她並不是故意折磨她的丈夫，她只是天真、孩子氣，嬌憨嬌弱。而高柏菲爾也不比妻子更「大人」。以致她病了、死了，不是失諸貧苦或者醫藥無效，而是他們倆誰也不懂得飢寒飽暖，愛怎麼就怎麼，他們愛得入骨入髓，然而他們不會愛。還有我的七姐，實足地也是 baby wife，愛吃愛玩，一年一個寶寶，結婚四年，四個兒子，她也不像個母親，一天到晚只管跟寶寶們玩兒，一會惹哭了這個，一會惹哭了那個，惹哭了孩子便交給丈夫去哄，孩子的尿布甚至自己用的私衣也都要丈夫洗濯。七姐夫的脾氣非常溫良，可是最後還是忍無可忍，你猜會怎麼樣？他把七姐從湖南送到南京，說是歸寧，然而交給二嬸之後，就走了，一去便無信息，先我們還以為他出了意外，兩年後才知道他已經決心連四個寶寶都丟開不要了。我們很知道七姐夫那個人，如果七姐不逼他逼到忍受不了的程度，他不會那麼做。可是七姐也不是壞脾氣的小姐那種人，她只不過是孩子氣，貪玩兒。

　　怎樣，我的小母親？你保得住險你不會像高柏菲爾的小妻子？不

會像七姐？並不完全為著你年齡太小，因為六姐十八歲嫁到劉家，便做了那樣複褓的大家庭中的家事總理（王熙鳳），我只是覺得你小，說不出道理的小，懂得愛，可能不會愛。比方說，我們倆的睡眠時間不同，如果你非要陪著我熬至夜深以為那是同甘共苦，或者嬌聲嬌氣（雖然你對父母都不曾那樣，然而很可能把那種作為一個女兒所天性需要的，統統疊積起來加在我的身上）地要我夜夜為你低吟安眠曲，那不是小嗎？

不過如果論到我們的睡眠時間，我想不必要誰牽就誰，我們可以按照彼此稍微理性一些的需要做得很好。比方說，當我們的生活正常了之後（那就是說度過了那一段避免不了要任情恣意的新婚的日子），我們可以好好的安排我們的時間，至少一周之中，總會有一兩天夜間我會提前早睡的，那就是大孩子需要小母親的時候，不，是小ㄅㄚ ㄅㄚˊ需要女兒的時候，那末讓我伺候你、安排你，讓你快樂安適地在小ㄅㄚ ㄅㄚˊ的撫愛下走進夢國。而外，我很相信，你也會在一周之中，需要一兩天夜間等候我、伴著我，一樣地等著為我安排，那是小媽咪需要大孩子的時候，當然照樣地使我快樂安適地躺在小媽咪的溫懷裡，慢慢地睡去。至於剩下的三四天，我們各不干涉，按照各自的習慣起居作息。你不必顧慮我一個人孤零零地苦耕我的文苑，因為只要聞聽到你溫馨的夢息，隔著輕紗，矇矓地瞧著你睡得那麼甜香，我就不會寂寞了、孤單了。等我乏了下耕具，便輕輕地熄掉燈火、輕輕地躺在你的身邊，不驚擾你一點兒。而你，也自會在絕早的清晨，輕輕地離自我的身邊去訪問花草上的露珠，採一朵野花放進紗帳，瞧著我睡得那樣甜香，你也將不感寂寞和孤單，于是你打開垂著低罩的燈光，開始你文域的耕耘……啊，艾蘿，我的小女兒，那不是很美麼？當然，我們並不因此就不希望兩個人終會慢慢地且不勉強地成為一致的作息起居，長久了，我們自會由接近而合一的，你不相信麼？

今兒沒午睡，有點疲倦了。讓我懷揣著貴妃到夢鄉裡去尋我的小

女兒，今夜小ㄅㄚㄅㄚˊ需要你！

軍人節（周末）廿三時卅二分

今天一個好的聚會，繆六弟趁四天假期來鳳山，黑二哥亦預先應約趕到，兄弟五人聚齊了，多夠高興的！

黑二哥、野人四弟和小毅子七弟三個人已通知了我，要我不要做被子，他們三個人預備會贈一條又美又大的被子給我們。大哥尚未確定，繆六弟則要他姑媽確定是送一對枕頭還是一條褥單。宜蘭么弟則是一架自造的五燈收音機。遠在金門的俊林（我們喊他疤子）五弟可能因金門的港貨便宜送你一磅毛線，不過我已託他另替你買了。（如果你不會打毛線衣，可跟表嫂學。）單是哥兒們幾個已給我們的家加添一些可愛而需要的東西了。真的，哥兒們需要你不比我弱。

黑二哥要我跟你致最深的歉意，本來這次很靠得住要去的，因為有一件公事要去嘉義群部辦理，可是臨出發的前一天晚上群部派人來專辦了，第二天趕辦了一天，致未成行。同時我也覺得很是對不住你，沒有比給一個人希望又使之失望更可恨了，恨我吧，艾蘼。前面記下的那三個手心不打了，我們抵消好不好？

老裴不認得雙黃蛋，所以他對你「多心的感謝」很感到受之有愧！託我轉告你，不要存感謝之意，那樣他將不好意思見你的。

不要你的頭髮了；你可曾留意你寄來的「音樂」裡面有你的一支黑色的小髮卡？真的，從那上面我似乎嗅見了我親愛的貴妃的髮香。（不因你把它做了無聊的事而生氣，因為「膚髮受之父母」，既是媽要你那麼做，保羅沒有權利生氣。）

為什麼不把你的「全家福」照片寄我一張，讓我瞻仰爸爸媽媽？總不能到現在我還沒見過他們倆老人家。

小弟的樣子確是老實相，但我知道的，他同我是一樣的愈是扳著一副（幅×）正經模樣，愈是心眼兒多。我想，明年暑期也許我們就可以接他或小淑美來玩兒了，看我們這一對悶頭厭的「同志」玩不玩到一起去。

　　好了，你既那麼護癢，我就可以對你隨心所欲了，什麼大丈夫不大丈夫的！如果說作戰起來不攻擊敵人弱點，那是自找敗仗的。所謂知己知彼、百戰百勝，那就是探尋敵人的弱點和優點，以便逃避躲閃敵方優點，進攻其弱點。照你說，大丈夫不應專找人弱點攻擊，那麼自古以來名將皆是小丈夫了？然則我甯可做小丈夫。不過可憐的妮子，別害怕，除非你有意和我為敵。你知道，如果咱們打起架來，你是重甲級的，我是輕丙級的，單憑你的體重（蓓蒂在我們首次見面的頭一天就告訴我，你體重一百廿磅）就可以把比你輕上十五磅的我壓在下面動都動不得，這是你的優點，我自然要另找你的弱點了。那末，既然彼此都把弱點暴露了，我看還是不要打架的好，打起架來兩敗俱傷，何苦呢？我們會永久和平的，不是嗎？

　　當然，我一樣地亦不懂政治，不過我總以為只要握住一個「一切為人民」的原則，我們就算懂得了。致于理論，我讀的很少，但我已經感到很夠了，以後我們倒是要多讀一些哲學、理則（邏輯）學、美學和社會學等一類的理論，而歷史也是必須讀的。（本國史我只對清代史稍有心得）很慚愧，一九四四年，是我讀書最少的一年，幾乎沒跑過圖書館，單是身邊的幾本書，就不曾好生地讀完。還有，我更不敢向你說的，「潮流」（「傾國傾城」）（編按）還是徘徊在修改開始的三章上面，預計第一部含十章，叫我年底怎麼向我的好妹妹交卷啊！想到這裡我便恨不能抱著你狠狠地哭一場，以前怨沒人給我勇氣、給我力，可是今年，我還有什麼好說的？我對不住你所給予我的愛之期待，而我却不知慚羞地整天價盤算著打你的手心，我該死幾次才對得住你，我的小艾蘿！？今年，我向生命交了最壞的成績，幾乎

是白卷，我有何顏面可以為你師表？別再喊大師傅了，責打我！申斥我！都比喊我這個好？求你！但願在未來的日子裡，各人執著一條鞭子，誰也不要放鬆誰。

我已說過，我之不准你偷懶，是指追尋意境和表現，而非像習字一樣地強制你每天一定要寫出多少東西，我是在寫作的辛苦歲月中掙扎的人，自然懂得這其中由不得自己作主的苦楚，不要著急，讀與寫同等重要，出走之前把存書讀完，那是應該的，我鼓勵你那麼做，果真靈感如潮湧來，遏止不住，當然也不要硬攔住它，懂得嗎？一切都要由心來決定。

你知道我為什麼會把李雪嬌誤會成 Today 姐姐？那還是寄《復活》時候的事，因為你告訴我，書讓 Today 姐姐借去了。以後過不幾天，由苗栗掛號寄來，封面註明「李雪嬌寄」，且我曾回了一張明信片告訴她「書已收到，請放心勿念。」因之一直地我都以為她們倆姊妹是二而一的。真是錯得可笑！

盡其在我，不求人諒解，我們要這麼做才行！不過對於好朋友，也並不要如此絕情，該解釋的，還是要的。然而你並沒有告訴我這一對好心的兄姐是由何根據反對你之出走，我想明白。也許那不很簡單，那末就讓咱們到了一起之後，好生談談，然後由我們倆商酌之後去求他們倆的諒解。好艾蘿，我決不能忍心讓你失去這一對好心的哥哥姐姐，我們需要這樣的親切的友誼。我很有信心，我們會得到諒解的，不要為這事情難過，總要相信你的保羅是怎樣重視你那麼些可貴的友誼，像羅同學的那樣「情敵」，我們尚且一千個不願意棄絕，況乎你更好的友人！

不，別擔心第二天怎麼樣，不必要是周末來，平時的日子，我都可以請假的，自然，你來的第二天，我總要去照顧你，難道保羅就放心讓你一個人去應付那個陌生的環境麼？第二天的工作很多，商量怎樣去爭取爸爸的諒解，那是要著，其次，對你的生活最要緊的是求

得怎樣的安定和安心，怎樣使你在這個陌生環境中拿得定自己，小艾蘿，那也是使我對你怎樣才得放心的安排，保羅最基本的要求無非是使你不受委屈，相信我，我的小女兒！至于是否穿軍服，那要等你成了隊員之後，不過為著舒適和便利，多半都穿便服。三隊是個天高皇帝遠的單位，沒人管，隊長副隊長便可以自稱「朕即三隊」。所以大家自由自在的，又養雞、又養鴨，那裡不像軍營，只是一個過日子的人家樣子。將來為著便利（你不知鳳山軍人那麼多，敬禮還禮真是不勝其煩），尤其同你一同出入，我將也穿便服。啊，也許不習慣了，因為軍服已穿了五六年，習慣已經很深。

用不用告訴小淑美（啊！我的小姨呢！）？我該怎麼謝謝她讓我這個「姐夫」分享了在她的一顆童心裡算為最高貴的生日禮品？替我親一親那胖胖紅紅的小面頰罷！我不知我會否被你允許去疼愛她？因為許多做姐姐的都不很願意丈夫同小妹妹好，那是一種近乎滑稽的顧慮，我不願你有那種不衛生的心理。

傻瓜說，他是個土包子，沒上過鏡頭，好在小媽咪也見過他了，只是同凱蒂大哥尚無一面之緣，很遺憾！

吻我的小女兒，祝福我的小母親，夜安！

・你的人・

九、五、零時卅五分

・編按：多年後易題為《異象》，後重寫叫《華族家傳》，最後定名為《華太平家傳》。

我親愛的皇上：

你一定不會相信你的小女兒昨夜熬到午夜才睡吧？為的是昨兒二哥到他朋友家至深夜未歸，大夥兒急死了，母親更是連晚飯都不曾好生吃過。她過敏地以為二哥去游泳，慘遭滅頂了，還有父親的許多朋友們也都騎著單車，幫著四出分找，直到午夜二點多方得著下落。啊，身為男兒的二哥一夜未歸就夠令他們神魂顛倒，我真想像不出來日當我出走的時候他們將急成什麼樣兒呢？！

二哥劉家英。背景為重光醫院的後門，劉慕沙出走前一天，先把隨身攜帶的常物從後門託給朱西甯四弟野人帶走，次日則輕便上路不引人注意。

哦，為什麼說你會使我衰老，會使我失去純粹高貴的美？為什麼？我的好保羅？人們說幸福能使人的青春永駐，我有這樣的信心，同我的小ㄅㄚ ㄅㄚˊ待在一塊，我將永遠感到幸福（不是物質所給與的），我們將永遠年青地活下去，而且，沒有比一個被愛而且能愛人的心靈更能顯得高貴美好的了！所以，我的好ㄅㄚ ㄅㄚˊ，別再為我憂戚，我們相愛、相知，這就是全部！

什麼是「會愛」同「不會愛」呢？我也許不知道「如何愛」，然而，我希望我能慢慢兒懂得如何愛。

瞧你又在提我練單車的事兒來了，誰為你那句話在「拼命地」練來著？

為什麼「美」的極致也常是一種酸痛的悲哀？好個美麗的愛情故事！像幸福到極點時會令人流淚那樣，美到極點，也會讓人掉眼淚的，是不？然而，告訴我你為什麼比以前收不住淚了呢？

我愛聽「大衛高柏菲爾」的故事，以後你得講給我聽！

是的，在小ㄅㄚ ㄅㄚˊ前面，我多半毫無理由地感到自己小，可是，我想我不致於小得像「大衛」的小妻子或你七姐（多麼可愛的姐姐！）那樣，這與我的環境同父母對我的教養（不一定就是正確的）有關係，我也摸不清我要你出題考我，是否出于賭氣或是表明已夠結婚資格，算了，別再追究它。

　　你冤枉我，我沒騙你傑克是台灣種的，雖然牠長得一副狼犬樣兒，可是牠確是道地的台灣佬，真的，牠同父親那條「日爾曼」很相似（在我們合家照裡有牠，以後寄給你瞧），很多人，甚至母親都會把牠們搞錯。再說，我沒向我的好ㄅㄚ ㄅㄚˊ撒謊，要向你撒謊的事，我甯可不告訴你！

　　我不明白為什麼我「笑得使你發慌」？你知道我把傑克摟在腋下，該死的牠死勁地動著身體，護癢的我當然無法控制笑了，啊，那是我笑得最自然也最豪放的一張呢。

　　至於側面的那張，真可笑，當我第一眼看到它便使我記起正在念經的「和尚」（不是尼姑）來，難怪它要讓你連想起修女來哪。不要費神努力去畫它，何必呢？待我們在一起了以後現成的畫材多著。

　　哦，好保羅，不要驚動那麼多的人，瞧，好心的兄弟們，這個時候就在打算為我們贈這個送那個，彷彿我們馬上就有那回事兒了，讓我將怎麼好意思去見他們呢？！不要急，我們的「家」不是在「好日子」以後嗎？那末自「我們的節日」到「好日子」中間還有一段不算短的距離哩，是不？

　　一個消息，「我們的節日」可能要延長到從現在起四個月以後了，昨兒，國校校長又到我家來說代課的事，四個月，那是十二月以後的事兒了，似乎很遠，是嗎？哦，有時，我真巴不得我們現在就待在一塊，真的，已往幾次相聚，我們都不該浪費了許多大好時光呢？啊，我忽的想到省運，（吃午飯去了）又快一年了，如果我能參加，我們是否又能有個第五次的實體相聚？

不知怎的，我似乎有點想把我們的事告訴蓓蒂了，如果我確能參加省運的話（還遠呢），我也不知道為什麼。啊，我們將如何去同她講呢？

前回剛把給你的信寄出，便收到（秋姐姐拿來的）耀珠的信，要我問你是否有空參加欣賞她們（上次同你談過的，我們的合唱團為歡送並歡迎團裡同學受訓及受訓歸來而開的演奏會）的音樂會。首先由於我剛寄出信，其次我想你可能不會有空兒，因此，我造次地謝絕了，原諒我好不？還有她要你上她那兒玩去，（她邀請得很妙呢！）哦，但願我們能有機會一道去拜訪她，然而，如有事上台北，保羅不妨找找她去，誠如她說她「不怕頭目的青臉孔」你將會發現她更感人更可愛的地方。

替我安慰黑二哥，說我原諒他，哦，這兒我把當天我夾在小包內預備給他的便條讓你瞧，現在讀起來真妙得很呢。

多妙，多幸運！我竟與表嫂相似！她是否老穿著旗袍？哦，我真如同想像不出穿著便服的保羅那樣地想像不出穿上旗袍的小艾蘿呢！

然而，你所說的「童年的小戀人」是指奧林匹亞？還是斯娣拉？是「鳳子」是不？我彷彿記得你上次讓我看她的相片時，她的臉上有那種「不穩定的詫異」的表情哩。

哦，好ㄅㄚ ㄅㄚˊ，我有點兒不願學打毛線呢，那將要花去我很多時間（與我對手的自卑有關），為什麼你的「你不會打，可跟表嫂學」突地，讓我痛苦地記起硬逼著我讀我最恨的數學的 Today 姐姐來？去年的這個時候，不，一上高三，她便規定時間為我補習數學，我幾乎像古時私塾學生怕老師般地服她，落得老是找理由逃避她，甚至欺騙她，我不會忘記下午放了課，我同球友們在球場打得興高采烈時，Today 拿著我的書包要我同她一班車回家，好生在車上替我溫習今天所講的，可是我常是賴著不走，結果她只好帶著一臉沉痛離開球場。甚至，有時對著知友們，她曾賴蓓蒂把小艾蘿帶壞了，她的理由

是要不蓓蒂找我去打球（她比我先練會）我就不致於迷上球，其實那是冤枉，你知道一個巴掌是打不響的，是嗎？

Poul，你會不會討厭數學？對於它，能拿到六十分，我已是大幸了（啊，告訴你，有時還得用很可恥的方法才能獲得呢，我，Today同蓓蒂老是成三角形地坐著，從高二到畢業從沒調動過位置，對於英文、國文我是拿手，理化、數學卻是 Today 的專長，因此，很自然地我們成了「分工合作」的狀況）不及格，甚至一、二十分更是司空見慣，然而我愛讀語文，我很偏心，以致對於文理，就成了畸形發展。在我那干中庸而好玩的同學中，我很可以誇張地說道語文好的幾個中有我的份兒，然而數學最壞的幾個中也有我的份兒（還有一種可笑的，在那最壞的幾個中，有一個是我班的論文泰斗，外省籍，字美，古書讀得不算少，寫得一手好論文，另有一個是專寫通訊文、宣傳文的，雖然她是我校《竹女青年》的文藝編輯。我的相冊裡有她的相。）

說起搞英文，我想還是等我應有的文學基礎和素養打好了以後再說，不過你以前念英文的時候曾否有這種感覺：一篇很平常的譯文，如以原文念起來的話，有時會產生一種說不出的美感來？我愛細細地品味（以原文）〈最後一課〉（作者忘了）〈母親最後的一吻〉和莫泊桑的〈二漁夫〉（英譯的），我打算把曾經感動過我的文章搜集起來，待來日綿綿雨天，讓我們一塊兒品嚼它們，欣賞它們，好嗎，我的好師傅？

你那兒有否《古今文選》？我搜集了不少，要丟，捨不得，如果沒有的話，我打算把它們先寄去，以後讀。還有那麼多的信簡，要如何寄法呢？還有兩大本相冊？我打算先把那危機重重（？）的書簡同大的相冊寄去，存在你那兒，該怎麼寄呢？

祝福你午睡裡有個美麗的好夢！

九月七日午後三時正

告訴我，禮拜天午后快七點鐘的時候你正在做著什麼？是否同哥兒們在談論著我們的「家」？（多妙的字眼兒！）告訴我的小ㄅㄚ ㄅㄚˊ，我正挨母親罵，為的是收衣服的時候，順便用雨衣同傑克「鬥牛」讓母親看到了，她問我幾多歲了？會不會臉紅？啊，我一點也不會臉紅呢！沒理由嘛！很奇怪，對著罵我的母親，一邊抓抓頭髮，一邊不太好意思地笑著，我尚是第一次。Poul！將來我同傻瓜玩兒或同三隊的大犬「鬥牛」的時候，你將會不會像母親那樣地質問我？不，你將不會那麼做，你將也會加入我們的一夥的，是不？答應我，好ㄅㄚ ㄅㄚˊ！

　　怎麼你很少娛樂性的大笑過，那該怎好呢？我很愛笑，我常為一件很小的事物笑得肚子發疼，我真怕有一天我那過於豪放的笑聲要惹起你的氣惱呢，因為當一個人情緒低劣，另一個却又為某種事制止不了笑聲時，雖是無意，但對於那個正在鬧情緒的人，就會是很厭煩的事呢，並且，我就曾經這樣地讓大哥氣惱過。

　　適才二哥回來，守著我，對於兩位女佣人的責怪（說讓大家操了一整夜的心），他說道：「我只不過演了預告片，你們就操那般大的勞，待有一天正文演出來了，那不知你們將顛狂到什麼地步！」我曉得他是在暗示我，要我對我的出走再三考慮的用意，因此，我就更需要勇氣和毅力了，Poul！不斷地給我力，尤當我「出埃及」的時候！

　　不要為「傾」文著慌，這一年你做了夠多的事，在你的心上、精神上。別人也許說你懶散，然而你的小女兒懂得你。如果你堅持要對沒能夠把「傾」文完成感到負罪的話，那我至少也要負一半責任，因為在小艾蘿身上，你花費了不少時光和精力。我沒有資格申斥你、鞭打你，只有同你分擔這個罪過，那末。來日讓我們一同補贖這個債，互相勉勵著完成它吧。再說，不要急，放心地寫去，急著不會寫出有

生命的東西來的，答應我，鬆暢地，不帶煩惱地寫完它，我的大孩子！

　　啊，我不愛吃辣的東西，還有蒜，父親倒很愛吃，奇怪，我所碰到的「不胖的人」為什麼都喜歡吃辣呢？然而，凡是用「麵」做的，我都愛吃，也許那就是致我于胖的原因。

　　什麼？明年暑期就要接弟妹們玩兒去了？多麼急性子啊！父親做夢都還沒想到已有人想接「他」的「小姨」和（？）去玩兒去了呢！

　　那末讓我們再挨四個月，待我任務（工作）完了，再實踐我們美麗的理想吧！

　　　　祝福！！

你的小女人
九月七日午后四時半

※寄去的幾本書收到了？
※國校十二日開學，最後一次用秋姐姐的名字！寄到學校去。

小劉浪：

啊！就在你接到我的信那天（禮拜二）晚上，不，是夜裡，你吻了我的面頰，多清晰啊！那似乎我們在同一群人舌戰，我侃侃地說完了一大堆理論打敗了對方之後，你便迅速地（似乎是怕別人照見了）在我的左頰上一連親了三個嘴，我清晰地聽見那個音響清晰地感受了你嘴唇的吸吮，而且第一個吻比較重，甚至感觸到你滑膩的舌頭，哦，我最親愛的，我實在忍耐不住不把這個告訴你，這兩天，幾乎沒一個時辰我不在感覺我被你吻過的面頰還在發燒，禁不住用手去撫摸它。艾蘿，果真那是實體的，你的保羅豈不將完全地神志顛亂了麼？你這害人的小妖精！

　　　　　　　　　　　　　　　　　九.八.禮拜四.近午

適才迎接了第一批（十五輛四分之四的大卡車）入營的大專學生。艾蘿，你知道每一張我的視線所及的面孔，我就斷定那便是我的小女兒曾經私戀過的「華族」，很有意思的，不是嗎？結果讓我疑心是那個華族的竟不下數百人呢！

　　　　　　　九.八.十九時廿分，是你晚餐時候

禮拜日七時你挨母親罵的時候，你不會想到保羅竟是破天荒地坐在一家滿是邪蕩氣味的茶室裡，你會像那些認識我的人一樣驚奇保羅怎麼會在安息日跑到那些地方去的。待你明白了以後，你就不會責備你的大孩子了。

那天是繆六弟在這兒，有一位我的文學上的朋友李長風，又是繆綸讀初師時候的心理學老師，在送繆綸上火車的歸途中，他就指責我兩點，一是他問我聽覺是否有毛病，因為他發現我不止一次地聽不見他向我招呼。我的聽覺自然是非常健康正常的，由是他證明我在思維

上用心太專，生活中缺少適度的娛樂（？）。其次，他認為我清教徒式的生活固然在現實中尚是少見，殊堪可佩（？），然而不主觀地「玩玩跑跑」（你不會懂得這四個字的意思是指玩什麼跑什麼的），對於一個文學工作者是必要的。前一點他不了解我，我也不想要他了解。後者，那是我心裡常常盤桓的矛盾，我承認自幼的教養過深，我不容易客觀地玩玩跑跑。我不是不明白我應該去那些地方，因為那裡面是獸性高度表現的所在，同時也是被凌辱的受苦者蒐集的地方。但是我很任性地恨惡那些，我知道我去那些地方定是痛苦的。可是李長風指責我不肯為文學痛苦，不肯為文學捨開自己的顏面，我承認。我不能跟他比，他是個準獨身主義者的卅歲以上的人，他可以一高興去旅館開個房間，弄個侍女陪一夜，他們的心腸已經很硬了，他們也不太需要情感了，在他認為，我現在正是玩兒（玩女人）的時候，一則還是個「自由」人，有了妻子就沒機會再玩兒了，（不能不承認他有他的道德觀）再則，從玩當中能更多地體驗人生，至少懂得更多對妻子的體貼功夫。我覺得很有意思，那末我現在已經是個「不自由」的人了。關于後者，益發可笑，向娼妓去討教，回來伺候自己的妻子，我承認這種人一定有，而且不會少，但很顯明，這種人所要的妻子，要不是一具洩慾器，便是燒飯洗衣服的下女了，兩者兼備更是一種「理想」，可惜朱西甯要的不是這種妻子。我所得的批評是：「還停留在學生時代的夢想！」我也承認這個，我若沒有我現在的小妻子，那當然不是夢想也是夢想了，然而我很可能也就一輩子夢想，甯可夢想，不要那種兩者兼備的「理想」。而他對我的文學態度，則評為「學院氣味重，從推論中找現實。」關于此，我並非沒有自知之明，但是至少我穿著軍服，我是個代表國家的軍人，可以五十九萬九千九百九十九個軍人跑「滿春園」（鳳山的賣淫區），我朱西甯一個人照樣為代表國家而努力，如果說一百個人當中九十九個人當漢奸，我就必須當漢奸，這是講不通的歪理。在理論上，我們可以互不侵犯，互不反對，因為人

都有自己的一套，人沒有不希望推行自己那一套的。那天沒有誰征服誰，也可以說誰都懂得誰。至于他願意奉陪我到那些地方去，那屬于友人間的私情，不如說我奉陪他，好在穿的是便服，第一次坐咖啡室，第一次到那個我還不知門朝那個方向的所謂「軍中樂園」，這裡他更振振有詞了：「因為你是專寫軍營生活的軍中作家，如果你不了解軍中樂園，你就不配！」我不欲多辯，因為我既稱不上作家，更不甘心光寫軍中。然而我的劉浪，你可曾讀過但丁的《神曲》〈地獄篇〉？我就感覺我是但丁重又被領入廿世紀的地獄了，誠然我們不是魔鬼，我們無法想出地獄的景況，那裡面充滿著撒旦的嘴臉，被開汽水的歌女噙著淚在唱（就算是唱罷，那是生活的擔子壓出的呻吟啊！）賣淫的房子就像棺材那麼狹小黑髒，從這一間望見那一間，有我們十四歲的小妹妹，有我們「最走紅」的門前排著隊等候的大姐姐，有我們已經有了六七個月生命的小侄子的母親……劉浪，還要我更詳細的給你報導麼？這就是「樂園」！但我奇怪，我沒有看見一個可惡的面孔，即使那些買了票在門外排隊的弟兄們。什麼時候我們能讓這些兄弟姐妹從魔鬼的玩弄下掙脫出來？讓兄弟們有家室？讓姐妹們有歸宿？讓那還沒有得見天日的小侄子們有一個天使的生命？因此，當李長風問我觀感時，我背誦了〈禮運大同篇〉的一段：「使老有所終，壯有所用，幼有所長，矜寡孤獨廢疾者皆有所養，男有分，女有歸……」

艾蘼，我由是想到你我何幸生于天堂！可是在我們歡樂的時候，或者在我們受苦的時候，我們忘不了那些悲慘的受難者，那不僅提醒我們，勉慰我們，且是我們人生奮鬥的誓願之一。我們沒有可足自恃的，但 神給了我們蒙恩的筆！啊，在我們新夜第一個節目中——那是萬物俱寂的深夜，一對被 神祝福的孩子面向十字架宣誓結合心跡的時辰，請我的小妻子別忘了向 神表明我們將如何矢志為那些壓迫凌辱于撒但的受苦的姊妹和弟兄而奮鬥，乃是我們的夙願，乃是我們結合的心跡之一。

祝福我親愛的伴侶， 主與你同在！ 九.十一.晨（我不敢報時）

　　昨夕參加歡迎預訓班四期同學入營晚會，看胡少安（名京戲老生）的〈四進士〉，散場太晚，等再洗過澡，已是〇時以後了，但為午睡很久，精神充沛，究又為你寫信寫到二時許。可是躺到床上，一點倦意也沒有，內心充溢著說不出的苦悶煩擾，怎樣也靜不下心，（也許是受你又任教職的消息所影響）我不敢告訴你你的大孩子什麼時候才入夢。

　　我自難否認私心的需要你是何等急切，然而你也信得過我並不完全為著這個，于此，我們似無再事聲明的必要了，不是麼？那末你任職既成事實了，我們就該有一個新的策劃了，是不？由于二哥守著你對女傭們的暗示，恕我生出一些不見得就是不必要的恐懼和過慮。也許是因我一直不曾了解二哥這個人和他對我們的可能態度（那就是意外的），我要先表示信任，再求懷疑，首先，二哥必竟是「劉家的人」，他的觀念中不可能完全沒有「家風」「門楣」「聲望」之類的東西，這也是人之常情，無可厚非。但是否二哥也會把你的事拉進這些觀念中去處理，這是很難說的，你可以信賴二哥，但你不能過份信任你根據跡象所作的判斷。這樣一如我信任我們的愛情，但不能不顧慮時間的過份拖長而產生的種種不利與意外。我已經同你談論過，把我們珍貴的時間（生命）和精力用在笨拙的筆談上，以無謂地拋却掉太多的讀書寫作歌唱愛情等等的幸福，這是一個可惋惜的損失。但執教却又並不是我們所不欲為的，至少我信任你的執教態度對我們這些小國民至少是一件可幸的事，你將懂得如何去教育他們，不止于「教書」而已。可是這種極具意義的神聖工作雖然足可抵銷你我之間的事業和愛情，足可安慰我們雙方的渴念，却使我們不能不想到意外發生的極大可能性與如何處置的問題。在我們可以意料所及的意外有兩點（也可說是一點的兩種出現）。在這四個月之中，實在難保家庭不為你開始

議婚，甚至決定婚事。其次，這四個月之中，我們不能保險我們的事絕對不被洩漏，而洩漏之後，家庭勢必使你跌進無告的痛苦，那時候我們會遭受音訊斷絕的可怕而可悲的境地，而家庭對你除掉施以我所不能忍受的責罰和禁錮，接踵而來的必然是為你急急地甚至草草地完婚，藉以搶救你們的所謂家風、門楣和聲望。我親愛的姑娘啊！不必說果真遭遇到這種變測將使保羅痛不欲生，即使現在想到這些，就足使保羅澈夜不眠了！這種突變既是極其可能發生，我們將要如何去迎受？去解決？我想你也該有個打算了！

首先，你一定努力使你的出走以及我們的事盡最大的努力保持最高度的機祕，未始不可過敏地抱著除你我之外無一可信任的人，這不影響我們的道德，因為這只是短期內的「政策」而非「原則」。這是消極的防禦，還有積極的爭取，那就是向任何人作一種「好女兒」的表示，爭取父母的信任，打消二哥等對你既成的認識，即使是蓓蒂、Today 姐姐等等你所有的知友，都必須作如上的爭取，不要心軟，不要把政策誤解成原則地感到涉及人格操守的問題上去。不過果真議婚之事開始了我却想不出更好的應付辦法。出走是唯一的途徑，但首先我就想到那將陷數十個孩子們于停課狀態，我們對不起孩子們，乃是不能心安的事，你的責任感比我更高更深，你將怎樣做？在這裡我更要你注意，你現是自由之身，你的出走是絕對有權的，然而一旦婚事成立，不管訂婚抑是結婚，那以後若再出走，則你已成為法律上的罪人，而且所得的社會同情與援助亦將大減。不要妄想著訂了婚沒關係。

我所能顧慮的只此而已，不要太樂觀，也不要以「可能不致于」來自我欺騙，要緊要緊。致于家庭方面會出什麼意料不及的下策，我不願妄加揣測，但下次寫信給你將把一些我所知道的可悲的事例告訴你。

艾�，你會不見怪的，破例地我不多談，因為要把那篇徵文趕完，

一俟過了十六號，我寫加倍長的信給你，過十六號我就可以如你所望地暫時休息一下了。一定不要難過，我愛你，愛你到地老天荒！

也不要急忙給我信，如果為通信的地址、信封、署名、字體等有了新規定，只須寫一封短簡就行了，別叫你的保羅不安，我親愛的小女人，永不能少了你，永不能沒有你！

　　　　　　　　　　　　　　　你的保羅　九.十一.廿二時卅五分

　　寄來的書，統統收到了。

　　《幼獅文藝》收到否？

Poul，我的好ㄅㄚ ㄅㄚˊ！

告訴我，為什麼你我彷彿離得很遠了呢？！從來沒有過的，彷彿我們之間隔上了能引出回音的萬山深谷和濃厚的霧！？而且，哦，又是誰把前個禮拜二同這個禮拜二之間的距離拉得那麼長那麼遠了呢？真的，多遙遠啊！彷彿，不，真像人們所謂的「恍如隔世」，當我今兒收到你信的時候‼但願那不致於由於你所擔心的我的「任職」所起。

你不知道當你的信到達我手裡的時候，我已執了兩天教鞭了！今天一整天讓一種莫名的煩燥給把持著，一種矛盾的痛苦，你會懂得的， 然而，我親愛的好ㄅㄚ ㄅㄚˊ，容我堅持地說把「我們的節日」延長，延長到我的任期完了以後，責任感固然是主要的因素，還有，我喜愛這些無邪的孩子們（初小二年，男女合班的），比我上次所教的小兩年，我感到她們比那批小魔鬼更純真、更親切，雖然她們不像她們那樣拉著我手，拖著我的身子以示親暱。

我不知道為什麼你會突然那麼急切地著起慌來，我可以管保我們的「機密」不至於洩漏，因為在父親以及親朋（不包括我的友人）的眼裡我已是十足的「好女兒」了，至於二哥，從上次談話以後，我無形中也在改變他對我的「既成的認識」，還有議婚事，那也幾乎可以放心（不要責我太樂觀）因為我相信（又來了！是不？）父親總不致於暗中為我議婚，即使有，我也會知道的，那末除非四個月裡面有婚事發生，就把我們的節日延長到我的任期完了以後好嗎？ 那末上帝祝福我愛的人快樂，工作順利！

為什麼說「將給你加倍長的信」？那似乎有一種近似「義務」的感覺呢！等到我們寫信時帶有一種「義務感」時，那不是很悲哀的事嗎？不要急著給我信，也許我也將不那麼「規則」地給你去信了，不過我有的是時間，因為中低年級都是上下午分部上課的，讀下午，便

會有整整一個上午的時間可空著，那末再談！

　　下次來信寄到學校可用我的名字，寫台中台南也好，「甯寄」，信封隨便，字體頂好，不用你的本來的（寫信時用的）。

　　祝福你有甜美的夢！

九月十三日廿三時三分

你的小女兒劉浪

※《幼文》收著了，放懷！

我親愛的小王妃：

從年中政治大考迅速交了卷子的考場上趕回來，抱著一種不得肯定的盼望去查你的信，我有一種並非失望的悵惘之感。

雖然我盼望你出走就在現在，但我更盼望你「決定」。兩日來最為你擔心地是怕你在「決定不了」的猶豫中痛苦。人是最經受不起這種雙重痛苦的。而思念到這雙重痛苦竟是我加予你的，則我的自責便如剜絞著心肺。然而就算你已迅速地決定了，使你遭受了那一長天的矛盾痛苦，我的罪已夠深重，何況即便你決定過了，你的心不一定就很快地會復歸平靜。我的人，我既不可向你求恕，我當怎樣處？

不知為何，我似乎對于我們的愛情有了悲觀的直覺。一定是有致我以悲觀的理由的，可是截至現在我並未能尋出一點點的理由。算了，讓我一個人悲觀罷！我們再重新歡樂起來！更巴望著我的小母親畢生不沾一絲的不幸。

那末你既管保我們的「機密」不至于洩漏，相信父親總不致于暗中為你議婚，我不願把萬一發生不幸的責任加在你的身上，我只願你好生珍重，你只要對得起我們的愛情，我另無他求。我信得過你。

可能我們的情緒會因此低迴一個短期，讓我們努力吧！我們不是說過麼，我們永遠會為我們的愛而努力的；而抗拒外來的侵害的。

我答覆不出你所感到的「彷彿我們離得很遠了，」是從何而來，你說但願那不致于由于我所擔心的「任職」所起，却提醒了我。可能原因便在這上面。然而不要忘了我們所曾努力的——「抵抗時間和空間的隔離。」及時的感觸免不了，但求不要把這種感觸拉長，以致可悲地造成感覺、甚至事實。我的愛人，我們一直不曾在愛的上面失去歡樂，不要，永遠不要再這麼想，艾蘆！我們立刻推翻這一次的事，讓我們告訴自己：「我們不曾打算把我們的節日定在四個月之內，我們一直在以靜待動，因而我們不因小艾蘆的任職而有若何異樣地感覺。」懂得嗎？這並非自我欺哄！

但是我的小女兒，你一定要答允我，四個月內如果不發生什麼意外的話，則學期結束後，明年的元月份上半月一定你得奔向保羅，不然的話，我們雙方的損失已經夠重！答允我！好媽咪！

好了，應徵《祖國周刊》的〈江魂〉已于前夜脫稿，今午發出，不管寫得多壞（從來我沒有對自己的作品如此失去信心），總算了卻一件心事。不得獎也就安心了，不然的話，也許自信總是頭獎屬我，那會多少感到不快意的。致于《洪水》，已經寫成一半，還有半幕和兩場，我不打算趕了，因為九月底截止，時間過份匆促，我不願把一篇本可寫得很好的作品在趕工中粗製濫造地糟蹋掉，縱使中得冠軍獎，心也不得安。我的小劉浪一定會贊同我這麼做的，因為你的文學良心有過于我而無不及，我相信你。

現在我可以同你長談了。

寫加倍長的信給你，實非出于「義務感」，而是一種只求心安的補贖，因為你跟我談了那麼多，而我草率地覆了，雖出于「不得已」，但我最恨「不得已」。我問你，如果當我們在一起的時候，你攀住我同你訴說許許多多的心事，而我竟置之不理，難道你就不恨我怨我？我之簡短的覆你，難道跟這個不是一樣的道理！愛你都不夠，又何堪讓你不快？讓你難過！我真怕無意中給你留下了什麼不愉快，而有意中造成的過失我自然必須努力求得補贖。

嘿，讓我再猜一次，這次再猜不準，我就輸給你了，（猜準了你姓朱，猜不準我就姓劉，好不好？）蠶豆哥哥是姓曹，叫銘鉅，To-day 姐姐叫玉庭。對不對？不作曖昧著良心跟我混賴的。我並非對這兄妹倆特感興趣，而是試試我的判斷力。我要聲明，我沒向任何人打聽，（蓓蒂快兩個月都沒信來了。）但我搜集了不少資料，等確證你

隨我的姓了，我再把那資料告訴你，那你也許敬佩（？）你的小ㄅㄚㄅㄚˊ不簡單，對于搜集材資的功夫。

還有，曾耀珠是什麼黨的黨員？我想，國民黨的成份多，因為那種緊張勁兒，找不到黨證便影響了情緒，那在民社黨和青年黨不會有這麼嚴的黨紀的。想不到她對政黨還有這份興趣！你是不是入過什麼黨？我想不致于。不知為什麼，我不太喜愛這個。但我多麼快慰，當我得知她是一個很虔誠的　主內姊妹時。那封信我不該寫，至少會增加我一筆信債，但我要寫，不管你轉不轉交給她。如果你不轉交，那末罪就不在我從她的友情中佔有了你（如她所謂的），而是你的無理壟斷所致。但我相信你決不會有那種偏狹的婦人之心。

對于省運之能否相見，我不太感興趣。縱使無人「監護」，縱使蓓蒂並不一旁虎視眈眈，可是我們倆總難單獨相處的，我也並不是想單獨地同你怎麼樣，唯一的，只要夾進了第三者，我們談也不能盡情，玩也不能盡興，至少我們不能讓那個第三者冷在一旁，一人向隅。其實我們也不必去應付那個第三者，單是存著一點點顧礙，則我們相聚的意義僅為徒然再造一次「可悲的別離之夢」而已，然乎？否乎？

九月十五日禮拜四廿三時廿五分

※要把這兩個分清楚：那麼＝So，那末＝then

不要以為大陸的女人都是穿旗袍的。旗袍只是中產階級的婦人服飾，不過中產階級的女孩子（十七八歲以下）除掉冬季，仍以穿裙衫為多。表嫂也許一件旗袍也沒有，只在舞台上我看見她穿過。對于我的好女兒，我無此要求，為著新奇（對你而言），不妨也做兩件穿穿。你知道，旗袍是最暴露（？）曲線的，啊，我真害怕你穿上了旗袍給

我的刺激太強烈呢，要是因此我的眼睛整天價盯在你身上你不罵我？不過回大陸之後，不必回北方，單是在南京過冬，你不穿棉袍或者皮袍，就管叫你受不了。將來對于你的服飾，我很會有太多干涉的，尤其對于花色。我不相信我的審美標準會如何正確，但藝術的主觀也便是人生的客觀，何況你是我的，你的修飾自然為的是我，（多獨裁的自私啊！）我的小女兒，我曾想，如果造物主會讓我們婚後三年都過著自由自在純夫婦（沒寶寶）的生活，我們一定會玩出很多的花樣來呢！譬如像《浮生六記》的作者沈三白，那真是神仙眷屬呢！三白曾與小妻子（其實他的表姐）芸娘同服男裝出遊，甚至到妓院去玩，不過那種妓院的妓女多半是極其高雅的，她陪你奕棋、吟詩、歌唱、弄琴，自非賣淫妓娼可以並論。就那樣，也鬧出很多的笑話，幾乎讓人家良家婦女以調戲罪名把芸娘告到官裡。《浮生六記》的〈閨房記樂〉可以為我們做生活藍本，而且文字之美，供我們共讀是再好也沒有的。不過那在清代，芸娘化裝男子是再也容易不過的，那時的男子都拖著一條烏油油的大辮子。但是我的小女兒不是整天價枉想把頭髮剪得愈短愈趁心麼？那就剪成男式的好，讓我帶著你這位小弟弟旅行去！啊，當你打趣一個女孩子而看見她臉紅或對你留情時，那才會笑得你立刻露出馬腳呢！

瞧你害怕的那種可憐樣子！誰想逼著你打毛線來著？保羅只作興逼著你搞文學的，在文學上我也許會逼得你後悔不該嫁給我，可是家事方面，雖我不願你像七姐，但決沒有嚴格的要求，只要你能照應自己，不太叫小ㄉㄚ ㄉㄚˊ為你操心分神就得了。我以為，中國菜實在是一種藝術，如果你抱著學一首新歌那樣學做一種烹調，你就會勝任愉快了。而打毛線決不能與學數學相提並論，別看得如此嚴重，知道嗎？慢慢地收了心，就不會以這些事為苦了。

你不會相信保羅的數學成績會那麼好。小學的時候不提它，常是吃鴨蛋的。進中學以後，反而會成班上的佼佼者，甚至像 Today 姐

493

姐那樣，經常給同學們補習代數、三角、解析幾何，在初二的時候，還給數學老師做過助教（半工半讀），練習題乃至試卷（月考、期考）都由我批閱，（曾利用職權可恥地打擊過一個太保型的同學）。我現在也奇怪，只為著六姐鼓勵我將來做一個工程師，便把五年的中學（初三沒讀，從初二跳一班考進了高中）生涯都付諸數學了，結果除掉投考大學時用了一次，以後便再也沒用到一點，真是痛心！現在我反而後悔不聽玉瑛姐姐的勸勵了。當我讀初二讀得不耐煩，打算跳一級的時候，玉瑛姐姐就力主我投考南京汪精衛的「偽中央大學」文學系，她高中未畢業去投考「偽中大」只考一堂國文便放棄了，不願再考，但結果還是錄取了，所以她肯定地主張我去考「偽中大」，並相信我會考取，因為那年暑假我在南京參加了一次南京市青年論文比賽，玩兒似的便得到了第一名，獎金三千三百元。而偽中大至抗戰勝利時，學生也統統轉進了「中央大學」。當初若聽玉瑛姐姐的話，卅五年我就已從中大畢業了，也用不著以後拚了四年半的命，徒耗了那許多精力，還沒把藝專讀完。同時從卅二年就專心搞文學，也該早就有所成就了。那一段路是白走的，那一段生命糟塌得多麼可惜！所以如今不管誰問我的學歷，我都說：「初中二，沒畢業！」

所以我現在在比你更恨數學，簡直是我的大仇人！

考試作弊，我只在高中畢業的那年幹過。小學時功課雖然壞，但是膽子小，也不懂得。高中最後一年，功課突然壞了，是受鳳子的影響，你不知道她會給我多麼大的折磨，我簡直不敢相信還能畢業。告訴你，剛考完畢業大考，我就過江到卸甲甸的硫酸錏工廠去了，那時大舅（表哥的父親）在該場當衛生院院長，我借故到他那兒去玩，其實是另有打算的，我預備到學校放榜的那天，再回南京去看榜，萬一落榜了，我便就此再過流浪生活，甚至親人都不要再見到。你知道那時我該多麼痛苦！但　神卻給我極大的安慰和啟示，我痛切地祈禱，學著父親那樣，打開聖經，第一眼落上去的字句竟是：「你平平安安

地回去吧！」艾蘿，多有力而針對的啟示啊！我冒雨渡江回京，快樂地去到學校看榜，第卅七（？）名！全屆畢業生是三班一百五十多名，我並不算壞啊！我不用隻身飄泊重度流浪的生活了！艾蘿， 神的奇妙恩惠啊！有人說這是偶然，但偶然可一，不可二， 神的啟示對我，像這樣有力而針對的，太多了，容我來日同你作見證。

　　吃午飯了，

九．十六．十一時五十五分

　　我太高興耀珠姊妹對你侍 主的殷切盼望與引導了！是的，在年青的朋友當中並不多見像她這樣奉 主的名進勉朋友的人，在最近幾日的晚禱中，我曾為我們的這位好姊妹祈禱，願 神多多的祝福她，讓她堅強、快樂，不致如她所謂的「時常跌倒」。我的小女人，耀珠不是要你常為她禱告麼？也許你還不曾這麼做，也許你只為著「小艾蘿不曾同 上帝說過話啊！怎樣說呢？」便一直在蹉跎中。不要這樣想，沒有比向 上帝說話最容易的了，那不是言語，而是思想，你要感謝什麼，你就用心靈感謝 祂，你要祈求什麼，你也就用心靈祈求
　祂，不一定就要重編成言語由你的口訴說出來。縱使如此，在你也不是難事，讓我大致地為你寫出保羅經常的禱文，也許可以幫助你去向我們至高的萬軍之主祈禱。
　　「感謝慈愛的聖天父，感謝祢垂顧憐憫，這一天（一夜）你給了我的飽足，給了我生命的快樂，雖我遇見憂愁悲苦，却從祢那裡得到照守和安慰，祢使我有真正的盼望，使我甘為祢而痛苦，因為祢為我準備了豐盛的筵蓆和榮美的福地，在世間沒有比祢那裡更美更善的幸福之地。主啊！但是我常背棄祢，常離開祢的道路，常被魔鬼闖進我的心內，我的心未能真真地潔淨，未能清除所有的污穢，使它成為

495

主的聖殿，我為這日夜思慕，但憑祢軟弱的孩子永沒這個力量，求主降祢的聖靈進入我心內，潔淨我，在我的裡面做工，讓我堅強、聖潔，有足夠的力抵擋魔鬼的誘惑和陷害，懇求主垂聽我的祈求，垂允我，與我同在。

懇求天上的父，求祢降祢的聖靈保惠師給普天下的祢的聖教會，使祢各地各處的信徒都為祢的教會動工起來，宣傳祢的道，祢的真理，為世界的光，為世界的鹽。我們知道，唯有祢的教會興旺，祢的真理發揚，才能拯救人類的罪惡，拯救人類的悲慘和痛苦，才能使人類得到真真的和平和歡愉。

求主也祝福我們的國家，降祢的大能和智慧給我們的領袖，教他本著祢的聖道和信心治理我們的國家，拯救祢四萬萬遭受人類空前悲慘的子民。我們知道，我們所遭受的痛苦，乃是我們的罪惡所應得的懲罰，然而止息祢的憤怒吧！祢是慈愛的神，我們也知道祢正因祢的慈愛，而常借著魔鬼的壓迫和蹂躪來管教祢的兒女，但求主施慈愛憐憫，綑綁魔鬼，救救我們的人民，饒恕我們，重新興起我們的國家。

更求主感動我的朋友們，感動他們的剛硬，賜給他們的虛心和謙遜，賜給他們得救的恩惠，讓他們都能跟從祢，做祢的門徒，因為若沒有祢聖靈的力量運行，憑著我的拙口笨舌，我實不能有力為祢宣道，亦不能使他們得以認識我主基督。

感謝上帝，祢曾賜福給我們的家，祢是我祖父的上帝，我父親的上帝，祢必更做我的上帝，求祢看顧我的父母兄姊，他們都曾蒙恩得到我的上帝，可是他們很多都遠離了祢，主！我們知道，遠離了祢，也必遭你（祢）撇棄，但在這苦難的日子裡，求主多多到他們中間，給他們信心，收容他們無所歸依的靈魂，使他們任遭何種試煉，必不動搖，必不離開主的道路。親愛的父，我把我的親人完全交託給祢了，只求祢常與他們同在，保祐他們，堅強他們，使他們從祢那裡得到力量，永不屈服于魔鬼的蠱惑，惡人的權勢。從人間帶著勝利、凱歌奔

向祢的座前。

更感謝愛我的主，祢所賜予我的恩典勝于我所祈求的，祢給了我的佳偶，她在我的眼中被看為最美、最良善，也最是充滿主的愛，若不是祢為我揀選，為我安排，我將不會得到如此完全的妻子。主啊！我們既是蒙祢所安排，祢總會祝福我們，看顧我們，解除我們重重的困難，並引導她歸順祢，做祢所疼愛的女兒，使我們畢生為祢做工，使我們大大地施展祢所賜予的天才，那乃是祢所交付給我們的使命。願祢給我們以幸福，並使我們不僅僅是世俗的結合，乃是靠祢的靈成為一體。祝福我們的愛情長生，在我們美滿的生活上顯出主祢的深重的恩惠，我們將為祢作見證，為祢歡樂，也為祢接受任何世俗所畏懼的痛苦，勇敢地奔求祢的聖道，直到攜手同進祢的天國，永不分離！永不變志！在世間為夫婦，在祢那裡為祢所喜悅的小兒女，願我們的一切都在祢的眼中被視為美好、良善、純真。

這樣地祈求和感謝，全是不配、奉　主耶穌基督的名，和　主的十字架的功勞，阿們！」

我愛的小女兒，在你清晨初醒的時候，在你矇矓欲睡的時候，你要紀念　主、感謝祂、祈求祂，你將嘗受到你同至高無上的君王創造天地的主宰談話的美妙的喜樂。啊，艾蘿，在暗夜、在黎明，你要仰臥在無所不在的　神的懷裡，合起你的雙手，用心靈、信心和誠實，與　神交通，向祂感謝你所得的，祈求你所要的，不要忘掉。要緊地是要求聖靈降臨你的心中。

貪著同你談，還沒吃晚飯呢！回頭再談。

九月十六日廿時五分

我就準知道你是比較喜愛小，喜愛玩兒的，不然為什麼說到七姐就「多麼可愛的姐姐！」前番還跟我強辯呢！我才不會陪著你「鬥牛」，不罵你，就算特別優待了！你儘管頑皮，我決不守著任何人干預你，相反地，還為你加油呢！不過你可當心，到了晚上我就擺出小ㄅㄚ ㄅㄚˊ的臉子來了！「過來，小艾蘿，玩夠了罷？現在該算算今天一天的賬了！」「算什麼賬？」「你多大了？」「廿歲零七個月又十二天。」「我還以為你才七八歲呢！」「不是七八歲又怎麼樣？」「就不該把那條又不討喜又醜齷的大狗抱在懷裡，把衣服都搞髒了！」「搞髒了我自己洗，又不要你洗。」「還嘴硬！摺著日記不寫，字不練，多少正經事都不幹，像話嗎？該不該打？」我先就要把那一張不饒人的嘴用夾紙的夾子把它夾住，然後罰寫一頁小楷、一頁日記，不寫好不准睡覺，想打呵欠都張不開嘴。（嘴唇上夾著夾子在寫字，那一定很令人發笑的。）那末以後你儘管頑，只要不怕晚上的刑罰就是了。

　　同不同意我這麼做？要是反對，先提出十條理由，九條半都不行。至於你愛笑，我則絕不干涉，不管是我情緒最好或最壞的時候；晚上也不用私刑。因為笑總比哭好，我最怕女孩子哭，那才是無可奈何的苦事，你如果存心要我氣惱，那你就哭好了，而且要哭得很長，超過一個小時以上才行，否則我還是不氣惱，還是只管做我的事，毫不理睬。不過為肚子疼或者值得傷心的事，自然例外，那我就丟下什麼事都不做，專伺候你了。不過我沒辦法設想我的小女兒哭的時候是什麼樣子。

　　讓我告訴你一個好事，你會喜歡的，從昨天讀完你的信，「四個月」，對我反而安然了；因之昨天今天的午睡都又回復正常地睡得很甜，昨夜更是甜，足足睡上七個半小時。你不知道，自從你答應了我……以後，不知為什麼，睡眠陡地減少了，有時疲乏得要命，總是睡不著，那大概是潛意識所造成的神經畸形興奮。不過我總擔心，將

來我們一旦朝夕相共了，那又該怎樣興奮了！？要那樣長期的興奮，我受不了，你也⋯⋯受不了的。你那兒是不是有什麼鎮靜劑啊！出走的時候偷點兒帶來給我好不好？我還不曾服用過安眠藥呢！（瞧，我慫恿你做賊呢。）

這次為要你即刻出走，我、老裴、表哥夫婦等在計劃上又忙了一陣，表嫂對你的宿處的處置是讓表哥遷入單身的男同志宿舍去，讓你跟表嫂睡到一張四張榻榻米的大床上（因為以前那個為你準備的房子已經住了人）直等你報准隊員之後，再另外為你調配一間單人房間。現在我真怕去三隊了，表嫂一定要罵我「風大雨小」。不過這四個月內，不僅怕你發生意外，且怕表哥離開三隊，因為空軍大鵬劇隊以兩千元一個月的待遇請他們倆過去。表哥是聘任，當然要走就走，只是表嫂是有軍籍的，走不開，現在就怕總隊方面要萬一准許表嫂離開三隊，他們倆就到大鵬去了。固然我們並不要倚靠誰，但四個月以後如能不變，則我們可以省去多少麻煩。現在只好自私地希望他們倆不要離開三隊了！

九．十六．廿二時三刻

〈笑卜〉不再是〈少女之夢的幻滅〉那樣地「合作作品」了，這一篇是你自己的產品，且用的「劉浪」名字，與「朱西甯」排在一塊兒，好的象兆，讓我們以此為開始，在未來的文壇上同展並蒂，同結纍纍碩果，加油罷！稿費尚未寄來，我預備為你存起來，為讓你出走之後，開始用錢用的是你的心血，那樣你將快樂，好不好？〈撕〉不算是一篇小說，主要的是為江海東事件發動輿論支持。該事件我記不清曾否同你談過。陳香梅這個女人你知不知道？以前是中央社的花瓶記者，寫過《寸草心》散文集。這個女人很令人不懂的嫁給了他父親

的老友比她年長二倍的洋老頭子陳納德（抗戰期間美國撥交中國戰區使用的志願空軍隊的隊長），這已經很令人不恥了，然而今年春間，不甘寂寞地把洋場上的假文明「時裝表演」搬到台北，公然賣票表演，當由蔣經國授意軍人之友總社總幹事江海東前往處理。江率領一些青年救國團團員（那都是些年輕小夥子）前去，江以義丐武訓的姿態出現，長跪賣票口，要求前來買票的觀眾看在國家已至危急存亡之秋，前方將士浴血死戰，大陸同胞受苦受難，要求大家停止進場，對于類此亡國之音的東西，大家極應合力撲滅，實不容助長此風滋長……，何等感人的場面！然而仍有少數不知死活的準亡國奴（連蔣之乃弟蔣緯國在內）硬是不理，結果團員們便忍受不了，動手打了起來，大概停在門前的小轎車也被打爛了，「時裝表演」是停止了，可是陳香梅這臭女人拖著陳納德以「自由中國不自由，自由中國出現暴徒」告到總統那裡去，總統以「國體有關」很不高明地親下手諭，把江海東撤職了。檢討這次事件的得失，主要的錯誤是蔣經國未能在事先事後發動輿論，以致讓對方抓住弱點，誣為「暴徒」，無法分辯，白白地讓一椿壯舉變成「暴民政治」，故為挽救這次事件，我曾去函青年救國團第二組組長楊群奮指責他們為什麼擁有現成的《幼獅文藝》不作言論支持，這也是搞宣傳工作的人麼？楊無言以對，只說國際壓力太大，要我能否想辦法寫一篇「假託」的文字對這次事件作一詳述，不必正面攻擊，因為陳香梅經過此一事件也將消聲匿跡，不致再胡作非為。于是我就根據亦在同時發生的另一事件（我那位傻子老鄉，中俄混合種的朋友在台南發動的）並找尋理論根據寫完了〈撕〉，事實上那位又黑又胖又矮的打手會是影射江海東這個傻子的，我不知是否還有不害怕說話的作者起而響應，再看下期的。

寫至此，黑子來此，談了一會，便接到你寄來的「全家福」。啊，爸爸是個典型的台灣紳士呢！是不是有些日本味兒（原諒我）？母親很老了，尤其是嘴，很像一位老太太。論到你的外型，還是近似

母親的。艾蘿，瞧著兩位長輩，我心很不鬆暢，不管將來是鬧翻了還是和好，只怕他們倆永不會諒解我、喜愛我，甚至是恨我。我就想，如果我們是在很正常的情形（不僅我為你所看中，也中老人家的意，由家庭來主持我們的婚事）下結合的，我同你的家庭不是會相處得很融洽麼？為什麼不能呢？啊，那些可惱的因果！罪不在父母，更不在你我，在誰？在誰！？不然的話，我們豈不是更幸福！有長輩來指導我們的小家庭，有哥哥弟弟妹妹常來走動，那不是更有生趣麼？但這一切都將是無望的。面對著父母的像片，我心裡在說，你們將會把我看作敗壞你們家庭的罪人的，但是為什麼不好不受那些可惱的因果所干涉，徒使好親事變做冤家呢？我們都是被那個因果在捉弄的可憐蟲啊！只求你們終會諒解我，不要錯誤地把我看作一個平空跳出來的野漢子，我也是父母所生，也有一個同你們一樣的快樂家庭，我也是父母一滴血一滴汗培植長大的，我跟你們的女兒一點也沒有不同的，我們相愛相知以身相許，原該得到你們祝福的。可是你們總不肯這麼想，總以為我是從石頭縫裡蹦出來的，蹦出來就沒教養，就當了丘八，彷彿我這一身二尺半原是從娘胎裡就帶來的，可是現放著你們疼愛的孩子卻已穿上了它，你們不還是一樣地愛他麼？

九．十七．十二時六分

由于這些潛意識，使我斷定我同父母，第一次晤面（總會的，是不？），我將會看到兩張並非岳父母對于新女婿所放出的喜悅的面孔，至少也不是照片上的平和近人的慈祥面孔，那將是什麼樣可怕的嘔氣的神情！為我的小艾蘿，我自然得要委曲求全，就像是負荊請罪似的拜見兩位長輩，那也許是一番嚴厲的斥誡，或是冷冷的不甚搭睬，啊！我真沒有十足的把握，我可以忍受那些，我真怕按捺不住那

501

種受辱的反抗，因為我很少被任何人那麼冷眼相待。艾藶，果真是那樣的話，讓你夾在中間多麼為難啊！即使你不致像外婆那樣企圖雙方能夠親愛和好，但當父母對我過份冷落了，或者我對父母忍耐不住以致態度很不夠好了，你將如何自處？那種尷尬之苦，你是首當其衝的，你不會眼看著自己的父母和自己所愛的丈夫在那種難堪的情形下而無動于衷，但是你會怎麼做？我真不希望（也真希望）你會拉著我說：「保羅，這裡不容我們的，永遠都不要再來了！我們走罷！」——何以說我又希望又不希望呢？你自會體味得到，前者是你不願保羅受辱，你將與保羅同進退；而後者則是我怕過份傷害了倆老的心，就是你也必十分痛苦。啊！但求 上帝會使我們雙方毫無芥蒂地和平相處，不要發生那些不快的事情。

　　怎麼母親喜愛穿旗袍？母親的身上倒沒有什麼地方色彩，如果光看面孔，我真相信那是外婆。你怎麼平空又出來了一位武弟？從沒聽你說過，是不是親弟弟？二哥的為人好似跟你所述說的大哥近似，有點遊戲人間的樣子，一定很不「正經」，但我相信我們會相處的很好。我以為淑美小妹會像你，結果竟是家正小弟一種類型的孩子，啊！我的求仙丹的小姨，〈笑卜〉要等她再過七八年才會興趣地欣賞呢，讓我們好生保存它，等我勞動她跟我們「現地表演」一次，你裝阿嬌，我呢？裝土地爺，兼配效果，願明年暑假這齣新戲便在三隊上演。小弟怎麼那樣受氣的樣子？一點也不像這張相片的主角（不是為他送行而拍的麼？）。你怎麼好像穿的是絲絨外套？很與那個時令不襯，我說你不會照顧自己，你還不服氣呢！這上面的你很俗氣，為什麼，你當然知道，雖然賴著後面的龍柏樹遮掩。你糟蹋了自己，縱使燙髮也犯不著燙成那種髮式，多損！

吃晚飯去　十七日十八時半

※老裴跟我打賭，說媽穿的不是旗袍。我們以四個包子作輸贏，就等
　你的回答了！

　　事實上這一張上面的你顯得異乎其他地小，十三四歲的樣子，正
因為這樣，才使你像那些門戶淺的小店員或者做小買賣的小丫頭，等
不迭似地把自己往成人上打扮，以致弄成「人工的早熟」（不如說早
衰），如果你顯得很大，而這種裝扮不致使你太俗；或者如果你雖顯
得很小，而並不作如是裝扮，亦不致使你太俗。真的，你的美被糟蹋
了，叫保羅為何等心痛而惋惜！這何異于有朝一日保羅所加給你的
愛情負累使你蒼老了一樣地使人心痛而惋惜！
　　轉告**耀珠**，我是正規戰，不打游擊的，（我不甚明白她所謂的打
游擊）所以要去拜訪，還是咱們倆一道兒，也許是為著對你忠實，我
永遠不避開你，單獨和任何女孩子交道。不過這話不要告訴**耀珠**，我
們私底下的事只讓我們兩人知道，懂得嗎？不過我又要指責你了，**耀
珠**說去年和前年的省運，便已看出羅仕土對你如何如何了，我不信你
就那麼傻，就一點也感覺不出，而不及早冷卻人家，讓人家為你嘗受
了熱情的痛苦，你很不該的！
　　快別提英文了，你寄來的《小婦人》，我甚至都讀不通了，還談
什麼閱讀較深的作品！不過我有你那種感覺，至少法文、日文和俄文
都遠不及英文的音調來得美。用國語朗誦作品你愛麼？我愛用國語朗
誦《約**翰**‧克利斯多夫》之類的哲理氣份重的文學作品。我簡直記
不清你的音調呢！很可憐，我只記得較清晰的兩句：「吃了四個饅
頭。」「不要緊嘛！我們可以寫我們自己的。」但我信任你的國語。
蓓蒂的國語之壞，差不多是不可救藥的了，是不？
　　我相信還是定期的好，可以省却必要的惦念、盼望和不放心，你
知道，那會平白擾亂了我們的情緒的。我的時間，你不要顧慮，所顧

慮的該是一周一信寄到學校去，是不是會引起那些好事的人注意，或與你有所不便？可是要我一個月兩封信或三封信，我親愛的小女人，我有些受不了，有沒有更好的辦法用兩個通信地點間隔著使用？你客觀地考慮一下，別又是「我相信……」「不致于……」之類過份主觀樂觀的看法。告訴你，那就是小，就是孩子氣！

《萍踪之戀》我很愛。寫的好，譯的也好，很清淡恬靜，但意境極深，尤其生活細節和小情節，處理得非常乾淨、利落而優美。尤其先給我們一個老醜的先入印象，及至發展下去，發展到三十年前，依然美得迷人，我就不敢這麼寫，因為如若發展不妙，那會使先入為主的老醜印象無法磨除的，不是麼？〈阿紅與賽納〉記不清什麼時候讀過的，又讀了一遍，似沒有以前那篇譯的好。固然它的主題自有它的道理，在愛情最高潮的時候突然生離死別，那是美的。如果說我現在就出于不得已（又是這個可憎的東西）與你永訣，則我定將給你一生留下沒齒不忘的好詩，纏綿悱惻，嚼咀畢生。然而多殘酷的美！那不如讓你發現我更多的醜，固然我們不敢說悲，我們的自信可以保證一生一世都不會「不再關心」，（那誠然是可悲的）可是我們不是有一個信實的　主麼？愛情在　祂的裡面是持久的、不變的，在　主的座前我信賴你，你也信賴我，天地間沒有比此更可靠的。我的小媽咪，好危險的思想啊，你不是曾經有過？幾乎你就願這麼做了：留下殘酷的美，讓你的大孩子痛傷終生，而你也不一定會比我更少痛苦，當你嫁給了你所不愛的人以後。

不要再祝我「美夢」好不好？你知道所謂「美夢」多半都夢見了什麼？說出來你會臉紅的，祝你有一個美夢，相信你不致是我那些羞人的夢。吻我親愛的，夜安！

十七日廿三時四十分

還想同你多談，時間不允許了，因為今天在三隊勾留很晚才回校，回校復與彩華談至夜深。在三隊勾留是因為披閱所有國內外對孫先生發生的不幸的反應資料，整整讀了三小時，而與彩華長談兩小時也無非都是此事。固然我們慶幸輿論已經蓬勃至無可遏止的程度，畢竟傻子是被大眾所敬愛的。但是國家以及政府威望受此損失，殊堪痛心！如果政府再沒有明快睿智的措施，則政府已中共匪詭計而不自覺了。今日共匪叫囂攻台，牠們不會那麼傻，會以人海填大海，而不以其慣技實行滲透分化！若果少數敗類仍以不置孫先生于死地而不甘心，則共匪攻台的第一個回合已獲大勝。艾蘿，多為我們的國家祈求　上帝，求　主給我們公義與和平！願我們的國運不致壞到不堪設想的程度。

　　祝福我親愛的小女人！

你的大孩子
九月十九日零時三刻

( )

先不要激動，我決定走了，
而且定為十月一日禮拜六

Paul. 61

先不要激动，我决定走了，而且定在
十月一日，礼拜六。礼拜五我得先告诉校方此
二天我得请假。那末礼拜六我便得辞我
書记耀珠（预先寄到他那儿）从台北寄到
校专家，那么他可以在礼拜天收着它。

再次我得查清楚並直接告诉黑子人。哦，
他是否要同我一块儿到你那儿？但我想
他还是不要来铜锣好。因为校裡已有人
知晓你我的事（他们乱谓：Eone 有一个
阿英哥的朋友。）而学我带着行装到校，
自必引起人们注意的，不是嗎？

車費怎办呢？我这个月的工作酬金司
曾还没拿下来，可能会同下个月的一起算，(月初)
先周你要寄来，是一着。然而要寄到什么地方呢？
还这样，寄到洛蒂那儿，我得预先告知她
那是稿费。哦，不要寄到学校或我姐的
那儿，会败事的。

那末告诉我，我该带些什么去？除了
搜的衣服外，要不要带毛巾那一类的东西？

※ 把辞我書的草稿寄来。

哦、对了。下次给我商量事情的时候，不要用那种文言的急促语调。也不要说什么我錯，不錯的。你知道那会使我莫名其妙產生惭愧的感觉的。儘量不至乎地問问，最重大的事，用最平常的描述，那亿是我所要的。

十月一日，革命月的開始，我们的希注，但願那会象微着成功与順利！

祝福!!　　　給我 ☰わ.!!

你的小せ兒．
　　　　九.廿一. 清晨.

廿日所寄包裹收到否了.

我昨兒晚上作了們喬裝男人的好梦！

※ 来信了把学校同做坦家台中著隔着用，学回学校时，有时也了掾之秋姐之同為学.

※ 不要紧张!

Poul：

　先不要激動，我決定走了，而且定為十月一日禮拜六，禮拜五我將先告訴校長第二天我將請假，那末禮拜六我便將辭職書託耀珠（預先寄到她那兒）從台北寄到校長家，那麼他可以在禮拜天收著它。

　車次我將查清楚並直接告訴野人，哦，他是否同我一塊兒到你那兒？我想他還是不要來銅鑼好，因為校裡已有人知曉你我的事（她們所謂「Eme 有一個阿兵哥的朋友」），而當我拿著行裝到校自必引起人們注意的，不是嗎？

　車費怎辦呢？我這個月的工作酬金還沒發下來，可能會同下個月的一起發（月初）先由保羅寄來，是一著，然而要寄到什麼地方呢？這樣罷，寄到蓓蒂那兒，我將預先告知她那是稿費，哦，不要寄到學校或秋姐姐那兒，會敗事的。

　那末，告訴我，我該帶些什麼去？除了換的衣服外，要不要帶毛巾那一類的東西？

　哦，對了，下次給我商量事情的時候，不要用那半文言的急促語調，也不要說什麼「我妹，不我妹的」，你知道那會使我緊張而感到惶恐的，盡量不在乎地開口，「最重大的事，用最平常的講述」那正是我所要的。

　十月一日革命月的開始，我們的節日，但願那會象徵著成功與順利！

　祝福！！　　　給我「力」！

你的小女兒

九．廿一．清晨

廿日所寄包裹收到否？

我昨兒晚上作了喬裝男人的妙夢！

※來信可把學校同秋姐家，台中姜，隔著用，寄至學校時，有時也可
　換換秋姐姐的名字。

※不要緊張！

※把辭職書的草稿寄來。

親愛的：

好罷，我不激動，容我們慢條斯理地商討這件很讓我們激動的事。首先我堅持要野人協助你，我給野人的信上列出四點步驟：「一、九月卅日午前趕至銅鑼，乘午睡時將隨身攜帶的常物偷運出來。可免她動身時的累贅及別人注意。二、然後去台中或新竹（與她決定）定購異日快車票。三、快車的時間決定後，要縝密地把握住赴台中（或新竹）的火車班次（或汽車），千萬不要讓她在台中（或新竹）等車等得太久，以免被家人趕至。四、照應她搭上快車，然後你再回桃園。要緊地，一方面多給她安慰和鼓舞，讓她壯起膽子來；一方面竭力避免任何人發現她的可疑的形跡，所以你最好穿便衣去。」以上四點對你是需要的，也等于保羅替你分一部份的辛勞。我的好妹妹，我不知該怎樣愛你的「決斷」，至于為這個決斷你所遭受的矛盾的痛苦，容保羅用出儘有的愛情來補贖罷！小艾蘿，心中有一種欲淚的火熱，我摸不清是愛的淚還是感的淚，來罷，憑著這火熱，我飢渴地盼望我的小媽咪！小貴妃！小女孩！我沒有可以準備得很堂皇的什麼來迎接你，我只有一顆純真的心，但那却已遙付給你了，而現在，我的裡面裝的是你的心。那末以你的心迎回我的心，以我的人迎接你的人罷！還有比這更珍貴華麗的迎接儀隊麼？！求　上帝給我們恩寵地祝福！啊，　神的恩寵讓我們就快一塊生活了，我們就快把那一萬個俗人加在一起的愛情也抵不上的歡樂理想由我們的手（我一隻，你一雙）創造出來了！親愛的人，這就是「力」！有了這「力」，可以扶起落陷的天！沉沒的地！沒有不可克服的艱難！

走前，除掉那個辭呈，還要寫一封信給父親才好（等搭車後交野人帶回桃園寄發），要求父親向外宣佈你已從軍去了。父親雖然反對軍人，但不會不強撐這個面子，「有女木蘭」，對社會而言，這總是很體面的，父親不會不明白這個道理的。這樣，既不傷他的心，他的面子，也給以後同家庭交涉事先鋪下一條路。信，你自然會懂得如何

寫，我另擬草一篇，供你參考。

　　路費明午前寄出，一百元可以了罷？快車票大概五十元就夠了。禮拜六上午可到蓓蒂手中。（但不要告訴蓓蒂任何事）

　　小艾蘿，在車上要好生照顧自己，也許興奮過度，胃口會受影響，但要勉強吃一些，身體要緊，須知你的身體就是我的身體，雖然僅是一天的功夫，切不要避著我做對不起我的事，你要怎樣愛我，便須怎樣愛你自己，懂得嗎？野牧那邊我也已匯了錢去，你用不著關心他。

　　我不好確定你帶些什麼，除了換身的衣服，其他都沒有什麼必要，給你兩個原則：一、便於攜帶的，二、小艾蘿所心愛的。不過身份證和高中畢業證書不要忘掉，前者可為你報臨時戶口，後者等以後謀事時要用得著。

　　快車至高雄下車，我去高雄接你。（把上車的時間告訴我，我好計算你幾點鐘可到。）

　　讓我們多多祈禱　天父，求　祂引領我們，並給你以鎮定和冷靜，以及足夠的「力」！

你的人　九．廿二．十六時一刻

（代艾蘿擬離家信）

爸爸：我去了！我不能預料您為您的女兒憤怒還是恨惡！但您永遠是愛我的。

　　不要想到女兒會背著您做出任何對不住您的事，相反地，我是很光榮地暫時離開了家庭，走向軍營。時代和祖國都曾這樣地召喚我們，您愛祖國更勝於愛您的家庭，您會為您的女兒嚮應這偉大的號召而興高采烈的。唯一地，我對不住爸爸的，乃是我不該不聲不響地暗自出走離家，然而為著母親的必然反對，我不得不如此。爸爸，您會寬恕我的，我永遠相信我會轟轟烈烈地活下去，會對得住雙親廿年教

養的恩德。

　　不要費神地尋找我，等安定了，我自會奉稟雙親。對那些好心的親友們，您會很光榮地告訴她們：您的女兒為赴國難而勇敢地走上了報國的捷徑。

　　女兒永遠永遠地孝順您，並用事業的成就報答您！

Poul：

　　不，不能寫那樣的辭呈，不要告訴校長我要投筆從戎，首先有點兒誇張（我本非出於衷誠要去從軍嘛），第二，當他向諸同事報告這個「光榮」的消息後，好了，那些長舌婦以及無聊的漢子們（我的同事們），就要成天價湊在一起說「什麼祖國不祖國，號召不號召的！天曉得她去的是誰個地方！」這樣將很使兩位秋姐姐為難（在那些人的眼裡彷彿她倆協助我做了什麼「壞事」），而這話傳來傳去，便要傳到家裡去了。

　　也不能告訴父親去從軍，你無法想像到他那偏狹的種族觀以及客觀的影響所造成的對「外省人」以及「軍人」（原諒我必須這麼講）的忌恨的，那不是用「恨」或「憎」所能形容的東西，真的，我敢打賭，如果在所有「台灣人」（他們所謂的）裡面，有人最恨「外省人」的，那麼父親還是首屈一指的了。所以，當你的小女兒向你打開心扉的時候，我便一直持著一種悲壯的覺悟——我將同父親決裂，而永不再重踏我鄉里的泥土！我們將永遠無法得到和諧。誠然，那是很痛苦的，然而，比起前人在神聖文壇前面所作的犧牲以及此後我們將為多數的人們所受的痛苦，那算不了什麼。

　　因此，保羅，你無需在我的家人前面受辱，而我也不必處在你們之間感受尷尬之苦，因為他將永不諒解我們（由於我的姑母，父親最小的妹妹，逃出婆家——她是童養媳婦——私奔一個有婦之夫，當她偕夫來訪時，做哥哥的拒而不見，在他兒女前面也絕口從未談起「姑媽」的事實看來）而我們，都是硬頭的，是不？啊，我不願當我們去拜訪他們時，讓他們把我們看成一對沒人理會的喪家狗一樣，把我們奚落，甚至趕出門外，永遠不願！我想你也無法忍受的，是不？　雖然我們是何等盼望我們的小家庭能有長輩們來指導，能有弟妹們來走動。

　　貪著談把要件都幾乎忘了，告訴野人（我不另外給他信了）：一、

禮拜五中午十二點半左右，在我家後門外油漆公司到大同戲院的後馬路——鐵路旁邊的——等我，我將從後門把軍火搬出，並交給他購買快車票的費用。

（早上）

二、禮拜六，十月一日，我將坐至新竹十點十五分的普通車，再改搭新竹發十點五一分的快車直接南下。在我到新竹至離開新竹之間有足足半個鐘頭時間，所以野人可以在十點鐘以前趕至新竹。

除了聖詩同換身衣服以外的東西，我不準備帶什麼了，因為至今我還沒找到裝「軍火」的東西（家裡有，我不愛），而我心愛的東西大都已付郵寄去（前幾天寄的包裹收到不？）

放心，車上我會好生照顧自己的，我將吃得很飽，我將誦讀聖詩，我將低歌，我將想很多很多快樂的事，這樣，我的好ㄅㄚ ㄅㄚˊ，你總該已很放心了吧？！

當我看到你的時候，我將告訴你對你會是很高興的事。

十月一日中秋節剛過，南國的月亮一定美得像詩一樣，對嗎？

辭呈再另作一份好不？說為的是「私事」。「能力未及」不要寫得太深（可以近口語一點），不然他們會知道我的後面有人，懂嗎？

至於給父親的，我自己會寫，早在前幾個月我便擬好了，我要用日文，可助明瞭和情感上的效果。

此外，我還要寫一封給秋姐姐。哦，辭呈可否也託野人從桃園寄？

那麼

祝福你！

艾蕪　九.廿四.清晨

我最恨的好女人：

啊！自來都沒這種冗長的日子！似乎比「四個月」還難熬，一天又一天的數著過！想著那小模樣，讓人渴想得幾乎懷恨的妮子哦！入骨入髓的愛情，我們都是驚訝地在等候著啊！愛到極深的地步，幾乎使人窒息呢！不要說我怎樣怎樣，我確然是首次嚐受這近乎痛楚的愛之盼望，再沒有比一點一點堆積得就要洩出的愛情的汁液更令人難以忍受的了！我最最親愛的，除去你，誰能相信也不蒼白也不赤熱依樣平靜如常的保羅會是飽和著極大的苦悶在度日如年地切盼著小艾蘿？比這更沒有難以抑制的了！來罷！我生平不曾嚐受的鍾情的小愛人！這幾天我一逕地老是緊記著初面的你的倩影，奇妙而譎異的愛！我的小女兒！ㄅㄚ ㄅㄚˊ將用什麼來迎接你？我空著雙手，一無所有，但就準備以最空的我迎接你了，有了你，我才不再空！只有我的艾蘿才懂得這個，才最愛這個！

我已將你決定的時間轉知野人，且在接你信的同時接到野人的回信：「絕對効命，親將　貴妃護送至行宮！」

辭呈你改一改不就可以了麼？還非要ㄅㄚ ㄅㄚˊ重新給你作，勞神！這一次總沒問題罷？！不過你說為「私事」，這讓我想不出該怎麼說，你看需要修刪的，就修刪好了！反正又不是作文章。

蓓蒂把那一百元送去了沒有？萬一至今尚未送去，可速去信野人（桃園下湖〇四四四信箱附五號彭野牧）囑他代籌路費。不要延誤！

相冊等及今日寄來的《一〇一》等，兩件均收到，勿念。

萬一（這是不能不作預防的）野人未能如時到達，必要時先將需要攜帶的東西用「包裹」郵寄亦可。隻人出走總方便些，少嫌疑一些。（不致于失約）

辭呈及致　父親函件，如野牧堅持護送你，就在新竹寄發。

車抵高雄約十九時左右，我準于十八時半到達。同往迎候的可能是老裴、碧波。黑哥囑我向你致歉，不克前往，因他於是日去嘉義。

好生地在娘家過最後一次的中秋團圓節罷！南台灣的明月等著我的小王妃、小媽咪、小女兒、小艾蘿、小心肝！

永是你的──九．廿六．十六時十五分

Poul， 我的小ㄅㄚ ㄅㄚˊ：

帶著一股無邊的惆悵，我必須告訴你我們的小美祺死了，不，我不願說牠死，我該說牠是到天國去了。Poul，讓我們為牠祝福，在天國牠將回到牠那有著古老的喬木、松香、蘚苔、澗流和無數新鮮野果的森林故鄉去，那兒牠將不要再受人們的囚拘而能自由自在地跳躍了，啊，讓我們收起欲淚的情緒為牠高興吧！禮拜一傍晚七點半你正在做著什麼？我同小淑美正在夜幕將落的院裡的樹下為小美祺掘墓，父親要我把牠丟到田野，我先把牠放在田裡稻莖下，等父親進去了，我便偷偷地拿起鋤頭，同小淑美為牠送葬，淑美採花，我把牠的鬍子同尾巴的毛剪起來以為紀念，然後我們為牠唱〈與主接近〉。我想死對於牠也許會是較好的，因為牠的小媽咪就要離開牠了……

這兒，把牠的毛寄給你，把它夾在我的相冊裡，讓我們永遠不要忘了牠！

九月廿六日　十九時五十分

可恨的ㄅㄚ ㄅㄚˊ：

那麼晚接你的信在最近尚屬第一次，急死我了！是的，我同你一樣地數著日子挨，哦，有時候我會很傻地錯以為ㄅㄚ ㄅㄚˊ就在我身邊呢！我們就會相見，就將待在一塊兒了！然而，答應我，當我們相見以及一同去吃晚飯的時候，不要盯著小艾蘿瞧，不然，你會讓我在哥兒們前面失措甚至把湯弄濕了裙子或打破湯匙的，答應我，好ㄅㄚ ㄅㄚˊ！！

蓓蒂知道我出走的事，但我沒告訴她你我的事！她那天還問我你知否我出走的事呢，我告訴她「不打算讓保羅知道，等安定了以後再通知他……」（多麼可恨的狡計！）哦，到了那兒以後，為了安全，

也許我還會玩出更狡滑的花樣來呢！但願上帝能寬諒我那些不得已的詭計！

　　祝福我的大孩子夜安！

九．廿七．夜十時正

　　啊，真把我嚇壞了，昨夜我夢見，從家裡走了以後，珠陪我在台北的候車室裡等南下快車，當我興高采烈地同她描述我的「壯舉」的當兒，忽然隔著玻璃窗望見一張非常熟悉卻又模糊（在我記憶裡的形象）的臉啊，那是我日夜念著的ㄅㄚ ㄅㄚˊ！然而，當我出去找他時，他又不見了，於是我自慰道：「不會來這兒的，他不說他要在高雄等我嗎？一定是小艾蘪看錯了……」然後我要珠領我去吃中飯，她帶我到（寫至此可憐的凱蒂跑過來倚偎了，我讓牠爬上我的膝蓋上）一個又要爬山，又要過小河同田畔的小飯店去，然而走到一半我便記起來野人在車站等我的事，於是我們放棄了午飯回頭走，一看時鐘已快十點半了，我急死了！邊跑邊怨珠不該那麼不計時，跑著跑著，便醒了過來。啊，多可怕而又奇妙啊，可是我將會做得很順利的，因為——上帝會保佑我們——（我不知道小艾蘪是否配說這句話）　讓我們堅持信心！！

　　我已經很安定了（心裡上）

　　那末，祝福你，我的好ㄅㄚ ㄅㄚˊ！

九．廿八．教師節清晨　小女兒

※我們今天將接受家長們的請吃午飯，我多麼不配！

※錢已收著，放懷！

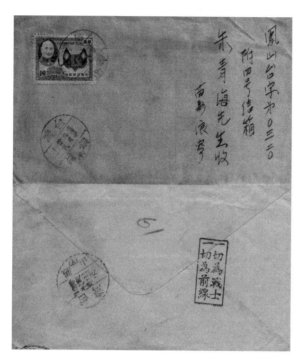

民國四十四年九月二十八日，從苗栗銅鑼寄出的最後一封信。

民國四十五年從鳳山寄到銅鑼的其中一封信。

民國四十六年一月舊曆年，朱西甯首次隨劉慕沙回娘家，朱天文四個月大。

後記

致父親母親和他們的一代

朱天文

今日何日兮。

這時候，這地方，這裡人，為什麼要出版我父親的《1949來台日記》呢？乃至我父親與我母親一九五四年仲夏、到一九五五年初秋的一百二十三封通信《非情書》？

緣起於「目宿媒體」出品的文學家紀錄電影系列，「他們在島嶼寫作」。包括香港的三位，十餘年來共有二十位作者響應目宿的義舉接受拍攝，除了作品留世，也接受被留下影音映像，如今，倒有九位已不在世間。

《願未央》，是此中的一部。幾經周折，乾脆我就心無二念上陣了，負責拍我的同業、同行、同道，我的小說家父親朱西甯，與我的日本文學翻譯家母親劉慕沙。

身為拍攝者，我跟先先後後加入的工作夥伴解說片名《願未央》，一說再說不忌重覆不憚有人已經耳朵生繭的，帶著傳教般的壓迫式熱情說明。願，可以當做名詞，大願或悲願，願未央，即大願未了。佛家有謂大悲，如地藏菩薩本願、地獄不空誓不成佛，如阿彌陀佛的四十八願心只要一願未成永不成佛。所以願，也可以當動詞，願沒有完，一切仍在書寫中；願不曾圓滿，後繼有人接下去做；願今生我們這樣的相聚，來世還要再會；願……「願未央」，可以當做一首詞牌，歡迎眾人來填詞填上他的動詞和名詞。

紀錄片訂於苗栗銅鑼我外公家開鏡，二○一八年雙十節。按規矩鮮果供品持香祝拜，諸位默對自己認為的神明或空無唸唸有辭，放鞭炮，炸響硝煙裡，我初次見到傳說中的童先生，童子賢。

邀請傳說中人大老遠來參加開鏡，就來了。此中，亦不無偷

渡著我們的願望，願外公家這棟屋齡七十年已登錄為苗栗縣歷史建築的「重光診所」住宅，能永續，能活化再使用。

先是開鏡前兩個月，忽然得訊我的小舅舅將從澳門來台，機不可失，立即搶拍了訪問。也選在外公家，二樓榻榻米房間，隔几對坐講話，洞開的兩門日式木格子大窗讓天光雲影都進屋裡。與樓窗同高我從小叫慣檳榔樹的學名倒叫亞歷山大椰子，還有牆外的樟樹桉樹，隔馬路則是台鐵縱貫線。我們胸前藏了麥克風，可不時仍得停止講話靜待火車駛過，或狗吠歇息。榻榻米上好難穩坐，我驚訝小舅完全可以像日本人的長跪安適，暗忖他哪時候練來的功夫。

身為耶穌會神父，「忽然」和「機遇」，堪稱小舅一生與我們親屬的關係寫照。我母親尚在世時，家裡電話響都她接，若聽她歡聲「啊Masa（マサ）！」那頭便是忽然現蹤的小舅了，大多時候是「姐姐，我在中正機場……」並非入境，卻是離台出境的投幣電話，趁銅板用完前把家裡親人問候一圈，說是問候，更像神父的祝福吧。在香港，在澳門，進出於中國大陸只知在帶領地下教會，他的志趣是會士培育和修會治理，一時忽聞在江西？在湖北？一時又去了陝西？來台便掛單在耕莘文教院，忽有空閒了就來電約聚。俗職他曾在輔仁大學的中國社會文化研究中心，又任副校長。據聞亦為耶穌會亞洲地區的會長，然耶穌會並無此職務，正確名銜是「耶穌會中華省會長」，在他五十二歲之後的九年間。

他台大藥學系畢業，經歷會士的培育，八年而晉鐸。隨即奉遣至菲律賓馬尼拉的亞洲管理學院，就讀企業管理，時當七〇年代末。學生經一系列測驗和面試來自亞洲各國、歐美、非洲，或企業主管或政府要員或現役軍官，百多人唯他一名出身聖職與會士，很難不誘人想笑他，看你怎樣把神修跟商業搞到一起？馬尼拉四季如夏，故冷氣特強，上課披毛衣，逢考試久坐還得兩條長

褲兩雙襪子。

八〇年代他再次奉遣，加州柏克萊大學的亞洲研究主修東亞區。由於「守貧」，耶穌會士不蓄私產不存宿糧，返出生地省親時皆教會打點伴手禮，小舅舅從柏克萊帶來了 See's 巧克力糖。一九八六年，因影展我到賓州費城，滿城尋找 See's 不可得才知東岸並無此物，當然，後來連鎖店也開到台北街頭了。

小舅兩度奉遣就讀，奉誰人的遣？

耶穌會士發願，有初願，有末願。初願是對天主發的，好比受到天主的感召我決志，回應召喚加入修會，修會也助我去辨識清楚此召喚是真實的召喚嗎？可耶穌會並不就肯定收我，他還要再看看。這一看看，差不多十年至少。初願是我和天主之間的事，亦終身之事。

那麼，看看差不多了，修會便來召喚我走入第三試探叫做第三年初學，走完這個，才發末願，所以末願是對耶穌會發的。從此是終身會屬了，耶穌會不能解除這個深願連帶。小舅說，看起來耶穌會不笨（他曾說耶穌會狡猾），從初願到末願，歷經漫長的考驗，會裡獲得了一名又強又可靠的會屬。

好，末願基本上是三條，我們大眾多所漠漠聽過的，守貧，服從，守貞。

用行話來講即、神貧願，服從願，與貞潔願。

神貧願，是過簡樸的生活。

服從願（聖服），是服從於良知默觀，服從於非主流價值，服從於秉持的核心終極的信念。這裡又一個行話，默觀。默觀是人與神的深刻乃至更深刻的連結，是人與神與自己與他者以及與大自然的關係。

以上二願都不難懂，但是貞潔？當年會主羅耀拉寫會憲時，前二者他寫很多，唯關於貞潔他只短短一句，我們的貞潔要像天

使一樣。

在這棟我母親和小舅舅長大的檜木樓房裡，這棟我們姐妹仨幼年寒暑假渡過的迷宮日後攝入侯孝賢電影《冬冬的假期》的老宅，在此刻紀錄片拍攝的機遇裡，小舅說，貞潔、是專心致志。貞潔容易被解釋為沒有性，沒有性關係沒有結婚——結婚的人也要有貞潔。天使沒有肉體，像天使一樣意思是我要專注要忠心，不浪費精力。三個願，彼此關連，不浪費精力即是守貧，因為我知道我的資源有限。

三願之外，依於環境不同每個修會的召喚有不同，那是第四願，如靈醫會，是照顧服侍病人的願。那麼耶穌會，第四願的會誓是，在使命上服從教宗。

小舅說，作為一個耶穌會士，他是行動中的默觀者。

發初願之時，他是靈修的默觀者。歷練最少十年的核實，他才被允許向耶穌會發末願，此後，他成為一名行動中的默觀者了。

看看吧，當今來自阿根廷的教宗方濟各，他是史上、至今為止史上唯一一位出身耶穌會的神職，他那句令所有行外人也讚佩也憧憬的名言：「教會要像野戰醫院，牧羊人身上要有羊味。」

我想到文學史上兩位懷疑論者，反天主教的伏爾泰，卻格外懷念他高中時代的耶穌會教師。而早就放棄天主教信仰的喬伊斯則對好友言：「準確來說，而且要清楚描繪我的話，你應該說我是個耶穌會信徒。」至此，再怎麼兜遠著說，我都不能不兜回我父親身上了。

我父親，有願，有誓，有使命，生命是有目的的。

這兩本書。一本《1949 來台日記》，於南京，他二十三歲，看到在台灣練兵的孫立人將軍的「新軍」招考章程，遂棄正就讀的杭州藝專，報考加入「新軍」來到台灣。那是孫將軍召喚他，他回應感召，日記記錄了這段初願啟動的時刻。

另一本書，《非情書》，他來台第五年，任陸軍官校上尉繪圖官，開始與新竹女中畢業沒考上大學（第一屆大學聯招）的我母親通信。我母親十九歲，在家兩番去做銅鑼國小的代課教員。偶爾給叫到外科室幫忙病患換藥，聽從我外公一個口令一個動作的全是外來語：「雙氧水。棉球。酒精。碘酒。撒粉。紗布。繃帶⋯⋯」驚得她一頭汗。也有動員到縣城有力人士來家裡遊說我外公外婆准許女兒去參加網球比賽的，我母親出奔鳳山之前與我父親四次見面攏總不到二十四小時，倒有三次見面是趁網賽之便。

　　於是我且訪問在苗栗的大舅媽，年逾八十好幾矣，同我小舅舅是外公家上一代親屬中，唯二，還能被拍到之人。大舅媽在《非情書》裡叫秋姐姐，是我父母親秘密通信的轉信人。我母親取信躲廁所讀，廁間常插有我外婆從院中剪的香甜含笑花，或一叢濃郁珠蘭。

　　當日，我母親聲稱代表苗栗縣去打省運，拎一支網球拍到銅鑼國小教室找當時尚非大嫂的秋姐姐道別。秋姐姐說要拿冠軍回來喲一邊送至校門口，但我母親只是蹙眉，秋姐姐便一直目送到我母親背影消失才回教室。下課返家，我母親寄給她的信以及託她轉交外公的離家信已寄到，辭代課教員的信隨後亦寄達校長家，都先佈局了。大舅媽笑淚盈花著回憶我母親：「我們兩個很要好，她很會做人家的小姑。」末尾一句用客家話，是說我母親做小姑做得很好。

　　《非情書》裡小舅舅是小弟，相差九歲。我母親沒有零用錢，那批中學時代合唱團網球隊排球隊的朋友來家找她玩，她只能跟最會存零用錢一毛不花的小弟借錢請客，還有秋姐姐也會贊助。

　　小舅回憶，幼年是姐姐帶他睡身邊，講故事直到同入夢鄉。姐姐跟他提起我父親都說「那個人」，悠遠的跟他預告著，有一天會離開他。我外公親手栽種的玫瑰花圃，他曾摘下其中稀珍的

黑玫瑰，讓姐姐寄給遠在高雄鳳山的那個人。我心想他是最受寵的么兒才沒被苛責追究喔？小舅說，那朵紅得發紫透黑的玫瑰，銅鑼客家人稱「烏度紅」。冬天，姐姐領著他和妹妹唱聖詩，在那排玫瑰花前埋葬凍死的鳥兒。妹妹，我們的小阿姨，戰後出生小我母親十三歲。不久姐姐轉給他那個人回贈的禮物，一枚小徽章，紅紅的火炬，是那個人《大火炬的愛》小說集獲得的獎章。那年他考省中，姐姐伴考終日。便正是那年秋天，週末他從新竹中學的寄宿人家返銅鑼，知道姐姐愛寫文章沒有紙，遂購妥了大疊稿紙攜回，但家中已不見姐姐蹤影。我外公胃疾復發，時年四十八。

　　當時年輕的他們，年輕得像晨露。也將像晨露一樣，在太陽升起時無蹤。

　　大半個世紀後，紀錄片拍他們。我父親母親只留有少少一點V8帶子拍下的家庭活動、和開放大陸探親後九〇年代初的上海南京廈門之旅，以及我父親的追思會錄影。沒有他們倆的訪談，沒有影音，沒有畫面，剪接初期我和剪接師陷入絕境，終至我不得不去翻箱倒櫃令古物出土。

　　古物，一直知道在那裡的，也一直迴避。是不想驚擾逝者？是敬畏那屬於他們之間的隱私不該拆開？是既然他們的文學成績有目共睹又何必乞靈於也許他們自己都不願暴露的私人物件？然而無論以上如何，奉紀錄片拍攝的名，我畢竟跨越了自己的紅線。

　　那是二〇一九年熱夏，連著六個晚上，我們姐妹仨忙完白天的工作約在家裡客廳，拍攝讀日記，讀信。不在的父母，用我們聲音，呈現出他們倆的既不在又拍不到。每晚收工時劇組總說，OK明晚繼續，一千零一夜。

　　是的就在這一千零一夜的朗讀中，奇妙到來。一九四九之後的那時，那時的父親母親，那時的一代人，那時清晨風搖裡顫動

的露珠，一一的，奇妙的，現蹤。

很可惜，影像所能展示所能承載的，太少太少。所以我們姐妹仨商議，決定將這本日記與這些信件付梓，出版成書。書因紀錄片「文學朱家」而發生，上集《願未央》，下集我們的小說家老友拍第二代，《我記得》。我踩過紅線出土了文物並出書，恐怕只能負愧祝禱以祈寬諒了。有禱詞：

今日何日兮余心煩憂，
今日何日兮迢迢千秋，
與子何適兮搴舟中流，
既善靆兮又宜笑，
江山晦明兮人窈窕。

這是首千秋眼光的詞。我願將之從鵲橋俯視、衛星軌道的角度降落到人間現前，以一個島嶼之外平行眼光的人，他如何看我的島嶼。

此人二〇一二年受邀來台大建築與城鄉研究所客座，是八〇年代初中國改革開放四君子之一，八九年離開中國，為國際重要金融學者，現執教維也納大學。以下他這段感言於網上廣傳令島嶼許多人動容：「在台大教書四年，看到學生們如此優秀，卻又如此單純，心疼！台灣的今天來之不易，付出了難以想像的成本。如今，這個地方竟然成為全球範圍內，最不珍惜數代人付出的地方。原因太多，追根本的是：台灣是全球範圍內，歷史虛無主義最嚴重、最盛行的地方。這裡，一個幾乎徹底沒有文盲的地方，竟然讓現代的愚昧橫行。真心希望台灣好！」

然則現前，同時也有目宿這樣出大力的拍攝了文學家紀錄片系列，他們在島嶼寫作。

二〇二二年一月十五日台北

朱西甯作品出版年表

◆ 小說類

短篇

作品	時間	出版社
1 大火炬的愛	一九五二年六月	重光文藝出版社
2 鐵漿	一九六三年十一月	文星書店
	一九七〇年四月	皇冠出版社
	一九八九年七月	三三書坊
	一九九四年三月	遠流出版公司
	二〇〇三年四月	印刻文學出版社
	二〇一八年十月	九州出版社（簡體版）
3 狼	一九六三年十二月	大業書店
	一九六六年十一月	皇冠出版社
	一九八九年九月	三三書坊
	一九九四年三月	遠流出版公司
	二〇〇六年四月	印刻文學出版社
	二〇二一年五月	北京日報出版社（簡體版）

4 破曉時分	一九六七年二月	皇冠出版社
	一九八九年十二月	三三書坊
	一九九四年二月	遠流出版公司
	二〇〇三年四月	印刻文學出版社
	二〇二一年四月	河南文藝出版社（簡體版）
5 第一號隧道	一九六八年十月	新中國出版社
6 冶金者	一九七〇年四月	仙人掌出版社
	一九七二年四月	晨鐘出版社
	一九八六年十月	三三書坊
	二〇二一年十二月	印刻文學出版社
7 現在幾點鐘	一九七一年二月	阿波羅出版社
8 奔向太陽	一九七一年十二月	陸軍出版社
9 非禮記	一九七三年五月	皇冠出版社
10 蛇	一九七四年七月	大地出版社
11 朱西甯自選集	一九七五年一月	黎明出版社
12 春城無處不飛花	一九七六年五月	遠景出版社
	一九七九年五月	三三書坊
	一九八九年三月	遠流出版公司

13 將軍與我	一九七六年八月	洪範書店
14 將軍令	一九八〇年一月	三三書坊
	一九九四年三月	遠流出版公司
15 海燕	一九八〇年三月	華岡出版社
16 七對怨偶	一九八三年八月	道聲出版社
17 熊	一九八四年七月	皇冠出版社
18 牛郎星宿	一九八四年八月	三三書坊
19 新墳	一九八七年八月	文藝風出版社（香港
20 朱西甯小說精品	一九九九年五月	駱駝出版社
21 現在幾點鐘─ 朱西甯短篇小說精選	二〇〇五年一月	麥田出版社
22 加減乘除	二〇二一年十二月	印刻文學出版社
23 小說家者流	二〇二二年一月	印刻文學出版社

長篇

作品	時間	出版社
24 貓	一九六六年十一月	皇冠出版社
	一九九〇年八月	三三書坊
	一九九四年二月	遠流出版公司
	二〇二一年八月	印刻文學出版社

25 旱魃	一九七〇年四月	皇冠出版社
	一九九一年三月	三三書坊
	二〇〇五年六月	印刻文學出版社
	二〇一八年十月	九州出版社(簡體版)
26 畫夢紀	一九七〇年八月	皇冠出版社
	一九九〇年七月	三三書坊
	二〇二一年八月	印刻文學出版社
27 春風不相識	一九七六年八月	皇冠出版社
28 八二三注	一九七九年四月	三三書坊
	二〇〇三年四月	印刻文學出版社
29 獵狐記	一九七九年七月	多元文化公司
	一九八四年二月	三三書坊
30 林森傳	一九八二年六月	近代中國出版社
31 茶鄉	一九八四年十月	三三書坊
32 華太平家傳	二〇〇二年二月	聯合文學出版社

中篇

作品	時間	出版社
33 黃粱夢	一九八七年七月	三三書坊

◆ 散文類

作品	時間	出版社
34 鳳凰村的戰鼓	一九六六年七月	台灣省新聞處出版部
35 朱西甯隨筆	一九七五年六月	水芙蓉出版社
36 曲理篇	一九七八年九月	慧龍文化公司
37 日月長新花長生	一九七八年十二月	皇冠出版社
38 微言篇	一九八一年一月	三三書坊
39 多少煙塵	一九八六年六月	台灣省訓團
40 一九四九來台日記	二〇二二年三月	印刻文學出版社
41 非情書	二〇二二年三月	印刻文學出版社

◆ 其他

作品	時間	出版社
42 紀念朱西甯先生文學研討會論文集	二〇〇三年五月	聯合文學出版社
43 台灣現當代作家研究資料彙編朱西甯	二〇一二年三月	國立台灣文學館

劉慕沙著譯作品出版年表

◆ 小說類

作品	時間	出版社
1 春心	一九六五年十月	幼獅文化公司
	一九六八年	幼獅文化公司

◆ 翻譯作品

作品	時間	出版社
2 以牙還牙／日影丈吉等著	不詳	香港南華出版社
3 黑色喜馬拉雅山／陳舜臣著	一九六五年	皇冠出版社
4 曾野綾子短篇選／曾野綾子著	一九六八年十月	蘭開書局
5 雪鄉／川端康成著	一九六八年十一月	中國時報出版社
6 狐雞／黑岩重吾等著	一九六九年一月	林白出版社
7 芥川獎作品選集（一）／辻亮一等著	一九六九年十一月	晚蟬書店
	一九七二年十月	大地出版社
8 老人與兀鷹／戶川幸夫等著	一九六九年十二月	光啟出版社
9 仲夏之死及憂國・及其他／三島由紀夫著	一九七〇年十二月	皇冠出版社

10 潮騷／三島由紀夫著	一九七〇年十二月	阿波羅出版社
	一九九一年一月	遠流出版公司
11 水月——川端康成短篇小說選 　／川端康成著	一九七一年一月	文皇出版社
	一九七三年七月	文皇出版社
	一九八五年二月	敦理出版社
12 尋道記／三浦綾子著	一九七一年一月	基督教文藝出版社（香港）
	一九七九年十月	校園書房
	二〇〇四年十月	基督教文藝出版社（香港）
13 美德的動搖／三島由紀夫著	一九七一年三月	巨人出版社
14 愛與勇氣／廣池秋子著	一九七二年四月	純文學出版社
15 愛的表現／廣池秋子著	一九七二年七月	純文學出版社
16 芥川獎作品選集（一） 　／後藤紀一等著	一九七二年十月	大地出版社
17 女人心／廣池秋子著	一九七三年九月	華欣文化公司
18 日本現代小說選（一、二） 　／佐藤愛子等著	一九七五年六月	聯經出版公司
	一九八三年八月	聯經出版公司
19 砂丘之女及其他／安部公房著	一九七五年十二月	純文學出版社

20 祭場／林京子等著	一九七五年	皇冠出版社
21 動物世界／小原秀雄著	一九七六年六月	新理想出版社
22 吾妻吾子／遠藤周作著	一九七七年一月	慧龍出版社
	一九八七年三月	三三書坊
23 夢幻士兵／安部公房著	一九七八年三月	遠行出版社
24 百密一疏─當代推理小說選 ／島田一男等著	一九七八年七月	長河出版社
25 三劍客／大仲馬著	一九七八年	光復書局
	一九九七年	光復書局
26 初戀情懷／源氏雞太著	一九八〇年七月	中華日報社
27 憂國・潮騷／三島由紀夫著	一九八四年七月	三三書坊
28 性命出售／三島由紀夫著	一九八四年八月	三三書坊
29 幸福的界限／石川達三著	一九八四年十月	三三書坊
	一九九一年十月	遠流出版公司
30 樓蘭／井上靖著	一九八四年十月	三三書坊
	一九九一年一月	遠流出版公司
31 牀上的陌生人／夏樹靜子著	一九八四年十一月	皇冠出版社

32 敦煌／井上靖著	一九八五年七月	三三書坊
	一九八八年十一月	遠流出版公司
33 單身媽媽／石川達三著	一九八六年八月	希代書版公司
34 冰層下／井上靖著	一九八六年八月	希代書版公司
35 最後的共和國／石川達三著	一九八六年十月	三三書坊
36 玻璃的羈絆／夏樹靜子著	一九八七年一月	林白出版社
	一九八七年	博益出版社（香港）
37 絲路謀殺案／中堂利夫著	一九八七年四月	林白出版社
38 女大不中留／遠藤周作著	一九八七年八月	林白出版社
39 汽笛響／笹澤左保等著	一九八八年三月	林白出版社
40 儷人行／佐藤愛子著	一九九〇年一月	大地出版社
41 我們的機器人／眉村卓著	一九九〇年四月	小天出版公司
42 靈怪教室／光瀨龍著	一九九〇年四月	小天出版公司
43 機器人媽媽／新倉水代著	一九九〇年四月	小天出版公司
44 孔子／井上靖著	一九九〇年七月	時報文化出版公司
45 女身／川端康成著	一九九一年五月	遠流出版公司

46 想說的心事／澤井泉著	一九九三年八月	聯經出版公司
47 愛現，不好嗎？／澤井泉著	一九九三年八月	聯經出版公司
48 甘露(上、下)／吉本芭娜娜著	一九九五年五月	博益出版公司（香港）
	一九九五年六月	時報文化出版公司
	一九九七年七月	時報文化出版公司
49 守靈夜的訪客／井上靖著	一九九五年十月	麥田出版
50 山國峽恩仇記／菊池寬著	一九九五年十月	麥田出版
51 活著的兵士／石川達三著	一九九五年十月	麥田出版
	二〇二一年	麥田出版
52 拇指P紀事(上、下) ／松浦理英子著	一九九八年三月	時報文化出版公司
53 春天乘著馬車來／橫光利一著	一九九八年七月	洪範書店
54 超人師傅／藍真理人著	二〇〇〇年一月	上智出版社
55 無情／厄運／吉本芭娜娜著	二〇〇一年九月	時報文化出版公司
	二〇〇九年三月	時報文化出版公司
56 換取的孩子／大江健三郎著	二〇〇二年四月	時報文化出版公司
57 憂容童子／大江健三郎著	二〇〇五年四月	時報文化出版公司
58 聖經人物錄／藍まりと著	二〇一一年八月	上智出版社

文學叢書　676

非情書

作　　者	朱西甯　劉慕沙
圖片提供	朱天文　朱天心　朱天衣
總 編 輯	初安民
責任編輯	宋敏菁
美術編輯	黃昶憲
校　　對	黃子庭　朱天衣　卞　莉　宋敏菁

發 行 人	張書銘
出　　版	INK 印刻文學生活雜誌出版股份有限公司
	新北市中和區建一路 249 號 8 樓
	電話：02-22281626
	傳真：02-22281598
	e-mail：ink.book@msa.hinet.net
網　　址	舒讀網 http：//www.inksudu.com.tw

法律顧問	巨鼎博達法律事務所
	施竣中律師
總 代 理	成陽出版股份有限公司
	電話：03-3589000（代表號）
	傳真：03-3556521
郵政劃撥	19785090　印刻文學生活雜誌出版股份有限公司
印　　刷	海王印刷事業股份有限公司

港澳總經銷	泛華發行代理有限公司
地　　址	香港新界將軍澳工業邨駿昌街 7 號 2 樓
電　　話	852-27982220
傳　　真	852-27965471
網　　址	www.gccd.com.hk

| 出版日期 | 2022 年 3 月　　　初版 |
| ISBN | 978-986-387-469-0 |

定　價　560 元

Copyright © 2022 by　Zhu Xining, Liu,Mu-Sha
Published by INK Literary Monthly Publishing Co., Ltd.
All Rights Reserved
Printed in Taiwan

國家圖書館出版品預行編目資料

非情書／朱西甯、劉慕沙著 --初版,
　　新北市中和區：INK印刻文學,
2022.03 面；14.8 × 21公分. （文學叢書；676）
　ISBN　978-986-387-469-0　　　（平裝）

863.55　　　　　　　　　　　110012968

舒讀網

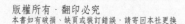